魯迅

루쉰전집

9

루쉰전집 9권 집외집 / 집외집습유

초판 1쇄 발행 _ 2016년 11월 5일
지은이 · 루쉰 | 옮긴이 · 루쉰전집번역위원회(이주노, 유세종)

펴낸이 · 이희선 | 펴낸곳 · (주)그린비출판사 | 등록번호 · 제25100-2015-000097호
주소 · 서울시 은평구 증산로1길 6, 2층 | 전화 · 702-2717 | 팩스 · 703-0272

ISBN 978-89-7682-245-1 04820   978-89-7682-222-2(세트)
이 도서의 국립중앙도서관 출판시도서목록(CIP)은 e-CIP 홈페이지(http://www.nl.go.kr/ecip)에서
이용하실 수 있습니다.(CIP제어번호 : CIP2016025275)

루쉰(魯迅). 1936년 10월 8일.

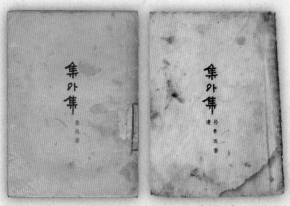

『집외집』(集外集, 1935)과 『집외집습유』(集外集拾遺, 1938). 『집외집』은 1933년 이전에 출판된 루쉰 잡문집에 수록되지 않은 시문(詩文)을 모은 것이며, 『집외집습유』는 『집외집』에 실리지 못하고 남겨진 시문을 모아 『루쉰전집』을 출판할 때 수록되었다.

쉬서우창(許壽裳)의 『「루쉰 구체시집」 서문』(1944) 초고. 쉬광핑(許廣平)에 따르면, 루쉰은 고시(古詩)를 잘 지었지만 즐겨 짓지는 않았다고 한다. 어쩌다 지은 것들은 모두 친구들의 요청에 부응한 것이거나 잠시의 시정(詩情)을 읊은 것들로, 붓글씨로 써 두기도 하고 버리기도 했는데 아까워하지 않았다.

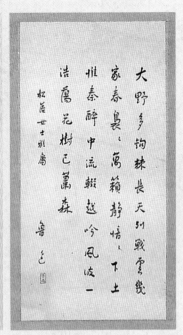

「우치야마에게」(贈鄔其山, 1931). 이 시는 루쉰이 벗 우치야마 간조(內山完造)에게 써준 것이다.

「무제」(1931). 이 시는 우치야마 간조의 동생의 부인인 가타야마 마쓰모(片山松藻)에게 써준 것이다.

우치야마 간조 부부. 우치야마 간조는 1914년 상하이에 정착했고 루쉰과는 1927년 10월 처음으로 만나 이후 평생의 지기가 되었다.

루쉰과 위다푸(郁達夫)가 편집한 문예월간 『분류』(奔流). 1928년 6월 20일 상하이에서 창간되었으며, 1929년 12월 20일 제2권 제5기를 끝으로 정간되었다.

월간 『분류』는 주로 외국 문학작품의 번역물을 실었기 때문에 다양한 삽화가 필요했다. 이에 루쉰은 1928년 가을에 러우스(柔石), 왕팡런(王方仁) 등과 함께 조화사(朝花社)를 설립하고 미술총간 '예원조화'(藝苑朝花)를 마련하여, 제1집 『근대목각선집 1』(近代木刻選集1), 제2집 『후키야 고지 화보선』(蕗谷虹兒畵選), 제3집 『근대목각선집 2』, 제4집 『비어즐리 화보선』(比亞玆萊畵選), 제5집 『신러시아 화보선』(新俄畵選) 등 미술작품집 다섯 권을 출판했다.

1933년 12월 발행된 『베이핑 전지 족보』(北平箋譜. 왼쪽). 『베이핑 전지 족보』는 루쉰과 정전둬(鄭振鐸)가 함께 편집한 시화지(詩畵紙) 화보(畵譜) 선집으로 목각판에 수채물감으로 인쇄했다. 인물, 산수, 화조(花鳥) 등을 소재로 한 전지(箋紙) 332점을 수록하여 6책으로 분책, 발행했다. 전지란 바탕에 그림이나 글씨가 그려진 편지지나 메모지와 같은 종이를 말한다. 오른쪽은 이 선집의 편집을 위해 루쉰이 정전둬에게 보낸 편지(1933년 9월 29일).

목판화 보급에 힘썼던 루쉰은 다량의 외국 작품을 수집하고 이를 소개하고자 하였으나 현실적인 여건이 허락지 않았다. 가령 화집 『너의 자매』(7점의 연환화)를 편집하고 간행을 준비했지만 실행에 옮기지 못했다. 이러한 자료들은 지금 루쉰박물관에 보존되어 있다(오른쪽은 루쉰이 도안한 표지디자인, 왼쪽은 메페르트의 『너의 자매』중 한 장면).

판아이눙(范愛農, 1883~1912)과 「판군을 애도하는 시 세 수」(哀范君三章)
수고. 일본 유학 시절 루쉰과 벗이 된 판아이눙은 1911년에 루쉰이 산콰
이(山會)초급사범학당의 교장이 되었을 때 학감을 맡았다. 그러나 루쉰이
학교와의 갈등으로 사직한 후에 그 역시 수구 세력에게 밀려 학교를 그
만두게 되었고, 1912년 7월 10일 세상을 비관해 목숨을 끊은 것으로 보
인다. 당시 보도는 실족 후 익사로 보았지만 루쉰은 자살로 추정하여 "온
하늘이 만취했건만, 그댄 조금 취했으리 스스로 물에 빠졌으리……"라며
추모했다.

루쉰전집

9

집외집 集外集
집외집습유 集外集拾遺

루쉰전집번역위원회 옮김

B
그린비

| 일러두기 |

1 이 책은 중국에서 출판된 『魯迅全集』 1981년판과 2005년판(이상 北京: 人民文学出版社)
등을 참조하여 번역한 한국어판 『루쉰전집』이다.

2 각 글 말미에 있는 주석은 기존의 국내외 연구성과를 두루 참조하여 옮긴이가 작성한
것이다.

3 단행본·전집·정기간행물·장편소설 등에는 겹낫표(『 』)를, 논문·기사·단편·영화·연
극·공연·회화 등에는 낫표(「 」)를 사용했다.

4 외국의 인명이나 지명, 작품명은 〈국립국어원〉에서 펴낸 '외래어 표기법'에 근거해 표기
했다. 단, 중국의 인명은 신해혁명(1911년) 때 생존 여부를 기준으로 현대인과 과거인으
로 구분하여 현대인은 중국어음으로, 과거인은 한자음으로 표기했으며, 중국의 지명은
구분을 두지 않고 중국어음으로 표기하는 것을 원칙으로 했다.

『루쉰전집』을 발간하며

루쉰을 읽는다, 이 말에는 단순한 독서를 넘어서는 어떤 실존적 울림이 담겨 있다. 그래서 루쉰을 읽는다는 말은 루쉰에 직면直面한다는 말의 동의어가 되기도 한다. 그런데 루쉰에 직면한다는 말은 대체 어떤 입장과 태도를 일컫는 것일까?

2007년 어느 날, 불혹을 넘고 지천명을 넘은 십여 명의 연구자들이 이런 물음을 품고 모였다. 더러 루쉰을 팔기도 하고 더러 루쉰을 빙자하기도 하며 루쉰이라는 이름을 끝내 놓지 못하고 있던 이들이었다. 이 자리에서 누군가가 이런 말을 던졌다. 『루쉰전집』조차 우리말로 번역해 내지 못한다면 많이 부끄러울 것 같다고. 그 고백은 낮고 어두웠지만 깊고 뜨거운 공감을 얻었다. 그렇게 이 지난한 작업이 시작되었다.

혹자는 말한다. 왜 아직도 루쉰이냐고. 이에 대해 우리는 이렇게 대답할 수밖에 없다. 아직도 루쉰이라고. 그렇다면 왜 루쉰일까? 왜 루쉰이어야 할까?

루쉰은 이미 인류의 고전이다. 그 없이 중국의 5·4를 논할 수 없고 중국 현대혁명사와 문학사와 학술사를 논할 수 없다. 그는 사회주의혁명 30년 동안 누구도 건드릴 수 없는 성역으로 존재했으나 동시에 사회주의 이데올로기의 금구를 타파하는 데에 돌파구가 되었다. 그의 삶과 정신 역정은 그가 남긴 문집처럼 단순하지만은 않다. 근대이행기의 암흑과 민족적 절망은 그를 끊임없이 신新과 구舊의 갈등 속에 있게 했고, 동서 문명충돌의 격랑은 서양에 대한 지향과 배척의 사이에서 그를 배회하게 했다. 뿐만 아니라 1930년대 좌와 우의 극한적 대립은 만년의 루쉰에게 선택을 강요했으며 그는 자신의 현실적 선택과 이상 사이에서 끝없이 방황했다. 그는 평생 철저한 경계인으로 살았고 모순이 동거하는 '사이주체'間主體로 살았다. 고통과 긴장으로 점철되는 이런 입장과 태도를 그는 특유의 유연함으로 끝까지 견지하고 고수했다.

한 루쉰 연구자는 루쉰 정신을 '반항', '탐색', '희생'으로 요약했다. 루쉰의 반항은 도저한 회의懷疑와 부정否定의 정신에 기초했고, 그 탐색은 두려움 없는 모험정신과 지칠 줄 모르는 창조정신에서 비롯되었다. 또한 그의 희생정신은 사회의 약자에 대한 순수하고 여린 연민과 양심에서 가능했다.

이 모든 정신의 가장 깊은 바닥에는 세계와 삶을 통찰한 각자覺者의 지혜와 존재하는 모든 것들에 대한 허무 그리고 사랑이 있었다. 그에게 허무는 세상을 새롭게 읽는 힘의 원천이자 난세를 돌파해 갈 수 있는 동력이었다. 그래서 그는 굽힐 줄 모르는 '강골'强骨로, '필사적으로 싸우며'(쩡자掙扎) 살아갈 수 있었다. 그랬기에 '철로 된 출구 없는 방'에서 외칠 수 있었고 사면에서 다가오는 절망과 '무물의 진'無物之陣에 반항할 수 있었다. 그는 자신을 둘러싼 모든 것과 대결했다. 이러한 '필사적인 싸움'의 근저에는 생명과 평등을 향한 인본주의적 신념과 평민의식이 자리하고 있다. 이것이 혁명인으로서 루쉰의 삶이다.

우리에게 몇 가지 『루쉰선집』은 있었지만 제대로 된 『루쉰전집』 번역본은 없었다. 만시지탄의 감이 없지 않지만 이제 루쉰의 모든 글을 우리말로 빚어 세상에 내놓는다. 게으르고 더딘 걸음이었지만 이것이 그간의 직무유기에 대한 우리 나름의 답변이 될 수 있기를 희망해 본다.

번역저본은 중국 런민문학출판사에서 출판된 1981년판 『루쉰전집』과 2005년판 『루쉰전집』 등을 참조했고, 주석은 지금까지의 국내외 연구성과를 두루 참조하여 번역자가 책임해설했다. 전집 원본의 각 문집별로 번역자를 결정했고 문집별 역자가 책임번역을 했다. 이 과정에서 몇 년 동안 매월 한 차례 모여 번역의 난제에 대해 토론을 벌였고 상대방의 문체에 대한 비판과 조율의 과정을 거쳤다. 그러므로 원칙상으로는 문집별 역자의 책임번역이지만 내용상으론 모든 위원들의 의견이 문집마다 스며들어 있다.

루쉰 정신의 결기와 날카로운 풍자, 여유로운 해학과 웃음, 섬세한 미학적 성취를 최대한 충실히 옮기기 위해 노력했지만 많이 부족하리라 생각한다. 독자 제현의 비판과 질정으로 더 나은 번역본을 기대한다. 작업에 임하는 순간순간 우리 역자들 모두 루쉰의 빛과 어둠 속에서 절망하고 행복했다.

2010년 11월 1일
한국 루쉰전집번역위원회

부록

집외집 集外集

『집외집』(集外集)은 1933년 이전에 출판된 루쉰 잡문집에 수록되지 않은 시문(詩文)을 모은 것으로, 1935년 5월 상하이(上海)의 군중도서공사(群衆圖書公司)에서 초판이 발행되었다. 이 문집에는 초판에 수록된 글 중 『『근대 세계 단편소설집』의 짧은 머리말』(『삼한집』三閑集에 수록)과 역문 「Petöfi Sándor의 시」를 제외하였다. 그리고 이 문집에 수록된 「곱씹은 나머지」, 「곱씹어 '맛이 없는' 것만은 아니다」, 「'전원사상'」의 '[참고]'는 초판 출판 후 루쉰 자신이 찾아내어 『집외집습유』(集外集拾遺)에 수록했다가 지금은 이 문집에 관계된 본문으로 옮겨 온 것이다. 「통신(메이장에게 보내는 답신)」은 새로 보충한 것이며, 『『분류』 편집 후기』의 마지막 1절은 초판에 누락되었던 것을 보충한 것이다. 한편 이 문집에 수록된 구체시는 그 집필 시기에 맞춰 순서를 조정하였다.

서언[1]

듣자 하니, 중국의 뛰어난 작가들은 대체로 '젊어서 지은 글을 후회'[2]하여, 스스로 문집을 엮을 때 젊은 시절의 작품은 할 수 있는 한 삭제하거나 아예 몽땅 태워 버린다고 한다. 내 생각에, 이건 아마 이제 성인이 된 젊은이가 엉덩이를 드러낸 채 손가락을 빨고 있는 어린 시절의 사진을 보는 것처럼, 그 유치함을 부끄러워하여 지금의 위신이 깎인다고 느끼는 것이리라. ──그래서 감출 수만 있다면 어쨌든 감추는 게 좋다고 여긴다. 하지만 나는 나의 '젊어서 지은 글'을 부끄럽게 여기기는 했어도, 여태껏 후회해 본 적은 없다. 엉덩이를 드러내고 손가락을 빨고 있는 사진은 물론 사람들의 웃음을 자아내지만, 어린아이 나름의 천진난만함은 젊은이나 늙은이가 지닐 수 있는 게 결코 아니다. 하물며 젊었을 적에 글을 짓지 않는다면 나이 들어서도 꼭 지을 수 있으리라 장담할 수 없을 터이니, 후회할 줄 어찌 알 턱이 있겠는가?

전에 『무덤』을 직접 엮으면서 그래도 문언으로 지은 글을 많이 실었던 것은 바로 이런 생각에서였다. 이 생각과 방법은 지금까지 줄곧 변함이 없다. 그러나 빠진 것도 있는데, 원고를 간직하지 않아 잊어버렸기 때문이다. 일부러 삭제한 것도 있는데, 혹은 베껴 번역한 듯한데 해가 오래되어 기억나지 않아 나 자신마저도 의심스러웠기 때문이기도 하고, 혹은 어느 한 개인이나 그 당시만의 일인지라 대국과는 관계가 없는 데다 사정도 바뀌어 버려 다시 수록할 필요가 없었기 때문이며, 혹은 그저 농담거리에 지나지 않거나 일시적인 오해에서 비롯되었는지라 며칠이 지나자 무의미해져 간직할 필요가 없어졌기 때문이다.

그런데 나를 놀라게 만든 것은 지원 선생[3]이 이토록 수북한 무더기를 이룰 만큼 필사를 하였다는 점인데, 삼십여 년 전의 문언문과 십여 년 전의 신시조차 모두 그 안에 들어 있었다. 이건 참으로 마치 엉덩이를 드러낸 채 손가락을 빨고 있는 오십여 년 전의 사진을 표구하여 나 자신과 남들에게 구경시키는 것과 같은 일이다. 나 자신조차도 그 당시 나의 유치함, 게다가 거의 부끄러움을 알지 못하는 모습에 깜짝 놀랐다. 하지만 어찌하겠는가? 이게 틀림없는 나의 모습인 것을——내버려 둘 수밖에.

하지만 살펴보자니 지난 일을 떠오르게 하는 것도 약간 있다. 이를테면 맨앞의 두 편은 내가 일부러 삭제한 것이었다. 하나는 '라듐'을 최초로 소개한 글이고, 다른 하나는 스파르타의 상무정신을 묘사한 글이다. 그러나 기억하건대 당시 화학과 역사에 대한 나 자신의 수준이 그리 대단치 않았으니, 아마 어딘가에서 슬쩍 훔쳐온 것일 텐데 나중에 아무리 머리를 쥐어짜 보아도 원작이 도무지 기억나지 않았다. 게다가 당시 나는 일본어를 갓 배우기 시작한 터라 문법이 시원치 않은 채 책 읽기에 급급했고, 책을 읽어도 무슨 뜻인지 알지 못한 채 번역하기에 급급했으니, 그 내용 또한 의문스럽기 짝이 없었다. 게다가 문장은 또 얼마나 괴상망측한가. 특히

「스파르타의 혼」은 지금 보니 스스로도 얼굴이 뜨거워질 지경이다. 그렇지만 이건 당시의 유행이었으니, 어조가 비분강개하고 높낮이와 멈춤과 바뀜이 있어야 좋은 문장이라 일컬어질 수 있었다. 내가 아직도 기억하고 있거니와, "머리를 풀어헤치고 큰소리로 외치며 책을 안고서 홀로 간다. 훔칠 눈물 없는데 거센 바람이 촛불을 끄누나"[4]는 많은 사람들에게 전해져 암송되던 경구였다. 그러나 나의 글 속에는 옌유링[5]의 영향을 받은 것도 있는데, 이를테면 '녜푸'涅伏는 신경을 의미하는 'Nervus'라는 라틴어의 음역이다.[6] 지금 이것을 알고 있는 사람은 아마 나밖에 없을 것이다. 이후에는 또 장타이옌[7] 선생의 영향을 받아 고풍스러워졌지만, 이 문집 안에는 한 편도 실려 있지 않다.

이후 중국에 돌아온 후에도 일간신문 등에 고풍스러운 글을 지었지만, 그것이 도대체 어떤 것인지 나 스스로도 전혀 기억나지 않는다. 지원 선생도 찾아내지 못하였으니, 참으로 천만다행이라 생각한다.

이후로는 옛 비문을 베꼈다. 그리고 뒤이어 지은 글은 백화였으며, 신시 몇 수도 지었다. 난 사실 신시 짓기를 좋아하지 않았다. ── 그렇다고 고시 짓기를 좋아한 것도 아니었다. ── 다만 당시의 시단이 쓸쓸하기에 옆에서 맞장구를 쳐주어 떠들썩하게 흥을 돋우어 주었을 뿐, 시인이라 일컫는 이들이 출현하자 손을 떼고 짓지 않았다. 게다가 나는 쉬즈모[8]와 같은 시를 싫어했는데, 그는 묘하게도 사방에 투고하기를 좋아하였다. 『위쓰』[9]가 출판되자 그에게서도 원고가 왔으며, 그를 알아주는 사람이 있어서 실리게 되었다. 그가 투고하지 못하도록 내가 잡감을 써서 한바탕 놀려 주었더니, 그는 과연 보내오지 않았다. 이것이 내가 훗날 '신월파'[10]와 척지게 된 첫걸음이었다. 위쓰사語絲社의 동인들 가운데에 이로 인해 나를 마땅찮게 여기는 이들도 몇 분 있었다. 그렇지만 왠지 까닭을 알 수 없지만 『열풍』熱風 속에 수록되지 않았다. 빠진 것인지 아니면 일부러 삭제한 것인지 이미 기억이 희미하지만, 다행히 이 문집 안에 수록하게 되었으니 이걸로 됐다.

다만 몇 편의 강연 원고만은 일부러 삭제했다.[11] 나는 예전에 강의는 할 수 있었지만, 강연은 젬병이었다. 이런 건 진즉 간직할 필요가 없는 것이었다. 게다가 기록하는 이가 방언의 차이 때문에 제대로 알아듣지 못하여 빠뜨리거나 틀리기도 하고, 혹은 의견의 차이로 인해 취사선택이 정확하지 않기도 하여, 내 생각에는 중요한 것인데도 기록하지 않고 헛소리인데도 한 마디도 빼지 않고 상세히 기록하기도 하였으며, 어떤 부분은 그야말로 악의적인 날조인 듯 내가 한 말과는 정반대의 뜻이 되기도 하였다. 이런 것들은 기록자 자신의 창작으로 간주할 수밖에 없어서, 이 책에서는 죄다 삭제하기로 하였다.

나는 나의 젊은 시절에 지은 글이 부끄럽기는 하지만, 결코 후회하지는 않는다. 아니 오히려 조금은 사랑스럽기까지 하다. 이는 정말이지 '하룻강아지 범 무서운 줄 모르는' 격으로, 마구잡이로 공격하는 거야 무모하긴 하지만 거기에는 천진스러움이 배어 있다. 지금이야 꽤 세심하게 신경을 쓰게 되었지만, 나에게는 또한 자신에게 불만스러운 점이 달리 있다. 나는 패주하는 척하다가 되돌아서 적을 치는 기만술을 부릴 줄 아는 황한승[12]을 탄복하기도 하지만, 우악스럽게도 이해를 따지지 않다가 끝내 부하에게 목이 잘린 장익덕[13]을 좋아한다. 하지만 장익덕 부류이면서도 다짜고짜 도끼를 휘둘러 '목을 늘어놓아 뎅겅뎅겅 자르는' 이규李逵를 싫어하며, 따라서 이규를 물속에 끌어들여 눈이 희번덕거릴 정도로 실컷 물을 먹인 장순張順[14]을 좋아한다.

1934년 12월 20일 밤, 상하이의 푸몐卓面서재에서 쓰다

주)_____

1) 이 글은 1935년 3월 5일 상하이의 반월간『망종』(芒種) 제1기에 처음 발표되었다.

2) 원문은 '悔其少作'. 삼국시대에 임치후 조식(曹植)의 「양덕조에게 보내는 편지」(與楊德祖書)에 대한 답신으로 양수(楊脩)가 지은 「임치후에게 답하는 편지」(答臨淄侯箋)의 다음과 같은 글귀에서 비롯되었다. "우리 집안의 자운(子雲)은 연로하여 사리에 어두워 억지로 책 한 권을 지었는데, 젊어서 지은 글을 후회하였습니다."(脩家子雲, 老不曉事, 强著一書, 悔其少作) 자운은 양웅(楊雄 혹은 揚雄)을 가리킨다. 양웅은 젊어서 한나라의 대문장가인 사마상여(司馬相如)를 본떠 「감천부」(甘泉賦)와 「장양부」(長楊賦) 등을 지었는데, 훗날 자신의 저서인『법언』(法言) 「오자」(吾子)에서 이렇게 말했다. "누군가 '그대는 젊어서 부(賦) 짓기를 좋아하였습니까?'라고 묻자, '그렇습니다. 어린아이가 깎고 새기는 짓이었지요'라고 대답하더니 잠시 후 '사나이 대장부가 할 짓이 아니지요'라고 말했다."(或問: '吾子少而好賦?' 曰: '然. 童子彫虫篆刻.' 俄而曰: '丈夫不爲也.')

3) 양지윈(楊霽雲, 1910~1996)은 장쑤(江蘇)성 창저우(常州) 출신으로, 문화계에서 활동하였다.

4) 원문은 '被髮大叫, 抱書獨行, 無淚可揮, 大風滅燭'이다. 이 글귀는『저장의 조수』(浙江潮) 제1기와 제2기에 실린 원구이(文詭)의 「절성」(浙聲)이란 글에서 비롯되었다.

5) 옌유링(嚴又陵, 1854~1921)은 옌푸(嚴復)를 가리키며, 유링은 그의 자이다. 푸젠(福建)성 민허우(閩侯) 출신으로 청말 계몽사상가이자 번역가이다.

6) 1898년 옌푸에 의해 번역·출판된『천연론』(天演論) 상권 「광의」(廣義)에 다음과 같은 글귀가 있다. "신체의 기관이 외부의 사물과 접촉하면, 신경을 통해 뇌에 전달되어 감각이 발생한다."(官與物塵相接, 由涅伏以達腦成覺)

7) 장타이옌(章太炎, 1869~1936)은 장빙린(章炳麟)을 가리키며, 타이옌은 그의 자이다. 저장(浙江)성 위항(余杭) 출신으로 청말의 혁명가이자 학자이다. 루쉰은 일본 유학 시절 장타이옌의『설문해자』(說文解字) 강의를 들었으며, 고풍스러움을 추구하는 그의 글쓰기로부터 많은 영향을 받았다.

8) 쉬즈모(徐志摩, 1897~1931)는 저장 하이닝(海寧) 출신이며, 신월파(新月派)를 대표하는

시인이다. 미국에서 유학하였다가 1922년 귀국한 후 베이징(北京)대학, 칭화(淸華)대학 등에서 교수를 역임하였으며, 『천바오 부전』(晨報副鐫) 「시간」(詩刊), 『신월』(新月) 등의 편집을 맡았다. 저서로는 『즈모의 시』(志摩的詩), 『맹호집』(猛虎集) 등이 있다. 루쉰이 『위쓰』(語絲)에의 그의 투고에 대해 쓴 잡감이 이 책에 실린 「'음악'?」이란 글이다.

9) 『위쓰』(語絲)는 문예주간지이며, 쑨푸위안(孫伏園)과 저우쭤런(周作人)의 편집에 의해 1924년 11월에 베이징에서 창간되었다가 1927년 10월 펑톈계(奉天系) 군벌인 장쭤린(張作霖)의 단속으로 인해 12월에 상하이로 옮겨 속간되었으며, 이즈음 루쉰과 러우스(柔石) 등이 편집을 담당하였다. 1930년 3월 제5권 제52기를 끝으로 정간되었다. 루쉰은 이 잡지의 주요 기고자였다.

10) 신월파(新月派)는 신월사(新月社)의 성원을 가리킨다. 신월사는 1923년 베이징에서 창립되었으며, 그 명칭은 인도의 시인 타고르의 『신월집』(新月集)에서 따왔다. 주요 성원으로는 후스(胡適), 쉬즈모, 천위안(陳源), 량스추(梁實秋), 원이둬(聞一多), 뤄룽지(羅隆基) 등이 있다.

11) 삭제된 몇 편의 강연 원고는 「루쉰 선생의 연설」(魯迅先生的演說), 「독서와 혁명」(讀書與革命), 「식객문학과 어용문학」(帮忙文學與帮閑文學), 「혁명문학과 준명문학」(革命文學與遵命文學) 등을 가리킨다. 「식객문학과 어용문학」은 훗날 루쉰의 수정과 게재 동의를 얻었지만, 본서 원고의 검정을 받을 때에 국민당 검사관에 의해 제외되었다. 강연 원고 각각의 삭제와 게재의 경과에 대해서는 작자가 1934년 12월 11일, 14일, 16일, 18일에 양지원에게 보낸 편지를 참고하시오.

12) 황한승(黃漢升, ?~220)은 황충(黃忠)을 가리키며, 한승은 그의 자이다. 삼국시대 난양(南陽; 지금의 허난河南) 출신으로, 형주(荊州)의 유표(劉表) 밑에서 중랑장(中郎將)으로 지내다가 60세의 나이에 유비(劉備)에게 귀순하였다. 정군산(定軍山)에서 패주하는 척 도망하다가 일격에 조조의 대장 하후연(夏侯淵)을 죽인 일로 유명하다.

13) 장익덕(張翼德, ?~221)은 장비(張飛)를 가리키며, 익덕은 그의 자이다. 진수(陳壽)의 『삼국지』에서는 그의 자를 익덕(益德)이라 하였으나, 모종강(毛宗崗)의 『삼국연의』(三國演義) 이후 익덕(翼德)으로 널리 퍼지게 되었다. 삼국시대 쥐군(涿郡; 지금의 허베이 쥐현涿縣) 출신으로, 유비 아래에서 대장을 지냈다. 관우(關羽)의 원수를 갚기 위해 오(吳)나라를 칠 준비를 하다가 부장인 장달(張達), 범강(范彊) 등에게 살해당했다.

14) 이규(李逵)와 장순(張順)은 『수호전』(水滸傳)에 나오는 인물들이다. 흑선풍(黑旋風) 이규가 '도끼로 줄지어 목을 치는' 이야기와 낭리백도(浪裏白條) 장순이 이규를 물에 빠뜨려 혼을 내는 이야기는 각각 이 소설의 40회와 38회에 나온다.

스파르타의 혼[1]

기원전 480년에 페르시아 국왕 크세르크세스Xerxes는 그리스를 대거 침략하였다.[2] 스파르타의 왕 레오니다스Leonidas는 시민 200명을 이끌고서 동맹군 수천 명과 함께 테르모필레Thermopylae를 방어하였다. 적군은 샛길로 들이닥쳤다. 스파르타의 장수와 병사는 필사적으로 싸웠으나, 전군이 섬멸당하고 말았다.[3] 싸움터의 기운은 스산해지고 용감하게 싸우다 죽은 넋은 대낮에도 울부짖었지만, 플라타이아의 결전[4]에 이르러 그 원수를 크게 갚았으니, 오늘에 이르러 그 역사를 읽노라면 당당하고 기세가 넘친다. 나는 이제 잘 알려지지 않은 일을 간추려 우리의 젊은 이에게 선물하고자 한다. 오호라! 세상에 머리를 장식한 사내[5]보다 못나기를 스스로 달가워할 자가 있으랴? 틀림없이 붓을 내던지고 일어날 자가 있으리라. 역자는 글 쓰는 재주가 없는지라 그 양상의 만분의 일도 흉내 낼 수가 없다. 아아, 나는 독자에게 부끄럽고, 스파르타의 혼에게도 부끄럽다.

에게해의 아침빛이 말리스Malis만灣에 슬며시 스며들자, 이다Ida산 제일봉의 저녁구름도 유유히 맑은 빛깔을 드러내기 시작했다. 만과 산 사이의 테르모필레의 석재 보루 뒤쪽에서 두려움 모르는 천하무적의 그리스군은 레오니다스 휘하의 7천 명의 동맹군을 배치한 채, 칼날을 드러내고 창을 베개 삼아 날이 밝기를 기다리고 있었다. 하지만 뉘 알았으랴만, 페르시아군 수만 명은 이미 깊은 어둠을 틈타 샛길로 새벽을 헤치고 이다산 꼭대기에 이르러 있었다. 아침 해의 밝음을 틈타고 수비병의 잠시 눈붙임을 훔쳤던 것이다. 마치 긴 뱀이 골짜기를 올라 구불구불 봉우리 뒤편으로 넘는 듯했다.

솟아오른 해가 뿜어낸 최초의 빛살은 지금도 보루 모퉁이에 반짝인 채, 금방이라도 뚝뚝 떨어질 듯 흥건한 푸른 피를 비추고 있었다. 이는 어제의 전투가 치열했음을 말해 주고 있었다. 보루 너머에는 전사한 병사들의 갑옷이 층층이 쌓여 언덕을 이루었는데, 갑옷 위에 페르시아어로 '불사군'不死軍이라 새겨진 세 글자는 어제 적군이 패배하였음을 보여 주었다. 그러나 삼백만의 대군이 이 패배에 어찌 혼났겠으며, 어찌 예기가 꺾이겠는가? 아아, 오늘 혈전이 벌어지리라! 혈전이! 레오니다스는 밤새도록 방비를 하면서 적의 기습을 기다렸다. 그러나 동이 터 오도록 적의 모습은 묘연하였다. 적진의 까마귀가 아침 해를 향해 울부짖자, 모든 병사는 크게 두려워했다. 과연 방어력이 미치지 못한 곳에 있던 척후병이 방어할 길이 없다는 첩보를 보내왔다.

테살리아Thessalia 출신의 에퓌알테스란 자가 이다산의 중봉에 다른 샛길이 있음을 적에게 알려 주었습니다. 그래서 적군 만여 명이 야음을 틈타 진격하여 포키스Phocis 수비병을 물리치고 아군의 배후를 공격하고 있습니다.

오호라, 위기로다! 만사가 끝장났도다! 첩보에 자극받아 전군은 사기가 떨어졌으며, 퇴각을 외치는 소리가 먼지를 피우면서 떠들썩하게 군중에 가득 찼다. 레오니다스는 동맹군의 장교를 소집하여 퇴각할 것인지 남아 싸울 것인지를 의논하였다. 모두들 지켜야 할 땅을 이미 잃어버린 마당에 남아 싸워 보았자 헛수고이니, 차라리 테르모필레에서 물러나 그리스의 장래를 도모하는 편이 낫다고 말했다. 레오니다스는 더 이상 아무 말도 하지 않다가 천천히 장수들에게 말했다. "그리스의 존망은 오늘 이 전투에 달려 있다. 장래를 도모하기 위해 퇴각하려는 자는 속히 이곳을 떠나라. 스파르타인에게는 '전쟁터에 나가 승리하지 못하면 죽는다'는 국법이 있으니, 이제 목숨을 걸고 싸울 따름이다! 이제 결사전뿐이다! 나머지 일은 마음에 남겨 두겠노라."

이리하여 펠로폰네소스Peloponnesos군 삼천 명, 포키스군 천 명, 로크리아Locria군 육백 명이 퇴각하였으며, 퇴각하지 않은 자는 테스피아Thespia인 칠백 명뿐이었다. 그들은 의연하게 스파르타 무사와 더불어 생사를 함께 하고 악전고투를 함께 하며 명예를 함께 하기로 맹세하고서 이 지극히 위험하고 참담하며 웅장한 낡은 보루에 남기로 하였던 것이다. 오직 테바이Thebai인 약간 명은 수시로 변심을 되풀이하는 본국의 기질로 인해 레오니다스에게 억류되어 있었다.[6]

아아, 스파르타군의 숫자는 겨우 삼백이었다. 그러나 두려움을 모르는 천하무적의 삼백 명의 병사는 적을 눈앞에 두고도 웃음을 짓고 노기로

꼿꼿이 솟은 긴 머리카락을 묶어,[7] 한번 눈 감으면 나머지 일은 돌보지 않는 결의를 보여 주었다. 레오니다스 역시 전투가 임박하였을 때, 의연히 "왕이 죽지 않으면 나라가 망한다"는 신계神誡[8]를 받았노라고 말했다. 이제 주저할 것도, 머뭇거릴 것도 없었다. 동맹군이 떠나자, 아폴로Apollo신을 향해 절을 두 번 올리고 스파르타의 군율을 좇아 관을 짊어진 채 강적을 기다리고 죽음을 기다렸다.

오호라, 전군은 싸우다가 죽기를 기다릴 뿐이었다. 그러나 세 사람만은 왕이 살리고 싶었다. 두 사람은 왕의 친척이고, 한 사람은 옛날 이름난 제사祭司의 후손인 시메카라는 예언자로 왕에게 신계를 알려 주었던 자였다. 시메카는 왕의 곁에서 시중을 들고 있던 터라, 왕은 그에게 몰래 말했다. 그에게는 원래 가정이 있었고 아들이 있었다. 그는 나라를 잃은 채 살기를 원하지 않는다면서 순국하여 죽겠노라고 맹세하여 왕명을 단호히 사양하였다. 왕의 친척 두 사람은 모두 약관의 나이였다. 그들은 마침 길고 멋진 머리카락을 어루만지면서 진두에 우뚝 서서 진격을 기다리고 있었다. 그런데 뜻밖에 왕의 부름이 이른지라, 전군은 숙연하게 왕의 말에 귀를 기울였다. 아, 두 젊은이여, 오늘 살아남을 수 있을까. 기뻐 날뛰며 귀국하여 부모와 친구를 불러 모아 재생의 축하연을 베풀고 싶겠지! 하지만 스파르타의 무사로서 어찌 그리될 수 있을까? 아아, 나는 이렇게 들었다. 왕은 마침내 입을 떼더니 솜털이 보송보송한 앳된 얼굴을 뚫어져라 쳐다보았다.

왕 : "경들은 장차 죽으리라는 것을 아는가?"

소년 갑 : "그러하옵니다. 폐하."

왕 : "무엇 때문에 죽으려 하는가?"

소년 갑 : "말할 필요도 없습니다. 싸우다 죽겠습니다! 싸우다 죽겠습니다!"

왕 : "그렇다면 그대들에게 가장 멋진 싸움터를 주려 하는데, 어떠한가?"

소년 갑과 을 : "신들이 진실로 바라던 바이옵니다."

왕 : "그렇다면 경들은 이 글을 가지고 귀국하여 전황을 보고하라."

이상하다! 왕께서는 도대체 무슨 생각을 하고 있는 거지? 젊은이들은 깜짝 놀라 의아한 표정을 지었고, 전군은 숙연히 왕의 말을 한 마디라도 놓칠세라 귀를 쫑긋 세웠다. 젊은이는 문득 깨닫는 바가 있어 성난 목소리로 왕에게 대답했다. "왕께서는 저를 살리고 싶은 겁니까? 신은 방패를 들고 이곳에 와 있으니, 파발꾼으로 삼지 말아 주십시오." 의지는 군세었다. 죽음을 각오하고 있는 모습이었다. 그 뜻을 꺾을 수가 없었다. 왕은 여전히 갑을 보내고 싶었지만, 갑은 왕의 명령을 받들지 않았다. 왕이 을을 보내려고 하자, 을 역시 왕의 명령을 받아들이지 않으면서 말했다. "오늘의 전투는 국민에게 보답하고자 함입니다." 아, 그의 뜻을 꺾을 수 없었다. 그리하여 왕이 말했다. "위대하도다, 스파르타의 무사여! 내가 더 무슨 말을 하리오." 한 젊은이[9]가 왕명의 황송함에 사의를 표하였다. 커다란 깃발이 휘날리고 영광이 찬란하게 빛났다. 멋지도다, 호걸들이여. 전군의 사기를 북돋우라, 제군들이여, 제군들이여. 사나이는 죽을 뿐이로다!

아침 해가 떠오르자 먼지가 피어올랐다. 눈을 부릅뜨고서 사방을 살펴보니, 불이 활활 타오르듯 기세등등한 적군의 선봉내가 보였다. 그들은 세 배나 되는 군세로 성난 파도처럼 번개가 들이치듯 스파르타군의 배후에 진을 치고 있었다. 그러나 싸움을 걸어오지도, 진격하지도 않았다. 아마 제2대와 제3대가 도착하기를 기다리고 있는 듯했다. 스파르타의 왕은 스파르타군을 제1대로 삼고, 테스피아군을 제2대로, 그리고 테바이군을 후군으로 삼았다. 왕은 말을 채찍질하여 속공으로 적을 제압하려 하였다. 장하도다, 굳센 기상은 하늘에 닿고, 해도 저 멀리 몸을 숨기는구나.[10]

얼마 지나지 않아 '진격'이란 소리가 들려오자, 피와 모래로 뒤범벅인 싸움터에 쇠북소리가 둥둥 울려 퍼졌다. 두려움 모르는 천하무적의 굳센 군대는 왼쪽에 바다, 오른쪽에 산을 낀 채 발을 내딛기조차 위험스러운 골짜기 속에서 페르시아군과 맞닥뜨렸다. 함성과 함께 치고받는 가운데 선혈이 거꾸러 흘러, 마치 으르렁거리며 밀려오는 파도에 물보라 일어나듯 황량한 물가에 솟구쳐 튀어올랐다. 눈 깜짝할 사이에 무수히 많은 적군이 칼날에 죽고 바다에 빠졌으며 후방의 원군에게 짓밟혔다. 대장의 호령, 지휘관의 질타, 도망병에 대한 대장의 채찍질 속에 북소리가 귀를 찢는 듯하였다. 적군은 붉은 피에 흠뻑 젖은 채 비스듬히 비치는 햇빛에 더욱 빛을 발하면서 회오리바람처럼 휙휙 소리를 내지르는 칼날 앞으로 선뜻 나아가지 못하였다. 일만 명의 대군이 벌떼처럼 모여들었다. 하지만 적군은 방패를 붙든 채 우뚝 서 있는 진용을 뒤흔들지 못하였다. 아군의 사기는 산처럼 믿음직하여 마치 부동명왕不動明王[11]의 반석과 같았다.

그런데 스파르타 무사 가운데 이번 전투에 참여하지 못한 자가 두 명이 있었다. 눈병에 걸린지라 알페니Alpeni라는 읍으로 멀리 후송되었던 것이다. 답답한 마음으로 하는 일 없이 지내던 중에 갑자기 전황 소식을 들었다. 그중 한 사람은 머물러 있으려고 하였지만, 다른 한 사람은 싸움터에 가기로 하였다. 하인 한 명을 데리고 싸움터로 가다가 높은 곳에 올라 멀리 바라보니, 함성이 귀를 찢고 기개는 용맹스러웠으며[12] 용사의 넋이 어느덧 전운이 희뿌연 곳에 떠돌고 있었다. 그러나 햇빛이 갈수록 맹렬하여 눈을 뜰 수가 없는지라, 그저 하인을 재촉하여 전황을 물을 따름이었다.

칼날이 부서지고 화살이 떨어졌습니다! 용사는 다 죽었습니다! 왕은 전사하셨습니다! 적군이 떼지어 몰려들어 왕의 주검을 빼앗으려 하자 아군이 죽기 살기로 싸우는데, 아아 …… 위험합니다, 위험해요!

하인의 말은 대략 이러했다. 아아, 이 용사는 곧 멀게 될 눈에서 뜨거운 피를 뚝뚝 흘리더니 팔을 걷어붙이고 크게 뛰어올라 싸움터로 달려가려 하였다. 하인이 가지 말라고 말리면서 대신 죽겠노라 하였지만, 용사는 그럴 수는, 끝내 그럴 수는 없었다. 이제 주인과 하인은 손을 맞잡고서 "나도 스파르타 무사이다"라고 외치면서 겹겹의 혼전 속으로 뚫고 들어갔다. 왼쪽으로는 왕의 주검을 돌보고 오른쪽으로는 적의 칼날을 뿌리치기를 거듭하다가, 끝내 기진맥진하여 뜨거운 피로 붉게 물든 보루 뒤쪽으로 질질 끌려갔다. 이 최후의 결전을 감행했던 영웅들은 적을 향해 베개를 나란히 한 채 전사하였던 것이다. 아, 죽은 자여, 이제 영영 마지막이로구나. 나는 그들이 이렇게 말하는 것을 들었다.

그대 길 떠나는 자여, 나는 국법에 따라 싸우다가 죽노니, 나의 스파르타 동포에게 알릴지어다.[13]

우뚝하도다, 테르모필레의 골짜기여! 지구가 사라지지 않는 한, 스파르타 무사의 넋도 영원하리라. 칠백 명의 테스피아인 역시 온몸을 바쳐 뜨거운 피를 뿌렸으니 헤아릴 길 없는 명예를 나누어 가지리라. 이 영광의 다툼 곁에는 적과 내통하여 나라를 팔아먹은 테살리아인 에피알테스와 적에게 목숨을 구걸한 사백 명의 테바이군을 또한 기록하리라. 그렇지만 이 테르모필레의 일전에 의해 헤아릴 길 없는 영광과 명예를 얻은 스파르타의 무사 가운데에 알페니의 안과병원에서 살아 돌아온 자가 있었다.

여름밤이 깊었을 무렵, 가옥의 그림자가 길을 뒤덮고 있는데, 딱따기 소리만이 끊겼다 이어지고 개는 표범처럼 짖어 대고 있을 따름이었다. 스파르타 마을의 산 아래에는 여태껏 잠들지 못한 집이 있었다. 등불 빛은 어두운데, 창틈으로 희미한 불빛이 새나왔다. 얼마 지나지 않아 한 젊은 부인이 노파를 배웅하러 나와 절절하게 작별의 말을 나누었고, 이윽고 삐걱 소리를 내며 문을 닫더니 슬픔에 잠긴 채 방안으로 들어갔다. 콩알만큼 조그마한 등불만이 외로이 자신의 그림자를 비추고 있었다.[14] 흐트러진 쑥대머리는 기름이나 물이 없어서가 아니었다.[15] 아마 출산이 임박한지라 용맹스럽고 강인한 사내아이를 낳아 국민을 위해 무언가를 할 수 있기를 마음속으로 축원하고 있었으리라. 때는 마침 온 천지가 고요하고 살을 에는 바람이 창을 두드리고 있었다. 하고 싶은 말은 많아도 아무 말이 없으며, 탄식하는 소리가 들리는 듯하였다. 전쟁터로 떠난 남편을 그리워하는 걸까? 모래벌판의 싸움터를 꿈꾸는 걸까? 이 아름다운 젊은 부인은 여장부이니, 어찌 탄식하는 일이 있겠는가? 탄식이 어찌 스파르타 여자의 할 일이겠는가? 오직 스파르타의 여자만이 남자를 지배할 수 있고, 오직 스파르타의 여자만이 남자를 낳을 수 있다. 이 말은 레오니다스의 왕후인고르고Gorgo가 외국의 여왕에게 대답한 말[16]이며, 스파르타의 여자에게 한없는 영광을 더하여 주던 것이 아니었던가. 아아, 탄식하는 일을 스파르타의 여자가 어찌 알랴.

기나긴 한밤중, 천지는 쥐죽은 듯 고요하였다. 아아, 고막에 부딪쳐 더욱 분명해지는 것은 무슨 소리인가? 문을 똑똑 두드리는 소리였다. 젊은 부인이 나가 물었다. "클리타이스 씨인가요? 내일 오시지요." "아니, 아니오. 내가 살아 돌아왔소." 아아, 이 사람은 누구인가? 이 사람은 누구인가? 그때 마침 비스듬히 기운 달빛과 가물거리는 등불이 번갈아 그 사람의 얼굴을 비추었다. 테르모필레의 전사, 자신의 남편이었다.

젊은 부인은 놀랍고 의아스러웠다. 한참이 지나서야 입을 떼었다. "아니 어떻게 …… 살아 돌아와 …… 내 귀를 더럽히십니까! 제 남편은 싸우다 죽었으니, 살아 돌아온 사람은 제 남편이 아닙니다. 영웅의 혼령이 틀림없어요. 조국에 길점吉占을 알리려는 것이겠지요. 귀환한 것은 영웅의 혼령입니다. 영웅의 혼령이라구요."

독자는 몰인정하다고 의심할지도 모른다. 그러나 스파르타에서는 정말로 그러했다. 격전이 막을 내리면 관례에 따라 국장國葬을 거행하고, 열사의 굳센 넋은 무수한 작은 먼지로 화하여 우렁차게 울려 퍼지는 군가를 따라 국민의 뇌리 속에 깊이 새겨지는 것이다. 그리고 국민은 소리 높여 외친다. "국민을 위해 죽었다! 국민을 위해 죽었다!" 아울러 장례를 지휘하는 자는 말한다. "국민을 위해 죽었으니 얼마나 명예로운가! 얼마나 영광스러운가!" 그렇지 않다면 어떻게 스파르타의 여자들에게 칭찬의 영예를 얻을 수 있겠는가? 여러분은 보지 않았던가, 과거에 낙방한 사람을? 진사 급제의 통지[17]가 오지 않으면 아내는 방 안에서 흐느껴 우는 법이니,

느낌은 달라도 정은 같은 것이다. 그런데 오늘 남편이 못나서 이랬다저랬다 죽지 않았으니,[18] 어찌 슬퍼하지 않을 수 있으며 분노하지 않을 수 있으랴. 문밖에 있던 남자가 말했다. "세레나요? 그대는 절대 의심하지 마오. 내가 살아 돌아온 것은 까닭이 있다오." 문을 밀어 빗장을 풀고서 방안으로 살며시 들어왔다. 젊은 부인은 원망스러운 듯 성난 듯 그 까닭을 따져 물었다. 남편은 자세히 설명하고 나서 이렇게 덧붙였다. "전에는 눈병이 낫지 않은지라 개죽음을 당하고 싶지 않았소. 만약 오늘밤에라도 싸움터가 있다면, 곧바로 나의 피를 뿌리겠소."

젊은 부인이 말했다. "그대는 스파르타의 무사가 아닌가요? 어찌 그럴 수 있나요, 개죽음이 싫어 뻔뻔하게 살아 돌아오다니요. 그렇다면 저 삼백 명은 무얼 위해 죽었나요? 아아, 당신은! 승리하지 못하면 죽는다는 스파르타의 국법을 잊었단 말이에요? 눈병 때문에 스파르타의 국법을 잊었나요? '원컨대 그대는 방패를 들고 돌아오라. 그렇지 않으면 방패에 실려 돌아오라'[19]라는 말을 귀에 못이 박히도록 들었을 텐데……. 그런데 눈병이 스파르타 무사의 영광보다 더 중요했단 말이에요? 언젠가 장례식이 거행되는 날, 저는 당신의 아내로서 그 대열에 동참할 수 있을 겁니다. 국민은 당신을 그리워하고, 벗들도 당신을 그리워하고, 부모와 아내 또한 당신을 그리워하지 않는 이가 없을 거예요. 그런데 오호라, 당신이 살아 돌아오다니요!"

그녀의 말은 매서웠다. 마치 바람과 서리가 세차게 몰려와 고막을 습격하는 듯하였다. 겁쟁이여, 겁쟁이여, 입을 다물라. 그런데도 그는 우물우물 말했다. "당신을 사랑했기 때문이라오." 젊은 부인은 불끈 화를 냈다. "그게 말이 되는 소리입니까! 부부의 연을 맺은 사람들치고 누군들 서로 사랑하지 않겠어요. 그러나 나라 밖에서는 사랑을 입에 담지 않는 스파르타의 무사가 아내를 사랑한다는 게 당키나 하나요? 삼백 명 가운데 살아 돌아온 자가 한 명도 없는 건 무엇 때문일까요? …… 당신이 정말로 나를 사랑한다면, 왜 저에게 전사자의 아내라는 명예를 안겨 주지 않는 건가요. 저는 머잖아 아이를 낳을 거예요. 만약 사내아이를 낳았는데 허약하면 타이게투스Taygetus의 골짜기에 버릴 것이고,[20] 튼튼하면 테르모필레의 전적戰跡을 기억하도록 하겠어요. 그런데 제가 장차 어떻게 국민을 위해 죽어 간 동포들 사이에 끼어들겠어요? …… 그대가 진정 저를 사랑한다면, 원컨대 어서 죽으세요. 그렇지 않으면 저를 죽여주세요. 오호라, 그대는 칼을 차고 있군요. 칼은 당신의 허리에 매달려 있어요. 칼에게 영혼이 있다면, 어찌하여 주인을 떠나지 않았을까요? 어찌하여 주인을 위해 부러지지 않았을까요? 어찌하여 주인의 목을 치지 않았을까요? 만약 그 주인이 부끄러움을 안다면, 어찌하여 칼을 뽑지 않았을까요? 어찌하여 그 칼로 싸우지 않았을까요? 어찌하여 그 칼로 적의 목을 베지 않았을까요? 아아, 스파르타의 무사도가 사그라들었군요! 저는 남편을 욕되게 하였으니, 그대 곁에서 칼로 자결하겠습니다."

남편은 살고 아내는 죽었다. 목에서 뿜어져 나온 피는 하늘로 솟구치고 그 기백은 사방으로 넘쳐흘렀다. 사람들은 아마 기나긴 밤이 지나 새벽빛이 비친 것이라고 의심할지도 모른다. 안타깝도다, 한 사람이 묻고 한 사람은 답하고, 한 사람이 살고 한 사람은 죽었다. 어둔 밤에 아는 이 아무도 없었으니, 위대한 모습은 장차 사라지고 말리라. 그러나 아무도 몰랐겠지만, 세레나를 흠모했던 클리타이스라는, 비록 여자에게 거절당하였으나[21] 그 정을 잊지 않았던 자가 있었다. 그때 그는 남몰래 담모퉁이를 돌아 길을 떠났다.

　아침 해가 훤히 밝아 와 스파르타 교외를 비추었다. 나그네들은 추위에 몸을 움츠리면서 잠자리에서 일어나더니 사방으로 통하는 한길 네거리에서 걸음을 멈추었다. 그 가운데 한 노인이 테르모필레의 지형을 설명하면서 지난날의 일을 곁들였다. 예전에는 석재 보루였는데 지금은 전쟁터이지. 이런저런 이야기가 끝없이 이어졌다. 어라, 저건 뭐지?──그 사이에 나무가 세워져 있는데, 그 위에 이렇게 쓰어져 있었다.

　테르모필레의 타락한 무사 아리스토데모스[22]를 붙잡아 오는 자에게는 상금을 주겠노라.

　이건 아마 정부의 포고일 터인데, 클리타이스가 고발하였으리라. 아리스토데모스란 사람은 옛날에 몸에 번개를 맞고서 신의 노여움을 풀었다는 현명한 국왕[23]인데, 그가 남긴 업적으로 보아 한 명의 병사도 전사시키지 못했다니, 아아 불가사의한 일이로다.

　구경꾼들은 더욱 많아졌고, 이러쿵저러쿵 떠들어 댔다. 멀리 스파르타 마을을 바라보니 소년군 한 부대가 있는데, 투구와 갑옷이 아침 해를 받아 금빛 뱀처럼 반짝거렸다. 네거리에 이르자 두 갈래로 나뉘더니, 서로 등을 진 채 달려가면서 목청껏 노래를 불렀다.

　싸움이여! 이 전쟁터는 위대하고도 장엄하도다. 그대는 어찌하여 벗을 버린 채 살아 돌아왔는가? 그대는 살아 돌아와 커다란 치욕을 입었으니, 그대의 어머니가 죽을 때까지 매질하리라!

노인이 말했다. "저들은 아리스토데모스를 찾고 있지.…… 우렁차게 소리 높여 노래 부르는 것이 들리지 않는가? 이건 이백 년 전의 군가인데, 지금도 불리고 있다네."

그런데 아리스토데모스는 어떻게 되었을까? 역사가는 말하고 있지 않은가, 플라타이아^Plataea 전투는 세계 대결전의 하나라고. 페르시아군 30만은 대장 마르도니우스^Mardonius의 주검을 안고서 마치 가을바람이 낙엽을 쓸 듯이 종횡무진 대사막을 유린하고자 하였다. 스파르타의 정예 삼백명은 장군 파우사니아스^Pausanias의 지휘 아래 적군의 목에 흐르는 피로써 묵은 한을 씻어 냈다. 서글픈 바람이 밤에 울부짖고 부추에 맺힌 이슬은 다투어 떨어지니, 이는 인생의 덧없음을 넌지시 알려 주는 것인가. 갓 떠오른 달빛이 싸움터에 버려진 주검들을 환하게 비추고 말발굽의 자취 사이에 핏자국이 축축하니, 이는 델피 신[24]의 영험치 못함을 슬퍼하는 것인가. 스파르타 군인들은 각자 고귀하기 그지없는 동포의 유해를 찾아 고원으로 옮겨 장례를 치르기로 하였다. 뜻밖에도 겹겹이 쌓인 적의 주검 사이에 의젓한 자태로 엎어져 누운 자가 있었는데, 몽롱한 달빛 아래 낯이 익어 보였다. 군인들 가운데 어떤 사람이 크게 외쳤다. "전투가 얼마나 치열했던가! 아아, 어찌하여 테르모필레에서 죽지 않고 이곳에서 죽었는가?" 그를 알아본 이는 누구인가, 클리타이스였다. 진즉 수비병으로 근무하고 있던 그는 파우사니아스에게 달려가 보고하였다. 장군은 그의 장례를 치러 주고 싶어서 전군에게 의견을 물었다. 그러나 전군은 소란스러워지더니 아리스토데모스를 몹시 책망하였다. 이에 장군은 전군에게 이렇게 연설하였다.

그렇다면 스파르타 군인의 여론에 따라 그의 무덤은 세우지 않기로 한다. 그러나 우리는 보았다, 무덤 없는 자의 전사戰死가 우리를 감동시키고 기쁘게 함을. 우리는 스파르타 무사도의 뛰어남을 더욱 분명히 알게 되었다. 아, 그대들이여 분투하라, 자국민을 죽이고 이민족에게 알랑거리는 노예국을 보지 않았는가? 간첩이나 앞잡이 노릇을 하는 자에게는 무슨 말을 하랴? 그런데 우리나라에서는 차라리 의롭지 않은 여생을 내던져 이미 깨뜨린 국법에 속죄하려 하였다. 아아, 제군들이여, 저 사람은 비록 무덤이 없지만, 마침내 스파르타 무사의 혼을 지니게 되었도다!

클리타이스는 저도 모르게 느닷없이 외쳤다. "그건 그의 아내 세레나가 죽음으로써 간하였기 때문입니다!" 고요한 진중에 외침은 하늘 저편까지 울려 퍼졌다. 수많은 눈이 햇불처럼 일제히 그의 얼굴을 바라보았다. 파우사니아스 장군이 되물었다. "그의 아내가 죽음으로써 간하였다고?"

전군은 숨을 죽인 채 그의 이야기에 귀를 기울였다. 클리타이스는 말을 하려 하였지만 입이 열리지 않아 부끄러워 몸 둘 바를 몰랐다. 하지만 여장부의 일화를 차마 묻어 둘 수 없어 일의 전말을 이야기했다. 장군은 탁자를 밀치면서 일어나더니 이렇게 말했다. "오오, 여장부로다. …… 이 무덤 없는 자의 아내를 위해 기념비를 세우는 게 어떠한가?"

전군의 사기는 더욱 드높아지고, 환호소리는 봄우레마냥 힘차게 울렸다.

스파르타 마을의 북쪽, 에우로타스Eurotas의 골짜기를 지나는 행인들은 하늘을 향해 우뚝 솟은 것을 가리키면서 이렇게 말하였다. "저건 세레나의 비석이야. 그리고 거긴 스파르타라는 나라이지."

주)_____

1) 원제는 「斯巴達之魂」, 1903년 6월 15일 및 11월 8일에 일본 도쿄에서 출판된 월간 『저
장의 조수』(浙江潮) 제5기와 제9기에 발표했다. 필명은 쯔수(自樹)이다.
『저장의 조수』 제4기의 「유학계기사(留學界紀事) (2) 항러사건(拒俄事件)」에 다음과 같
은 내용이 실려 있다. "음력 4월 초이틀에 도쿄 『시사신보』(時事新報)는 호외를 발행했
다. …… 그 안에 러시아 대리공사와 『시사신보』 특파원의 대담이 실려 있는데, '러시아
의 현재 정책은 단연코 동삼성(東三省)을 취하여 러시아의 판도에 편입해야 한다는 둥
운운하였다'고 한다. …… 이튿날 아침 유학생회관의 간사 및 각 평의원은 즉시 회의를
개최한 결과, 유학생들이 의용대를 조직하여 러시아와 맞서 싸움과 아울러 국민들에
게 널리 알릴 것을 제의하였으며, 모두들 찬성하였다." 초나흘에 의용대는 각지에 전보
를 띄웠는데, 베이양(北洋) 대신들에게 보내는 편지에는 다음과 같은 내용이 들어 있다.
"옛날 페르시아 국왕 크세르크세스는 10만 대군으로 그리스를 집어삼키려 하였으나,
레오니다스는 친히 수백 명의 장정을 이끌고서 요충지를 굳게 지키다가 적진에 돌진
하여 죽기로 싸운 끝에 전원이 목숨을 잃었습니다. 이제 테르모필레의 전투는 그 명성
을 열국에 떨치고 있으며, 서양의 삼척동자 중에 이를 모르는 이가 없습니다. 작디작은
반도의 그리스에도 나라를 욕되게 하지 않는 인사가 있는데, 수백만 리나 되는 우리 제
국에 어찌 없을 수 있겠습니까!" 이 글은 바로 이러한 배경에서 발표한 것이다.
2) 크세르크세스(Xerxes, B.C. 519?~465)는 고대 중앙아시아의 제국이었던 페르시아의
국왕이다. B.C. 480년에 육군과 해군을 이끌고서 바다를 건너 그리스를 공격하였다.
3) 레오니다스(Leonidas, ?~B.C. 480)는 고대 그리스의 도시국가 가운데 하나였던 스파르
타의 국왕이다. 크세르크세스가 이끄는 페르시아군이 그리스를 침략하자, 그는 그리스
동맹군의 요청에 따라 군대를 이끌고 그리스 북부의 테르모필레 골짜기에 방어진을
폈다. 이틀간의 격전 끝에 페르시아군을 물리쳤지만, 사흘째 되던 날 배신자 에피알테
스(Ephialtes)의 안내를 받은 페르시아군이 산길로 배후를 치는 바람에, 협공을 받은 스
파르타군은 전멸하고 말았다.
4) 원문은 '浦累皆之役'. 테르모필레에서 대승을 거둔 페르시아군은 아테네를 공격하여
점령하였지만, 아테네의 장군 테미스토클레스(Themistocles)가 이끄는 그리스군과 살
라미스(Salamis)만에서 격돌한 끝에 크게 패배하였다. 물자보급에 어려움을 겪던 크세
르크세스는 대장 마르도니우스(Mardonius)를 남겨 둔 채 급히 귀국하였으나, 마르도
니우스는 플라타이아(Plataea)전투에서 그리스군에게 대패하였다.
5) 원문은 '巾幗之男子'. 건괵(巾幗)은 아녀자의 머리 장식을 가리키며, '巾幗之男子'는 사
내다운 기세나 뜻이 없는 남자를 의미한다. 이는 삼국시대 촉(蜀)나라의 제갈량(諸葛
亮)이 도전에 응하지 않는 진(晉)나라의 선왕(宣王)에게 머리 장식을 보내 조롱한 데에
서 비롯되었다.

6) 테바이인이 억류된 사실은 고대 그리스 역사가 헤로도토스(Herodotos, B.C. 484~425)의 『역사』(Historíai) 제7권 132절 및 222절에 기록되어 있다. 이 기록에 따르면, 테바이인이 참전한 것은 자원에 의해서가 아니었다. 페르시아군이 침입했을 때 그들은 토지와 물을 가져다 바쳤는데, 이로 인해 스파르타의 레오니다스에게 인질로 억류당하였다. 그리스군이 패한 후, 이들은 모두 적에게 투항하였다.

7) 원문은 '結怒欲沖冠之長髮'. 헤로도토스의 『역사』 제7권 209절의 기록에 따르면, 전투에 임하여 머리를 묶는 것이 스파르타인의 풍속이다.

8) 헤로도토스의 『역사』 제7권 220절에 따르면 신계(神誡)의 내용은 다음과 같다. "아아, 광활한 토지의 스파르타 백성들이여! 그대들에게 말하노니, 그대들의 저 영광스럽고 강대한 도시가 페르시아인의 손에 무너지거나, 혹은 라케다이몬(Lakedaimon)의 대지가 헤라클레스가에서 나온 국왕의 죽음을 위해 애도하리라."
제우스와 타이게테 사이에서 태어난 라케다이몬은 에우로타스(Eurotas)의 딸인 스파르타(Sparta)와 결혼하여 아미클라스(Amyclas), 에우리디케(Eurydice), 아시네(Asine) 등의 자녀를 낳았다. 그는 훗날 펠로폰네소스 반도 남서부 지역의 왕이 되었으며, 그 지역은 그의 이름을 따서 라케다이몬이라 명명되었다. 이곳 사람들 또한 라케다이모니아인(Lacedaimonian)이라 불렸으며, 수도는 그의 아내의 이름을 따서 스파르타라고 하였다. 그 뒤에도 라케다이몬은 스파르타 지역을 가리키는 별칭으로 오랜 기간 사용되었다.

9) 원문은 '一靑年'으로 되어 있으나, 문맥으로 보아 '두 젊은이'(二靑年)로 해야 한다.

10) 원문은 '踆烏退舍'이며, 햇빛이 어두워짐을 의미한다. '준오'(踆烏)는 태양을 가리키는데, 『회남자』(淮南子) 「정신훈」(精神訓)의 "해 속에는 준오가 있다"(日中有踆烏)라는 글귀에서 비롯되었다. 또한 『회남자』 「남명훈」(覽冥訓)에는 다음과 같은 기록이 있다. "노나라 양공이 한나라와 싸움을 하여 전투가 한창 무르익는데 날이 저물었다. 그가 창을 높이 들어올려 휘두르자, 이 바람에 해가 별자리 세 개의 거리만큼 물러났다."(魯陽公與韓構難, 戰酣日暮, 援戈而撝之, 日爲之反三舍) '반삼사'(反三舍)는 별자리 세 개의 거리만큼 멀리 물러난다는 뜻이다.

11) 부동명왕(不動明王)은 부동금강명왕(不動金剛明王)이다. 불교 밀종(密宗)의 보살로서, 산스크리트어로는 마하바이로카나(Mahavairocana)이다. 불경에 따르면, 그는 심성이 굳세어 악마를 항복시키는 법력을 지니고 있다.

12) 원문은 '踊躍三百'이며, 용맹스러운 기개를 의미한다. 『좌전』 「희공(僖公) 28년」에 "위로 뛰면서 손뼉을 세 번 치고, 앞으로 뛰면서 손뼉을 세 번 친다"(距躍三百, 曲踊三百)라는 구절이 있다. 여기에서의 '백'(百)은 '박'(拍)을 뜻한다.

13) 이 부분은 헤로도토스의 『역사』 제7권 228절에 따르면, 전후에 세운 기념비에 스파르타의 전사자들을 위해 새긴 명문(銘文)이다.

14) 원문은 '照影成三'. 당나라 시인 이백(李白)의 「달 아래 홀로 술 마시다」(月下獨酌) 네 수의 세번째 시에 "꽃 가운데의 술 한 병, 홀로 술 마시니 벗할 이 없구나. 술잔 들어 밝은 달을 맞아들이고, 그림자를 마주하니 세 사람이 되었도다"(花間一壺酒, 獨酌無相親, 舉杯邀明月, 對影成三人)라는 구절이 있다.

15) 원문은 '首若飛蓬, 非無膏沐'. 이 글귀는 『시경』(詩經) 「위풍(衛風)·백혜(伯兮)」의 "그이가 동쪽으로 간 후 쑥대머리가 되었네. 어찌 기름과 물이 없을까만, 누굴 위해 치장하리"(自伯之東, 首如飛蓬, 豈無膏沐, 誰適爲容)라는 시에서 비롯되었다.

16) 고르고(Gorgo)가 외국의 여왕에게 대답했다는 말은 고대 그리스의 역사가인 플루타르코스(Ploutarchos, 약46~약120)의 『영웅전』(Bioi Paralleloi)의 리쿠르고스(Lycurgos)전 제14절에 실려 있다.

17) 원문은 '泥金'. 금가루와 아교를 섞어 만든 안료이며, 이 글에서는 이 안료로 씌어진 통지문을 가리킨다. 후주(後周) 사람 왕인유(王仁裕)의 『개원천보유사』(開元天寶遺事) 「니금첩자」(泥金帖子)에는 다음과 같이 기록되어 있다. "새로 진사에 급제하면 니금으로 통지를 적어 집에 보내는 편지 속에 부쳐 과거 합격의 기쁨을 알린다."

18) 원문은 '二三其死'. 이랬다저랬다 마음이 변하여 나라를 위해 죽겠노라 결심하지 못했음을 의미한다. 『시경』 「위풍(衛風)·맹(氓)」의 "남자란 욕심쟁이, 이랬다저랬다 변덕이 죽 끓듯 하네"(士也罔極, 二三其德)라는 구절에서 비롯되었다.

19) 이 구절은 스파르타의 여인이 아들이 출정할 때에 하는 말이다. 플루타르코스의 『모랄리아』(Ethika / Moralia) 34F에 실려 있다.

20) 플루타르코스 『영웅전』의 리쿠르고스전 제16절에 따르면, 고대 스파르타의 신생아는 반드시 국가의 장로(長老)의 검사를 거쳐야 하는데, 건강하다고 인정받아야만 부모의 양육을 받도록 하고, 그렇지 않으면 타이게투스(Taygetus)의 산골짜기에 있는 영아유기장에 내버려졌다.

21) 원문은 '投梭之拒'. 여자가 남자의 유혹을 거절함을 가리킨다. 『진서』(晉書) 「사곤전」(謝鯤傳)의 "이웃집 고씨의 딸이 매우 어여쁜지라 사곤이 집적거린 적이 있는데, 그녀는 북을 던져 그의 이빨 둘을 부러뜨렸다"(隣家高氏女有美色, 鯤嘗挑之, 女投梭折其兩齒)라는 글귀에서 비롯되었다.

22) 아리스토데모스(Aristodemos)는 그리스 신화에 나오는 헤라클레스의 후손이며, 그의 쌍둥이 아들 에우리스테네스(Eurysthenes)와 프로클레스(Procles)는 라케다이몬, 즉 스파르타를 다스렸다. 눈병을 핑계로 도망쳤던 병사의 이름 역시 아리스토데모스이다. 헤로도토스의 『역사』 7권에 따르면, 300명의 병사 가운데 에우리토스(Eurytos)와 아리스토데모스 두 사람이 눈병을 심하게 앓고 있었기 때문에, 전투가 벌어지기 전에 레오니다스의 허가를 얻어 알페노이로 보내졌다.

23) 고대 그리스 역사서인 아폴로도로스(Apollodoros, B.C. 180?~120?)의 『비블리오테

카』(*Bibliotheca*)에 따르면, 아리스토데모스는 펠로폰네소스 원정 도중에 아폴로 (Apollo) 신의 분노를 사서 벼락에 맞아 죽었다고 한다.

24) 델피(Delphi) 신은 아폴로 신을 가리킨다. 델피는 아폴로를 제사 지내던 고대 그리스의 신전이 있는 곳으로, 파르나소스(Parnassus)산의 남쪽 기슭에 있다.

라듐에 관하여[1]

옛날 학자는 "우주공간에는 태양 외에 거의 아무것도 없다"고 말했다. 수세기 동안 모두 이 견해를 따랐으며, 의심을 품는 사람은 끝내 나타나지 않았다. 그런데 뜻밖에 불가사의한 원소가 문득 나타나 스스로 빛을 발하고 환히 세상에 모습을 드러내어, 신세기의 서광을 비추고 옛 학자의 미몽을 깨뜨렸다. 에너지 보존의 법칙, 원자설, 물질불변설 등과 같은 견해들은 모두 가혹하기 그지없은 공격을 받아 비실비실 기울더니 하루도 견뎌내지 못하였다. 이로 말미암아 사상계 대혁명의 풍조는 날로 성대해져 앞날을 알 수 없을 정도가 되었다! 이 새로운 원소는 무엇을 계기로 발견될 수 있었는가? 'X선(예전에는 투물전광透物電光이라 번역했다)의 은덕'이라 하지 않을 수 없다.

X선은 1895년 무렵에 독일인 뢴트겐[2]이 발견한 것이다. 그 성질의 기이함은 다음과 같다. ①불투명한 물체를 관통한다. ②사진의 건판을 감광시킨다. ③기체에 전기를 전하는 성질을 지니고 있다는 점 등이다. 학자들은 X선에 크게 주목하여, X선 외에도 Y선과 Z선 등이 있으리라고

여겼다. 그리하여 학자들은 서로 깊이 사색하여 새로운 원소의 발견을 기대하였다. 몰두하여 열심히 연구하면[3] 반드시 보답이 있는 법, 이듬해에 프랑스인 베크렐[4]이 다시 커다란 발견을 하게 되었다.

누군가의 말에 따르면, 베크렐 씨는 두 겹의 두터운 검은 종이로 사진 건판을 싸고서 이것을 햇빛에 노출시켰지만, 하루 이틀이 지나도 거의 감광 반응이 나타나지 않았다. 그래서 인광磷光 물질인 우라늄 염鹽을 위에 놓고 다시 한번 실험을 진행하려 하였다. 그러나 마침 하늘이 흐렸기에 어쩔 수 없이 잠시 서랍 속에 넣어 두어야 했다. 며칠 후에 살펴보았더니, 햇빛에 쏘이지도 않았는데 이미 건판이 감광되어 있었다. 깜짝 놀란 베크렐 씨는 그 이유를 자세히 헤아려 보았는데, 감광의 힘이 인광에서 비롯된 것이 아니라 사실은 우라늄 염류鹽類가 X선과 유사한 일종의 복사선을 자체적으로 지니고 있음을 알게 되었으며, 이것을 우라늄선이라 명명하고, 이러한 방사선을 발생하는 물질을 방사성물질radioactive substance이라 일컬었다. 이러한 물체가 방사하는 선은 관례대로 발견자의 이름에 따라 베크렐선이라 명명했다. 이는 X선을 뢴트겐선이라 명명하는 것과 마찬가지이다. 그런데 우라늄선은 기계나 전기의 도움을 받지 않고도 스스로 방사할 수 있으므로, X선에 비해 크게 진보한 것이다.

이후 연구는 더욱 활발해져, 학자들의 머릿속마다 갖가지 Y선, Z선의 그림자가 어른거렸다. 1898년에 슈미트[5] 씨가 토륨의 화합물 가운데에서도 뢴트겐선을 발견했다.

같은 시기에 프랑스 파리공예화학학교 교수인 퀴리 부인[6]이 수업 도중에 공기전도장치를 만들었다가 우연히 피치블렌드[7](오스트리아 산의 복잡한 광물)에 X선과 유사한 방사선이 있으며, 반짝이는 강렬한 빛을 발하고 있음을 발견했다. 급히 남편인 퀴리에게 알리고 연구한 끝에, 비스무트bismuth 화합물을 함유하고 있으며, 그 방사성性이 우라늄에 비해 대략 사천 배나 된다는 것을 알게 되었다. 퀴리 부인은 폴란드 태생이기에 곧바로 그것을 폴로늄이라 명명하였다.[8] 이 물질이 세상에 발표되자 학자들은 크게 감사하였으며, 프랑스학사원은 사천 프랑을 상금으로 주었다. 더욱 분발하여 연구에 매진한 퀴리 부인은 마침내 피치블렌드에서 또 다른 원소인 라듐(Radium)을 발견하였으며,[9] 원소기호를 Ra로 하였다. (생각하건대 예전에는 Germanium[게르마늄]을 르錭라고 번역하였다. 그러나 르錭의 음과 뜻이 라듐에 훨씬 적합하므로 이를 가져다 쓰기로 하고, Germanium은 새로운 이름을 따로 세우는 것이 좋으리라.)[10]

1899년 드비에른[11] 씨 역시 피치블렌드 중에서 다른 종류의 방사성 물질을 발견하고, 이것을 악티늄이라 명명하였다. 하지만 이것의 방사능은 라듐에 미치지 못한다.

폴로늄과 비스무트, 악티늄과 토륨, 라듐과 바륨은 모두 비슷한 성질을 지니고 있다. 하지만 이들의 순수한 물질은 얻을 수 없다. 오직 라듐만은 퀴리 부인의 천신만고의 노력 덕분에 순수에 가까운 것을 소량 얻었을 뿐이며, 원자량과 스펙트럼을 측정하여 새로운 원소임을 확인하였지만, 다른 면에서는 애매모호한 점이 있고 혹자는 단지 그 능력을 보유하고 있을 뿐이라고도 말한다.

라듐염류의 수용액은 암모늄 혹은 황화수소, 혹은 황화암모늄[12]을 가하면 침전이 일어나지 않는다. 황산라듐이나 탄산라듐은 물에 용해되지 않으며, 염화라듐[13]은 물에 쉽게 용해되지만 강염산과 알코올에는 용해되지 않는다. 이 성질을 이용하면 우라늄을 만들 때의 피치블렌드의 잔재 속에서 라듐 원소를 분리해 낼 수 있다. 그렇지만 성질이 바륨과 매우 흡사하기 때문에 바륨이 늘 섞여 있다. 바륨을 제거하는 방법은 우선 염화물을 만들어 이것을 물속에 용해시킨 다음, 여기에 알코올을 부으면 침전이 일어난다. 하지만 소량의 바륨이 용액 중에 남을 수밖에 없으므로 이 과정을 반복하여야 순수에 가까운 라듐염을 얻을 수 있다. 다만 순수한 라듐은 지금까지 얻지 못하고 있다. 게다가 그 양은 극히 적어 우라늄을 만들 때의 찌꺼기 오천 톤에서 얻을 수 있는 라듐염은 1킬로그램도 되지 않는다. 최근 삼 년 동안 순수한 것이든 순수하지 않은 것이든 얻어 낸 총량은 고작 500그램에 지나지 않는다. 게다가 세계 전체의 양일 것이라고 여기는 이가 있을 정도로 진귀하다. 그래서 가격도 대단히 비싸서, 바륨을 매우 많이 함유하고 있는 것이라도 1그램에 35프랑을 주지 않으면 구할 수가 없다. 퀴리 씨가 얻은, 세계 유일이라고 일컬어지는 가장 순도 높은 것은 작은 먼지만 한 크기이지만, 2만 프랑을 모아 구입하려 해도 구할 수가 없다. 그 방사능은 우라늄염에 비해 백만 배나 강하다고 한다.

이 최고 순도의 것이 염화라듐이다. 작년에 퀴리 부인은 그 염소를 화학분해하여 염화은[14]을 만들고 그 양을 재 본 뒤에 라듐의 원자량이 225임을 계산해 냈다.

드마르세[15] 씨는 분광기를 이용하여 라듐을 비추어 본 적이 있었는데, 라듐 특유의 스펙트럼 외에는 다른 스펙트럼이 없었다. 이 또한 라듐이 새로운 원소라는 증거 중 하나이다. 라듐선은 X선과 비슷한 점이 많지만, 이밖에도 유리나 도기에 갈색 혹은 옅은 갈색을 입히고 염화은을 환원하며, 암염이 색을 띠게 하고 흰 종이를 물들이며, 하루 밤낮 사이에 황린黃磷을 적린赤磷으로 변화시키고 씨앗의 발아능력을 없애 버리는 등의 갖가지 성질을 지니고 있다. 또한 셀룰로이드 그릇에 라듐염(방사성이 우라늄선보다 오천 배나 강하다)을 넣고서 손바닥 안에 두 시간 동안 쥐고 있으면 피부가 타 버린다. 퀴리 씨의 상처는 지금도 사라지지 않은 채 여전히 똑똑히 남아 있다. 퀴리 씨는 "만약 1밀리그램의 순수 라듐을 놓아둔 방 안에 사람이 들어간다면 틀림없이 실명하고 몸이 불타 버릴 것이며, 심지어 사망할지도 모른다"고 말한다. 그리고 캐나다의 러더퍼드[16] 씨는 순수 라듐 1그램으로 1파운드 무게의 물건을 1피트의 높이까지 올릴 수 있다고 말한다. 심지어 어떤 이는 영국에 있는 모든 군함을 영국에서 가장 높은 벤네비스Ben Nevis산의 산마루까지 날려 보낼 수 있다고 말했는데, 윌리엄 크룩스[17] 씨의 말이다. 이들 견해를 두루 살펴보면, 비록 과장에 가까운 느낌이 들기는 하지만 방사능의 위력 또한 짐작할 수 있다. 특히 기이한 점은 그 방사능이 다른 물질의 힘을 전혀 빌리지 않은 채 극히 작은 본체에서 저절로 발산된다는 것인데, 이는 태양과 매우 흡사하다.

라듐선 역시 X선과 마찬가지로 금속을 관통하는 힘이 있으며, 이밖에 종이나 나무, 가죽, 고기 등과 같은 것은 이것을 막을 수가 없다. 그러나 방사된 후에 관통하는 물질에 흡수될 때마다 힘은 약해진다. 가령 라듐선이 0.0025밀리미터의 플라티늄[백금] 조각을 통과하면, 강도는 처음의 49%로 변하고, 한 번 더 통과하면 36%로 변한다. 두번째 이후에는 감소율이 처음만큼 현저하지 않다. 이로써 라듐선은 결코 단순하지 않으며, 다른 물질에 흡수되기 쉽고 관통하는 힘이 강하며 물체를 관통하는 것 또한 여과하는 것과 같다는 것을 알 수 있다. 각 방사선은 몇 가지로 나누어지는데, 사진 건판을 감광하는 힘이 강한 것은 관통하는 선이다. 그 가운데에는 또 눈 조직에 잘 감응하는 것이 있는데, 그리하여 비록 눈을 감은 채 보지 않아도 그것이 어디 있는지 훤히 보인다.

라듐의 기이한 성질은 여기에 그치지 않는다. 버튼[18]이라는 사람이 암실 안에서 포장을 풀어 라듐을 꺼낸 적이 있었는데, 갑자기 청백색의 섬광이 빛나더니 암실이 환히 밝아졌다. 그 포장지도 미세한 빛을 받아 빛이 오랫동안 사라지지 않았다. 이것이 바로 부^丙 방사선이며, 사진의 건판을 감광하는 작용은 주^主 방사선과 마찬가지이다. 아마 라듐의 본체가 빛을 발할 수 있고 가까이 있는 물체에 빛을 쪼일 수 있다는 두 가지 성질은 마치 태양이 주위의 유성에게 빛을 쪼이는 것과 같다. 이러한 능력의 근원은 전혀 헤아릴 수가 없다.

어떤 사람의 이야기에 따르면, 베크렐 씨가 비교적 순도가 높은 라듐을 관 속에 담아 호주머니에 넣어 두었는데, 여섯 시간이 지난 후 갑자기 몸에 화상 흔적이 나타나더니 얼마 지나지 않아 그것이 머리와 팔 사이에 홀연 나타났다 사라졌다 하면서 위치도 여기저기 옮겨 다녔다. 나중에 퀴리 씨는 그 열도^{熱度}를 측정하는 방법으로서 열전주^{熱電柱}를 사용하였는데, 한쪽의 접합점에는 순수 구리염을 두고, 다른 접합점에는 1/6의 구리염을 함유한 주석염을 두었다. 발생한 전류의 세기를 계산해 보니, 구리염을 두었던 쪽의 온도가 1.5도 더 높음을 알게 되었다. 분젠측열기[19]로 0.08그램의 순수 라듐염이 발생하는 온도를 측정해 보니 시간당 14칼로리였다. 즉 1그램의 라듐이 방사하는 열은 시간당 100칼로리 이상이다. 그 빛과 열은 연소에 의해 발생하지도 않으며, 화학적 변화가 일어나는 것도 아니다. 이러한 대량의 에너지가 어디에서 비롯되는지 알 길이 없다. 만약 그 자체에서 발생한다고 한다면, 이전의 이른바 에너지 보존의 법칙은 폐기하지 않으면 안 된다. 만약 주위 에너지에 의해 발생한다고 한다면, 라듐은 외부

에너지를 이용할 수 있는 성질을 지니고 있음에 틀림없다. 그러나 이 에너지의 본성에 대해서 우리는 전혀 모르고 있다.

라듐선은 또한 공기에 전기를 전도하는 성질을 띠게 만들 수 있다. 강판과 아연판 하나씩을 구리선으로 연결하고 양극 사이의 공기에 라듐선을 통과시키면, 구리선은 곧바로 전류를 발생한다. 이는 강판과 아연판을 묽은 황산용액 속에 담글 때와 조금도 다름이 없다. 아마 라듐선은 기체를 이온(양극 사이에 모인 전해질의 총칭)으로 만들고 음전기와 양전기를 띤 부분으로 나눌 수 있기에, 기체가 액체의 전해질과 똑같은 작용을 하게 되는 것이리라. 라듐선 가운데에서 다른 물질에 쉽게 흡수되는 것일수록 이러한 성질이 더욱 두드러진다.

크룩스관의 음극에서 발생하는 캐소드선[20]과 뢴트겐선 및 라듐선은 강한 자력의 작용을 받을 경우, 진행방향이 반드시 한쪽으로 치우친다. 만약 라듐선과 직각을 이루는 방향에서 자력이 작용할 경우, 라듐선은 자력의 반대 측에서 보아 왼쪽으로 치우친다. 그러나 라듐선은 단순한 것이 아니기 때문에, 자력에 의해 굴절되는 선이나 굴절되지 않는 선 등의 갖가지 선으로 나뉘며, 각각의 진행방향은 서로 다르다. 햇빛이 프리즘을 통과하여 일곱 가지 색깔을 이루는 것과 다르지 않다. 라듐선 가운데에서 관통하는 힘이 강한 것일수록 이러한 성질이 더욱 두드러진다. 아울러 자력의 작용으로 말미암아 라듐선의 대부분은 음전기를 띤 채 맹렬한 속도로 날아다니는 미립자를 함유하고 있다고 한다.

자력에 의해 방향이 치우치는 라듐선 가운데에는 음전기를 띤 미립자가 함유되어 있으므로 이것을 어떤 물체에 투사하면, 역시 음전기를 띠게 마련이다. 퀴리 부부가 밀랍으로 봉하여 절연시킨 전도체를 이용하여 이것에 라듐선을 투사한 결과, 전도체는 확실히 음전기를 띠었다. 또한 동일한 방법으로 절연한 구리염은 음전기를 띤 미립자가 날아가 버려 양전기를 띠었다. 이 전기의 집적량은 매초 1평방밀리미터당 대체로 4×19^{-12} 암페어라고 한다. 라듐선 가운데에 음전기를 띤 미립자는 강한 전자기장電磁氣場 속에서는 그 진행방향이 반드시 치우친다. 즉 1밀리미터에 1만 볼트의 강한 전자기장이 있으면, 4센티미터가량 치우친다. 이것은 베크렐씨가 실증한 수치이다.

라듐에서 방사되는 미립자의 속도는 초당 1.6×1010밀리미터로, 대략 광속의 1/2에 해당한다. 이처럼 미립자가 날아가 버림으로써 라듐이 시간당 잃어버리는 에너지는 4.4×10^{-6}칼로리이다. 앞에서 서술한 방출열량과 비교하면, 극히 미량이라는 느낌이 든다. 또한 라듐의 표면 1평방밀리미터로부터 방사되는 미립자는 질량 역시 극히 작아서, 1그램의 미립자가 날아가 버리기 위해서는 약 10억만 년이 걸린다. 이에 근거하면, 그 미립자의 크기는 틀림없이 수소 원자의 1/3000일 것이며, 이것을 전자라고 일컫는다.

전자설에 따르면, "모든 물질 가운데에는 원자가 함유되어 있으며, 원자 가운데에는 또 전자가 함유되어 있다. 전자의 원자와의 관계는 마치 원자의 물질과의 관계와 같다. 이 전자가 주위의 전기와 자기의 작용을 받으면, 순환 운행하여 멈추는 때가 없다. 모든 물체는 이렇지 않은 것이 없으며, 우리 인류 역시 전자로 구성되어 있다. 그러나 전자의 운행속도는 물체에 따라 다르며, 라듐의 전자는 대단히 빠르다. 너무나 빠르기 때문에 일부가 물체 밖으로 튀어나오면 빛과 열이 자연적으로 발생하여 방사선이 되는 것이다." 그러나 이 학설은 전자 그 자체가 물질을 구성하는 능력을 갖추고 있어야만 정연한 이론으로 성립될 수 있다. 그렇지 않다면 설사 날아 흩어지는 전자가 극히 미량이라고 얼버무리고 날아 흩어짐이 헤아릴 수 없을 정도로 오래 지속된다고 하더라도, 물질불멸설物質不滅說에 대해서는 여전히 설명할 길이 없다. 그런데 원자설의 창시자는 원자를 지극히 미소하여 물질의 분할이 궁극에 달한 것이라고 생각하지 않았던가! 전자설이 제기되자, 날아 움직이는 미립자는 실로 원자의 1/1000보다 작은 것임을 알았다. 그래서 원자가 우주 속에서 최소의 미립자라는 미명美名을 전자에게 넘겨주지 않을 수 없게 되었으며, 원자설은 사라지게 되었다.

X선의 연구로부터 라듐선이 발견되었고, 라듐선의 연구에 의해 전자설이 생겨났다. 이로부터 물질에 관한 관념은 갑자기 동요하여 커다란 변화를 일으켰다. 사람들의 지혜를 모아 옛것을 버리고 새로운 것을 받아들인 덕분에, 썩은 열매는 떨어지고 새로운 꽃이 돋아나고 있다. 퀴리 부인의 업적이 크다고 하지만, 궁극적으로는 19세기 말의 X선 발견자인 뢴트겐 씨에게 모자를 벗어 감사드려야만 할 것이다.

주)_____

1) 원제는 「說鈤」, 1903년 10월 10일 월간 『저장의 조수』 제8기에 발표했다. 필명은 쯔수(自樹)이다.
2) 뢴트겐(Wilhelm Conrad Röntgen, 1845~1923)은 독일의 물리학자이다. 1895년에 진공방전관을 연구하던 중에 X선을 발견하였으며, 이러한 업적으로 1901년에 노벨물리학상을 수상하였다.
3) 원문은 '馳運涅伏'. '涅伏'은 라틴어 'nervus'의 음역이며, 신경을 뜻한다.
4) 베크렐(Henri Becquerel, 1852~1908)은 프랑스의 물리학자이다. 1895년부터 인광(燐光) 현상을 연구하다가 이듬해에 우라늄방사선을 발견하였는데, 이는 과학실험에서 방사성을 인식하게 된 시초라고 할 수 있다. 이러한 업적으로 1903년 퀴리 부부와 함께

노벨물리학상을 수상하였다.

5) 슈미트(Ernst Albert Schmidt, 1845~1921)는 독일의 물리학자이다. 방사성 원소 토륨을 발견했다.

6) 퀴리 부인(Marie Curie, 1867~1934)은 폴란드의 물리학자, 화학자이다. 1895년 프랑스 물리학자인 피에르 퀴리(Pierre Curie, 1859~1906)와 결혼하여 방사성물질을 공동 연구하여 새로운 원소인 폴로늄과 라듐을 잇달아 발견하였다.

7) 원문은 '別及不蘭'. 역청우라늄을 의미하는 Pitchblende의 음역이다. 퀴리 부부는 이것에서 미량의 방사성원소 폴로늄과 라듐을 제련해 냈다.

8) 폴로늄의 방사성은 우라늄에 비해 사백 배나 강하다. 퀴리 부인이 이 물질을 폴로늄이라 명명한 것은 자신의 조국 폴란드를 기념하기 위해서였다. 퀴리는 1898년 7월 18일 프랑스과학원 이과박사학원에서 새로운 원소의 발견을 보고하면서 이렇게 말했다. "새로운 원소의 존재가 장차 실증된다면, 우리는 두 사람 중 한 명의 조국인 폴란드를 기념하기 위해 이것을 폴로늄이라 일컫고 싶다."

9) 퀴리 부인은 1907년 수십 톤의 역청우라늄광에서 0.5그램 남짓의 순수 염화라듐을 추출하여 라듐의 원자량이 226임을 측정하였다. 1910년에야 순수 라듐을 얻었다.

10) 현재 중국에서는 게르마늄(Germanium)을 저(鍺)로 번역한다.

11) 드비에른(André-Louis Debierne, 1874~1949)은 프랑스의 화학자이다. 1899년에 역청우라늄광에서 방사성 원소 악티늄을 발견했고, 이듬해에 퀴리 부부의 순수 라듐 제련 작업에 참여하였다.

12) 황화수소의 화학식은 H_2S이고, 황화암모늄의 화학식은 $(NH_4)_2S$이다.

13) 황산라듐의 화학식은 $RaSO_4$이고, 탄산라듐의 화학식은 $RaCO_3$이며, 염화라듐의 화학식은 $RaCl_2$이다.

14) 염화은의 화학식은 $AgCl_2$이다.

15) 드마르세(Eugène-Anatole Demarçay, 1852~1904)는 프랑스의 화학자이다. 그는 1901년에 화학원소 유로퓸(europium)을 발견했으며, 퀴리 부부가 발견한 원소 라듐을 위해 분광학적 증명을 제기한 적이 있다.

16) 러더퍼드(Ernest Rutherford, 1871~1937)는 영국의 물리학자이자 화학자이다. 그는 원자구조와 방사성 현상에 대한 연구에서 탁월한 업적을 남겼다. 1908년에 노벨화학상을 수상했다. 방사성 물질의 붕괴속도를 나타내는 단위는 rd인데, 이 명칭은 러더퍼드의 이름에서 따온 것이다. 그는 1898년에서 1907년까지 캐나다에서 연구했다.

17) 윌리엄 크룩스(William Crookes, 1832~1919)는 영국의 물리학자이자 화학자이다. 그는 진공관 내에서의 방전 현상에 대한 연구에서 탁월한 업적을 남겼다.

18) 버튼(William Kinnimond Burton, 1856~1899)은 스코트랜드 에딘버그 출신의 영국 기술자이자 사진작가이다. 그는 생애 대부분을 메이지 시기의 일본에서 보냈다.

19) 분젠측열기는 물체가 방출하거나 흡수하는 열량을 측정하는 기기이며, 연료의 열량치를 측정하는 데에 사용된다.

20) 크룩스관(Crookes tube)은 압력 0.1mmHg 이하의 진공도를 가진 방전관으로서 진공 방전관이라고도 하며, 캐소드선(Cathode ray)은 음극에서 방출된 전자들의 흐름이다.

꿈[1]

수많은 꿈들, 황혼을 틈타 소란을 피운다.

지난 꿈은 더 지난 꿈을 밀쳐 내고, 앞날의 꿈은 또 지난 꿈을 내쫓는다.

　가 버린 지난 꿈 까맣기는 먹과 같고, 남아 있는 앞날의 꿈 먹인 양 까

맣다.

　가 버린 것, 남아 있는 것 죄다 말하는 듯하다, "내 고운 색깔 좀 봐줘."

색깔이야 곱겠지만, 어둠 속이라 알 수 없네.

또한 알 수 없나니, 말하는 이 누구인가?

어둠 속이라 알 수 없어, 몸에 열이 나고 머리가 지끈거린다.

오라 오라, 생생한 꿈이여!

주)＿＿＿＿＿

1) 원제는 「夢」, 1918년 5월 15일 『신청년』 제4권 제5호에 발표하였다. 필명은 탕쓰(唐俟)
　이다.

사랑의 신[1]

귀여운 꼬마 하나, 하늘에서 날개를 펼치고서

한 손으로는 화살을 메기고, 다른 한 손으로는 활을 당기더니

어찌 된 일인지 앞가슴에 화살을 날린다.

　"꼬마 친구, 마구잡이일망정 사랑을 심어 주어 고맙네!

　하지만 내게 알려 주어야겠네, 내가 누굴 사랑해야 하지?"

당황한 꼬마는 고개를 가로저으면서 말한다. "아이 참!

가슴을 지니고 있는 분께서 그런 말씀을 하시다니요.

　당신이 누굴 사랑해야 하는지 제가 어찌 알겠어요.

　어쨌든 제 화살은 놓아졌어요!

　누군가를 사랑한다면 목숨을 걸고 사랑하세요.

　당신이 아무도 사랑하지 않는다면 목숨을 걸고 알아서 죽어 버려도

돼요."

주)_____

1) 원제는 「愛之神」, 1918년 5월 15일 『신청년』 제4권 제5호에 발표했다. 필명은 탕쓰이다.
사랑의 신은 고대로마신화 속의 큐피드(Cupid)로서, 날개가 돋아 있는 몸으로 손에 활
과 화살을 들고 있는 미소년이다. 금으로 만든 그의 화살에 맞은 청춘남녀에게는 사랑
이 싹튼다고 한다.

복사꽃[1]

봄비 지나고 햇빛 다시 화창하여 내키는 대로 뜨락으로 걸어간다.

복사꽃은 뜨락 서쪽에 피어 있고, 오얏꽃은 뜨락 동쪽에 피어 있다.

　나는 말한다. "멋지구나! 복사꽃은 붉고 오얏꽃은 하얗네."

　(복사꽃이 오얏꽃만큼 하얗지 않다고 말하지는 않았다.)

하지만 복사꽃은 불끈 화를 내며 온 얼굴을 '양귀비의 붉은빛'[2]으로 물들인다.

　이 녀석! 정말 대단하구먼! 화가 난다고 얼굴이 온통 빨개질 수 있다니.

　내 말이 네 기분을 상하게 하진 않았을 텐데, 어째서 얼굴을 붉게 물들인담?

　아이구! 꽃에게는 꽃의 도리가 있겠지, 내가 모르는.

주)_____

1) 원제는 「桃花」, 1918년 5월 15일 『신청년』 제4권 제5호에 발표했다. 필명은 탕쓰이다.

2) 원문은 '楊妃紅'. 『개원천보유사』(開元天寶遺事) 「홍한」(紅汗)에는 다음과 같이 기록되어 있다. "양귀비는 …… 땀을 흘릴 때마다 끈적끈적한 붉은빛에 향기가 강하였다. 수건으로 땀을 닦으면 그 빛깔이 분홍빛과 같았다."

그들의 꽃동산[1]

꼬마 아이, 곱슬머리,

은황색 얼굴에 옅은 붉은색을 띠고 있다——그것은 살고자 하는 의지.

    낡은 대문을 걸어 나가 이웃집을 바라본다

    그들의 커다란 꽃동산 안에는 수많은 어여쁜 꽃들이 있다.

온갖 꾀를 써서 백합 한 송이를 얻었다

희고도 빛난다, 방금 내린 눈처럼.

조심조심 집으로 가져와 얼굴을 비추자 유난히 핏빛이 돈다.

    파리가 꽃을 에워싸고 앵앵거리면서 집안을 어지러이 날아다닌다——

    "이런 더러운 꽃만 좋아하다니, 멍청한 녀석!"

    얼른 백합꽃을 바라보니, 벌써 몇 군데에 파리똥이 있다.

차마 볼 수도, 버릴 수도 없다.

눈 들어 하늘을 바라보다가, 그는 더 할 말이 없다.

    입을 꾹 다문 채 이웃집을 떠올린다

    그들의 커다란 꽃동산에는 수많은 어여쁜 꽃들이 있다.

1) 원제는「他們的花園」, 1918년 7월 15일 『신청년』 제5권 제1호에 발표했다. 필명은 탕쓰이다.

사람과 때[1]

한 사람이 말한다, 미래가 현재보다 나을 거야.

한 사람이 말한다, 현재는 옛날만 훨씬 못해.

한 사람이 말한다, 뭐라고?

때가 말한다, 너희들은 모두 나의 현재를 모욕하고 있어.

옛날이 좋다는 자, 혼자서 돌아가라.

미래가 좋다는 자, 나를 따라 나아가자.

뭐라고 하는 자,

너와는 아무 말도 하지 않으련다.

주)_____

1) 원제는 「人與時」, 1918년 7월 15일 『신청년』 제5권 제1호에 발표했다. 필명은 탕쓰이다.

강 건너기와 길안내¹⁾

쉬안퉁玄同²⁾ 형께

이틀 전에 『신청년』 5권 2호의 통신란을 보니, 형이 탕쓰唐俟도 Esperanto³⁾에 반대하지 않으며 함께 토론해도 좋겠다는 취지의 말씀을 하였더군요. 저는 물론 Esperanto에 대해 반대하지 않습니다만, 토론하고 싶지도 않습니다. 왜냐하면 제가 Esperanto에 찬성하는 이유가 너무나 단순해서 아무래도 토론할 수 있을 만하지 않기 때문입니다.

찬성하는 이유를 물으신다면, 그저 제가 보기에 인류에게 장차 어떻든 하나의 공통된 언어가 있어야 마땅하기에, 그래서 Esperanto에 찬성하는 것입니다.

장래에 통용될 것이 Esperanto일지 어떨지는 단정할 길이 없습니다. 어쩌면 Esperanto를 개량하여 보다 완벽한 것으로 만들지, 혹은 달리 더 좋은 것이 나타날지 아직 알 수가 없습니다. 다만 지금은 이 Esperanto밖에 없으니 우선 이 Esperanto를 배우는 수밖에 없습니다. 현재는 초창기에 지나지 않아, 기선이 아직 없으니 우선 통나무배를 타는 수밖에 없는 것과 똑같지요. 만약 장래에 기선이 틀림없이 있으리라 예측하여 통나무배를 만들지 않거나 통나무배를 타지 않았다면, 기선도 발명되지 않고 인류도 물을 건너지 못했겠지요.

그러나 장래에 틀림없이 인류 공통의 언어가 있으리라고 생각하는 이유를 물으시더라도 확실한 증거를 보여드리지는 못합니다. 장래에 틀림없이 생기지 않으리라고 말하더라도 마찬가지입니다. 그렇기에 토론할 필요가 아예 없으며, 각자 자신이 믿는 바대로 해나갈 수밖에 없지요.

하지만 저에게는 한 가지 의견이 있으니, Esperanto를 배우는 것과 Esperanto의 정신을 배우는 것은 별개의 일이라고 생각합니다. ── 백화문학 역시 이와 같지요. ── 사상이 옛날 그대로라면 물건은 바뀌지 않고 간판만 바뀌는 격입니다. 겨우 '창힐'[4]의 면전에서는 기어올랐어도 다시 '자멘호프 선사'의 발 앞에 꿇어 엎드린 셈이라는 거지요. 인류의 진보에 반대할 때, 예전에는 'No'라고 하던 걸 이제는 'Ne'라고 하고,[5] 예전에는 '咈哉'라고 쓰던 걸 이제는 '不行'이라 쓸 따름입니다.[6] 그래서 제 의견은 적절한 학술문예를 부어 넣어 사상을 개량하는 것이 첫째이고, Esperanto를 토론하는 것은 그 다음이라고 생각합니다. 옳다 그르다 갑론을박하는 건 말끔히 일소하여도 좋을 것입니다.

『신청년』의 통신은 지금 꽤 활발하다는 느낌이 듭니다. 독자들도 모두 즐겨 봅니다. 다만 제 개인의 의견으로는 적당히 줄여도 좋지 않겠는가 싶습니다. 성실하고 확실한 토론만을 제때에 게재하고, 기타 무책임한 제멋대로의 비판이나 몰상식한 논란은 기껏해야 한 번만 답변해 주면 됩니다. 앞으로는 이러쿵저러쿵 말하지 말고, 종이와 먹을 아껴 다른 용도로 사용하십시오. 이를테면 귀신을 보았느니 신령께 기도하느니 얼굴 분장이 어떻느니[7] 따위는 분명히 상식에 어긋난 일인데도, 『신청년』은 그들과 되풀이하여 논의하고 그들에게 '2×5=10'이라는 이치를 설명합니다. 이런 시간이 어찌 아깝지 않으며, 이런 일이 어찌 서글프지 않습니까.

제가 보기로 『신청년』의 내용은 대체로 다음 두 가지에 다름 아닙니다. 하나는 공기가 꽉 막혀 탁한지라 이 공기를 마신 사람은 곧 숨이 막혀 버릴 것입니다. 그렇게 되면 눈살을 찌푸리고서 '아아'라고 소리를 지르지 않을 수 없습니다. 같은 생각을 가진 사람들 역시 이로 인해 모두 주의를 기울여 살길을 찾기를 바라지요. 만약 이때의 표정과 목소리가 기녀의 용모만큼 어여쁘지도 않고 기녀의 속요만큼 듣기 좋지도 않다고 하는 자가 있다면, 그건 참으로 맞는 말입니다. 그런 사람에게 눈살을 찌푸린 채 한숨을 내쉬는 게 훨씬 멋지다고 해명할 필요가 없습니다. 그런 사람에게는 해명하는 것이 틀린 것입니다. 다른 하나는 지금껏 걸어온 길이 대단히 위험한 데다 거의 막바지에 이르렀다는 느낌이 든다는 점입니다. 그래서 양심에 따라 착실하게 찾다가 평탄하고도 희망이 있는 다른 길을 발견하면 "요 길로 가는 게 낫겠다"고 크게 외칩니다. 그래서 같은 생각을 가진 사람들이 몸을 돌려 위험에서 벗어나 힘들이지 않고 나아가기를 바라지요. 만약 굳이 다른 길로 가겠다는 사람이 있다면 한 번은 더 권해도 안 될 것은 없습니다. 그러나 여전히 믿지 않는다면야 각자의 길을 가도록 필사적으로 끌어당길 필요는 없습니다. 끌어당기다가 옥신각신 다투게 되면, 그 사람에게도 무익할뿐더러 자신이나 똑같은 생각을 가진 사람조차도 시간만 허비할 테니까요.

예수는 이렇게 말했지요. 수레가 뒤집히려는 것을 보면 붙들어 주라고. 니체는 이렇게 말했지요. 수레가 뒤집히려는 것을 보면 뒤에서 밀어 버리라고. 나는 물론 예수의 말에 찬성합니다만, 도움받기를 원하지 않으면 억지로 도와줄 필요 없이 하고 싶은 대로 내버려 둘 뿐이라고 생각합니다. 그 후로 뒤집히지 않으면 물론 좋고, 끝내 뒤집힌다면 그런 다음에 적절하게 그를 도와 일으켜 세우면 됩니다.

형, 억지로 붙드는 것은 일으켜 세우는 것보다 훨씬 힘들고 효험 보기도 어렵습니다. 뒤집힌 다음에 다시 일으켜 세우는 것이 뒤집히려 할 때 붙드는 것보다 그들에게는 훨씬 유익합니다.

11월 4일, 탕쓰

주)_____

1) 원제는 「渡河與引路」, 1918년 11월 15일 『신청년』 제5권 제5호의 '통신'란에 발표했다. 필명은 탕쓰이다. 글의 제목은 『신청년』에 이 글과 첸쉬안퉁(錢玄同)의 답신을 발표했을 때 편집자가 붙인 제명이다.

2) 첸쉬안퉁(錢玄同, 1887~1939)은 저장(浙江) 우싱(吳興) 출신으로, 언어문자학자이다. 일본에 유학한 뒤 베이징대학, 베이징사범대학에서 교수를 지냈다. 5·4운동기에 『신청년』 편집진의 일원으로서 신문화운동에 적극 참여하였다. 저서로는 『문자학음편』(文字學音篇), 『고운 28부 음독의 가정』(古韻二十八部音讀之假定) 등이 있다.

3) 에스페란토(Esperanto)는 1887년에 폴란드의 안과의사 자멘호프(Ludwik Lazarus Zamenhof, 1859~1917) 박사가 고안한 국제보조어이다. 『신청년』에서는 제2권 제3호(1916년 11월 1일)부터 에스페란토를 토론하는 통신을 잇달아 발표하였다. 당시 쑨궈장(孫國璋), 어우성바이(區聲白), 첸쉬안퉁 등은 적극 제창할 것을 주장한 반면, 타오멍허(陶孟和) 등은 이에 결연히 반대하였으며, 후스(胡適)는 토론을 중지할 것을 주장하였다. 이에 따라 첸쉬안퉁은 제5권 제2호(1918년 8월 15일)의 '통신'란에서 다음과 같이 밝혔다. "류반눙(劉半農), 탕쓰, 서우치밍(周啓明), 선인모(沈尹默) 등의 여러 신생은, 내가 평소 그들의 이야기를 들어 보니 Esperanto에 대해 반대하지 않으며, 나 역시 그들이 짬을 내어 Esperanto가 실행 가능한지 어떤지 토론해 주기 바라고 있다."

4) 원문은 '四目倉聖'. 황제(黃帝)의 사관으로서 한자를 창조했다고 전해지는 창힐(倉頡)을 가리킨다. 『태평어람』(太平御覽) 권366에는 "창힐은 눈이 넷인데, 이는 두루 밝다는 의미이다"(倉頡四目, 是謂幷明)라는 『춘추공연도』(春秋孔演圖)의 기록이 인용되어 있다.

5) 'No'는 영어의 '아니오'이고, 'Ne'는 에스페란토의 '아니오'이다.

6) '咈哉'와 '不行'은 모두 '아니오'의 의미이다. 『상서』(尙書) 「요전」(堯典)에 "임금께서 말씀하시되, 아아, 아니로다. 명을 거스르며 족속을 망치느니라"(帝曰: 吁, 咈哉! 方命圮族)라는 기록이 있다. '不行'은 현대백화어이다.

7) 상하이의 『영학총지』(靈學叢志)가 "귀신도 형체가 있어 드러낼 수 있고 그림자가 있어 비칠 수 있다"는 등의 허황된 주장을 펴고, 점을 치고 신령께 기도하는 미신활동을 제창한 것을 가리킨다. 『신청년』 제4권 제5호(1918년 5월)에서는 천다치(陳大齊)와 천두슈(陳獨秀) 등의 글을 실어 이에 반박하였다. 아울러 『신청년』은 제4권 제6기(1918년 6월)부터 첸쉬안퉁, 류반눙 등과 장허우짜이(張厚載)가 구극(舊劇)의 얼굴분장 등을 토론한 통신을 잇달아 실었다.

1924년

"입 밖에 내지 못하네"[1]

구경꾼이 무대 아래에서 야유를 퍼붓고 손님이 요정에서 위세를 부려도,[2] 예인과 요리사는 입도 딸싹 하지 못한 채 그저 자신의 무능함만을 탓할 수밖에 없다. 하지만 만약 구경꾼이 직접 한 대목을 부르거나 손님이 제 손으로 요리 하나를 만들게 된다면, 그건 뭐라 말하기 고약해진다.

그래서 비평가는 창작을 겸하지 않는 것이 가장 안전하다고 나는 생각한다. 온 성을 도륙하는 붓을 휘둘러 문단의 온갖 들풀을 깡그리 쓸어버린다면 물론 흡족할 것이다. 하지만 깡그리 쓸어버린 후 천하에 이미 시가 사라져 버렸다고 여겨 창작에 손을 댄다면, 언제나 이런 따위 것만을 지어낼 수밖에 없다.

우주의 광대함이여, 나는 입 밖에 내지 못하네,

부모님의 은혜여, 나는 입 밖에 내지 못하네,

연인의 사랑이여, 나는 입 밖에 내지 못하네,

아아, 아아, 나는 입 밖에 내지 못하네!

이런 시도 물론 뛰어난 것이다──비평가의 창작이라면. 태상로군太
上老君의 『도덕』 오천 자는 첫머리에서 "도를 도라 말할 수 있는 것은 변함
없는 도가 아니다"라고 하였다.[3] 사실 이 또한 '입 밖에 내지 못하네'의 하
나이다. 그러므로 이 여덟 글자는 오천 자를 대신하는 것이기도 하다.

오호라, "왕의 자취 끊기자 『시』가 사라졌으며, 『시』가 사라진 후에
『춘추』가 지어졌도다."[4] "내가 어찌 따지기를 좋아하겠는가? 어쩔 수 없
어서라네!"[5]

주)────

1) 원제는 「"說不出"」, 1924년 11월 17일 베이징의 『위쓰』 주간 제1기에 처음 발표하였다.
1923년 12월 8일 베이징의 싱싱(星星)문학사의 『문학주간』(文學周刊) 제17호에는 저우
링쥔(周靈均)의 「산시」(刪詩)라는 글이 발표되었는데, 이 글은 후스의 『상시집』(嘗試集),
궈모뤄(郭沫若)의 『여신』(女神), 캉바이칭(康白情)의 『풀』(草兒), 위핑보(俞平伯)의 『겨울
밤』(冬夜), 쉬위눠(徐玉諾)의 『장래의 꽃동산』(將來之花園), 주쯔칭(朱自淸)과 예사오쥔
(葉紹鈞) 등의 『눈 오는 아침』(雪朝), 왕징즈(汪靜之)의 『혜초의 바람』(蕙的風), 루즈웨이
(陸志韋)의 『강 건너기』(渡河)라는 8권의 신시집을 죄다 "좋지 않다", "시가 아니다", "성
숙지 못한 작품"이라는 등의 말로 부정하였다. 이후 그는 같은 해 12월 15일 『천바오 부
간』(晨報副刊)에 「어머니께 부치는 말」(寄語母親)이라는 시를 발표하였는데, 이 시의 대
부분은 "써낼 수 없네"라는 어구였다. 즉 "몇 마디 이야기를 써서 나의 어머니께 드리고
싶어 막상 붓을 들면 다시 내려놓은 채 사랑을 써낼 수 없네, 어머니의 사랑을 써낼 수
없네." "어머니여, 어머니의 사랑의 마음이여, 붓을 들어 보아도 또 써낼 수가 없네." 루
쉰의 이 글은 이러한 경향을 풍자한 것이다.
2) 원문은 '發縹'. 장쑤와 저장 일부 지방의 방언으로 '위세를 부리다'는 뜻이다.
3) 태상로군(太上老君)은 노담(老聃, 약B.C. 571~?)이다. 성은 이(李), 이름은 이(耳)이고, 담
(聃)은 자이다. 춘추 말기의 초(楚)나라 사람이며, 도가학파의 창시자이다. 동한(東漢)
이래 도교에서는 그를 시조로 받들어 태상로군이라 일컬었다. 『도덕』(道德)은 『도덕경』
(道德經)이며, 『노자』(老子)라고도 일컬으며, 노담이 지은 것이라 전해지고 있다. '道可

道非常道'는 이 책 제1장의 첫 대목인 "도를 도라 말할 수 있는 것은 변함없는 도가 아니며, 이름을 이름할 수 있는 것은 변함없는 이름이 아니다"(道可道, 非常道, 名可名, 非常名)에 보인다.

4) 원문은 '王者之迹熄, 而『詩』亡; 『詩』亡, 然後『春秋』作'. 『맹자』(孟子)「이루하」(離婁下)에 보인다.

5) 원문은 '予豈好辯哉, 予不得已也!'. 『맹자』「등문공하」(滕文公下)에 보인다.

'양수다' 군의 습격을 기록하다[1]

오늘 아침, 그렇더라도 사실 이미 이르지는 않은 시각이었으리라. 아직 잠들어 있던 나를 하녀가 깨우더니 말했다. "사범대학의 양씨, 양수다楊樹達[2]라는 분이 뵈러 왔어요." 나는 아직 정신이 그리 맑지는 않았지만, 금방 양위푸楊遇夫 군[3]이라는 걸 알았다. 그는 이름이 수다이고, 내게 강의를 청하는 일로 나를 한 차례 찾아온 적이 있었다. 나는 잠자리에서 일어나면서 하녀에게 말했다. "잠시만 기다리라고 전해 주게."

일어나서 시계를 보니 9시 20분이었다. 하녀도 곧바로 손님을 모시러 갔다. 얼마 후 그가 들어왔는데, 그를 보자마자 나는 깜짝 놀랐다. 내가 잘 알고 있는 양수다 군이 아니었기 때문이다. 그는 네모진 얼굴에 약간 붉은 얼굴빛, 커다란 눈과 긴 눈꼬리, 알맞은 몸집의 스무 살 남짓 학생풍의 젊은이였다. 그는 짙은 감색의 애국포(?)[4]로 지은 장삼에 한창 유행 중인 넓은 소매 차림이었다. 손에는 흰 띠를 두른 옅은 회색의 새 중절모를 들고 있었다. 손에는 색연필을 담은 납작한 필통도 있었는데, 덜거덕거리는 소리로 보아 안에는 기껏해야 두세 자루의 몽당연필뿐이리라.

"뉘시지요?" 나는 아까 잘못 들었나 싶어서 이상하다는 듯 물었다.

"전 양수다입니다."

나는 생각했다. 알고 보니 교원의 성명과 완전히 똑같은 학생이로군. 하지만 글자 쓰는 방법이 다를 거야.

"지금은 수업 시간인데, 어떻게 빠져나왔지?"

"수업은 내키지가 않아요!"

나는 생각했다. 알고 보니 제 좋을 대로만 행동하는 제멋대로의 젊은 이로구먼. 어쩐지 태도가 건방지더라니.

"자네들 내일이 휴일일 텐데······"

"아니에요, 왜요?"

"하지만 나에겐 통지가 왔었는데······" 나는 이렇게 말하면서 생각해 보았다. 그는 자기 학교의 기념일조차 모른다. 벌써 며칠째 수업에 들어가지 않은 걸로 보아, 어쩌면 자유라는 미명을 빌려 농땡이를 치는 녀석일지도 모르지.

"그 통지를 제게 보여 주세요."

"구겨서 버렸는데."

"구셔서 버린 거라도 보여 주세요."

"밖에 내다버렸지."

"누가 내다버렸는데요?"

나는 생각했다. 괴상한 녀석이로고. 태도가 왜 이리 무례하지? 그런데 그에게는 산둥山東 사투리가 있는 것 같은데, 그쪽 사람들은 대개가 솔직하지. 하물며 나이 젊은 사람들의 생각은 단순한 법이지,······ 아니면 내가 이런 예의범절에 얽매이지 않는다는 걸 알고 있는 걸까? 그렇다면 이

상하게 여길 일도 아니지.

"자네는 나의 학생인가?" 하지만 난 끝내 의심을 품고 말았다.

"하하하, 그렇고 말고요."

"그렇다면 오늘 무슨 일로 날 찾아왔나?"

"돈을 달라고요, 돈을!"

나는 생각했다. 그렇다면 그야말로 농땡이로구먼. 놀다 궁해지자 여기저기 손을 벌리는 모양이로군.

"돈을 받아서 어디에 쓰려고?" 내가 물었다.

"가난하거든요. 밥을 먹으려 해도 돈이 들잖아요? 난 먹을 밥이 없어요!" 그는 손발을 부지런히 놀렸다.

"왜 나를 찾아와 돈을 달라는 게지?"

"돈을 많이 갖고 있을 테니까요. 강의도 하고 글도 쓰고 해서, 들어오는 돈이 아주 많을 텐데요." 이렇게 말하면서 그의 얼굴은 험악한 표정을 띠고, 손은 몸 여기저기를 마구 더듬었다.

나는 생각했다. 이 젊은이는 아마도 신문에서 상하이의 공갈단 따위의 기사를 보고서 흉내를 내는 모양이로군. 아무래도 조금 방비를 하는 게 좋겠군. 나는 저항할 무기를 쉽게 꺼내도록 나의 자리를 약간 옮겼다.

"돈이 없다네." 나는 단호하게 말했다.

"거짓말! 하하하, 돈이 엄청 많으면서."

하녀가 차를 받쳐 들고서 들어왔다.

"이 사람 돈 많지 않아요?" 젊은이는 나를 가리키며 하녀에게 물었다.

하녀는 몹시 당황하였으나, 마침내 겁에 질린 채 대꾸했다. "그렇지 않아요."

"하하하, 당신도 거짓말하는군!"

하녀는 달아나 갔다. 그는 자리를 바꿔 앉더니 차의 더운 훈김을 가리키면서 말했다.

"몹시 차갑군."

나는 생각했다. 이건 아마 나를 비꼬는 뜻일 거야. 돈을 내어 남을 도우려 하지 않으려는 자는 냉혈동물이라는 거겠지.

"돈을 내놓아요!" 그는 느닷없이 큰소리를 질렀다. 손발 역시 더욱 바빠졌다. "돈을 내놓지 않으면 가지 않겠소!"

"돈이 없다네." 나는 방금 전에 했던 말을 되풀이했다.

"돈이 없다고요? 그렇다면 어떻게 밥을 먹는단 말이에요? 나도 밥을 먹고 싶어요. 하하하하."

"내가 밥 먹을 돈은 있지만, 자네에게 줄 돈은 없네. 자네 스스로 돈을 벌게."

"제 소설은 팔리지 않아요. 하하하!"

나는 생각했다. 아마 몇 번인가 투고하였는데 실리지 못하여 정신이 이상해진 모양이로군. 하지만 왜 나를 못살게 굴지? 아마 나의 작풍이 마음에 들지 않아서겠지. 아니면 약간 정신이 이상한 거겠지.

"당신은 쓰고 싶으면 쓰고, 쓰고 싶지 않으면 쓰지 않지요. 쓰기만 하면 실려 돈을 듬뿍 받지요. 그런데도 돈이 없다구요? 하하하하. 천바오[5]관의 돈은 벌써 송금되었겠지요, 하하하. 뭐 대단하다구! 저우쭤런周作人, 첸쉬안퉁, 저우수런周樹人 곧 루쉰은 소설가지요, 그렇죠? 쑨푸위안孫伏園. 마위짜오馬裕藻는 바로 마유위馬幼漁[6]지요, 그렇죠? 천퉁보陳通伯[7]니 위다푸郁達夫가 뭐 대단하다구! Tolstoi, Andreev, 장싼張三, 제까짓 게 뭐라구! 하하하, 펑위샹^{馮玉祥}, 우페이푸^{吳佩孚, 8)} 하하하."

"자네, 내가 천바오관에 다시는 기고하지 않겠다고 한 일로 날 찾아왔나?" 하지만 나는 나의 짐작이 옳지 않다는 것을 금방 깨달았다. 왜냐하면 양위푸와 마유위가 『천바오 부전』^{晨報副鎸}에 글을 쓴 걸 본 적이 없으니나랑 한데 싸잡아서는 안 되기 때문이다. 하물며 나의 번역 원고료가 아직껏 청산되지 않았는데, 그가 이걸 비아냥거릴 리는 없다.

"돈을 내놓지 않으면 가지 않겠소. 뭐 대단한 사람들에게도 찾아갈 거요! 천퉁보도 찾아갈 거요. 당신의 동생도 찾아가고, 저우쭤런도 찾아가고, 당신의 형도 찾아갈 거요."

나는 생각했다. 그는 나의 동생과 형까지도 죄다 찾아다닐 작정이야. 연좌제의 멸족법을 회복시킬 뜻이 분명해. 옛사람의 잔혹한 마음이 지금의 젊은이에게 유전되었음이 확실하군. 이와 동시에 이런 생각이 우스꽝스러운 느낌이 들어 나도 모르게 미소를 머금었다.

"불쾌한가요?" 그가 불쑥 물었다.

"그래, 약간 불쾌하네. 그건 다만 자네의 매도가 엉뚱한 과녁을 겨누었기 때문일세."

"난 남쪽으로 향합니다." 그는 다시 돌연 일어서더니 뒤창 쪽으로 서면서 말했다.

나는 생각했다. 이게 무슨 뜻인지 도무지 모르겠군.

그는 갑자기 나의 침대 위에 드러누웠다. 나는 커튼을 잡아당겨 나의손님의 얼굴이 뚜렷이 보이도록, 각별히 그의 웃는 모습이 잘 보이도록 하였다. 그는 과연 움직임을 보이기 시작했다. 그는 자신의 눈꼬리와 입꼬리를 부들부들 떨게 하여 흉악한 표정과 미치광이의 모습을 드러냈다. 그렇지만 한 차례의 경련에도 몹시 힘이 드는지, 열 차례에도 이르지 못한 채 얼굴은 평온을 되찾았다.

나는 생각했다. 이건 미치광이의 신경성 경련과 흡사해. 그런데 어째서 경련이 이렇게 불규칙적이고 연루되는 범위 또한 이렇게 넓은 데다가 부자연스러울까? —— 틀림없이 꾸며 낸 짓이야.

양수다 군에 대한 지금까지의 나의 호기심과 나름의 존중은 홀연 사라져 버리고, 뒤이어 메슥거림, 그리고 더러운 것이라도 묻은 듯한 느낌이 솟구쳤다. 애초부터의 나의 추측은 지나치게 이상적이었던 것이다. 처음 만났을 때 나는 거친 말투라고 생각했지만, 그의 의도는 미친 체 꾸미려는 것일 뿐이었다. 뜨거운 차를 차갑다고 하고 북쪽을 남쪽이라 말한 것도 미치광이인 체하려던 짓에 지나지 않았다. 그의 언행과 행동거지를 종합해 볼 때, 그의 본의는 무뢰함과 광인의 혼합상태를 이용하여 먼저 나에게 모욕과 두려움을 안겨 주고, 이로부터 다른 사람에게 전해져 그가 열거했던 사람들과 내가 다시는 의론을 벌이거나 다른 글을 쓸 엄두를 내지 못하게 하는 데에 의도가 있음이 틀림없다. 그리고 만에 하나 자신이 궁지에 몰릴 때에는 '신경병'이란 이 방패로 자신의 책임을 줄여 보려는 것이다. 그러나 당시에는 어찌 된 일인지, 나는 그의 미치광이 흉내를 내는 기술의 졸렬함, 즉 처음에는 그가 미치광이임을 알아차리지 못하다가 나중에 차츰 미친 기미가 있음을 깨닫게 되자 다시 곧바로 본색을 드러내 버릴 정도의 졸렬함에 대해 특별한 반감을 품었다.

그는 침대에 누운 채 노래를 부르기 시작했다. 그러나 나는 그에게 이미 전혀 흥미를 느끼지 못했다. 나 자신이 이토록 천박하고 비열한 속임을 당하는구나 하는 생각을 하면서도, 그의 가락에 맞추어 휘파람을 불면서 내 마음속 혐오감을 뱉어 내려 하였다.

"하하하!" 그는 한쪽 발을 들더니 자신의 신발 끝을 가리키면서 큰소리로 웃었다. 그것은 검정색의 베신이고, 바지는 서양식이었지만, 전체적으로 모던한 학생이었다.

나는 그가 내 신발 끝이 터져 있음을 비웃고 있다는 걸 알았지만, 이미 터럭만큼도 흥미를 느끼지 못하였다.

갑자기 그가 일어나더니 방 밖으로 나가 좌우를 둘러보다가 재빠르게 변소를 찾아내어 오줌을 누었다. 나는 그를 뒤따라가 그와 함께 오줌을 누었다.

우리는 다시 방안으로 돌아왔다.

"쳇! 제까짓 게! ……" 그는 다시 시작하려 하였다.

나는 조금 짜증이 났지만, 그래도 간곡하게 그에게 말했다.

"그만해도 되네. 자네가 미치광이 흉내를 내고 있다는 걸 진즉 알고 있다네. 이번에 온 건 무언가 다른 뜻이 있어서겠지. 사람이라면 남과 만나 확실하게 말할 수 있어야지, 괴상한 모습을 꾸며 낼 필요는 없다네. 그러니 참된 이야기를 해보게. 그렇지 않으면 헛수고만 할 뿐 아무 소용이 없다네."

그는 아무 말도 들리지 않는다는 표정을 지은 채 두 손으로 바지 앞을 여미고 있었다. 아마 단추를 채우고 있으리라. 눈은 벽 위의 수채화를 물끄러미 바라보고 있었다. 잠시 후 둘째손가락으로 그 그림을 가리키면서 큰소리로 웃었다.

"하하하!"

이 단조로운 동작과 변함없는 웃음소리에 나는 진즉 무덤덤한 느낌이었다. 하물며 꾸며 낸 것인 데다가 이처럼 졸렬하니, 보기에 더욱 역겨 웠다. 그는 내 앞에 비스듬히 서 있고, 나는 앉아 있었다. 나는 방금 전에 조롱당한 해진 신발 끝으로 그의 정강이를 툭 차면서 말했다.

"거짓이란 걸 이미 알고 있는 터에, 무얼 더 꾸미려는 거야? 자네의 본심을 털어놓는 게 나을 텐데."

그는 아무 말도 들리지 않는다는 표정을 지은 채 배회하더니, 느닷없 이 모자와 연필 필통을 들고서 밖으로 나갔다.

이 한 수는 다시 한번 나의 예상을 빗나간 것이었다. 난 그래도 그가 말귀를 알아먹고 부끄러움을 알 만한 젊은이리라는 희망을 품고 있었기 때문이다. 그는 몸도 건장하고 용모도 단정했다. Tolstoi와 Andreev의 발 음도 정확한 편이었다.

나는 풍문⁹⁾까지 쫓아가 그의 손을 붙잡고서 말했다. "꼭 가야 할 필요 가 있겠나. 어서 본심을 털어놓아 보게. 내가 좀더 알 수 있도록……." 그 는 한 손을 마구 흔들더니 마침내 눈을 꼭 감고서 두 손을 한데 모아 나를 내밀었다. 손바닥은 쫙 편 채 나를 향하고 있었다. 그는 아마 국수國粹의 권 법을 터득한 듯하다.

그는 다시 밖으로 걸어갔다. 나는 대문 어귀까지 쭉 배웅하면서 방금 했던 말로 강하게 붙들었다. 그러나 그는 밀치고 뿌리치더니 끝내 대문을 나가 버렸다. 그는 거리에서 거만하게, 그리고 느긋하게 걸었다.

이렇게 양수다 군은 멀어졌다.

나는 되돌아와 하녀에게 그가 들어왔을 때의 모습을 물어보았다.

"그가 이름을 말한 후에 제가 명함을 달라고 했더니 잠시 호주머니를 뒤지다가 '아이구 이런, 명함을 가져오지 않았네요. 말로만 전해 주세요'

라며 웃었어요. 전혀 미친 것 같지 않았어요." 하녀가 말했다.

나는 더욱 속이 메슥거렸다.

하지만 이 수법은 확실히 내게 손해를 가져왔다. ──지난번의 모욕과 두려움 말고도. 하녀가 그 후로는 문을 닫아걸었고, 밤에 문 두드리는 소리가 나면 누구냐고 크게 묻기만 할 뿐 나가지 않는 바람에 늘 내가 몸소 문을 열어야만 했던 것이다. 이 글을 쓰는 사이에만도 네 번이나 붓을 놓아야 했다.

"불쾌한가요?" 양수다 군은 이렇게 내게 물었었다.

그렇다. 나는 불쾌하기 짝이 없다. 나는 본시 이제껏 중국의 상황에 대해 진즉 몹시 불쾌해했다. 하지만 학계나 문단이 자신의 적수에게 미치광이를 무기로 사용하리라고는 예상치 못했다. 게다가 이 미치광이는 가짜이며, 미치광이인 체했던 자는 또한 젊은 학생이었다.

24년 11월 13일 밤

주)_____

1) 원제는 「記'楊樹達'君的襲來」, 1924년 11월 24일 『위쓰』 주간 제2기에 처음으로 발표하였다.

2) 양수다(楊樹達)라고 자처한 이는 당시 베이징사범대학 국문과 학생인 양어성(楊鄂生, ?~1925)이라 추측된다.

3) 양위푸(楊遇夫, 1885~1956)는 후난(湖南) 창사(長沙) 출신의 언어문자학자이며, 이름은 수다(樹達)이고 자는 위푸(遇夫)이다. 일본에 유학하였으며, 베이징사범대학, 칭화대학, 후난대학 교수를 역임하였다. 저서로는 『고등국문법』(高等國文法), 『사전』(詞詮) 등이 있다.

4) 애국포(愛國布)는 일본제품배척운동이 벌어지던 중에 국산 목면의 옷감을 가리킨다.

5) 『천바오』(晨報)는 량치차오(梁啓超), 탕화룽(湯化龍) 등이 조직한 정치단체 연구계(研究系)의 기관지로서, 1916년 8월 베이징에서 창간되었다. 원명은 『천중바오』(晨鐘報)인데, 1918년 12월에 『천바오』로 개칭하였으며, 1928년 6월에 정간되었다. 이것의 부간인 『천바오 부간』(晨報副刊)은 1921년 10월에 창간되었다가 1928년 6월에 정간되었다. 『천바오』가 정치적으로 베이양(北洋)정부를 옹호한 반면, 『천바오 부간』은 진보 역량의 추동 아래 단기간에 신문화운동을 선전하는 중요 간행물 가운데 하나로 자리 잡았다. 루쉰은 1921년 가을부터 1924년 겨울까지 쑨푸위안이 편집을 담당할 때에 이 부간에 자주 투고하였다.

6) 마위짜오(馬裕藻, 1878~1945)는 저장 인(鄞)현 사람이며, 자는 유위(幼漁)이다. 일본에 유학하였으며, 이 글을 쓸 당시에는 베이징대학 국문과 교수를 지내고 있었다.

7) 천퉁보(陳通伯, 1896~1970)는 장쑤 우시(無錫) 사람이며, 이름은 위안(源), 자는 퉁보(通伯), 필명은 시잉(西瀅)이다. 이 글을 쓸 당시에는 베이징대학 교수를 지내고 있었으며, 현대평론파(現代評論派)의 주요 성원으로 활동하고 있었다.

8) 펑위샹(馮玉祥, 1882~1948)은 안후이(安徽) 차오(巢)현 출신의 베이양 즈계(直系) 장군이며, 이 글을 쓸 당시에는 국민군 총사령을 맡고 있었다. 우페이푸(吳佩孚, 1873~1939)는 산둥(山東) 펑라이(蓬萊)현 출신의 베이양 즈계 군벌이다.

9) 풍문(風門)은 겨울에 추위나 바람을 막기 위해 입구 바깥에 세운 문을 가리킨다.

양군 습격 사건에 대한 정정[1]

1.

오늘 몇 명의 학생이 대단히 성심껏 내게 알려 주었다. 13일에 나를 찾아 온 그 학생은 정말로 정신착란을 앓고 있으며, 13일은 발병한 날인데 이후 증상이 더욱 심해졌다고. 이건 진실한 상황이라고 나는 믿는다. 정신질환자의 발병 초기 상태에 대해 나는 실제로 본 적도 없고 주의하여 연구해 본 적도 없으므로, 얼마든지 잘못 볼 때가 있기 때문이다.

이제 나는 그 기록의 후반부 가운데 신경과민하게 추론한 몇 대목에 대해 취소하지 않으면 안 된다. 그러나 그 기록은 남겨 두어도 좋으리라 생각한다. 여기에는 뜻밖에도 사람이 사람에 대해 —— 적어도 그가 나에 대해, 그리고 내가 그에 대해 —— 서로 의심하는 참모습이 잘 드러나 있다.

당초에 내가 불쾌했던 것은 틀림없는 사실이다. 가만히 생각해 보니, 만약 그가 거짓으로 꾸민 게 아니었다면 나도 그처럼 구역질이 날 정도로 메슥거리지는 않았을 것이다. 그게 정말이었다는 걸 알게 된 지금, 이 회생이 참으로 너무 커서 차라리 거짓으로 꾸민 편이 더 나으리라는 느낌이 든다. 하지만 사실은 사실이니, 무슨 뾰족한 수가 있겠는가? 난 그저 그가 하루빨리 건강을 회복하기를 바랄 수 있을 뿐이다.

11월 21일

2.

푸위안 형

오늘 한 통의 편지와 한 편의 원고를 받았습니다. 이건 양군의 친구이자 제 학생이기도 한 사람[2]이 쓴 것인데, 진지하고도 슬퍼서 그걸 읽은 저는 참담한 기분이 들어, 나 자신이 너무나 쉽사리 의심하고 너무나 쉽게 분노한다고 느꼈습니다. 그가 이미 이런 처지에 빠져 있다고 해서, 그에 대한 저의 오해를 서둘러 풀지 않아도 될까요?

그래서 제가 그제 건네준 정정만으로는 불충분할 듯한 생각이 들어, 이 글을 그를 위해 『위쓰』 제3기에 발표하고 싶습니다. 다만 지면이 한정되어 있을 터, 만약 식자공이 짬을 낼 수 있다면 두 쪽(아마 이 글이 두 쪽에 다 들어갈 수 있을지는 모르겠습니다만)을 늘려 펴내 주시기를 바라마지 않습니다. 가격을 올리실 필요는 없습니다. 그 책임은 제가 지겠습니다.

제가 만든 쓴 술[3]은 제가 마실 수밖에요.

11월 24일, 루쉰

1) 원제는 「關於楊君襲來事件的辯正」, 1924년 12월 1일 『위쓰』 주간 제3기에 처음 발표하
   였다. 1절은 리위안(李遇安)의 「「'양수다' 군의 습격을 기록하다」를 읽고」(讀了「記'楊樹
   達'君的襲來」)라는 글의 앞에, 2절은 글 뒤에 실려 있다.

2) 리위안(李遇安)을 가리킨다. 그는 허베이(河北) 사람으로, 1924년부터 1926년까지 베이
   징사범대학에 다니고 있었다.

3) 원문은 '酸酒'. 제대로 발효되지 않아 못 쓰게 된 술을 가리킨다.

봉화 이야기 다섯[1]

부자끼리 충돌하고 있다. 하지만 신통력을 발휘하여 그들의 나이를 대충 엇비슷하게 바꾸어 놓으면, 금방 뜻이 맞는 친한 벗처럼 될 수 있다.

영리한 사람이 "인심이 예전만 못해"라고 개탄할 때는 대체로 그의 계략이 실패했기 때문이다. 그러나 은일거사가 "인심이 예전만 못해"라고 개탄할 때는 자식이나 첩에게 억울한 일을 당했기 때문이다.

전보는 말한다, 하늘이 중국에 화를 내렸다고.[2] 하늘은 말한다, 참으로 억울하기 짝이 없다고.

정신문명인이 비행기론을 펼쳐 말한다, 영혼의 자유로운 떠돎에 비한다면 한 푼의 값어치도 없다고. 다 쓰고 나자 온 가족을 이끌고서 둥자오민샹의 대사관 구역[3]으로 옮겨 간다.

시인이 봉화 곁에 잠든 채 쿵쿵 울리는 소리를 듣는다면, 봉화는 곧 청각이다. 그러나 이 견해는 미각에 가깝다. 너무나 맛이 없으니까. 하지만 아무 일도 하지 않는 것이 곧 하지 않은 일이 없는 것이라면,[4] 맛이 없음은 당연히 지극한 맛이 된다. 그렇지 않을까?

주)_____

1) 원제는 「烽話五則」, 1924년 11월 24일 『위쓰』 주간 제2기에 처음 발표하였다. 이 글은 제2차 즈펑(直奉)전쟁 즈음에 씌어졌기에 '烽話'라는 제목을 붙였다.

2) 원문은 '天禍中國'. 베이양군벌 시기에 군벌 관료가 전보를 보낼 때 흔히 사용하던 어구이다. 이를테면 1917년 7월 5일 돤치루이(段祺瑞)의 전문은 "하늘이 중국에 화를 내리도다. 반란이 계속되고 있다"(天禍中國, 變亂相尋)고 하였으며, 16일 펑궈장(馮國璋)의 전문은 "하늘이 중국에 화를 내리도다. 수도에 변란이 일어났다"(天禍中國, 變起京師)고 하였다.

3) 8개국 연합군은 1900년 베이징을 점령한 후 이듬해에 청 정부에게 굴욕적인 '신축조약'(辛丑條約)을 강요했는데, 이 조약은 베이징 둥자오민샹(東郊民巷)의, 동쪽의 충원문(崇文門)으로부터 서쪽의 치판제(棋盤街) 일대까지를 대사관 구역으로 정하고 각국 병사를 주둔하여 관리하도록 하였다. 이 구역은 관료정객들의 피난처가 되기도 하였다.

4) 원문은 '無爲卽無不爲'. 『노자』 제37장에 "도란 늘 행함이 없으되 행하지 않은 일이 없다"(道常無爲而無不爲)라는 글이 있다.

'음악'?[1]

밤에 잠을 이루지 못한 채 내일은 라조기를 먹어 볼까 궁리해 보기도 하고 지난번에 먹었던 것과 요리 방법이 다르면 어쩌지 염려하노라니 잠은 더욱 멀리 달아나 버렸다. 일어나 앉아 등을 켜고 『위쓰』를 펼치자, 불행히도 쉬즈모 씨의 신비담[2]이 눈에 들어왔다. ──아니, "모두가 음악"이니, 음악선생의 음악이 귀에 들어왔다.

······ 나는 유음有音의 악樂을 들을 줄 알 뿐만 아니라, 무음無音의 악(사실 이 역시 유음이지만 그대가 듣지 못할 뿐이다)도 들을 줄 안다. 나는 자신이 거리낌 없는 Mystic[3]임을 솔직하게 인정한다. 나는 굳게 믿는다.······

이 뒤에도 무슨 무슨 "모두가 음악"[4] 운운, 운운운운이다. 요컨대 "그대에게 음악이 들리지 않는다면 그대 자신의 귀가 너무나 둔하거나 살결이 거친 탓"이다!

그래서 나는 곧바로 내 살결이 거칠지 않을까 의심이 들어 왼손으로 오른팔을 어루만져 보았더니 확실히 매끄럽지는 않다. 다시 귀를 어루만져 보았지만 둔한지 어떤지 알 길이 없다. 하지만 살결이 거친 것만은 확실하다. 애석하게도 나의 살결이 '어루만져도 감촉이 남지 않을' 정도는 끝내 아니지만, 그래도 뭐 장주 선생의 가르침인 천뢰天籟, 지뢰地籟와 인뢰人籟[5]는 들을 수 있다. 그러나 나는 아직 단념하지 않는다. 다시 들어 보자. 역시 들리지 않는다.──아아, 뭔가 들리는 듯한데, 영화를 선전하는 군악 같다. 쳇! 틀렸어. 이게 '절묘한 음악'이야? 다시 들어 보자. 들리지 않아.…… 오, 음악이다. 들리는 것 같다.

자비롭고도 잔인한 금파리, 향기로운 천사의 노란빛 날개를 펼쳐, 엔, 젤, 미파도미도, 형개荊芥, 무, 옥소리 쟁쟁하고 물결 탱탱한 붉은 바다 속에서 솟아오른다. Br-rrr tatata tahi tal, 시작도 끝도 없는 다이아몬드 천당의 곱고도 간드러진 귀수유鬼茱萸는 절반의 북두의 푸른 피에 잠긴 채 에메랄드빛 참회를 썩어 문드러진 앵무 큰아버지의 빌어먹을 가슴에 적는다! 무슨 말인지 모르겠다고? 이런 제길! 아아, 죽겠구먼! 아리땁게 잔물결 일렁이는 시리우스의, 향기롭고도 더러운, 날카롭게 빛나는 화살촉은 납작코 녀석의 요염하고도 매끈매끈한 얼음 같은 대머리에 명중한다. 암담하고 즐거운, 비쩍 마른 사마귀 한 마리 날아갔다. 아아, 나는 죽지 않으리! 끝없이 ……[6]

위험하다, 나는 내가 발끈하고 정신이 나갔나 다시 의심스러웠지만, 곧장 되돌아보고서 그렇지 않음을 깨달았다. 이건 라조기를 먹고 싶다는 생각을 하면서 헛소리를 지껄였을 뿐이다. 만약 발끈하고 정신이 나갔는데도 들리는 음악이라면, 반드시 좀더 신비적이어야 했을 터이다. 더욱이 사실은 영화 선전의 군악조차 들리지 않았다. 환각이라 하더라도 아마 자기기만의 이야기에 지나지 않으며, 또한 거친 살결에 분식을 가하려는 망상에 지나지 않는다. 나는 불행히도 끝내 끈질긴 비非 Mystic이 될 수밖에 없으니, 누굴 탓하겠는가. 그저 즈모 선생의 크나큰 은덕으로 이렇게 많은 '절묘한 음악'을 들을 수 있게 되었음을 삼가 칭송할 수 있을 따름이다. 그러나 만약 스스로 반성할 줄 모르는 사람이 있어 이분을 '정신병원에 집어넣'으려 한다면, 나는 목숨을 걸고 반대하고 온 힘을 다해 그의 무죄를 호소할 것이다.——비록 음악을 음악 속에 집어넣는 것이 거리낌 없는 Mystic에게는 별일이 아니겠지만.

그렇지만 음악이란 얼마나 듣기 좋은 것인가, 음악이여! 한 번만 더 귀를 기울여 보라. 아�섭고 안타깝게도 처마 아래에서 벌써 참새가 지저귀기 시작했다.

오호, 귀엽고 자그맣게 이리저리 휙휙 나는 새끼 참새야, 너는 여전히 어디든지 날아다니고 늘상 그렇듯이 쩍쩍 지저귀면서 바람 타고 가벼이 튀어오르느냐? 그러나 이 역시 음악이지. 오로지 자신의 살결 거침을 탓할 수밖에.

단 한 번의 울음소리만으로도 사람들 거의 모두를 두려움에 떨게 하던 올빼미의 듣기 고약한 소리는 어디로 갔을까!?

주)_____

1) 원제는 「'音樂'?」, 1924년 12월 15일 『위쓰』 주간 제5기에 처음으로 발표하였다.

2) 1924년 12월 1일의 『위쓰』 주간 제3기에는 프랑스의 보들레르의 시집 『악의 꽃』 가운데에서 쉬즈모(徐志摩)가 번역한 「주검」이란 시가 실렸다. 이 역시 앞에는 쉬즈모의 장편 의론문이 게재되어 있는데, 이 글에서 다음과 같은 신비주의적 문예론을 펼쳤다. "시의 참된 묘처는 그 글자의 뜻 안에 있는 것이 아니라, 붙잡을 수 없는 그 음절 속에 있다. 그것이 자극을 주는 것도 그대의 피부(그것은 본래 너무 거칠고 두텁다!)가 아니라 그대 자신조차도 붙잡을 수 없는 영혼이다."

3) 'Mystic'은 신비주의자를 의미한다.

4) 쉬즈모는 역시(譯詩) 앞의 의론문에서 다음과 같이 말하고 있다. "나는 우주의 본질, 인생의 본질, 일체의 유형의 사물과 무형의 사상의 본질은 ── 오직 음악, 절묘한 음악일 뿐이라고 굳게 믿는다. 하늘의 별, 물 위를 헤엄치는 유백색의 오리, 나무 숲속에 피어오르는 아지랑이, 벗의 편지, 싸움터의 대포, 무덤더미 속의 도깨비불, 마을 어귀의 돌사자, 어젯밤에 꾸었던 꿈…… 어느 하나 음악이 아닌 것이 없다. 그대, 나를 정신병원에 보낸다 하더라도, 나는 이를 악물고 인정한다. 그렇다, 모두가 음악이다.──장주(莊周)가 말하는 하늘의 소리, 땅의 소리, 사람의 소리 모두가 이것이다. 음악이 들리지 않는다면 그대 자신의 귀가 너무나 둔하거나 살결이 거친 탓이니, 나를 탓하지는 마오."

5) 이는 자연계에서 나오는 소리와 사람의 입에서 나오는 소리를 가리킨다. 『장자』「제물론」(齊物論)에 "그대는 인뢰를 듣되 지뢰를 듣지 못하고, 지뢰를 듣되 천뢰를 듣지 못하는가?"(女聞人籟而未聞地籟, 女聞地籟而未聞天籟夫?)라는 글귀가 있다.

6) 이 대목은 루쉰이 쉬즈모의 신비주의적 논조와 역시를 풍자하기 위해 본떠 쓴 것이다.

'중용 지키기'의 진상을 말하다[1]

떠도는 소문에 나의 오랜 학우인 쉬안퉁[2]이란 이가 자주 나 없는 곳에서 나를 좋네 나쁘네 평가한다고 한다. 좋다는 거야 문제될 게 없지만, 나쁘다 하면 어찌 기분 좋을 리 있겠는가? 오늘 빈틈을 발견하였는데, 비록 나와 아무 상관도 없지만 화살 한 발 되돌려 주려 한다. 원수를 갚고 원한을 푸는 것이 바로 『춘추』의 뜻이렷다.[3]

그는 『위쓰』 제2기에서 이렇게 말했다. 어떤 사람이 섭명침葉名琛[4]을 조롱한 대련에 "싸우지 말고, 화전하지 말고, 지키지 말라; 죽지 말고, 항복하지 말고, 달아나지 말라"가 있는데, 아마 중국인이 '중용 지키기'의 진상에 대한 설명으로 삼을 만하다고. 나는 이 말이 옳지 않다고 생각한다.

무릇 '중용을 지키'는 태도에 가까운 것으로는 아마 두 가지가 있으리라. 하나는 '이것이 아니면 저것'이고, 다른 하나는 '이것도 좋고 저것도 좋고'이다. 전자는 일정한 주견은 없어도 맹종하지 않고 시세에 편승하지 않으며, 혹 달리 독특한 견해를 지닌다. 그러나 그 처지는 대단히 위험하며, 그래서 섭명침은 끝내 멸망에 이르고 말았다. 비록 그는 주견이 없었을 뿐이었지만. 후자는 곧 '양다리 걸치기' 혹은 교묘하기 그지없는 '바람 부는 대로 쓰러지기'이다. 그러나 중국에서는 가장 잘 어울리기에 중국인의 '중용 지키기'는 아마 이것일 것이다. 만약 낡은 대련을 뜯어고쳐 설명하자면, 이러해야 하리라.

싸우는 체, 화전하는 체, 지키는 체 하라.
죽은 양, 항복하는 양, 달아나는 양 하라.

이리하여 쉬안퉁은 정신문명 법률 제93894조에 의거하여 즉각 "진상을 오해하고, 세상을 미혹하고 백성을 업신여긴" 죄로 다스려야 마땅하다. 그렇지만 글 가운데에 '아마'라는 두 글자를 사용하였으니, 그 죗값을 경감해 주어도 좋으리라. 이 두 글자는 나 역시 아주 즐겨 사용하고 있다.

주)_____

1) 원제는 「我來說'持中'的眞相」, 1924년 12월 15일 『위쓰』 주간 제5기에 처음으로 발표하였다.

2) 쉬안퉁(玄同)은 첸쉬안퉁(錢玄同)이다. 1908년 그는 일본 도쿄에서 루쉰과 함께 장타이옌(章太炎)의 『설문해자』(說文解字) 강독을 들은 적이 있다.

3) 『춘추』(春秋)에는 원수를 갚고 원한을 푸는 것을 찬미한 곳이 많이 있다. 이를테면, 『춘추·공양전(公羊傳)』 '장공(莊公) 4년'의 기록에서는 "아홉 세대가 지났어도 원수를 갚아도 괜찮은가? 백 세대라도 괜찮다"라 하였고, '정공(定公) 4년'의 기록에서는 "아비가 부당하게 죽임을 당하였을 때에는 자식이 원수를 갚아도 괜찮다"고 하였다.

4) 섭명침(葉名琛, 1807~1859)은 후베이(湖北) 한양(漢陽) 출신의 청나라 대신으로, 자는 곤신(昆臣)이다. 함풍(咸豊) 2년(1852)에 광둥 광시의 양광총독 겸 통상대신에 임명되었다. 1854년 광둥 천지회(天地會) 기의를 진압할 때 영국과 프랑스의 군사 원조를 받았다. 1857년 영국과 프랑스 연합군이 광저우(廣州)를 침략했을 때, 그는 전쟁준비를

하지 않은 채 집에 장춘선관(長春仙館)을 마련하고 소위 여동빈(呂洞賓)과 이태백(李太白) 두 신선의 위패를 떠받들고서 길흉을 점쳤다. 광저우가 함락된 후 포로가 되어 홍콩으로 압송되었으며, 후에 인도 캘커타의 진해루(鎭海樓)로 이송되어 1859년에 병사하였다. 당시 사람들이 그를 풍자한 대련의 전문은 다음과 같다. "싸우지 말고, 화전하지 말고, 지키지 말라. 이건 장관의 도량, 총독의 포부라네. 죽지 말고, 항복하지 말고, 달아나지 말라. 옛날에 없던 일은 오늘에도 드문 법이네."(不戰不和不守, 相臣度量, 疆臣抱負;不死不降不走, 古之所無, 今之罕有) 첸쉬안퉁은 『위쓰』 주간 제2기(1924년 12월 24일)에 발표한 「수감록 · '중용을 간직하는' 진상의 설명('持中'底眞相之說明)」에서 "어떤 사람들은 유럽인은 '앞을 향하고' 인도인은 '뒤를 향한'다고 말하는데, 모두 중국인이 '중용을 지키'는 것만 못하다"고 말하고, 아울러 위의 대련을 인용하여 "나는 아마 이것을 '중용을 지키'는 진상에 대한 설명으로 삼을 만하다고 생각한다"고 밝혔다. 첸쉬안퉁의 앞 구절은 량수밍(梁漱溟)이 그의 저서 『동서문화와 그 철학』(東西文化及其哲學)에서 주장한 '삼로향설'(三路向說)을 가리킨다.

곱씹은 나머지[1]

나의 글 「글자를 곱씹다」의 '고리타분함'이 또다시 조금 성가신 일을 일으키고 말았으니, 몇 마디를 덧붙여야겠다.

나는 그 글의 첫머리에서 이렇게 말했다.

"전통사상의 속박에서 벗어나……"

맨 처음 편지를 보내온 모 선생[2]은 이 글귀를 보지 못한 듯 대부분 지엽적인 이야기뿐이었으며, 게다가 한 차례 호통을 친 후에는 곧장 더 이상 상관하지 않겠다고 언명하였다. 그래서 이제 더 이상 거론하지 않기로 한다.

두번째인 첸위안潜源 선생의 편지는 그 글귀를 보기는 하였지만, 의견은 나와 달리 "전통사상의 속박에서 벗어날……" 수 없는 것은 아니라고 여긴다. 각자의 의견은 물론 각양각색이리라.

그에 따르면, 여성의 이름에 "부드럽고 아리따운" 글자를 사용하는 까닭은 ① "그 혹은 그녀의 성별을 알고자 늘 생각하기" 때문이라고 한다. 그러나 나는 이 "늘 생각한다"는 것이야말로 속박이라고 생각한다. 소설은 읽어 나가면 알게 되고, 희곡은 첫머리에 설명이 있다. ②편리하기 때문이라고 한다. 예를 들면 톨스토이托尔斯泰에게 Elizabeth Tolstoi라는 딸이 있는데, 전체를 번역하면 너무 번거로우니 톨스토이妥妳絲苔라고 하면 훨씬 간단명료해진다. 하지만 만약 톨스토이托尔斯泰에게 또 Mary Tolstoi와 Hilda Tolstoi라는 두 딸이 있다고 한다면, 또 달리 "부드럽고 아리따운" 여덟 글자를 생각해 내야만 하니 도리어 훨씬 번거로워진다.

그는 이렇게 묻는다. Go는 궈郭로, Wi는 왕王으로, Ho는 허何로 번역하면 될 텐데, 왜 꼭 군이 '거'㖇, '왕'旺, '허'荷로 번역해야 하는가? 아울러 『백가성』百家姓3)이 위력을 지녀서는 안 되는 이유는 무엇인가? 그러나 나는 '궈'郭, '왕'王, '허'何로 번역하는 것이야말로 '의도적'이며, 그 떠도는 혼이 『백가성』이라 생각한다. 내가 『백가성』의 위력을 의아해하는 것, 그 의미는 앞글의 첫번째 글귀 속에 나타나 있다. 하지만 보내온 편지에서 또 반문하였으니, 다시 답하겠다. 의미는 앞글의 첫번째 글귀 속에 나타나 있다.

다시 한번 말하거니와, 나는 그 글의 첫머리에서 이렇게 말했다. "전통사상의 속박에서 벗어나……." 그러므로 번역을 하나의 도구로 여기거나 편의를 도모하여 절충하기 좋아하는 선생들은 본래 풍자의 범위 안에 들어 있지 않다. 두 분의 편지는 이 점을 똑똑히 읽어 내지 못한 듯하다.

마지막으로, 나는 첸위안 선생이 '마지막으로' 한 이야기에 대해 몇 마디 바로잡아야만 하겠다. ①나 자신은 삼소三蘇4) 중 어느 소蘇도 전혀 닮지 않았으며, 옛사람 누구와도 비교당하거나 '의도적'으로 그들을 능가하기를 원치 않는다. 만약 옛사람에게 비유된다면 호의라는 걸 나 역시 잘 알지만, 온몸이 찌뿌둥한 게 남이 Gorky의 성을 가오高로 만드는 걸 보는 것과 같다. ② 사실 『외침』은 결코 널리 퍼지지는 못했으며, 그나마 새로운 인물 사이에서 조금이나마 유행했던 것은 그 속의 풍자가 겉으로는 대체로 낡은 사회를 겨누고 있는 듯했기 때문이다. 그러나 나이 든 선생들에게 보여 주면 아마 그들 역시 "유세 떠네", "심하게 꾸짖는구먼"이라 생각하고서 몹시 싫어하여 손사래 칠 것이다. ③ 나는 내게 '명성'이 있다고 생각하지 않는다. 설사 있더라도 이 때문에 더욱 격식을 차린 글을 지어 기왕의 '명성'과 다른 사람의 신망을 유지할 생각은 터럭만큼도 없다. 비록 남들은 무료無聊하다고 여기는 것일지라도, 나 자신이 유료有聊하다 생각하고 또 암암리에 금지나 저지를 당하는 일이 없기만 한다면, 언제든지 발표하고 폭로하여 고리타분함을 싫어하는 독자들에게 보여 주고자 한다. 이렇게 하면 금방 오해를 바로잡아 나를 믿지 않게 만들 수 있을 것이다. 나는 내가 만약 오로지 우주나 인생에 대해 허풍이나 떨고 새로운 젊은이들에게 낡은 사회를 풍자하여 보여 줄 뿐으로 소수의 사람들 사이에서 오해로 말미암은 '신망'을 유지하기를 바란다면, 이는 '독자를 기만하는 것'이며 나에게 고통스러운 일이라고 생각하기 때문이다.

한 분은 얼굴을 맞대고서, 한 분은 편지로 『현대평론』 속의 「루쉰 선생」[5]이란 글이 없어진 까닭을 내게 물었다. 살펴보니 과연 앞쪽의 「고뇌」와 뒤쪽의 「파락호」만 남아 있을 뿐, 원래 그 사이에 있어야 할 「루쉰 선생」은 사라져 버린 게 틀림없었다. 똑같은 오해를 품은 자가 있을까 봐 이 차제에 한 마디 밝히고자 한다. 나는 그 까닭을 전혀 알지 못한다고.

내가 만약 「톨스토이전」娿妳絲吾傳을 쓰겠다고 말했다가 잠시 출판하지 않는다고 해서, 사람들이 톨스토이托尔斯泰의 아내 혹은 딸에게 묻는다면, 이런 방법은 참으로 옳지 않다고 나는 생각한다. 왜냐하면 그녀들은 내가 무슨 수작을 부리고 있는지 알 리 없기 때문이다.

1월 20일

[참고]

'무료한 통신'⁶⁾

푸위안 선생께

선생께서 '청년애독서 10권'을 널리 구한다는 광고를 낸 후, 『징바오 부간』에는 이와 관련된 무료한 편지가 많이 실리고 있습니다. 이를테면 "젊은 부인은 '청년'에 포함시킬 수 있는가 없는가" 따위입니다. 이렇게 무료한 문장, 이처럼 단순한 두뇌를 실을 가치가 있을까요? 이밖에도 그제의 부간에는 루쉰 선생의 「글자를 곱씹다」라는 글이 실렸는데, 이 역시 무료하기 그지없으며 실을 필요도 없습니다! 『징바오 부간』의 지면은 제한되어 있으니, 귀하게 여기시고, 가치 있는 글을 많이 실으세요! 여기에 널리 구하는 리스트를 부치니 받으시기 바랍니다.

13, 중첸

무릇 기자는 외부에서 온 편지를 받고 읽어 본 후 남에게도 보일 필요가 있다고 여겨지면 본지에 발표하게 됩니다. 예를 들어 랴오중첸廖仲潛 선생의 이 편지 역시 나는 공개할 가치가 있다고 여겼습니다. 혹 누군가(아마 랴오 선생 자신조차도) 이 편지를 '무료한 편지'라고 여길지라도, 내가 "청

년이라는 두 글자에는 부인도 포함되는가 어떤가?"라는 리李군의 편지를
발표했던 것은 독자 중에는 아마 리군과 같은 의문을 품고 있는 이가 더 있
을 터, 나의 답변을 읽고서 아울러 확실히 알 수 있으리라 생각했기 때문입
니다. 이에 관해서는 달리 어떤 답변도 할 게 없습니다. 루쉰 선생의 「글자
를 곱씹다」에 대해서는 기자 개인의 견해로는 대단히 중요하고 의미 있는
글이라고 여겼으며, 그래서 특별히 2호 활자의 표제와 4호 활자의 필명을
사용하여 독자들이 각별히 주목해 주기를 기대했습니다. 루쉰 선생이 공
격했던 두 가지 점은 기자 역시 최근 번역계의 타락의 징조이며 힘써 개혁
하지 않으면 안 된다고 여겼기 때문입니다. 중국에서 인도의 글을 번역한
이래 수천 년이 되도록 이처럼 괴이한 생각을 해본 사람은 아무도 없었습
니다. 여성의 이름에는 아름다운 글자를 사용해야 하고, 남성의 이름의 첫
음은 『백가성』 속의 글자를 사용해야 한다고 생각하는 것은 확실히 최근
십 년 사이의 사람들이 발명한 것(이 방법은 엄기도嚴幾道 시대에는 아직 통
용되지 않았다)이며, 요 십 년 사이의 번역 문장의 오류투성이도 옛사람을
놀라게 할 만합니다. 이 두 가지 점을 왜 공격해야 하는지에 대해서는, 루
쉰 선생의 풍자문을 보기만 하면 금방 깨달을 것입니다. 그는 중국에서는
"저우(周)씨 집안의 아가씨에게 달리 처우(綢)라는 성을 주지 않는다"는
점을 들어 수많은 사람들이 '瑪麗亞'(마리아)', '婀娜'(아노), '娜拉'(노라) 등
의 아름다운 문자로 외국 여성의 이름을 번역함의 옳지 않음을 돋보이게
해주었으며, "우리 집안 리키(rky)"라는 한 마디로써 수많은 사람들이 어
느 나라의 인명이든 억지로 『백가성』 가운데의 글자를 첫 음으로 삼고 있
는 우스꽝스러움을 풍자하였습니다. 그는 오직 이 두 마디의 말만으로도
우리에게 이미 대단히 깊고 진한 흥취를 안겨 주었습니다. 그런데 랴오 선

생께서는 이것을 '무료하기 그지없는' 글이라고 말씀하십니까? 마지막으로 저는 랴오 선생의 열성적인 지도에 깊이 감사드림과 아울러, 다른 독자들께서도 부간에 대해 의견이 있을 때에는 기탄없이 가르쳐 주시기를 바라마지 않습니다.

1925년 1월 15일『징바오 부간』

푸위안 삼가 답함

「글자를 곱씹다」에 관하여[7]

푸위안 선생

나의 그 짧은 편지는 원래 개인의 편지로 발표할 필요가 없었으나, 선생께서 공개할 가치가 있다고 여겨 그것을 발표하였습니다. 하지만 이로 인해 그 편지는 다시 무료한 편지로 바뀌고 말았습니다. 어찌 무료할 뿐이겠습니까. 수많은 무료한 시비를 불러올까 두렵습니다. 이러한 시비를 도발한 책임은 마땅히 기자가 지어야겠지요! 그래서 상대방의 회답이 없다면 그만이고, 회답이 있더라도 저는 상대하지 않겠습니다. 「글자를 곱씹다」라는 글에 대해, 선생께서는 그 글에서 공격하는 두 가지 점이 대단히 중요하고 의미 있다고 여기시는데, 저는 의심스러운 점이 없지 않습니다. 즉 Ⓐ 선생께서는 글자를 곱씹은 번역에 비추어 볼 때 최근 번역계가 타락한 징조라고 여기고 있습니다. 왜 타락이지요? 저는 이해가 가지 않습니다. 여성의 이름에는 아름다운 글자를 사용해야 하고 남성의 이름의 첫 음은『백가성』속의 글자를 사용해야 한다는 것은 최근에 발명된 것이라고 여기기에,

이것을 괴이한 생각이라 일컬었습니까? 그러나 선생께 묻고 싶습니다만, 그것을 '타락'이라 여기는 게 결국 '괴이한 생각'이 아닐까요? 나는 아름다운 글자로 여성의 이름을 번역하는 건 역자의 완전한 자유이자 즐거움이며, 중요한 문제는 아니라고 생각합니다. 새로운 발명이기는 하여도 타락의 징조는 아니며 괴이한 생각은 더더욱 아닙니다! ⑧ 외국인의 이름은 앞에 놓이고 성은 뒤에 있습니다. '고리키'高尔基라는 세 음절로 연결된 글자가 Gorky의 성이며, 그의 성이 '가오'高인 것은 아닙니다. 하지만 중국인의 습관이나 기억에 편하도록 첫 음을 그것과 비슷한 중국인의 성으로 번역하거나 모某씨라고 약칭함으로써 반복의 번잡함의 곤란을 피할 수 있습니다. 만약 중국인의 성명에 비추어 그의 성을 가오라고 여긴다면, '리키'는 그의 이름이 되는 건가요? 얼마나 웃기는 이야기입니까! 또 예를 들자면, Wilde는 '王尔德'으로도 '魏尔德'으로도 번역할 수 있고, 또 '樊尔德'으로도 번역할 수 있습니다. 그렇다면 그 한 사람의 성이 王도 되고 魏도 되고 樊도 됩니다. 이게 말이나 됩니까? 이른바 "우리 집안 리키(rky)"라는 건 제 생각으로는 루쉰 선생이 새로 발명한 것이겠지요! 그렇지 않다면 "우리 집안 리키(rky)"라고 말하는 사람은 '고리키'高尔基라는 세 음절의 글자가 그의 원래의 성이란 것을 아예 모르고 있는 겁니다! '高'라는 하나의 글자가 같다고 해서 경망스럽게 우리 집안이라 일컫고 게다가 rky를 덧붙이는 것, 이건 확실히 새로 만들어 낸 골계담滑稽談입니다! 하지만 현실적으로는 털끝만큼의 골계도 없는지라, "그 사람 참 무의미하구먼, 문외한이로구먼, 무료하기 짝이 없군"이라고 남의 입에 오를 따름이다. 선생께서 말씀하신, 대단히 깊고 진하며 대단히 중요하고 의미 있는 점은 도대체 어디에 있습니까? 비록 그렇더라도, 기자에게는 기자 나름의 의견이 있고 그것을 발표할 것인가 말 것인가의 권한이 있습니다. 그래서 2호 활자의 표제와 4호 활자의 필명으로 간행했던 겁니다. 마지막으로 선생의 지난번 후의에 감사드림과 아울러, 선생께서 개인적으로 퍽 의미 있다고 여기시는 글을 더 많이 실어 주시기를 부탁드립니다. 한 마디 더 덧붙이자면, 앞으로 다른 방면에서 갖가지 필전筆戰을 걸어 오더라도 더 이상 답변하지 않으며, 다시는 무료한 소란에 끼어들지 않음을 용서하여 주시기 바랍니다. 그럼 이만.

　건필하시기를.

16, 아우 중첸 삼가 답함

"고리키高尔基라는 세 음절로 연결된 글자가 Gorky의 성이며, 그의 성이 가오高인 것은 아니다"라는 랴오 선생의 이 말은 루쉰 선생의 글보다 훨씬 훌륭합니다. 아쉽게도 이 말을 날마다 독자에게 사람 한 명을 보내 읽어 줄 수도 없고, 번역하는 이에게 편마다 글의 원저자 아래에 "고리키高尔基의 성은 가오高가 아니다, 와일드王尔德의 성은 왕王이 아니다, 벨리오白利歐의 성은 바이白가 아니다……"라고 설명을 덧붙이게 할 수도 없는 노릇입니다. 랴오 선생의 이 편지가 실리고 나서 며칠이 채 지나지 않아, 랴오 선생의 이 명언 또한 틀림없이 사람들의 머리에서 잊혀지고 말 것입니다. 그러므로 루쉰 선생의 풍자는 여전히 중요합니다. 만약 번역계 인사들이 루쉰 선생의 '우리 집안 rky'라는 말에 찔려 견딜 수 없게 된 나머지 마침내 결연히 『백가성』 중의 글자를 피하여 음이 비교적 가까운 글자로 대체하게 된다면(예컨대 고리키를 哥尔基로, 와일드를 淮尔德으로, 벨리오를 勃利歐로……), 독자는 한눈에 "세 음절로 연결된 글자가 성이며, 첫 음은 그의 성이 아니"라는 것을 알게 되어, 번거롭게 랴오 선생께서 간곡히 타이를 필요가 없어질 것입니다. 그러나 이렇게 개선한 후에도 실제로는 여전히 적절치 않으므로, 네모난 문자를 사용하여 외국인의 인명을 번역하는 방법은 아마 수명이 기껏해야 5년밖에 남지 않았습니다. 일보 진전된 방법은 주음자모注音字母로 번역하는 것(첸쉬안퉁 선생네는 이미 실행하고 있으며, 어제 기자가 첸 선생을 만났는데, 첫 음을 『백가성』 가운데의 글자로 만드는 방법이 개량된 이후에도 여전히 적절치 않다고 말했다)이고, 일보 더 진전된 방법은 번역하지 않는 것입니다. 구미에서는 많은 서적의 원명이 이미 번역되고 있지 않으니, 인명을 번역하지 말자고 주장하는 것은 오늘날의 중국에서조차도 아마 과격한 편이 아닐 것입니다.

1925년 1월 18일 『징바오 부간』

푸위안 설명을 덧붙임

「글자를 곱씹다」는 '고리타분하다'[8]

푸위안 선생께

루쉰 선생의 「글자를 곱씹다」라는 글은 내가 보기에 참으로 전혀 의미가 없습니다. 중첸 선생이 이것을 "무료하기 그지없"는 글이라 일컬은 것은 지극히 옳은 말입니다. 그런데 뜻밖에도 선생께서 중첸 선생의 편지 뒤에 덧붙인 설명에서 이 "무료하기 그지없다"는 여덟 글자에 대해 깜짝 놀라고, 게다가 루쉰 선생이 든 두 가지 점을 번역계가 타락한 현상이라고 말씀하신 것을 보고, 저는 참으로 크게 놀라지 않을 수 없습니다.

우리들은 작가 혹은 소설과 희곡 중의 인명에 대해 그 혹은 그녀의 성별을 알고자 늘 생각합니다(성별을 알고 싶다는 것이 남녀불평등을 주장하는 건 결코 아닙니다). 중국의 글에서는 성 아래에 '소저', '여사' 혹은 '부인'을 붙이지만, 성명 전체를 쓴다면 중국 여성의 이름에는 대개 '팡'芳, '란'蘭, '슈'秀 등의 "부드럽고 아리따운" 글자가 들어갑니다. 저우周씨 집 아가씨는 저우 소저라 부르고 천陳씨 집 아내는 천 여사라 부르며, 혹은 저우쥐팡周菊芳, 천란슈陳蘭秀라 불러도 좋습니다. 이들 문자의 모양을 통하여 우리는 이 인물이 여성임을 알 수 있습니다. 외국의 문자는 그렇지 않습니다. 외국의 성명에는 많은 Syllables[9]를 지닌 것이 대단히 많아서 중국어로 성명을 모두 번역하려면 십여 글자가 되어야만 합니다. 이 얼마나 짜증스러운 일입니까. 요 몇 년간 내국인들이 창작 작품보다 번역 작품에 냉담한 것은 바로 인명의 번역이 지나치게 길기 때문입니다(번역 작품의 어구가 감칠맛이 나지 않는 것도 물론 원인 가운데 하나입니다). 만약 톨스토이에게 Elizabeth Tolstoi라는 딸이 있다고 칩시다. 우리가 전부를 번역한다면 '托尔斯泰伊麗沙白'의 여덟 글자가 되니, 얼마나 귀찮습니까. 또 Marry Hilda Stuwart라는 여자의 이름 전부를 번역한다면, '瑪麗海尔黛司徒渥得'로 해야 할 터이니, 이 또한 귀찮기 짝이 없습니다. 그렇지만 우리는 이 이름들을 톨스토이 소저 혹은 스튜어트 부인이라 불러서도 안 됩니다. 왜냐하면 이 여섯 글자의 호칭은 우리에게 낯익은 저우 소저나 천 여사라는 서너 글자의 호칭에 비해 배나 길어서 역시 불편하기 때문입니다. 어찌해 볼 길이 없습니다. 이름을 삭제하고 '소저'나 '여사'도 생략하여 '妥姊絲苔'로 Elizabeth Tolstoi를 번역하고 '絲圖娃德'로 Marry Hilda Stuwart를 번역할 수밖에 없으니, 이는 참으로 어쩔 수 없는 일입니다. 중국인의 입맛에 맞추기 위해 일부러 원명을 삭제하고 원의를 잃어버렸다고 말한다면, 아예 외국인의 이름은 번역할 필요 없이 원문을 그대로 쓰는 게 낫다고 봅니다. 눈에 익지 않은 역문을 읽을 수 있는 중국인이라면 서양 언어도 조금은 이해할 수 있을 테니까요. 루쉰 선생의 이번 일은 참으로 공연히 생트집을 잡는 것이라 하지 않을 수 없습니다.

중국의 성으로 외국의 성을 번역하는 것도 제가 보기에는 괜찮을 성싶습니다. 만약 Gogol의 Go는 궈郭로, Wilde의 Wi는 왕王으로, Holz의 Ho는 허何로 번역해도 괜찮다면, 이들을 일부러 '거'㗎, '왕'旺, '허'㥤로 번역할 필요가 있을까요? 게다가 『백가성』이 위력을 지녀서는 안 되는 이유는 뭡니까?

물론 국내의 번역계가 너무나 엉망이고 너무나 불만스럽습니다! 번역계가 타락한 현상은 참으로 많지만, 이 두 가지 점은 아닙니다. 푸위안 선생께서는 이 글에 2호 활자의 표제와 4호 활자의 필명을 사용하였습니다만, 역시 쓸데없는 일인 셈입니다. 힘은 커다란 곳에서 써먹어야지, 이런 유세 떠는 짓을 해서는 안 됩니다.

마지막으로 몇 마디만 더 이야기하고자 합니다. 루쉰 선생은 제가 감복하는 분입니다. 비비 꼬는 언사, 날카로운 필봉, 세밀한 관찰, 참으로 한없는 앙모의 정을 품게 만듭니다. 『외침』이 출판된 후 이름이 천하에 울려 퍼지지는 않았을지라도 온 나라에 떠들썩하였습니다. 그의 아우 치밍啓明 선생 역시 제가 숭배하는 한 분입니다. 엄청난 독서량은 경탄을 자아냅니다. 『자신의 마당』自己的園地은 국내 문예계의 한 송이 기이한 꽃입니다. 나는 일찍이 현대의 삼주三周(또 저우젠런周建人 선생이 있지요)가 예전의 삼소三蘇를 능가한다는 감개를 품은 적이 있습니다. 그러나 명인은 명성이 높을 수록 작품 역시 더욱 격식을 차려야 합니다. 만약 일부러 여봐란듯이 유세를 떨거나 심하게 꾸짖는다면, 남의 신망을 잃어버릴 위험에 빠질 수밖에 없습니다. 아울러 기자 선생이 명인의 '고리타분함'으로 지면을 채우려 한다면, 이 또한 독자를 기만한다는 혐의에서 자유롭지 못할 것입니다. 무례했다면 용서해 주시기를!

건강하시기를 축원합니다.

1월 17일 당산唐山대학에서
첸위안

루쉰 선생의 「글자를 곱씹다」라는 글은 이미 두 분의 '첸'潛자 선생이 보고서 그렇지 않다는 의견을 주었습니다. 추측하건대, 젊은이들 가운데에 이런 견해가 아직 많을 것입니다. 그렇다면 이 글이 '고리타분'하지 않음을 알 수 있습니다. 당신도 말할 수 있고 나도 말할 수 있으며, 내가 말하면 당신 역시 동의하고, 당신이 말하면 그건 말할 나위가 없다고 그가 말합니다. 이러한 것이 고리타분함입니다. 루쉰 선생이 제기한 두 가지 주장은 최신식의 두뇌를 지닌 젊은이들의 세계에서조차도 아직 이처럼 받아들여지지 못하고 있는데, 고리타분하다고 단정하는 것은 억울한 일이고, 무료하기 그지없다고 단정하는 것은 더더욱 억울한 일입니다. 기자는 이 문제에 대해 토론에 뛰어든 한 사람으로서, 태도가 공평치 않을 수 있음을 잘 알고 있습니다. 그래서 '첸'자 선생들의 주장에 대해 전혀 찬성하지 않았으면서도 잠시 느긋하게 답변해 드리지 않을 수 없었습니다. 마침 우리의 쟁점을 뛰어넘어 첸쉬안퉁 선생이 한층 차원 높은 두 가지 주장을 제기하였습니다. 그의 눈높이에 서서 우리의 이 논쟁을 바라보면 무의미하기 짝이 없을 지도 모르며, 어느 편이 승리하더라도 '부적절'이라는 세 글자의 평어를 얻을 뿐이겠지요.

1925년 1월 20일 『징바오 부간』

푸위안 설명을 덧붙임

주)_____

1) 원제는 「咬嚼之餘」, 1925년 1월 22일 베이징의 『징바오 부간』(京報副刊)에 처음으로 발표되었다.
2) 랴오중첸(廖仲潛)을 가리킨다.
3) 『백가성』(百家姓)은 예전에 학숙에서 글자를 익힐 때 사용하던 교본이다. 송나라 초에 편찬되었으며, 성씨를 4언으로 엮어 낭송하기에 편하도록 만들었다.
4) 삼소(三蘇)란 송대 문학가인 소순(蘇洵)과 그의 아우 소식(蘇軾), 소철(蘇轍)을 아우른 호칭이다.
5) 「루쉰 선생」(魯迅先生)은 장딩황(張定璜)의 글이다. 1925년 1월 16일 『징바오 부간』에 간행된 『현대평론』 제1권 제6기의 예고 목록을 살펴보면, 이 글은 「고녀」와 「파락호」의 사이에 배치되어 있었다. 그러나 제6기가 출판되었을 때에는 이 글이 실려 있지 않았다. 이 글은 훗날 『현대평론』 제7기와 제8기에 발표되었다. 「고녀」는 후스가 체호프의 단편소설을 번역한 것이고, 「파락호」는 빙원(炳文)이 지은 잡문이다.
6) 원제는 「"無聊的通信"」.
7) 원제는 「關於'咬文嚼字'」.
8) 원제는 「'咬文嚼字'是'濫調'」.
9) Syllables는 영어로서 음절을 의미한다.

곱씹어 '맛이 없는' 것만은 아니다[1]

4일자 부간의 첸위안 선생의 이야기에 대해 다시 한번 몇 마디 답하고자
한다.

1. 원문에서는 이렇게 말했다. "성별을 알고 싶지만, 남녀불평등을 주
장하는 건 결코 아니다"라고. 답하겠다. 맞는 말이다. 다만 특별히 깜찍한
기교를 부려 굳이 구별할 필요가 없는 것까지 지나치게 구별하려는 것은
또한 다르다. 예전에는 오직 여성의 전족, 귓볼의 피어싱도 구별에 지나지
않는다고 말하였지만, 지금은 여성의 단발 금지 역시 구별에 지나지 않는
터에, 억지로 여성의 머리 위에 '스토이'絲帝 등을 씌우려 할 따름이다.

2. 원문에서는 이렇게 말했다. 하지만 그녀她라는 글자는 풍자된 적이
없었다고. 답하겠다. 그건 she의 번역으로, 괜히 생겨난 것이 아니다. 설사
그렇지 않더라도 나에게 모든 것을 빠짐없이 풍자할 책임이 있는 것은 아
니며, 초草두나 실 사絲변[2]을 풍자하려면 반드시 그녀라는 글자에 대한 풍
자로부터 시작해야 한다고 생각하지도 않는다.

3. 원문에서는 이렇게 말했다. "늘 생각하는" 것이 참으로 "전통사상

의 속박"인가? 라고. 답하겠다. 그렇다. '성의식'이 강하기 때문이다. 이것
은 남녀를 엄격히 구분하는 나라에서 반드시 일어나는 현상으로, 여간해
서는 쉽게 벗어날 수 있는 게 아니므로 바로 전통사상의 속박인 것이다.

4. 원문에서는 이렇게 말했다. 나는 이렇게 반문할 수 있다. 만약 톨스
토이에게 두 명의 형제가 있다면, 우리들은 달리 "부드럽지도 아리땁지도
않은" 몇 글자를 생각해야 하지 않는가?라고. 답하겠다. 전혀 그럴 필요가
없다. 나는 남녀의 성조차 멋대로 구별지어서는 안 된다고 주장하며, 이번
의 논박의 반쯤은 바로 이 때문이다. 어찌 갑자기 잊어버리겠는가?

5. 원문에서는 이렇게 말했다. 궈郭로 Go를 번역하는 데에 찬성하며
…… 흔히 보이기 때문이라고. 답하겠다. '흔히 보이다'는 '옳다'와 전혀
관계가 없다. 중국에서 가장 흔히 보이는 성은 '장張·왕王·리李·자오趙'이
다. 『백가성』의 첫 구는 '자오趙·첸錢·쑨孫·리李'이며, '첸'錢자는 거의 눈
에 뜨이지 않지만, 어느 누가 '첸'錢은 옳고 '첸'潛은 그르다고 말할 수 있
을까?

6. 원문에서는 이렇게 말했다. 내가 삼소三蘇에 비교했던 것은 '삼'三
이라는 글자가 제격이었기 때문이었는데, 원치 않고 "불편하다"면 즉시
취소하겠다고. 답하겠다. 대단히 감사한다. 사실 내게는 동생[3]이 하나 더
있었는데, 일찍 죽었다. 그렇지 않았다면 '사'四라는 글자가 '제격'이므로
'사흉'四凶[4]에 비교하여 남을 훨씬 가슴 졸이게 만드는 건 막아야 했을 것
이다.

곱씹음의 맛없음[5)]

첸위안

「글자를 곱씹다」라는 짧은 글을 보았을 때, 나는 이 글이 의미가 없다고 느꼈을 뿐, 당시에는 뭔가 말하고 싶지는 않았다. 나중에 푸위안 선생은 중첸 선생의 편지 뒤에 덧붙인 설명 속에서 이 글을 크게 떠벌리면서, 루쉰 선생이 거론한 두 가지 점이 번역계가 타락한 현상이기에 2호 활자의 표제와 4호 활자의 필명을 사용하였노라고 말하였다. 아울러 그는 내가 "지극히 옳은 말"이라 여긴 중첸 선생의 "무료하기 그지없다"라는 여덟 글자의 짧은 평어에 반대하였다. 그래서 내가 푸위안 선생에게 편지를 써서 보냈던 것이다.

푸위안 선생에게 보낸 편지 속에서 나는 "힘은 커다란 곳에서 써먹어야지, 이런 유세 떠는 짓을 해서는 안 되"며, "2호 활자의 표제와 4호 활자의 필명을 사용하였지만, 역시 쓸데없는 일인 셈"이라고 몇 마디 하였다. 나의 뜻은 이렇다. 즉 루쉰 선생이 거론한 두 가지 점은 번역계의 극히 사소하기 짝이 없는 일인데 대단한 일인 양 떠벌릴 필요가 있겠느냐? 그리고 번역계에 논의할 만한 중요한 일이 많이 있는데 어찌하여 거기에 힘을 쏟지 않느냐? 라는 것이었다(루쉰 선생이야 혹 자신이 떠벌렸다고 인정하지 않겠지만, 푸위안 선생은 이걸 떠벌렸다). 이 두 가지 극히 사소한 일에 대해 나 역시 "명사의 말씀은 틀릴 리가 없다"고 맹신하여 찬동을 표시할 수는 없었기에, 그래서 후반부에서 이 두 가지 점에 대해 약간의 이의를 제기하였던 것이다.

본론에 들어가기에 앞서, '고리타분함'에 대해 몇 마디 하고자 한다.

사실 나의 '고리타분함'의 해석은 보통의 일반적 해석과 약간 다르다. '고리타분함'이란 글자에 나는 ' '를 붙여 그 의미가 글자 그대로(literal)의 것임을 밝혔다. 즉 '무의미한 논조'를 가리키거나 '무료한 논조'를 가리킨다고 해도 좋다. 푸위안 선생과 장전야江震亞 선생은 '고리타분함'에 대해 오해가 있는 듯하여 차제에 언급해 둔다.

이제 잠시 루쉰 선생의 「곱씹은 나머지」에 대한 나의 의견을 밝히겠다.

먼저 첫번째 점에 대해 이야기해 보자. 루쉰 선생은 「곱씹은 나머지」에서 이렇게 말했다. "나는 그 글의 첫머리에서 이렇게 말했다. '전통사상의 속박에서 벗어나……' …… 두 분의 편지는 이 점을 똑똑히 읽어 내지 못한 듯하다." 그래서 나는 「글자를 곱씹다」를 다시 한번 읽어 보았다. 분명코 나는 똑똑히 읽어 냈다. 그 글의 첫머리에는 "전통사상의 속박에서 벗어나 남녀평등을 주장하는 남자가……"라고 분명히 씌어 있다. 이 부분의 의미는 이렇다. 남녀평등을 주장하는 남자는 이미 전통사상의 속박에서 벗어나 있다는 것이다. 나는 지난번 편지에서 이렇게 밝힌 적이 있다. "초두草頭나 계집 여女변, 실 사絲변 등을 덧붙여" "외국 여성의 성을 번역하는 것"은 우리가 그 혹은 그녀의 성별을 알고자 늘 생각하기 때문이지만, 성별을 아는 것이 남녀의 불평등을 주장하는 것은 아니라고(루쉰 선생은 이 점에 대해 비난하지 않았다). 그렇다면 결론은 "부드럽고 아리따운" 글자로 외국 여성의 이름을 번역하는 것은 남녀불평등을 주장하는 것이 아니므로, 전통사상의 속박을 받고 있지 않다는 것이다. 서툴다면 서툰 일이었지만, 나는 '생각한다'想는 글자 앞에 '늘'常이라는 글자를 덧붙이지 말았어야 했다. 그리하여 루쉰 선생은 "'늘 생각한다'常想는 것이야말로 속박"이라고 말했다. "늘 생각한다"는 것이 참으로 '속박'인가? "전통사상의 속박"

인가? 말투가 너무나 '유머'스러워 나는 이해할 수 없다. "소설은 읽어 나가면 알게 되고, 희곡은 첫머리에 설명이 있다." 그렇다면 작가의 성명은? 아울러, 만약 루쉰 선생의 말씀대로라면, 수년 전에 신문화운동을 제창했던 사람들이 특별히 '그녀'她라는 글자를 '창조'하여 여성을 대표하도록 하였던 것은 "부드럽고 아리따운" 글자를 "생각해"想 내어 여성의 성을 번역하는 것보다 훨씬 전통사상의 속박을 받고 훨씬 번잡하지 않은가? 하지만 루쉰 선생은 '그녀'라는 글자를 사용하는 것에 대해서는 풍자한 적이 없다. 톨스토이에게 두 명의 딸이 있다면 또 달리 "부드럽고 아리따운" 여덟 글자를 생각해 내야만 하니 훨씬 번거로워진다는 점에 대해, 이건 우리의 논의의 대상이 아니라고 나는 생각한다. 우리가 논의하는 것은 '양성 간'의 구별이지, '동성 간'이 아니다. 게다가 마찬가지로 나는 이렇게 반문할 수 있다. 만약 톨스토이에게 두 명의 형제가 있다면, 우리들은 달리 "부드럽지도 아리땁지도 않은" 몇 개의 글자를 생각해야 하지 않을까?

두번째 점에 관하여, 나는 여전히 Gogol의 Go를 궈郭로, Wilde의 Wi를 왕王으로······ 번역하려 하는데, "세계문학을 소개하"지 않았던 적이 없으므로 물론 이미 "전통사상의 속박에서 벗어나" 있을 터이다. 루쉰 선생은 '의도적으로' '궈', '왕'이라 번역하는 것은 전통사상의 속박을 받고 있으며 그 떠도는 혼이 『백가성』이라 말하였지만, 꼭 그렇다고는 할 수 없다. 나는 어렸을 적에 『백가성』을 읽어 본 적이 전혀 없지만, '궈'로 Gogol의 Go를 번역하고 '왕'으로 Wilde의 Wi를 번역하는 데에 찬성한다. 왜? "흔히 보이기" 때문이다.

그는 또 말했다. "번역을 하나의 도구로 여기거나 편의를 도모하여 절충하기 좋아하는 선생들은 본래 풍자의 범위 안에 들어 있지 않다"고. 이 점에 대해 나는 물론 할 말이 아무것도 없다. 그러나 반면에 "전통사상의 속박에서 벗어나 번역을 빌려 남녀평등을 주장하고 세계문학을 소개하는" 선생들이 "부드럽고 아리따운" 글자로 외국 여성의 이름을 번역하여, 귀로 Go를, 왕으로 Wi를 번역하는 것 또한 옳다고 나는 생각한다. 그리하여 "여봐란듯이 유세를 떤다". "무료하다"라고 '풍자'했던 이유는 위에 서술한 대로이다.

본론의 이야기는 끝났다. 루쉰 선생이 '마지막'이라 덧붙인 이야기는 지나치게 공손하다. ①내가 삼소〓蘇에 비교했던 것은 '삼'이라는 글자가 제격이었기 때문인데, 원치 않고 "불편하다"면 즉시 취소하겠다. ②『외침』은 대단히 유행하였다. 낡은 사회에 대한 풍자는 옳지만, 이미 전통사상의 속박을 벗어난 사람들을 '의도적으로' 풍자한 것은 옳지 않다. ③루쉰 선생의 이름은 유명하다. 『현대평론』에는 「루쉰 선생」이 있고, 이전의 『천바오 부간』에서는 루쉰이라는 이름에 대해 많은 익살스러운 고증을 거치기도 하였으니까!

마지막으로 몇 마디 재미있는 이야기를 하고자 한다. 푸위안 선생이 내 편지의 뒤에 덧붙인 설명 중에서 나를 가리켜 최신식의 젊은이라고 하였지만, 여기에는 물론 조롱의 성분이 많고 진지함의 성분은 적다. 만약 내가 참으로 '최신식'이라면, '그녀'她라는 글자로 여성을 대표하는 것은 중국 신문학계의 가장 타락한 현상이라 말하고 '풍자'를 가해야 할 것이다. 왜냐하면 이 글자는 '남녀평등의 주장'을 표현하기에 부족하지 않고, '전통사상의 속박에서 벗어남'을 표현하기에 부족하지 않기 때문이다.

1925년 2월 1일, 탕산대학에서

1925년 2월 4일 『징바오 부간』

1) 원제는 「咬嚼未始'乏味'」, 1925년 2월 10일 『징바오 부간』에 처음으로 발표했다.

2) 톨스토이의 딸을 가리키는 '妥婭絲苔'의 '絲苔'의 부수는 실 사변과 초두이다.

3) 루쉰의 셋째 동생 저우춘서우(周椿壽, 1893~1898)를 가리킨다.

4) 전해 오는 이야기에 따르면, 사흉(四凶)이란 요순(堯舜)시대에 널리 알려진 악인이다.
   『좌전』 '문공(文公) 18년'에는 "네 가지 흉악한 집단, 즉 혼돈, 궁기, 도올, 도철을 유배
   보내니, 이들을 사방의 변경으로 추방하여 리매를 막도록 하였다"(流四凶族: 渾敦·窮奇·
   檮杌·饕餮, 投諸四裔, 以御螭魅)라는 기록이 있다.

5) 원제는 「咬嚼之乏味」.

잡담[1]

신이라 일컬어지는 자와 악마라 일컬어지는 자가 싸움을 벌였다. 천국을 빼앗으려는 것이 아니라 지옥의 통치권을 갖겠노라고. 그러므로 누가 승리하든 지옥은 지금도 여전히 예전 그대로의 지옥이다.

양대 옛 문명국의 예술가가 악수를 나누었다.[2] 양국 문명의 교류를 도모하기 위해서. 교류는 아마 이루어져야 하는 것이지만, 아쉽게도 '시철'詩哲[3]은 다시 이탈리아로 떠났다.

'문사'文士와 늙은 명사名士가 싸움을 벌였다. 그 이유는……, 어쩌겠다는 건지 난 모른다. 다만 예전에는 '지호자야'之乎者也의 명사만이 배우를 위해 얼굴을 내밀도록 허용되었지만, 이제는 ABCD의 '문사'도 입장이 허용되었다. 이리하여 배우는 예술가로 변하고, 그들에게 머리를 끄덕인다.

새로운 비평가가 등장해야 하나? 그대는 말하지 말고 글 쓰지 말며, 어쩔 수 없을 때에도 짧게 하는 게 좋다. 하지만 반드시 몇 사람인가는 당신을 비평가라고 입을 모아 말하도록 만들어야 한다. 이렇게 된다면 그대의 드문 말수는 고매함이 되고, 그대의 많지 않은 글은 귀중함이 되어, 영원히 실패할 일이 없을 것이다.

새로운 창작가가 등장해야 하나? 그대는 작품 한 편을 발표한 후 따로 이름을 만들고 글을 써서 치켜세운다. 만약 누군가 공격을 가하면 곧바로 변호에 나선다. 아울러 이름은 조금 예쁘고 곱게 지어 누구나 쉽게 여자라고 생각하도록 만든다.[4] 만약 정말로 이런 사람이 있다면 더욱 좋고, 이 사람이 연인이라면 더더욱 좋다. "연인아!" 이 세 글자는 얼마나 보드랍고 시취가 넘쳐흐르는가? 네번째 글자가 더해지지 않아도, 분투의 성공을 기대할 수 있으리라.

주)_____

1) 원제는 「雜語」, 1925년 4월 24일 베이징의 『망위안』(莽原) 주간 제1기에 처음 발표했다.
2) 1924년 4월 인도의 시인 타고르(Rabindranath Tagore)가 중국을 방문했을 때, 중국의 경극 배우 메이란팡(梅蘭芳)과 악수를 나누었던 일을 가리킨다. 『무덤』(墳)의 「사진 찍기 따위에 대하여」(論照相之類)의 제3절을 참조하시오.
3) 시철(詩哲)은 타고르를 가리킨다. 당시 언론매체들은 그를 '인도의 시철'이라 일컬었다.
4) 이름을 바꿔 글을 써서 자신의 작품을 변호하는 일은 당시 자주 발생했다. 이를테면 베이징대학 학생인 어우양란(歐陽蘭)이 지은 단막극 「아버지의 귀환」(父親的歸來)은 일본의 기쿠치 간(菊池寬)의 작품 「아버지 돌아오다」(父歸る)를 거의 표절한 작품이었다. 그런데 『징바오 부간』에서 이 사실을 지적하자, 어우양란 본인 외에도 '친신'(琴心)이라는 필명의 여자사범대학생이 글을 지어 그를 변호하였다. 얼마 지나지 않아 누군가가 어우양란이 지은 「S누이에게 부침」(寄S妹) 역시 궈모뤄(郭沫若)가 번역한 셸리(P. B. Shelley)의 시를 표절한 작품이라고 폭로하였는데, '친신'과 '쉐원 여사'(雪紋女士)라는 이가 잇달아 글을 지어 그를 변호하였다. 사실 '친신'과 '쉐원 여사'의 글은 모두 어우양란 자신이 쓴 글이었다. 또한 1925년 2월 18일 『징바오 부간』에 '팡즈'(芳子)라는 필명의 「랴오중첸 선생의 '고운 짝에 대한 그리움'」(廖仲潛先生的春心的美伴)이라는 글이 발표되었는데, 이 글은 랴오중첸의 작품을 "진(眞)이고 미(美)이고 시(詩)인 소설"이라고 치켜세웠다. 루쉰은 『먼 곳에서 온 편지』(兩地書) 15에서 "나는 지금 '팡즈'가 랴오중첸이며, '친신'과 마찬가지로 그런 사람은 실제로 존재하지 않으리라고 생각하고 있소"라고 했다. 『화개집』의 「결코 한담이 아니다」의 주4)를 참조하시오.

편집을 마치고[1]

최근 두 편의 글[2]을 받았는데, 천바이녠陳百年 선생의 「일부다처의 새로운
호부」[3]에 답하는 글이었다. 듣자 하니 『현대평론』이 그들의 답변을 실어
주지 않는 데다 투고할 만한 곳도 딱히 없어, 그래서 내 쪽으로 부쳐 와 실
을 만한 곳을 소개해 달라고 청하였다. 확실히 『부녀잡지』[4]에는 이러한
부류의 글이 더 이상 보이지 않게 되었는데, 생각해 보니 모골이 송연하
다. 계급이 전혀 다른 사람들이 중국에서는 결국 한통속이 된다는 게 오싹
소름이 돋는다. 하지만 나는 어디에 소개할 수 있을까? 밥그릇은 누구에
게나 소중할 텐데. 게다가 『현대평론』의 예고를 보니 이미 22기에 게재한
다고 실려 있는지라, 나는 이 두 편을 받아들이지 않기로 마음먹었다.

하지만 인쇄된 『현대평론』을 보고 나서, 나는 다시 어떻게 해서든 이
글들을 실어야겠다고 생각했다. 왜냐하면 이것이 저쪽의 끄트머리에 겨
우 달려 있는 것[5]보다 훨씬 상세했기 때문이다. 속이야 몹시 상하겠지만,
이 무료하기 짝이 없는 『망위안』밖에 실을 수가 없었다. 나는 이들 세 사
람과 아주 잘 아는 사이인 데다 성윤리니 성심리 따위는 전혀 연구해 본

적이 없었으므로, 시답잖은 이야기는 아예 하지 않으련다. 하지만 나는 장과 저우 두 선생이 중국에서 이러한 논의를 끄집어낸 것이 너무 이르다고 생각한다. —— 외국에서는 벌써 낡아 빠진 이야기가 되었겠지만, 외국은 외국일 뿐이다. 그러나 나는 천 선생이 말끝마다 "폐해이다, 폐해이다"고 말하는 것[6]은 이해利害를 논하는 것이지 시비를 논하는 것 같지가 않다는 느낌이 들어 도무지 무슨 말인지 영문을 알 수 없다.

그렇지만 천 선생 글의 마지막 단락은 읽어 보니 통쾌하다. ——

…… 법률과 도덕을 서로 비교해 보면, 도덕은 법률보다 엄격해도 괜찮으며, 법률이 금지하지 않는 것일지라도 도덕은 금지할 수 있다. 예를 들면, 아부하고 허풍을 떠는 것은 법률로 금지하고 있지 않지만 …… 그렇다면 우리는 도덕상으로도 아부를 허용하면서 인격의 손상이 없다고 여겨도 좋을까?

나는 감히 대답하련다. 허용해서는 안 된다고. 그런데 이어서 비슷한 문제가 떠올랐다. 만약 여성이 강간을 당할지라도 법률상으로 사형을 당하지는 않는 듯하다. 그렇다면 우리는 도덕상으로도 강간당하는 것을 허용하면서 자살할 필요는 없다고 여겨도 좋을까?

장 선생의 반론은 약간 격앙되어 있는 듯하다.[7] 천 선생의 글이 발표된 이후 자신을 공격하는 자가 끊이지 않고 나온다고 느껴 '교수'의 직함에까지 의심을 품었기 때문이다. 그렇다면 그 뒤를 이었던 자들은 '아부한' 혐의를 받게 된다. 나야 꼭 그렇지는 않으리라고 생각하지만. 그러나 교수나 학자의 말이 일개 보잘것없는 편집자보다 사회의 신임을 얻기가 쉽다는 게 아마 실정일 터이다. 따라서 논적의 입장에서 본다면, 이들 명칭 역시 악폐이기도 하다. 참으로 이른바 "한 가지 이로움이 있으면 반드시 한 가지 폐단이 있는 법"이다.

[덧붙이는 말]

덧붙이건대, 이 「편집을 마치고」는 모두 3절이었는데, 첫번째 절과 세번째 절은 이미 『화개집』 안에 「스승」과 「만리장성」이라는 제목으로 수록되었다. 다만 이 절만 수록하지 않았던 것은 아마 그 당시 단지 두세 사람과 관련된 일일 뿐인데 굳이 이러쿵저러쿵 이야기할 필요가 없다고 여겼기 때문일 것이다.

그러나 당시에도 이것은 결코 사소한 일이 아니었다. 『현대평론』은 학자들의 대변자였다. 『현대평론』이 일갈하자, 장시천 선생은 확실히 얼마 후 『부녀잡지』의 편집자 의자를 잃어버렸고 마침내는 상우인서관에서 쫓겨나고 말았다. ── 그러나 세월이 흘러 카이밍서점의 주인이 되어, 오히려 남의 의자를 주거나 빼앗을 수 있는 권위를 갖게 되었다. 듣자 하니 지금은 편집소의 대문 입구에 순경까지 세워 놓았다고 한다. 천바이녠 선생은 고시를 감독하게 되었다. 참으로 금석지감을 금할 수가 없다.

이 글을 겉에서 본다면, 천 선생의 의도는 '폐해'를 막기 위해 도덕으로써 법률의 궁색함을 구제하려는 것이었다. 이것이 곧 유가와 법가의 차이점이다. 그러나 천 선생은 유가이고 장 선생과 저우 선생은 법가라는 말은 아니다. ── 현재 중국에서는 유파가 결코 이처럼 명확하지는 않다.

1935년 2월 15일 아침, 보충하여 적다

주)_____

1) 원제는 「編完寫起」, 1925년 5월 15일 『망위안』 주간 제4기에 처음으로 발표했다. 발표 당시에는 모두 4절이었고 제목은 「편집을 마치고」(編完寫起)였다. 훗날 작자는 제1절과 제2절을 한 편으로 합쳐 제목을 「스승」(導師)으로 바꾸고, 제4절은 제목을 「만리장성」(長城)으로 바꾸어 『화개집』에 수록하였다. 이 글은 제3절이다.

   새로운 성도덕 문제의 논쟁에 대해 루쉰은 1925년 6월 1일 「편집자 덧붙임」(編者附白)을 썼는데, 이 글은 『집외집습유보편』에 수록되어 있다.

2) 저우젠런(周建人)의 「「일부다처의 새로운 호부」에 답함」(答「一夫多妻的新護符」)과 장시천(章錫琛)의 「천바이녠 교수의 「일부다처의 새로운 호부」를 반박함」(駁陳百年教授「一夫多妻的新護符」)을 가리킨다. 이 두 글은 1925년 5월 15일 『망위안』 주간 제4기에 함께 발표되었다.

3) 천바이녠(陳百年, 1887~1983)은 저장(浙江) 하이옌(海鹽) 사람으로, 이름은 다치(大齊)이고 바이녠은 자이다. 이 글이 발표된 당시에는 베이징대학 교수로 재직 중이었으며, 후에 국민당정부 고시원 비서장 등을 지냈다. 「일부다처의 새로운 호부」(一夫多妻的新護符)는 1925년 3월 14일 『현대평론』 제1권 제14기에 발표되었는데, 『부녀잡지』(婦女雜志)의 '새로운 성도덕 호'(1925년 1월)에 실린 저우젠런의 「성도덕의 과학적 기준」(性道德之科學的標準)과 장시천의 「새로운 성도덕이란 무엇인가」(新性道德是甚麼) 두 편의 글 가운데의 성도덕 해방에 관한 주장을 반대하였다.

4) 『부녀잡지』는 1915년 1월 상하이에서 창간된 월간잡지로서 상우인서관(商務印書館)에서 출판되었으며, 1931년 12월 제17권 제12기를 끝으로 정간되었다. 초기에는 왕춘눙(王純農)이 주편을 담당하다가, 1921년 제7권 제1기부터 장시천이 주편을 담당하였다. 1925년 이 잡지의 '새로운 성도덕 호'가 천바이녠에게 비판을 당하자, 상우인서관은 이러한 부류의 글을 다시는 싣지 못하게 하였으며, 1926년 장시천은 사직당하였다.

5) 천바이녠의 「일부다처의 새로운 호부」가 『현대평론』에 발표되자, 장시천과 저우젠런은 각각 「새로운 성도덕과 다처―천바이녠 선생에게 답함」과 「연애의 자유와 일부다처―천바이녠 선생에게 답함」이란 두 편의 글을 써서 『현대평론』에 기고하였다. 그러나 이 글들은 두 달 가까이 묵혀 있다가 『현대평론』 제1권 제22기(1925년 5월 9일) 끄트머리의 '통신'란에 일부가 삭제된 채 게재되었다.

6) 천바이녠은 『현대평론』 제1권 제22기(1925년 5월 9일)에 발표한 「장 선생과 저우 선생이 일부다처를 논함에 답하다」(答章周二先生論一夫多妻)라는 글에서 십여 차례나 "폐혜이다"라는 말로써 장과 저우 두 사람의 주장을 비판하였다.

7) 장 선생은 장시천(章錫琛, 1899~1969)을 가리킨다. 그는 저장 사오싱(紹興) 사람으로, 자는 쉐춘(雪村)이다. 이 글을 쓸 당시 『부녀잡지』의 주편을 맡고 있었다. 1926년 카이밍(開明)서점을 설립하여 이사와 지배인을 겸하였다. 이 글에서 일컫는 '반론'이란 그

의 「천바이녠 교수의 「일부다처의 새로운 호부」를 반박함」을 가리키는데, 이 글에서 다음과 같이 말했다. "우리 중국인은 흔히 좀처럼 깨뜨릴 수 없는 아주 못된 하급 기질을 지니고 있는데, 그건 바로 박사, 교수 및 이른바 명사를 숭배하기 좋아한다는 점이다. 천 선생은 교수이고, 특히 이른바 '전국의 최고학부'인 베이징대학의 유명 교수이기에, 그가 잠시 우리에게 비판을 가하는 것만으로도 우리에게 즉각 죽을죄를 선고하는 것과 마찬가지이다. 이 글이 발표된 이후 각 방면에서 쳐들어오는 갖가지 직간접적 질책과 공격, 박해를 이미 실컷 받았으며 …… 반면 우리가 『현대평론』에 제기한 반박은 한 달여 기다렸는데도 받아들여지지도, 또한 기각되지도 않았다. …… 별다른 이유 때문이 아니라, 단지 우리가 대학교수가 된 적이 없었기 때문일 뿐이다."

러시아 역본 「아Q정전」 서언 및 저자의 자술 약전[1]

「아Q정전」 서언

나의 보잘것없는 작품이 중국문학에 정통한 바실리예프(B. A. Vassiliev) 씨의 번역에 의해 마침내 러시아 독자 앞에 펼쳐지게 되었다는 것은 나로서는 감사해야 마땅하고 대단히 기쁜 일이다.

쓰기는 써 보았지만, 내가 현대의 우리나라 사람의 영혼을 써낼 수 있었는지 없었는지 끝내 나로서는 자신이 없다. 남이야 어떤지 알 수 없지만, 나 자신은 늘 우리 사람들 사이에 높다란 담이 놓여 있어서, 각각을 떼어 놓아 모두의 마음이 통하지 않게 만들고 있는 듯한 느낌이 든다. 우리 고대의 똑똑하신 분들, 즉 이른바 성현께서 사람들을 열 등급으로 나누고서 높낮이가 각기 다르다[2]고 말씀하신 게 바로 이것이다. 그 명목은 이제 사용되고 있지는 않지만 그 망령은 여전히 존재하고 있으며, 게다가 더욱 심해져 사람의 몸조차도 차등이 생겨나 손이 발을 하등의 이류異類로 간주하기도 한다. 조물주는 사람이 남의 육체적 고통을 느끼지 못하도록 대단히 교묘하게 사람을 만들었는데, 우리의 성인과 성인의 제자들은 조물주의 결함을 보완하여 사람이 남의 정신적 고통 또한 느끼지 못하도록 해주었다.

나아가 우리의 옛사람들은 하나하나가 겁나게 어려운 글자를 만들어냈다. 하지만 그들이 일부러 그런 것은 아니라고 생각하기 때문에 나는 그다지 원망하지는 않는다. 그러나 수많은 사람들은 이 글자를 빌려 이야기를 할 수가 없게 되었다. 게다가 옛 주석이 쌓아 올린 높은 담은 그들이 생각조차 감히 할 수 없게 만들었다. 이제 우리가 들을 수 있는 것은 몇몇 성인의 제자들의, 그들 자신을 위한 견해와 도리에 지나지 않으며, 백성들은 커다란 바위 밑에 깔린 풀마냥 묵묵히 자라나서 시들어 노래졌다가 말라 죽으니, 벌써 이렇게 사천 년이나 되었다!

이처럼 침묵에 잠긴 국민의 영혼을 그려 내는 것은 중국에서 참으로 지난한 일이다. 앞에서 이미 말했지만, 우리는 끝끝내 혁신을 겪지 않은 낡은 나라의 인민이기에, 여전히 통하지 않는 데다가 자신의 손조차도 자신의 발을 거의 이해하지 못하는 형편이기 때문이다. 나는 비록 온 힘을 다해 사람들의 영혼을 찾으려 하였지만, 때로는 동떨어진 점이 있음을 유감으로 생각한다. 장래에 높다란 담에 둘러싸여 있던 모든 사람들이 틀림없이 스스로 각성하여 밖으로 뛰쳐나와 입을 열겠지만, 지금은 아직 그런 사람을 보기 드물다. 그러므로 나 역시 나 자신의 느낌에 의지하여 외로우나마 잠시 이것들을 써내어 내 눈에 비쳤던 중국 사람들의 삶으로 여기는 수밖에 없다.

나의 소설이 출판된 후, 가장 먼저 받았던 것은 젊은 비평가[3]의 질책이었다. 나중에는 병적이라고 여기는 자도 있고, 익살이라고 여기는 자도 있고, 풍자라고 여기는 자도 있었다. 혹자는 냉소라고 여기기도 하였는데,[4] 나 자신마저도 내 마음속에 정말 가공할 만한 차가운 얼음덩어리가 감추어져 있는 게 아닌가 의심이 들 지경이었다. 하지만 나는 또 이렇게도 생각했다. 인생을 바라보는 건 작가에 따라 다르고, 작품을 바라보는 것 또한 독자에 따라 다른 법이라고. 그렇다면 이 작품은 '우리의 전통사상'이 털끝만큼도 없는 러시아 독자들의 눈에 아마 전혀 다른 모습으로 비쳐지게 될지도 모른다. 이야말로 참으로 의미 있는 일이라고 나는 생각한다.

1925년 5월 26일, 베이징에서

루쉰

저자의 자술 약전

나는 1881년 저장성浙江省 사오싱부紹興府 성내의 저우周씨 가문에서 태어났다. 아버지는 선비이며, 어머니는 성이 루魯씨이고 시골사람인데, 독학으로 책을 읽을 수 있는 학력을 닦았다. 들은 바에 따르면, 내가 어렸을 적에 집안에는 아직 4, 50무의 무논이 있어서 생계 걱정은 별로 하지 않았다고 한다. 하지만 내가 열세 살이 되었을 때, 우리 집안에 갑자기 엄청난 변고[5]가 생기는 바람에 거의 모든 게 사라지고 말았다. 나는 친척집에 얹혀 지내게 되었으며, 때로는 밥 빌어먹는 놈이라고 불리어지기도 했다. 그래서 마음을 굳게 먹고 집으로 돌아갔으나, 아버지가 또 중병을 앓아 삼 년여 만에 돌아가셨다. 나는 차츰 얼마 되지 않는 학비마저도 마련할 길이 없었다. 어머니는 약간의 여비를 변통하여 나더러 학비가 필요 없는 학교를 찾아보도록 하셨다. 왜냐하면 나는 지방관의 막료나 상인이 될 생각은 아예 없었기 때문이었다.──지방관의 막료나 상인은 우리 마을에서 몰락한 선비 집안의 자제들이 흔히 걷는 두 가지 길이었다.

당시 열여덟 살이던 나는 길을 떠나 난징南京으로 가서 수사학당水師學堂에 시험을 친 끝에 합격하여 기관과機關科를 배정받았다.[6] 약 반 년이 지나 나는 다시 뛰쳐나와 광로학당礦路學堂[7]에 들어가 광산개발에 대해 배웠으며, 이곳을 졸업하자마자 일본으로 파견되어 유학을 하였다. 그러나 도쿄의 예비학교[8]를 졸업하자, 나는 이미 의학을 배우기로 마음먹었다. 그 원인의 하나는 새로운 의학이 일본의 유신에 커다란 도움이 되었음을 확실히 깨달았기 때문이었다. 그래서 나는 센다이의학仙臺醫學에 입학하여 이 년간 공부하였다. 이 당시는 바야흐로 러일전쟁이 한창이었는데, 나는 우연히 영화에서 스파이노릇을 하였다는 이유로 목이 잘리는 중국인을 보았다. 이로 인해 다시 중국에서는 무엇보다도 먼저 신문예를 제창해야겠다는 생각이 들었다. 나는 학적을 포기하고 다시 도쿄로 와서 몇몇 벗들과 함께 자그마한 계획[9]을 세웠지만, 역시 실패하고 말았다. 결국 나의 어머니와 다른 몇몇 사람들[10]이 내가 경제적으로 도와주기를 바라고 있었기 때문에, 나는 중국으로 돌아왔다. 그때 나이 스물아홉이었다.

나는 귀국하자마자 저장 항저우杭州의 양급사범학당兩級師範學堂에서 화학과 생리학 교사를 지냈으며, 이듬해에는 그곳을 떠나 사오싱중학당紹興中學堂에 가서 교무장으로 지냈다. 삼 년째에는 그곳을 나와 갈 만한 곳이 없는지라 어느 서점에서 편집번역원 노릇을 해보고 싶었으나 결국 거부당하고 말았다. 그런데 마침 혁명이 일어나 사오싱이 광복된 후, 난 사범

학교 교장을 지냈다. 혁명정부가 들어서자, 교육부장이 나를 교육부 직원으로 불러 베이징으로 옮겨 가 지금까지 줄곧 베이징에서 살고 있다.[11] 최근 몇 해 동안 나는 베이징대학, 사범대학, 여자사범대학의 국문과 강사도 겸하고 있다.

나는 유학할 때 잡지에 변변치 못한 글 몇 편[12]을 잡지에 실은 적이 있을 뿐이다. 처음으로 소설을 지은 것은 1918년인데, 나의 벗 첸쉬안퉁錢玄同의 권유를 받아 글을 지어 『신청년』에 실었다. 이때에야 '루쉰'魯迅이란 필명(Penname)을 사용하였으며, 자주 다른 이름으로 짧은 글을 짓기도 하였다. 현재 책으로 묶어 펴낸 것은 단편소설집 『외침』吶喊뿐이고, 그 나머지는 아직 여러 잡지에 흩어져 있다. 이밖에 번역을 제외한다면, 출판된 것으로는 또 『중국소설사략』中國小說史略이 있다.

주)＿＿＿＿

1) 원제는 「俄文譯本 『阿Q正傳』序及著者自敍傳略」, 1925년 6월 15일 『위쓰』(語絲) 주간 제31기에 발표되었으며, 역자인 바실리예프(Б. А. Васильев, ?~1937)의 요청에 응하여 쓴 글이다. 이 가운데 「『아Q정전』 서언」은 러시아어로 번역되어 1929년 레닌그라드 격랑출판사에서 출판된 「아Q정전」(러시아판 『루쉰단편소설선집』)에 수록되었다. 바실리예프는 1925년에 허난성(河南省) 국민혁명 제2군 러시아고문단의 일원으로 중국에 와 있었다.

2) 『좌전』(左傳) '소공(昭公) 7년'에 다음과 같은 기록이 있다. "하늘에는 열 개의 해가 있고, 사람에게는 열 개의 등급이 있다. 그렇기에 아래는 위를 섬기고, 위는 신을 받드는 것이다. 그러므로 왕은 공(公)을 신하로 삼고, 공은 대부(大夫)를, 대부는 사(士)를, 사는 조(皂)를, 조는 여(輿)를, 여는 예(隸)를, 예는 료(僚)를, 료는 복(僕)을, 복은 대(台)를 신하로 삼는다."

3) 젊은 비평가는 청팡우(成仿吾)를 가리킨다. 그는 1924년 2월에 발행된 『창조계간』(創造季刊) 제2권 제2호에 실린 「『외침』에 대한 평론」(『吶喊』的評論)이란 글에서 "「아Q정전」

은 천박한 사실을 기록한 전기이며" "묘사는 뛰어나지만 구성은 엉망"이라고 평했다.

4) 「아Q정전」 발표 이후 다양한 평론이 나타났다. 이를테면 장딩황(張定璜)은 「루쉰 선생」이란 글에서 "『외침』의 작가의 견해는 약간의 병태를 띠고 있으며, 그래서 그가 바라보는 인생 역시 약간의 병태를 띠고 있다. 사실 실제의 인생은 결코 그렇지 않다"(1925년 1월 30일 『현대평론』 제1권 제8기)고 하였으며, 펑원빙(馮文炳)은 「『외침』이란 글에서 "루쉰 씨의 우스꽝스러운 필봉은 곳곳에서 만날 수 있는데…… 아Q는 더욱 사람들의 배꼽을 잡게 만든다"(1924년 4월 13일 『천바오 부간』)고 하였으며, 저우쭤런(周作人)은 「아Q정전」이란 글에서 "「아Q정전」은 풍자소설이다.…… 대부분이 반어(irony), 즉 이른바 차디찬 풍자 ── '냉소'이기 때문이다"(1922년 3월 19일 『천바오 부간』)라고 말했다.

5) 변고란 루쉰의 조부인 저우푸칭(周福淸)이 1893년(광서 19년)에 과거와 관련된 뇌물수수 사건에 연루되어 투옥된 일을 가리킨다.

6) 수사학당(水師學堂)은 난징수사학당을 가리키며, 청나라 정부가 1890년에 설립한 해군학교이다. 처음에는 운전과와 기관과의 두 과로 나누어져 있었다가, 얼마 지나지 않아 어뢰과가 증설되었다. 1915년에 해군뢰전학교(海軍雷電學校)로 바뀌었다.

7) 광로학당(礦路學堂)은 강남육사학당(江南陸師學堂)에 부설된 광무철로학당(礦務鐵路學堂)을 가리키며, 이 학당은 1898년에 창립되어 1902년에 문을 닫았다.

8) 도쿄의 예비학교는 도쿄의 고분(弘文)학원을 가리킨다. 이곳은 일본인 가노 지고로(嘉納治五郎)가 중국인 유학생을 위해 일본어 및 기초과목을 가르치는 보습학원이다. 1909년에 문을 닫았다.

9) 자그마한 계획이란 쉬서우창(許壽裳), 저우쭤런(周作人) 등과 함께 잡지 『신생』(新生)을 발간할 준비를 하고 피압박민족의 문학작품을 번역 · 소개하려던 것을 가리킨다.

10) 저우쭤런과 그의 아내 하부토 노부코(羽太信子) 등을 가리킨다.

11) 1912년 1월 난징에 중화민국임시정부가 들어서자, 루쉰은 교육총장 차이위안페이(蔡元培)의 초청에 의해 교육부 직원으로 일하게 되었는데, 그해 5월에 임시정부를 따라 베이징으로 옮겨 가서 사회교육사(社會敎育司) 제2과 과장에 임명되었다. 얼마 지나지 않아 제1과는 내무부로 옮겨 가고 제2과가 제1과로 바뀌었는데, 1912년 8월 26일 루쉰은 제1과 과장으로 임명되었다.

12) 이 책에 실린 「스파르타의 혼」, 「라듐에 관하여」와 『무덤』에 실린 「인간의 역사」, 「과학사교편」, 「문화편향론」, 「마라시력설」 등을 가리킨다.

'전원사상'[1]

바이보白波 선생께

제가 증오하는 이른바 '스승'이란 스스로 바른 길, 지름길이 있다고 여기지만 사실은 남에게 걷게 하지 않으려는 자입니다. 만약 남을 앞으로 나아가게 이끄는 자가 있다면, 스스로 원하기만 한다면 뒤쫓아 가도 좋습니다. 그러나 이러한 선봉을 아마 지금 중국에서는 찾아내지 못할 것입니다. 그래서 제 생각에는, 어리석은 스승을 찾느니 차라리 스스로 걷는 편이 나으며, 그 편이 이리저리 찾는 수고를 덜 수 있습니다. 어쨌든 그 사람 역시 아무것도 모를 테니까요. 제가 "깊은 숲을 만나면 평평한 땅으로 일굴 수 있고……"라고 한 말[2]은 비유에 지나지 않습니다. 자신의 힘으로 모든 어려움을 극복할 수 있다는 말이지, 사람들에게 모두들 산속으로 가자고 권하는 것은 결코 아닙니다.

루쉰

보내온 편지

루쉰 선생님께

지난주에 우연히 우마로^{五馬路}의 조그마한 약국으로 제 사촌동생——이 녀석은 지금 점원으로 있습니다——을 만나러 갔다가 야둥서관^{亞東書館}을 지나는 김에 들어갔었습니다. 어지럽게 쌓인 책들과 신문더미 속에서『위쓰』몇 기인가를 찾아내어 사와 읽었습니다. 광고란에서 이른바『망위안』의 광고와 목록을 보았는데, 선생님께서 주편하신 거라고 하였습니다. 정신을 가다듬고 생각해 보니, 방금 야둥서관에 어지러이 놓여 있는 것 가운데에 있었던 듯하여 못내 아쉬운 느낌이 들었습니다. 다시 전차를 타고 가자니 시간과 돈 모두 빠듯한지라, 잠시 내버려 두기로 하였지요. 하지만『위쓰』를 다 읽고 나자,『망위안』을 읽고 싶은 마음이 돌연 만 배나 강해졌습니다. 궁하면 통한다고 했던가요. 곧바로 제 귀여운 사촌동생에게 편지를 한 통 써서 보냈습니다. 이틀 후 저는 뜻밖에도 편안하게『망위안』을 읽을 수 있게 되었습니다. 3기 가운데에서 가장 제 흥미를 끌었던 것은 바로 선생님의 잡감이었습니다.

　지금까지『망위안』에 대한 일종의 갈망을 드러내고자 했을 뿐, 일부러 선생님의 시간을 빼앗으려던 것은 아닙니다. 오늘 제 사촌동생이 또『망위안』제4기를 보내왔습니다. 한낮에는 너무 무더워 세세히 읽지 못했는데, 이제 한밤 12시가 넘었으니 고요한 대자연 속에서 양촛불 아래「편집을 마치고」를 한 글자 한 글자 세심히 읽었습니다. 특히 백 번 읽어도 물리지 않는 건 첫번째 절의 '젊은이와 스승'에 관한 이야기였습니다. 요즘 이 생각으로 머리가 지끈거릴 지경이라 다소나마 해답을 줄 수 있는 글을 늘 찾아 읽어 보려던 참이었습니다.

선생님께서는 이렇게 말씀하셨습니다. "그대들은 생명력이 충만하니, 깊은 숲을 만나면 평평한 땅으로 일굴 수 있고, 넓은 들판을 만나면 나무를 심을 수 있으며, …… 탁하고 독한 기운으로 가득 찬 똥 같은 스승을 구해 무엇하랴!" 참으로 통쾌하기 그지없었습니다!

선생님, 저는 제가 얼마나 고민이 많은 젊은이인지, 얼마나 외롭고 처량한지를 선생님께 말씀드리고 싶지는 않습니다. 왜냐하면 이러한 무료한 형용사는 남의 시선을 끌기는커녕 반감만 불러일으키기 때문입니다. 제가 선생님께 절박하게 말씀드리려는 것은 제가 지금 스승을 찾고 있다는 겁니다! 제가 말씀드리는 스승이란 날마다 제게 책을 강의하거나 도덕…… 등을 지시하는 이를 가리키는 게 아니라, 저에게 참된 인생관을 줄 수 있는 분을 찾고 있습니다!

약 한 달 전에 저는 위고의 『레 미제라블』[3]을 완독했습니다. 그날 밤 이 작품의 대의를 곰곰이 생각해 보다가, 위고가 이렇게 긴 대작을 지었던 의도 역시 어떤 부류의 인간의 인생관을 보여 주는 데 지나지 않는다고 느꼈습니다. 그가 『레 미제라블』을 지었던 것은 Channel Island에 추방당했을 때이며,[4] 따라서 그가 가리켜 보여 주고자 했던 사람들은 세계나 인류, 사회, 소인…… 심지어 탐정에게조차도 버림받았던 사람들임과 동시에, 하지만 또한 그들에게 감시받았던 사람들이었습니다. 죄 없는 한 사람의 농부가 어머니를 봉양하기 위해 약간의 물건을 훔쳤다가 졸지에 평생토록 죄수 노릇을 해야 했습니다. 탈옥할 때마다 쇠도 한층 중해집니다. 훗날 미침내 이름을 바꾸어 사업을 일으키고 현의 지사가 되어, 선행을 즐겨 베풀었으며 재난에 빠진 수많은 사람들을 구해 냈습니다. 하지만 그 자신은 해진 옷과 거친 음식을 마다하지 않고 진중하고 강직한 태도를 간직하면서도, 밤에는 등불을 밝힌 채 책을 읽음으로써 젊었을 적에 배우지 못했던 부족함을 채웠습니다(이 부분은 낭만파 작가가 가장 득의만만해하는 문장입니다). 그러나 결국 탐정(세상에는 참으로 이러한 인물이 존재하는 법이지요!)에게 그와 생김새가 똑같은 농부가 혐의를 받아 최후 판결을 받는 날에 이르자, 양심을 견디지 못한 그는 자수하여 자신이 탈주범이라고 밝히고 맙니다. 여기에 이르러 그는 사회가 결코 다시는 그의 존재를 용납지 않으리라는 것을 깨닫게 됩니다. 이리하여 성심을 다하여 세상을 구원하려는 그의 마음은 누구에게도 받아들여지지 않습니다! 그렇지만 그의 육체는 갖가지 속박을 받을지라도, 그의 마음은 활기로 가득 차 있지요! 그리하여 그는 사생아인 계집아이를 평생의 위안으로 삼기로 합니다! 그는 그 아이를 위해 죽을 수도 있습니다! 그의 삶 역시 그 아이를 위한 것입니다. 보세요, Cosett가 다른 사람과 사랑에 빠지자, 이 노인은 밤새 내내 잠을 이루지 못한 채 얼마나 번민하던가요! 마침내 그녀가 시집을 가게 되자, 책임을 다했다고 느낀 이 노인은 인생에도 마지막 작별을 고하지요. 이리하여 행방을 감추고 맙니다.

위고는 사회로부터 억압받고 내쫓긴 사람들이 가능한 한 충실한 일——그 가운데 재미있는 일이 없다고는 할 수 없겠지만——을 하도록 지도하고 있다고 저는 생각합니다. 마치 선생님께서 말씀하신 "깊은 숲을 만나면……"처럼, 비록 동기 면에서 양자 사이에 약간의 차이가 있겠습니다만. 거의 일 년이 다 되어 갑니다만, 저의 머릿속에서는 종일토록 이런 생각이 떠나지 않았습니다. 스스로 일을 해보자, 남에게 의지하지 말자, 한 마디로 말해 지식계급의 인간은 되지 말자, 스스로 노력하여 따로 새로운 터전을 마련해 보자고 말입니다. 그 후에 다시 톨스토이의 소설 *Anna Karenina*를 읽었는데, 이 소설에서 보았던 부주인공 Levin[5]의 전원생활은 저의 지금까지의 생각이 옳았음을 더욱 증명해 주었습니다. 훗날 비관적 색채가 대단히 짙은 Hardy의 *Tess*를 읽고서[6] 농촌에 대해 정말로 푹 빠지고 말았습니다! 하지만 Hardy의 생활을 살펴보면, 충실하게 Wessex[7]를 그려 세상 사람에게 보여 주는 등 나름대로 문학생애에 열심이었는데, 그의 생활은 위고나 톨스토이가 그려 내고 있는 것과는 조금 다르다는 느낌이 듭니다. 즉 한쪽은 다른 일에서 실패하고서야 그러한 생활에 종사하였음에 반해, 하디의 경우는 태어나면서부터 이런 생활을 원했다는 거지요(비록 제 이야기가 터무니없을지도 모르지만, 틀림없이 하디만이 아니라 다른 사람들도 아주 많을 겁니다). 결과는 같을지라도 그 '원인'은 커다란 차이가 있습니다. 한쪽은 진화하고 있지만, 전자는 퇴화해 버렸습니다.

그제 어느 글에서 "하기는 쉬워도 생각하기는 어렵다!"라는 괴테의 말을 인용하고 있는 것을 보고서, 이전의 갖가지 망상이 문득 흔적도 없이 사라져 버렸습니다. 왜냐하면 전자와 같은 사람은 전원에 들어가더라도 기껏해야 무언가를 '하는' 셈일 뿐, '생각하는' 건 아예 신경 쓰지도 않기 때문입니다. 냉정하게 말해, 학문을 연구하거나 다른 일을 하는 사람은 일단 좌절을 겪게 되면 곧장 자연으로 돌아가는 것을 기껏해야 간단하고 손쉬운 일을 '하는' 셈으로 여길 뿐이니, 우리나라의 옛 은인隱人들과 그리 다르지 않으며, 어느 틈엔가 극단적인 소극에 빠져 버렸습니다! 어느 어리석은 자가 제멋대로 '생각'하고자 하는 것은 물론 가련할 정도로 어이없는 일이지만, 좌절을 겪자 자신은 뒤돌아서서 퇴화해 버린 것입니다.

선생님의 생각이 혹 이와 다를지 모르겠습니다만, 현재 전원사상은 전국 젊은이들의 머릿속을 가득 채우고 있으며, 그래서 말이 나온 김에 쓸데없는 이야기를 장황히 늘어놓게 되었습니다. 다만 선생님께서 다소나마 확실한 설명을 저에게 해주실 수 있을런지요?

선생님께서는 이른바 '스승'을 몹시 증오하실지라도, 구리야가와 하쿠손厨川白村과 흡사한 단문(흡사하다고 한 점은 제가 가정한 것입니다)을 써서 마비된 중국인이 조금이나마 성찰하도록 해주시기를 저는 마음속 깊이 바라고 있습니다.

6월, 상하이 동문同文서원에서. 바이보

주)＿＿＿＿

1) 원제는 「"田園思想"」, 1925년 6월 12일 『망위안』 주간 제8기에 처음 발표하였다.
2) 『화개집』의 「스승」을 참고하시오.
3) 위고(Victor-Marie Hugo, 1802~1885)는 프랑스의 낭만파 작가이며, 대표작으로 『파리의 노트르담』(Notre Dame de Paris)과 『레 미제라블』(Les Misérables) 등이 있다.
4) 위고는 1851년에 루이 나폴레옹, 즉 나폴레옹 3세가 쿠데타로 제정(帝政)을 수립하려고 하자 이를 반대했다. 그는 결국 망명의 길에 올라 벨기에를 거쳐 채널 제도(Channel Islands)의 저지(Jersy)섬과 건지(Guernsey)섬에서 19년간 생활하였다. 그의 『레 미제라블』은 이 망명기간에 씌어지기 시작하여 1862년에 출간되었다.
5) 레빈(Levin)은 『안나 카레니나』에 등장하는 주요 인물로서, 포크로프스코예의 영주이지만 하층민인 농민들과 함께 어울리면서 러시아의 농촌 문제는 물론 인간의 본질에 대해서도 고뇌하는 인물이다. 흔히 『안나 카레니나』의 주제의식을 가장 잘 구현함과 동시에 톨스토이의 문제의식이 가장 많이 투영된 인물이라 평가받고 있다.
6) 하디(Thomas Hardy, 1840~1928)는 영국의 작가이며, 대표작으로 『테스』(Tess, 1891)가 있다.
7) 웨섹스(Wessex)는 하디가 창조해 낸 허구의 세계로서 『웨섹스 이야기』(Wessex Tales, 1884)의 배경이라 할 수 있다. 『웨섹스 이야기』는 19세기 중반의 도셋(Dorset)을 배경으로 이곳의 생활과 전통을 그려 내고 있는데, 여기에서 도셋은 목가적 전통 혹은 과거를 대변하는 하나의 상징이라 할 수 있다.

뜬소문과 거짓말[1]

이번에 『망위안』을 편집할 때 베이징여자사범대학의 소요사태를 언급한 투고 가운데에 아직도 '어느 학교'某校라는 글자와 몇 개의 네모[2]를 사용한 것이 있음을 보고서, 중국에는 마음이 충직한 군자가 아직도 참으로 많으며 나랏일이란 대단히 할 만한 일이라고 자못 느꼈다. 하지만 사실 신문에서는 이미 여러 번에 걸쳐 명백히 밝혀 실었었다.

올 5월, "같은 과의 학생이 상반되는 성명서를 동시에 내는 일[3]이 이미 나타났다……"는 그 일로 인해, 이미 "의심 품기를 좋아하는" 시잉西瀅 선생은 "마치 냄새나는 측간과 같다"고 탄식하였다(『현대평론』 25기의 「한담」을 보라). 이제 시잉 선생이 베이징으로 돌아왔다면 아마 "세상 풍조가 날로 나빠진다"는 걸 더욱 느꼈으리라. 왜냐하면 서로 반대되거나 혹은 서로 보완적인 성명[4]이 벌써 세 개나 나타났기 때문이다. 하나는 '여사대 학생자치회'이고, 다른 하나는 '양인위'楊蔭楡이고, 셋째는 단지 '여사대'라는 이름뿐이다.

신문은 학생들에게 "음식과 찻물 공급을 중지"했다고 보도하고, 학생

측 역시 "굶주림의 고통을 느끼고 나아가 생명의 위험을 걱정하였다"고 말한 반면, '여사대'는 "모두 허구"라고 말하여 상반되어 있다. 그런데 양인위가 "우리 학교는 해당 학생들이 속히 깨달아 자발적으로 학교에서 물러나기를 바랐으며, 학생들이 학내에서 생활상의 갖가지 불편을 겪기를 결코 바라지 않았다"고 말하고 있음에 비추어 볼 때 음식 공급이 중지된 것은 틀림없는 듯하니, '여사대'의 견해와 상반되고 신문 및 학생 측의 견해와는 상호보완적이다.

학생 측에서는 "양인위가 돌연 무력을 학내에 끌어들여 강제로 학우 모두를 즉각 학교에서 떠나게 하고 이어 군경에게 명령하여 멋대로 구타하고 모욕하였다……"고 말하는 반면, 양인위는 "인위가 8월 1일 학교에 도착하였을 때 …… 막돼먹은 학생들이 소동을 일으키는지라 …… 그래서 경찰서에 순경을 파견하여 보호해 달라고 요청하지 않을 수 없었다……"라고 말하여, '소동'이 일어나서야 경찰의 파견을 요청했다는 점이 학생 측의 견해와 상반된다. 그런데 '여사대'는 "뜻밖에도 해당 학생들이 명령에 따르지 않을 뿐만 아니라, 제멋대로 욕하고 극단적으로 모욕하여 …… 다행히 미리 내우이구內右二區[5]에서 파견된 경사京師가 교내에서 경비하고 있어……"라고 말했는데, 이는 경찰의 파견이 먼저이고 '소동이 일어난' 것은 나중이어서 양인위의 견해와는 상반된다. 경사경찰청 행정처의 공포에서는 "본청이 지난 달 31일 국립베이징여자사범대학으로부터 받은 서한을 조사한바 …… 신청한 대로 8월 1일 보안경찰 3, 40명을 이 학교에 파견하도록 승인해 주기를……"이라고 되어 있는데, 이 또한 학생 및 '여사대'의 견해와 상호보완적이다. 양인위는 미리 '무력을 학내에 끌어들일' 준비를 하였음에 틀림없는데도, 자신은 전혀 모르는 일이라면서 그때에 이르러 오게 한 것이라고 하는데, 참으로 귀신이 곡할 정도로 불가사의하다.

양 선생은 아마 정말로 자신의 성명에서 밝히고 있듯이 "시종 인재 육성과 직무 준수를 오랫동안 품은 뜻으로 삼아 …… 근무 정황은 국민 모두의 귀감"이라 여기는 듯하다. '오랫동안 품은 뜻'이야 내가 알 수 있는 바가 아니지만, '근무 정황'에 대해서는 더 이상 이야기할 필요 없이 이달 1일부터 4일까지의 '여사대'와 그녀 자신의 두 가지 성명에 나타난 불가 사의함과 얼버무림을 보기만 하면 충분할 것이다! 거짓말을 하고 소문을 지어내고 있다는 것은 국외자라도 알 수 있다. 만약 엄격한 관찰자와 비판 자라면 이것을 가지고서 다른 일을 미루어 짐작할 수 있으리라.

그러나 양 선생은 도리어 "힘써 유지하여 오늘에 이른 까닭은 개인의 지위에 집착하지 않고 철저히 학풍을 정돈하기 위함"이라고 말한다. 남몰 래 생각하건대, 학풍은 소문을 지어내고 거짓말을 하여 정돈될 수 있는 것 이 결코 아니다. 지위는 물론 예외이겠지만.

잠깐, 한 마디만 더 말하고 싶다. 어쩌면 시잉 선생네들은 또다시 수 많은 '뜬소문'을 듣게 될지도 모른다. 그러나 마음을 놓으시라. 나는 비록 '어느 본적'[6]임이 틀림없고 국문과에서 한두 시간을 담당하는 교원을 지 낸 적도 있지만, 그러나 나는 교장이 되고 싶거나 교원의 담당시간을 늘려 보고 싶은 생각은 전혀 없으며, 나의 자손들이 여사대에서 모함을 당하거 나 퇴학을 당하거나, 매질을 당하거나 굶주림에 시달리지 않도록 하기 위 함 또한 결코 아니다. 나는 Lermontov의 격분에 찬 말[7]을 빌려 여러분에 게 알린다. "나에게는 다행히도 딸이 없다."

1) 원제는 「流言和謊話」, 1925년 8월 7일 『망위안』 주간 제16기에 처음 발표되었다.

2) 1925년 8월 7일 『망위안』 주간 제16기에 실린 주다난(朱大枏)의 「듣자 하니—떠오른
   다」(聽說—想起)라는 글에서는 여사대를 '어느 학교'(某校)라 일컬었다. 또한 같은 기에
   실린 샤오츠(效痴)의 「서글픈 여성교육」(可悲的女子敎育)이란 글에서는 □□□을 사용
   하여 양인위와 장스자오(章士釗)를 가리키기도 하였다.

3) 1925년 5월 17, 18일자 『천바오』(晨報)에 「국립베이징여자사범대학 음악과, 체육과의
   긴급 성명」(國立北京女子師範大學音樂系·體育系緊要啓事)과 「국립베이징여자사범대학
   철학과 전체 학생의 긴급 성명」(國立北京女子師範大學哲學系全體學生緊要啓事)이 실렸는
   데, '중립을 엄수'하며 '본교의 소요사태'에는 '참여하지 않는다'고 밝혔다. 그후 세 학
   과의 학생들은 5월 22일 『징바오』(京報)에 「국립베이징여자사범대학 음악과, 철학과,
   체육과의 성명」(國立北京女子師範大學音樂系·哲學系·體育系啓事)을 실었는데, 양인위의
   축출이 "전체 학우의 총의"이며 위의 '거짓 성명'의 진상을 밝히고자 한다고 성명했다.

4) 1925년 8월 3일 『징바오』에 실린 「여사대 학생자치회의 긴급 성명」(女師大學生自治會緊
   要啓事), 이튿날 같은 신문에 실린 「양인위의 성명」(楊蔭楡啓事) 및 양인위가 대학의 명
   의로 발표한 「여사대 성명」(女師大啓事)을 가리킨다. 첫번째 성명은 양인위가 8월 1일
   군경을 이끌고 학교에 들어와 학생을 폭행한 일을 공격하였으며, 나머지 두 성명은 이
   폭행에 대해 극력 변호하였다.

5) 당시 베이징의 경찰서는 내역(內域)에 있는 구궁(故宮) 서쪽을, 내우일구(內右一區)부터
   사구(四區)로 나누어 관할하고 있었다. 내우이구의 경찰서는 시단(西單) 근처, 당시의
   서판사(舍飯寺) 거리에 있었으며, 베이징여자사범대학은 그 남쪽, 쉬안우문(宣武門) 안
   의 스푸마(石駙馬) 거리에 있었다.

6) 원문은 '某籍'. 천시잉(陳西瀅)은 『현대평론』 제1권 제25기(1925년 5월 30일)에 실린 「한
   담: 측간을 청소하라」(閑話: 粉刷毛厠)라는 글에서 다음과 같이 말했다. "우리는 신문지
   상에서 여사대 일곱 교원의 선언을 보았다. 이전에 여사대의 소요사태에는 베이징 교
   육계에서 가장 큰 세력을 차지하고 있는 어느 본적의 어느 계파 사람이 암암리에 선
   동하고 있다는 말을 자주 들어 왔지만, 우리는 믿지 않았다. …… 하지만 이 선언이 나
   온 이상, 뜬소문은 더욱 심하게 퍼지지 않을 수 없을 것이다." 여기에서 '어느 본적'(某
   籍)이란 저장(浙江)을 가리킨다. 선언 발표에 참여했던 일곱 명의 교원 가운데 여섯 명
   의 본적이 저장이었다. '어느 계파'(某系)란 베이징대학 국문과를 가리킨다. 『화개집』의
   「나의 '본적'과 '계파'」(我的'籍'和'系')를 참조하시오.

7) 레르몬토프(Михаил Юрьевич Лермонтов, 1814~1841)는 러시아의 작가이다. 작품으로
   는 『악마』(Демон), 『우리 시대의 영웅』(Герой нашего времени) 등이 있다. "나에게는 다
   행히도 딸이 없다"는 『우리 시대의 영웅』의 「페초린의 일기」 속 인물이 한 말이다.

통신(메이장에게 보내는 답신)[1]

메이장 선생께

만약 '반역자'들이 전선을 만들어 적과 만날 수 있다면 중국의 상황은 진즉 이렇지 않을 것입니다. 왜냐하면 현재 만나는 것은 결코 적이 아니라, 단지 몰래 쏘는 화살일 뿐이기 때문입니다. 그러므로 전선을 갖고 싶다면 먼저 적이 있어야만 하겠지만, 이런 일은 아마 아직 한참 멀었습니다. 만약 현재라면 바로 보내 주신 편지에서 말씀하셨듯이, 아마 누가 벗이고 누가 원수인지조차도 그다지 분명하게 알 수 없는 형편입니다.

『위쓰』에 대한 저의 책임은 투고하는 것뿐이므로, 게재에 관한 일은 자세히 알지 못합니다. 장ㅍ 선생[2]의 글은 보내 주신 편지를 받고 나서야 조금 살펴보았습니다. 제 의견으로는 선생이 지나치게 진지하다고 생각합니다. 아마 글쓴이 자신조차도 자기의 그런 이야기가 틀림없이 이렇게 남의 토론거리가 되리라고는 생각하지 않았을 것입니다.

선생은 아마 아직 젊기에 이처럼 분개하며, 아울러 나에게까지 사랑을 미치고 나를 대신하여 근심하니, 참으로 감사하기 그지없습니다. 이번 일은 사실 어렵지 않습니다. 대학교수인 천위안^{陳源}(즉 시잉^{西瀅}) 선생에게 물어보기만 하면, 장스자오^{章士釗}가 또다시 '남모르게 집정께 여쭐지'³⁾ 어떨지를 아마 알 수 있을 것입니다. 천 교수 쪽에는 늘 '뜬소문'이 날아다니고 있는 모양이니까요. 그러나 이것은 제 일이 아닙니다.

9월 1일, 루쉰

[참고]

보내온 편지

루쉰 선생님께

최근 『현대평론』이 영국만을 비난하자고 주장하여⁴⁾ 친일파 정부에 아양을 떨고, 학계의 장스자오 축출을 '학생소요사태를 뒤죽박죽 얼버무리려는 술책'이라 모욕하여 교육당국에 아양을 떨고, "부간은 적어도 만듦으로써 도태에 대비할 만한 가치가 있다"고 매도하여 '젊은 반역자' 및 그 지도자를 모욕하고, 이에 기대어 저급한 정치 거간꾼과 같은 학자가 인격을 싸구려로 파는 음모를 저지르는 등등의 갖가지 면에서 살펴볼 때, 우리는 기타 양심 있는 학자와 인격 있는 젊은이가 너무 적고 너무나 책임감이 없으며 너무나도 비겁하다는 느낌이 깊이 듭니다. 이 잡지의 판매부수가 각종 주간지를 웃돌고 있다는 점에서 보아(비록 대다수가 우송에 의한 구독이긴 하지만), 또한 이 잡지의 페이지수가 늘어나고 있다는 점에서 보아, 비열하고 혼탁한 사회 속의 독자가 학술계의 『홍』^紅, 『반월』^{半月} 혹은 『리바이류』^禮

拜六 따위[5]를 가장 환영하고 있음을 우리는 알 수 있습니다. 『신청년』이 정간된 이후, 사상계에는 힘차고 기치 선명한 돌격대가 더 이상 존재하지 않게 되었습니다. 이제 "신청년의 옛 동지들 가운데 어떤 이는 투항하고 어떤 이는 대오를 떠났건만, 새로운 이는 아직 훈련이 충분치 않"으며, "세력이 지나치게 산만해졌"습니다. 저는 오늘 오전에 맹진사猛進社, 위쓰사, 망위안사의 동인 및 전국의 반역자들에게 부치는 「연합전선」이라는 글의 초고를 썼습니다. 목적은 이 세 곳의 동인 및 다른 동지들을 연합하고 한 가지 간행물을 발행하여, 우리 계급의 흉악한 세력의 대표에게 전력을 기울여 공격하는 데에 있습니다. 그 하나는 반동파 장스자오의 『갑인』甲寅이고, 다른 하나는 반동파와 결탁하여 못된 짓을 꾸미는 『현대평론』입니다. 제가 마침 그 글을 쓰고 있을 때, N군이 갓 나온 『위쓰』 한 권을 손에 들고 오더니, '아Q정신'에 가득찬 "퇴고의 대교육가" 장사오위안江紹原이라는 '잡놈'을 가리켜 보여 주었는데, 그 안에서 "『민보』民報 부간의 경우 공산당이 운영하고 있다고 말하는 사람이 있다"고 말하고 있었습니다. 장江 군은 자신의 뺨을 세차게 때리고서 마구잡이로 '잡놈'을 만들어 내어, 미* 선생에게 조롱을 당하고(『징바오』 부간을 보라) 또 「아Q의 약간의 정신」(『민보』 부간을 보라)을 썼던 신런辛人에게 꾸지람을 듣자, 부끄러운 나머지 화가 치밀어 마침내 『민보』 부간의 기자에게까지 화풀이를 하였던 것입니다. 가장 교묘한 점은 장 군이 유독 어르신 나리의 눈에 들지 않는 『위쓰』에서만은 교활하게도 "말하는 사람이 있다"라는 여덟 글자를 덧붙였다는 것입니다. N군은 이렇게 말하였습니다. "아마 이 퇴고의 대가는 모두 15기를 펴낸 『민보』 부간에서 공산의 선전을 한 마디도 끄집어내지 못하고, 동시에 귀국한 지 거의 3년이 되었지만 선전문은 한 마디도 지어 본 적이 없고 어느

정당에도 가입한 적도 없으며 어떤 소요에도 휘말려 든 적이 없고 어떤 활동도 해본 적이 없는『민보』부간 기자——퇴폐파 시인 솔로구프[6]의 애호자에 대해서도 끝내 공산당의 증거를 찾아내지 못하자, 그래서 '말하는 사람이 있다'는 여덟 글자를 덧붙일 수밖에 없었던 거야. 이렇게 해서 한편으로는 책임에서 벗어날 수 있으면서 다른 한편으로는 소문을 지어내는 거지. 게다가 제비를 뽑았는데 공교롭게도『위쓰』가 걸려 투고했겠지.……"

그래서 저는 곧바로 제「연합전선」이라는 글을 갈기갈기 찢어 버렸습니다. 저는『현대평론』에나 딱 어울리는 글이『위쓰』에 실리리라고는 꿈에도 생각지 못했습니다. 참으로 이 세상에서 누가 누구의 벗이고 혹은 원수인가요? 우리는 멋대로 악수하고 마구잡이로 찔러 죽이는 비애를 맛보고 있습니다.

제가 보건대, 당신들은 때로『민보』부간 기자의 글을 싣고 있는데, 그렇다면 당신은 공산당을 숨겨 주고 있는 게 아닌가요(설사 당신이 공산당이 아니더라도)? 적어도 당신이 그렇다고 "말하는 사람이 있"습니다. 장스자오는 당신의 직위를 박탈하고서도 그 분을 다 풀지 못했겠지요. 그가 혹 또다시 "남모르게 집정께 여쭈"어 당신을 폭도로 처리해 버릴지도 모르니 조심하시기 바랍니다. 하하하.

다음 단락은 N군이 장사오위안의 '잡놈'체를 본떠 엮은 것을 제가 써 본 것입니다——

"…… 후스즈胡適之는 어떨까? …… 생각이 난다. 그 박사께서는 요즘 '폐하'께 '감화'받았다는 소문이 파다하니, 간판으로는 시원찮겠지."

"천시잉은 어떨까? …… 듣자 하니 최근에 사람들에게 '영일英日 제국주의자와 어느 군벌의 주구인 장스자오'와 '한패'라고 손가락질 받는다던데.……"

"장사오위안에 대해서는 일반 사람들에게 학자의 인격 할인판매회사로 지목받는 현대평론사의 제□지부 총지배인이라고 말하는 사람이 있다.……"

이 편지가 『망위안』의 여백을 메울 수 있다면, 바로잡아 주시면 고맙겠습니다.

메이장 삼가 올림

주)_____

1) 원제는 「通信(復霉江)」, 1925년 9월 4일 『망위안』 주간 제20기에 처음으로 발표되었다.

2) 장(江) 선생, 즉 장사오위안(江紹原, 1898~1983)은 안후이(安徽) 징더(旌德) 사람으로, 베이징대학 철학과를 졸업하고 1920년에 미국으로 유학을 떠나 1923년 귀국한 후 베이징대학 철학과에서 강사를 지냈다. 그는 『위쓰』 주간 제42기(1925년 8월 31일)에 「근인의 체를 본떠 장찬다오를 욕하다」(仿近人體罵章川島)라는 글을 발표하였는데, 이 글에서는 "『민보』(民報) 부간의 경우 공산당이 운영하고 있다고 말하는 사람이 있다"는 등의 반어를 자주 사용하였다. 메이장은 이러한 수사를 중상모략이라고 오해하여 분개를 드러내고 있다.

3) 원문은 '私稟執政'. 장스자오는 이 당시 돤치루이(段祺瑞) 집정부의 사법총장과 교육총장을 겸직하고 있었다. 그가 꾸렸던 『갑인』(甲寅) 주간에 발표한 몇몇 글 속에는 "남몰래 집정께 올리다"(密呈執政)와 "집정께 남몰래 아뢰다"(密言于執政)라는 따위의 말이 늘 있었다.

4) 원문은 '單獨對英'. 1925년 5월 30일 상하이 소재의 일본방적공장에서 일어난 노동자 학살에 항의하는 시위대를 향해 영국조계 경찰이 발포하여 다수의 사상자가 발생하였다. 이른바 '5·30참사'에 대한 항의시위가 전국적으로 퍼져 나가자 이를 두려워한 베이징의 군벌정부는 상하이 총상회(總商會) 회장인 위차칭(虞洽卿)으로 하여금 '영국만을 비난하고 범위를 축소하자'(單獨對英, 縮小範圍)는 구호를 제기하도록 하고, 원래의 17항의 교섭조건을 핵심적인 조항을 삭제한 채 13항으로 축소하였다.

5) 이들 잡지들은 모두 재자가인(才子佳人)의 사랑을 그렸던 원앙호접파(鴛鴦蝴蝶派)의 작

품을 주로 실었던 문예지이다.

6) 솔로구프(Фёдор Кузьмич Сологуб, 1863~1927)는 러시아 상징주의파 계열의 시인이자 소설가이다. 그의 작품은 퇴폐적이고 변태적인 심리를 자주 그려 냈으며, 비관적 정서와 죽음에 대한 가송으로 가득 차 있다. 대표작으로는 장편소설『작은 악마』(Мелкий бес)와 희곡『사자의 승리』(Победа Смерти, *The Triumph of Death*) 등이 있다.

『치환만』제기[1]

천축天竺[2]의 우언은 커다란 숲, 깊은 샘처럼 풍성하며, 다른 나라의 예문藝文은 흔히 그 영향을 받았다고 들었다. 중국어로 번역된 불경 가운데에도 이것은 곳곳에서 볼 수 있다. 명나라 서원태徐元太[3]가 편집한 『유림』喩林은 이것들을 제법 찾아 수록하고 있지만, 책의 권수가 너무 많아 구하기 쉽지 않다. 불장佛藏[4] 중에서 비유를 제명으로 삼은 것도 대여섯 종류가 있지만, 『백유경』百喩經이 가장 체계를 잘 갖추고 있다. 이 책의 정식 명칭은 『백구비유경』百句譬喩經이며, 『출삼장기집』出三藏記集[5]에 따르면 천축의 승가사나僧伽斯那가 『수다라장』修多羅藏[6] 12부경에서 비유를 가려내어 한 부로 정리한 것으로서, 모두 100조이며 초학자를 위해 이 경을 찬술했다고 한다. 소제蕭齊 영명永明 10년[7] 9월 10일, 중中천축의 법사 구나비지求那毗地[8]가 『백유경』의 한역본을 내놓았다. 비유로써 불법을 설명하는 것을 이 경에서는 다음과 같이 말한다. "아가타阿伽陀의 약[9]은 나뭇잎으로 감싸는데, 약을 꺼내 상처에 바르고 나면 나뭇잎은 내버리나니, 비유의 즐거움은 나뭇잎으로 감싸는 것과 같은 것, 참 의미는 그 안에 있다네." 왕핀칭[10] 군은 그

비유의 묘함을 좋아하였는데, 그리하여 가르침은 제거하고 우언만을 남김과 아울러, 이 경의 끄트머리에 "존자 승가사나께서 『치화만』을 지으셨다"라는 말이 있음에 근거하여 원래의 명칭을 회복하고 똑같이 두 권으로 펴냈다. 백 가지 비유라고 하지만, 실제로는 두 가지가 부족하다. 아마 개략적인 숫자를 들었겠지만, 혹은 권 머리의 서문과 권 끄트머리의 게偈를 두 가지로 간주하였을지도 모른다. 존자의 입론은 정법正法을 핵심으로 삼고 나뭇잎에 해당하는 이야기로 비유하시지만, 말씀은 반드시 법과 관련되어 있으므로 도리어 얽매이는 바가 많다. 이제 아가타의 약은 이미 없고 약을 감싸는 것 또한 있을 리 없으니, 불법의 경계를 넘어서면 안팎 모두가 훤한 법이다. 지자智者가 보기에는 아마 부처님만이 정의를 말씀하시는 것은 아닐 것이다.

중화민국 15년 5월 12일, 루쉰

주)_____

1) 원제는 「『痴華鬘』題記」, 왕핀칭(王品青)이 교점(校點)한 『치화만』(痴華鬘)이라는 책에 처음으로 실렸으며, 이 책은 1926년 6월 베이신(北新)서국에서 출판되었다.

2) 천축(天竺)은 고대 중국에서의 인도에 대한 호칭이다.

3) 서원태(徐元太, 1536~?)는 안후이(安徽) 쉬안청(宣城) 사람이며, 자는 여현(汝賢)이다. 명나라 가정(嘉靖) 연간에 벼슬에 나아갔으며, 관직이 병부상서에 이르렀다. 『유림』(喻林)은 중국의 옛 전적과 불경 가운데 우언 고사를 모은 유서(類書)로서, 120권이다. 10문(十門)으로 나뉘고, 문(門)마다 자목(子目)으로 나뉘어 있으며, 총 580여 류(類)로 이루어져 있다. 명나라 만력(萬曆) 을묘(乙卯, 1615) 간본이 있다.

4) 불장(佛藏)은 원래 한역(漢譯)된 불교경전의 총집명이며, 흔히 『대장경』(大藏經)이라 일컬었다. 장경의 편집은 남북조시대부터, 최초의 간행은 송나라 개보(開寶) 5년(972)의 인조불경일장(印雕佛經一藏)에서 시작되었으며, 후에는 왕조마다 출판하였다. 이 가운데 비유를 제명으로 삼은 것으로는 『백유경』(百喩經) 외에도 『대집비유왕경』(大集譬喩

王經),『불설비유경』(佛說譬喩經),『아소카왕비유경』(阿育王譬喩經),『법구비유경』(法句譬喩經),『잡비유경』(雜譬喩經) 등이 있다.

5)『출삼장기집』(出三藏記集)은 남조의 양(梁)나라 승우(僧祐)가 편찬하였으며, 모두 15권이다. 불교 경전의 경(經)·율(律)·론(論), 즉 삼장(三藏)의 서목(書目)과 서발(序跋) 및 각종 역문의 이동(異同)이 기재되어 있다. 승우(僧祐, 445~518)는 남조 제(齊)나라와 양(梁)나라에서 활동했던 불교사학가이다. 원적은 팽성(彭城) 하비(下邳; 지금의 장쑤江蘇 쉬저우徐州)이고 출생지는 건업(建業; 지금의 난징南京)이며, 속세의 성은 유(兪)씨이다.

6) 승가사나(僧伽斯那)는 고대 인도의 불교 법사이다.『수다라장』(修多羅藏)은 불교 저작인 경·율·론 삼장 가운데 하나인 경장(經藏)이다. 수다라(修多羅)는 범어 'Sutra'의 음역이며, 경(經)을 의미한다.

7) 소제(蕭齊)는 남조의 제(齊)를 가리킨다. 북조의 제(齊)와 구별하여 남제(南齊)라고 일컬으며, 소도성(蕭道成)이 세운 왕조라고 하여 소제라고 일컫기도 한다. 영명은 무제(武帝)의 연호이며, 영명 10년은 492년이다.

8) 구나비지(求那毗地)는 승가사나의 제자이며,『백유경』을 최초로 한문으로 번역하였다.

9) 아가타(阿伽陀)는 범어 'Agada' 음역이며, 만능약을 의미한다.

10) 왕핀칭(王品靑, ?~1927)은 허난(河南) 지위안(濟源) 사람으로, 베이징대학을 졸업한 후 베이징쿵더(北京孔德)학교 교사를 지냈다.

『가난한 사람들』서문[1]

1880년은 도스토예프스키[2]가 자신의 거작 가운데 하나인 『카라마조프 형제들』을 완성했던 해이다. 그는 수기[3]에서 다음과 같이 말했다. "완전한 사실주의로서 인간 속에서 인간을 발견한다. 이것은 철두철미 러시아의 특질이다. 이러한 의미에서 나는 물론 민족적이다. …… 사람들은 나를 심리학자(Psychologist)라고 일컫지만, 이는 당치 않은 말이다. 나는 다만 고도의 의미에서의 사실주의자, 즉 인간의 영혼 깊은 곳을 사람들에게 보여 주는 자이다." 이듬해에 그는 죽었다.

영혼의 깊은 곳을 보여 주는 자는 늘 사람들에게 심리학자로 간주될 것이다. 특히 도스토예프스키와 같은 작가는 그러하다. 그는 인물을 그릴 경우 외모를 묘사할 필요가 거의 없으며, 말투나 음성만으로도 그들의 생각과 감정뿐만 아니라 생김새나 신체조차 표현해 낸다. 또한 영혼의 깊은 곳을 보여 주기 때문에 그 작품을 읽는 것만으로도 정신적 변화를 일으킬 수 있다. 영혼의 깊은 곳은 결코 평온하지 않으며 과감하게 정시하는 것은 원래 드문 터에, 하물며 써내는 일이야? 그래서 일부 연약하고 무력한 독자들은 그를 단지 '잔혹한 천재'[4]로밖에 간주하지 않았던 것이다.

도스토예프스키는 자신의 작품 속 인물을 때로는 참으로 도저히 견딜 수 없고 활로가 전혀 없으며 상상조차 할 수 없는 지경에 몰아넣은 채 아무것도 할 수 없게 만들어 버린다. 혹독한 정신적 형벌을 이용하여 그들을 범죄, 백치, 술주정, 발광, 자살의 길로 내버린다. 때로는 아무 목적도 없는 듯이 보이는 경우에도 그저 이 손으로 만들어 낸 희생자를 고뇌에 빠뜨리기 위해 그에게 고통을 안겨 주고 놀랄 정도로 비열하고 더러운 상태에서 인간의 마음을 드러내 보인다. 확실히 '잔혹한 천재'이며, 인간 영혼의 위대한 취조관이다.

그러나 이 "고도의 의미에서의 사실주의자"의 실험실에서 처리되었던 것은 인간의 모든 영혼이었다. 그는 또다시 혹독한 정신적 형벌로부터 그들을 저 성찰과 교정, 참회, 소생의 길로 나아가게 했으며, 심지어 자살의 길인 경우조차 있었다. 이렇게 본다면, 그가 '잔혹'한가의 여부는 일시에 단정하기 어렵지만, 따뜻함이나 서늘함을 좋아하는 사람들에게는 아무래도 자비의 정취 따위는 없다고 할 수 있다.

도스토예프스키는 남들에게 자신에 대해 이야기하기를 좋아하지 않았으며, 특히 자신의 고통을 이야기하는 걸 꺼렸다고 한다. 그렇지만 그를 평생 뒤얽었던 것은 바로 곤란과 빈궁이었다. 작품조차도 원고료가 선급금으로 지불되지 않았던 것은 겨우 한 번뿐이었다. 그러나 그는 이러한 사실들을 감추었다. 그는 돈의 중요함을 알았지만, 그가 사용하는 데에 가장 서툴렀던 것 또한 바로 돈이었다. 병들어 의사의 집에서 요양하게 되어서도 그는 진료를 받으러 오는 모든 환자들을 귀한 손님이라 생각하고 있었다. 그가 사랑하고 동정했던 이는 이들 ── 가난하고 병든 사람들 ── 이었으며, 그가 기억했던 이도 이들이었고, 그가 묘사했던 이도 이들이었다. 그리고 그가 추호도 거리낌 없이 해부하고 자세히 점검하고 심지어 감상하기까지 한 이 역시 이들이었다. 이들뿐만 아니라 사실 그는 이미 자신에게도 혹독한 정신적 형벌을 가했는데, 젊은 시절부터 시작하여 죽음에 이를 때까지 줄곧 고문을 가했다.

무릇 인간 영혼의 위대한 취조관은 동시에 틀림없이 위대한 범죄자이기도 하다. 취조관이 단상에서 그의 죄악을 탄핵하면, 범죄자는 단하에서 자신의 선함을 진술한다. 취조관이 영혼 속에서 추악함을 까발리면, 범죄자는 까발려진 추악함 속에서 그 파묻힌 광채를 밝혀낸다. 이렇게 하여 영혼의 깊은 곳을 보여 주게 된다.

깊디깊은 영혼 속에 이른바 '잔혹'이란 없으며, 이른바 '자비' 또한 없다. 다만 이 영혼을 사람들에게 보여 주는 이는 "고도의 의미에서의 사실주의자"였다.

도스토예프스키의 창작 생애는 모두 35년이었다. 비록 그 마지막 10년은 그리스정교의 선전에 편중되었지만, 그 됨됨이는 시종 변함없었다고 해도 좋을 것이다. 작품 역시 큰 차이는 없었다. 그의 처녀작 『가난한 사람들』로부터 마지막 작품인 『카라마조프 형제들』에 이르기까지 말하고자 하는 것은 모두 동일한 것, 즉 "마음속에 실험한 사실을 파악하여 독자에게 자기 사상의 길을 따르게 하고, 이 마음의 법칙 속에서 윤리관념을 자연스럽게 보여 준다"[5]는 것이었다.

이는 또한 다음과 같이 말할 수 있다. 영혼의 깊은 곳을 파헤쳐 사람에게 혹독한 정신적 형벌을 안겨 주며 상처를 입히고, 다시 이 상처 입음과 요양, 치유의 과정을 통해 고통을 씻어 내고 소생의 길로 나아가게 한다고.

『가난한 사람들』은 1845년에 씌어지고 이듬해에 발표되었던 작품으로, 그의 처녀작이자 그를 단숨에 대가의 반열에 올려놓은 작품이기도 하다. 그리고로비치[6]와 네크라소프[7]는 이 작품으로 인해 미친 듯이 기뻐하였으며, 벨린스키[8]는 그에게 합당한 찬사를 보냈다. 물론 이것은 "겸손의 힘"[9]을 보여 주는 것이라고도 말할 수 있다. 그러나 세계는 결국 이토록 광활하고 또한 이토록 협소하다. 가난한 인들은 이토록 서로 사랑하면서도 또한 이토록 서로 사랑할 수 없다. 만년은 이토록 고독하면서도 또한 고독에 만족하지 않는다. 그는 만년의 수기에서 이렇게 말하였다. "부富는 개인을 강하게 만든다. 그것은 기계적, 정신적 만족이다. 이로 인해 또한 개인을 전체로부터 분리해 낸다."[10] 부는 결국 소녀를 가난한 사람들에게서 분리해 내고, 불쌍한 노인은 소리 내지 못하는 절규를 토해 낸다. 사랑이란 얼마나 순결한 것인가, 그리고 또한 얼마나 훼방을 놓고 저주하는 마음을 지니고 있는 것인가!

그런데 작가가 그때 고작 스물네 살이었다니, 더욱 놀라운 일이다. 천재의 마음은 참으로 넓고 크다.

중국에 도스토예프스키가 알려진 지 십 년 가까이 되었다. 그의 성은 이미 귀에 익게 되었지만, 작품의 번역본은 아직 눈에 뜨이지 않는다. 이역시 괴이하게 여길 일은 아니다. 그의 작품은 단편이라 할지라도 벼락치기로 번역할 만큼 짧은 게 없기 때문이다. 이번에 충우[11]가 그의 첫 작품을 최초로 중국에 소개하였는데, 나에게는 부족한 점이 보완되었다는 느낌이 든다. 이 번역서는 Constance Garnett[12]의 영역본을 위주로 하고 Modern Library[13]의 영역본을 참고하여 번역한 것이다. 차이가 나는 곳은 내가 하라 핫코[14]의 일역본과 비교하여 어느 쪽을 따를 것인가를 정하였으며, 또한 쑤위안[15]이 원문을 대조하여 교정하였다. 도스토예프스키 전집 12권의 많은 책 가운데에서 이 작품은 비록 조그마한 일부에 지나지 않지만, 우리처럼 미약한 사람들은 대단히 많은 수고를 들여야만 했다. 수년간이나 원고를 묵혀 두었다가 비로소 출판하게 되니, 이 짧은 서문을 빌려 내가 생각했던 것을 기록한 것이 이상의 글이다. 도스토예프스키의 사람됨과 그의 작품에 대한 연구는 단기간에 마칠 수 있는 것이 아니며, 전면적으로 논하는 것은 나의 능력이 미치는 바가 아니다. 그러므로 이것은 나의 좁은 소견이라 할 수밖에 없으며, 겨우 세 권의 책, 즉 *Dostoievsky's Literarsche Schriften, Mereschkovsky's Dostoievsky und Tolstoy*,[16] 노보리 쇼무[17]의 『러시아문학 연구』를 대충 뒤적여 보았을 뿐이다.

러시아 사람은 성명이 길어 중국의 독자들을 골치 아프게 만드는데, 이제 여기에서 잠간 설명을 하기로 하자. 그 성명을 모두 쓴다면, 세 부분으로 이루어져 있다. 즉 맨 앞은 이름이고, 그 다음은 아버지의 이름이며, 세번째가 성이다. 예를 들면 이 책 가운데의 제브시킨은 성이다. 사람들은 그를 마카르 알렉세예비치라 일컫는데, 이는 정중한 호칭방법으로서 알렉세이의 아들 마카르를 의미한다. 가까운 사람일 경우 이름만 부르며, 성음 또한 변화한다. 만약 여성이라면 '아무개의 딸 아무개'라고 부른다. 이를테면 바르바라 알렉세예브나라면, 알렉세이의 딸 바르바라라는 의미이다. 때로는 그녀를 바렌카라고 부르지만, 이는 바르바라의 음이 변화한 것이며, 친근함을 담은 호칭이기도 하다.

1926년 6월 2일 밤,
루쉰 동벽東壁 아래에서 쓰다

주)_____

1) 원제는 『『窮人』小引』, 1926년 6월 14일 『위쓰』 주간 제83기에 처음으로 발표하였으며, 웨이충우(韋叢蕪)가 번역한 『가난한 사람들』(窮人)을 위해 지었다.

2) 도스토예프스키(Фёдор Михайлович Достоевский, 1821~1881)는 톨스토이와 더불어 19세기 러시아문학의 황금기를 대표하는 세계적인 문호이다. 대표작으로는 『가난한 사람들』(Бедные люди, 1846), 『죄와 벌』(Преступление и наказание, 1866), 『백치』(Идиот, 1869), 『악령』(Бесы, 1872), 그리고 그의 문학적 문제의식을 집대성한 작품이라 평가받는 『카라마조프 형제들』(Братья Карамазовы, 1880) 등이 있다.

3) 수기(手記)는 도스토예프스키의 『작가 일기』(Дневнике писателя)의 제3부이며, 1880년의 노트에서 채록한 것이다. 이곳의 인용문은 수기의 「나」(我)에 보인다.

4) '잔혹한 천재'는 러시아의 문예비평가 미하일로프스키(Николай Константинович Михайловский, 1842~1904)가 도스토예프스키를 평론한 글의 제목이다.

5) 이 부분은 일본의 러시아문학 연구가인 노보리 쇼무(昇曙夢)가 『러시아문학 연구』 「도스토예프스키론」에서 행한 평론이다.

6) 그리고로비치(Дмитрий Васильевич Григорович, 1822~1900)는 러시아 작가이자 문예비평가이다. 대표작으로는 『향촌』(Деревне), 『불운한 안톤』(Антон-Горемыка) 및 『문학회억록』, 『미술사와 미술이론문집』 등이 있다.

7) 네크라소프(Николай Алексеевич Некрасов, 1821~1878)는 러시아의 시인이다. 대표작으로는 장시 『혹한, 새빨간 코』(Мороз, Красный нос, 1864), 『러시아에서 누가 행복할 수 있으랴』(Кому на Руси жить хорошо?, 1876) 등이 있다.

8) 벨린스키(Виссарион Григорьевич Белинский, 1811~1848)는 러시아의 문학평론가이자 철학가이다. 저서로는 『문학의 환상』(Литературные мечтания), 『푸시킨의 작품론』(Сочинения Александра Пушкина) 및 『1847년 러시아문학 일별』(Взгляд на русскую литературу 1847 года) 등이 있다.

9) 이 말은 노보리 쇼무의 『러시아문학 연구』 「도스토예프스키론」에 보인다.

10) 이 말은 도스토예프스키의 『작가 일기』 가운데 수기의 「재부」(財富)에 보인다.

11) 충우(叢蕪), 즉 웨이충우(韋叢蕪, 1905~1978)는 안후이(安徽) 휘추(霍丘) 사람이며, 웨이밍사(未名社) 성원이다. 역서로 도스토예프스키의 『죄와 벌』, 『가난한 사람들』 등이 있다.

12) 콘스탄스 가넷(Constance Garnett, 1861~1946)은 영국의 여성번역가이며, 톨스토이, 도스토예프스키, 체호프 등 러시아 문호의 작품을 번역하였다.

13) 모던 라이브러리(Modern Library)는 미국 현대총서사(現代叢書社, Modern Library)에서 출판한 '현대총서'이다.

14) 하라 핫코(原白光, 1890~1971)는 일본의 러시아문학 번역가이다. 원명은 하라 히사이

치로(原久一郎)이며, 핫코는 그의 호이다. 와세다(早稲田)대학 영문과 및 도쿄외국어학교 러시아어학과를 졸업했으며, 도스토예프스키 작품 번역을 시초로 1921년 톨스토이의 『안나 카레니나』를 번역하고, 1933년에는 톨스토이보급회를 설립하는 등 톨스토이 소개에 힘썼다.

15) 쑤위안(素園), 즉 웨이쑤위안(韋素園, 1902~1932)은 안후이 훠추 사람이며, 웨이밍사 성원이다. 역서로는 고골(Николай Гоголь, 1809~1852)의 중편소설 『외투』(Шинель; 外套)와 러시아 단편소설집 『최후의 빛』(最後的光芒) 등이 있다.

16) *Dostoievsky's Literarsche Schriften*은 『도스토예프스키 문학저작집』이고, *Mereschkovsky's Dostoievsky und Tolstoy*는 메레시콥스키의 『도스토예프스키와 톨스토이』(Лев Толстой и Достоевский, 1901~1902)이다.

메레시콥스키(Дмитрий Сергеевич Мережковский, 1865~1941)는 상징주의 계열에 속하는 러시아 작가, 시인이자 문예비평가이다. 러시아혁명이 일어나자 1920년에 프랑스로 망명하였다. 저서로는 역사소설 『기독과 반기독』(Христос и Антихрист, 1895), 역사극 『파벨 1세』(Павел I, 1908) 등이 있다.

17) 노보리 쇼무(昇曙夢, 1878~1958)는 일본의 러시아문학 연구가이자 번역가이다. 저서로는 『러시아 근대문예사상사』(露国近代文芸思想史)와 『러시아문학 연구』(露西亜文学研究)가 있고, 역서로는 톨스토이의 『부활』 등이 있다.

통신(웨이밍에게 보내는 답신)[1]

웨이밍未名 선생께

편지로 알려 주신 데 대해 감사드립니다. 우리 『망위안』이 "사회주의를 이야기하는" 줄은 미처 몰랐습니다.

이 역시 우창武昌의 교수만 그렇게 생각하는 것이 아니라 전국의 교수 모두가 크게 다르지 않습니다. 한 사람만으로도 충분할 터인데, 하물며 모여서 '회의'를 열었다니 말입니다. 그들의 근거가 '교수'라는 데에 있음은 명명백백합니다. 그들이 나누는 이야기는 '회의'에서도 절대로 틀릴 리가 없다고 저는 생각합니다. 왜냐고요? 그들은 교수니까요. 우리 시골에서는 옳고 그름을 따질 때에 늘 이렇게 하곤 합니다. "자오趙 나리께서 옳다고 말씀하셨으니, 틀릴 리가 있겠는가? 나리의 논밭이 이백 무畝나 되는데!"

『망위안』에 대해 말씀드리자니 참으로 부끄럽습니다만, 우창의 C선생께서 보내 주신 편지에서 말씀하셨듯이 "몇 가지 허튼소리와 대부분 문예작품"에 지나지 않습니다. 우리들은 사회주의라는 네 글자만 보아도 깜짝 놀라 두 눈을 허옇게 뒤집고 입에 거품을 물지는 않지만, 그저 연구해 본 적이 없고 따라서 이야기한 적도 없으며, 이것으로 어떤 주의를 선전하려는 의도도 물론 없습니다. "왜 간행물을 내려 하는가? 틀림없이 무슨 주의를 선전하기 위함이다. 왜 주의를 선전하려 하는가? 틀림없이 어느 나라로부터 돈을 받고 있기 때문"이라는 식의 교수의 논리는 우리의 마음속에 아직 없다. 그러므로 마음 푹 놓으시고 보십시오. 이 때문에 교수가 백치가 되고 부자가 거지가 되는 일은 없을 겁니다. ——다만 그 보증서를 써 드리지는 않습니다.

당신의 이름 사용은 괜찮습니다. 현재의 중국에서는 이러한 '가해'에 확실하게 대비해야 합니다. 베이징대학의 어느 학생이 본명으로 투고를 하였다가 이미 교수어르신께 해를 입은 일이 있습니다.[2] 『현대평론』에서 누군가 "만약 우리가 지식계급을 완전히 타도한다면 백 년 후에 세계는 어떤 세계로 되어 있을까?"라는 의론을 던졌습니다.[3] 그가 얼마나 "마음속으로 기나라 사람이 하늘이 무너질까 염려했던 것처럼 염려하고 있는지"[4] 알 수 있겠지요?

6. 9. 루쉰

차제에 C선생께 답변합니다. 보내 주신 편지는 이미 받았습니다. 이 또한 위에서 말씀드린 것으로써 답변을 대신합니다.

보내온 편지

루쉰 선생님께

우리 학교에도 조그마한 도서관이 있는데, 국내의 신문이나 출판물, 잡지 등이 모두 갖추어져 있다고는 말할 수 없지만, 그런대로 한두 종류는 있는 편입니다. 학교 경영자가 학교 경영에 온 힘을 기울이고 있다고는 말할 수 없지만, 시원찮은 힘이나마 내어 이곳에서 떠들썩하게 판을 벌이고 있는 셈입니다.

어느 날, 한 학생이 도서관 주임에게 『망위안』을 예매해 달라고 요구하였습니다. 주임은 이 일을 교수회—혹은 평의회일지도 모릅니다—에 제기하였습니다만, 신성한 교수회에서 조사한 결과 『망위안』은 사회주의를 이야기하는 잡지이니 예약해서는 안 된다고 하였습니다. 그러나 주임은 그 학생의 요구를 당해 내지 못하여 결국 예약하고 말았습니다.

저는 『망위안』이 사회주의를 이야기한다는 말을 듣고서 1기부터 세심하게 다시 한번 읽어 보았지만, 증거라고는 시종 눈곱만큼도 찾아낼 수 없었습니다. 그들이 말하는 근거가 어디에 있는지 알 수 없습니다.—아마 그들의 견해가 독특한 모양입니다. 이것이 여쭙고 싶은 것 중 하나입니다.

저는 『망위안』을 즐겨 보기에 느닷없이 교수어르신께서 이게 사회주의를 이야기한다는 말을 듣자, 저와 같은 어린 학생이 당황하게 되는 것은 당연한 일입니다. 사회주의라는 이 네 글자는 마치 홍수나 맹수처럼 좋지 않은 명사이기 때문이지요.—그들이 보기에는 말입니다. 현새 사회주의를 이야기하는 책은, 마치 예전에 "그림이 실린 책을 가지고 있으면 사숙의 선생님, 즉 당시의 '젊은이를 이끄는 선배'에게 금지당하고 호되게 야단 맞고 심지어 손바닥을 맞기도 하였던 것"과 같기 때문입니다. 아마 그들은 제가 즐겨 읽는 『망위안』을 금지하고 제게 '사람은 갓 태어났을 때 성품이 본래 착하였다'[5]를 읽도록 강요하고 심지어 호되게 야단치고 손바닥을 때리겠지요. 그래서 무서워 죽겠습니다. 이 역시 선생님께 여쭙고 싶은 것 중 하나이며, 선생님께 명쾌한 답을 여쭙고 싶은 것입니다.

이 두 가지가 있어서 선생님께 여쭙고 싶었습니다. 대학교수께서 하시는 말씀은 비교적 정확——말도 안 되는 헛소리가 아니라면——할 테니, 그래서 여쭙고 싶습니다. 『망위안』은 결국 사회주의를 이야기하는지 어떤지를요.

6. 1. 우창에서 웨이밍

저는 성이 웨이未이고 이름이 밍名이지는 않으며, 이름이 웨이밍이지도 않습니다. 웨이밍은 저의 별명도 아니고, 선생님네의 웨이밍사未名社처럼 이름을 취하지 않는다는 의미도 아닙니다. 저는 21년 전에 진즉 이름을 지었습니다만, 다만 선생님께서 제 이름을 공표한다면 그들 교수어르신께서 저에게 해를 가할까 봐 밝히지 않았을 뿐입니다. 자신의 참 이름을 밝히지 않았기 때문에 이름을 웨이밍이라 한 것입니다.

주)_____

1) 원제는 「通信(復未名)」, 1926년 6월 25일 『망위안』 반월간 제12기에 처음 발표하였다.

2) 베이징대학의 영어과 학생인 둥추팡(董秋芳)은 1926년 3월 30일 『징바오(京報) 부간』

에 「무서움과 죽일 일」(可怕與可殺)이란 글을 투고하여, 3·18참사의 책임이 "대중 지도자에게 있다"고 한 천시잉(陳西瀅) 등을 비판하였다. 천시잉은 베이징대학 영어과주임의 직권을 이용하여, 영어번역서를 이 학생에게 배부하는 것을 거부하고, 해당 교과목의 성적을 받을 수 없게 하여 졸업에 영향을 끼쳤다. 둥추팡은 이전에 이 일의 경과를 루쉰에게 알려 주었다.

3) 이 인용문은 『현대평론』 제78기(1926년 6월 5일)에 실린 뉴룽성(牛榮聲)의 「역행하다」(開倒車)라는 글에서 비롯되었다. 이 글에서 그는 다음과 같이 말했다. "이를테면 현재 급진파가 온건파를 '역행한다'고 비난하고 있는데, 그들의 주장대로 반드시 지식계급을 타도하여 일체의 사회제도를 근본적으로 뒤집어엎어야만 '역행'하지 않는 것이다. 그렇지만 여러분은 곰곰이 생각해 보아야 한다. 만약 우리가 지식계급을 완전히 타도한다면 백 년 후에 세계는 어떤 세계로 되어 있을까를."

4) 원문은 '心上有杞天之慮'. 이것은 양인위(楊蔭楡)가 '기나라 사람이 하늘이 무너질까 걱정하다'(杞人憂天)라는 고사성어를 쉽게 풀어 만든 글귀이다. 양인위가 1925년 5월 14일에 간행한 「국립베이징여자사범대학교장 양인위의 본교 폭력학생에 대한 소감」(國立北京女子師範大學校長楊蔭楡對于本校暴烈學生之感言)을 보라. 5월 20일 『천바오』(晨報)는 「교육의 앞날은 가시밭길!」("教育之前途棘矣!")이라는 제목 아래 '양인위의 선언'(楊蔭楡宣言)을 부제로 붙여 이 '소감'을 발표하였다.

5) 원문은 '人之初性本善'. 이는 예전에 아이들이 한자를 처음 익힐 때의 교과서인 『삼자경』(三字經)의 첫 두 구절이다.

문예와 정치의 기로[1]
― 12월 21일 상하이 지난대학에서의 강연

저는 강연에 자주 나오는 편이 아닙니다만, 오늘 이곳에 온 것은 하도 여러 차례 요청을 받은 터라 한 번이라도 강연을 하는 게 일을 매듭지을 수 있으리라는 생각이 들었기 때문일 뿐입니다. 제가 강연에 나서지 않는 것은, 첫째로 이야기할 만한 의견을 갖고 있지 않기 때문이며, 둘째로 방금 이쪽의 선생께서 말씀하셨듯이 여기 모이신 여러분의 대다수는 제 책을 읽어 보셨을 테니 더욱 아무것도 말할 수가 없는 것입니다. 책 속의 인물은 대체로 실물보다 낫습니다. 『홍루몽』紅樓夢 속의 인물, 이를테면 가보옥賈寶玉이나 임대옥林黛玉은 각별한 동정을 품게 합니다. 그런데 나중에 당시의 몇 가지 사실을 연구하고 베이징에 온 후에 메이란팡梅蘭芳과 장먀오샹姜妙香[2]이 분장한 가보옥과 임대옥을 보고 나면, 별로 대단치 않다는 생각이 들게 됩니다.

제게는 대단한 논문도, 고명한 견해도 없으며, 단지 제가 최근에 생각했던 것을 말씀드릴 수 있을 뿐입니다. 저는 문예와 정치가 늘 충돌하고 있다고 매번 느낍니다. 문예와 혁명은 원래 상반된 것이 아니지요. 양자 사이에는 현상에 안주하지 않는다는 공통점이 있습니다. 그러나 정치는 현상을 유지하려 하기 때문에 현상에 안주하지 않는 문예와는 자연히 서로 다른 방향을 바라봅니다. 하지만 현상에 만족하지 않는 문예는 19세기 이후에야 흥기하였기에 아주 짧은 역사를 지니고 있을 따름입니다. 정치가는 사람들이 자신의 의견에 반대하는 것을 매우 싫어하고, 사람들이 생각하고 입을 열려고 하는 것을 아주 싫어합니다. 그런데 예전의 사회에서는 확실히 무언가를 생각하는 사람도, 입을 열었던 사람도 없었습니다. 동물 가운데 원숭이를 보십시오. 그들에게는 그들의 우두머리가 있습니다. 우두머리가 하라는 대로 합니다. 마을에는 추장이 있어 그들은 추장을 따라가고, 추장의 분부가 곧 그들의 기준이 됩니다. 추장이 그들에게 죽으라 하면 죽으러 가는 수밖에 없습니다. 그 당시에는 문예 따위는 존재하지도 않았습니다. 설사 존재하더라도 하느님(아직은 훗날의 사람들이 일컫는 God만큼 현묘하지 않았지요)을 찬미할 뿐이었지요! 자유로운 사상이 존재했을 턱이 있겠습니까? 후에 마을과 마을이 서로 잡아먹기 시작하여 점점 커졌습니다. 이른바 대국大國이란 그 수많은 작은 마을을 집어삼킨 것입니다. 일단 대국이 되자 내부 상황이 대단히 복잡해져, 수많은 상이한 사상과 상이한 문제가 끼어들게 됩니다. 이때 문예 역시 일어나 정치와 끊임없이 충돌합니다. 정치는 현상을 유지하여 통일시키고자 하고, 문예는 사회의 진화를 재촉하여 차츰 분리시키고자 합니다. 문예는 비록 사회를 분열시키지만, 사회는 이렇게 하여 비로소 진보합니다. 문예가 정치가에게 눈엣가시인 이상, 문예는 밀려나지 않을 수 없습니다. 외국의 수많은 문학가들이 자신의 나라에 발을 붙이지 못한 채 잇달아 다른 나라로 망명하는데, 이 방법은 곧 '달아나는' 겁니다. 달아나지 못하면 죽임을 당하거나 목이 잘립니다. 목을 자르는 것이야말로 제일 좋은 방법입니다. 입을 열 수도, 생각을 할 수도 없을 테니까요. 러시아의 수많은 문학가가 이러한 최후를 맞았으며, 얼음과 눈으로 뒤덮인 시베리아로 유형을 떠난 이도 많았습니다.

문예를 이야기하는 일파 가운데에 인생을 떠날 것을 주장하는 이가 있습니다. 달이여, 꽃이여, 새여 따위의 이야기(중국에서는 또 달라서 꽃이여, 달이여조차 이야기하는 걸 허용하지 않는 국수적인 도덕이 있습니다만, 이건 따로 논하기로 하지요)를 하거나, 혹은 오로지 '꿈'을 이야기하고 오로지 장래의 사회를 이야기할 뿐, 너무 신변적인 건 이야기하지 말자는 거지요. 이러한 문학가들, 그 사람들은 상아탑 속에 숨어 있습니다. 하지만 '상아탑'에 언제까지나 오래도록 지낼 수는 없지요! 상아탑이 끝내 인간 세상에 놓여져 있는 한, 정치의 억압으로부터 벗어날 수는 없습니다. 전쟁이 일어나면 달아나지 않을 수 없습니다. 베이징에는 사회를 묘사하는 문학가를 몹시 깔보는 일군의 문인[3]이 있습니다. 소설 속에 인력거부의 삶도 써넣을 수 있다면, 소설은 재자가인을 그려야만 하고 시에서는 사랑이 피어난다는 원칙을 깨뜨리는 게 아닌가라고 그들은 생각합니다. 이제는 그들 역시 고상한 문학가가 될 수 없게 되었습니다. 남방으로 달아나지 않으면 안 될 형편이었으니까요. '상아탑'의 창 안으로는 결국 빵 한 조각 들여보내 줄 자가 없습니다!

이들 문학자마저 달아났을 즈음, 이 밖의 문학가 가운데 이미 죽을 사람은 죽고 달아날 사람은 달아났습니다. 다른 문학가들은 현상에 대해 일찍부터 불만을 품고서 반대하지 않을 수도 없고 입을 열지 않을 수도 없었는데, '반대'하고 '입을 열었던' 것이 바로 그들의 끝장을 가져오고 말았지요. 저는, 문예란 아마 현재의 삶의 체험에서 비롯되며, 몸소 느낀 바가 문예 속에 투영된다고 생각합니다. 노르웨이의 어느 문학가는 배고픔을 묘사하여 책[4]으로 써냈습니다. 이것은 자신이 경험한 바에 기대어 쓴 것입니다. 인생에 대한 경험 가운데에서 다른 것은 차치하고 '배고픔'이란 건, 정 좋으시다면 한번 맛보셔도 좋습니다. 이틀만 굶어 보시면 밥의 구수한 냄새가 특별한 유혹이 될 것입니다. 만약 거리의 밥가게 앞을 지나노라면, 이 구수한 냄새가 코를 찌르는 느낌을 더욱 받게 될 것입니다. 우리에게 돈이 있을 때에는 몇 푼을 써도 별게 아닙니다. 하지만 돈이 떨어지면 한 푼의 돈도 의미를 지니게 됩니다. 배고픔을 묘사한 그 책 속에서는 오랫동안 배를 곯게 되자 행인 한 사람 한 사람이 원수처럼 보이고, 홑옷을 입은 사람조차도 그의 눈에는 거만하게 비친다고 말하고 있습니다. 제 자신이 이전에 이런 사람을 썼던 적이 있다는 게 기억납니다. 빈털터리가 된 그는 늘 서랍을 열어 봅니다, 구석에서 무언가 찾아낼 수 있을까 하고 말입니다. 길에서도 이곳저곳을 찾아봅니다, 무언가 찾아낼 수 있지 않을까 하고 말입니다. 이러한 상황은 제 자신이 겪었던 일입니다.

　궁핍하게 지냈던 사람은 일단 돈이 생기면 두 가지 상태로 변하기 십상입니다. 하나는 똑같은 처지에 있는 사람들을 위해 이상세계를 그려 보는 것인데, 인도주의로 됩니다. 다른 하나는 무엇이든 스스로 노력한 결과이며 예전의 상황 당시 뭐든 냉혹했다는 느낌이 들어 개인주의로 빠지게 됩니다. 우리 중국에서는 아마 개인주의로 변한 경우가 많을 것입니다. 인도주의를 주장하는 사람은 가난한 사람을 위하여 방법을 궁리하고 현상을 바꿔 보려 하기에, 정치가의 눈에는 그래도 개인주의가 더 낫습니다. 그래서 인도주의자와 정치가는 충돌하는 것입니다. 러시아 문학가 톨스토이는 인도주의를 이야기하고 전쟁에 반대하여 세 권이나 되는 두툼한 소설 ──『전쟁과 평화』── 을 썼습니다. 그 자신은 귀족이지만, 전쟁터의 삶을 체험하고 전쟁이 얼마나 비참한 것인지 실감했습니다. 특히 사령관의 철판(전쟁터에서 주요 지휘관들에게는 총탄을 막아 낼 철판이 있었다) 앞에 이르렀을 때, 그는 가슴을 찌르는 듯한 고통을 느꼈습니다. 게다가 그는 친구들의 대다수가 전쟁터에서 희생당하는 모습을 두 눈으로 지켜보았습니다. 전쟁이 끝나고 나면 역시 두 가지 태도로 변합니다. 하나는 영웅으로, 남들은 죽을 사람은 죽고 다칠 사람은 다쳤는데 자신만은 건재한 것을 보고서 스스로 대단하다고 여겨 전쟁터에서의 용맹함을 이러쿵저러쿵 자랑삼아 떠들어 댑니다. 다른 하나는 전쟁 반대로 변하는 사람으로, 세계에 다시는 전쟁이 일어나지 않기를 바랍니다. 톨스토이는 후자에 속하며, 무저항주의로써 전쟁을 소멸하자고 주장합니다. 이러한 주장을 펴는 그를 정부는 물론 싫어하겠지요. 전쟁에 반대하여 차르의 침략야욕과 충돌합니다. 무저항주의를 주장하여 병사에게 황제를 위해 싸우지 않도록 하고, 경찰에게 황제를 위해 법을 집행하지 않도록 하고, 재판관에게 황제를 위해 재판하지 않도록 하여, 아무도 황제를 떠받들지 않게 됩니다. 황제란 오로지 사람들의 떠받듦을 받아야 하는데, 떠받드는 사람이 없다면 황제는 무슨 황제이겠습니까. 그러니 더욱 정치와 서로 충돌하는 거지요. 이러한 문학가가 나와 사회현상에 대해 불만을 품고서 이러쿵저러쿵 비판을 가한 결과, 사회의 개개인 모두가 자각하게 되어 아무도 현상에 안주하지 않게 될 터이므로 당연히 목을 베지 않으면 안 되는 것입니다.

그러나 문예가의 말은 사실 사회의 말이며, 그는 감각이 예민하여 먼저 느끼고 먼저 말할 따름입니다(때로 그는 너무 일찍 말하는 바람에 사회조차도 그를 반대하고 그를 배척하기도 합니다). 예를 들어 우리가 군대식 체조를 익힐 때 거총 경례를 행하는데, 규칙에 따라 구령은 '받들어······ 총' 이렇게 외치고, 반드시 '총'까지 구령이 떨어지고서야 총을 들어올릴 수 있습니다. 그런데 어떤 사람들은 '받들어'를 듣자마자 총을 들어올려, 구령자에게 틀렸다는 지적을 당하고 벌을 받아야 합니다. 문예가는 사회에서 바로 이와 같으니, 말하는 것이 조금만 일러도 모두들 그를 싫어합니다. 정치가는 문학가를 사회혼란의 선동가라 확신하고서, 그를 죽여야 사회가 평온해지리라 마음속으로 생각합니다. 하지만 뜻밖에도 문학가를 죽여도 사회는 여전히 혁명을 필요로 합니다. 러시아 문학가 가운데 죽임을 당하고 유형에 처해진 이가 적지 않지만, 혁명의 화염은 곳곳에서 타오르지 않았습니까? 문학가는 생전에 대개 사회의 동정을 받지 못한 채 의기소침하게 일생을 지내지만, 사후 4, 50년이 지나서야 사회로부터 인정을 받아 모두들 야단법석을 떨지요. 정치가는 이 때문에 문학가를 더욱 싫어하고, 문학가가 일찌감치 커다란 화근을 심어 놓았다고 생각합니다. 정치가는 모든 사람의 사상을 허용하지 않으려 하지만, 그 야만시대는 이미 지나갔습니다. 이 자리에 계신 여러분의 견해가 어떤지 저는 알지 못하지만, 추측건대 틀림없이 정치가와는 다를 것입니다. 정치가는 자신들의 통일을 파괴한다고 영원히 문예가를 비난합니다. 편견이 이러하기에, 저는 이제껏 정치가와 이야기를 나누려 하지 않았던 것입니다.

시간이 흘러 사회는 마침내 변동하게 됩니다. 문예가가 이전에 했던 말을 모두들 차츰 기억해 내고, 그의 의견에 찬성하고 그를 선각자라 치켜세웁니다. 비록 그가 살아 있었을 적에 아무리 사회로부터 조롱을 받았을지라도 말입니다. 방금 제 강연에 모두들 한바탕 손뼉을 쳐 주었습니다.

이 박수야말로 제가 별로 위대하지 않다는 것을 보여 주고 있습니다. 이 박수는 대단히 위험한 것이어서, 박수를 받으면 혹 스스로 위대하다 여겨 더 이상 앞으로 나아가지 않기도 합니다. 그러므로 역시 손뼉을 치지 않는 편이 좋습니다. 위에서 말씀드렸습니다만, 문학가는 약간이나마 감각이 예민하여, 수많은 생각을 사회가 아직 느끼기도 전에 문학가는 벌써 느낍니다. 예를 들면, 오늘 이핑李萍 선생[5]은 털두루마기를 입은 반면, 저는 고작 솜두루마기를 걸치고 있을 뿐입니다. 추위에 대한 이핑 선생의 감각이 저보다도 예민한 거지요. 한 달이 더 지나면 아마 저도 털두루마기를 입지 않으면 안 되겠다고 느낄 겁니다. 날씨에 대한 감각이 한 달쯤 어긋나 있다면, 사상에 대한 감각은 3, 40년 어긋나 있을 겁니다. 저의 이러한 이야기에 아마 반대하는 문학가도 많이 있을 것입니다. 저는 광둥에서 어느 혁명문학가[6]를 비판한 적이 있습니다. ── 오늘의 광둥에서는 혁명문학이 아니면 문학으로 여기지 않으며, '쳐라, 쳐라, 쳐라, 죽여라, 죽여라, 죽여라, 혁명하자, 혁명하자, 혁명하자'가 아니면 혁명문학으로 여기지 않습니다. 저는 혁명은 결코 문학과 한 덩어리로 연결되어 있어서는 안 된다고 생각합니다. 비록 문학 가운데에도 문학혁명이 있긴 합니다만. 하지만 문학을 하는 사람은 어쨌든 약간의 한가한 틈이 있어야만 할 텐데, 혁명이 한창일 때에 문학을 할 시간이 어디 있겠습니까. 잠시 생각해 보세요, 삶이 궁핍한 가운데 한편으로 수레를 끌면서 다른 한편으로 '……하리니, …… 있도다'[7]라고 하는 건 아무래도 그리 쉽지 않습니다. 옛사람 가운데에 농사를 지으면서 시를 지은 사람도 있습니다만, 틀림없이 자신이 직접 농사를 지은 건 아닐 겁니다. 남을 몇 사람 고용하여 자기 대신 농사를 짓게 하고서야 시를 읊조릴 수 있었을 것입니다. 정말로 농사를 지으려고 한다면, 시를 지을 시간이 없을 겁니다. 혁명기革命期 역시 마찬가지입니다. 혁명이 한창인데, 시를 지을 시간이 어디 있겠습니까? 제게 학생이 몇 명 있는데, 천중밍陳炯明을 토벌[8]할 때 이 학생들 모두가 전쟁터에 있었습니다. 이 학생들이 보내온 편지를 읽어 보니, 글자와 구문 모두가 한 통 한 통마다 서툴러지는 걸 알 수 있었습니다. 러시아혁명 이후 빵 배급표를 들고서 줄을 서서 차례로 빵을 탑니다. 이때 국가는 그가 문학가인지 예술가인지 조각가인지 전혀 상관이 없습니다. 모두들 빵에만 정신이 팔려 있을 뿐이니, 문학을 생각할 시간이 어디 있겠습니까? 문학이 있게 되었을 때 혁명은 이미 성공을 거둔 상태입니다. 혁명이 성공한 이후 조금이나마 한가해집니다. 혁명을 치켜세우는 자가 있고, 혁명을 찬양하는 자도 있습니다만, 이건 이미 혁명문학이 아닙니다. 그들이 혁명을 치켜세우고 혁명을 찬양하는 것은 권력을 움켜쥔 자를 찬양하는 것이니, 혁명과 무슨 관계가 있겠습니까?

이때 감각이 예민한 문학가가 있다면 아마 현상에 불만을 느끼고 입을 열려고 할지도 모릅니다. 예전의 문예가의 말에 정치혁명가는 원래 찬성하였습니다만, 혁명이 성공을 거두자 정치가는 예전에 자신들이 반대했던 저들의 낡은 수법을 다시금 꺼내듭니다. 문예가는 역시 불만스러울 수밖에 없는지라 또다시 배척당하지 않을 수 없거나 머리를 잘리게 됩니다. 머리를 자르는 것, 앞에서도 말씀드렸듯이 이게 제일 좋은 방법이지요.──19세기부터 지금까지 세계 문예의 추세는 대충 이러했습니다.

19세기 이후의 문예는 18세기 이전의 문예와 크게 다릅니다. 18세기의 영국 소설은 마님과 아가씨에게 제공하는 소일거리가 그 목적이었으며, 그 내용은 모두 유쾌하고 재미있는 이야기이지요. 19세기 후반에 이르러 완전히 변하여 인생문제와 밀접한 관련을 맺게 됩니다. 우리가 그것을 보아도 전혀 편치 않은 느낌을 받습니다만, 그래도 숨도 제대로 쉬지 못한 채 계속 읽지 않으면 안 됩니다. 이전의 문예는 마치 다른 사회를 그리고 있는 듯하여 우린 그저 감상만 할 뿐이었는데, 지금의 문예는 우리 자신의 사회를 그리고 있고 우리 자신조차도 그려지고 있기 때문이지요. 소설 속에서 사회를 발견할 수 있고, 우리 자신을 발견할 수도 있습니다. 이전의 문예는 강 건너 불구경인 양 어떤 절실한 관계도 없었지만, 지금의 문예는 자신조차도 그 안에서 불타고 있다는 걸 스스로 틀림없이 깊이 느낄 것입니다. 스스로 그렇게 느낀다면, 반드시 사회에 뛰어들어야 합니다!

19세기는 혁명의 시대라 할 수 있습니다. 이른바 혁명이란 현재에 안주하지 않고 현상에 만족하지 않는 겁니다. 낡은 것이 차츰 소멸하도록 문예가 재촉하는 것도 혁명입니다(낡은 것이 소멸되어야 새로운 것이 생겨날 수 있습니다). 그러나 문학가의 운명은 자신이 혁명에 참여한 적이 있다고 해서 똑같이 변하는 것이 아니라, 여전히 곳곳에서 난관에 부딪힙니다. 현재 혁명 세력은 이미 쉬저우徐州에 이르렀으며,[9] 쉬저우 이북에서 문학가는 원래 발을 붙일 수가 없고, 쉬저우 이남에서도 문학가는 발을 붙일 수가 없습니다. 설사 공산共産이 되었더라도 문학가는 여전히 발을 붙일 수가 없습니다. 혁명문학가와 혁명가는 결국 전혀 다른 것이라 말할 수 있습니다. 군벌이 얼마나 불합리한지 욕하는 이는 혁명문학가이고, 군벌을 타도하는 이는 혁명가입니다. 쑨촨팡[10]이 쫓겨난 것은 혁명가가 대포로 몰아낸 것이지, 혁명문학가가 "쑨촨팡이여, 우리가 너를 쫓아내리라"라는 글을 써서 몰아낸 것이 아닙니다. 혁명의 시기에 문학가는 누구나 혁명이 성공하면 이러이러한 세계가 있으리라는 꿈을 꿉니다. 혁명 후에 그는 현실이 전혀 그렇지 않은 것을 보고서 다시 고통을 맛봅니다. 그들이 이렇게 외치고 흐느끼고 울어도 성공하지 못합니다. 앞으로 나아가도 성공하지 못하고 뒤로 나아가도 성공하지 못합니다. 이상과 현실은 일치하지 않으니, 이것이 정해진 운명입니다. 마치 여러분이 『외침』에서 상상했던 루쉰과 연단 위의 루쉰이 일치하지 않듯이 말입니다. 아마 여러분은 제가 양복을 입고 머리도 가르마를 탔으리라 생각했겠지만, 저는 양복도 입지 않고 머리카락도 이렇게 짧습니다. 그러므로 혁명문학을 자임하고 있는 사람은 반드시 혁명문학이 아닙니다. 세상에 현상에 만족하는 혁명문학이 있습니까? 마취약을 먹었다면 모르거니와! 러시아혁명 이전에 예세닌과 소볼[11]이라는 두 문학가가 있었습니다. 두 사람 모두 혁명을 구가한 적이 있었습니다만, 훗날 역시 자신이 구가하고 희망했던 현실의 돌기둥에 부딪혀 죽고 말았습니다. 그때 소비에트는 세워져 있었습니다!

하지만 사회가 너무 적막해지면, 이런 사람이 있어야 재미있게 느껴지지요. 인류는 연극 구경을 좋아합니다만, 문학가는 스스로 연극을 꾸며 남에게 보여 주어, 혹은 묶인 채 머리를 잘리거나 혹은 가장 가까운 성벽 아래에서 총살을 당하거나 하여 늘 한바탕 떠들썩하게 만들 수 있습니다. 게다가 상하이에서는 순사가 몽둥이로 사람을 패는 것을 모두들 빙 둘러서서 구경합니다. 그들 자신은 두들겨 맞는 것을 원치 않지만, 남이 두들겨 맞는 것을 구경하는 건 퍽 재미있다고 생각합니다. 문학가란 바로 자신의 살갗과 살로 두들겨 맞고 있는 존재입니다!

오늘 말씀드린 것은 이 정도이고, 제목을 붙이자면······「문예와 정치의 기로」라고 해두지요.

1) 원제는 「文藝與政治的歧途」, 1928년 1월 29일과 30일 상하이의 『신문보』(新聞報) 「학해」(學海) 제182, 183기에 저우루쉰(周魯迅) 강연, 류뤼전(劉率眞; 즉 차오쥐런曹聚仁) 기록이라 서명되어 발표되었다. 이 문집에 넣을 때에 저자의 교열을 거쳤다.

2) 메이란팡(梅蘭芳, 1894~1961)은 장쑤(江蘇) 타이저우(泰州) 출신의 경극 배우로, 이름은 란(瀾)이고 자는 완화(畹華)이다. 장먀오샹(姜妙香, 1890~1972)은 베이징 출신의 경극 배우이다. 두 사람은 1916년부터 「대옥, 꽃을 장사 지내다」(黛玉葬花)를 함께 공연했다.

3) 일군의 문인이란 신월파(新月派)의 몇몇 사람을 가리킨다. 량스추(梁實秋)는 1926년 3월 27일 『천바오 부간』에 발표한 「현대 중국문학의 낭만적 추세」(現代中國文學之浪漫的趨勢)라는 글에서 이렇게 밝혔다. "최근 신시 가운데 '인력거부파'가 생겨났다. 이 파는 전문적으로 인력거부를 위해 불평을 품고 신성한 인력거부가 경제제도에 의해 너무나 심하게 억압당하고 있다고 여겨 …… 사실 인력거부는 …… 불쌍하게 여길 무엇도, 더욱이 찬미할 무엇도 없다."

4) 노르웨이의 소설가 함순(Knut Hamsun, 1859~1952)을 가리키며, 배고픔을 다룬 소설은 1890년에 발표된 그의 장편소설 『굶주림』(Sult)이다.

5) 이핑(衣萍) 선생은 장훙시(章鴻熙, 1900~1946)를 가리킨다. 그는 안후이 지시(績溪) 사람으로, 이핑은 자이다. 『집외집습유』의 「또 '그런 일은 이미 있었던 일'」(又是"古已有之") 주 3) 참조.

6) 우즈후이(吳稚暉)를 가리킨다. 『이이집』(而已集)의 「혁명문학」(革命文學)을 참조하시오.

7) 원문은 '之乎者也'. 각각의 네 글자는 모두 문언문에서 상용되는 허사(虛辭)이며, 흔히 고문체 투성이의 글을 가리킨다.

8) 천중밍(陳炯明, 1875~1933)은 광둥 하이펑(海豊) 출신의 광둥 군벌로서, 자는 징춘(競存)이다. 1917년에 광둥성장(廣東省長) 겸 월군(粵軍)총사령을 맡았으며, 1922년에는 쑨원(孫文)을 해치려고 무장반란을 일으켰으나 격퇴당한 후 둥장(東江)으로 물러났다. 1925년 그의 부대는 광둥혁명군에게 전멸당하였다. 루쉰의 학생 리빙중(李秉中) 등은 천중밍 토벌전쟁에 참가하였다. 루쉰은 1926년 6월 17일에 리빙중에게 보내는 편지에서 이렇게 밝히고 있다. "최근 일 년 남짓 소식을 듣지 못하였지만, 난 여태껏 잊지 않았습니다. 다만 언제나 두 가지 추측을 하고 있었는데, 하나는 둥장에서 부상했거나 전사했으리라는 것, 다른 하나는 그대가 이미 무인이 되어 더 이상 글을 쓰지 않게 되었으리라는 것입니다. 왜냐하면 작년에 그대가 메이현(梅縣)에서 나에게 보낸 편지 안에 몇 군데의 공백과 온전히 쓰여지지 않은 글자가 많이 있었기 때문입니다."

9) 국민당 우파가 '청당'(淸黨)이란 이름 아래 4·12정변을 일으킨 이후, 북벌군은 1927년 12월 16일 허잉친(何應欽)이 이끄는 제일로군(第一路軍)이 쉬저우(徐州)를 점령하여 산둥 군벌 장쭝창(張宗昌)을 패퇴시켰다.

10) 쑨촨팡(孫傳芳, 1885~1935)은 산둥 리청(歷城) 출신의 베이양(北洋) 즈계(直系) 군벌이다. 1925년 남동부 5개 성에 근거지를 두고 있으면서 오성(五省) 연합총사령을 자처했다. 1926년 겨울 주력부대가 장시(江西) 난창(南昌)과 주장(九江) 일대에서 북벌군에게 패퇴했다.

11) 예세닌(Сергей Александрович Есенин, 1895~1925)은 소련의 시인이다. 종법(宗法)제도하의 전원생활을 그린 서정시로 널리 알려졌다. 10월혁명 당시에는 혁명을 동경하여 혁명을 찬미하는 시, 이를테면 「천상의 고수(鼓手)」 등을 짓기도 하였다. 그러나 혁명 이후 고민에 빠져 끝내 자살하고 말았다.

소볼(Андрей Соболь, 1888~1926)은 소련의 작가이다. 그는 10월혁명 이후 혁명에 접근했던 적이 있으나, 끝내 현실생활에서의 불만으로 인해 자살하고 말았다.

「붉은 웃음에 관하여」에 관하여[1]

오늘 4월 18일자 『화베이일보』華北日報[2]를 받았는데, 부간에 허시鶴西[3] 선생의 「붉은 웃음에 관하여」關于紅笑라는 글이 절반쯤 실려 있었다. 「붉은 웃음에 관하여」에 내가 약간 주목하게 된 것은 나 자신이 몇 쪽을 번역한 적이 있기 때문이며, 그 예고는 초판 『역외소설집』[4]에 실렸지만 후에 완역되지 않았기에 출판도 이루어지지 못하였다. 다만 어쩌면 예전에 알고 지냈던 덕분인지, 지금도 누군가 이 책을 들먹이면 대개는 즐겨 살펴보곤 한다. 그렇지만 이 「붉은 웃음에 관하여」를 다 읽고서 대단히 희한한 느낌이 들었기에 몇 마디 이야기하지 않을 수 없다. 이야기의 실마리를 확실히 하기 위해 우선 원문을 아래에 옮겨 실었다.

어제 젠蹇 군의 집에 갔다가 제20권 제1호 『소설월보』를 보았는데, 위쪽에 메이촨梅川 군이 번역한 『붉은 웃음』이 실려 있었다. 이 책은 나와 쥔상駿祥 역시 번역한 적이 있는지라 무심결에 펼쳐 읽어 보게 되었으며, 몇 마디 『붉은 웃음』에 관한 이야기도 하고 싶어졌다.

물론 메이촨 군이 『붉은 웃음』을 번역해서는 안 된다고 말하려는 것은 아니다. 내게는 이럴 이유도 없고 이럴 권한도 없다. 다만 나는 메이촨 군의 번역글에 대해 조금 의심스러운 점이 있다. 사람이 남을 제멋대로 의심해서는 안 된다는 것은 당연하지만, 세상에는 공교롭게도 이렇게 기이하면서도 누구에게나 뜻밖인 일이 있는 법이다. 그렇지만 아마 나의 지나친 생각이 틀린 것이고, 메이촨 군이 보기에 뜻밖의 일일지도 모른다. 그렇다면 잘못은 나에게 있고, 이 글 역시 단지 나 자신이 남의 글을 표절하지 않았음을 변명하는 셈이 될 것이다. 이제 먼저 사실의 경과를 이야기하기로 하자.

　　『붉은 웃음』은 나와 쥔샹이 작년 여름방학 중에 일주일 남짓만에 서둘러 마친 것이다. …… 서둘러 마친 후에 베이신北新에 보냈다. 한참이 지나서야 샤오펑小峰[5] 군의 11월 7일자 편지를 받았는데, 두 사람이 번역한 탓에 앞뒤가 일관되지 않은지라 스민石民[6] 군에게 교열을 맡겼다는 것, 그리고 원고료는 월말에 반드시 부치겠다는 것이 씌어 있었다. 이후 나는 잇달아 몇 통의 편지를 보내 재촉하였지만, 모두 회신을 받지 못하였다. …… 그래서 겨울방학 때에 초고를 찾아내어 다시 한번 고쳐 번역하였다. 글의 어감을 다시금 순통하게 하고(특히 후반부), 틀리거나 적절치 않은 곳 수십 군데를 고친 후 치산岐山서국에 넘겨 출판하도록 하였다. 원고를 넘긴 지 얼마 지나지 않아 샤오펑의 2월 19일자 편지를 받았는데, 비록 우수리를 조금 떼긴 했지만 돈을 부쳤다는 내용이었다. 원고를 아직 돌려받지 못하였는지라 수표는 내가 잠시 간직한 채 돌려주지 않았다. 나중에 샤오펑 군이 또 편시를 보내와, 원서와 번역 원고를 돌려보낼 수 있으니 나더러 수표는 위안자화袁家驊 선생에게 건네라고

하였다. 나는 답장을 보내 하라는 대로 처리하였음을 밝히고, 아울러 원고를 돌려달라고 부탁했다. 그러나 오늘에 이르도록 원서와 원고는 여태 모습을 보지 못하였다!

　이 최초의 원고를 메이촨 군이 보았을 가능성은 있다고 생각하지만, 보았으리라고 감히 단정하지는 않겠다. 물론 메이촨 군이 틀림없이 우리의 번역글을 저본으로 삼아 번역하였으리라는 것은 아니지만, 제1부의 번역글은 구문이나 느낌 모두 아주 흡사하다는 점은 약간의 의심을 품지 않을 수 없게 만든다. 왜냐하면 원래 우리의 초역은 제1부가 제2부보다 훨씬 유려한데, 마찬가지로 메이촨 군의 역문도 제1부가 제2부보다 나은 데다가 피차 매우 흡사한 곳 또한 이 아홉 개의 단편[7]이기 때문이다. 보다 확실한 증명이 아직 이루어지지 않은 때에 나 역시 표절이라는 글자를 남의 머리에 붙이고 싶지는 않지만, 이 점에 대해 메이촨 군이 기꺼이 답변해 줄 수 있기를 바란다. 만약 모든 게 참으로 내가 잘못 생각한 것이라면, 앞에서 이미 이야기하였듯이, 이들 이야기는 우리가 머잖아 출판하게 될 단행본이 결코 표절이 아니라는 증명이 될 것이다.

　문장은 대단히 완곡하고 복잡하지만, 요지는 매우 간단하다. 즉 우리가 장차 출판하는 번역본과 당신이 이미 출판한 번역본은 매우 흡사하며, 내가 번역 원고를 베이신서국에 부쳤는데 당신이 보았을 가능성이 있는지라 당신이 우리 번역을 표절하지 않았나 의심스럽다. 만약 그렇지 않다면 "이들 이야기는 우리가 머잖아 출판하게 될 단행본이 결코 표절이 아니라는 증명이 될 것"이라는 것이다.

　사실 원문의 논법에 따른다면 '만약 그렇지 않다면'의 다음은 당신의 것을 "우리가 표절했다"로 되어야 할 터인데, 결국 이렇게 하여 교묘한 '증명'으로 바뀌게 되었다. 하지만 나는 이런 것들을 따지고 싶은 생각은 전혀 없으며, 다만 몇 마디 밝히고자 하는데 두 가지 방면 — 베이신서국, 특히 소설월보사 — 에 대해 몇 마디 밝히고 싶다. 왜냐하면 이 번역 원고는 내가 소설월보에 보낸 것이기 때문이다.

메이촨[8] 군의 이 번역 원고 역시 작년 여름방학 때에 판로를 소개해 달라고 나에게 보내온 것이었는데, 나는 중개인 노릇이 두려워 그냥 묵혀 두고 말았다. 이렇게 묵혀 있는 원고가 지금도 적지 않다. 10월이 되어 소설월보사에서 증간호를 내겠다면서 내게 원고를 부탁해서야 기억이 나서, 일본의 후타바테이 시메이[9]의 번역본에 근거하여 2, 30군데를 고친 다음, 내가 번역한 「수금」堅琴[10]과 함께 보냈다. 이밖에 또 다른 『붉은 웃음』이 베이신서국에서 고초를 겪고 있는 줄은 난 전혀 알지 못했다. 메이촨이야 상하이에서 칠팔백 리나 떨어진 시골에 있으니 당연히 알 턱이 없을 것이다.

그렇다면 그가 허시 선생의 번역 원고가 베이신에 도착하자마자 곧바로 보러 갈 '가능'성은 있을까? 나는 불'가능'하다고 생각한다. 왜냐하면 그는 베이신 사람은 아무도 알지 못하기 때문이다. 만약 베이신의 편집부에 뛰어들어가 원고를 뒤적였다면, 그 죄는 '표절'에만 그치지 않을 것이다. 나의 경우는 오히려 '가능'하다. 하지만 나는 작년 봄 이후로 편집부에 한 번도 간 적이 없다. 이건 베이신의 여러분들이 양찰하여 주시기 바란다.

그렇다면 어째서 두 책의 뛰어난 점이 피차 흡사한 걸까? 나는 그 번역본을 본 적도 없고 근거하고 있는 것이 누구의 영역본인지도 모르지만,

생각건대 아마 근거한 것이 동일한 영역본인 데다가, 제2부 역시 제1부보다 번역하기 쉽고 양측 세 사람의 영어실력 또한 엇비슷하였기에, 그래서 작년에는 피차 흡사하였을 것이다. 그러나 허시 선생네의 번역본은 오늘에 이르도록 아직 출판되지 않았지만, 영어실력 역시 크게 나아진 터에 다시 수정을 거쳤기에 뛰어난 점이 많아졌을 것이다.

허시 선생의 번역본이 지금까지 출판되지 않았기에 흡사한 정도가 도대체 어떠한지 알 길이 없다. 설사 피차 흡사한 점이 있다 할지라도, 그건 동일한 원본에 대한 번역본이기 때문이므로 이상하게 여길 것도 없고, 이렇게 신경과민을 보일 필요도 없다고 생각한다. 다만 "의심"으로 말미암아 끝내 터무니없는 생각을 하여 "세상에는 공교롭게도 이렇게 기이하면서도 누구에게나 뜻밖인 일이 있는 법"이라는 이유를 들어 기선을 제압하고서 남을 '표절'했다고 무고하고, 아울러 무고를 당한 사람에게 "답변해 주기"를 요구하는 것, 이것이야말로 "세상에 공교롭게도 이렇게 기이한 일"인 것이다.

그러나 만약 몹시도 서로 흡사하다면? 그렇다면 메이촨이 허시 선생네의 번역 원고를 보았을 가능성이 없음을 증명하기만 한다면, 그 이후에는 "세상은 공교롭게도 이렇게 기이하다"는 논법을 사용하지 않더라도 혐의는 어쨌든 나중에 나올 책 편에 있게 된다.

베이핑의 신문은 내가 보내지 않는 한 메이촨이 결코 볼 리는 없다. 나는 우선 몇 마디를 말하여 그것이 인쇄되어 나오면 함께 부쳐 줄 작정이다. 아마 이 정도로도 충분할 것이다. 나무아미타불.

4월 20일

위의 이야기를 쓴 후에, 또 『화베이일보』 부간에서 「붉은 웃음에 관하여」라는 글을 계속 보게 되었다. 그런데 그 글 속에서는 의미가 통하지 않거나 틀리게 번역된 예를 많이 거론한 다음에, 이와 같은 단락으로 결론을 지었다.

이밖에도 또 있을지 모르지만, 나는 우리쪽이 아마 메이촨 군보다 오류도 적고 문장도 비교적 순통하다고 생각한다. 다행히 그런지 그렇지 않은지는 우리의 번역 원고가 머잖아 증명해 줄 수 있으리라.

이 점에 대해서는 내가 이전의 이야기에서 충분히 언급하였다. 왜냐하면 허시 선생은 이미 스스로 자신과 메이촨의 두 책의 차이를 깔끔하게 증명했기 때문이다. 그의 것은 꽤 괜찮은 데 반해 '표절'한 측은 '의미가 통하지 않'고 틀린 곳도 한층 심해졌다는데, 이 어찌 기이한 이야기가 아닌가? 만약 완전히 뜯어고쳤다고 한다면, 그건 결코 '표절'이 아니다. 만약 허시의 번역본이 원래 이렇게 '의미가 통하지 않'고 틀렸다고 한다면, 이거야말로 참으로 심한 말로 '오늘의 나'가 '어제의 나'의 뺨을 후려지고 있는 꼴이 아닌가? 요컨대, 「붉은 웃음에 관하여」라는 대문장은 초조한 자기광고, 그리고 먼저 나온 번역본을 참조하여 수정을 가해 놓고서 오히려 남을 '표절'했다고 무고하는 고심을 증명했을 뿐이다. 이러한 수단은 중국 번역계에서 처음 있는 일이다.

4월 24일, 덧붙여 씀

이 글이 『위쓰』에 실리기 전에 소설월보사로부터 편지 한 통을 받았다. 편지 안에는 『화베이일보』 부간을 오려 낸 것, 곧 저 허시 선생의 「붉은 웃음에 관하여」가 있었다. 베이핑에서 편집장에게 보내온 것이라고 한다. 내 생각에, 이건 아마 작자가 벌인 농간일 것이다. 만약 정말 그렇다면 조금은 악랄하다 아니 할 수 없다. 동일한 저작에 여러 종류의 번역본이 있을 수 있는 터에, 또 어찌하여 이처럼 부랴부랴 상소를 해야만 하는가? 그러면서도 한편으로는 남의 글은 의미가 통하지 않은데 내 글은 잘 통하고, 남의 글은 오류가 많은데 내 것은 적다고 말하면서, 다른 한편으로는 남이 자신의 것을 표절하였음을 증명하려 한다. 그렇다면 그 악랄함은 불쌍하고도 우스꽝스럽다 아니 할 수 없다. 그러나 나로서는 번역작품을 소개하는 일의 어려움이 지금만큼 심한 적은 없음을 탄식한다. 의혹을 말끔히 씻어 버리고 은혜를 갚기 위해, 나도 이 글을 『소설월보』 편집장에게 보내 다시 한번 이 잡지에 발표할 의무와 권리를 지니고 있다고 확신한다. 그리하여 이 또한 부친다.

5월 8일

주)_____

1) 원제는 「關于『關于紅笑』」, 1929년 4월 29일 『위쓰』 주간 제5권 제8기에 처음으로 발표하였으며, 후에 메이촨(梅川)의 번역서 『붉은 웃음』(紅的笑)에 수록되었다. 마지막 절은 이 문집에 수록될 때 덧붙인 것이다.

『붉은 웃음』(Красный смех)은 러시아 작가인 안드레예프(Леонид Николаевич Андреев, 1871~1919)의 중편소설이다. 메이촨의 역서는 1930년 7월에 상우인서관(商務印書館)에서 출판되었다.

2) 『화베이일보』(華北日報)는 화베이지구의 국민당 기관지이다. 1929년 1월 1일 베이핑(北平)에서 창간되어 1937년 7월 루거우차오(蘆溝橋) 사변 후에 정간했다. 1945년 8월에 복간되었다가 1949년 공산당이 베이핑을 점령한 후 폐간되었다.

3) 허시(鶴西)는 청칸성(程侃聲, 1907~1999)을 가리킨다. 그는 후베이 안루(安陸) 사람이며, 당시 『소설월보』에 시 몇 수를 발표한 적이 있다. 그의 「붉은 웃음에 관하여」(關于紅笑)라는 글은 1929년 4월 15일, 17일, 19일에 『화베이일보』 부간에 연재되었다.

4) 『역외소설집』(域外小說集)은 루쉰과 저우쭤런(周作人)이 일본 유학시절에 문언으로 번역한 외국단편소설선집이다. 모두 16편을 수록하고 있으며, 1909년 3월과 7월에 잇달아 두 권이 도쿄의 간다(神田)인쇄소에서 출판되었다.

5) 샤오펑(小峰)은 당시 베이신서국을 주재하고 있던 리샤오펑(李小峰, 1897~1971)을 가리킨다. 그는 장쑤 장인(江陰) 사람으로, 1923년 베이징대학 철학과를 졸업한 후 잡지 발간에 종사하였으며, 1924년 베이징에서 베이신서국의 창설에 주도적인 역할을 담당하였다.

6) 스민(石民, 1901~1941)은 후난 사오양(邵陽) 사람으로, 자는 영청(影淸)이다. 1928년에 베이징대학 영문과를 졸업하고, 1929년에는 상하이로 와서 베이신서국의 편집부에 재직하고 있었다.

7) 『붉은 웃음』은 제1부와 제2부 모두 각각 9개의 단편으로 이루어져 있다.

8) 메이촨(梅川)은 왕팡런(王方仁, 1905~1946)으로, 저장(浙江) 전하이(鎭海) 사람이다. 루쉰이 샤먼(廈門)대학, 광저우의 중산(中山)대학에서 가르칠 적의 학생이며, '조화사'(朝花社) 성원으로 활동하였다.

9) 후타바테이 시메이(二葉亭四迷, 1864~1909)는 일본의 소설가이자 번역가이며, 본명은 하세가와 타쓰노스케(長谷川辰之助)이다. 대표적인 저작으로는 『뜬구름』(浮雲), 『그의 얼굴』(其面影)과 『평범』(平凡) 등이 있고, 역서로는 투르게네프(Иван Тургенев)와 고골 등 주로 러시아작가의 작품을 번역하였다.

10) 「수금」(竪琴)은 소련 작가 리딘(Владимир Германович Лидин, 1894~1979)의 단편소설이다. 루쉰의 번역글은 1929년 1월 『소설월보』 제20권 제1호에 실렸다.

통신(장평한에게 보내는 답신)[1]

평한 선생께

보내 주신 편지를 받고서 선생의 호의에 깊이 감사드립니다.

　대체로 번역본의 경우, 만약 '무삭제'라든가 '정확한 번역', 혹은 이름 높은 전문가의 번역이라고 밝히지 않는 한, 구미의 서적 역시 일부 생략되거나 차이가 날 수밖에 없습니다. 시의 번역은 더욱 어렵습니다. 전체의 음조와 압운을 고려해야 하기 때문에 늘 원래 있는 글자에 더하기도 하고 거기에서 빼기도 해야 합니다. 에스페란토 역본 역시 대체로 마찬가지입니다. 만약 번역한 것이 시의 형식이지 산문이 아니라면 말입니다. 그러나 우리는 일부 명사들이 하찮게 여기는 동유럽과 북유럽의 문학을 소개하고 싶지만 원문을 이해하는 사람이 드물기 때문에, 그래서 잠시 중역본重譯本을 이용할 수밖에 없습니다. 특히 발칸의 여러 소국의 작품이 그렇습니다. 본래의 의도는 사실상 없는 것보다는 나으리라는 것에 지나지 않으며, 독서계에 이른바 문학가란 세계에서 상을 받은 타고르[2]나 아름다운 맨스필드[3]와 같은 사람들만이 아니라는 것을 알려 주는 것이었습니다. 그러나 만약 원문에서 직역한 원고를 받을 수 있거나 오류를 지적받을 수 있다면, 우리는 물론 기쁘게 받아들이고자 합니다.

한 가지 퍽 송구스러운 일이 있습니다. 즉 우리가 거래하는 인쇄소에는 러시아 자모가 없는지라 보내 주신 편지 속의 원문은 생략할 수밖에 없고, 역문만을 실어 독자가 참고하도록 하였다는 점입니다. 양해해 주시면 고맙겠습니다.

6월 25일, 상하이에서, 루쉰

[참고]

쑨융[4] 선생의 역시 몇 수에 관하여

편집자께

저는 쥔펑均風 형네에게서 『분류』奔流 제9기 한 권을 빌려 와, 쑨융 선생이 에스페란토에서 번역한 레르몬토프[5]의 시 몇 수를 보다가 원문과 맞지 않는 곳이 몇 군데 있음을 발견하였습니다. 쑨 선생은 에스페란토에서 번역하였습니다만, 생각건대 틀림없이 많은 사람의 손을 거치다 보니 원문의 정채로움을 여러 번 잃어버렸을 것입니다. 쑨 선생의 첫번째 역시인 「돛단배」帆는 원문이 다음과 같습니다.

(원문은 생략—편집자)

제 의견으로는 다음과 같이 번역해야 한다고 생각합니다(『위쓰』 제5권 제3기에 실렸습니다).

외로운 하얀 돛단배,

운무 속 새파란 대해 속에서……

그는 머나먼 경계까지 가서 무엇을 찾고 있는가?

고향땅엔 무엇을 남겨 두었는가?

파도는 사납게 울부짖고 미풍은 으르렁거린다

돛대는 노한 채 끼익끼익 소리를 지르고……

이봐! 그는 행복을 찾지도 않고

행복에서 달아나지도 않는구나!

그의 아래는 밝은 빛을 내뿜는 한 줄기 파란 물살

그의 꼭대기 위는 태양의 금빛 햇살.

하지만 그는, 반역하여 거센 바람을 희구한다,

마치 거센 바람 속에 평안이 있는 양!

두번째 수인 「천사」天使 역시 쑨 선생의 번역은 제 번역과 몇 군데가 다릅니다(원문은 생략—편집자). 저의 번역은 다음과 같습니다.

한밤중에 천사가 하늘을 날다가

고요한 노래를 부른다.

달, 별, 그리고 먹구름이 함께 신의 노래에 귀를 쫑긋하여 듣는다.

그는 천국 꽃동산 속 나뭇잎 위에서의 그 죄 없는

영혼의 행복을 노래한다.

위대한 신을 노래하고

진실로 신을 찬미하고 있다.

천사가 젊은이들의 심령을 끌어안는다

이 슬픔과 눈물의 세계를 위하여.

노랫소리, 젊은이의 영혼 속에 깃든 것은——

한 글자도 없지만 살아 있다.

끝없는 기괴한 희망 때문에

이 심령, 영원히 세상에서 평안을 얻지 못하고,

인간의 고민 가득한 가곡은

천상의 노랫소리를 대신할 수 없다.

쑨 선생이 번역한 나머지 두 수 「내가 나오다」와 「세 그루 종려나무」는
안타깝게도 원본이 제 손에 없습니다. 앞으로 틈이 날 때에 러시아 친구에
게서 빌려 보겠습니다. 저는 쑨 선생의 역시를 바로잡겠다는 것이 아니라,
진지한 마음으로 편하게 이야기를 나누어 보는 것뿐입니다. 쑨 선생께서
널리 이해해 주시기를 원합니다!

그럼 안녕히 계십시오.

1929. 5. 7. 하얼빈 찬싱사⁶⁾에서, 장평한

주)_____

1) 원제는 「通信(復張逢漢)」, 1929년 7월 20일 『분류』(奔流) 월간 제2권 제3기에 처음 발표 하였다.

2) 타고르(R. Tagore, 1861~1941)는 인도의 시인으로서, 『기탄잘리』(Gitanjali)라는 시집 으로 1913년 노벨문학상을 수상하였다.

3) 맨스필드(Katherine Mansfield, 1888~1923)는 영국의 여류작가이자 비평가로서, 여성 적인 감수성을 아름다운 문장으로 그려 냈다. 대표작으로는 『독일의 하숙에서』(In A German Pension), 『행복』(Bliss), 『가든파티』(The Garden Party) 등이 있다. 쉬즈모(徐 志摩)는 『소설월보』 제14권 제5호(1923년 5월)에 발표한 「맨스필드」(曼殊斐儿)라는 글 에서 경쾌한 필치와 수많은 비유로써 맨스필드의 자태를 묘사하고, 아름다운 어휘로 그녀의 복식을 형용하였다.

4) 쑨융(孫用, 1902~1983)은 저장(浙江) 항저우(杭州) 출신의 번역가로서, 원명은 부청중 (卜成中)이다. 당시 항저우우우체국 직원으로 근무하면서, 근무외 시간에 문학작품을 번 역하였다.

5) 레르몬토프(Михаил Юрьевич Лермонтов, 1814~1841)는 러시아의 시인이다. 대표작으 로는 서사시 『악마』(Демон), 연작소설 『우리 시대의 영웅』(Герой нашего времени) 등이 있다.

6) 찬싱사(燦星社)는 1928년 7월에 공산당원 추투난(楚圖南)의 지원 아래 하얼빈 지린성 (吉林省) 육중(六中) 및 법정대학 학생들이 비밀리에 조직한 문학단체이다. 문예월간 『찬싱』(燦星; 후에 주간으로 바뀜)을 창간하였으며, 편집장에는 자오궈주(趙國助), 편집 위원으로는 가오밍첸(高鳴千), 장펑한(張逢漢) 등이 활동하였다. 『찬싱』은 1930년 말에 정간되었다.

『수쯔의 편지』 서문[1]

무릇 어여쁜 꽃 보살핌을 잃으면 모진 추위가 그의 향기를 빼앗고, 님 그리는 사내[2] 하늘을 업신여기면 뜨거운 태양이 그의 날개를 망가뜨리네.[3] 그윽한 거처를 나올 때면 언제나 우주를 바삐 떠돌고, 상상의 나래 펼치면 끝이 없다가도 끝내 현실에 떨어져 넘어졌네. 여기에 얌전하고 고운 여인 있어 산속의 집에서 자라거늘, 숲속의 샘이 그의 지혜로운 마음을 닦아 주고 뭇 봉우리들이 속세의 먼지를 가려 주니, 밤에 밝은 달을 보고서 하늘과 사람이 반드시 온전해지리라 생각하고, 봄에 만발한 꽃을 꺾고서 향기가 영원하리라 여겼네. 비록 예스런 집안에서 태어났어도 새로운 흐름에 몸을 적셨고, 사랑의 싹을 틔워 애틋한 소식 주고받으니, 잔물결을 밀어내고 곧장 나아가 영원히 함께 하기로 단단한 돌에 맹세하였고, 머나먼 미래를 향하여 달콤한 꿈을 꾸었네. 그러나 아름다운 봄은 짧고 인간 세상은 파도가 사나웠네. 멀리 눈길 닿는 곳 바라보고서야 비로소 내일의 커다란 어려움을 보았고, 차츰 긴 눈썹을 찡그려 마침내 그 시절의 아리땁던 미소 거두었네. 묵묵부답 속에 깊은 슬픔을 머금고 외로운 번민을 녹여 글로 써

냈네. 멀리 있는 그이는 어디에 계시는가, 머나먼 길은 함께 하기 어려워라. 뜻밖에도 홀연 불치병[4]에 걸려 황망히 갖가지 갈등을 풀고자 하였으나 고운 얼굴은 관 속에 닫히고 향기로운 마음은 한 줌의 흙에 썩혔네. 이로부터 서루西樓의 멋진 밤에도 난간에 기대는 이 없건만, 중국의 멋진 시절에 삶을 즐기는 이는 전과 다름없도다. 오호라, 슬프도다, 영원할 수 없음이여. 떠난 자는 이러하건만 남긴 글만이 남아 있으니, 살아남은 자[5] 이를 활자에 부치네. 그 글은 꾸밈없이 갖가지 천진난만함을 드러내고, 기쁨과 슬픔을 간직한 채 인생의 편린을 보여 주는데, 즐거움으로써 시작하여 처량함으로써 끝맺는도다. 참으로 정감을 지닌 이들에게는 추모의 정을 나누고 집착함이 없는 이들에게는 남은 슬픔을 흩어 버릴 수 있으리라.[6] 짧은 서문을 지어 달라 부탁받아 글재주 없음이 부끄러우나, 거친 말을 엮어 애오라지 개략을 늘어놓다.

1932년 7월 20일, 루쉰 짓다

주)_____

1) 원제는 「『淑姿的信』序」, 이 글은 진수쯔(金淑姿)의 『편지』(信)라는 책에 수록된 것으로, 루쉰의 친필을 그대로 인쇄하였다. 이 책은 1932년에 신조사(新造社) 명의로 출간되었으며, '단홍실총서(斷虹室叢書) 제일종(第一種)'이라 일컬어졌다.
진수쯔(1908~1931)는 저장 진화(金華) 사람으로, 사회문제와 여성문제에 관심이 많았다. 1930년 스물두 살 때에 죽마고우인 청딩싱(程鼎興, 1904?~1933?)과 결혼하였으나, 남편의 무관심으로 인해 우울증을 앓다가 진화에서 죽었다. 그녀의 『편지』는 그녀가 열네 살 때부터 청딩싱과 주고받은 편지 123통을 한 권으로 모은 것이다.

2) '님 그리는 사내'의 원문은 '思士'이며, 이성을 그리워하는 사내를 의미한다. 『열자』(列子) 「천서」(天瑞)에서는 "이성을 그리는 사내가 아내를 맞지 않고서도 감응하고, 이성을 그리는 여자가 남편을 맞지 않고서도 임신한다"(思士不妻而感, 思女不夫而孕)라고 적

혀 있으며, 이에 대해 장담(張湛)은 이렇게 말했다. "(『산해경』) 「대황경」에 이르기를 '사유라는 나라가 있는데 이성을 그리는 사내가 아내를 맞지 않고 이성을 그리는 여자가 남편을 맞지 않는데, 정기가 몰래 감응하여 교접을 거치지 않아도 아이를 낳는다'라고 하였다."(「大荒經」曰: '有思幽之國, 思士不妻, 思女不夫, 精氣潛感, 不假交接而生子也.')

3) 미노스(Minos)왕에게 미움을 사서 크레타섬에 갇힌 다이달로스(Daedalos)와 그의 아들 이카로스(Icaros)는 새의 깃털을 모아 날개를 만들어 탈출을 시도한다. 그러나 이카로스는 아버지의 경고를 무시한 채 태양 가까이 높이 나는 바람에 날개를 붙인 밀랍이 녹아내려 바다에 추락하여 죽고 말았다.

4) 원문은 '二竪'. 병마를 의미하며 후에 난치병을 가리키게 되었다. 『좌전』(左傳) '성공(成公) 10년'에 다음과 같은 기록이 있다. "(진나라 경)공이 두 병마 녀석이 이렇게 이야기하는 꿈을 꾸었다. '저 자는 뛰어난 의원이야. 나를 해칠까 두려운데, 어디로 달아나지?' 그러자 다른 아이가 말했다. '명치끝 위, 명치끝 아래에 있으면 나를 어떻게 하겠어?'" ([晉景]公夢疾爲二竪子曰: '彼良醫也, 懼傷我, 焉逃之?' 其一曰: '居肓之上, 肓之下, 若我何?')

5) 원문은 '生人'. 진수쯔의 남편인 청딩싱을 가리킨다. 그 역시 저장 진화 사람이며, 당시 베이신서국의 교열을 담당하고 있었다. 그는 아내가 세상을 떠난 후 아내의 유고를 정리하여 출판하기로 하고서 동료인 페이선샹(費愼祥)을 통해 루쉰에게 서문을 써 달라고 부탁하였다.

6) '정감을 지닌 이들'과 '집착함이 없는 이들'의 원문은 각각 불교 용어인 '有情'과 '無著'이다. 유정(有情)은 범어 sattva의 의역으로서 정식(情識)을 지닌 모든 중생을 의미하며, 무착(無著)은 집착함이나 거리낌이 없음을 의미한다.

선본¹⁾

올 가을 상하이의 신문에서는 문학에 관한 대수롭지 않은 논쟁이 벌어졌다. 그것은 문학 수양의 도움을 받기 위해 일반 청년들에게 『장자』와 『문선』²⁾을 읽힐 것인가 말 것인가 하는 것이었다. 하지만 이러한 유의 논쟁은 흔히 그렇듯이 결말을 내지 못한 채 몇 차례 주거니 받거니 하다가, 한쪽에서 '동기론'³⁾을 들먹이면서 반대편이 "꿍꿍이가 있다"고 말하지 않으면 "대중의 환심을 사려 한다"고 말하기 마련이고, 조금 점잖더라도 "이것도 하나의 시비, 저것도 하나의 시비"라고 하여 문제는 흐지부지되고 만다.

그러나 나는 또 이로 인해 '선본'이 지닌 힘에 생각이 미쳤다. 공자가 『시』⁴⁾를 골라냈는지 어떤지 확실하게 말할 수는 없지만, 맨 앞에 '풍'風을, 다음에 '아'雅를, 그리고 마지막에 '송'頌을 이렇듯 가지런히 배치한 것으로 보아, 『시』는 아마 적어도 악사樂師의 힘을 빌렸음에 틀림없는, 중국에 현존하는 가장 오래된 시선詩選이다. 주나라로부터 한나라에 이르자, 사회 상황은 크게 달라진 데다가 그 사이에 또 『초사』楚辭⁵⁾의 충격까지 받았다. 육陸씨 형제나 속석束皙, 도잠陶潛 등⁶⁾ 진晉나라와 송宋나라 때의 문인들 역시 4언시를 지어 체면치레를 하였지만, 사실은 죄다 구마다 한 글자씩을 뺀 5언시에 지나지 않으며, "왕의 흔적이 사라지자 『시』가 없어져 버린"[7] 셈이 되었다. 그렇지만 가려 뽑는 이는 끊임없이 계속 나왔으며 지금도 여전히 남아 있는데, 영향력이 가장 큰 것 중에 하나는 『세설신어』[8]이고 다른 하나는 『문선』이다.

『세설신어』가 가려 뽑은 것이라는 설명은 없으며, 유의경劉義慶 혹은 그의 문객들이 수집한 듯하다. 그렇지만 당나라와 송나라의 유서類書에 실려 있는 배계裴啓의 『어림』[9]의 남은 글을 조사해 보면 자주 『세설신어』와 일치하는바, 『세설신어』 역시 『유명록』[10]과 마찬가지로 옛 책에서 베껴 낸 것임을 알 수 있다. 이 책이 청나라 학자들로부터 소중하게 여겨졌던 것은 물론 지금은 유실되어 사라져 버린 책들[11]이 주석 가운데에 많이 남아 있기 때문이다. 하지만 일반 독자에게는 역시 본문 때문이었으며, 당나라로부터 지금에 이르기까지 모방한 작품이 끊임없을 뿐만 아니라, 스스로 주석을 덧붙이기도 했다.[12] 원굉도[13]가 벼슬을 하기 전에는 벼슬을 하고 싶어 했지만 벼슬을 하게 되자 큰소리로 고통을 부르짖었던 것은, 이 책의 해독을 입어 명나라를 진晉나라로 오인했기 때문이다. 일부 청나라 사람들은 제법 똑똑해서, 비록 변발과 오랑캐 옷차림에 후한 봉록을 받고 높은 관직에 올랐어도, 한 마디 입도 벙긋 하지 않은 채 오직 남에게 초상을 그려 달라고 부탁할 때만 종이에 비낀 옷깃과 방건 차림이나 혹은 짚신과 대삿갓 차림으로 고치게 하여 슬쩍 '세설'식의 기호를 충족시켰을 뿐이다.

『문선』의 영향력은 훨씬 컸다. 조헌曹憲으로부터 이선李善, 나아가 다섯 신하[14]에 이르기까지 음훈주석서音訓注釋書 부류가 『세설신어』와 아예 비교가 되지 않을 만큼 훨씬 많다. 그 번잡하고 어려운 글자들, 이를테면 초두(艹) 밑의 여러 글자들, 물 수(水)와 뫼 산(山) 변의 여러 글자들은 역대의 문장 속에 끊임없이 발췌되었는데, 5·4운동기에 비록 비웃음의 대상이 되어 '요괴'[15]라 일컬어지기도 하였지만 지금은 다시 되살아나는 추세를 보이고 있다. 게다가『고문관지』[16] 역시 함께 서서히 낯을 드러냈다.

『고문관지』와『문선』을 병칭하는 것은 얼핏 보기에 우스꽝스러워 보이겠지만, 문학상의 영향력 면에서는 둘 다 경시해서는 안 된다. 선본이란 흔히 가려 뽑힌 작가들의 전집이나 가려 뽑은 자의 문집보다도 훨씬 유행하고 훨씬 커다란 영향력을 발휘한다. 권수는 많지 않아도 여러 작품을 망라하고 있다는 점도 한 가지 원인이겠지만, 가까이로는 가려 뽑는 이의 명성에 의해, 그리고 멀리로는 고인의 위광威光으로 인해 독자가 유명한 선가選家로부터 수많은 유명작가의 작품을 살펴보고자 하는 것도 그 원인이다. 그래서 한나라로부터 양梁나라까지의 작가들의 문집은 불완전한 것까지 포함하여도 고작 십여 가家밖에 남아 있지 않으며,『소명태자집』[17]은 약간의 집본輯本만 남아 있을 뿐인 데 반해,『문선』은 온전히 남아 있다. 『고문사류찬』을 읽는 이는 많지만,『석포헌전집』을 읽는 이는 적다.[18] 문학예술에 대해 나름의 주장을 지니고 있는 작가가 자신의 주장을 발표하고 유포하기 위해 의지하는 수단은 결코 문심文心, 문칙文則, 시품詩品이나 시화詩話를 쓰는 것이 아니라 선본을 내는 것이다.

선본은 옛사람의 문장을 빌려 자신의 의견을 기탁할 수 있다. 여러 전적을 두루 살펴보고서 자신의 의견에 맞는 것을 뽑아 하나의 문집으로 만드는 것이 한 가지 방법인데,『문선』이 이러한 경우이다. 책 한 권을 택하여 자신의 견해에 맞지 않는 것을 빼고서 한 권의 새로운 책으로 만드는 것도 또 한 가지 방법인데,『당인만수절구선』[19]이 이러한 경우이다. 이렇게 하면 독자는 옛사람의 글을 읽기는 하여도 가려 뽑은 이의 의도를 짐작하게 되고 자신의 의견 역시 차츰 가려 뽑은 이에게 가까워져 마침내 '틀에 끼워 넣어지게' 된다.

선본을 읽는 독자는 제 딴에는 책을 통해 옛사람의 문장의 정수를 얻었다고 여기겠지만, 사실은 가려 뽑은 이에 의해 시야가 좁아졌다는 것을 전혀 알지 못한다. 『문선』을 예로 살펴보자. 혜강嵇康의 「가계」家誡[20]가 들어 있지 않기에, 독자들은 그를 그저 세속을 싫어하여 마치 까닭 없이 사는 걸 지겨워하는 괴인怪人으로 생각할 따름이다. 또한 도잠의 「한정부」閑情賦[21]가 수록되어 있지 않기에, 그 역시 민간의 「자야가」子夜歌[22]의 뜻을 취하면서도 성인의 도를 내세워 이를 거부하는, 세상물정 모르는 책상물림이라 치부해 버린다. 선본은 가려 뽑은 이의 여과를 거친 터라, 그가 주는 찌꺼기나 묽은 술을 먹는 수밖에 없다. 하물며 때로는 비평까지 덧붙여 자신이 옳다고 생각하는 곳은 주의를 환기시키는 반면 옳지 않다고 생각하는 곳은 묵살해 버림에랴. 만약 가려 뽑은 이가 흐리멍덩하기 그지없어, 『유림외사』에 그려져 있는 마이 선생[23]처럼 서호西湖를 유람한다면서도 전혀 준비가 되어 있지 않아 행인에게 길을 물어야 하고 간식거리를 사려 해도 무얼 골라야 할지 몰라 이것저것 조금씩 사야 한다면, 이로써 글에 대한 그의 평가에 눈곱만큼도 자신이 없음을 엿볼 수 있다. 하지만 마이 선생은 추저우處州 사람이라 틀림없이 '처편'處片을 먹으려 할 터이니, 비록 마이 선생이라도 나름의 '처편'식의 기준을 지니고 있음을 또한 알 수 있다.

평가하여 가려 뽑은 선본이 후세의 문상에 미치는 영향력은 작지 않으며, 아마 명인의 전집專集을 훨씬 웃돌 것이다. 이건 아마 중국문학사를 연구하는 사람들도 유념해야 하리라고 나는 생각한다.

11월 24일 적다

주)_____

1) 원제는 「選本」, 1934년 1월 베이핑의 『문학계간』(文學季刊) 창간호에 발표하였으며, 필명은 탕쓰(唐俟)이다.

2) 『장자』(莊子)는 전국시대 장주(莊周) 및 그 후학의 저작집으로, 현재 33편이 남아 있다. 『문선』(文選)은 남조(南朝)의 양(梁)나라 소명태자(昭明太子)가 펴낸 30권의 총집이며, 선진(先秦)으로부터 제량(齊梁)에 이르기까지의 시문을 선별하여 싣고 있다. 당(唐)나라 때에 이선(李善)이 이 총집에 주석을 붙인 60권이 현재 통용되고 있다. 『장자』와 『문선』에 관한 논쟁은 『풍월이야기』(准風月談)에 수록된 「33년에 느낀 과거에 대한 그리움」(重三感舊)과 「'과거에 대한 그리움' 이후」('感舊'以後) 등의 글을 참조하시오.

3) 스저춘(施蟄存)은 1933년 10월 20일 『선바오』(申報) 「자유담」(自由談)에 발표한 「리례원 선생께 드리는 글―겸하여 펑즈위 선생에게 아룀」(致黎烈文先生書―兼示豊之余先生)이라는 글에서 다음과 같이 밝혔다. "이 『장자』와 『문선』의 문제에 대해 나에게는 하고 싶은 말이 없다. 나는 일찍이 「자유담」이란 칼럼에서 글로 다투는 것을 몇 차례 보았는데, 매번 다툴수록 짜증을 내고 화제와는 갈수록 멀어진다고 느꼈다. 심지어 나중에는 일부 참가자들의 동기가 의심스러워서 나로서는 이 소용돌이 속에 나도 모른 채 휩쓸려 들고 싶지는 않았기에, 나는 더 이상 아무 말도 하지 않기로 했다. 어젯밤 '이것도 하나의 시비, 저것도 하나의 시비. 다만 시비관을 없애면 시비를 거의 면할 수 있다'라는 기성의 게어(偈語)를 베꼈다." '이것도 하나의 시비, 저것도 하나의 시비'라는 말은 『장자』 「제물론」(齊物論)의 "이것 또한 저것이요, 저것 또한 이것이다. 저것 또한 하나의 시비이고, 이것 또한 하나의 시비이다"(是亦彼也, 彼亦是也. 彼亦一是非, 此亦一是非)라는 글귀에서 비롯되었다.

4) 『시』(詩)는 『시경』(詩經)을 가리킨다. 중국 최초의 시가총집으로 춘추시대에 엮어졌으며, 대개는 주(周)나라 초기부터 춘추 중기까지의 작품이다. 현재 305편이 전해지고 있는데, 공자의 산정(刪訂)을 거쳤다고 한다. '풍'(風)은 지방의 노래이고, '아'(雅)는 경기 지역의 노래이며, '송'(頌)은 종묘에서 제사를 지낼 때의 노래이다.

5) 『초사』(楚辭)는 전국시대 초(楚; 지금 후난湖南과 후베이湖北 지역)나라 사람들의 사부(辭賦)를 모은 총집이다. 훗날 한(漢)나라의 유향(劉向)이 굴원(屈原)과 송옥(宋玉) 등의 작품을 집록하여 책으로 엮고서 『초사』라 명명하였다.

6) 육(陸)씨 형제는 진(晉)나라 문학가인 육기(陸機)와 육운(陸雲) 형제를 가리킨다. 육기(261~303)는 오군(吳郡) 화팅(華亭; 지금의 상하이시 쑹장松江) 사람이며, 자는 사형(士衡)이다. 그가 지은 4언시로는 「단가행」(短歌行), 「추호행」(秋胡行) 등 12수가 있다. 육운은 자가 사룡(士龍)이며, 그가 지은 4언시로는 「증고표기」(贈顧驃騎), 「증고언선」(贈顧彦先) 등 24수가 있다.

속석(束晳, 약 261~약 300)은 진(晉)나라의 문학가로서, 양핑(陽平) 위안청(元城; 지금의 허베이 다밍大名) 사람이며, 자는 광미(廣微)이다. 그가 지은 4언시로는 「보망시」(補亡詩) 6수가 있다.

도잠(陶潛, 372?~427)은 진(晉)나라의 시인으로서, 쉰양(潯陽) 차이쌍(柴桑; 지금의 장시江西 주장九江) 사람으로 자는 원량(元亮)이다. 그가 지은 4언시로는 「정운」(停雲), 「시운」(時雲) 등 9수가 있다.

7) 원문은 '王者之迹熄而詩亡'. 『맹자』 「이루하」(離婁下)편에 실려 있다.

8) 『세설신어』(世說新語)는 3권으로, 남조의 송(宋)나라 유의경(劉義慶)이 펴냈다. 덕행(德行)·언어(言語)·정사(政事)·문학(文學) 등 36부문으로 나누어져 있으며, 주로 한나라 말기로부터 동진(東晉)에 이르기까지 문인학사들의 일화를 싣고 있다. 유의경(403~444)은 펑청(彭城; 지금의 장쑤 추저우徐州) 사람으로, 송 무제(武帝) 유유(劉裕)의 조카이며, 임천왕(臨川王)에 습봉되었다. 『송서』(宋書) 「유도규전」(劉道規傳)에 따르면, 그는 "성품이 검소하고 욕심이 적으며 문의(文義)를 애호하여 …… 문학 선비들을 불러 모으면 원근에서 모두들 모여들었다."

9) 배계(裴啓)는 동진(東晉)의 문인으로, 배영(裴榮)이라고도 한다. 허둥(河東; 지금의 산시山西 융지永濟) 사람이며, 자는 영기(榮期)이다. 그가 펴낸 총 10권의 『어림』(語林)은 한위(漢魏) 양진(兩晉)의 문인들의 일화를 싣고 있으며, 『세설신어』는 이 책에서 꽤 많은 소재를 취하고 있다. 원서는 이미 없어졌으며, 남은 글들은 『예문유취』(藝文類聚), 『태평어람』(太平御覽), 『태평광기』(太平廣記) 등 당송대의 유서(類書)에 여기저기 흩어져 실려 있다. 청나라의 마국한(馬國翰)에게 집본 2권이 있었는데, 『옥함산방집일서』(玉函山房輯佚書)에 수록되었다. 루쉰에게도 집본이 있는데, 『고소설구침』(古小說鉤沉)에 수록되었다.

10) 『유명록』(幽明錄)은 유의경이 편찬하였으며, 총 30권이다. 귀신이나 영험한 이야기가 많이 실려 있다. 원서는 당송대 사이에 없어졌으며, 남은 글은 유서 가운데에 200조가 있다. 루쉰에게 집본이 있는데, 『고소설구침』에 수록되었다.

11) 남조(南朝) 양(梁)나라의 유효표(劉孝標)가 『세설신어』를 위해 쓴 주석에는 400여 종의 옛 전적이 인용되어 있는데, 이 책들의 원본은 이미 사라져 버렸다.

12) 후인들이 『세설신어』의 체제를 모방하여 지은 책은 매우 많다. 이를테면 당나라 왕방경(王方慶)의 『속세설신어』(續世說新語; 지금은 없어짐), 송나라 왕당(王讜)의 『당어림』

(唐語林), 공평중(孔平仲)의 『속세설』(續世說), 명나라 하량준(何良俊)의 『하씨어림』(何氏語林), 이소문(李紹文)의 『명세설신어』(明世說新語), 청나라 이청(李淸)의 『여세설』(女世說), 왕탁(王晫)의 『금세설』(今世說), 근대 역종기(易宗夔)의 『신세설』(新世說) 등이 있다. 이 가운데 『금세설』과 『신세설』 등에는 작가의 주석이 덧붙여져 있다.

13) 원굉도(袁宏道, 1568~1610)는 명나라의 문학가로, 후광(湖廣) 궁안(公安; 지금은 후베이에 속함) 사람이며, 자는 중랑(中郞)이다. 그는 벼슬에 오르기 전에는 "젊었을 적에는 신선을 바라듯 벼슬을 바랐다. 벼슬에 오르면 아침에는 얼음처럼 차갑게 지내고 저녁에는 뜨겁게 지내면서, 끝없는 광경이 있지 않을까 생각했다"(「이본건에게 보내는 글」與李本健書에서)고 밝혔다. 만력 22년(1594)에 우현(吳縣)의 지현이 된 후에는 "벼슬은 나의 성명(性命)을 해칠 수 있다"(「황기석에게 드리는 글」與黃綺石書에서)고 하고, "우현의 지현이 되고서 사람다움이 사라져 버렸으니, 아침과 저녁, 더위와 추위가 있는 줄조차 거의 모른다"(「심박사에게 드리는 글」與沈博士書에서)고 하였는데, 일 년 후에 관직에서 물러났다.

14) 조헌(曹憲)은 수(隋)나라와 당(唐)나라 때의 양저우(揚州) 장두(江都; 지금의 장쑤 양저우揚州) 사람으로, 문자학에 정통하였다. 수나라에서는 비서학사(秘書學士)를 지내고 당나라 태종(太宗) 정관(貞觀) 연간에는 조산대부(朝散大夫)를 지냈다. 『구당서』(舊唐書) 「조헌전」(曹憲傳)에는 다음과 같이 기록되어 있다. "(조헌이) 편찬한 『문선음의』(文選音義)는 당시 대단히 중시되었다. 처음 창장(長江)과 화이허(淮河) 지구의 문선 학자들은 조헌에게 바탕을 두었으며, 또한 허엄(許淹), 이선(李善), 공손라복(公孫羅復)이 잇달아 『문선』을 교수하여, 이로써 문선학이 당나라 때에 크게 흥성하였다." 이선(李善, 약 630~689)은 당나라 때의 양저우 장두 사람이다. 조헌에게 문선학을 이어받아, 현경(顯慶) 3년(658)에 『문선』의 주석을 완성하였다. 개원(開元) 6년(718)에 여연조(呂延祚)는 여연제(呂延濟), 유량(劉良), 장선(張銑), 여향(呂向), 이주한(李周翰) 등의 다섯 사람이 쓴 주석을 한데 묶었는데, 이를 '오신주'(五臣注)라 일컬었다. 또한 송나라 사람이 이것과 이선의 주석을 합쳐 판각하였는데, 이를 '육신주'(六臣注)라 일컬었다.

15) 원문은 '妖孼'. 1917년 7월 『신청년』 제3권 제5호 '통신'란에 실린, 첸쉬안퉁(錢玄同)이 천두슈(陳獨秀)에게 보낸 편지에 "문선학의 요괴들이 존숭하는 육조(六朝)의 글이나 퉁청(桐城)의 망종들이 존숭하는 당송대의 글은 참으로 골라 읽을 필요가 없습니다"라는 글이 있다. 이후 '문선학의 요괴들과 퉁청의 망종들'은 당시 구문학에 반대하는 유행어가 되었다.

16) 『고문관지』(古文觀止)는 청나라 강희(康熙) 연간에 오초재(吳楚材), 오조후(吳調侯)가 가려 펴낸 고문독본이며, 모두 12권이다. 선진으로부터 명나라에 이르기까지의 산문 222편을 수록하고 있다.

17) 『소명태자집』(昭明太子集)은 남조 양나라의 소통(蕭統; 시호는 소명昭明)의 문집으로, 원

본은 20권이지만 오래전에 없어졌다. 지금은 명대 섭소태(葉紹泰)가 펴낸 6권본이 남아 있는데, 유서에서 가려 뽑아 만든 책이다.

18) 『고문사류찬』(古文辭類纂)은 청나라 요내(姚鼐)가 펴냈으며, 모두 75권이다. 전국시대로부터 청나라 때까지의 고문사부(古文辭賦)를 골라 실었으며, 문체에 따라 13류로 나누었다. 『석포헌전집』(惜抱軒全集)은 요내의 저작집으로, 모두 88권이다.

19) 『당인만수절구선』(唐人萬首絶句選)은 청나라 왕사정(王士禎)이 펴냈으며, 모두 7권이다. 왕사정은 시를 논하여 성당을 추숭하고 '신운설'(神韻說)을 제창하였다. 이 선본은 송나라 홍매(洪邁)가 펴낸 『만수당인절구』(萬首唐人絶句) 가운데에서 '신운'의 특색을 드러낼 수 있는 895수를 가려 뽑아 펴낸 책이다.

20) 혜강(嵇康, 223~262)은 삼국 위(魏)나라의 시인으로, 차오귀(譙國) 즈(銍; 지금의 안후이 수宿현) 사람이며, 자는 숙야(叔夜)이다. 그의 저작으로는 현재 『혜강집』(嵇康集) 10권이 있으며, 루쉰의 교본(校本)이 있다. 「가계」(家誡)는 명철보신(明哲保身) 사상으로 아들을 훈계한 글이며, 『혜강집』 10권에 실려 있다.

21) 「한정부」(閑情賦)는 여성에 대한 그리움을 서술하고 있으며, 『정절선생집』(靖節先生集) 5권에 실려 있다.

22) 「자야가」(子夜歌)는 악부(樂府) '오성가곡'(吳聲歌曲)의 하나이며, 민간의 남녀가 주고받는 애정시이다. 『진서』(晉書) 「악지(樂志) 하」에서는 "「자야가」는 자야라는 여자의 이름을 따서 지은 것이다"라고 하였다.

23) 『유림외사』(儒林外史)는 청나라 오경재(吳敬梓)가 지은 장편소설이다. 마이(馬二) 선생은 이 소설에 등장하는 팔고문(八股文) 편집자이다. 그가 서호를 유람하면서 처편(處片)을 먹었다는 이야기는 이 책의 14회에 나온다. 처편은 추저우(處州; 지금의 저장 리수이麗水)에서 생산되는 말린 죽순장아찌이다.

시
詩

판아이눙을 곡하다[1]

술 들어 천하를 논하되, 선생은 주정뱅이를 얕보았네.[2]

온 세상 대취하였더니, 약간의 취기에 몸을 던졌구려.

깊은 골짜기 밤 끝없으나, 신궁[3]의 봄은 마냥 즐겁네.

옛 벗 구름 흩어지듯 사라지니, 나 또한 먼지 같구려.

주)_____

1) 원제는 「哭范愛農」, 이 시는 1912년 8월 21일 사오싱(紹興)의 『민싱일보』(民興日報)에 황지(黃棘)라는 필명으로 발표되었다. 이 시는 「판군을 애도하는 시 세 수」(哀范君三章) 의 마지막 수이다. 이 시의 제3연은 작자가 기억하지 못하여 『집외집』을 편집할 때 보충하여 지었는지라, 처음 발표했던 내용과는 다소 다르다. 『아침 꽃 저녁에 줍다』(朝花 夕拾)의 「판아이눙」(范愛農) 및 『집외집습유』(集外集拾遺)의 「판군을 애도하는 시 세 수」 를 참조하시오.

판아이눙(范愛農, 1883~1912)은 저장 사오싱 출신이며, 이름이 자오지(肇基), 자가 쓰녠 (斯年), 호가 아이눙이다. 광복회 회원이며, 일본 유학 중에 루쉰과 사귀게 되었다. 1911 년에 루쉰이 산콰이(山會)초급사범학당(후에 사오싱사범학교로 개칭됨)의 감독에 임명되었을 때, 판아이눙은 학감을 맡았다. 루쉰이 이직한 후에 그는 수구 세력에게 밀려 학교를 그만두었다. 1912년 7월 10일에 익사했다.

2) 원문은 '先生小酒人'. 여기에서는 '小'를 '얕보다, 깔보다'로 해석하였으나, '小酒人'을 '술을 많이 마시지 않는 사람'으로 풀이할 수도 있다.

3) 신궁(新宮)은 당시 위안스카이(袁世凱)의 총통부가 있던 신화궁(新華宮)을 가리킨다.

1931년

난초를 지니고서 귀국하는 O.E. 군을 전송하다[1]

산초 불타고 계수 꺾이고 고운 님 늙어 가는데

홀로 그윽한 바위 의지하여 하얀 꽃술 펼쳤네.

먼 곳에 향기 보냄을 어찌 아까워하랴만,

고향에는 취한 듯 가시덤불 우거졌네.

2월 12일

주)_____

1) 원제는 「送O.E.君携蘭歸國」, 이 시는 1931년 8월 10일에 『문예신문』(文藝新聞) 제22호에 발표되었는데, 「무제」(無題, 大野多鈎棘), 「상령의 노래」(湘靈歌)와 함께 「루쉰 씨의 비분―구시로 심회를 기탁하다」(魯迅氏的悲憤―以舊詩寄懷)라는 칼럼에 실렸다. 루쉰은 1931년 2월 12일의 일기에서 다음과 같이 적고 있다. "일본의 경화당(京華堂) 주인 오바라 에지로(小原榮次郎) 군이 난을 사서 귀국하려 하기에 절구 한 수를 짓고 글로 써서 주었다."

O.E.는 오바라 에지로(Obara Eijiro)의 영어 이니셜이다. 그는 1905년에 중국에 와서 장사를 한 적이 있으며, 당시에 도쿄에서 경화당을 운영하여 중국의 문방구와 난초를 판매하였다.

무제[1]

광활한 벌판에는 갈고리 창 즐비하고

드넓은 하늘에는 전운이 감돈다.

몇 집에서나 봄 아지랑이 하늘거릴까,

온갖 소리 잠잠히 고즈넉하다.

땅위엔 오직 진나라의 취한 듯한 폭정뿐,

강 가운데에는 월나라의 노랫소리 끊기었다.

풍파 한 차례 세차게 휘몰아치더니

꽃과 나무 이미 시들어 떨어지고 말았다.

3월

주)_____

1) 원제는 「無題」, 이 시는 1931년 8월 10일 『문예신문』 제22호에 발표되었다. 1931년 3월 5일의 루쉰 일기에 따르면, 이 시는 일본인 친구인 가타야마 마쓰모(片山松藻)에게 써준 것이다. 가타야마 마쓰모는 루쉰의 벗인 우치야마 간조(內山完造)의 동생인 우치야마 가키치(內山嘉吉)의 부인이다.

일본의 가인에게 드리다[1]

봄 강[2]의 멋진 경치 예 그대로이건만

먼 나라 나그네 이제 길 떠나누나.

머나먼 하늘 향해 가무일랑 바라보지 마오

서유기 공연이 끝나면 봉신방일 테니.[3]

3월

주)_____

1) 원제는 「贈日本歌人」, 이 시는 1934년 7월 20일 반월간 『인간세』(人間世) 제8기에 가오
장(高疆)이 쓴 「금인시화」(今人詩話)라는 글에 수록되어 있다. 1931년 3월 5일의 루쉰
일기에 따르면, 이 시는 마스야 지사부로(升屋治三郎)에게 써준 것이다. 이 시가 써진 원
래의 족자에는 "신미년 3월 귀국하는 마스야 지사부로 형을 전송하며"(辛未三月送升屋
治三郎兄東歸)라고 적혀 있다.
마스야 지사부로(1894~1974)는 본명이 스가와라 에이지로(菅原英次郎)이며, 일본의 가

인 겸 경극평론가이다. 와세다대학 문학부를 졸업한 후 상하이로 와서 오랫동안 중국 연극을 연구하였다.

2) 원문은 '春江'. 상하이 경내를 흐르는 황푸강(黃浦江)의 별칭인 춘선강(春申江)으로 보기도 한다. 상하이를 포함한 오(吳) 지역 일대는 전국시대에 초(楚)나라의 춘신군(春申君) 황헐(黃歇)의 봉토였는데, 황헐이 이 강을 준설하였기에 춘신강이라 일컫기도 한다.

3) 원문은 '西游演了是封神'. 서유(西游)는 명대 오승은(吳承恩)이 지은 『서유기』(西游記)이고, 봉신(封神)은 명대의 작자 미상의 『봉신연의』(封神演義)이며, 두 작품 모두 신선이나 요괴를 다룬 신괴소설이다. 당시 상하이에서는 이 두 작품을 각색한 경희(京戲)가 공연되고 있었다.

상령의 노래[1]

예전에 상수[2]가 물들인 듯 푸르다 들었는데
오늘 들으니 상수는 진홍빛 연지의 자취라네.
상수 여신 곱게 화장하고 상수에 비추어 보니
밝디 밝은 하얀 달이 붉은 구름을 훔쳐보네.
고구산[3]은 적막에 잠겨 한밤중에 솟구쳐 있고
향기로운 풀은 시들어 봄기운 남아 있지 않네.
옥거문고 켜기를 마쳤건만 듣는 이 없는데
태평성세의 형상은 추문에 가득 넘치는구나.[4]

3월

1) 원제는 「湘靈歌」, 이 시는 1931년 8월 10일 『문예신문』 제22호에 발표되었으며, 「S. M.을 보내며」(送S.M.)라는 제목이 붙어 있었다. 1931년 3월 5일의 루쉰 일기에 따르면, 이 시는 일본인 벗 마쓰모토 사부로(松元三郎)에게 써준 것이다. 마쓰모토 사부로는 상하이의 일본동문학원(日本同文學院)을 졸업하고 당시 상하이의 일본인여자학교에서 교사로 근무하였다.

상령(湘靈)이란 상수(湘水)의 여신을 가리킨다. 『초사』(楚辭) 「원유」(遠游)에는 "상령으로 하여금 거문고를 켜게 하고 바다의 신인 해약에게 명하여 강의 신인 풍이를 춤추게 한다"(使湘靈鼓瑟兮, 令海若舞馮夷)는 기록이 있다. 전해 오는 이야기에 따르면 순(舜) 임금의 부인은 요(堯) 임금의 두 딸인 아황(娥皇)과 여영(女英)이었는데, 이들이 삼묘(三苗)를 정벌하러 떠난 순 임금을 뒤쫓아 상수 가까이에 이르렀을 때, 순 임금이 죽었다는 소식을 전해듣고서 슬픔을 이기지 못하여 상수에 투신하여 상강의 여신이 되었다고 한다.

2) 상수(湘水)는 후난성(湖南省)에 있는 강으로서, 광둥성(廣東省)과의 경계에서 발원하여 성을 관통하여 둥팅호(洞庭湖)로 흘러든다.

3) 원문은 '高丘'. 초나라의 산 이름이다. 『초사』 「이소」(離騷)에 "문득 뒤돌아보며 눈물 흘리니, 고구에 고운 여인 없음이 애달프구나"(忽反顧以流涕兮, 哀高丘之無女)라는 기록이 있다.

4) 원문은 '太平成象盈秋門'. 태평성상(太平成象)은 태평무상(太平無象)에서 변화되어 나온 것이다. 『자치통감』(資治通鑑)에 따르면, 당나라 문종(文宗) 태화(太和) 6년에 "주상께서 연영전에 드시어 재상들에게 물었다. '천하는 언제라야 태평해지는가? 그대들도 이것을 생각하고 있겠지!' 우승유가 대답하였다. '태평에는 특별한 형상이 있지 않습니다. 이제 사방의 오랑캐가 번갈아 침입하지 않고 백성이 떠돌아다니지 않으니, 비록 대단히 잘 다스려진다고는 할 수 없어도 소강(小康)이라고 할 수 있습니다. 폐하께서 만약 달리 태평을 구하신다면, 신들의 힘이 미치는 바가 아닙니다.'"(上御延英, 謂宰相曰: '天下何時當太平, 卿等亦有意於此乎!' 僧孺對曰: '太平無象, 今四夷不至交侵, 百姓不至流散, 雖非至理, 亦謂小康, 陛下若別求太平, 非臣等所及.')

『낙양고궁기』(洛陽故宮紀)에 따르면, 낙양에는 의추문(宜秋門)과 천추문(千秋門)이 있다. 낙양은 당나라의 동도(東都)이며, 따라서 추문(秋門)은 이 시에서 당시의 수도인 난징(南京)을 가리킨다.

자조¹⁾

화개운²⁾이 씌웠으니 무엇을 바라겠소만
팔자 고치지도 못했는데 벌써 머리를 쩷었소.
헤진 모자로 얼굴 가린 채 떠들썩한 저자 지나고
구멍 뚫린 배에 술을 싣고서 강물을 떠다닌다오.
사람들 손가락질³⁾에 사나운 눈초리로 쩨려보지만
고개 숙여 기꺼이 아이들의 소⁴⁾가 되어 주려오.⁵⁾
좁은 다락에 숨어 있어도 마음은 한결같으니
봄 여름 가을 겨울 무슨 상관 있겠소.

10월 12일

주)_____

1) 원제는 「自嘲」, 이 시는 『집외집』에 수록되기 이전에 신문이나 잡지에 발표된 적이 없다. 1932년 10월 12일의 루쉰 일기에 따르면, "오후에 류야쯔(柳亞子)를 위해 족자 하나를 썼는데, '화개운이 씌웠으니 무엇을 바라겠소만 …… 위다푸(郁達夫)가 식사 대접을 해주었는데, 한가한 이가 해학적인 시를 지으면서 한 연(聯)의 반토막을 훔쳐 한데 합친 율시 한 수를 보여 주었다'라는 등의 글이었다." 루쉰은 같은 해 12월 21일 이 시를 부채면에 써서 일본의 승려 스기모토 유조(杉本勇乘)에게 증정하였다.

2) 화개(華蓋)는 원래 임금이나 귀인들이 받쳐 쓰던 화려한 일산(日傘)이다. 여기에서는 화개운을 가리킨다. 화개운에 대해 루쉰은 『화개집』 「제기」(題記)에서 다음과 같이 밝혔다. "이 운은 스님에게는 좋은 운이다. 머리에 화개가 있음은 물론 성불하여 종파의 창시가 될 징조이다. 그렇지만 세속의 사람이라면 그렇지 않다. 화개가 위에 있으면 앞을 가리는지라 장애에 부닥치는 수밖에 없다."

3) 원문은 '千夫指'. 『한서』(漢書) 「왕가전」(王嘉傳)에는 "마을의 속담에 따르면, '천 명의 사람에게 손가락질을 받으면 병이 없어도 죽는다'고 한다"라는 기록이 있다.

4) 원문은 '孺子牛'. 『좌전』 「애공」(哀公) 6년'에 다음과 같이 기록되어 있다. "포자가 말했다. '군왕께서 아이를 위해 소가 되는 장난을 하다가 이빨을 부러뜨린 일을 그대는 잊었는가? 그 뜻을 어길 셈인가!'"(鮑子曰, 女忘君之爲孺子牛而折其齒乎? 而背之也!) 진(晉)나라의 두예(杜預)는 이에 다음과 같이 주석을 붙였다. "아이란 경공의 아들 도(荼)이다. 경공은 줄을 재갈 삼아 소 노릇을 하고서 도에게 끌게 한 적이 있다. 도가 땅바닥에 넘어지는 바람에 경공의 이빨이 부러졌다."(孺子, 荼也. 景公嘗銜繩爲牛, 使荼牽之. 荼頓地, 故折其齒)

5) 청나라의 홍량길(洪亮吉)의 『북강시화』(北江詩話) 권1에 다음과 같은 기록이 있다. "같은 마을의 수재인 전계중은 짧은 사(詞)를 짓는 데 능하였다. 그러나 술을 마시고서 기세가 오르면 안하무인이었다. 그에게는 아들이 셋 있었는데 지나치게 귀여워한 나머지 글방에 다니지 못하게 하였다. 식사가 끝나자마자 아이들을 데려와 장난을 치고, 오직 아이들의 마음에 들지 않을까만 걱정하였다. 언젠가 그의 집 기둥에 '술기운 도도하면 혹 장자의 나비가 되고, 배부르면 기꺼이 아이들의 소가 되리라'라는 글을 붙였다. 참으로 광사(狂士)였다."(同里錢秀才季重, 工小詞. 然飲酒使氣, 有不可一世之槪. 有三子, 溺愛過甚, 不令就塾. 飯後卽引與嬉戲, 惟恐不當其意. 嘗記其柱帖云'酒酣或化莊生蝶, 飯飽甘爲孺子牛'. 眞狂士也) 주1)에서 루쉰이 훔쳤다고 하였던 '한 연의 반토막'이란 바로 '甘爲孺子牛'라는 글귀를 가리킨다.

무제[1]

동정호에 낙엽 지고 초땅 하늘 드높은데,

여인들의 새빨간 피 군복을 물들였네.

호숫가의 사람은 시를 읊지도 못한 채[2]

가을 물결 아득한데 이소를 잃어버렸네.

주)_____

1) 원제는 「無題」, 이 시는 『집외집』에 수록되기 이전에 신문이나 잡지에 발표된 적이 없다. 1932년 12월 31일의 루쉰 일기에 따르면, 이 시는 위다푸에게 증정한 것이다.
2) 『초사』 「어부」(漁父)에는 "굴원이 이미 쫓겨나 강과 못을 떠돌고 시를 읊으며 못가를 거닐었다"(屈原旣放, 游於江潭, 行吟澤畔)라고 기록되어 있다.

민국 22년의 원단[1]

구름은 높은 봉우리 에워싸고 장군을 호위하고,

천둥은 가난한 마을을 덮쳐 백성을 절멸하누나.

도무지 조계만도 못하는데,

마작 소리에 또다시 새봄이로구나.

1월 26일

주)_____

1) 원제는 「二十二年元旦」, 이 시는 『집외집』에 수록되기 이전에 신문이나 잡지에 발표된
   적이 없다. 1933년 1월 26일의 루쉰 일기에는 다음과 같이 적혀 있다. "장난삼아 우치
   야마 간조를 위해 한 수를 썼다가 …… 얼마 후 없애 버리고, 따로 써서 타이징능(臺靜
   農)에게 보내 주었다. 승경(勝境)은 고수(高岫)로, 락(落)은 격(擊)으로, 류(戮)은 멸(滅)
   로 바꾸었다."
   민국 22년 계유년(癸酉年) 원단은 1933년 1월 26일이다.

『방황』에 부쳐[1]

새로운 문단은 적막하고
옛 싸움터는 평화롭다.
천지간에 병사 하나 남아
창을 메고 홀로 방황한다.

주)_____

1) 원제는 「題『彷徨』」, 이 시는 1934년 7월 20일 반월간 『인간세』 제8기에 가오장이 쓴 「금인시화」라는 글에 수록되어 있다. 1933년 3월 2일의 루쉰 일기에 따르면, 이 시는 『방황』을 구해 달라는 부탁과 함께 시를 써 달라는 일본의 야마가타 하쓰오의 요청에 따라 지은 것이다.
야마가타 하쓰오(山縣初男, 1873~1971)는 육군 군인으로서 최종계급은 육군 대좌이다. 육군 내의 중국통으로 알려져 있으며, 중국 문학작품을 번역하기도 하였다.

싼이탑에 부쳐[1]

싼이탑은 중국 상하이 자베이閘北 싼이리三義里에서 살아남은 비둘기의 뼈를 묻은 곳의 탑이다. 일본에 있으며 농민들이 함께 세웠다.

터지는 천둥과 날아다니는 불똥, 사람을 다 죽이는데
낡은 우물 허물어진 담에 굶주린 비둘기 남아 있네.
우연히 자비로운 이 만나 불타는 집을 떠났건만
끝내 높은 탑만을 남긴 채 영주[2]를 그리워하네.
정위는 꿈에서 깨어 거듭 돌 물어 바다를 메우고[3]
투사는 꿋꿋이 더불어 시대 흐름에 맞서네.
모진 고난 함께 겪은 형제[4] 있나니
서로 만나 웃으면 은원을 씻어 내리.

주)_____

1) 원제는「題三義塔」, 이 시는『집외집』에 수록되기 이전에 신문이나 잡지에 발표된 적이 없다. 1933년 6월 21일의 루쉰 일기에 따르면, "니시무라 마코토 박사를 위해 가로로 된 족자 하나를 썼다. …… 니시무라 박사는 상하이사변 후에 집 잃은 비둘기를 구해 집으로 데려와 길렀다. 처음에는 잘 지냈지만, 끝내 죽고 말았다. 그는 탑을 세워 비둘기를 묻고 이것을 제목으로 시를 지어 달라고 청하는지라 서둘러 율시 한 수를 지어 머나먼 곳으로부터의 정에 답하고자 하였다."

니시무라 마코토(西村真琴, 1883~1956)는 일본의 생물학자이다. 그는 히로시마 고등사범학교를 졸업한 후 1901년 만주로 와서 랴오양소학교(遼陽小學校) 교장을 지냈고, 1912년에는 남만의학당(南滿醫學堂) 교수로 재직했으며, 홋카이도제국대학 교수를 지냈다. 상하이사변 당시 상하이에 온 적이 있다.

상하이사변은 1932년 1월 28일 자베이(閘北)를 침공한 일본에 맞서 중국의 군민이 맞서 싸운 쑹후(淞滬)전쟁을 가리킨다.

2) 영주(瀛州)는 원래 전설에 나오는 동해의 영주산(瀛州山)으로, 봉래산(蓬萊山), 방장산(方丈山)과 더불어 삼신산(三神山)으로 일컬어진다. 여기에서는 일본을 가리킨다.

3) 정위(精衛)의 원문은 정금(精禽).『산해경』「북산경」(北山經)에 다음과 같은 기록이 있다. "모양은 새와 같고 머리에는 무늬가 있으며 부리는 희고 발은 붉은 새가 있는데, 정위라고 하며 커다란 소리로 운다. 이 새는 염제의 어린 딸로서 이름은 여왜이다. 여왜가 동해에서 놀다가 물에 빠져 죽어 돌아오지 못하였기에 정위가 되었다. 정위는 늘 서산의 나무와 돌을 물어 동해를 메우고 있다."

4) 원문은 '劫波兄弟'. 겁파(劫波)는 불교용어로서 범어 Kalpa의 음역이다. 흔히 겁(劫)이라 약칭하며, 천재(天災)와 인화(人禍)를 의미한다. 형제는 일본 제국주의의 침략을 받는 중국인과 일본 제국주의 침략에 반대하는 일본의 평화주의자를 가리킨다.

딩링을 애도하며[1]

너럭바위 같은 밤기운은 빌딩을 짓누르고

버들잎 갓 돋운 봄바람[2]은 가을로 이끄네.

옥거문고에 먼지 엉켜 가슴 저미던 한 끊기니

고구[3] 빛낼 여인 없음을 애달파 하노라.

6월

1) 원제는 「悼丁君」, 이 시는 1933년 9월 30일 『도성』(濤聲) 주간 제2권 제38기에 발표되
   었다. 1933년 6월 28일의 루쉰 일기에 따르면, 이 시는 저우타오쉬안(周陶軒)에게 써준
   것이다.
   딩링(丁玲, 1904~1986)은 후난(湖南) 린펑(臨澧) 출신의 작가이며, 본명은 쟝빙즈(蔣冰
   之)이다. 처녀작 「멍커」(夢珂), 「소피의 일기」(莎菲女士的日記) 등으로 중국의 대표적인
   여성작가로 성장하였다. 1933년 5월 14일 상하이에서 국민당 정보기관에 체포되었는

데, 6월에 그녀가 난징에서 살해당했다는 소문이 크게 퍼졌다. 루쉰은 이로 인해 이 시를 지었다.

2) 원문은 '剪柳春風'. 전류(剪柳)란 가위로 깎아낸 듯 뾰족이 갓 돋은 버들잎을 가리킨다. 당나라 하지장(賀知章)의 「버들을 노래함」(咏柳)이라는 시에 "가는 잎 누가 마름질하였나, 춘삼월 봄바람 가윗날과 같구나"(不知細葉誰裁出, 二月春風似剪刀)라는 구절이 있다.

3) 원문은 '高丘'. 고구는 초(楚) 지역, 즉 후난성 일대를 가리키는데, 딩링이 후난성 출신임을 염두에 둔 표현이다. 이 문집의 「상령의 노래」 주3)을 참조하시오.

남에게 주다[1]

1.

고운 눈매 월나라 여인 새벽 단장 마치니
마름 물 연꽃 바람 이곳이 옛 고향이라네.
신곡을 다 불러도 고운 님 눈길도 주지 않고
가뭄 구름은 불처럼 맑은 강을 덮쳐 오누나.

2.

진나라 여인 단아한 얼굴로 옥쟁을 다루니
대들보 티끌 튀어 오르고[2] 밤바람 잔잔하네.
순식간에 소리 급해지더니 새하얀 줄 끊기고
우르릉 내달리는 별똥별만 바라보이누나.

7월

1) 원제는 「贈人」, 1933년 7월 21일의 루쉰 일기에 따르면, 이 시는 일본인 모리모토 세이하치에게 써준 것이다. 루쉰은 1934년 7월 14일에 첫번째 수를 량더쉬(梁得所)에게 써주었으며, 그 필적은 같은 해 8월 1일 반월간 『소설』(小說) 제5기에 발표된 적이 있다. 또한 두번째 수는 일본인 벗 야마모토 사네히코에게 써주었다.

　　모리모토 세이하치(森本淸八)는 당시 일본 주우생명보험공사(住友生命保險公司)의 상하이 분점 주임으로 근무하고 있었다.

　　야마모토 사네히코(山本實彦, 1885~1952)는 가이조샤(改造社)를 창립하고 『가이조』(改造)를 출판하여 일본의 사상계와 문화계에 커다란 영향력을 발휘했던 저널리스트이다.

2) 원문은 '梁塵踊躍'. 음악소리가 사람의 마음을 움직임을 의미한다. 『예문유취』(藝文類聚) 권43에서는 유향(劉向)의 『별록』을 다음과 같이 인용하고 있다. "한나라가 흥기한 이래 노래를 잘하는 사람으로 노나라 사람 우공이 있었는데, 발성이 맑고 애잔하여 대들보의 티끌이 날릴 정도였다."(漢興以來, 善雅歌者魯人虞公, 發聲淸哀, 蓋動梁塵)

위다푸의 항저우 이사를 말리며[1]

전왕은 죽었으나 여전히 살아 있는 듯하고[2]

오자서[3]는 물결을 따라가 종적을 찾을 수 없네.

넓은 숲과 화창한 날씨는 사나운 새 미워하고

작은 산은 꽃향기 가득한 채 높은 봉우리 가리네.

악비 장군[4] 무덤은 쓸쓸하기 그지없고

임포 처사의 숲속 매와 학[5]도 처량하구나.

어찌 온 가족이 먼 들판으로 놀러 가는 것이랴

풍파 세차게 몰아치면 걸으면서 읊조리기 좋으리라.

12월

주)_____

1) 원제는 「阻郁達夫移家杭州」, 1934년 7월 20일 반월간 『인간세』 제8기에 가오장이 쓴

「금인시화」라는 글에 수록되어 있다. 1933년 12월 30일의 루쉰 일기에 따르면, 이 시는 당시 위다푸의 아내 왕잉샤(王映霞)를 위해 지은 것이다.

2) 전왕(錢王)은 오대(五代)의 오월국(吳越國) 국왕 전류(錢鏐, 852~932)를 가리키는데, 폭군으로 널리 알려져 있다. 송나라 정문보(鄭文寶)의 『강표지』(江表志)에는 다음과 같은 기록이 실려 있다. "양절을 다스리던 전씨는 한 지역을 장악하기만 하면 마구 혹심하게 징세하였는데, 세금 중에 한 말이 부족한 자는 대부분 징역에 처하였다. 서역(徐鍚)이 오월국에 사신으로 간 적이 있었는데, 그의 말은 이러했다. '한밤중부터 노루나 고라니의 비명 같은 소리가 들리더니 날이 밝도록 계속되었다. 역관의 관리에게 물어보니 현의 관리가 세금을 독촉하고 있다는 것이었다. 고을 사람들은 대부분 벌거벗고 갈옷이나 거친 베를 걸친 자도 있는데, 모두 대나무 껍질로 허리를 매고 있었다. 관리들은 혹독하게 다스리지 않으면 안 되었으니, 아무리 가난한 관리일지라도 집에 천금을 쌓아 두고 있었다.'"

3) 오자서(伍子胥, ?~B.C. 484)는 춘추시대 초(楚)나라 사람으로, 이름이 원(員)이고 자서는 자이다. 아버지와 형을 초나라 평왕(平王)에게 잃은 후 오(吳)나라로 도망하여 오나라를 도와 초나라를 정벌하였다. 후에 오나라 왕 부차(夫差)에게 월나라를 정벌하도록 권하였으나, 부차는 그의 말에 따르지 않고 그를 자결케 하였다. 그의 주검은 가죽 자루에 싸인 채 창장(長江)에 버려졌다.

4) 악비(岳飛, 1103~1142)는 금나라에 맞서 싸운 남송대의 명장이다. 금과 맞서 싸워 한때 황허 이남의 땅을 회복하기도 하였지만, 간신 진회(秦檜)의 모함에 빠져 교살되었다. 항저우 서호(西湖) 가에 그의 사당이 있다.

5) 임포(林逋, 967~1028)는 송나라 시인으로, 자는 군복(君復), 시호는 화정선생(和靖先生)이다. 서호의 고산(孤山)에 은거하면서 매화와 학을 기르고 살았으며, 이로 인해 매화를 아내 삼고 학을 아들 삼았다는 매처학자(梅妻鶴子)라는 성어가 나오게 되었다.

부록

1928~1929년

『분류』 편집 후기[1)]

1.

창작은 창작 그 자체가 증명하고, 번역 역시 역자가 이미 해설한 것이 있다. 이제 편집을 마치고서 생각나는 다른 일만을 몇 가지 적기로 한다.

Iwan Turgenjew는 일찍이 그의 소설로서 세상에 널리 알려졌지만, 논문은 극히 적다. 이 『*Hamlet und Don Quichotte*』[2)]는 대단히 유명하며, 우리는 그가 어떻게 인생을 관찰했는지 엿볼 수 있다. 『*Hamlet*』은 중국에 이미 번역본이 나와 있으며 더 이상 말할 나위가 없는 반면, 『*Don Quichotte*』는 린수林紓의 문언 번역본 『마협전』魔俠傳이 있을 뿐이며, 전반부만을, 게다가 일부를 생략한 것에 지나지 않는다. 최근 2년간 메이촨[3)] 군이 『*Don Quixote*』의 번역에 열을 내고 있는데, 머지않은 장래에 중국에서도 볼만한 번역본을 구해 볼 수 있기를 기대한다. 그 가운데 따분한 부분은 부득이 생략하더라도 괜찮다.

『*Don Quixote*』는 천 페이지 가까운 책이지만, 줄거리는 퍽 단순하다. 즉 주인공은 기사의 이야기를 즐겨 읽은 탓에 제정신이 아닌 떠돌이 기사가 되어, 곳곳에 가서 악에 맞서 싸우면서 갖가지 난관에 부닥치고 갖가지 웃음을 자아내다가 죽는데, 죽는 순간이 되어서야 원래의 자신을 되찾는다는 것이다. 그래서 Turgenjew는 추호도 고민하지 않은 채 이상을 좇아 용감하게 나아가 일을 해내는 것을 'Don Quixote type'이라 하여, 평생 깊은 생각에 잠기고 의심을 품음으로써 아무 일도 해내지 못하는 Hamlet과 대비하였다. 후에 이상을 추구할 뿐인 이 'Don Quixote식'에 대비하여, 현실을 확실히 바라보고 용감하게 나아가 일을 해내는 것을 'Marxism식'이라 일컫는 사람도 있었다. 중국에도 지금 'Don Quixote' 따위를 외치는 사람이 있지만,[4] 그들은 참으로 이 책을 읽어 본 적도 없으므로 실제와는 약간 합치되지 않는다.

「오랜 가뭄의 소실」[5]은 Essay이며, 다만 1902년에 죽었다는 사실 외에는 작자의 자세한 사정은 잘 알지 못한다. Essay는 원래 번역하기 쉽지 않은데, 여기에서는 하나의 스타일을 소개하고 싶을 따름이다. 장래 이러한 류의 문장을 구할 수 있다면 더 싣고 싶다.

바스크(Vasco)족은 예부터 스페인-프랑스 사이의 피레네(Pyrenees) 산맥 양쪽에 거주하는, 세계의 수수께끼라고 여겨지는 인종이다. 바로하 (Pio Baroja y Nessi)[6]는 이 일족의 혈통을 이어받아 1872년 12월 28일에 프랑스 국경 근처인 산 세바스티안 시에서 태어났다. 원래 의사이며 소설도 창작했는데, 2년 후 그의 형 Ricardo[7]와 마드리드로 가서 빵 가게를 열어 6년간 운영하였다. 현재 Ricardo는 화가로서 유명하지만, 그는 가장 독창적인 작가로서 Vicente Blasco Ibáñez[8]와 더불어 현대 스페인 문단의 거장으로 일컬어지고 있다. 그의 저작은 지금까지 대략 40종이 있는데,

대부분 장편이다. 여기에 실린 소품 네 편[9]은 일본의 『해외문학신선』海外文學新選의 열세번째 편인 『바스크 목가집』 속의, 나가타 히로사다[10]의 역문에서 중역重譯한 것이다. 원제는 『*Vidas Sombrias*』[11]인데, 바스크족의 기질을 묘사하고 있는지라 일본어 번역본의 제목을 그대로 사용하였다.

올해 '근시의 편액 보기'를 이야기했다가 비평가를 자처하는 많은 이들이 마땅찮게 여기는 듯하였는데, 또 다른 비평이 거창하게 나타났다.[12] 억울한 일을 당하지 않도록 특별히 작자를 대신하여 여기에 몇 마디 밝혀 두겠다. 이 이야기는 원래 민간전설인데, 작자가 이것을 '교겐'狂言식으로 엮고,[13] 게다가 재작년 가을에 본래 『보팅』[14]에 실을 작정이었다. 만약 글 속에서 비평가의 기분을 상하게 한 곳이 있다면, 그건 참으로 백성의 눈이 밝아 공통된 악습을 간파해 낼 수 있다는 것이니, 이야기의 전달자를 탓해서는 안 된다.

러시아의 문예에 관한 논쟁은 이전에 『소련의 문예논전』[15]에서 소개한 적이 있는데, 이번의 『소련의 문예정책』[16]은 실로 그 속편으로 간주해도 좋을 것이다. 전자를 읽어 보았다면, 이 책을 보기만 해도 금방 알 수 있을 것이다. 서문에서는 입장의 차이에 따라 세 파가 있다고 하였지만, 줄이자면 두 파에 지나지 않는다. 즉 계급문예를 둘러싸고, 보론스키[17] 등처럼 문예를 중시하는 일파, 『나 포스투』[18]처럼 계급을 중시하는 일파가 그것이다. Bukharin[19] 등도 물론 노동계급 작가에 대한 지지를 주장했지만, 가장 중요한 일은 창작의 성과를 거두는 것이라고 여겼다. 발언자 가운데에는 몇 명의 위원이 포함되어 있는데, Voronsky, Bukharin, Iakovlev, Trotsky, Lunacharsky[20] 등이 그들이다. Pletnijov[21]와 같은 '대장간'[22] 일파도 있지만, 가장 많은 것은 Vardin, Lelevitch, Averbach, Rodov,

Besamensky[23] 등과 같은 『나 포스투』의 사람들이다. 『소련의 문예논전』 속에 번역되어 실린 「문학과 예술」의 뒤쪽에 모든 이의 서명이 있다.

『나 포스투』파의 공격은 거의 『붉은 처녀지』[24]의 편집자인 Voronsky 에게 집중되었다. 그의 「생활인식으로서의 예술」에 대해, Lelevitch는 「생활조직으로서의 예술」을 저술하였는데, 부하린의 정의를 인용하여 예술을 '감정의 보편화'의 방법으로 간주하고, 아울러 Voronsky의 예술론이 초계급적이라고 지적하였다. 이 견해는 평의회[25]에서의 논쟁에도 보인다. 그러나 훗날 구라하라 고레히토가 「현대 러시아의 비평문학」 가운데에서 서술하고 있듯이, 그들 두 사람 사이의 입장은 접근하였던 듯하며, Voronsky는 예술의 계급성의 중요성을 인정하고, Lelevitch의 공격역시 전에 비해 누그러졌다. 현재는 Trotsky, Radek[26] 모두 추방당하고, Voronsky 역시 퇴임하여 상황은 아마 크게 달라졌을 것이다.

이들 기록으로부터 엿볼 수 있듯이, 노동계급 문학의 대본영인 러시아의 문학 이론과 실제는 현재의 중국에 아마 무익하지는 않을 것이다. 이 글 가운데 공백으로 남아 있는 몇몇 글자는 원래의 역본이 그러한 것이며, 다른 나라의 역본이 없는지라 함부로 보완하지 않았다. 만약 원서를 갖고 있는 분이 계셔서 편지로라도 가르쳐 주시거나 바로잡아 주신다면, 반드시 수시로 보완하고 바로잡겠다.

1928년 6월 5일, 루쉰

2.

Rudolf Lindau의 『행복의 진자』[27]는 전체가 두 장에 지나지 않지만, 지면 수 관계로 말미암아 두 기에 나누어 실을 수밖에 없었다. 작품 끄트머리에 역자가 "이 소설은 Kosmopolitisch²⁸⁾한 경향과 함께 염세적인 동양적 색채를 띠고 있다"고 덧붙이고 있는데, 이는 매우 적확하다. 그러나 작가는 결국 독일인이기에 끝내 게르만 기질을 탈피하지 못한 채, 이론 체계를 세워 '행복의 진자'를 발명하고 그것을 활로로 여기고 있는데, 사실 그건 사인死因이기도 하다. 내 생각에, 동양사상의 극치는 이러한 '진자'를 발명하지 않는 데에 있다. 발명하지 않을 뿐만 아니라 발명하고 싶어 하지도 않는다. '행복의 진자'를 생각하지 않을 뿐만 아니라, 세상에 이른바 '진자'라는 대단찮은 것이 있다는 사실조차 생각하지 않는다. 이것이 사람들에게 평안과 장수를 누리게 하고 나라를 영원케 만드는 비결이다. 노담老聃이 오천 언言을 짓고 석가에게 갠지스강의 모래 숫자를 아는 능력이 있다는 이야기가 있는 것 역시 동양인 가운데의 '호사가 무리'이기 때문이다.

오스트리아인 René Fueloep-Miller²⁹⁾가 소련의 상황을 서술한 책은, 원명이 무엇인지 알지 못하지만 영역본은 『The Mind and Face of Bolshevism』인데, 올해 상하이에도 많이 들어온 듯하다. 그 서술은 객관적이라고 할 수는 있지만, 결점을 지적하고 있는 곳이 많다. 다만 이백여 장의 삽화만은 참고로 할 만한데, 그림은 인류 공통의 언어이며 제삼자가 중간에서 방해를 놓기가 어렵기 때문이다. 아쉽게도 일부 '예술가'들은 이전에는 '비어즐리'를 날것으로 삼키고 후키야 고지³⁰⁾를 산 채로 벗겨 내더니,³¹⁾ 올해에는 '혁명예술가'로 돌변하여 벌써 닥치는 대로 그중 몇몇 작가를 갈기갈기 찢어 내던졌다. 여기에 인쇄한 두 장의 그림은 모두 I. Annenkov³²⁾가 그린 것인데, 이 초상에 관하여 저자는 다음과 같이 말하고 있다. —

······ 그 가운데에서 중요한 것은 화가 Iuanii Annenkov이다. 그는 미래파 예술가의 원칙에 따라 작업하고, 화면상에서 각각의 찰나를 한 가지 사물 속에 집어넣기를 좋아하지만, 이들 원질原質이 종합된 것을 탐구하고자 한다. 그의 초상화의 특징은 '어떤 인물의 전기 속에서 얼굴 모습의 갖가지 표현을 움켜쥐는' 데에 있다. 러시아의 비평가들이 특히 그에게 찬탄을 금치 못하는 것은 작고 미세한 디테일을 그림 속 인물과 관련짓고, 이것들을 인물의 성격을 훨씬 절실하게 드러내는 것으로 만들어내는 재능이다. 그는 생물과 무생물을 구별하지 않으며, 그의 테마와 관련된 주위의 각종 자질구레한 것들을 전체 삶의 일부분으로 간주한다. 그는 어떤 인물의 소유물, 그 생명의 모든 미세한 파편을 사랑한다. 얼굴의 손톱자국, 주름 혹은 사마귀, 이 모두는 각기 나름의 의미를 지니고 있다.

위에 서술한 내용의 좋은 예가 바로 Maxim Gorky의 초상이다. 그는 서구의 기계문명에 등을 돌린 채 동쪽을 바라보고 있다. 불상은 인도를, 자기는 중국을 나타낸다. 붉은색 부분은 깃발 위에 'R. S. F. S. R.'[33]이라 분명하게 씌어 있으니 물론 '러시아소비에트연방사회주의공화국'이다. 다만 그 색깔이 Gorky의 얼굴에 조금밖에 이어지지 않은 것은 아마 불만의 뜻을 품은 것일지도 모른다고 ── 나는 생각한다. 이것은 1920년에 제작된 것인데, 삼 년 후 Gorky는 이탈리아로 떠났다. 올해가 되어서야 모두들 그에게 돌아오라고 외치고 있다.

N. Evreinov[34]의 초상화는 또 다른 정취를 지니고 있는데, 입체파의 수법이 대단히 짙다. Evreinov는 러시아 연극의 개혁을 꾀한 3대 인물 가

운데 한 사람이며, 나의 기억으로는 화스畵室 선생이 번역한『신러시아의 연극과 무용』[35] 안에 그의 주장이 간략히 서술되어 있다. 이 몇 쪽의 '연극 잡감'에서는 인생은 마땅히 의지로써 자연을 변화시켜야 함을 논하고 있는데, 비록 호기롭기는 하지만 역시 어떻게 변화시킬지 그 방법을 살펴야 마땅할 터이니, 이를테면 중국 여성의 발을 바로잡는 것을 나비리본과 함께 논할 수는 없는 일이다.

이번에 Gorky의 소설 한 편, 그에 관한 평론 한 편을 실었는데,[36] 절반은 그의 초상에 의해 촉발되었고, 절반은 그의 나이가 올해 예순이기 때문이다. 그의 본국에서는 그를 위한 경축 모임이 성대하게 개최되었다고 한다. 나는 노보리 쇼무가 자못 상세하게 설명한「최근의 Gorky」를 이미 번역하였지만, 지면 관계로 인해 싣지 못하고 말았다. 다음 호의 여백을 기다리고자 한다.

일체의 사물은 독창성을 중요하게 여기지만, 중국도 세계 속의 한 나라인 이상 다른 나라의 영향을 받는 것은 물론 피할 수 없으며, 이처럼 여리다고 해서 얼굴을 붉힐 필요도 없을 것이다. 문예만을 이야기한다면, 우리는 참으로 아는 것도 너무나 적고 흡수한 것도 너무나 적다. 그러나 지금까지 자꾸만 지연되어 이제는 소개만 하는 것도 따라가지 못할 형편이다. 그리하여 우리는 이렇게 하는 수밖에 없다. 즉 옛 인물의 소개는 쉰 살, 예순 살,…… 매 십주년, 죽은 자의 탄생 백주년, 사후 N년 기일을 맞았을 때 하고, 새로운 인물의 경우에는 노벨상을 받고 나서 소개하기로 한다. 하지만 그래도 따라가지 못하고, 월간의 경우 경조를 전문으로 하는 기관도 충분치 않다. 그렇다면 중국에 그런대로 잘 알려져 있거나 제법 의미가 있는 인물을 골라 소개하는 수밖에 없다.

올해 탄생 백주년이 되는 대인물이며, 중국에도 널리 알려져 있는 이로는 Leov Tolstoy와 Henlik Ibsen 두 명이 있다. Ibsen의 저작은 판자쉰[37] 선생의 노력 덕분에 중국에서도 아는 사람이 제법 많다. 다음 호에서는 위탕,[38] 다푸, 메이촨, 내가 그에 관한 글 몇 편을 번역하여 싣고자 하는데, H. Ellis, G. Brandes, E. Roberts, L. Aas, 아리시마 다케오[39] 등의 글이다. 아울러 젊은 시절부터 사후에 이르기까지의 Ibsen의 초상화를 몇 장 덧붙여 기념으로 삼고자 한다.

1928년 7월 4일, 루쉰

3.

얼마 전 우연히 일본의 아오키 마사루靑木正兒의 『지나문예논총』支那文藝論叢을 뒤적이다가 「후스를 중심으로 소용돌이치고 있는 문학혁명」將胡適漩在中心的文學革命이라는 글을 보았는데, 다음과 같은 대목이 있었다.

민국 7년(1918년) 6월, 『신청년』이 느닷없이 「입센 특집호」를 냈다. 이것은 문학혁명군이 구극舊劇의 성에 공격을 가해 온 효시였다. 그 진세는 후胡 장군의 「입센주의」를 선봉으로, 후스와 뤄자룬羅家倫이 공역한 「노라」(제3막까지), 타오루궁陶履恭의 「국민의 적」과 우뤄난吳弱男의 「소애우부」小愛友夫(각각 제1막)를 중군으로, 그리고 위안전잉袁振英의 「입센전」을 전군殿軍으로 삼아 용감하게 출전하였다. 그들이 이 성에 공격을 가한 행동은 원래 전투의 순서로서 이곳을 향하지 않으면 안 되는 깃이었지만, 이처럼 신속하게 기병이 되게 하였던 까닭은 이러했던 듯하다—그 당시 공교롭게도 곤곡崑曲이 베이징에서 갑자기 성행하였기 때문에, 이에 대해 반항의 고함을 지를 필요가 있게 되었던 것이다. 그 진상은 이 잡지의 다음달 호에서 첸쉬안퉁錢玄同 군의 말(수감록 18)이 반항적인 말투를 흘리고 있음을 살펴보면 명명백백하다.……

그런데 왜 모두들 입센을 골라냈을까? 아오키 교수가 글 뒷부분에서 말한 바대로라면, 서양식의 신극新劇을 건설하기 위해, 희극을 고양하여 참된 문학적 지위에 이르게 하기 위해, 백화로 산문극을 일으키기 위해, 그리고 또, 일이 다급한지라 우선 하는 수 없이 실례實例로써 천하 독서인의 직감을 자극하기 위해서이다. 물론 아주 적절한 견해이다. 그러나 나는 Ibsen이 용감하게 사회를 공격하고 홀로 다수를 적으로 삼아 싸웠기 때문이기도 하다고 생각한다. 그 당시의 소개자는 아마도 낡은 성채에 포위된 채 고립되어 있다는 느낌을 깊이 받았으리라. 이제 묘비를 자세히 읽어 보면 그 의기는 장할지라도 비애를 느낄 수 있을 것이다.

그때 이후 지면상의 논쟁이 제법 펼쳐지기도 하였지만 오래지 않아 적막해졌다. 희극은 여전히 옛 그대로이고, 낡은 성채는 여전히 굳건하였다. 당시 『시사신보』[40]에서 '새로운 우상'이라고 꾸짖었던 자도 끝내 중국의 낡은 가족의 마음을 조금도 뒤흔들지 못했다. 삼 년 후 린수는 'Gengangere'를 소설식으로 번역하여 『매얼』梅孽[41]이라 제목을 붙였지만—하지만 책 말미의 교열자의 설명에 따르면 "이 책은 예전에 판지쉰 선생에 의해 「뭇귀신들」群鬼이라는 제목으로 극화되었다"—, 역자가 보기에 Ibsen의 의도는 다음과 같을 뿐이었다.

이 책의 의도는 대단히 의미심장하니, 즉 젊은이에게 방탕하지 말라고 권고하는 것이다. 방탕하면 남에게 말 못할 병에 걸리고 콩팥이 망가지며, 자식을 낳아도 반드시 오래 살지 못한다. …… 독자가 이해하지 못할까 염려하여 몇 마디를 서문에 적는다.

그러나 이건 아직 불행이라 할 수 없다. 다시 몇 년이 지난 후, 마치 Ibsen이 명성을 얻은 후 물러나 대중에게 화해의 손을 내밀었듯이, 예전에 Ibsen류를 이어받은 극본 「종신대사」(終身大事[42])를 감상하던 젊은이들도 대부분 「천녀, 꽃을 뿌리다」, 「대옥, 꽃을 장사 지내다」[43] 등의 무대에 너도나도 무릎을 꿇고 말았다.

의도적인지 우연인지 알 수 없으나 판자쉰 선생의 「Hedda Gabler」[44]의 번역이 올해 갑작스럽게 『소설월보』에 발표되었다. 가만히 따져 보니 작자의 탄생으로부터 백 년, 『입센 특집호』[45]의 출판으로부터 만 십 년이다. 물론 『신청년』의 유지를 계승하려는 것은 아니지만, 한 시대를 들썩였던 거인을 추억하기 위해서라도 몇 편의 짧은 글을 번역[46]하여 기념으로 삼았다. 짧은 글의 잡집雜集이므로 체계는 없지만, 그래도 말할 만한 약간의 실마리는 있다. 즉 첫번째 편은 Ibsen의 생애와 작품의 대략을 알려 주고, 두번째 편은 보다 상세한 내용을 서술하고 있으며, 세번째 편은 후기의 주요 작품을 일대 희곡으로 간주하고 있는데 작자 자신이 주인공이다. 네번째 편은 그의 성격, 작품의 자질구레한 유래와 세계에 끼친 영향 등을 두루 서술하고 있는데, 그의 오랜 벗인 G. Brandes만이 쓸 수 있는 글이다. 다섯번째 편은 그의 희곡이 영국에서 환영받지 못하는 까닭을 밝히고 있는데, 이 가운데의 많은 이야기는 중국에도 그대로 해당될 수 있다. 아쉽게도 그의 후기 저작은 Brandes만이 몇 마디 언급하였을 뿐, 달리 상세하게 논한 것은 없다. 아리시마 다케오의 「루베크와 이레나의 그후」[47]가 약간이나마 불충분한 점을 보완해 줄 수 있다. 이 번역글은 올해 1월 『소설월보』에 실렸는데, 그의 견해는 Brandes와 똑같다.

'인간'이 으뜸인가, '예술작업'이 으뜸인가?[48] 이것은 평생토록 힘껏 일한 후에야 물을 수도, 대답할 수도 있는 문제이다. 홀로 끝까지 싸울 것인가, 아니면 마침내 사람들에게 화해의 손을 내밀 것인가? 이 문제는 평생토록 싸워 본 후에야 물을 수도, 대답할 수도 있다. 불행하게도 Ibsen은 후자의 물음에 대답을 하였으며, 이리하여 그는 '승자의 비애'를 맛보게 되었던 것이다.

세간에는 아마 집단주의적 관점에서 Ibsen을 비평하는 논문도 있겠지만, 우리의 손안에 이들이 없기 때문에 소개할 길이 없다. 이러한 일은 '혁명적 지식계급'과 그 '지도자'를 기다리기로 하자.

이밖에 『문예정책』을 교정할 때 느꼈던 점을 몇 마디 말하고 싶다.

트로츠키는 박학하며, 웅변으로 널리 알려져 있다. 그래서 그의 연설은 마치 사나운 파도처럼 위세가 넘치고 게거품을 사방에 날린다. 그러나 그 결말의 예상은 사실 지나치게 이상적이다——내 개인의 의견으로는. 그 문제의 성립이 거의 대부분 새로이 제기된 것이 아니라 예전부터 있어 왔던 것이며, 장래에 있을 것이 아니라 바로 지금에 있기 때문이다. 문예가 당의 엄격한 지도를 받아야 하는가의 여부는 잠시 제쳐 두기로 하자. 곰곰이 음미할 만하다고 생각하는 것은, '나 포스투'파는 주의의 변질을 염려하였기에 엄격함으로 기울었고, 트로츠키는 문예란 홀로 생겨날 수 없다는 사실로 인해 느슨함으로 기울었다는 점이다. 수많은 말들은 사실

겉을 꾸미는 지엽에 지나지 않는다. 이 문제는 단순해 보이지만, 문예를 정치투쟁의 일익으로 삼을 때라면 쉽게 해결할 수 없을 것이다.

1928년 8월 11일, 루쉰

4.

아리시마 다케오는 농학을 배웠지만 한편으로 문예를 연구하였으며, 나중에는 오로지 문예에만 종사하게 되었다. 그의 『저작집』은 생전에 계속 편찬되었는데, 『반역자』는 그 제4집이며, 그 안에는 세 명의 예술가에 대한 연구[49]가 수록되어 있다. 여기에 번역하여 출판한 것은 첫번째 편이다.

중세를 문화적으로 암흑과 정체로 여겨서는 안 된다는 것, 로댕[50]의 출현은 고딕 정신[51]의 부흥이라는 것 등에서 작자의 역사인식을 엿볼 수 있다. 이 제4집이 갓 출판되었을 때 나도 번역한 적이 있지만, 나중에 작자의 문체가 번역하기 까다롭다는 느낌이 점점 드는 데다가, 중국에서는 예술사에 관심을 갖는 사람 또한 아주 적기 때문에 책으로 찍어내 봐야 별 쓸모가 없으리라 생각하여 번역을 마치지 못한 채 그만두고 말았다. 이번에 진鎭[52] 군이 결연히 이 일을 완수한 것은 참으로 쉽지 않은 일로, 우선 『분류』에 발표한 다음 한 권의 책으로 만들어 내기로 하였다. 다만 번역하기 까다로운 문구가 많은데, 이들 문구에 대해서는 이전에도 고심하였던 터인지라, 좀더 알맞다고 여겨지는 것이 있으면 이리저리 따져 보아 몇 곳인가 고쳤다. 그러나 출판기일이 촉박하여 역자와 미처 의논하지 못하였다. 역자가 용서해 주기를 바란다.

로댕의 예술에 대해 이야기하고자 한다면, 로댕의 작품 ── 적어도 작품의 사진을 살펴보지 않으면 안 된다. 그러나 중국에는 이러한 책이 없다. 알고 있는 외국 문헌 가운데, 도판도 많고 가격도 비교적 저렴하며 중국에서도 입수하기 쉬운 것으로 아래의 두 종류가 있다.──

『*The Art of Rodin*』. 64 Reproductions. Introduction by Louis Weinberg. 『*Modern Library*』 제41책. 95 cents net. 미국 뉴욕 Boni and Liveright, Inc. 출판.
『*Rodin*』. 다카무라 고타로[53] 저. 『Ars 미술총서』 제25편. 특제본 1위안 80전, 보급판 1위안. 일본 도쿄Ars사 출판.

로댕의 조각은 한 시대를 뒤흔들었지만, 중국과는 아무 관계도 일으키지 않은 채 스쳐 지나갔다. 나중에 나온 Ivan Mestrovic[54](1883년생)는 세르비아의 로댕이라 일컬어졌는데, 더욱 나아가 태고의 정열과 가혹한 인간고를 특색으로 한다. 영국과 일본에서 출판된 그의 조각집을 본 적이 있다. 최근 Konenkov[55]가 있는데, 러시아의 로댕이라 일컬어지고 있다. 다만 로댕이 서유럽의 유산자를 대표하는 것과는 달리, 그는 동유럽의 노동자를 대표한다. 안타깝게도 중국에서는 자료를 구하기 쉽지 않으며, 나는 노보리 쇼무가 편집한 『신러시아 미술대관』에서 목각 하나를 본 적이 있을 뿐인데, 그것은 전러시아 노농박람회의 염직관染織館을 장식한 「여공」女工이다.

1928년 9월 15일 밤, 루쉰

5.

이달에는 인쇄국의 파업이 있었기에 이번 호의 출간은 이전의 네 기보다 대략 적어도 열흘가량 늦어지고 말았다.

「그녀의 고향」⁵⁶⁾은 편지 한 통과 함께 베이징에서 부쳐 온 것인데, 편지에는 다음과 같이 씌어 있었다.

이 짧은 글은 내가 2년 전에 『*World's Classic*』의 'Selected Modern English Essays' 안에서 별 뜻 없이 번역한 것이며, 번역한 후에 책더미 속에 묻어 두었습니다. 일전에 베이하이北海도서관에서 W. H. Hudson 의 문집 10여 권을 보고서 깜짝 놀랐습니다. 그의 저작 가운데에 네 가지 가 아주 유명하다는 것은 알고 있지만, 그의 대작을 아직은 꼼꼼히 읽어 보지 못했습니다.……

작자에 대해서는 틀림없이 잘 알고 계시겠지요? 저는 잘 모릅니다만, 다만 그 선본의 이름 아래에서 그가 1841년에 태어나 1922년에 세상을 떠났다는 걸 알았습니다.

"마지막으로 사소한 일 하나를 여쭤 보고 싶습니다. 「오랜 가뭄의 소실」大旱之消失의 작자는 「편집 후기」에서는 1902년에 세상을 떠났다고 했 으나, 『*World's Classic*』의 그의 생몰에 관한 설명을 보니 1831~1913이 라 되어 있습니다. 도대체 어찌 된 영문인지요?"

W. H. Hudson에 대해서는 나도 잘 알지 못한다. 최근 G. Sampson 이 증보하고 S. A. Brooke가 엮은 『*Primer of English Literature*』⁵⁷⁾를

구해 조사해 보니, 제9장에 다음과 같은 설명이 있다.

Hudson은 『*Far Away and Long Ago*』에서 남아메리카에서의 자신의 젊은 시절의 일을 그려 내고 있지만, 영국의 조수鳥獸 연구 및 자연계와 가장 친밀한 농부 등의 묘사 또한 마찬가지로 치밀하다. 마치 풍요로운 마음에서 직접 흘러나오는 듯한 그의 아름답고도 평이한 문장은 같은 부류 중에서 가장 빼어나다. 『*Green Mansions*』, 『*The Naturalist in La Plata*』, 『*The Purple Land*』, 『*A Shepherd's Life*』 등은 영문학 가운데에서 각기 나름의 지위를 차지하고 있다.

「장미」의 작가 P. Smith[58]를 조사하였지만, Hudson에 대한 내용은 보이지 않고, White[59]는 있었다. 같은 장 가운데의 '후기 빅토리아조의 소설가'라는 항목에 다음과 같은 짧은 구절이 있을 뿐이었다.

'Mark Rutherford'(즉 Wm. Hale White)의 비非국교주의자의 생활을 묘사한 음울한 소설은 고전적 취향의 문장으로 영국인 기질의 일면을 드러내고 있다.

생몰년에 관해서는 『*World's Classic*』의 내용이 정확하다. 내가 후기를 쓸 때 근거하였던 것 역시 이 책인데, 어떻게 오류가 발생했는지 정말 모르겠다.

최근 간혹 부정기 간행물을 받아 본다. 그중에는 나 개인에 관한, 혹은 나와 관련이 있는 간행물에 관한 글이 있는데, 『분류』를 언급하는 경우는 매우 드물다. 겨우 두 차례 본 적이 있다. 한번은 역저가 개인의 취미를 중시하고 있으므로 안 된다는 것이었다. 이건 정말 그렇다. 『분류』는 매달 전 세계에서 세계적인 의미를 지닌 글을 선정하여 한 권으로 모으거나, 혹은 세계적인 의미를 지닌 작품을 망라하여 간행할 만한 역량을 결정적으로 지니고 있지 않다. '취미'라고 하면, 이 말은 지금은 확실히 죄명이 되어 버렸지만, 나는 인류적이든 계급적이든 언젠가는 금령이 풀려 문예를 이야기할 때에 반드시 '몰취미'이어야 할 필요가 없어지기를 희망한다. 다른 한번은 『분류』를 "맡고 있는 사람은 모두 지명도가 높은 일류의 인물"이고 "원고 선정도 아마 엄격하겠지요? 저서인지 역서인지도 확실히 구분하고 『분류』 안의 목차에서도 작作과 역譯 등의 글자를 밝히고 있을 뿐만 아니라, 『베이신』, 『위쓰』…… 및 기타 모든 광고 역시 이러하다." 그러나,

한漢 군이 작作한 「한 줌의 진흙」—握泥土은 참으로 정말로 확실히 '분명히' 번역물이다.…… 원문을 멀리 서양 판본의 책을 구할 필요가 없으니, 곧 상우商務에서 출판한 『College English Reading』 중에 있다. 제목은,

「A Handful of Clay」

작자는 Henry Van Dyke[60]이다. 이러한 자그마한 오류는 사실 꼬치꼬치 결점을 찾고 시시콜콜 따질 필요는 없다. 그러나 『분류』가 이처럼 명확히 구분하고 있는 터라면, 역譯인데도 작作이라고 하는 것은 자칫 남의 성과를 가로채는 혐의가 있는 듯하여 감히 대신 알려드리는 것이다. 이렇게 하여 『분류』를 주편하는 선생에게 다음에는 조심토록 할 수 있을 것이다.

사실『분류』는 목차 및 일체의 광고에 역譯인지 작作인지를 밝히고 있는데, 지나칠 정도로 조심스러웠다. 창작을 애독하면서도 미처 내용을 자세히 살필 겨를이 없는 독자가 값도 싸지 않은 터에 헛돈을 쓰지 않도록 이러한 방법을 썼던 것인데, 뜻밖에도 잘못을 저지르고 말았다. 하지만 이번에 역과 작을 제대로 구분하지 못한 것은 엮은이의 '천박함'에서 비롯된 것이다. 지금껏 'Reading'류를 읽어 본 적이 없고 다른 역문을 본 적도 없었다. 보내온 원고에 원작자의 이름이 쓰여 있지 않은 데다 번역이라고 밝히지도 않았기에, 지은 것이라 여겨 창작이라고 보았던 것이다. '성과를 가로챈다'는 못된 생각은 스스로 생각하기에 전혀 지니고 있지 않았다. 그러나 아무리 조심하더라도 앞으로 이번과 똑같은, 혹은 이번보다 훨씬 심각한 오류를 또다시 저지르지 않으리라고 장담하기 어려우며, 독자의 지적을 받아 중요한 점은 다음 호에 정정하는 수밖에 없다.

이야기가 나온 김에 다른 이야기를 몇 마디 하고자 한다. 투고자 여러분께서는 흔히 곧바로 회신을 받지 못하면 편집자가 어떠어떠한 책임을 져야 한다고 나에게 지적한다. 그건 물론 옳다. 그러나 이른바 분류사奔流社를 '맡고 있는 사람' 가운데, 사실 근사한 칭호에 어울리는 대단한 인물은 전혀 없다. 고작해야 두세 사람이 번역하고 쓰고 보고 편집하고 교정하고 자료나 사진을 찾고 하기에, 우편물의 접수와 발송은 베이신서국에 부탁하여 대신 처리하는 수밖에 없다. 더욱이 그쪽도 인력이 부족하여 발송은 열흘여 만에 한 번꼴인 데다가 이번 달에는 우체국의 파업까지 겹치는 바람에, 재촉하거나 질책하는 편지가 몇 통이나 원고와 함께 오기도 하였다. 어떻게 해도 보완할 길이 없다. 보내 주신 원고와 편지 역시 바쁜 탓에 일일이 회신을 보내지 못하지만, 이 또한 결코 '지명도 높은 일류 인물'이라 자부하기 때문이 아니라, 우선 시간에 쫓기고 생계도 꾸리지 않으면 안 되기 때문이다. 만약 구석구석 빈틈없이 한다면 생명을 이어 갈 수도, 『분류』를 펴낼 수도 없게 된다. 이러한 사정을 만일 양해해 주실 수만 있다면 양해해 주시기 바랍니다. 몇 번이나 생각해 보았습니다만, 끝내 좋은 방법이 없는지라 이렇게 하는 수밖에 없습니다.

1928년 10월 26일, 루쉰

6.

목차를 짜면서 첫머리의 네 편의 시[61]로 인해 몹시 난감했다. 세 편은 창작이고 한 편은 번역이기 때문에 어떤 동사를 써야 좋을지 알 수 없었던 것이다. 다행히 책상 위의 먹을 보니 테두리에 '조소공 감제'曹素功監制[62]라고 새겨져 있기에 이 '제'制자를 쓰기로 했다. '창작'과 '번역' 모두를 포괄한 셈이라 대충 얼버무렸던 것이다. 이외에는 분명히 나눌 수 있는 것은 확실히 나누었다.

　이번 호는 번역과 창작 세 편이 주연이고, 가운데에 끼어 있는 세 수의 번역시는 조연에 지나지 않는다. 그것을 번역했던 것은 모두 삽화 때문인데, 시가 그다지 중요치 않다는 것 또한 알 수 있을 것이다. 첫번째 삽화의 작자 Arthur Rackham[63]은 영국의 삽화 화가로 자못 유명한 인물이며, 작품으로는 「Æsop's Fables」의 그림 등 여러 종이 있다. 이 그림은 『The Springtide of Life』[64]에서 골라낸 것으로 원래 컬러이지만, 우리의 것은 애석하게도 흑백으로 되어 있다. 시의 작자 Algernon Charles Swinburne(1837~1909)은 빅토리아조 말기의 시인으로, 유럽 대륙의 영향을 가장 많이 받았다고 흔히 말해지지만, 우리 아시아인의 눈으로 보면 이 시[65]조차도 여전히 영국 기질로 가득 차 있다.

「벼룩」[66]의 목판화가인 R. Dufy[67]는 때로 Dufuy라고도 쓰며, 프랑스의 유명한 화가이자 장식에도 뛰어나다. 이 『동물시집』의 목판 연작은 특히 유명하다. 연작집의 첫머리에는 그의 목판의 선의 숭고함과 힘참을 찬미하는 시가 있다. L. Pichon[68]은 『프랑스의 새로운 서적 장식』 가운데에서 이렇게 말하였다.

…… G. Apollinaire의 작품 *Le Bestiaire ou Cortège d'Orphée*[69]의 뛰어난 목판화는 사람들에게 극찬을 받았다. 아름다운 그림이 이어지는 연작은 갖가지 상이한 동물의 인습적인 표상이 되었다. 그의 형상의 분포와 선의 현묘함이 가장 훌륭한 장식의 전체 모습을 이루었다.

이 책은 1911년 프랑스의 Deplanch사[70]에서 출판되었다. 일본에서는 호리구치 다이가쿠堀口大學[71]가 번역한 『동물시집』이 다이이치쇼보第一書房에서 출판되었다. 펑위펑余의 번역문은 바로 이 책에서 옮긴 것이다.

후키야 고지의 그림은 최근 한두 해 사이에 돌연 중국에서 한때 유행하는 서적 장식 화가를 여러 명 만들어 냈다. 이 그림[72]은 크로키식인 데다가 또 단순하여 모호하게 하기가 어렵기 때문에, 모방당하지도 않을 것이고 보기에도 꽤 신선해 보인다.

1928년 11월 18일, 루쉰

7.

여든두 살까지 생존하고 쉰여덟 해 동안 글을 썼으며 올해에 곧 전집 아흔세 권을 내는 톨스토이.『분류』한 권을 모두 그에 관한 문헌목록으로 찍어 내더라도 아마 다 찍어 내지는 못할 터이니, 하물며 그를 기념하는 글을 게재하는 일이야. 그러나 역량에 걸맞은 일은 할 수 있으니, 비록 보잘것없는 잡지에 지나지 않지만 1928년이 아직 완전히 저물지 않은 때에 톨스토이 탄신 100년을 기념하고자 한다.

　이 19세기 러시아의 거인에 대해 중국에서는 수년 전에 소개하였고 올해에는 그를 꾸짖는 자도 나타났지만, 중국에 미친 그의 영향은 사실 여전히 제로나 마찬가지이다. 그의 삼대 명작 가운데『전쟁과 평화』는 지금까지 번역한 이가 아무도 없다. 전기傳記로는 고작해야 Ch. Sarolea[73]의 책의 문언 번역본, 그리고 대단히 불완전한 소책자『톨스토이 연구』[74]가 있을 뿐이다. 며칠 전 몇 개의 글자를 조사해 보고 싶어서 친구 몇몇과 함께 서양서적을 취급하는 서점을 여기저기 다녔지만 끝내 가로쓰기로 쓰인 그의 전기를 찾아내지 못하였다. 그에 관한 저작은 중국에서 이 정도이다. 그의 실천을 이야기한다면, 그건 더욱 상관이 없다. 우리나라에는 서점을 열고 양옥을 지은 혁명문호는 있지만, 농부에게 전답을 나누어 준 지주는 없다——이 역시 '천박한 인도주의'이기 때문이다. '출판의 자유'를 순하게 요구하는 '저작가' 겸 서점주는 있어도 황제에게 편지를 써서 직소하는 멍청이는 없다[75]——그렇게 해보아야 소용이 없기 때문이며, 위험을 겁내는 것은 결코 아니다. '무저항'이야 그런 사실이 있기야 있지만 결코 주의에서 비롯된 것이 아니라 사안이나 사람에 따라 달라서, 남의 뺨을 때리기도 하고 남에게 뺨을 얻어맞기도 한다. 러시아의 수많은 '영혼의 전사'(Doukhobor)[76]처럼 차라리 죽을지언정 병사가 되지 않겠다는 자가 있으리라 여긴다면, 그건 참으로 '기우'이다.

그래서 이번에는 외국인 —— 정말로 톨스토이의 작품을 읽은 적이 있고 그 역사적 배경을 잘 알고 있는 외국인 —— 의 글 몇 편을 소개하기로 하였다. 과거와 현재, 중국과 외국에서의 톨스토이에 대한 평가의 차이를 살펴볼 수 있을 것이다. 하지만 물론 몇몇 역자가 보았던 책이나 신문에서 고를 수밖에 없었으므로, 오직 이 몇 편의 글만이 현재 세간의 정론이라 할 수는 없다.

우선 당연히 Gorky의 『회상기』[77]를 들어야 할 텐데, 이 글은 대단히 간결한 서술로 톨스토이의 진실과 가식의 양면을 마치 우리 눈앞에 서 있듯이 생생하게 그려 내고 있다. 아울러 작자 Gorky의 면모 또한 생기 넘친다. 한편으로는 문인이 문인을 관찰하는 걸 살필 수 있고, 다른 한편으로는 노동자 출신과 농민사상가의 간극도 엿볼 수 있다. 다푸 선생이 예전에 사소한 의문을 지적한 적이 있다. 즉 제11절 가운데의 Nekassov라는 글자가 아무래도 틀린 것 같다면서, 미국판의 영문서적에 흔히 오류가 있다는 것이었다. 나는 러시아문학사에서 Nekrassov[78]라는 이름을 자주 보았기에, 인쇄할 때에 고쳤다. 이 책의 영국판본을 찾아 확인하고자 하였으나, 삼교를 마칠 때까지 영국판본은 끝내 구하지 못했다. 그래서 잠시 의문을 품은 채 그렇게 하는 수밖에 없었다. 만약 첨가한 'r'이 옳지 않다면, 이는 전적으로 엮은이의 책임이다.

첫번째 글은 톨스토이의 생애와 작품에 대한 총론으로, 내가 보았던 글 가운데에서 가장 간결하면서도 명료한 글이었다. 일본의 이다 고헤이[79]의 번역본 『최신 러시아문학 연구』에서 중역重譯한 것인데, 영문 책명은 『*Sketches for the History of Recent Russian Literature*』이다. 다만 이 책 전체의 번역본이 있는지는 알지 못한다. 원본은 1923년에 출판되었으며, 저자는 사회민주당원으로 여러 차례 구금된 끝에 추방당했다. 문학연구는 옥중에서 이루어졌다. 1909년에 귀국한 이래 차츰 정치에서 멀어져 오로지 문필활동과 문학 강의에만 종사하였다. 이 책은 Marxism에 의거하고 있지만 문예에 중점을 두고 있기 때문에, 톨스토이의 사상에 대해서는 "이 극단적인 무저항주의에 반대하여 일어났던 것이 Korolienko[80]와 Gorki 및 혁명적 러시아이다"라는 몇 마디만 기술하고 있을 따름이다.

사상 면에서 톨스토이를 비판하면서 이전 글의 결점을 보완해 주었던 것이 A. Lunacharski의 강연[81]이다. 저자가 현대비평계에서 차지하고 있는 지위의 중요성은 새삼 다시 말할 필요가 없을 것이다. 이 글은 오년 전의 강연이고 '멘셰비키'[82]와의 전투에 강연의 목적이 있었지만, 그 속에서 비非유산계급적 유물주의(Marxism)와 비유산계급적 정신주의(Tolstoism)의 차이와 상극, 그리고 Tolstoism의 결함 및 어떻게 혁명에 유해한지에 대해 대단히 확실하게 설명하고 있다. 이렇게 하여 톨스토이를 잘 비추어 볼 수 있을 뿐만 아니라, 톨스토이를 '비열한 설교자'[83]로 여겼던 중국의 창조사의 낡은 깃발 아래에 모인 '문화비판'자 또한 비추어 볼 수 있다.

Lvov-Rogachevski[84]는 톨스토이를 루소에 견주고, Lunacharski의 연설 역시 그러했다. 그러나 최근에 보았던 Plekhanov의 논문 「Karl Marx와 Leo Tolstoi」의 부기에서는 이렇게 기술하고 있다. "오늘날 톨스토이를 루소에 견주기 시작했지만, 이러한 비교는 부정적인 결론밖에 이

끌어 내지 못한다. 루소가 변증법론자(18세기 소수의 변증법론자의 한 사람)임에 반해, 톨스토이는 죽음에 이르기까지 정통의 형이상학자(19세기 전형적 형이상학자의 한 사람)였다. 감히 톨스토이와 루소를 나란히 놓으려는 것은 저 유명한 『인간 불평등 기원론』[85]을 읽어 본 적이 없거나 읽었어도 이해하지 못한 사람이나 하는 일이다. 러시아의 문헌 속에서 루소의 변증법적 특질은 12년 전에 이미 자수리치[86]에 의해 밝혀졌다.” 세 사람 모두 맑스학자의 비평가이다. 그렇지만 나는 “유물사관을 전혀 이해하지 못할”[87] 뿐만 아니라 루소나 톨스토이의 책을 연구해 본 적도 없으므로 어느 견해가 옳은지 알 길이 없지만, 독자가 참고할 수 있도록 이곳에 덧붙여 실었다.

고이즈미 야쿠모[88]는 중국에 이미 많은 사람들에게 알려져 있으니, 소개할 필요는 없을 것이다. 그의 세 편의 강의는 일본 학생들을 대상으로 한 것이므로, 우리가 읽어도 명료한 느낌이 들었다. 이 가운데에 연구해 볼 만한 문제 하나가 포함되어 있다. 즉 일반인이 읽어서 이해할 수 없을 경우, 이것을 뛰어난 문학이라 할 수 있는가 없는가라는 것이다. 만약 대중들이 이해하지 못하여도 뛰어나다고 여겨진다면, 그 문학 역시 결코 대중의 것은 아니다. 톨스토이가 이 점을 언급했던 것은 확실히 탁견이었다. 그러나 도시에 거주하는 프티부르주아에게 실천은 대단히 어려운 일이니, 먼저 ‘민중 속으로’[89] 가서 고통스러운 시련을 겪지 않으면 안 된다. 그렇지 않으면 창조사의 혁명문학가처럼 되고 말 것이다. 즉 청팡우成仿吾는 노동대중 속으로 들어가 그들을 위로하고 이끌자고 부르짖고(올해의 『창조월간』을 보라), “시인 왕두칭王獨淸 교수”는 다시 할인해서 다만 ‘혁명적 인텔리겐차’에게만 이야기를 하였다(『우리』我們 1호를 보라). 그런데 반년

이 지나자 뜻밖에도 슈젠지修善寺 온천[90]이나 반半조계[91]의 양옥에는 '노동대중'이 존재하지 않는다는 걸 어느덧 깨달았으니, 참으로 대단히 '기쁜'喜 일이다.

Maiski[92]의 강연 역시 외국인을 대상으로 한 것이기에, 역사로부터 톨스토이 작품의 특징에 이르기까지 대단히 이해하기 쉽다. 일본인의 업무 처리는 참으로 민첩하다. 지난달 말에 『맑스주의자가 본 톨스토이』[93]라는 책이 벌써 출판되었다. 모두 아홉 편의 글을 수록하였는데, 대체로 그의 철학은 혁명에 장애가 되지만 기술은 떠받들 만하다는 것이다. 이 강연의 주지 역시 마찬가지이며, 물론 '소비에트예술국'의 강령문건에 의거한 것이라 생각한다. 따라서 작법이 아무리 다르더라도 결론은 일치하기마련이다. 기술은 떠받들면서 사상을 깎아내리는 것은 일종의 재평가운동이자 숙청운동이다. 비록 그렇긴 하지만 이로 말미암아 문제가 야기될수도 있을 듯하니, 이런 식으로 추론한다면 기술의 생명이 내용보다 길어지게 되고, '예술을 위한 예술'이 소생하였다는 소식을 얻게 될 것이다. 그러나 이것은 그래도 톨스토이 탄생 백주년 후의 톨스토이론에 지나지 않는다. 이러한 세계에서 그의 본국이 상반된 관념을 지닌 톨스토이를 성대하게 기념하여 세계에 보여 주고, 그의 뛰어난 점을 외국인에게 강연한다는 것은 사실 매우 적막한 일이다. 장래에는 틀림없이 상이한 담론이 있을 것이다.

톨스토이 만년의 가출은 그 원인이 매우 복잡하지만, 그 가운데 일부는 가정 내 갈등이다. 다른 기록은 볼 필요 없이, 「톨스토이 자신의 일」[94]을 보기만 하면 그의 큰아들인 L. L. Tolstoi가 아버지에게 불만을 품었던 어머니를 편들었음을 알 수 있다. 『회상기』 제27절에 따르면, 톨스토이는

"내 자식 레프는 재능이 있는가?"라고 남에게 즐겨 캐물었다고 하는데, 이 물음 속의 레프가 바로 그이다. 끄트머리에 기록된 To the doctor he would say : "All my arrangements must be destroyed."는 특히 기이하여 이해하기가 어렵다. 톨스토이가 숨을 거두기 전, 그의 아내는 방에 들어가지 않았고 작자 또한 이것이 의사가 전해 준 말이라고 밝히지 않았으므로, 이 말은 매우 의심스럽다.

마지막 편[95]은 별로 관계가 없는 것이지만, 재작년의 Iasnaia Poliana 상황을 조금이나마 알 수 있다.

이번의 삽화는, 표지의 사진은 그의 본국의 판본에서, 책 첫머리의 그림은 J. Drinkwater가 펴낸 『The Outline of Literature』[96]에서, 그와 부인의 그림은 『Sphere』[97]에서 가져왔으며, 이 밖의 일곱 폭은 모두 독일인 Julius Hart[98]의 『톨스토이론』과 일본에서 번역된 『톨스토이전집』에서 가져온 것이다. 일본의 전집은 모두 60권이고 각 권마다 도판이 하나씩 있어서 고르려고만 한다면 적합한 것을 고를 수 있을 터인데, 안타깝게도 여섯 권밖에 갖고 있지 않은지라 그 안에서 아쉬운 대로 쓸 수밖에 없었다. 표지의 사진에서는 고리키의 눈에 기이하게 비쳤던 그의 손을 볼 수 있다. 경작하는 그림은 Riepin[99]이 1892년에 그린 것으로 대단히 유명한 작품인데, 이번 호의 Lvov-Rogachevski와 구라하라 고레히토 모두가 글 속에서 이를 언급하고 있다. 그리고 Riepin이 그린 한 폭의 좌상坐像이 더 있는데, 장차 게재할 날이 있을 것이다. 풍자만화(Caricature)에 대해서는 작자가 누구인지 알 수 없고, 나 역시 보아도 잘 알 수 없다. 그렇지만 아마 러시아의 평화는 오직 군대와 경찰에 의지하는 수밖에 없지만, 톨스토이는 이러한 국면을 깨뜨리고자 하였다는 의미인 듯하다. 한 장의 원고는 그가 얼마나 시간이 넉넉하고 얼마나 세밀한지, 그리고 여성 속기사에게 구술하여 소설을 쓰는 Dostoievski와 얼마나 다른지를 입증해 줄 수 있다. 한 장의 원고를 한 번 고쳐 쓰고 두 번 지우고, 결국에는 여덟 줄 반밖에 남기지 않았던 것이다.

기념일의 상황에 대해서는 본국에서의 모습은 중국에서 이미 『무궤열차』無軌列車[100]에 게재되었다. 일본에서는 일로예술협회日露藝術協會가 전소全비에트대외문화연락협회에 축전을 띠우는 한편, 도쿄의 요미우리讀賣신문사의 강당에서 톨스토이 기념강연회를 개최하였는데, Maiski가 연설하고 Napron 여사가 Esenin[101]의 시를 낭송하였다. 이와 동시에 다른 기념회가 개최되었는데, 아마 전자와 의견을 달리하는 사람들이 개최한 듯하다. 『일로예술』에 이 모임에 대한 공격이 보일 뿐, 상세한 내용은 알 길이 없다.

유럽의 상황은 자오징선[102] 선생이 내게 써 보낸 약간의 소식이 있을 뿐이다.──

최근의 『런던 머큐리』[103] 11월호를 읽어 보니 이런 내용이 실려 있다.

"톨스토이연구회는 백주년을 기념하는 각종 경축행사를 마련했다. 10월 말 「암흑의 세력」과 「교육의 열매」가 예술극원에서 상연된다. Anna Stannard는 『Anna Karenina』를 극본으로 개편하여 11월 6일 오후 3시에 왕립극장에서 공연할 예정이다. 같은 날 오후 8시에 P.E.N. 클럽[104]이 톨스토이를 축하하는 파티를 개최할 예정이며, Galsworthy도 참석한다고 한다."

『뉴욕 타임스』 10월 7일자의 「서보 평론」書報評論에 프랑스에서의 톨스토이 기념 소식이 실려 있다. 간추려 이야기하자면, 톨스토이는 유럽을 여행할 때 프랑스에는 별로 가지 않았는데, 자신이 인생을 위한 예술을 주장하였던 터라 프랑스문학을 그다지 좋아하지 않았기 때문이다. 그가 프랑스문학에서 제일 존경하는 작가가 세 사람 있는데, 바로 Stendhal, Balzac와 Flaubert이다. 또한 이들의 후배인 Maupassant, Mirbeau 등에 대해서도 칭찬하였다. 프랑스에 톨스토이가 알려진 것은 매우 이르며, 1884년에 『전쟁과 평화』의 프랑스어 번역본이 나왔고, 1885년에는 또 『*Anna Karenina*』와 『참회록』의 프랑스어 번역본이 나왔다. M. Bienstock는 일찍이 그의 전집을 번역하고자 하였으나, 안타깝게도 완역하지는 못하였다. Eugène Melchior de Vogüe가 1886년에 유명한 『러시아소설론』을 저술하여 톨스토이의 이름이 프랑스에 널리 알려지게 되었다. 올해에는 각 잡지 모두 대대적으로 논문을 저술하여 소개하고 있는데, 이 가운데 M. Rappoport는 톨스토이의 무저항주의에 극력 반대하면서 그를 몽상적 사회주의자라 일컫고 있다. 그러나 대체적으로 볼 때, 그에 대해 모두들 숭배하고 있으며, 로맹 롤랑은 이전에 『톨스토이전』[105]을 저술하던 당시와 마찬가지로 여전히 그에게 충심을 보이고 있다.

중국에서는 『문학주보』와 『문학전선』[106]이 톨스토이 기념호를 발간하였다. 12월의 『소설월보』에는 그와 관련된 도판 여덟 폭과 역저 세 편이 실렸다.

1928년 12월 23일, 루쉰 쓰다

8.

이 책의 교정을 마친 후, 말하지 않으면 안 되는 것이란 아무것도 없다는 생각이 들었다.

다만 문득 생각났지만, 중국에 있는 외국인 가운데 경서經書나 자서子書를 번역하는 이는 있어도, 현재의 문화생활——수준이야 어떻든 문화생활이다——을 세계에 소개하는 이는 거의 없을 것이다. 어떤 학자들은 책 더미 속에서 식인 풍속의 증거를 찾아내려고 혈안이 되어 있다. 이러한 면에 있어서는 일본이 중국보다 훨씬 행복한 편이다. 그들에게는 일본의 좋은 점을 선전해 주는 외국인이 늘 있고, 그들이 또한 외국의 좋은 것을 차근차근 수입해 온다. 영문학 방면에서의 고이즈미 야쿠모가 바로 그 일례인데, 그의 강의는 대단히 간결하고 명료하며, 학생들을 늘 고려한다. 중국의 영어연구는 결코 일본보다 뒤늦지 않으며, 접하는 것도 영어서적이 많고 학교 안의 외국어도 8, 90%가 영어이다. 그러나 영문학에 관한 이러한 강의는 지금껏 나타나지 않았다. 이제 몇 편을 게재하니, 영어를 읽으면서도 그 사적 관계에 주의를 기울인 적이 없는 젊은이에게 아마 의미가 매우 깊을 것이다.

이전에 베이징대학에서 러시아와 프랑스 문학을 가르치던 이바노프(Ivanov)와 트레차코프(Tretiakov)[107] 두 선생은 뛰어난 교육자였다고 나는 생각한다. 우리가 『소련의 문예논전』과 『열둘』[108]을 직접 번역하고 그 번역 또한 믿음직한 것은 바로 이들의 지도 덕분이다. 이제 러시아문학과는 이미 '정인군자'들에게 맞아 흩어졌으며, 책을 번역하던 젊은이마저 행방을 알 수 없게 되어 버렸다.

아마 4, 5년 전의 일일 것이다. 이바노프 선생이 나에게 이렇게 말한 적이 있다. "당신들은 아직도 Sologub[109] 부류를 이야기하면서 신선하다고 여기는데, 이들의 이름은 우리 귀에는 이미 마치 백 년 전의 사람의 이름인 양 들립니다." 나는 이 말이 진실이며, 변동하고 진전하는 곳에서의 10년은 틀림없이 우리의 한 세기 혹은 그 이상과 맞먹을 수 있으리라 확신한다. 그러나 비록 그럴지라도 이들 옛 작가에 대해 우리는 여전히 '이야기'할 뿐이다. 그의 작품의 번역본은 단편 몇 편이 있을 뿐이며, 제법 길고 널리 알려진 『작은 악마』는 지금까지도 출판되지 않았다.

이 유명한 『작은 악마』의 작가인 솔로구프는 작년에 레닌그라드에서 향년 65세로 사망하였다. 10월혁명 당시, 수많은 문인들이 외국으로 달아났다. 그러나 그는 달아나지 않았지만, 글 쓰는 일도 하지 않았다. 물론 그는 유명한 '죽음의 찬미자'였기에, 그러한 시대와 환경 속에서 당연히 아무것도 쓸 수 없었으며, 쓴다 한들 발표할 길도 없었다. 이번에 그의 단편소설 한 편[110]을 번역하여 싣지만 ── 아마 이전에 누군가 번역한 적이 있을지도 모른다 ──, 이 작품이 그의 대표작이라는 것은 아니며, 다만 이로써 자그마한 기념으로 삼고자 한다. 여기에 묘사되어 있는, 무릇 집단주의를 알지 못하는 굶주린 자들은 아마 대부분 이러한 심정이리라 생각한다.

1929년 1월 18일, 루쉰

9.

이것이 제1권의 최종호인 셈이고, 앞으로는 제2권이 시작된다. 다른 잡지야 어떤지 모르겠지만, 『분류』는 고작 열 권을 찍어 냈을 뿐이고 사회적으로 중시받는 '음력' 설처럼 폭죽을 성대하게 터뜨리지 않으면 안 될 신비스러운 현묘한 이치도 없다. 다만 내용을 간단하게 마무리하여 독자들이 구독을 중단할지 계속할지를 판단하기 편하도록 하겠다는 뜻이야 지니고 있다. 그렇지만 현재 『폭탄과 날아가는 새』[111]가 아직 완결되지 않았는데, 이 작품은 중요한 시대에 광대한 지역에 걸쳐 갖가지 상황을 묘사한 장편이다. 그래서 잡지에 실으려면 일년이나 반년이 걸리는 것은 필연적이며, 게다가 매호마다 2, 3장은 꼭 실어야 하니, 아마 도량이 큰 독자라야 틀림없이 양해하여 주실 것이다.

다음으로, 최초의 계획은 만약 장래에 단행본으로 찍어 낼 번역이나 저작을 실을 경우 죄다 여기에 발표하여, 독자가 일부분을 읽은 적이 있는 서적을 다시 구입하지 않도록 하는 것이었다. 그러나 역자와 저자의 생활상의 관계로 인하여, 이 계획은 아마 실행되지 못할 듯하다. 설사 익명의 '비평가'가 먼저 잡지에 어쨌든 발표한 다음에 책으로 모아 찍어 내는 것은 죄라고 여길지라도 달리 방법이 없다. 내용 전체가 게재 완료된 것은 오직 두 가지, 즉 『반역자』와 『문예정책』뿐이다.

『반역자』의 본문 세 편은 아리시마 다케오가 온 정성을 기울여 저술한 짧은 논문으로, 첫째 편은 조각에 대해, 둘째 편은 시에 대해, 셋째 편은 그림에 대해 다루었다. 부록 한 편은 역자가 지은 것이고, 삽화 스무 종은 엮은이가 덧붙인 것으로 원본에는 없다. 『문예정책』의 원역본은 이렇게 완료되었지만, 문예정책에 관한 다른 글 몇 편을 보았던바, 이들을 번역해 내면 아마 모든 게 더욱 명확해질 것이다. 현재 부록으로 덧붙이면 어떨까 생각 중이다. 하지만 금세 어떻게 할지 결정하지는 못했다.

『문예정책』에는 달리 화스畵室 선생의 번역본이 있는데, 작년에 출판되었다. 으레 그렇듯이 창조사 혁명문학 여러분으로부터 또 '비판'이 있었는데, 루쉰이 이 책을 번역한 것은 '낙오'가 내키지 않아서라느니, 그런데 뜻밖에 화스가 선수를 쳤다느니[112] 수군거린다고 한다. 사실 내가 이 책을 번역한 것은 '낙오'를 면하기 위해서도, 앞을 다투기 위해서도 아니다. 만약 책 한 권을 번역하여 '낙오'를 면할 수 있다면, 선구 역시 수월한 놀이이다. 내가 이 책을 번역한 것은 모두에게 갖가지 논의를 보여 주어 중국의 새로운 비평가의 비평 및 주장과 비교해 볼 수 있도록 하려는 것뿐이다. 왕희지王羲之의 진품의 필체를 번각翻刻하여 사람들이 자칭 왕파王派의 초서와 비교할 수 있도록 함으로써 엉터리를 막아 내도록 하는 것과 흡사하다. 이걸 기화로 '슈젠지'修善寺 온천에 목욕하러 가는 것은 실로 바람직하지 않다.

다음으로, 원래는 매호를 지연되는 일 없이 20일에 출판하고자 하였으나, 결국 한 달이나 늦추어지고 말았다. 최근에 애독자 몇 분의 편지를 받았는데, 지연에 대해 책망하면서 제때에 나오도록 힘써 달라는 내용이었다. 우리 역시 어찌 그렇게 하고 싶지 않겠는가만, 첫째로는, 도중에 세 차례나 증간되는 바람에 이백 쪽이 늘어났으니, 열 달 동안에 열한 권을 정기간행한 셈이다. 둘째로는, 이 열 달 동안에 인쇄국의 파업이 두 차례, 그리고 온 나라가 소중히 여기는 '음력' 정월이 한 차례 있었다. 이러한 대사에 대해 『분류』 동인 몇 명에게 황푸강에 뛰어드는 것 외에 달리 뾰족한 수가 없다. 예컨대, 상하이의 주민이 가장 즐겨 구경하는 '대출상'大出喪을 벌이려는 거야 본래 유토피아적 공상이라고는 할 수 없지만, 만약 배우가 설을 쇠러 고향집에 다니러 갔다면 필연적으로 출상할 수가 없게 된다. 그러므로 작년 일 년간 쌓은 경험에 비추어 보면, '범례'凡例에서 말한바, "뜻 밖의 장애가 없는 한, 매달 중순에 출판하기로 한다"의 앞 구절의 뜻이 참 으로 중요해진다고 생각한다.

쑨융孫用 선생이 역시譯詩를 부쳐 온 후, 또 작자 「Lermontov 소기小記」를 보내왔다. 안타깝게도 그때는 제9기가 이미 인쇄된 뒤인지라 덧붙이지 못하였으니, 이제 여기에 싣기로 한다.——

미하일 유리예비치 레르몬토프(Mikhail Gurievitch Lermontov)는 1814 년 10월 15일 모스크바에서 태어나, 1841년 7월 27일에 죽었다. 러시아 시인이자 소설가로서, '코카서스의 시인'이라 일컬어졌다. 그는 일찍이 두 차례 코카서스로 추방당했으며(1837, 1840), 그곳에서 결투로 말미 암아 죽었다. 그의 가장 유명한 작품은 소설 『우리 시대의 영웅』과 시가 『차르 이반 바실리예비치의 노래』, 『Ismail-Bey』 및 『악마』 등이 있다.

웨이쑤위안韋素園 선생이 보내온 편지에 Gorky의 『톨스토이 회상기』 와 관련된 곳이 몇 군데 있기에 아래에 초록하여 둔다.——

『분류』 7호에 실린 다푸 선생의 번역글에 두 가지 의문점이 있었는데, 이제 시내에서 Gorky의 톨스토이 회상의 원문을 구하였는바, 아래와 같이 답합니다:

1. 『톨스토이 회상기』 제11절 Nekassov는 확실히 Nekrassov의 오류 입니다. 네크라소프는 19세기 러시아의 유명한 국민시인입니다.

2. 'Volga 선교자'의 Volga는 강의 이름이며, 중국의 지리책에는 흔히

워와허澗瓦河라고 번역되고 있습니다. 러시아 농민들은 이 강을 '사랑하는 어머니'라고 일컫습니다. '비열한 설교자'라고 번역하는 이가 있습니다만, 이는 오류입니다. 그러나 이곳은 Gorky의 『회상기』 제32절의 원문에 따르면 '볼가강 유역'이라 번역해야 맞지 않을까 생각합니다. 왜냐하면 여기에는 단지 Volga라는 글자만이 아니라 그 앞에 전치사(za)가 놓여 있기 때문입니다.

이상은 페테르부르크 1919년 그르제출판부에서 발행한 판본에 의거하여 작성되었으므로 크게 틀리지는 않을 것입니다. 그러나 제가 보기에, 편지가 회상기보다 훨씬 잘 씌어져 있습니다.

그 편지에 대해 이야기하자면, 내가 다푸 선생에게 함께 번역하자고 졸랐던 일이 참으로 한두 번이 아니었다. 어서 번역해 내면 멋진 그림이나 사진도 끼워 넣어 한 권의 책으로 출간할 수 있다고 몇 번이나 달콤한 말로 꾀었다. 한번은 번역글을 칭찬한 독자의 편지를 특별히 우송하여 독서계의 기대가 얼마나 뜨거운지 알려 주었다. 만날 때에 이야기를 꺼내면, 그 발문에서 말하였듯이 당분간 번역하지 않겠노라[113]고는 말하지 않지만, 지금까지 끝내 착수하지 않은 듯하다. 이건 참으로 어찌해 볼 도리가 없다. 이제 아예 이 사정을 공표하여 다시 한번 '악독'하기 그지없는 재촉으로 삼기로 한다.

1929년 3월 25일, 루쉰 쓰다

10.

프랑스 문학비평에 관한 E. Dowden의 간단명료한 논문[114]은 이번 호에 서 종료되었다. 나는 그의 논문이 독자에게 많은 도움이 되었으리라 믿으 며, 더불어 영국 비평가의 비평에 대한 비평을 엿볼 수 있었으리라 생각 한다.

이번 호에서는 노구치 요네지로[115]의 「아일랜드문학 회고」를 번역하 였다. 번역글이야 졸역이라 훌륭한 원작에 미치지 못함은 물론이다. 그러 나 내용은 대단히 간명하면서도 핵심을 움켜쥐고 있는지라, 아일랜드문 학운동의 전말에 대해 알기 쉽게 설명하고 있다. 중국에서도 몇 년 전에 Yeats, Synge[116] 등의 생평과 작품이 여러 차례 소개된 적이 있는데, 이제 이 글이 아마 좀더 깊이 이해할 수 있도록 도와줄 것이다.

다만 작자가 시인이기에 그 글 속에 시적인 표현이 많다는 것은 새삼 말할 나위가 없을 것이다. 단 한 가지, 번역을 마치면서 몇 마디를 덧붙이 고 싶다. 그것은 곧 "어느 나라의 문학이든 고대의 문화와 천부적 재능, 이 들이 근대의 시대정신과 어떤 관계를 맺고 있는가를 알지 않으면 안 된다. 이로부터 참된 생명이 배양되는 것이다"라는 작자의 주장이다. 이러한 주 장은 물론 작자 한 사람만의 이야기가 결코 아니다. 가장 혁명적인 나라에 서조차 고전 문장을 끄집어 내오는 추세이며, 톨스토이전집의 간행은 대 단찮은 일이다. 이를테면 Trotsky는 분명히 Dante와 Pushkin을 읽을 만 하다고 말하고 있고, Lunacharski는 고대에 한 민족이 발흥했던 시대의 문예가 최근 19세기 말의 문예보다 낫다고 여긴다. 그러나 이것은 중국의 두 복고파—요순堯舜의 태평성세를 동경하는 유로遺老, 원대元代를 심복하는 유소遺少 ──가 구실로 삼을 수 있는 게 결코 아니다. ──이 두 파의 사상은 비록 Trotsky와 확연히 다르지만, 자신에게 유리하다고 느낀다면 이들 역시 구실로 삼으리라고 장담할 수 있다. 현재의 환상 속의 요순, 저 무위無爲로써 다스렸던 세상, 돌아갈 수 없는 유토피아, 그 확실성은 '저승'에 가는 것보다도 훨씬 떨어진다. 원대에 이르러 당시 동쪽으로 중국을 집어삼키고 서쪽으로 유럽을 치는 등, 무력은 물론 강대하였지만, 그들은 몽고인이다. 만약 이것을 중국의 영광이라 여긴다면, 지금이라도 영국에 항복하여 자국의 국기 ──단 오색의 것[117]은 아니다──가 "해가 뜨고 지는 곳곳마다 나부긴다"고 생각할 수 있다.

요컨대, 만약 본보기로 삼을 만한 선례가 없다면, 스스로 새로이 만들어 내는 수밖에 없다. 낡은 것을 끌어와 새로운 것을 북돋아도, 결과는 흔히 이름만 다를 뿐이다. 『홍루몽』을 19세기식의 연애에 억지로 갖다 붙여도 만들어진 것은 여전히 보옥寶玉이며, 이름만 '젊은 베르테르'로 변했을 따름이다. 『수호전』에 혁명정신이 있다고 해서 그 기세를 틈타 일어난 자는 얼굴을 분칠하고 강도짓을 하는 가짜 이규李逵일 수밖에 없다 ──하지만 그의 아호는 아마 '돌연변이'[118]일 것이다.

책 맨 끝의 글은 Douglas Percy Bliss의 『A History of Wood-Engraving』에 대한 비평[119]에 지나지 않지만, 그 책 ──유럽 목판화의 개략을 알 수 있기에 특별히 수록하였다. 참고하도록 제2권의 제1기와 제2기의 두 책에 목판화의 삽화를 덧붙인다. 앞으로도 아마 각 유파의 작풍을 볼 수 있도록 계속 덧붙이려 한다. 사견이지만, 인쇄기술이 아직 발달하지 않은 중국에서는 미술가가 목판화 제작을 겸할 수 있다면, 이는 대단히 중요하다. 인쇄가 용이한 데다가 쉽게 변질되지도 않기 때문이다. 따라서 유포도 비교적 광범위해져서, 폭이 넓고 길이가 긴 커다란 그림처럼 한 곳에 고정되어 몇몇 사람만이 감상하는 일은 사라질 것이다. 또한 인장을 새기는 사람이 철필로 그림을 새긴다면, 아마 새로운 국면을 개척할 수도 있을 것이다.

그러나 목판화를 복제하더라도 현재 중국의 제판과 인쇄 기술로는 안 된다. 간혹 보기도 하지만, 이건 아니라는 생각이 절로 든다. 만약 진지하게 연구하려 한다면, 몇 장의 복제된 삽화는 참으로 싸구려 티가 역력하여 믿을 수 없고, 결국 다른 나라의 책을 보는 수밖에 없다. Bliss의 책은 역사를 탐구하기에는 좋지만, 작품을 보기에는 적당치 않다. 책 속에 근대의 작품이 비교적 드물기 때문이다. 목판화에 뜻을 둔 사람을 위해 그런대로 적합한 두 종류의 책을 아래에 들어 본다. ──

『*The Modern Woodcut*』 by Herbert Furst, published by John Lane, London. 42s. 1924.
『*The Woodcut of Today at Home and Abroad*』, commentary by M. C. Talaman, published by The Studio Ltd., London. 7s.6d. 1927.[120]

전자는 너무 비싸고, 후자는 비교적 싼 편이지만 아쉽게도 올해에는 이미 품절되었으며, 옛 판본은 21실링까지 값이 뛰었다. 하지만 수시로 구미서적 광고에 신경을 쓰고 있노라면, 아마 언젠가는 새로운 판본의 알맞은 책을 구할 수 있을 것이다.

1929년 5월 10일, 루쉰 쓰다

11.

A. Mickiewicz(1798~1855)[121]는 폴란드가 이민족의 압제 아래 놓여 있던 시대의 시인으로, 복수를 고취하고 해방을 희구하여 2, 30년 전에 중국 청년의 공감을 불러일으키기에 충분했다. 나는 일찍이 「마라시력설」에서 그의 생애와 저작에 대해 이야기한 적이 있으며, 훗날 논문집 『무덤』墳에 수록하였다. 내 기억에 『소설월보』에서 피억압민족의 문학에 주목했을 때에도 언급했던 적이 있는데, 주변에 옛 월보가 없어서 몇 권 몇 기에 실려 있는지는 밝히지 못한다. 최근 『분류』 제2권 제1기에 그의 시 두 편을 실었었다.[122] 하지만 이번에는 파리에서 새로이 제작된 그의 조상彫像[123]을 소개하고자 하였다. 『청춘예찬』[124] 역시 프랑스어에서 중역하였다.

I. Matsa[125]는 헝가리의 망명혁명가로서, 현재 과학적 사회주의의 수법으로 서구의 현대예술을 분석하여 『현대유럽의 예술』이라는 유명한 책을 저술하였다. 이번 기에 실린 「예술 및 문학의 제 유파」는 이 책 가운데의 한 편이며, 각국의 문예를 종합적으로 파악하고 분석하였다. 편폭이 많지 않으므로 하나의 기에 모두 실어야 했으나, 후반부에 있는 도표를 제판할 시간이 나지 않아 하는 수 없이 두 기로 나누기로 하였다.

이 글에서 거론한 새로운 유파는 유럽에서는 대부분 이미 진부해졌지만, 중국에서는 이름만 들어 보았을 뿐인 것도 있고 이름조차도 소개되지 않은 것도 있다. 여기에 이 평론을 게재하는 것이 너무 이른지 아니면 한물갔는지 자못 염려스럽지만, 나는 이 글이 대단히 의미 있다고 생각한다. 이것은 일종의 예방소독으로, 새로운 명목을 훔쳐 자신을 과시할 줄만 알 뿐 실제는 전혀 없는 '문호'를 "내쫓을"[126] 수 있다. 왜냐하면 이 글에서 거론한 각종 주의는 과학의 빛으로 파헤치지 않으면, 주의를 이용하여 결점을 감추는 자가 아직도 적지 않기 때문이다.

Lunacharski는 이렇게 말했었다. 문예상의 갖가지 이상야릇한 주의는 다락방의 문예가에게 생겨나고, 판매상과 호기심 많은 부자들 속에서 흥성한다. 이들 주의의 창시자들은 좋게 말하면 자신감 넘치는 불우한 재인才人이고, 나쁘게 말하면 사기꾼[127]이라고. 그러나 이 말을 중국에 끼워 넣어 보면 반밖에 맞지 않는다. 우리는 누군가가 무슨 주의를 제창하고 있다──이를테면 청팡우가 표현주의를 떠들어 댄다거나 가오창홍高長虹이 미래파를 자처한다는 따위 ── 는 소리를 들을 수는 있지만, 그 주의의 작품은 한 편도 본 적이 없다. 떠들썩하게 간판을 내걸고서 개업과 도산의 쌍둥이를 낳기 때문에, 유럽의 문예사조는 중국에서 한 번도 공연된 적이 없지만, 하나하나가 진즉 공연되었던 듯도 하다.

한커우漢口에서 보내온 편지를 받았는데, 이렇게 쓰여 있다:

어제 베이신北新에서 보내온 『분류』 2권 2기를 받자, 나는 얼른 세 폭의 삽화를 훑어본 후 곧바로 「편집 후기」를 읽었습니다──이건 저의 오랜 버릇입니다. 그 안에 "또한 인장을 새기는 사람이 철필로 그림을 새긴다면, 아마 새로운 국면을 개척할 수도 있을 것"이라는 한 마디는 저를 몹시 흥분시켰습니다. 저는 학교 다닐 적의 마지막 일 년, 그리고 학교를 떠난 뒤 직장을 구하지 못한 시기에 인장 새기기를 배운 적이 있습니다. 비록 지금이야 반년 넘도록 그걸 멀리하고 있습니다만. 그 무렵 우연히 시험 삼아 그림 인장 몇 개를 새겨 보았습니다만, 그림에 소실도 없고 성공할 가망성도 없다고 여겨 지속적으로 노력하지는 못하였습니다. 그런데 새겨 놓은 인장 몇 개는 기회만 있다면 어딘가에 발표하고 싶었습니다. 그래서 『미육』美育을 편집하는 리진파李金髮 선생께 보내드렸는데, 아직까지 아무 소식이 없습니다. 제2기 『미육』은 값이 올라 한 권에 2위안이나 하던데, 그 안에 실려 있는지 어떤지 알 수 없습니다. 이밖에도 화보를 출판하는 한커우의 모 신문사에도 보낸 적이 있습니다만, 화보는 나오지 않은 채 물론 감감무소식입니다. 그런데 어느 작은 신문으로부터는 찬사를 받았는데, 조각한 인물이 대부분 '러시아인'이라는 소리에 온당치 않다면서 내게 당국 요인의 얼굴을 조각하라고 권유하였습니다. 원망스럽게도 저는 요인의 존안을 새기고 싶다는 생각을 해본 적이 전혀 없습니다. 이렇게 세 차례 벽에 부딪히고 나자, 저는 이 몇 개의 인장을 상자 속에 집어넣는 수밖에 없었습니다. 이제 당신의 이 말에 제가 어찌 흥분하지 않을 수 있겠습니까? 그리하여 특별히 무더위를 무릅쓰고서 찜통 같은 침실에서 그 인장을 끄집어 내어 살펴보시도록 보냅니다. 졸렬함을 비웃지 않으시어 『분류』에 실릴 수 있다면, 이보다 더한 기쁨은 없을 것입니다.

7월 18일, 묘[128] 삼가 올림

머나먼 한커우에서 이러한 호응을 보내왔다는 것은 적막한 우리에게도 물론 고맙고 흥분되는 일이다. 『미육』 제2기는 신문에서 목차만을 보았을 뿐인데, 이 항목이 있는지 없는지 잘 기억나지 않는다. 요인을 새기지 않는 걸 불만스러워한 작은 신문은 아마 판화가를 사진관으로 오해한 모양이다. 오직 사진관만이 요인의 확대사진을 걸어 둘 뿐이다. 지금은 어쩌면 경쟁심의 발로일 수도 있으니, 아마 정말로 숭앙하고 있는 것은 아닐 것이다. 그렇지만 이번에는 또 네번째의 벽에 부딪혀야 할 듯하다. 『분류』는 판형이 크고 도판은 작으므로 아무래도 잘 어울리지 않으니, 『조화순간』[129]에 보내 볼까 생각하고 있다. 다만 조각한 분이 알기 쉬운 이름을 내게 알려 주기를 바란다.

이밖에 「공자, 남자를 만나다」[130]가 산둥山東 취푸曲阜의 제2사범학교에서 공연되어, '성인의 후예'가 고소를 하고 유명인사가 진노하는 소동이 일어났다. 이에 관한 공문서 따위를 수집한 적이 있고 부록으로 만들어 발표하고 싶었지만, 이번에는 쪽수의 제한으로 인해 끼워 넣을 수 없었다. 다른 기회, 혹은 다른 곳을 기다리는 수밖에 없다. 『위쓰』에 보내 볼까 생각하고 있다.

독자 여러분, 그럼 이만.

8월 11일, 루쉰

12.

이번 기의 출판을 추산해 보니, 제4기와 만 석 달의 간격이 있을 터라 독자들은 낯선 느낌이 들지도 모르겠다. 이렇게 지연된 까닭의 하나는 출판소의 이야기에 따르면 생산원가를 건질 수가 없기 때문이라고 한다. 그렇다면 이 책임은 각지 판매점의 횡령 탓으로 돌리는 수밖에 없다……. 다만 이제 어쨌든 돈이 들어왔으니, 이것을 몽땅 털어 넣어 역문의 증간호를 내기로 하였다.

증간된 내용은 모두 번역이지만, 달리 깊은 의미가 있는 것은 아니다. 가지고 있는 원고 가운데에 그저 번역글이 많고 정리해 보니 꼴을 갖추기가 쉽기 때문이었다. 작년에 혁명문학의 깃발을 내걸었던 '젊은' 명사들은 올해 벌써 '소기자'小記者로 변신한 이들이 많은데, 그중 어떤 이는 조그마한 신문에 이런 불평을 토로하였다. "출판업자에 따르면, 올해 창작물은 별 볼 일이 없고 번역물, 그것도 사회과학의 번역물이 잘 팔린다고 한다. 상하이에서 오로지 소설을 팔아먹고 사는 대소 문학가야말로 죽을 맛이다! 만약 이렇게 나가면 문학가들은 전업을 하지 않으면 안 될 것이다. 소기자의 추측이지만, 장차 상하이의 문학가는 일군의 번역가만 남지 않을까 싶다." 이건 사실 '혁명문학가'가 '소기자'로 변신한 원인을 설명하고 있을 뿐이다. 만약 일군의 번역가,——성실한 번역가만 남는다면, 중국의 문단이 아직은 타락하지 않은 셈이다. 그러나 『분류』가 계속해서 출간될 수 있다면, 그래도 창작을 싣고자 한다. 다른 조그마한 신문은 이렇게 말한다. "바이웨이白薇 여사의 최근작 『폭탄과 날아가는 새』炸彈和征鳥는 『분류』제2권의 각 기에 연재되었는데, 최근에 듣자 하니 베이신서국에서 곧 단행본으로 찍어 내어 발매할 예정이라 2권 5기부터는 연재가 중단된다고 한다." 사실 엮은이조차도 이러한 소식을 들어 보지 못했고, 베이신서국으로부터 '연재 중단'의 명령도 받은 적이 없다.

이번 기의 내용에 대해서는 엮은이 역시 별로 할 말이 없다. 세계의 모든 문학의 좋고 나쁨은 설사 '조감'하더라도 아마 지금은 자오징선 씨만이 알고 있을 터이므로.[131] 하물며 역자는 글 말미에 대개 해설을 덧붙이고 있으니, 엮은이가 이러쿵저러쿵 말할 필요가 없다. 다만 커다란 틀에 대해 말한다면, 전체적으로 일치된 실마리가 있는 게 아니라, 우선 다섯 작가의 초상, 평전, 작품을 늘어놓았다. 먼저 작품이 있고서 전기를 번역하여 덧붙인 것도 있고, 먼저 평전이 있고 난 후에 글이나 시를 구한 것도 있다. 이번 기에 이것들이 실린 이후에 앞으로도 계속해서 쌓아 가고, 소개할 만한 번역글이라고 생각될 경우 몇 편을 골라 다음 기에 싣는다면, 책으로 만들 때 상당히 두터워질 것이다.

첫번째 글 「페퇴피의 생애」[132]를 받았을 때, 나의 젊은 시절 추억을 불러일으켰다. 그는 내가 당시 숭앙했던 시인이기 때문이다. 만주정부 아래에 있는 사람이 차르에 반항하는 영웅에게 공감하는 것 역시 자연스러운 일이다. 다만 그는 사실 애국시인이다. 역자가 아마 그를 사랑하기에 약간의 옹호는 어쩔 수 없었던지 'nation'을 '민중'으로 번역하였지만,[133] 그럴 필요는 없다고 생각한다. 그는 그 시대에 태어났기에 당연히 현대적 견해를 지니고 있지 않으며, 장점을 취하고 단점을 버려 그 '투지'가 젊은 전사의 마음을 고무시킬 수만 있다면 그것으로 족하다.

페퇴피를 가장 일찍 소개했던 것은 「페퇴피 시론」이라는 반쪽짜리 번역글로, 20여 년 전 일본 도쿄에서 출판된 『허난』河南에 실렸는데,[134] 지금은 아마 사라져 버렸을 것이다. 다음으로 나의 「마라시력설」에서도 언급되고 훗날 『무덤』에 수록되었다. 그 이후로는 『가라앉은 종』沉鐘 월간에 펑즈馮至 선생의 논문이 실렸고,[135] 『위쓰』에는 L. S.의 역시가 실렸는데 이번 기에 실린 시와 두 편이 중복된다.[136] 최근에 쑨융 선생이 『용사 요한』이란 서사시를 번역하느라 대단히 공을 들였는데, 안타깝게도 100쪽이 넘어 『분류』의 편폭 제한으로 말미암아 끝내 싣지 못하고 단행본으로 내는 수밖에 없다.[137]

체호프[138]는 중국에서 가장 많이 알려진 문인의 한 사람으로, 그가 창작을 시작한 지가 지금으로부터 어느덧 50년이고 죽은 지도 만 25년이 되었다. 일본에서는 그의 창작 50년 기념회가 개최되었고, 러시아에서도 소책자를 발간하여 사후 25년을 기념하였다. 이번 기의 삽화는 바로 그 가운데의 한 장이다. 나는 공평하다고 여겨지는 논문 한 편[139]을 번역하였으며, 창작 두 편이 이어졌다. 「사랑」은 평론에서 언급된 작품으로, 참고할 만하다. 만약 「초원」과 「골짜기」가 있다면 더욱 좋았겠지만, 두 작품 모두 너무 길어서 그만두기로 했다. 「곰」이란 극본은 일본의 요네카와 마사오[140]가 번역한 『체호프 희곡전집』에서 번역해 낸 것이다. 이 극본은 차오징화曹靖華 선생의 번역본도 있는데, 「어리석은 자蠢貨」라는 이름으로 '웨이밍총간'未名叢刊에 실렸다. 러시아인들은 어리석은 사람을 '곰'이라 일컫는데, 중국에서 '우둔한 소'라고 일컫는 것과 흡사하다. 차오 선생의 번역은 말투가 간결한 반면, 이번 번역은 비교적 곡절이 많다. 서로 대조하여 각각의 장점을 취한다면, 아마 공연할 때 퍽 도움이 될 것이다. 요네카와의 번역본에는 이 작품에 대한 해제가 붙어 있는데, 이를 번역하여 아래에 신는다.—

1888년 겨울, 체호프는 모스크바 코르쉬극장에서 프랑스 희극의 번안인 「승리자에게 재판 없다」를 구경했을 때, 우악스러운 여성정복자의 역을 공연한 배우 솔롭초프의 재능에 매료되어, 그를 위해 비슷한 역을 써주고 싶은 유혹을 느꼈다. 그리하여 샘 솟구치듯 창작력이 솟아나와 신이 나서 정말 하룻밤 사이에 완성한 것이 바로 이 경묘하기 짝이 없는 「곰」이다. 오래지 않아 이 희극은 코르쉬극장의 무대에서 솔롭초프의 손에 의해 공연되었으며, 과연 대단한 성공을 거두었다. 이 성공을 기념하기 위해, 체호프는 이 작품(의 인쇄본 위에 제목을 붙여)을 솔롭초프에게 헌정하였다.

J. Aho[141]는 그윽하면서도 애처로운 정취를 지닌 핀란드 작가로서, 엄혹한 자연환경에서 자랐으며, 훗날 프랑스문학의 영향을 받았다. 『역외소설집』域外小說集에서도 그의 소설 「선구자」를 소개한 적이 있다. 이 소설은 젊은 부부가 희망을 품고 황량한 숲을 개간하지만, 자연의 힘에 무릎을 꿇은 채 끝내 죽음을 맞이하는 이야기이다. 이 작품 속의 예술가처럼 자연의 아름다움을 느끼면서도 그것을 표현할 힘이 없는 것과 똑같은 의미를 지니고 있다. Aho 이전의 작가인 Päivärinta의 「인생도록」人生圖錄(독일어본은 『Reclam's Universal Bibliothek』 속에 실려 있다)[142] 역시, 실연으로 인해 늙도록 의기소침하여 말이 없던 사람이 특이한 춤으로 사람들에게 웃음을 안겨 주어 한 잔의 술을 받지만, 그가 나그네(작자)에게 그 까닭을 설명하자마자 곧바로 죽음을 맞이한다는 이야기이다. 이러한 Type[143]는 아마 핀란드에서 흔히 발견될 것이다. 이것과 자연환경의 상관관계는 F. Poppenberg의 「아호의 예술」[144]을 보면 금방 알 수 있다. 이 글은 대단히 뛰어난 논문으로, 비록 이야기가 한 개인의 책 한 권에 편중되어 있지만, 핀란드 자연의 전경全景과 문예사조의 일각一角이 모두 묘사되어 있다. 다푸 선생은 이 글을 번역할 때, 얼굴을 마주하거나 편지 속에서 불만을 드러냈으며, 본문의 부기 속에도 "원성이 길에 넘친" 흔적을 남기고 있다.[145] 그의 고충은 나도 잘 알고 있으며, 미안하기도 하다. 왜냐하면 당초에는 내가 번역할 작정이었으나 나중에는 번거롭다는 생각이 들어 그에게 미뤄 버렸기 때문이다. 한편으로는 그가 "그래요, 그래, 해드리지요"라고 떠맡으리라고 예상하기도 하였다. 이러한 방식은 '혁명문학가'가 자신은 온천물에 몸을 담근 채 남에게는 혁명하라고 외치는 것과 매우 흡사하지만, …… 만약 며칠 더 편집을 하지 않으면 안 되는 경우라면, 이러한 '정

책'은 폭로하지 말고 잠시 가만히 있어 보라.

Kogan[146] 교수의 Gorky에 관한 짧은 글 역시 아주 간명한 것이다. 그의 작품 내용의 출발점과 변천에 대한 설명은 대부분 정곡을 찌르고 있다. 초기 작품 「매의 노래」[147]는 웨이쑤위안 선생의 번역이 '웨이밍총간'의 하나인 『국화집』黃花集 안에 수록되어 있다. 여기의 편지[148]는 최근작이지만, 그의 솔직함과 천진함, 그리고 기세가 등등함을 엿볼 수 있다. '기계적 시민'도 사실 마음속으로 생각하는 그대로 말하는 솔직한 사람들이며, 결코 간판을 바꿔 달고서 '사자 몸속의 벌레'[149] 노릇을 하는 이들이 아니다. 만약 중국이라면 어느 한 파가 정권을 장악한 이후에 어느 누가 자신의 불만을 드러내 놓고 주절주절 떠들어 댈 수 있겠는가. 눈앞의 예를 들자면, 장쉰[150] 시절에 일세를 풍미했던 '유로'遺老, '유소'遺少의 티는 이제 표면적으로는 이미 자취를 감추었다. 『성사』醒獅의 부류[151] 역시 오로지 '공산당'과 '공산당 주구'의 타도를 내걸고서 멀리 수도를 향하여 경건하게 '충고'를 드리려 할 뿐이다. 혁명문학 지도자인 청팡우 선생이 파리에서 소요하고, '좌익문예가' 장광Y[152] 선생이 일본(or 칭다오靑島?)에서 요양하는 것쯤이야 이보다 사소한 일에 지나지 않는다.

V. Lidin[153]은 '동반자' 작가일 뿐이며, 그의 자전에 엿보이듯 경력은 평범하다. 다른 작품으로 나는 「수금」竪琴을 번역한 적이 있으며, 작년 1월의 『소설월보』에 실렸다.[154]

동유럽의 문예가 너나 할 것 없이 우르르 달라붙는 바람에 엉망진창이 되어 버린 지금, 북유럽의 문예가 우선 독서계에 신선한 느낌을 안겨 주었는지 실제로 작품의 소개와 번역이 차츰 눈에 띄고 있다. 최근 노벨상을 북유럽의 작가들이 여러 차례 수상한지라 탄복을 금치 못한 것 또한 그

원인이겠지만. 이번 기에 덴마크의 사조를 소개한 간결한 글 한 편,[155] 그리고 작가 두 사람의 작품[156]을 번역하여 참고하도록 하였다. 다른 작가들은 본보기로 삼을 만한 글을 아직 찾아내지 못했다. 다만 평론에서 언급된 것은 최근의 작가에 한정되어 있으므로, 좀더 일찍 출현했던 Jacobsen, Bang[157] 등은 언급되지 않았다. 이들의 변천은 너무 빠른 데 반해 우리가 아는 것은 너무 늦기 때문에, 세계의 수많은 문예가가 우리 이쪽에서 아직 그들의 이름을 꺼내기도 전에 저쪽에서 이미 사망하고 있다.

바조프[158]는 『소설월보』에, 올해부터는 이름을 들먹이지 말아야 하는 마오둔[159] 선생에 의해 편집될 때 이미 소개된 적이 있다. 발칸 제국의 작가 가운데에서는 아마 중국에 가장 잘 알려져 있는 작가라 할 수 있으므로, 여기에서는 더 이상 말하지 않겠다. 템누이의 소품[160]은 『신흥문학전집』 제25권의 요코자와 요시토橫沢芳人의 역본에서 중역한 것인데, 작자의 생평은 잘 알지 못한다. 작년에 출판된 V. Lidin이 편찬한 『문학의 러시아』를 조사해 보아도 그의 이름은 보이지 않는다. 이 소품에 '유고'遺稿라고 설명되어 있는 것으로 보아, 아마 신인 작가인데 불행히도 요절하였을지도 모른다.

마지막 두 편[161]은 이번 기 이전의 몇 권에서 마치지 못했던 번역의 속편이다. 마지막 편의 후반부는 『문예와 비평』[162]에 이미 수록된 것이어서 원래 여기에 재수록할 필요가 없지만, 독자에게 여기에서도 마무리를 짓지 않으면 안 되기 때문에 그대로 덧붙여 실었다. 『문예정책』의 부록은 원래 네 편으로 정해져 있었다. 이 가운데 두 편은 동일 작자의 「소비에트 국가와 예술」과 「과학적 문예비평의 임무에 관한 개요」이며, 역시 『문예와 비평』에 번역되어 실렸다. 마지막 한 편은 Maisky[163]의 「문화, 문학과

당」인데, 현재 이러한 이론에 관한 문헌은 역서만 해도 벌써 대여섯 종이나 된다. 미루어 판단하건대 대략의 내용도 짐작할 수 있으므로 더 이상 번역하지 않기로 하고, 설사 더 번역하더라도 독립된 한 편으로 만들 작정이므로, 이 『문예정책』의 부록은 이로써 끝마치기로 한다.

1929년 11월 20일, 루쉰

주)_____

1) 원제는 「『奔流』編校後記」, 이 글은 모두 12개의 절로 이루어져 있으며, 각기 1928년 6월 20일 『분류』 제1권 제1기, 7월 20일 제2기, 8월 20일 제3기, 9월 20일 제4기, 10월 30일 제5기, 11월 30일 제6기, 12월 30일 제7기, 1929년 1월 30일 제8기, 4월 20일 제10기, 6월 20일 제2권 제2기, 8월 20일 제4기, 12월 20일 제5기에 처음 발표하였다. 제2권 제2기부터는 「편집 후기」(編輯後記)로 개칭하였다.

　『분류』는 루쉰과 위다푸(郁達夫)가 편집하였던 문예월간이다. 1928년 6월 20일 상하이에서 창간되었으며, 1929년 12월 20일 제2권 제5기를 끝으로 정간되었다.

2) 『햄릿과 돈키호테』(Hamlet und Don Quichotte)는 투르게네프가 1860년 1월 10일 상트페테르부르크에서 개최된 불우 문인학자를 돕기 위한 낭송회에서 연설한 것이다.

3) 메이촨(梅川)은 곧 왕팡런(王方仁)이다. 그는 『돈키호테』를 번역하고자 하였으나 끝내 실현하지는 못했다. 이 책의 「『붉은 웃음에 관하여』에 관하여」의 주8)을 참조하시오.

4) 당시 창조사(創造社)의 일부 성원들이 쓴 글을 가리킨다. 이를테면 리추리(李初梨)는 『문화비판』 제4기(1928년 4월)에 발표한 「우리 중국의 Don Quixote의 난무를 보라」(請看我們中國的Don Quixote底亂舞)에서, 그리고 스허우성(石厚生; 청팡우成仿吾)은 『창조월간』 제1권 제11기(1928년 5월)에 발표한 「결국 '취한 눈에 흐뭇해할' 뿐」(畢竟是'醉眼陶然'罷了)에서 루쉰을 돈키호테에 비유하였다.

5) 「오랜 가뭄의 소실」은 영국 작가 윌리엄 화이트(William Hale White, 1831~1913)가 마크 러더퍼드(Mark Rutherford)라는 필명으로 발표한 작품이며, 커스(克士; 저우젠런周建人)에 의해 번역되었다.

6) 바로하(Pío Baroja y Nessi, 1872~1956)는 스페인 작가이다. 대표작으로는 『삶을 위한 투쟁』(La lucha por la vida) 삼부곡, 『어느 활동가의 비망록』(Memorias de un Hombre

de Acción) 등이 있다.

7) 리카르도(Ricardo Baroja, 1871~1953)는 스페인의 화가이자 작가이다.

8) 비센테 블라스코 이바녜스(Vicente Blasco Ibáñez, 1867~1928)는 스페인의 작가이자 공화당 지도자의 한 사람이다. 대표적인 작품으로는 『오두막』(*La Barraca*), 『묵시록의 네 기사』(*Los cuatro jinetes del Apocalipsis*) 등이 있다.

9) 「유랑자」(流浪者), 「마리 벨차」(黑馬理, Mari Belcha), 「이사」(移家), 「기도」(禱告)를 가리 킨다. 루쉰에 의해 번역되어 게재되었을 때의 전체 제목은 『바스크족 사람들』(跋司珂族 的人們)이다.

10) 나가타 히로사다(永田寬定, 1885~1973)는 일본의 스페인어문학 연구자로서, 도쿄외국 어학교 교수를 지냈으며, 역서로는 『돈키호테』 등이 있다.

11) Vidas Sombrias는 '우울한 삶'이란 뜻이다.

12) 루쉰은 「편액」(扁; 『삼한집』에 수록됨)을 발표한 후, 몇몇 사람들로부터 공격을 받았다. 이를테면 첸싱춘(錢杏邨)은 『우리』(我們) 창간호(1928년 5월)에 발표한 「'몽롱' 이후— 루쉰을 세 차례 논한다」('朦朧'以後—三論魯迅)라는 글에서 이렇게 밝히고 있다. "문예 비평에서 시력을 겨루다'(루쉰이 한 말)는 점에서, 루쉰은 그의 붓끝의 피를 젊은이에 게 뿌리지 않고 하층 사람에게 뿌린다. 이것이 그의 혁명이다. 오호라! 현대사회는 루 쉰 선생이 말하는 것처럼 단순하지가 않다. 이른바 혁명이란 것 역시 루쉰 선생이 말 하는 것처럼 유치하지가 않다. 무엇이 '혁명'인지 그는 시종 명확히 알지 못하니, 하물 며 '혁명정신'이야!"

13) 친촨(琴川)의 「편액—교겐을 흉내 내다」(匾額—擬狂言)를 가리킨다. 교겐(狂言)은 14 세기 말부터 16세기에 걸쳐 일본에서 성행했던 짧은 풍자 희극이다.

14) 『보팅』(波艇)은 샤먼(廈門)대학 학생이 조직한 '양양문예사'(泱泱文藝社)에서 발행한 문학월간지이다. 1926년 11월에 창간되었으나, 두 기만을 발간했을 뿐이다.

15) 『소련의 문예논전』(蘇俄的文藝論戰)은 런궈전(任國楨)이 번역하여 1925년 8월 베이신 (北新)서국에서 '웨이밍총간'(未名叢刊)의 하나로 출판하였다. 이 책에는 1923년부터 1924년까지의 문예문제에 관한 논문 네 편이 수록되어 있다. 루쉰은 이 책의 「서문」 (前記)를 썼다. 『집외집습유』의 「『소련의 문예논전』 서문」의 주 1)을 참조하시오.

16) 『소련의 문예정책』(蘇俄的文藝政策)은 루쉰이 1928년에 번역한 소련의 문예정책에 관 한 글모음집이다. 이 책에는 「문예에 대한 당의 정책에 관하여」(關於對文藝的黨的政策; 1924년 5월 볼셰비키 중앙이 개최한 문예정책에 관한 토론회의 기록), 「이데올로기 전선 과 문학」(觀念形態戰線和文學; 1925년 1월 제1차 프롤레타리아작가대회의 결의), 그리고 「문예영역에서의 당의 정책에 관하여」(關於文藝領域上的黨的政策; 1925년 6월 볼셰비 키 중앙의 결의)의 세 글이 포함되어 있다. 일본의 소토무라 시로(外村史郎)와 구라하라 고레히토(藏原惟人)가 번역한 일본어 번역본에 근거하여 월간 『분류』(奔流)에 연재하

였다. 1930년 6월 수이모(水沫)서점에서 '과학적 예술론 총서'의 하나로 출판되었으며, 이때 책명을 『문예정책』으로 바꾸었다.

17) 보론스키(Александр Константинович Воронский, 1884~1937)는 소련의 작가이자 문예비평가이다. 1921년부터 1927년까지 동반자 잡지인 『붉은 처녀지』(Красная новь)를 주편하였다.

18) 『나 포스투』(На посту)는 '초소에서'라는 뜻이며, 모스크바 프롤레타리아작가연맹의 기관지로서 1923년부터 1925년까지 모스크바에서 간행되었다. 이 파의 구성원들은 당시의 신경제정책(NEP) 시기에 문학 내에서 러시아 볼셰비키의 노선을 관철하기 위해 투쟁하였지만, '좌'경 종파주의적 경향을 띠고 있었다.

19) Bukharin, 즉 부하린(Николай Иванович Бухарин, 1888~1938)은 맑스트로서 볼셰비키 혁명가이며, 소련공산당 중앙정치국 위원, 『프라우다』(Правда) 주편 등을 역임하였다. 1928년 경제건설문제에 대해 이의를 제기함으로써 비판을 받았으며, 1938년에 반란죄로 처형당했다. 저서로는 『세계경제와 제국주의』(Мировое хозяйство и империализм), 『공산주의 ABC』(Азбука коммунизма) 등이 있다.

20) Iakovlev, 즉 야코블레프(Яков Аркадьевич Яковлев, 1896~1938)는 당시 소련공산당 중앙출판부장을 맡고 있었으며, 1924년 5월 소련공산당 중앙위원회 출판부가 개최한 당의 문예정책에 관한 토론회를 주관하였다.

Trotsky, 즉 트로츠키(Лев Давидович Троцкий, 1879~1940)는 러시아 10월혁명을 주도하였으며, 혁명군사위원회 주석 등을 역임하였다. 레닌이 세상을 떠난 후 소련공산당 내의 반대파 우두머리가 되었다. 1927년에 당적을 박탈당하고 1929년에 강제 출국당하였으며, 멕시코에서 암살됐다.

Lunacharsky, 즉 루나차르스키(Анатолий Васильевич Луначарский, 1875~1933)는 소련의 문예평론가이며, 당시 소련 교육인민위원을 맡고 있었다. 저서로는 『예술과 혁명』(Искусство и революция, 1924), 『실증미학의 기초』(Основы позитивной эстетики, 1923), 그리고 극본 『해방된 돈키호테』(Освобожденный Дон-Кихот, 1922) 등이 있다.

21) Pletnijov, 즉 플레트네프(Валериан Федорович Плетнев, 1886~1942)는 소련의 문예평론가로서, 문화운동 단체 프롤렛쿨트(Пролеткульт, Proletkult)의 이론가 가운데 한 사람이다.

22) '대장간', 즉 쿠즈니차(Кузница, Kuznitza)는 1920년에 프롤렛쿨트의 시인들이 분리되며 결성한 문학단체이며, 문예간행물 명칭에 따라 붙여졌다. 1928년 전소프롤레타리아작가연맹(VAPP)에 흡수되었다.

23) Vardin, 즉 바르딘(Илья Вардин, 본명 Илларион Виссарионович Мгеладзе, 1890~1941)은 소련의 문예평론가이다. VAPP의 지도자 가운데 한 사람이며, 『나 포스투』의 편집을 맡았다.

Lelevitch, 즉 렐레비치(Г. Лелевич, 1901~1937)는 『나 포스투』의 편집인이며, VAPP 의 지도를 담당하기도 하였다.

Averbach, 즉 아베르바흐(Леопольд Леонидович Авербах, 1903~1937)는 『나 포스투』의 편집인이며, VAPP의 지도를 담당하기도 하였다.

Rodov, 즉 로도프(Семён Абрамович Родов, 1893~1968)는 소련의 시인이자 문예평론 가이며, 『나 포스투』의 편집인, VAPP의 지도자 가운데 한 사람이다.

Besamensky, 즉 베시멘스키(Александр Ильич Безыменский, 1898~1973)는 소련의 시인이며, 러시아프롤레타리아작가연맹(RAPP)의 성원이다. 『나 포스투』의 편집인이 며, VAPP의 지도자 가운데 한 사람이다.

24) 『붉은 처녀지』(Красная новь)는 문예 및 정론 잡지로서, 1921년 6월에 창간되어 1942 년에 정간되었다. 보론스키는 1927년에 이 잡지의 편집을 담당하였다.

25) 평의회는 1924년 5월 9일 소련공산당 중앙위원회 출판부에서 개최한, 당의 문예정책 에 관한 토론회를 가리킨다.

26) Radek, 즉 라데크(Карл Бернгардович Радек, 1885~1939)는 소련의 정론가이다. 일찍 이 프롤레타리아혁명운동에 참가하였지만, 1927년에 트로츠키파에 가담하였기 때문 에 볼셰비키 당적을 박탈당하고 1937년에는 정부전복 음모죄로 법정에 서게 되었다.

27) 루돌프 린다우(Rudolf Lindau, 1829~1910)는 독일의 외교관이자 작가이다. 대표적인 저서로는 『중국과 일본으로부터』(Aus China und Japan. Reiseerinnerungen, 1896) 가 있다. 『행복의 진자』는 위다푸(郁達夫)에 의해 번역되었다.

28) 'Kosmopolitisch'는 독일어로서, '세계주의(적)'라는 의미이다.

29) René Fueloep-Miller, 즉 르네 퓔뢰프 밀레르(René Fülöp-Miller, 1891~1963)는 오 스트리아의 작가이자 기자이다. 저서로는 『레닌과 간디』(Lenin und Gandhi), 『볼셰 비즘의 정신과 면모』(Geist und Gesicht des Bolschewismus) 등이 있다.

30) 비어즐리(Aubrey Vincent Beardsley, 1872~1898)는 영국의 삽화가이자 작가이다. 일 본 목판화의 영향을 받아 검은 잉크로 그려진 그의 그림은 그로테스크하고 퇴폐적이 며 에로틱한 모습을 강조하고 있다. 『집외집습유』의 「『비어즐리 화보선』 서언」(『比亞 玆萊畫選』小引)을 참조하시오. 후키야 고지(蕗谷虹児, 1898~1979)는 일본의 화가이자 시인이다. 『집외집습유』의 「『후키야 고지 화보선』 서언」(『蕗谷虹児畫選』小引)의 주 1) 을 참조하시오.

31) 예링펑(葉靈鳳, 1904~1975)은 장쑤 난징 사람으로, 작가이자 화가이다. 그가 그린 잡 지의 표지와 서적의 삽화는 늘 비어즐리와 후키야 고지의 작품을 모방하였다.

32) I. Annenkov, 즉 안넨코프(Юрий Павлович Анненков, 1889~1974)는 러시아의 판화 가이다. 1924년 이후 독일, 프랑스 등지에 거주하였다. 『분류』 제1권 제2기에는 그가 그린 고리키와 예브레이노프의 초상이 실려 있다.

33) 원화(原畵)의 러시아문자는 'Р.С.Ф.С.Р. лаздрав'이며, 의미는 '러시아소비에트연방사
회주의공화국 만세'이다.

34) N. Evreinov, 즉 예브레이노프(Николай Николаевич Евреинов, 1879~1953)는 러시아
의 극작가이다. 10월혁명 이후 프랑스에 거주하였으며, 저서로는 『희극의 기원』, 『러
시아희극사』 등이 있다. 아래의 문장에서 말하는 '연극 잡감'이란 루쉰이 번역한 「생
활의 연극화」(生活的演劇化)를 가리키는데, 『분류』에는 거허더(葛何德)의 번역이라 적
혀 있다.

35) 화스(畵室)는 펑쉐펑(馮雪峰, 1903~1976)의 필명이다. 펑쉐펑은 저장 이우(義烏) 사
람으로, 작가이자 문예이론가이며, 중국좌익작가연맹의 지도자 가운데 한 사람이다.
『신러시아의 연극과 무용』, 즉 『신러시아의 연극운동과 무용』(新俄的演劇運動與跳舞)
은 일본 노보리 쇼무(昇曙夢)의 저작이며, 펑쉐펑의 역서는 1927년 5월 베이신서국에
서 출판되었다.

36) 메이촨(梅川)이 번역한 고리키의 소설 「어느 가을밤」(一個秋夜)과 루쉰이 번역한 부하
린의 「소비에트연방은 Maxim Gorky에게서 무엇을 기대하고 있는가」(蘇維埃聯邦從
Maxim Gorky期待着甚麼)를 가리킨다.

37) 판자쉰(潘家洵, 1896~1989)은 장쑤 우현(吳縣) 사람으로, 자는 제취안(介泉)이며, 신조
사(新潮社) 및 문학연구회 성원이다. 베이징대학 교수를 지냈으며, 역서로는 『입센희
극집』(易卜生戲劇集) 등이 있다.

38) 위탕, 즉 린위탕(林語堂, 1895~1976)은 푸젠(福建) 룽시(龍溪) 출신의 작가이다. 베이징
대학과 베이징여자사범대학의 교수, 샤먼대학 문과주임 등을 지냈으며, 『위쓰』의 집
필자 가운데 한 사람이다.

39) 해브록 엘리스(Henry Havelock Ellis, 1859~1939)는 영국의 심리학자이자 문예평론
가이다.
브란데스(Georg Brandes, 1842~1927)는 덴마크의 문학평론가이다.
로버츠(Elizabeth Madox Roberts, 1886~1941)는 미국의 작가이다.
아스(L. Aas)는 노르웨이의 작가이다.
아리시마 다케오(有島武郞, 1878~1923)는 일본의 작가이며, 『시라카바』(白樺)의 동인
으로 활동하였다.

40) 『시사신보』(時事新報)는 1907년 12월 상하이에서 창간된 신문이며, 처음의 명칭은 『시
사보』(時事報)였다가 1911년 5월에 『시사신보』로 바뀌었다. 원래 개량파의 신문이었
으나, 신해혁명 이후 베이양(北洋)군벌 돤치루이(段祺瑞)의 연구계(硏究系)를 비호하
는 신문으로 변신하였다. 1918년에는 부간으로 「학등」(學燈)을 간행하여 신사조를 전
파하였다.

41) 『Gengangere』, 즉 『유령』은 노르웨이 극작가 입센(H. Ibsen)이 1881년에 발표한 3막

희곡이다. 『인형의 집』이 결혼생활과 가정을 파괴하였다는 사회적 비난에 맞서, 이 작품은 만약 집을 나가지 않았다면 어떻게 되었을까를 그렸으며, 『인형의 집』에 비해 훨씬 철저하게 사회의 부패와 부도덕을 폭로하였다는 평가를 받는 작품이다. 『유령』에 등장하는 남편은 방탕한 생활을 하다 폐인이 된 끝에 죽음을 맞았으며, 아들 역시 아버지의 성병이 유전되어 끝내 미쳐 죽는다. 이러한 줄거리에 근거하여 린수는 '매독의 죄업'이라는 의미에서 '매얼'(梅蘖)이라는 제목을 붙였을 것이다.

42) 「종신대사」(終身大事)는 혼인문제를 제재로 다룬 후스(胡適)의 극본이며, 『신청년』 제6권 제3호(1919년 3월)에 실렸다.

43) 「천녀, 꽃을 뿌리다」(天女散花), 「대옥, 꽃을 장사 지내다」(黛玉葬花) 등은 모두 메이란팡(梅蘭芳)이 공연한 경극(京劇)이다. 「천녀, 꽃을 뿌리다」는 불경의 고사에서 비롯된 것으로, 천녀가 여래불(如來佛)의 명을 받아 병에 걸린 유마거사(維摩居士)를 찾아가는 길에 대천세계(大千世界)의 기묘한 경관을 구경하고, 유마거사를 만나 꽃을 뿌려 준다는 내용을 담고 있다. 「대옥, 꽃을 장사 지내다」는 『홍루몽』(紅樓夢) 가운데, 임대옥(林黛玉)이 꽃이 지는 것을 슬퍼하여 꽃을 장사 지내는 대목을 극화한 것이다.

44) 「헤다 가블레르」(Hedda Gabler)는 입센의 극본으로, 이 극본의 번역은 1928년 3월부터 5월에 걸쳐 『소설월보』 제19권 제3호부터 제5호까지 연재되었다.

45) 『입센 특집호』(易卜生號)는 1918년 6월에 발간된 『신청년』 제4권 제6호를 가리킨다.

46) 메이찬이 번역한 아스의 「입센의 사적」(伊孛生的事迹), 위다푸가 번역한 엘리스의 「입센론」(伊孛生論), 루쉰이 번역한 아리시마 다케오의 「입센의 작업태도」(伊孛生的工作態度), 린위탕이 번역한 브란데스의 「Henrik Ibsen」 및 메이찬이 번역한 로버츠의 「Henrik Ibsen」을 가리킨다.

47) 「루베크와 이레나의 그후」는 아리시마 다케오가 입센의 1899년 작품인 『우리 죽은 자가 눈뜰 때』(Når vi døde vaagner)를 평론한 글이며, 루쉰이 번역하여 『소설월보』 제19권 제1호에 실렸다. 루베크(Rubek)와 이레나(Irena)는 극중의 주요 인물이다.

48) 이 질문은 『우리 죽은 자가 눈뜰 때』에서 입센이 루베크와 이레나를 통해 제기한 문제이다.

49) 「반역자―로댕에 관한 고찰」(叛逆者―關于羅丹的考察), 「풀잎―휘트먼에 관한 고찰」(草之葉―關于惠特曼的考察)과 「밀레 예찬」(密萊禮贊)을 가리킨다. 진밍뤄(金溟若)가 번역하였으며, 총제목은 『반역자』이다.

50) 로댕(Auguste Rodin, 1840~1917)은 프랑스의 조각가이며, 대표작으로 「입맞춤」, 「생각하는 사람」, 「칼레의 시민」 등이 있다. 그의 창작은 유럽의 근대조소예술의 발전에 심각한 영향을 미쳤다.

51) 12세기부터 16세기 초까지 유럽에 나타난 고딕(Gothic) 예술의 독창정신을 가리킨다.

52) 진밍뤄(金溟若, 1906~1970)를 가리킨다. 그는 저장 루이안(瑞安) 사람이며, 일찍부터

일본에 거류하였다. 당시 상하이에서 둥메이칸(董每戡)과 함께 시대서국(時代書局)을 운영하였다.

53) 다카무라 고타로(高村光太郎, 1883~1956)는 일본의 시인이자 조각가이다.

54) Ivan Mestrovic, 즉 이반 메스트로비치(Ivan Meštrović, 1883~1962)는 크로아티아의 조각가이다. 대표작으로 「삶의 근원」, 「스토로스마이어」(Josip Juraj Strossmayer) 주교 기념상」 등이 있다.

55) Konenkov, 즉 코넨코프(Сергей Тимофеевич Конёнков, 1874~1971)는 소련 조각가이 다. 대표작으로 「코레」(Kopa, 1912), 「가난한 사람들」(Нищая Братия, 1917) 등이 있다.

56) 「그녀의 고향」(她的故鄉)은 영국 작가 허드슨(William Henry Hudson, 1841~1922) 의 작품이다. 황예(荒野)가 '세계명저 총서'(World's Classic)의 『현대영국산문선』 (Selected Modern English Essays)에서 번역하였다.

57) 샘프슨(George Sampson, 1873~1950)은 영국의 문학사가이다. 브루크(Stopford Augustus Brooke, 1832~1916)는 영국의 신학자이자 작가이다. 'Primer of English Literature'는 '영국문학 입문'이라는 뜻이다.

58) 「장미」는 커스(克士)에 의해 번역되어 『분류』 제1권 제2기에 실렸다. 스미스(Logan Pearsall Smith, 1865~1946)는 미국 태생의 영국 산문작가이다. 대표적인 저서로 는 『셰익스피어 작품 찰기를 읽고』(On Reading Shakespeare), 『잊을 수 없는 세월』 (Unforgotten Years), 『밀턴과 그의 현대평론』(Milton and His Modern Critics) 등이 있다.

59) 화이트(W. H. White, 1831~1913)는 영국의 작가이며, 'Mark Rutherford'라는 필명으로 활동하였다. 그의 대표작으로는 『마크 러더퍼드 자전』(The Autobiography of Mark Rutherford), 『미리암의 학교교육』(Miriam's Schooling) 등이 있다. 이 글의 주5)를 참조하시오.

60) 헨리 반 다이크(Henry Van Dyke, 1852~1933)는 미국의 작가이다.

61) 「늘그막」(遲暮), 「깊은 곳에서」(從深處), 「그녀를 몹시 죽이고 싶다」(我恨不得殺却了伊) 와 「A. SYMMONS이 한 수를 번역하다」(譯A. SYMMONS一首)를 가리킨다. 『분류』 목록상의 전체 명칭은 '스민 지음'(石民制)이다.

62) 조소공(曹素功, 1615~1689)은 후이저우(徽州; 지금의 안후이安徽 서현歙縣) 사람으로, 원명은 성신(聖臣), 자는 창원(昌元)이고 호는 소공이다. 청대 4대 제묵(制墨) 명가 중 한 사람이다. 그가 제조한 먹에 대해 강희제(康熙帝)가 '자옥광'(紫玉光)이란 세 글자를 하사하여 유명해졌다.

63) 아서 래컴(Arthur Rackham, 1867~1939)은 영국의 화가로서, 『이상한 나라의 앨리스』 (Alice's Adventures in Wonderland), 『그림 형제의 동화』(Fairy Tales of the Brothers Grimm)와 『걸리버 여행기』(Gulliver's Travels) 등에 삽화를 그렸다.

64) 『인생의 봄』(*The Springtide of Life*)은 영국의 스윈번(Algernon Charles Swinburne, 1837~1909)이 1880년에 출판한 시집이다.

65) '이 시'는 『인생의 봄』 속에 실려 있고, 메이촨에 의해 번역된 「아이의 미래」(A Child's Future)를 가리킨다.

66) 「벼룩」(La Puce)은 아폴리네르의 『동물시집』에 실린 시이다. 루쉰은 '펑위'(封余)라는 필명으로 이 시를 번역하였다. 주69)를 참조하시오.

67) 라울 뒤피(Raoul Dufy, 1877~1953)는 프랑스의 야수파 화가이며, 컬러풀하면서 장식적인 스타일을 발전시켜 '색채의 마술사'라고 일컬어진다. 주요 작품으로는 「파리의 화원」, 「바다의 여신」 등이 있다. 아폴리네르의 『동물시집』을 위해 삽화를 그렸다.

68) 피숑(Léon Pichon)은 프랑스의 작가이다.

69) 아폴리네르(Guillaume Apollinaire, 1880~1918)는 이탈리아 태생의 프랑스의 시인, 극작가, 소설가이자 미술비평가로서 초현실주의의 선구자이다. 대표작으로는 소설 『썩어 가는 요술사』(*L'Enchanteur pourrissant*), 시집 『동물시집』(*Le Bestiaire ou Cortège d'Orphée*) 등을 들 수 있다. 본문의 『*Le Bestiaire au Cortége d'Orphée*』는 오기이다.

70) 드플랑슈(Deplanche)사는 프랑스의 출판사 명칭이다.

71) 호리구치 다이가쿠(堀口大学, 1892~1981)는 일본의 시인이며 프랑스문학 연구자로서, 그의 번역은 일본 근대시에 커다란 영향을 미쳤다. 그가 번역한 『동물시집』은 1925년에 출판되었다.

72) '이 그림'은 후키야 고지가 자작시 「탬버린의 노래」를 위해 그린 삽화를 가리킨다. 이 시는 루쉰에 의해 번역되었다.

73) 사롤리아(Charles Saroléa, 1870~1953)는 벨기에 출신의 영국 학자이다. 저서로는 『러시아혁명과 전쟁』(*The Russian Revolution and the War*), 『소련인상기』(*Impressions of Soviet Russia*) 등이 있다. 그의 『톨스토이전』(*Count L. N. Tolstoy. His Life and Work*)은 장방밍(張邦銘)과 정양허(鄭陽和)가 문언으로 번역하여 1920년 상하이 타이둥(泰東)도서국에서 출판되었다.

74) 『톨스토이 연구』(托尔斯泰研究)는 류다제(劉大杰)의 저서로서 1928년에 상우인서관에서 출판되었다.

75) 톨스토이는 1856년에 자신의 영지의 농노를 해방하고자 시도한 적이 있으며, 1910년 집을 떠날 때에 적은 유언에서는 세습 영지를 고향의 농민에게 양도하기로 결정하기도 하였다. 1904년 러일전쟁 중에 그는 러시아 황제와 일본 천황에게 전쟁을 반대하는 편지를 보냈다.

76) '영혼의 전사'(Doukhobor)는 반(反)정교의식파 교도의 호칭이다. 18세기 중엽의 러시아에 나타난 이 교파는 살육과 폭력의 금지를 주장하는 한편, 신의 정신은 인간의

영혼 속에 존재하며 교회의 의식과는 아무 상관이 없다고 여겼다. 그들은 톨스토이의 학설 또한 신봉하고 병역 복무를 거부하였기에 차르 정부의 박해를 받은 끝에 1885년 러시아에서 추방당해 캐나다 등지로 이주하였다.

77) 『회상기』(回憶雜記)는 고리키의 『나의 톨스토이 회상』을 가리킨다. 이 글은 위다푸에 의해 번역되었다.

78) Nekrassov, 즉 네크라소프(Николай Алексеевич Некрасов)에 대해서는 이 문집의 「『가난한 사람들』 서문」 주7)을 참조하시오.

79) 이다 고헤이(井田孝平, 1879~1936)는 일본 덴리(天理)대학에서 러시아어 교수를 지냈다. 그가 번역한 『최신 러시아문학 연구』는 소련의 르보프-로가체프스키의 저서 『Новейшая русская литература』이며, 루쉰은 이다 고헤이의 번역본 가운데의 「톨스토이」의 장을 번역하였다.

80) Korolienko, 즉 코롤렌코(Владимир Галактионович Короленко, 1853~1921)는 러시아의 작가로서, 대표작으로는 『마칼의 꿈』(Сон Макара), 『나의 동시대인 이야기』(История моего современника) 등이 있다.

81) '루나차르스키의 강연'은 루나차르스키가 1924년 모스크바에서 했던 강연 「톨스토이와 맑스」를 가리킨다. 루쉰은 일본의 교다 쓰네사부로(経田常三郎)의 번역을 중역하였다.

82) 원문은 '少數黨'. 멘셰비키(меньшевик), 즉 러시아 사회민주노동당의 우파이다.

83) 원문은 '卑汚的說教者'. 창조사의 성원 펑나이차오(馮乃超)는 『문화비판』 창간호(1928년 1월)에 발표한 「예술과 사회생활」이란 글에서 이렇게 말했다. "루쉰이라는 이 노인네──문학적 표현을 쓰도록 허용해 준다면──는 늘 컴컴한 술집의 이층에서 취한 눈으로 흐뭇하게 창밖의 인생을 바라보고 있다. …… 그가 반영하는 것은 단지 사회변혁기 중의 낙오자의 비애일 뿐이며, 동생과 무료하게 인도주의에 관한 몇 마디 화려한 이야기를 나누고 있을 뿐이다. 은둔주의! 다행히도 그는 L. Tolstoy를 흉내 내어 비열한 설교자로 변하지는 않았다."

84) Lvov-Rogachevski, 즉 르보프-로가체프스키(Василий Львович Львов-Рогачевский, 1874~1930)는 소련의 문학평론가이며, 대표적인 저서로는 『근대 러시아문학사 개요』, 『안드레예프론』 등이 있다.

85) 『인간 불평등 기원론』(Discours sur l'origine et les fondements de l'inégalité parmi les hommes)은 프랑스의 계몽사상가인 루소(Jean-Jacques Rousseau, 1712~1778)가 1753년에 디종아카데미의 현상 논문 '인간 사이에 있어 불평등의 기원은 무엇인가, 그리고 그것은 자연법에 의해 정당화되는가'에 응모한 것이다. 이 글에서 루소는 인간은 재산의 사유(私有)가 시작되고 산업이 발전함에 따라 불평등이 심해졌으며, 국가는 그 빈부(貧富)의 차를 합법화한 것에 지나지 않는다고 주장하였다.

86) 자수리치(Вера Ивановна Засулич, 1849~1919)는 러시아 혁명가이며 멘셰비키 지도자 가운데 한 사람이다.

87) 두취안(杜荃; 궈모뤄郭沫若)은 『창조월간』 제2권 제1기(1928년 8월)에 발표한 「문예전 선상의 봉건 잔재」(文藝戰線上的封建餘孽)에서 다음과 같이 밝히고 있다. "나는 그의 수감록(『삼한집』에 실린 「나의 태도와 도량, 나이」를 가리킨다)을 읽은 후 세 가지 판단 을 얻었다. 첫째, 루쉰의 시대는 자본주의 이전(Präs-kapitalistisch)이며, 더욱 간략히 말하면 그는 여전히 봉건 잔재이다. 둘째, 그는 부르주아의 이데올로기(Bürgerliche Ideologie)조차 확실히 파악한 적이 없다. 그래서 셋째, 말할 나위도 없이 그는 변증법 적 유물론을 전혀 이해하지 못한다."

88) 고이즈미 야쿠모(小泉八雲, 1850~1904)는 그리스 태생의 일본의 문예평론가이자 소 설가이다. 원명은 Patrik Lafcadio Hearn이며, 그리스에서 태어나 일본 국적을 획득 한 후 고이즈미로 개명하였다. 도쿄제국대학과 와세다(早稻田)대학 강사를 지냈다. 저 서로는 『낯선 일본의 일별』(知られざる日本の面影, Glimpses of Unfamiliar Japan), 『일 본을 논하다』(日本――つの解明, Japan: An Attempt at Interpretation) 등이 있다. 아래 에서 언급한 세 편의 강의란 톨스토이에 관한 그의 글 세 편을 가리키는데, 세 편의 글 은 스헝(侍桁)이 번역한 「예술론」, 「부활」, 「구도심」(求道心)이다.

89) '민중 속으로'는 1870년대 러시아혁명운동 중에 나로드니키(Народники)가 제창했던 슬로건이다. 당시 러시아의 진보적 청년들에게 농촌으로 들어가 농민들을 각성시킴 으로써 차르의 통치를 타도하고자 하였다. 이 구호는 5·4운동 및 그후의 상당한 기간 에 중국의 지식인에게 일정 정도 영향을 끼쳤다.

90) 슈젠지(修善寺) 온천은 일본 북부의 이즈(伊豆)반도에 위치한 휴양지이다. 청팡우는 1928년 여름에 이곳에 갔다.

91) 반조계(半租界)는 제국주의자들이 조계의 범위를 넘어서서 도로를 닦은 구역을 가리 킨다.

92) Maiski, 즉 마이스키(Иван Михайлович Майский, 1884~1975)는 소련과학원 원사이며, 소련 주일대리대사를 지낸 적이 있다. 1928년 9월 15일 도쿄에서 열린 톨스토이기념 회에서 「톨스토이」라는 제목의 강연을 하였다. 루쉰의 역문은 『분류』 제1권 제7기에 실려 있다.

93) 『맑스주의자가 본 톨스토이』는 일본국제문화연구소에 의해 편역되어 1928년에 도쿄 소분카쿠(叢文閣)에서 출판되었다.

94) 「톨스토이 자신의 일」(托尔斯泰自己的事情)은 톨스토이의 큰아들인 톨스토이(Лев Львович Толстой, 1869~1945)의 저작이며, 자오징선(趙景深)에 의해 번역되었다. 본 문의 영문을 자오징선은 "그는 의사에게 말했다. '나의 모든 안배는 다 취소되지 않으 면 안 되오'"라고 번역하였다.

95) '마지막 편'은 구라하라 고레히토의 「혁명 후의 톨스토이 고향 방문기」를 가리킨다. 이 글은 쉬샤(許霞; 쉬광핑許廣平)에 의해 번역되었다. Iasnaia Poliana, 즉 야스나야 폴랴나는 톨스토이의 고향이다.

96) 드링크워터(John Drinkwater, 1882~1937)는 영국의 작가이자 문예평론가이다.

97) 『The Sphere』는 영국 작가이자 신문발행인인 쇼터(Clement King Shorter, 1857~1926)가 1900년에 창간한 주간지이다.

98) 율리우스 하르트(Julius Hart, 1859~1930)는 독일의 작가이자 문학평론가이다.

99) Riepin, 즉 일리야 레핀(Илья Ефимович Репин, 1844~1930)은 러시아 사실주의 회화의 거장이다. 그의 작품은 19세기 후기 러시아 회화예술의 전성기를 대표한다. 대표작으로는 「볼가강의 배 끄는 인부들」(Бурлаки на Волге), 「이반 뇌제와 그의 아들 이반」(Ivan the Terrible and his Son, Иван Грозный и сын его Иван 16 ноября 1581 года) 등이 있다.

100) 『무궤열차』(無軌列車)는 문예성 반월간지이며, 류나어우(劉吶鷗)가 주편을 맡았다. 1928년 9월에 창간되어 상하이 제일선(第一線)서점에서 발행되었으며, 같은 해 12월에 제8기를 발행한 후 폐간되었다. 제5기에 볼 쉐화(保尔·雪華)의 「톨스토이 집에서 띄우다—백년제 통신」의 번역문이 실려 있다.

101) 예세닌은 러시아의 시인이며, 톨스토이의 손녀 사위이다. 이 책의 「문예와 정치의 기로」(文藝與政治的歧途)의 주 11)을 참조하시오.

102) 자오징선(趙景深, 1942~1984)은 쓰촨(四川) 이빈(宜賓) 사람으로, 문학연구회 성원으로 활동하였다. 이 당시 상하이 카이밍(開明)서점의 편집 및 『문학주보』(文學週報)의 주편을 맡고 있었다.

103) 『런던 머큐리』(The London Mercury)는 17세기부터 20세기에 걸쳐 런던에서 발행된 몇 종의 기간물의 명칭이다. 최초의 기간물은 1682년에 56호를 발간하고 정간되었다. 이후 시시로 이어지던 『런던 머큐리』는 1919년부터 1939년까지 문학월간지로 간행되었다.

104) P.E.N.클럽은 문학을 통한 세계인의 상호 이해와 협력을 목표로 1921년에 설립된 국제적인 문학가단체이다. 흔히 펜클럽이라 일컬으며, 공식명칭은 'International Association of Poets, Playwrights, Editors, Essayists and Novelists'이다.

105) 로맹 롤랑(Romain Rolland, 1866~1944)은 프랑스의 소설가, 극작가이자 평론가이다. 젊은 시절 인생과 예술에 대해 고민하던 끝에 톨스토이에게 편지를 띄워 가르침을 청하였으며, 예술가의 조건은 인류에 대한 사랑이라는 톨스토이의 가르침은 평생 그의 창작에 커다란 영향을 미쳤다. 『톨스토이전』은 그가 1911년에 저술한 『톨스토이의 생애』(La Vie de Tolstoï)를 가리킨다.

106) 『문학주보』(文學週報)는 문학연구회의 기관지로서 1921년 5월에 상하이에서 창간되

었다. 원명은『문학순간』(文學旬刊)이며『시사신보』(時事新報)의 부간이었다. 1923년 7월에『문학』(주간)으로 개칭하고, 1925년에 다시『문학주보』로 개칭하여 독립적으로 발행되다가 1929년 6월에 정간되었다. 1928년 9월에「톨스토이 백주년 기념 특집호」를 발간하였다.『문학전선』(文學戰線)은 1928년 5월에 창간된 주간으로, 상하이 현대문화사에서 발행되었다.

107) 이바노프(Ivanov)는 이빈(А. А. Ивин, 1885~1942)으로 바로잡아야 한다. 이빈은 소련 문학자로서, 당시 베이징대학에서 프랑스어, 러시아어를 가르치고 있었다. 그는『유림외사』(儒林外史)의 일부, 그리고 펑파이(彭湃)의『붉은 빛 하이펑』(紅色的海豊)과『펑파이수기』(彭湃手記) 등의 책을 러시아어로 번역하였다. 트레차코프(Сергей Михайлович Третьяков, 1892~1937)는 소련의 작가이며, 베이징대학에서 러시아어를 가르쳤다.

108)『열둘』(The Twelve, Двенадцать, 1918)은 소련의 시인 알렉산드르 블로크(Александр Александрович Блок, 1880~1921)의 장시이다. 후샤오(胡斅)가 번역하고 루쉰이 이 번역의「후기」를 썼으며(『집외집습유』에 수록), 1926년에 베이신서국에서 '웨이밍총간'(未名叢刊)의 하나로 출판되었다.

109) Sologub, 즉 솔로구프에 대해서는 이 문집의「통신(메이장에게 보내는 답신)」의 주6)을 참조하시오.

110) '단편소설 한 편'은 솔로구프의「기아의 빛」(飢餓的光芒, The Glimmer of Hunger)이며, 펑쯔(蓬子)에 의해 번역되었다.

111)『폭탄과 날아가는 새』(炸彈與征鳥)는 바이웨이(白薇)의 장편소설이며,『분류』제1권 제6기부터 제2권 제4기까지 연재되었다.

112) 이것은 정보치(鄭伯奇)의 말이다.『이심집』(二心集)의「'경역'과 '문학의 계급성'」('硬譯'與'文學的階級性')의 5절에서 루쉰은 다음과 같이 밝히고 있다. "정보치 씨는 …… 당시에는 그도 혁명문학가였는데, 자신이 편집하던『문예생활』(文藝生活)에서 내가 이 책(『문예정책』을 가리킴―역자)을 번역한 것은 몰락이 내키지 않아서였지만 아쉽게도 남이 선수를 치고 말았다고 비웃었다."

113) 위다푸(郁達夫)는 자신이 번역한『톨스토이 회상기』의 부기에서 다음과 같이 말했다. "고리키는 이탈리아에서 톨스토이의 가출과 사망 소식을 들었을 때, 벗에게 보내는 미완의 편지를 썼다. 이 편지에서 그는 슬퍼하고 통곡한 끝에, 수많은 찬사와 더불어 톨스토이와 함께 보냈던 시절의 갖가지 추억을 써넣었다. 그러나 이 편지는 이제 당분간 번역하지 않기로 한다." 이 편지는 1910년에 코롤렌코에게 보낸『한 통의 편지』이다.

114) 에드워드 다우든(Edward Dowden, 1843~1913)은 아일랜드의 문학비평가이자 시인이다. 대표적인 저작으로는『문학연구』(Studies in Literature),『셰익스피어 입문』

(*Shakespeare Primer*), 『셸리전』(*Life of Shelley*) 등이 있다.

115) 노구치 요네지로(野口米次郎, 1875~1947)는 일본의 시인이자 소설가, 평론가이다. 대표작으로 영어시『여름 구름』(*The Summer Cloud*), 영문서적『일본 소녀의 미국 일기』(*The American Diary of a Japanese Girl*), 시집『산 위에 서다』(山上に立つ) 등이 있다.

116) 예이츠(William Butler Yeats, 1865~1939)는 아일랜드의 희극가이자 시인이다. 대표작으로 시극『캐서린 백작부인』(*Countess Kathleen*), 시집『오이진 방랑기』(*The Wanderings of Oisin*) 등이 있다. 존 싱(John Millington Synge, 1871~1909)은 아일랜드의 극작가이다. 대표작으로 극본『바다로 가는 기수들』(*Riders to the Sea*), 『서쪽 나라에서 온 멋쟁이』(*The Playboy of the Western World*) 등이 있다.

117) 오색기(五色旗)를 가리킨다. 1911년부터 1927년까지 중화민국의 국기는 홍색, 황색, 남색, 백색, 흑색의 다섯 색깔을 가로로 배열하였다.

118) '돌연변이'는 당시 창조사의 일부 성원이 혁명문학을 제창했을 때의 견해이다. 스허우성(石厚生; 즉 청팡우)이『창조월간』제1권 제11기(1928년 5월)에 발표한「결국 '취한 눈에 흐뭇해할' 뿐」에서 다음과 같이 말했다. "이번 우리의 전진은 우리 자신에게는 당연한 일에 지나지 않지만, 평소 우리와는 반대의 길을 걸어왔던 사람들에게는 틀림없이 '돌연변이'로 받아들여질 수밖에 없다——이것은 이해하기 어려운 일이 아니다."

119) 영국의 화가이자 목각가, 삽화가인 나쉬(John Northcote Nash, 1893~1977)의『목각의 역사』를 가리키며, 전우(眞吾)에 의해 번역되었다.

120) 두 권의 영문서적은 다음과 같다. 허버트 퍼스트 저, 『현대목판화』, 런던 존 레인 출판사, 1924, 가격 42실링. 탤러먼 편저, 『당대 국내외의 목판화』, 런던 스튜디오 유한 공사 출판, 1927, 가격 7실링 6펜스 후자의 저서의 저자는 M. C. Talaman이 아니라 M. C. Salaman으로 바로잡는다. 샐러먼(Malcolm Charles Salaman, 1855~1940)은 영국의 작가이자 언론인, 문예비평가이다. 대표적인 저서로는『영국의 전통판화』(*The Old Engravers of England*), 『18세기 프랑스 컬러프린트』(*French Colour-Prints of the Eighteenth Century*) 등이 있다.

121) 미츠키에비치(Adam Mickiewicz, 1798~1855)는 폴란드의 낭만주의 시인이자 극작가로서, 폴란드의 국민시인으로 일컬어지고 있다. 대표작으로는『청춘예찬』(*Oda do młodości*)과 장편 서사시『판 타데우시』(*Pan Tadeusz*), 시극『선인의 제사』(*Dziady*) 등이 있다.

122) 쑨융(孫用)에 의해 번역된「삼인의 부드리즈」(三個布德力斯, *The Three Budrys*)와「일인의 슬라브 왕」(一個斯拉夫王)을 가리킨다.

123) 1929년 4월 28일 파리의 알마광장(Place de l'Alma)에서 미츠키에비치의 조상 제막

식이 거행되었다. 프랑스의 부르델(Antoine Bourdelle, 1861~1929)의 작품이다. 『분류』에는 이 조상의 전경 및 세부 사진 네 장이 실려 있다.

124) 스신(石心)이 번역하였다.

125) 마차(Ivan Matza, 1893~1974)는 헝가리의 문예평론가이다. 1919년 헝가리혁명 실패 후에 소련으로 망명하였다. 저서로는 『현대유럽의 예술』, 『서구문학과 프롤레타리아』, 『이론예술학 개론』 등이 있다.

126) 청팡우(成仿吾)는 『문화비판』 제2호(1928년 2월)에 발표한 「그들을 내쫓으라」(打發他們去)에서 이렇게 말했다. "일체의 봉건사상, 부르주아의 근성, 그리고 그들의 대변자를 말끔히 조사하고 그들을 정확히 평가하여 그들을 포장하여 내쫓으라."

127) 루나차르스키의 원래의 말은 다음과 같다. "예술가의 위대한 주인 ─ 그것은 광고업자이고 예술품의 판매자이다 ─ 역시 최근에 이 방면의 일에 대해 낌새를 채고서, 유명한 이름과 위조품을 매매할 뿐만 아니라 새로운 명목을 제조하기를 좋아한다. 어딘가 다락방에 살고 있는 자, 그는 ─ 좋게 말하면 병적으로 자기애가 강한, 불우한 사람이고, 나쁘게 말하면 사기꾼이다."(루쉰이 번역한 「문예와 비평 ─ 오늘의 예술과 내일의 예술」文藝與批評·今日的藝術與明日的藝術을 보시오.)

128) 팡산징(方善境)의 서명 부호이다. 팡산징(1907~1983)은 저장 전하이(鎭海) 사람으로 자오펑(焦風) 혹은 간톄(干鐵) 등의 필명을 사용하였으며, 에스페란토 이름은 Tikos 이다. 1924년에 에스페란토를 배우기 시작하여 1929년에 한커우(漢口)세계어동지회를 창설하고 1932년에 국제세계어협회에 가입하는 등 에스페란토 보급에 앞장섰으며, 1939년에 에스페란토 잡지 『원동사자』(遠東使者)와 합작으로 에스페란토 역본의 『루쉰소설선』을 출판하였다.

129) 『조화순간』(朝花旬刊)은 조화사에서 『조화주간』에 이어 출판한 문예지로서, 루쉰과 러우스(柔石)가 함께 펴냈다.

130) 「공자, 남자를 만나다」(子見南子)는 린위탕이 만든 단막극이며, 『분류』 제1권 제6기에 발표되었다. 1929년 6월 취푸(曲阜)의 산둥성립 제2사범학교 학생들이 이 연극을 공연하였을 때, 현지의 공씨 후손들이 '공공연히 조상 공자를 모욕했음'을 이유로 연명으로 교육부에 고소하였으며, 그 결과 해당 학교 교장이 전임되었다. 이 연극은 『논어』 「옹야」(雍也)의 다음 대목과 관계가 깊다. "선생께서 남자(南子)를 만나셨는데, 자로는 이를 못마땅하게 여겼다. 그러자 선생님께서 이렇게 맹서하였다. '내가 도리에 어긋난 일을 했다면 하늘이 나를 버리실 것이다, 하늘이 나를 버리실 것이다.'" 남자는 춘추시대 위(衛) 영공(靈公)의 부인으로, 송(宋)나라 공자 조(朝)와 사통하는 등 행실이 음란한 여성이다. 『집외집습유 보편』의 「'공자, 남자를 만나다'에 관하여」(關于'子見南子')를 참조하시오.

131) '조감'이란 자오징선이 1927년 6월부터 계속해서 『소설월보』, 『문학주보』를 통해 세

계문학의 개황을 소개한 글을 가리킨다.

132) 「페퇴피의 생애」(Petöfi. Ein Lebensbild)는 오스트리아 작가인 알프레드 테니르스 (Alfred Teniers)의 저작이며, 바이망에 의해 번역되었다. 바이망(白莽, 1909~1931)은 저장 샹산(象山) 사람으로 원명은 쉬쭈화(徐祖華)이고 필명은 바이망 혹은 인푸(殷夫)이다. 좌익작가연맹의 성원으로 활동하였으며, 1931년 2월 7일 국민당에 의해 살해당했다.

133) 독일어 'nation'은 민족 혹은 국민을 의미한다. 루쉰은 『남강북조집』(南腔北調集)의 「망각을 위한 기념」(爲了忘却的記念)에서 다음과 같이 밝혔다. "밤에 번역문과 원문을 대충 한번 대조해 보고는 몇 군데 오역 외에 고의로 비튼 곳이 한 군데 있다는 걸 알게 되었다. 그는 '국민시인'이란 말을 좋아하지 않았던 듯, 이 글자를 모두 '민중시인'으로 바꿔 놓았던 것이다."

134) 「페퇴피 시론」은 헝가리의 라이히가 지은 『헝가리 문학사』의 한 장을 루쉰이 번역(필명은 링페이令飛)한 것으로, 1908년 8월 『허난』 월간 제7기에 실렸다. 『허난』(河南)은 허난 출신의 일본유학생이 창간한 월간지로서, 청커(程克), 쑨주단(孫竹丹) 등이 주편하였다. 1907년 12월에 도쿄에서 창간되었다가, 1908년 12월에 정간되었다.

135) 『가라앉은 종』(沉鐘)은 침종사(沉鐘社)에서 편집한 문학간행물로서, 1925년 10월에 베이징에서 주간지로 창간되었으며, 모두 10기를 간행한 후에 정간되었다. 이듬해 8월에 반월간으로 복간되었다가 1927년 1월 제12기를 끝으로 정간되었다. 1932년에 다시 복간되어 1934년 2월 34호를 끝으로 정간되었다. 펑즈(馮至)의 논문 「Petöfi Sándor」는 이 잡지의 제2기(1926년 8월)에 실렸다. 펑즈(1905~1993)는 허베이(河北) 줘현(涿縣) 출신의 시인으로, 침종사의 주요 성원이다.

136) L. S.는 곧 루쉰이다. 루쉰의 역시는 모두 다섯 수인데, 『위쓰』 주간 제11기(1925년 1월 26일)에 『A. Petöfi의 시』라는 총제목으로 실렸다. 이 가운데 「내가 나무라면, 만약 당신이 ……」(願我是樹, 倘使你……)와 「나의 사랑―아니 ……」(我的愛―幷不是……)의 두 수는 이번 기의 바이망이 번역한 「나는 나무가 되고 싶다……」(我要變爲樹……) 및 「나의 애정―아니 ……」(我的愛情―不是……)와 중복된다.

137) 쑨융이 번역한 『용사 요한』(John the Valiant)은 1931년 10월에 상하이 후펑(湖風)서국에서 출판되었다.

138) 체호프(Антон Павлович Чехов, 1860~1904)는 러시아의 작가이며, 수많은 단편소설과 극본을 창작하였다. 본문의 「사랑」은 단편소설로서 왕위치(王餘杞)에 의해 번역되었고, 「곰」은 극본으로서 양싸오(楊騷)에 의해 번역되었다.

139) 「체호프와 신문예」를 가리킨다. 러시아의 르보프-로가체프스키의 저작이다.

140) 요네카와 마사오(米川正夫, 1891~1965)는 일본의 러시아문학 연구자이자 번역가이다. 대표적인 번역서로는 『톨스토이 희곡전집』(トルストイ戲曲全集), 『체호프 희곡전

집』(チェーホフ戯曲全集) 등이 있다.

141) 아호(Juhani Aho, 1861~1921)는 핀란드 작가이다. 본문의 소설은 그의 단편소설 「어느 파괴된 사람」(一個殘敗的人)을 가리키며, 위다푸에 의해 번역되었다.

142) 파이바린타(Pietari Päivärinta, 1827~1913)는 핀란드 작가이다. 『Reclam's Universal Bibliothek』, 즉 '레클람 세계문고'는 1867년 독일에서 출판된 문학총서이다.

143) Type는 여기에서 전형(典型)을 의미한다.

144) 포펜베르크(Felix Poppenberg, 1869~1915)는 독일의 문학평론가이다. 그의 「아호의 예술」은 아호 및 그의 소설인 『아일리의 결혼』에 대해 평가하였다.

145) 위다푸는 「아호의 예술」을 번역한 후 부기에서 이렇게 말했다. 번역할 때 "원저자의 문장이 참으로 지나칠 정도로 화려한지라, 나처럼 이제껏 책을 읽어도 깊이 이해하려 하지 않았던 우둔한 독자들은 연신 비명을 지르지 않을 수 없었다. 마침내 6, 7일 간 온 힘을 다해서야 억지로 이 논문의 번역을 끝마쳤다."

146) Kogan, 즉 코간(Пётр Семёнович Коган, 1872~1932)은 소련의 문학사가이며, 모스크바대학 교수를 지냈다. 저서로는 『서구문학사 개론』, 『고대문학사 개론』 등이 있다. 고리키에 관한 그의 짧은 글은 「막심 고리키론」이며, 뤄양(洛揚)이 번역하였다.

147) 「매의 노래」(Песня о Соколе)는 고리키가 1902년에 발표한 단편소설이다.

148) '여기의 편지'는 고리키가 1928년 10월 7일에 소련의 『프라우다』에 발표한 「소련의 '기계적 시민들'에게」를 가리킨다. 쉐펑(雪峰)에 의해 번역되었다. 이것은 반(反)소비에트의 그릇된 논의를 반박하는 공개서한이다. 고리키에게 편지를 보낸 사람이 편지 속에서 '기계적으로 소련의 시민이 된 주민'이라 자처하였다.

149) '사자 몸속의 벌레'(獅子身中蟲)는 원래 불가의 비유로서, 비구(比丘) 가운데 못된 비구가 불법을 파괴하는 것을 가리킨다. 『연화면경』(蓮華面經, 상권)에서는 다음과 같이 말하고 있다. "아난아, 사자는 목숨이 끊겨 몸이 죽으면 하늘과 땅과 물과 뭍의 모든 생명들이 감히 사자의 살을 먹지 못하지만, 오직 사자 몸에서 저절로 생겨난 벌레들이 사자의 살을 먹는다. 아난아, 우리의 불법도 다른 이가 파괴하는 게 아니라 우리 불법 중의 악비구(惡比丘)가 마치 독이 찌르듯 우리의 불법을 파괴할 것이다." 이 글에서는 혁명진영에 섞여 들어온 기회주의자들을 가리킨다.

150) 장쉰(張勛, 1854~1923)은 장시(江西) 펑신(奉新) 사람으로, 베이양군벌의 한 사람이다. 1911년 10월 우창기의가 일어난 후, 그는 혁명군에 맞서 싸웠으나 패하여 쉬저우(徐州) 일대로 퇴각하였다. 그와 그의 부대는 변발을 늘어뜨려 청 왕조에 대한 충성을 나타냈으며, 이로 인해 변자군(辮子軍)이라 일컬어졌다. 1917년 7월 1일 베이징에서 퇴위한 마지막 황제 푸이(溥儀)를 내세워 청 왕조의 부활을 꾀하였으나, 7월 12일 실패로 끝나고 말았다.

151) '『성사』(醒獅)의 부류'란 쩡치(曾琦), 리황(李璜), 쭤순성(左舜生) 등을 중심으로 하는

'성사파'(醒獅派)를 가리킨다. 이들은 1923년에 '중국국가주의청년단'을 조직하고 1924년에 『성사주보』(醒獅週報)를 간행하여 국가주의를 극력 고취하는 한편, 공산당과 혁명운동에 반대하였다.

152) 장광Y(蔣光Y)는 장광츠(蔣光慈, 1901~1931)를 가리킨다. 원명은 장광츠(蔣光赤)였으나 1927년 대혁명 실패 후 '赤'을 '慈'로 바꾸었다. 안후이 루안(六安) 출신의 작가이며, 태양사(太陽社)의 주요 성원으로 활동하였다. 저서로는 시집 『새 꿈』(新夢), 소설 『단고당』(短褲黨), 『들판의 바람』(田野的風) 등이 있다. 당시 장광츠는 일본에 있었다.

153) V. Lidin, 즉 리딘(Владимир Германович Лидин, 1894~1979)은 소련의 동반자 작가이다. 『분류』 제2권 제5기에는 루쉰이 번역한 「VL. G. 리딘 자전」(VL. G. 理定自傳)이 실렸다.

154) 루쉰이 번역한 「수금」(竪琴)은 1929년 1월 『소설월보』 제20권 제1호에 실렸다.

155) 덴마크의 클라우센(Sophus Claussen, 1865~1931)의 저작인 「덴마크의 사상조류」를 가리킨다. 이 글은 유쑹(友松)에 의해 번역되었다.

156) 덴마크 작가 옌센(Johannes V. Jensen, 1873~1950)의 시 「어머니의 노래」(母親之歌), 「눈먼 여인」(盲女; 메이촨 번역)과 소설 「사라진 숲」(失去的森林; 러우스柔石 번역), 그리고 오키에르(Jeppe Aakjær, 1866~1930)의 시 「쌀보리밭 가에서」(裸麥田邊; 러우스 번역) 등을 가리킨다.

157) 야콥센(Jens Peter Jacobsen, 1847~1885)과 방(Herman Joachim Bang, 1857~1912) 모두 덴마크의 작가이다.

158) 바조프(Ivan Minchov Vazov, Иван Минчов Вазов, 1850~1921)는 불가리아의 시인, 소설가, 극작가이며, 흔히 불가리아문학의 개조라고 일컬어진다. 대표작으로는 장편소설 『멍에 아래에서』(軛下, Under the Yoke), 극본 『방랑자』(Vagabonds)와 『이발료』(Ivaylo) 등이 있다. 『분류』 제2권 제5기에는 쑨융에 의해 번역된 그의 회고문 「언덕을 너머」(過嶺記)가 실려 있다. 루쉰은 이전에 그의 소설 「전쟁 중의 벨코」(戰爭中的威兒珂)를 번역하여 1921년 10월 『소설월보』 제12권 제10호의 '피압박민족문학 특집호'에 게재하였다.

159) 마오둔(茅盾, 1896~1981)은 저장 퉁샹(桐鄕) 사람으로, 본명은 선옌빙(沈雁冰), 마오둔은 필명이다. 작가, 문학평론가이며, 문학연구회의 주요 성원으로 활동하면서 『소설월보』를 주편하였다. 대표작으로는 『식』(蝕), 『한밤중』(子夜) 등이 있다. 1927년 대혁명 실패 후, 국민당정부의 수배를 받았다.

160) 템누이(H. Темный)는 러시아 작가 라자레프(Николай Артемьевич Лазарев, 1863~1910)의 필명이다. 그의 소품은 「청호기행」(青湖記游)을 가리키며, 루쉰에 의해 번역되었다.

161) '마지막 두 편'은 헝가리의 마차의 「현대유럽의 예술과 문학 제 유파」(現代歐洲的藝術

與文學諸流派; 펑쉐펑 번역)와 루나차르스키의 「소비에트국가와 예술」(蘇維埃國家與藝術; 루쉰의 번역)을 가리킨다.

162)『문예와 비평』은 루나차르스키의 논문집으로, 루쉰에 의해 번역되었다. 1929년 10월 '과학적 예술론 총서'의 여섯번째 권으로 상하이의 수이모(水沫)서점에서 출판되었다.

163) Maisky는 소련 과학원 원사인 마이스키를 가리키는 듯하며, 이 글의 7절에서는 'Maiski'라고 적었다. 주92)를 참조하시오.

집외 지브스ᄇ유 集外集拾遺

『집외집습유』(集外集拾遺)의 명칭은 작자가 미리 정해 두었으며, 일부 글은 작자가 수집하고 초록하여 '보기'(補記)나 '참고'를 덧붙인 것도 있다. 하지만 편집을 마치지 못한 채 병으로 인해 중지되었다가, 1938년에 『루쉰전집』을 출판할 때 쉬광핑(許廣平)에 의해 편집되어 인쇄되었다. 이번에는 번역글 「고상한 생활」(高尚生活), 「무례와 비례」(無禮與非禮), 「차라투스트라의 서언」(察拉圖斯忒拉的序言) 세 편과 「「문득 생각나는 것」 부기」(「忽然想到」附記; 『화개집』 「문득 생각나는 것」의 주석에 수록됨)를 떼어내고, 「곱씹은 나머지」(咬嚼之餘)와 「곱씹어 '맛이 없는' 것만은 아니다」(咬嚼未始'乏味'), 「전원사상」('田園思想')의 세 편의 '참고' 및 「편집을 마치고」(編完寫起)는 『집외집』의 관련 문장 뒤로 옮겨 실었다. 「『역외소설집』 서언」(『域外小說集』序言)은 『역문서발집』(譯文序跋集)으로 옮기고, 「교수의 잡가」(敎授雜詠)의 네번째 수는 이번에 보완해 넣었다. 약간의 시문은 씌어진 시간의 선후에 따라 순서를 조정했으며, 시제(詩題) 또한 작자의 자료 목록상의 서명에 근거하여 바로잡았다.

옛날을 그리워하며[1]

우리 집 문 바깥에는 푸른 오동나무 한 그루가 있었다. 나무는 서른 자 높이에 해마다 뭇별처럼 열매를 주렁주렁 맺었다. 아이들이 열매를 따려 돌멩이를 던지곤 했는데, 돌멩이가 자주 서재의 창문으로 날아 들어와 때로 나의 책상을 맞추기도 했다. 돌멩이가 날아들 때마다 나의 스승인 대머리 선생님은 뛰쳐나가 녀석들을 내쫓곤 했다. 오동잎은 지름이 한 자 남짓으로, 여름의 햇볕을 받아 약간 시들었다가도 밤기운을 받으면 되살아나 손바닥을 펼친 듯해졌다. 집안의 문지기인 왕王 할아범은 때때로 물을 길어와 땅바닥에 뿌려 무더운 열기를 식히거나, 낡은 탁자나 의자를 끌어다 놓고서 담뱃대를 손에 쥔 채 리李 할멈과 이야기를 나누곤 했다. 밤이 이슥해지면[2] 담뱃대 속의 불이 보일락 말락 하는데도 이야기는 그칠 줄을 몰랐다.

그들이 저녁의 무더위를 식히고 있을 때 대머리 선생님은 나에게 대구 짓기[3]를 가르쳤다. 제목은 '홍화'紅花였다. 내가 '청동'青桐으로 대구하자 선생님은 손을 휘저으면서 "평측이 어울리지 않아"라고 말하더니 물러나 있으라 하였다. 당시 나는 벌써 아홉 살이었건만 평측이 무엇인지 알지 못했다. 하지만 선생님 역시 말해 주지 않았기에 잠시 물러나 있었다. 오래도록 생각해 보았으나 대구는 떠오르지 않았다. 나는 슬금슬금 손바닥을 펼쳐 마치 모기를 잡는 양 내 넓적다리를 찰싹 내리쳤다. 내가 고통스러워한다는 것을 대머리 선생님이 알아주기를 바랐지만, 선생님은 여전히 거들떠보지도 않았다. 한참이 지나서야 목소리를 길게 빼면서 "들어오너라"고 말했다. 나는 씩씩하게 들어갔다. 그러자 선생님은 녹초綠草라는 두 글자를 쓰고서 이렇게 말했다. "홍紅은 평성이요, 화花도 평성이요, 록綠은 입성이요, 초草는 상성이니라. 이제 가거라." 나는 듣는 둥 마는 둥 잽싸게 뛰쳐나왔다. 대머리 선생님은 다시 목소리를 길게 빼면서 말했다. "뛰지 마라." 나는 뛰지 않고서 나왔다.

　　나는 밖으로 나왔지만 감히 오동나무 아래에서는 더 이상 놀지 않았다. 처음에는 왕 할아범의 무릎을 끌어당기면서 산속 이야기를 해 달라고 조른 적도 있었다. 하지만 그럴 때마다 대머리 선생님이 뒤따라와 엄한 표정으로 말했다. "어린애가 못된 장난을 해서는 안 돼! 밥은 먹었느냐? 그렇다면 돌아가 밤공부를 해야지." 조금이라도 거역하면 이튿날 매로 내 머리를 두들기면서 말했다. "너는 못된 장난질만 하면서 공부는 뒷전이로구나!" 대머리 선생님은 아마도 서재를 복수의 장소라고 여긴 듯했다. 그래서 차츰 오동나무 아래로는 가지 않게 되었다. 하물며 다음 날이 청명절이나 단오절, 중추절이 아니라면 내게 무슨 즐거움이 있겠는가? 만약 이른 아침에 가벼운 병에 걸려 오후⁴⁾에 낫는다면, 이를 핑계로 반나절을 쉬는 것도 기분 좋은 일이다. 그렇지 않으면 대머리 선생님이 앓아눕는 것뿐이다. 죽는다면야 더욱 좋을 일이고, 앓지도 않고 죽지도 않으니, 난 내일이면 또 『논어』를 배우러 가야만 한다.

　이튿날 대머리 선생님은 아니나 다를까 나의 『논어』를 손가락으로 누른 채 머리를 좌우로 흔들면서 글자의 뜻을 풀이해 주었다. 선생님은 또한 근시여서 입술이 거의 책에 닿는지라 마치 책을 물어뜯을 태세였다. 사람들은 늘 나를 개구지다고 나무라고 책을 절반도 읽지 않아 페이지가 너덜너덜해졌다고 말하는데, 그건 모르고 하는 말이다. 이렇게 씩씩거리는 숨소리를 날마다 뿜어 대니 종이가 해지지 않을 수 있겠으며 글자가 희미해지지 않을 수 있겠는가! 내가 아무리 장난꾸러기라고 하더라도 어찌 그렇게까지 심하겠는가! 대머리 선생님은 이렇게 말했다. "공자님께서 말씀하시길, 나이 예순에 이르면 이순耳順이라고 하셨다. 이耳란 귀란다. 나이 일흔이 되면 마음 내키는 대로 행해도 그 법도에 어긋나지 않아.……" 나는 도무지 무슨 말인지 이해하지 못했다. 글자는 코의 그림자에 가려져 보이지도 않았다. 그저 『논어』 위에는 선생님의 대머리만이 반짝반짝 빛을 내면서 나의 얼굴을 비추고 있을 따름이었다. 다만 흐릿하나마 뒤룩뒤룩 부풀어서 뒤뜰 채마밭의 오래된 못만큼 맑지는 않았다.

　선생님은 한참이나 설명을 하더니 자신의 무릎을 떨다가 또 머리를 크게 끄덕였다. 몹시 흥이 나는 모양이었다. 나는 도저히 견딜 수 없었다. 머리의 빛이 신기하기는 해도 오래 보고 있노라면 지겨워지기 마련이니, 어찌 가만히 있을 수 있겠는가.

　"양성仰聖 선생! 양성 선생!" 다행히 문밖에서 느닷없는 괴성이 들려왔다. 마치 재앙을 만나 도와 달라 외치는 듯했다.

　"야오쭝耀宗 형이시오? …… 들어오세요." 『논어』 강의를 멈춘 채 고개를 치켜든 선생님은 내가 문을 열고서 예를 갖추었다.

나는 처음에 선생님이 무슨 속셈으로 이렇게까지 야오쭝에게 경의를
나타내는지 이해하지 못했다. 진야오쭝金耀宗 씨는 이웃에 살고 있는 거부
이지만, 옷차림은 남루하고 날마다 야채만 먹어 가을가지마냥 누렇게 떠
있었다. 그래서 왕 할아범조차도 그에게 예를 갖추지 않았다. "저놈은 돈
을 많이 쌓아 두고만 있지 한 푼도 내놓는 법이 없으니, 예의를 차릴 게 뭐
야?"라고 말한 적도 있다. 그래서 할아범은 나를 귀여워했지만 야오쭝은
특히 업신여겼다. 야오쭝 또한 속상해하지 않았다. 게다가 할아범만큼 똑
똑하지도 않아 이야기를 들을 때마다 대부분 알아듣지 못하고 그저 예예
할 따름이었다. 리 할멈도, 그 사람은 어려서 어른이 될 때까지 부모의 슬
하에서 죄수처럼 지내면서 밖에 나가 남과 어울리는 법이 없는지라 알고
있는 말이 조금밖에 되지 않는다고 말했다. 예를 들어 이야기가 쌀에 이
르면 그저 쌀이라고 할 뿐 멥쌀인지 찹쌀인지 구분하지 못하고, 이야기가
물고기에 이르면 그저 물고기라고 할 뿐 방어인지 잉어인지 분간하지 못
한다는 것이다. 그렇지 않으면 이해하지 못하는지라 주注를 수백 마디 덧
붙여야 하고, 게다가 주 가운데 이해하지 못하는 말이 많아 또다시 소疏를
이용해야만 한다. 소에도 어려운 낱말이 많으면 끝내 이해하지 못한 채 그
만두고 만다. 그러니 더불어 이야기하기에 마땅치 않다는 것이었다. 그런
데 대머리 선생님만은 유독 그를 잘 대해 주었기에 왕 할아범 등은 그걸
아주 괴이하게 여겼다. 나 역시 나름대로 그 까닭을 이모저모 헤아려 보았
다. 알고 보니 야오쭝은 스물한 살이 되어서도 자식이 없자 서둘러 세 명
의 첩을 들였다. 그리고 대머리 선생님 역시 불효에는 세 가지가 있는데
후손이 없는 것이 가장 크다[5]고 말하여, 금 서른한 냥을 들여 첩을 한 명
사들인 적이 있었다. 선생님이 그에게 각별히 예의를 갖춘 것은 야오쭝의

지순한 효심으로 말미암은 것이었다. 왕 할아범이 비록 현명하다 할지라도 학문은 끝내 선생님에게 미치지 못하니, 심오한 바를 헤아리지 못함 또한 이상할 게 없었다. 나만 해도 몇 날이나 곰곰이 생각한 끝에야 비로소 그 까닭을 알게 되었으니.

"선생님, 오늘 아침 소식을 들으셨나요?"

"소식이라니? …… 아직 듣지 못했는데요, …… 무슨 소식인가요?"

"장모長毛⁶⁾가 온다네요!"

"장모가! …… 하하, 어찌 그런 일이 있을 수가.……"

야오쭝이 말하는 장모는 곧 양성 선생이 일컫는 바의 발역髮逆⁷⁾이다. 그리고 왕 할아범 역시 그들을 장모라 말하는데, 그때 마침 서른 살이었노라고 말한다. 지금 왕 할아범의 나이가 이미 일흔을 넘었으니 사십 년 넘게 차이가 난다. 내가 알기로도 그런 일은 있을 수 없었다.

"하지만 허쉬何墟의 삼대인三大人에게서 나온 소식입니다. 며칠 내로 온다고 하던데요.……"

"삼대인께서? …… 그렇다면 부의 지사로부터 나왔겠군요. 방비하지 않으면 안 될 일이지요." 선생님은 삼대인을 성인보다 숭앙하고 있던 터라 파랗게 질린 얼굴로 책상 주위를 맴돌았다.

"팔백 명쯤 된다고 합니다. 제가 진즉 하인을 허쉬로 보내 언제쯤에 올지 살펴보라 했습니다.……"

"팔백 명? …… 하지만 그런 일이 어디 있을라고. 아마 산적이나 근처의 적건당赤巾黨이겠지요."

대머리 선생님은 지혜가 뛰어난 사람인지라 금방 사실이 아님을 깨달았다. 하지만 아마 야오쭝은 틀림없이 산적이나 해적, 백모나 적건을 따지지 않은 채 모두 장모라고 생각하고 있었을 것이다. 그래서 대머리 선생님이 하는 말을 야오쭝은 이해하지 못했다.

"그들이 올 때에는 마땅히 밥을 준비해야지요. 우리 집의 대청은 좁으니 장휴양묘張睢陽廟[8]의 마당을 빌려 밥의 절반을 대접할 작정입니다. 그자들이 밥을 얻게 된 이상 안민安民의 포고를 내겠지요." 야오쭝은 천성이 미련하지만, 식사를 준비하여 군대를 맞이하는[9] 방법에 있어서는 가훈이 있었다. 왕 할아범이 들려준 이야기에 따르면, 야오쭝의 아버지는 장모와 맞닥뜨린 적이 있었다. 그는 땅바닥에 엎드려 살려 달라고 빌면서 거위마냥 벌겋게 부어오르도록 이마를 땅바닥에 찧은 덕분에 죽음을 면할 수 있었다. 그리고 그들을 위해 주방일을 맡아 식사 시중을 들었기에 크게 총애를 받고 많은 돈을 받았다. 장모가 패하자 눈치껏 도망쳐 돌아와 차츰 부자가 되고 우스蕪市에 살게 되었다고 한다. 이제 한 끼의 밥으로 널리 안민을 얻고자 하니, 이는 부친의 지혜만 못하였다.

"이런 모반자들의 운세란 필경 길지 않습니다. 시험 삼아 『강감이지록』[10]을 샅샅이 뒤져 보세요, 성공한 적이 있는지. …… 하긴 어쩌다가 성공한 적이 없었던 것은 아니지만. 식사를 대접하는 것도 괜찮겠지요. 그렇더라도 야오쭝 형! 당신은 절대로 이름을 올려서는 안 됩니다. 그런 일은 지갑地甲[11]에게 맡겨 두면 됩니다."

"그렇군요! 선생께선 순민順民이란 두 글자를 써 주실 수 있겠지요?"

"아아, 그러지 말아요. 이런 일은 서둘러서는 안 됩니다. 만약에 온다면 그때 써도 늦지 않아요. 그런데 야오쭝 형! 또 한 가지 알려드릴 게 있어요. 이런 자들의 노여움을 사서는 물론 안 되지만, 그렇다고 너무 가까이해서도 안 됩니다. 예전에 발역이 모반을 일으켰을 때 집집마다 순민이란 글자를 붙였지만 간혹 아무 효과도 거두지 못했지요. 도적이 물러간 후에는 다시 관군에게 들볶였지요. 그러니 이번 일은 도적이 우스에 닥쳐오고 나서 다시 의논해 봅시다. 다만 가족들은 일찌감치 피난시키는 게 좋지만, 너무 멀리 갈 필요는 없습니다."

"지당하신 말씀입니다. 지당하신 말씀입니다. 저는 일단 장휴양묘의 도사에게 알려 주러 가야겠습니다."

야오쭝은 제대로 알아들었는지 못 알아들었는지 알 수 없지만 크게 감복하여 자리를 떴다. 사람들은 우스 구석구석을 죄다 뒤져 보아도 우리 대머리 선생님만큼 지혜로운 사람이 없다고들 말하는데, 그 말은 참으로 틀림이 없다. 선생님은 어떤 시대에 처해 있더라도 몸에 눈곱만큼의 상처도 입지 않을 수 있다. 그래서 반고盤古가 천지를 개벽한 이래 대대로 전쟁과 살육, 치란과 흥망이 있었지만, 양성 선생 일가만은 나라를 위해 순사한 일도 없고 도적을 따르다가 죽는 일도 없이 면면히 오늘에 이르도록 우뚝하니 강연석[12]에 앉아 나 같은 개구쟁이 제자에게 "나이 일흔이 되면 마음 내키는 대로 행해도 법도에 어긋나지 않는다"고 가르치고 있는 것이다. 만약 오늘날의 진화론자에게 말해 보라고 한다면 혹 선조의 유전에서 비롯되었다고 말하겠지만, 내게 말해 보라고 한다면 독서에서 얻어진 게 아니라면 절대로 이렇지는 않을 것이라고 하겠다. 그렇지 않다면 어찌 나와 왕 할아범, 리 할멈만이 유독 유전을 받지 않아 사려분별의 엄밀함이 대머리 선생님만 못하겠는가?

야오쭝이 자리를 뜨자 대머리 선생님 역시 강의를 멈추었다. 몹시 근심스러운 표정으로 곧 집으로 돌아가겠노라고 말하면서 내게 책을 그만 읽게 하였다. 나는 너무나 기뻐서 오동나무 아래로 뛰쳐나갔다. 따가운 여름 햇살이 나의 머리를 이글이글 불태웠지만, 그런 것쯤이야 개의치 않았다. 오동나무 아래를 나의 영지라고 여겼던 것은 딱 이번뿐이었다. 잠시 후 대머리 선생님이 급히 나가는 게 보였는데, 옷보따리 하나를 옆구리에 끼고 있었다. 선생님은 예전에 명절이나 연말에 한 차례 돌아갈 뿐이고, 돌아갈 때에는 반드시 『팔명숙초』[13] 몇 권을 가지고 갔었다. 그런데 이번에는 모든 책이 책상 위에 가지런히 놓여 있고, 다만 낡은 상자 안의 옷가지와 신발만을 가져갈 뿐이었다.

거리를 슬며시 내다보니, 사람들이 개미떼보다 많았다. 모두들 두려운 기색을 띤 채 멍하니 걷고 있었다. 대부분 손에 물건을 안고 있었지만, 빈손인 사람도 있었다. 아마도 피난길에 오른 모양이라고 왕 할아범이 나에게 말했다. 그 가운데 대다수는 허쉬 사람으로 우스로 달아나고 있었지만, 우스의 주민들은 다투어 허쉬로 향하고 있었다. 왕 할아범은 전에 재난을 겪어 본 적이 있어서 그런지 당황하지 말고 집에 머물러 있으라고 말했다. 리 할멈 역시 진(秦)씨에게 물어보러 갔지만, 하인은 아직 돌아오지 않았으며 다만 여러 첩들이 마침 화장품과 향유, 비단 부채, 비단옷 등속을 챙겨 고리짝에 집어넣고 있는 것을 보았을 따름이었다. 이 부잣집 첩들은 피난 역시 봄나들이쯤으로 여기는 듯, 입술연지나 눈썹먹을 빠뜨리지 않았다. 나는 장모에 관한 일은 물어볼 겨를도 없이, 때려잡은 쉬파리로 개미를 꼬여내 짓밟아 죽이거나 개미구멍에 물을 흘려넣어 개미떼를 홍수로 딱하게 만들기도 했다. 얼마 지나지 않아 햇살이 나무우듬지를 지나자, 리 할멈이 밥 먹으라 나를 불렀다. 오늘이 왜 이리 짧은지 나는 도무지 알 수 없었다. 평소 같으면 지금쯤 대구를 짓느라 끙끙거리면서 대머리 선생님의 졸린 얼굴을 바라보고 있을 터였다. 밥을 먹고 나자 리 할멈이 나를 데리고 나갔다. 왕 할아범 역시 밖으로 나와 바람을 쐬고 있었는데, 평소와 다름이 없었다. 다만 둘러싼 채 서 있는 사람이 몹시 많았으며, 모두들 도깨비라도 구경하고 있는 양 입을 쩍 벌리고 있었다. 교교한 달빛이 사람들의 이빨을 비추고 있는데, 마치 썩은 옥을 늘어놓은 듯 어긋버긋하였다. 왕 할아범은 담배를 피우면서 느릿느릿 이야기했다.

"…… 당시 이 집의 문지기는 자오 다섯째 아재비趙五叔였는데, 머리가 좀 모자란 자였지. 주인이 장모가 쳐들어온다는 소릴 듣고 도망가라고 하자, '주인님이 떠나 버리면 이 집이 빌 텐데, 제가 남아 지키지 않는다면 도적들이 차지해 버리지 않겠습니까?'라고 했다네.……"

"아이구, 저런 멍충이!……" 리 할멈이 조롱하듯 괴상한 소리를 지르면서 선현의 잘못을 타박했다.

"그리고 부엌데기인 우吳 할망구도 도망가지 않았어. 그 할망구는 일흔 살이 넘은 나이였는데, 날마다 부엌 아래에 숨어서 밖에 나오지 않았지. 며칠 동안 사람들의 오가는 소리, 개 짖는 소리만 들려올 뿐, 귀에 들리는 건 이루 말할 수 없이 으스스했어. 얼마 후 사람들의 오가는 소리, 개 짖는 소리마저 끊기자 마치 저승에 있는 양 음산하기 짝이 없었어. 하루는 멀리서 대부대의 발걸음 소리가 들려오더니 담 너머를 지나갔어. 잠시 후 느닷없이 수십 명의 장모가 부엌으로 뛰어들어와 칼을 들고서 우 할멈을 끌어냈지. 새가 지저귀듯 떠드는 소리는 전혀 알아들을 수가 없었지만, 이렇게 말하는 것 같았어. '할멈! 네 주인은 어디 있어? 어서 돈을 가져와!' 우 할망구는 고개를 조아리며 말했지, '대왕 나리, 주인은 도망갔어요. 이 늙은이는 굶주린 지 벌써 며칠째입니다. 대왕 나리께 먹을거리를 구걸할 형편이니, 나리께 바칠 돈이 어디 있겠습니까.' 장모 한 명이 씩 웃으면서

'먹을거리를 달라고? 당연히 먹여줘야지'라고 말하더니 갑자기 둥그런 물체를 우 할망구의 가슴팍에 내던졌어. 피로 범벅되어 잘 알아볼 수는 없었지만, 그건 자오 다섯째 아재비의 머리였어……."

"아이구, 우 할망구가 놀라 자빠졌겠구먼?" 리 할멈이 다시 한번 깜짝 놀라 부르짖었다. 사람들의 눈은 더욱 동그래졌고 입도 쩌억 벌어졌다.

"아마 장모가 문을 두드리자 자오 다섯째 아재비가 버티면서 문을 열어 주지 않고 나무랐던 모양이야. '주인은 계시지 않다. 너희들은 억지로 들어와 도적질하려는 것이다'라고 말이야. 장……."

"확실한 소식이라도 있는가?……" 대머리 선생님이 돌아왔다. 나는 몹시 난처했다. 하지만 그의 안색을 살펴보니 이전처럼 엄격하지는 않았다. 그래서 몸을 피하지는 않았다. 불현듯 이런 생각이 들었다. 만약 장모가 쳐들어와 대머리 선생님의 머리를 리 할멈의 가슴에 내던질 수 있다면, 나는 날마다 개미구멍에 물을 부어넣을 수 있고 『논어』를 읽지 않아도 될 텐데.

"아직이요.…… 장모가 마침내 문을 부쉈어. 자오 다섯째 아재비도 걸어나가 이 모양을 보고 크게 놀랐지. 그리고 장모가……."

"양성 선생! 제 하인이 돌아왔어요!" 야오쭝이 있는 힘껏 소리치면서 들어와 말했다.

"어찌 되었답니까?" 대머리 선생님 역시 물으면서 나왔다. 그의 부릅 뜬 근시의 눈알이 내가 평소 보던 것보다 훨씬 컸다.

"삼대인의 말씀으로는, 장모라는 것은 거짓말이고, 실은 난민 수십 명에 지나지 않으며 허쉬를 지났다고 합니다. 난민이라는 자들은 늘상 우리집에 밥 빌어먹으러 오는 자들이지요." 야오쭝은 사람들이 난민이란 두 글자를 이해하지 못할까 봐 알고 있는 지식을 총동원해 정의를 내렸지만, 정의는 고작 이 한 마디였다.

"하하! 난민이라! …… 내 참 ……" 대머리 선생님은 크게 웃었다. 방금 전의 전전긍긍했던 어리석음을 자조하는 것 같기도 하고, 난민 따윈 두려울 것이 없다고 비웃는 것 같기도 하였다. 사람들 역시 웃음을 터뜨렸지만, 그건 대머리 선생님이 웃는 걸 보고 따라 웃는 것일 뿐이었다.

모두들 삼대인의 확실한 소식을 듣고서 왁자지껄 떠들면서 흩어졌다. 야오쭝 역시 돌아갔다. 오동나무 아래는 금세 적막에 잠겼다. 왕 할아범 등 네댓 명만이 남아 있었다. 대머리 선생님이 한참 동안 느릿느릿 맴돌다가 입을 열었다. "집에 돌아가 식구들을 안돈시켜야겠소. 내일 아침에 돌아오겠소." 그는 마침내 『팔명숙초』를 가지고서 떠났다. 그는 떠나면서 나를 돌아보면서 말했다. "하루 종일 공부하지 않았지만, 내일 아침에는 줄줄 외울 수 있겠지? 어서 가서 공부해라, 못된 장난 치지 말고." 나는 걱정이 태산 같았다. 나는 왕 할아범의 담뱃불을 빤히 바라보면서 아무 대답도 하지 못했다. 왕 할아범은 쉬지 않고 담배를 빨고 있었다. 담뱃불은 반짝반짝 빛을 발했다. 마치 가을벌레가 풀숲 속에 떨어져 내리는 듯했다. 그리하여 작년에 반딧불이를 잡으러 갔다가 갈대가 무성한 늪에 빠졌던 일이 떠올랐다. 대머리 선생님은 까맣게 잊혀졌다.

"맙소사, 장모가 온다, 장모가 온다. 장모가 처음에 왔을 적엔 정말 무서웠지. 나중에 보니 아무것도 남아 있지 않았지." 왕 할아범은 담배를 끄더니 고개를 끄덕거렸다.

"영감님은 장모를 만난 적이 있는데, 어찌 되었나요?" 리 할멈이 곧바로 물었다.

"할아범은 장모였나요?" 나는 장모가 들이닥치면 대머리 선생님이 도망치니 장모는 좋은 사람일 테고, 왕 할아범은 나를 귀여워해 주니 틀림없이 장모이리라 생각했다.

"허허! 아니란다. ──리 할멈, 그때 당신 나이 몇이었소? 난 스무 살 남짓이었을 거야."

"난 열한 살이었지요. 그때 어머니가 나를 데리고 핑톈平田으로 도망친 덕에 장모를 만난 적은 없었지요."

"난 황산幌山으로 달아났었소. ──장모가 우리 마을에 왔을 때 나는 막 달아나려던 참이었지. 이웃집의 뉴쓰牛四와 우리 친척 형 두 명이 잠시 꾸물거리는 바람에 꼬맹이 장모에게 붙잡혀 타이핑교太平橋로 끌려가 한 사람 한 사람 칼로 목이 잘렸소. 모두 숨이 끊어지지 않자 물에 밀어 넣어서야 숨이 끊어졌지. 뉴쓰는 힘이 얼마나 센지 쌀을 두 섬 닷 되를 짊어지고서 반리를 갈 수 있었는데, 지금이야 이런 사람이 없지. 황산에 이르니 어느덧 저물녘이 되었더군. 산마루 큰 나무에 지는 해가 살짝 걸려 있었지만, 산기슭의 벼는 벌써 밤기운을 받아 한낮보다는 푸른빛을 띠고 있었소. 산기슭에 닿아 뒤를 돌아보니 다행히 뒤쫓는 이가 없어 마음이 조금 놓이더군. 하지만 앞을 바라보아도 마을 사람은 한 명도 보이지 않아 쓸쓸하고 처량한 느낌이 함께 일어났지. 한참만에야 정신을 차렸지만 밤이 차츰 깊어지면서 적막함이 더욱 심해졌소. 사람 소리는 전혀 들리지 않고 오로지 지지! 왕왕왕! 하는 소리만 ……"

"왕왕?" 나는 영문을 몰랐던지라 질문이 입 밖으로 터져 나왔다. 리 할멈이 나의 손을 힘껏 잡으면서 말렸다. 마치 나의 질문이 할멈에게 커다란 재난을 가져다주기라도 하는 양.

"개구리가 우는 소리야. 이밖에도 부엉이 울음소리가 아주 처량했지. …… 아아, 리 할멈. 당신은 어둠 속의 나무 한 그루가 영락없이 사람 모양 이란 걸 알고 있겠지요? …… 허허, 뒤를 돌아본들 뭐가 있었겠소. 장모가 물러갈 때 우리 마을 사람들 모두가 가래나 호미를 들고 그들을 뒤쫓았소. 뒤쫓는 사람은 겨우 십여 명인데, 그들은 백 명이나 되었어도 뒤돌아서 싸우려는 자가 없었소. 이후로 날마다 다바오打寶하러 갔지요. 허쉬의 삼대인이 바로 이렇게 해서 부자가 되지 않았소."

"다바오가 뭐예요?" 나는 또다시 의문이 들었다.

"으흠, 다바오, 다바오란 말이야 …… 우리 마을 사람들이 바짝 뒤쫓을 때마다 장모는 꼭 약간의 금은보화를 내던졌지. 마을 사람들이 다투어 줍느라고 추격을 늦출 수 있었거든. 나도 누에콩만 한 크기의 진주를 손에 넣어 기뻐서 어쩔 줄 몰라 하고 있었는데, 뉴얼牛二이 몽둥이로 내 머리를 쳐서 진주를 빼앗아 갔지. 그렇지 않았다면 설사 삼대인만큼은 아니더라도 부자 영감 소리는 들었을 텐데 말이야. 저 삼대인의 아비 허거우바오何狗保도 이때 허쉬로 돌아온 참이었는데, 변발을 길게 늘어뜨린 꼬맹이 장모가 자기집 낡은 궤짝 속에 숨어 있는 걸 보았지.……"

"아이구! 비가 내리네. 돌아가 쉽시다." 리 할멈은 비를 보자 돌아가고픈 마음이 들었다.

"아니, 아니요. 잠깐만요." 나는 전혀 돌아가고 싶지 않았다. 소설의 독자가 흥미진진한 이야기를 듣다가 이어 '다음 일이 어찌 되는지를 알고 싶다면 다음 회를 들으시오'라고 한다면, 얼른 다음 회를 보고 싶어 안달할 것이고, 전권을 다 읽기까지 그만두지 않는 것과 영락없었다. 그러나 리 할멈은 그렇지 않은 모양이었다.

"이런, 돌아가 쉬어야지. 내일 늦게 일어나면 선생님께 또 매 맞을라."

빗줄기는 더욱 거세졌다. 창문 앞 파초의 커다란 잎을 두들기는 빗소리가 마치 게가 모래 위를 기어가는 소리 같았다. 나는 베개 위에서 그 소리를 들었는데, 점점 들리지 않게 되었다.

"아이구! 선생님! 다음에는 열심히 공부할 게요.……"

"어이구! 무슨 일이야? 꿈꾼 거야? …… 네 덕에 나도 악몽에서 깨어났구나. …… 꿈 꾸었니? 무슨 꿈?" 리 할멈은 얼른 내 침상으로 다가와 내 등을 토닥토닥 여러 차례 두드려 주었다.

"꿈이었어요! …… 아무것도 없어요.…… 할멈은 무슨 꿈 꾸었어요?"

"장모의 꿈을 꾸었단다! …… 내일 이야기해 주마. 오늘밤은 이미 늦었으니 어서 자자. 자야지."

주)＿＿＿＿＿

1) 원제는 「懷舊」, 1913년 4월 25일 상하이의 『소설월보』 제4권 제1호에 처음으로 발표되었다. 필명은 저우춰(周逴)이다.

2) 원문은 '月落參橫'이며, '달이 지고 삼성(參星)이 가로놓이다'는 뜻으로 밤이 깊었음을 가리킨다. 『고악부』(古樂府)의 「선재행」(善哉行)에는 "달 지고 삼성 가로놓이며 북두가 빛난다"(月沒參橫, 北斗闌幹)라는 구절이 있다. 삼성은 오리온좌이다.

3) 원문은 '屬對'. 예전에 글방에서는 학생들에게 대구를 짓도록 연습하는 수업이 있었는데, 글자의 평측(平仄)과 뜻의 허실(虛實)에 따라 대구를 짓도록 하였다.

4) 원문은 '映午'. 양(梁)나라 원제(元帝) 소역(蕭繹)의 『찬요』(纂要)에 "해가 미(未)에 있음을 영(映)이라 한다"(日在未曰映)는 구절이 있다. 오후 1시에서 3시까지를 가리킨다.

5) 원문은 '不孝有三, 無後爲大'이며, 『맹자』 「이루상」(離婁上)에 나오는 글귀이다. 한대(漢代)의 조기(趙岐)는 이 글귀에 대해 다음과 같이 설명하였다. "예에 불효하는 것이 세 가지 있으니, 부모의 뜻에 아첨하고 곡진하게 따라 부모를 의롭지 못함에 빠트리는 것, 이것이 첫째이고, 집이 가난하고 어버이가 늙었는데도 봉록을 받는 벼슬을 하지 않는 것,

이것이 둘째이고, 장가를 들지 않고 자식이 없어서 조상의 제사를 끊는 것, 이것이 셋째이다. 이 세 가지 가운데 후손이 없는 것이 가장 큰 불효이다."

6) 장모(長毛)는 홍수전(洪秀全)이 이끄는 태평천국군(太平天國軍)을 가리킨다. 삭발하여 변발을 늘어뜨리도록 한 청 조정의 법령에 맞서, 태평천국군은 머리카락을 남기고 묶지 않았다. 이리하여 이들을 '장모'라 일컬었다.

7) 발역(髮逆)은 장발의 역적이라는 의미이다.

8) 장휴양묘(張睢陽廟)는 당나라 사람인 장순(張巡, 709~757)을 모시는 사당이다. 장순은 덩저우(鄧州) 난양(南陽; 지금의 허난河南) 사람으로 개원(開元) 말에 벼슬길에 올랐다. 안사(安史)의 난 당시에 휴양성(睢陽城; 지금의 허난성 상추商丘 남쪽)에서 소수의 병력으로 수십만의 반군과 맞서 싸워 몇 달을 버티다가 끝내 성이 함락되어 죽임을 당했다.

9) 원문은 '簞食壺漿以迎王師'. 『맹자』 「양혜왕하」(梁惠王下)에 따르면, 제나라 왕이 연나라를 정벌하자 "백성들이 재난 가운데에서 자신들을 구원해 주리라 여겨 광주리의 밥과 단지의 마실 것으로써 왕의 군대를 맞이하였다"(民以爲將拯己於水火之中也, 簞食壺漿以迎王師)고 한다.

10) 『강감이지록』(鋼鑑易知錄)은 청나라 오승권(吳乘權) 등이 편찬한 간명한 중국편년사이다. 모두 107권으로 이루어져 있으며, 강희 15년(1676년)에 편찬되었다.

11) 지갑(地甲)은 중국의 봉건왕조에서 시행하였던 향촌의 민병조직인 보갑(保甲)의 우두머리를 가리킨다. 보장(保長)이라고도 한다.

12) 원문은 '皋比'. 『좌전』 '장공(莊公) 10년'에 "호피를 뒤집어쓰고 앞장서서 돌격하였다"(蒙皋比而先犯之)라는 글귀가 있다. 진(晉)나라 두예(杜預)는 "고비는 호피이다"(皋比, 虎皮)라고 풀이하였다. 『송사』(宋史) 「도학전」(道學傳)에 따르면, 송대에 장재(張載)는 호피를 깔고 앉아 『역경』을 강론하였는데, 이로 인해 훗날 교육을 담당하는 것을 '좌옹고비'(坐擁皋比)라고 일컫게 되었다.

13) 『팔명숙초』(八銘塾鈔)는 청대 오무정(吳懋政)의 저서로 모두 2집으로 이루어져 있다. 예전에 팔고문(八股文)을 배울 때의 본보기 책이다.

『신조』의 일부에 대한 의견[1]

멍전[2] 선생께

보내 주신 편지는 잘 받았습니다. 현재 『신조』[3]에 대해서는 다른 의견은 없습니다. 앞으로 생각나는 게 있으면 수시로 알려드리고 싶습니다.

『신조』의 각 호마다 순수과학에 관한 글 한두 편이 있는데, 이 또한 좋습니다. 다만 제 생각입니다만, 너무 많아서는 안 된다고 생각합니다. 아울러 가장 좋기로야 어찌 되었든 중국의 병폐를 침으로 찌르는 것입니다. 이를테면 천문을 이야기하다가 느닷없이 음력을 꾸짖고, 생리를 이야기하다가 결국 의사를 공격하는 것입니다. 요즘의 나이 든 선생들은 '지구는 타원형이다'라든가 '원소는 77종이다'라는 소리를 들어도 반대하지 않게 되었습니다. 『신조』에는 이러한 글들이 가득 실려 있습니다만, 그들은 아마 남몰래 기꺼워할지도 모릅니다(그들 중에는 젊은이라면 오로지 과학을 논할 뿐 왈가왈부 의론하지 말아야 한다고 고취하는 이들도 많습니다. 『신조』3기의 통신 속에 스즈위안史志元 선생의 편지[4]가 있습니다만, 아무래도 그들의 속임수에 걸려든 듯합니다). 현재는 반드시 의론을 펼치고 과학을 논해야 합니다. 과학을 논하면서도 전과 다름없이 의론을 펼친다면, 아마 그들은 여전히 평온을 얻지 못할 것이며, 우리 역시 천하에 무죄를 알릴 수 있을 것입니다. 요컨대 삼황오제 시대의 눈으로 본다면 과학을 논하든 의론을 펼치든 모두 뱀이며, 전자가 구렁이라면 후자는 살무사일 따름입니다. 언제라도 몽둥이가 있기만 하면 때려죽이려 하겠지요. 기왕 이런 바에야 물론 독이 강한 편이 좋습니다. ── 하지만 뱀 스스로 두들겨 맞지 않으려 하는 것 또한 물론 말할 나위가 없습니다.

『신조』 안의 시는 경치를 묘사하고 일을 서술한 것이 많은 반면 서정시는 적은지라, 조금은 단조롭습니다. 앞으로 작풍이 다른 시를 더 많이 실을 수 있다면 좋을 것입니다. 외국의 시를 번역하는 것 또한 중요한 일입니다만, 안타깝게도 이 일은 쉽지 않습니다.

「광인일기」는 유치한 데다가 너무나 성급하며 예술적으로도 졸렬합니다. 보내 주신 편지에서 좋다고 말씀하신 것은 아마 한밤에 날짐승이 모두 둥지로 돌아가 잠을 자는지라 박쥐의 유능함만 보이기 때문이겠지요. 제 자신도 기실 작가가 아니라는 것을 알고 있습니다. 지금 마구 외치고 있는 것은 몇 명의 새로운 창작가 ── 중국에 틀림없이 천재가 있을 터이나 사회에 의해 바닥에 짓눌려 있다고 저는 생각합니다만 ── 를 발굴하여 중국의 적막을 깨뜨리고 싶어서입니다.

『신조』 속의 「눈 오는 밤」, 「이 또한 사람이라네」, 「사랑인가 고통인가」[5](첫머리에 약간의 결점이 있습니다만)는 모두 좋은 작품입니다. 상하이의 소설가는 꿈에도 생각해 본 적이 없습니다. 이렇게 해나가면 창작에 희망을 품을 수 있습니다. 「부채의 실수」[6]의 번역은 아주 뛰어납니다. 「테야」⁷⁾는 참으로 감히 치켜세우지는 못하겠습니다.

4월 16일, 루쉰

주)_____

1) 원제는 「對於『新潮』一部分的意見」, 1919년 5월 베이징의 『신조』(新潮) 월간 제1권 제5
호에 처음으로 발표되었다.

2) 멍전(孟眞)은 푸쓰녠(傅斯年, 1896~1950)이다. 산둥 랴오청(聊城) 사람이며, 멍전은 그
의 자이다. 당시 베이징대학 학생으로서 『신조』의 편집을 맡고 있었다. 훗날 영국과 독
일에 유학하였으며, 광저우(廣州) 중산(中山)대학 교수, 국민당 정부의 중앙연구원 역사
언어연구소 소장 등을 역임하였다.

3) 『신조』(新潮)는 5·4신문화운동 초기의 주요 간행물 가운데 하나인 종합월간지이다.
1919년 1월 베이징에서 창간되어 1922년 3월 제3권 제2호를 끝으로 정간되었다.

4) 『신조』 제1권 제3호(1919년 3월)에 실린 편지를 가리키는데, 이 편지에는 다음과 같은
내용이 실려 있다. "창간호를 살펴보니 철학과 문학의 새로운 흐름이 많이 실려 있으
나, 과학의 새로운 흐름에 대해서는 아직 충분히 제창되어 있지 않습니다. 저는 귀하께
서 이 세 가지를 함께 논하여 주시기를 바라며, 과학의 실용은 특히 사람들의 수요에 따
라야 하는바, 『신조』의 취지를 저버리지 않기를 바랍니다."

5) 「눈 오는 밤」(雪夜)은 왕징시(汪敬熙)가 지은 단편소설로서 『신조』 제1권 제1호(1919년
1월)에 발표되었다. 「이 또한 사람이라네」(這也是一個人)는 예사오쥔(葉紹鈞)이 지은 단
편소설이며, 「사랑인가 고통인가」(是愛情還是苦痛)는 뤄자룬(羅家倫)이 지은 단편소설
로서, 모두 『신조』 제1권 제3호(1919년 3월)에 발표되었다.

6) 「부채의 실수」(扇誤)는 영국 작가 오스카 와일드(Oscar Wilde, 1854~1900)의 4막극 『윈
더미어 부인의 부채』(Lady Windermere's Fan)를 판자쉰(潘家洵)이 번역한 것이다. 『신
조』 제1권 제3호에 실렸다.

7) 「테야」(推霞)는 독일의 헤르만 주더만(Hermann Sudermann, 1857~1928)의 단막극 「테
야」(Teja)를 쑹춘팡(宋春舫)이 문언으로 번역한 것이다. 『신조』 제1권 제2호(1919년 2
월)에 실렸다.

1924년

또다시 '예전에 이미 있었던 일'이다[1]

타이옌 선생[2]이 돌연 교육개진사[3] 연차회의 강연에서 "권하건대 사학史學을 연구하여" "국성國性을 보존하자"고 하였는데, 참으로 감개한 말이었다. 다만 그는 말하면서 한 가지 장점을 빠뜨린바, 사학을 연구하면 '예전에 이미 있었던' 수많은 일을 알 수 있다는 점이다.

이핑 선생[4]은 아마 별로 사학을 연구하지는 않았기에, 감탄부호를 자주 사용하면 처벌해야 한다는 이야기를 '유머'로 받아들였던 듯하다. 그 의미는 아마도 이런 처벌은 세상에 존재하지 않는다는 것이리라. 하지만 '예전에 이미 있었던 일'임을 알지 못했다.

나는 눈곱만큼도 사학을 연구해 본 적이 없는 사람이다. 그래서 역사적 사실에 대해서는 아주 어둡다. 그러나 기억하건대 송대에 당쟁[5]이 일어났던 때가 아마 원우元祐의 학술을 금지했던 때일 것이다. 당인黨人 중에 유명한 시인이 몇 명이 있었다고 하여 시에 분노가 옮겨붙은 끝에 정부는 명령을 내려 모든 사람에게 시 짓기를 금하고 이를 어기는 자는 볼기를 이백 대 치기로 하였다![6]

또한 주목해야 할 점은 이게 내용이 비관적인지 낙관적인지를 가리지 않았으며, 낙관적일지라도 볼기를 백 대 쳤다는 것이다!

당시에는 아마 틀림없이 후스즈^{胡適之} 선생이 아직 세상에 태어나지 않았기 때문이겠지만, 시 가운데에 감탄부호를 사용하지는 않았다. 만약 사용했다면 아마 볼기를 천 대는 맞았을 테고, 만약 사용하면서 또 '아아'^唉, '아이구'^{阿呀} 다음에 붙였다면, 틀림없이 볼기 만 대에 "축소하면 세균과 같고 확대하면 포탄과 같다"⁷⁾는 죄명이 더해져 적어도 볼기를 십만 대는 맞았을 것이다. 이핑 선생이 예상하고 있는 바의, 시시하게 볼기를 몇백 대 때리고 몇 년간 가두어두는 건 너무 가벼운 처벌이라 지나치게 너그럽다는 혐의가 있다고 할 수밖에 없다. 내가 보기에 그가 만약 관리가 된다면 틀림없이 관대한 '백성의 어버이'⁸⁾가 되겠지만, 다만 심리학을 배우고자 하기에는 썩 어울리지 않다.⁹⁾

그런데 시를 짓는 것이 다시 어떻게 해금되었던가? 듣자 하니 황제께서 먼저 시 한 수를 지으시는 바람에 모두들 다시 짓기 시작했다고 한다.

애석하게도 중국에는 황제가 사라진 지 이미 오래이며, 다만 축소되어 있지 않은 포탄이 하늘을 날고 있을 따름이다. 어느 누가 이 확대되어 있지 않은 포탄을 사용하려 하겠는가?¹⁰⁾

오오! 아직 황제가 있는 여러 대제국의 황제 폐하시여, 당신이 몇 수의 시를 지어 몇 개인가의 감탄부호를 사용해 주시어 우리나라의 시인이 죄를 입지 않게 하소서! 아이!!!

이것은 노예의 소리이며, 나는 애국자의 입에서 이런 말이 나오지 않도록 막아야만 한다.

참으로 이건 옳다. 나는 13년 전에 확실히 이민족의 노예였으며, 국성國性은 여전히 보존되어 있다. 그러므로 '지금도 아직 있다'. 아울러 나는 역사의 진화를 그다지 믿지 않는다. 그러므로 '나중에도 여전히 있을'까 봐 염려스럽다. 낡은 성질이란 결국 드러나기 마련이다. 지금 상하이의 몇몇 젊은 비평가들은 벌써 '문인을 단속하라'고 주장하면서 '꽃이여' '사랑하는 이여' 따위 사용하지 못하게 해야 한다고 말하지 않는가? 다만 아직 '태형의 율령'이 정해지지 않았을 뿐이지만.

만약 '태형의 율령'이 정해지지 않았으니 송대보다는 진화했다고 말한다면, 이민족의 노예에서 동족의 노예로 진화했다고도 할 수 있을 터이니, 분에 넘치는 기쁨에 신 몸 둘 바를 모르겠나이다!

주)_____

1) 원제는 「又是 '古已有之'」, 1924년 9월 28일 베이징의 『천바오(晨報) 부간』에 처음으로 발표되었다. 필명은 머우성저(某生者)이다.

2) 타이옌(太炎)은 장빙린(章炳麟)이며, 타이옌은 그의 호이다. 1924년 7월 5일 그는 난징의 둥난(東南)대학에서 개최된 '중화교육개진사' 제3차 연차회의 석상에서 「사학 연구를 권함과 사학의 공과를 논함」(勸治史學及論史學利病)이라는 강연을 했는데, 이 가운데에서 다음과 같이 말했다. "한 나라의 백성으로 살면서 자기 나라의 사학을 연구하지 않으면 참으로 무국가(無國家)·무국민성(無國民性)의 사람이라 해도 좋다. 수억의 국민성 없는 사람들을 모아 나라를 세운들 국혼은 이미 잃어버린 것이다."

3) 교육개진사(敎育改進社)는 '중화교육개진사'(中華敎育改進社)이다. 1922년 7월 지난(濟南)에서 설립되었으며, 주요 성원으로는 슝시링(熊希齡), 타오즈싱(陶知行), 왕보추(王伯秋) 등이 있다.

4) 이핑(衣萍)은 장훙시(章鴻熙, 1900~1946)로 안후이 지시(績溪) 사람이며, 이핑은 그의 자이다. 그는 당시 베이징대학 국문과 청강생이었으며, 『위쓰』(語絲)의 기고자 가운데 한 사람이었다. 그는 1924년 9월 15일자 『천바오 부간』에 발표한 「감탄부호와 신시」(感嘆符號與新詩)라는 글에서 감탄부호를 자주 사용한 백화시는 '망국(亡國)의 음'이라는 장야오샹(張耀翔)의 논조를 겨누어 유머와 풍자의 필치로, "백화시를 짓고 감탄부호를

사용하는 것"을 "법령으로 금지하자고 정부에 청원"할 것을 제기하면서 다음과 같이 말했다. "무릇 백화시 한 수를 짓는 자는 볼기를 열 대 치고", "무릇 감탄부호를 하나 사용한 자는 벌금을 일 위안 물리고", "무릇 백화시집 한 권을 출판하거나 감탄부호를 백 개 사용한 자는 삼 년의 금고 혹은 삼 년의 징역에 처하고, 서너 권의 백화시집을 출판하거나 천 개 이상의 감탄부호를 사용한 자는 총살하거나 참수한다".

5) 송대 신종(神宗) 때에 왕안석(王安石)은 재상에 임명되어 변법을 실행하였지만, 사마광(司馬光) 등의 반대에 부딪혀 신당(新黨)과 구당(舊黨)의 정쟁이 일어났다. 철종(哲宗) 원우(元祐) 연간에 구당이 득세하였으며, 그들의 정치학술사상은 원우학술이라 일컬어졌다. 그 후 휘종(徽宗)은 구당을 내치고 원우학술의 전파를 엄금하였다. 『송사』(宋史) 「휘종기」(徽宗紀)의 기록에 따르면, 숭녕(崇寧) 2년 11월 "원우의 학술정사로써 무리를 모아 전수하는 자는 감사의 조사를 통해 반드시 가차 없이 처벌하여야 한다"고 조서를 내리는 한편, 사마광, 소식(蘇軾) 등 309명의 이름을 새긴 비를 태학 단례문(端禮門) 앞에 세워 간당(奸黨)이라 간주하고, 이를 당인비(黨人碑) 혹은 원우당비(元祐黨碑)라 일컬었다.

6) 송대에 시를 금한 일에 대해 송대 엽몽득(葉夢得)의 『피서록화』(避暑錄話) 하권에 다음과 같이 밝히고 있다. "정화(政和) 연간에 대신 가운데 시를 짓지 못하는 자가 있었는데, 이로 인해 시는 원우학술이므로 지어서는 안 된다고 건의하였다. 이언장(李彦章)이 어사로서 그 뜻을 받들어 마침내 상서하여 도연명(陶淵明), 이백(李白)과 두보(杜甫) 이하를 논하여 모두 폄하하고, 황노직(黃魯直), 장문잠(張文潛), 조무구(晁無咎), 진소유(秦少遊) 등을 비난하여 금고에 처하도록 요청하였다. …… 승상 하백통(何伯通)은 율령을 정하여 조문에서 '선비와 서인으로서 시부(詩賦)를 전습하는 자는 장형(杖刑) 백 대에 처한다!'고 밝혔다. 이 해 겨울에 첫눈이 내려 태상황이 몹시 기뻐하자, 문하(門下)인 오거후(吳居厚)가 처음으로 시 세 편을 지어 바치고 이를 구호(口號; 일종의 송시頌詩)라 하였다. 황제는 이에 화답하여 시를 지어 내렸다. 황제의 시가 나오고서부터 마침내 금할 수 없게 되었으며, 시는 드디어 선화(宣和) 말에 크게 성행하였다." 루쉰의 이 글 가운데의 '이백 대'에 대해 루쉰은 정정한 적이 있는바, 『집외집습유보편』의 「볼기 이백 대는 볼기 백 대의 오류」(答二百系答一百之誤)를 참조하시오.

7) 장야오샹(張耀翔, 1893~1964)은 『심리』(心理) 잡지 제3권 제2호(1924년 4월)에 발표된 「신시인의 정서」(新詩人的情緒)라는 글에서 당시에 출판된 후스(胡適)의 『상시집』(嘗試集), 캉바이칭(康白情)의 『풀』(草兒), 궈모뤄(郭沫若)의 『여신』(女神) 등의 신시집 안에 사용된 감탄부호를 통계 내어 "우러러보면 마치 한바탕의 봄비와 같고 굽어보면 마치 몇 마지기의 벼논과 같으며, 축소하면 수많은 세균과 같고 확대하면 여러 줄의 포탄과 같다"고 풍자하였다. 장야오샹은 후베이(湖北) 한커우(漢口) 사람이며, 미국에 유학한 적이 있다. 당시 베이징사범대학 심리학과 교수로서 중화심리학회의 간행물인 『심리』 잡

지의 편집주임을 담당하고 있었다.

8) 원문은 '民之父母'. 『시경』 「소아(小雅)·남산유대(南山有臺)」에 "즐거울손 우리 군자, 백성의 어버이로세. 즐거울손 우리 군자, 덕음은 끝이 없어라"(樂只君子, 民之父母, 樂只君子, 德音不已)라는 구절이 있다.

9) 이는 장야오샹에 대한 풍자이다. 그는 「신시인의 정서」에서 이렇게 말하였다. "이런 까닭에 정서에 관한 심리학자의 연구는 기타의 정신연구에 비해 훨씬 적다. ⋯⋯ 나는 오랫동안 정서 연구에 노력을 기울여 왔다. ⋯⋯ 그 방법이 어떠한가 하면, 즉 오로지 감정을 드러내는 저작 ── 시, 성행하고 있는 백화시 ── 을 취하여 분석하는 것이다."

10) 루쉰이 이 글을 썼던 1924년 9월, 펑톈파(奉天派) 군벌과 패권을 차지하고 있던 즈리파(直隷派)의 군벌정권이 제2차 즈펑전쟁(直奉戰爭)을 벌이고 있었다. 루쉰이 여기에서 말하는 '축소되어 있지 않은 포탄'이란 군벌전쟁에서 오가던 실제의 포탄을 가리키며, '확대되어 있지 않은 포탄'이란 감탄부호가 붙어 있는 시를 가리킨다. 루쉰은 이러한 전쟁상태에서 어느 누가 시를 지을 수 있겠느냐고 비꼬고 있다.

통신(정샤오관에게 보내는 편지)¹⁾

샤오관 선생

저의 따분하고 짤막한 글이 당신의 대작²⁾을 이끌어 내고 기자 선생을 물리쳐³⁾ '삼가 아룀'으로 시작하여 '사과 드림'으로 마무리하게 만들었으니, 그저 감복할 따름입니다.

저는 어린 시절에 『용당소품』⁴⁾을 본 적이 없습니다. 돌이켜 생각해 보니 보았던 것은 『서호유람지』와 『지여』⁵⁾인 듯합니다. 명대 가정嘉靖 연간의 전여성田汝成의 저작이지요. 아쉽게도 이 책들은 현재 저에게 없는지라 규명할 길이 없습니다. 어쩌면 그 책들 안에서 뇌봉탑雷峰塔에 관한 자료를 얻을 수 있지 않을까 생각합니다.

24일, 루쉰

생각건대, 나는 「뇌봉탑이 무너진 데 대하여」라는 글에서 뇌봉탑이란 보숙탑이라고 했지만, 푸위안은 그렇지 않다고 생각했다. 정샤오관 선생은 마침내 「뇌봉탑과 보숙탑」이란 글을 써서 『용당소품』 등의 책에 근거하여 이걸 보숙탑이라 보는 게 타당함을 증명했다. 그의 글은 24일자 부간에 실렸지만, 너무 길어 상세히 인용하지 못했다.

1935년 2월 13일, 보충하여 씀

주)_____

1) 원제는 「通訊(致鄭孝觀)」, 1924년 12월 27일 베이징의 『징바오(京報) 부간』에 처음으로 발표되었다. 정샤오관(鄭孝觀, 1898~?)은 쓰촨(四川) 유양(酉陽; 지금은 충칭重慶에 속해 있다) 사람으로 자는 빈위(賓於)이다. 베이징대학연구소 국학 분야를 졸업했으며, 베이징 중어(中俄)대학의 강사를 지낸 적이 있다.

2) '따분하고 짤막한 글'은 루쉰이 1924년 11월 17일 『위쓰』 제1기에 발표한 「뇌봉탑이 무너진 데 대하여」(論雷峰塔的倒掉)를 가리키고, '당신의 대작'이란 정샤오관이 같은 해 12월 24일 『징바오 부간』에 발표한 「뇌봉탑과 보숙탑」(雷峰塔與保俶塔)을 가리킨다.

3) 기자 선생은 당시 『징바오 부간』의 편집을 맡고 있던 쑨푸위안(孫伏園)을 가리킨다. 루쉰이 「뇌봉탑이 무너진 데 대하여」라는 글을 발표했을 때, 말미에 다음과 같은 부기를 덧붙였다. "오늘 쑨푸위안이 왔길래 나는 그에게 초고를 보여 주었다. 그는 뇌봉탑은 보숙탑이 아니라고 했다. 그렇다면 아마 내 기억이 틀렸을 것이다. 그렇지만 나는 뇌봉탑 아래에는 백사 낭자가 없다는 것을 확실히 이전부터 알고 있었다. 지금 이 기자 선생의 지적을 듣고 보니, 이 이야기는 결코 내가 책을 보고 안 것이 아님을 알게 되었다. 그렇다면 당시에 어떻게 그것을 알게 되었을까. 정말 모를 일이다. 이 기회에 특별히 밝혀 바로잡는다." 나중에 정샤오관이 「뇌봉탑과 보숙탑」을 발표할 때 쑨푸위안은 '푸위안 삼가 아룀(敬案)'을 덧붙여 "정선생이 제시한 근거는 대단히 확실하다. 나는 이것을 뒤집어엎고 싶지도 않고 또 뒤집어엎을 길도 없다"라고 말하면서, "루쉰 선생과 정선생에게 정중히 사과드린다"고 밝혔다. 그러나 그는 다시 『서호지남』(西湖指南)과 『유항기략』(遊杭紀略)의 기록을 인용하여 뇌봉탑이 결코 보숙탑이 아님을 논증하였다.

4) 『용당소품』(湧幢小品)은 명대 주국정(朱國楨)이 지은 책으로 모두 32권이다. 내용은 대부분이 명대의 전장제도(典章制度) 및 역사적 사실에 대한 고증이다. 이 책 14권에 보숙탑에 관해 간략하게 기술하고 있다. 루쉰의 『무덤』(전집 1권) 263쪽을 참조하시오.

5) 『서호유람지』(西湖遊覽志)는 모두 24권, 『지여』(志餘)는 모두 26권으로 이루어져 있으며, 서호의 명승고적과 민간전설, 옛 사실이나 일화 등을 기술하고 있다. 전여성(田汝成, 1503~1557)은 저장(浙江) 첸탕(錢塘) 출신의 문학가로서, 자는 숙화(叔禾)이다.

시가의 적¹⁾

그끄저께 처음으로 '꼬마 시인'²⁾을 만나 이야기를 나누던 중에 『문학주
간』³⁾에 무언가 기고해 주면 좋겠다는 말이 나왔다. 시가, 소설, 평론 등 문
예에서 위대한 존칭을 지니고 있는 것이라면 다소나마 겉모습을 꾸며 존
칭에 상응하도록 만들지 않으면 안 되겠지만, 스스럼없어 잡감에 가까운
글이라면 틀림없이 쉬우리라 남몰래 생각하여 그 자리에서 덜컥 응낙하
고 말았다. 그 후 이틀간 밥만 먹으면서 놀고 지내다가, 오늘밤이 되어서
야 글을 쓸 요량으로 책상머리에 앉았다. 그런데 뜻밖에도 제목조차 떠오
르지 않았다. 붓을 들고 사방을 둘러보니 오른쪽은 책장, 왼쪽은 옷상자,
앞은 벽, 뒤도 벽, 조금이라도 내게 영감을 주는 것은 아무것도 없었다. 난
그제야 엄청난 재난이 닥쳐왔음을 알았다.

　다행히도 '꼬마 시인' 덕분에 시가 떠올랐지만, 불행히도 나는 공교롭
게 시에 대해서는 문외한이다. 만약 '의법'^{義法} 따위에 대해 뭔가 이야기한
다면, 어찌 '공자 앞에서 문자 쓰는 꼴'⁴⁾이 아니겠는가? 기억건대 예전에
유학생 한 사람을 만난 적이 있는데, 제법 학문이 깊다고 들었다. 그는 우

리에게 서양어로 말하기를 즐겨하여 무슨 말을 하는 건지 도통 알 수 없게 만들었지만, 외국인을 만나면 꼭 중국어로 말했다. 이 기억이 문득 내게 계시를 주었다. 나는 『문학주간』에 권법에 대해 쓰기로 하였다. 그렇다면 시에 대해서는? 그건 남겨 두었다가 장차 권법가를 만났을 때 이야기하기로 하자. 그러나 잠시 머뭇거리고 있을 때에 좀더 알맞은 것으로, 『학등』[5]——상하이에서 출판되었던 「학등」이 아니다——에서 읽은 적이 있는 가스가 이치로春日一郞의 글이 떠올랐다. 그리하여 그의 제목을 그대로 따왔다. 바로 「시가의 적」이다.

이 글 첫머리에는 어느 때에나 늘 '반시가당'反詩歌黨이 있기 마련이라고 적혀 있다. 이러한 당파를 엮어 내는 분자는 다음과 같은 경우이다. 첫째, 무릇 오로지 상상력에 호소하는 모종의 예술적 매력을 느끼기 위해서는 정신의 치열한 확대가 가장 중요하지만, 그것을 전혀 확대할 수 없게 된 완고한 지력주의자智力主義者. 둘째, 일찍이 스스로 예술의 여신에게 아양을 떨었지만 끝내 성공을 거두지 못하여, 그래서 일변하여 시인을 공격함으로써 보복을 꾀하려는 작자. 셋째, 시가의 열렬한 감정의 분출이 사회의 도덕과 평화를 해칠 수 있다고 여기는, 종교정신을 품고 있는 사람들. 다만 이것은 물론 서양에 대해서만 논한 것이다.

시가는 철학이나 지력에 의지하여 인식할 수 없다. 그래서 감정이 이미 메말라 버린 사상가는 시인에 대해 종종 그릇된 판단을 내리거나 엉뚱한 야유를 퍼붓기도 한다. 가장 두드러진 예는 로크[6]이다. 그는 시를 짓는 것을 공을 차는 것과 똑같다고 여겼다. 과학 분야에서 위대한 천재성을 발휘했던 파스칼[7] 역시 시의 아름다움에 대해 전혀 이해하지 못한 채 기하학자의 말투로 단언했던 적이 있다. "시란 조금도 안정된 구석이 없다"라고. 무릇 과학계 인사 가운데 이러한 사람들이 많다. 그들은 조금은 제한된 시야를 세밀하게 연구하기에, 온 인간 세상을 느낌과 동시에 천국의 지극한 즐거움과 지옥의 엄청난 고뇌를 이해하는 시인의 풍부한 정신과 결코 서로 통하지 못하기 때문이다. 최근의 과학자들은 문예에 대해 조금 중시하게 되었지만, 이탈리아의 롬브로소 일파[8]는 대예술 가운데에서 광기를 발견하고자 하며, 오스트리아의 프로이트[9] 일파는 오로지 메스로써 문예를 찢어발기는데 그 냉정함이 광적이라 자신의 지나친 견강부회를 깨닫지 못하고 있을 지경이다. 이 역시 이러한 부류에 속한다. 중국의 몇몇 학자들의 경우, 그들의 과학이 얼마나 대단하고 깊은지 억측할 수는 없지만, 그들이 현재의 젊은이들이 왜 피압박민족의 문학을 소개하려 하는지 의아해하거나 혹은 신시가 낙관적인지 비관적인지 주판을 놓아 중국의 장래 운명을 결정하려 하는 것을 보노라면, 파스칼에 대한 냉소가 아닐까 자못 의심이 든다. 이때에 이렇게 그의 말을 바꿔 말할 수 있기 때문이다. "학學이란 조금도 안정된 구석이 없다."

그러나 반시가당의 대장은 누가 뭐래도 플라톤[10]이라 할 수밖에 없다. 그는 예술부정론자로서 비극과 희극에 대해 모두 공격을 퍼부었다. 이것들이 우리 영혼 가운데의 숭고한 이성을 없애버리고 열등한 정서를 고무시킬 수 있다고 여겼던 것이다. 그에 따르면, 무릇 예술은 모두 모방의 모방이며, '실재'와는 세 켜나 사이를 두고 있다. 그는 똑같은 이유로 호메로스[11]를 배척했다. 그의 『국가론』 중에서, 시가에는 민심을 고무할 수 있는 경향이 있다고 하여 시인은 위험인물로 간주되었으며, 허락된 것은 오직 교육의 자료가 될 수 있는 작품, 즉 신이나 영웅에 대한 송가頌歌뿐이었다. 이러한 점은 우리 중국의 고금의 도학선생의 의견과 별로 다르지 않은 듯하다. 그렇지만 플라톤 자신은 시인이었으며, 그의 저작 가운데에는 시인의 감정으로 서술된 부분이 자주 보인다. 『국가론』만 해도 시인의 몽상을 담은 책이다. 그는 젊은 시절에 예술계의 개척에 헌신하였지만, 천하무적의 호메로스를 당해 낼 수 없음을 알게 되자 태도를 바꿔 공격을 가하기 시작하고 시가를 적대시하였던 것이다. 그러나 이기적인 편견은 아무래도 오래 지속되기 어렵듯이, 그의 수제자 아리스토텔레스[12]는 『시학』을 저술하여, 노예가 되어 버린 문예를 스승의 손에서 빼앗아 자유독립의 세계 속에 풀어놓아 주었다.

세번째는 동서고금의 눈길 닿는 곳마다 보인다. 만약 우리가 로마교황청의 금서목록[13]을 볼 수 있다면, 혹은 러시아정교회에서 저주받았던 인명[14]을 알 수 있다면, 아마 생각지도 못했던 수많은 일들을 발견하게 될 것이다. 그러나 현재 내가 알고 있는 것은 설익은 이야기에 지나지 않은지라 이 지면에 적을 용기는 끝내 없다. 요컨대 평범한 사회에서 지금까지 수많은 시인이 매도당해 왔다는 것은 문예의 역사적 사실이 증명해 주고 있다. 중국의 '하찮은 일에 크게 놀라는 것' 역시 과거의 서양에 뒤지지 않으며, 별명인 양 수많은 악명을 지어내어 문인에게, 특히 서정시인에게 뒤집어씌웠다. 그러나 중국의 시인 역시 그 느낌이 너무 천박하고 치우쳐 있다는 점은 면키 어려우니, 궁인의 무덤[15]을 지나면 「무제」無題라는 시를 짓고 나무의 가장귀를 보면 「유감」有感이라는 부賦를 지었던 것이다. 이에 호응하여 도학선생 역시 대단히 신경과민의 반응을 보였다. 「무제」가 눈에 뜨이자마자 심장이 벌떡거리고, 「유감」이 보이자마자 금방 얼굴이 온통 벌게졌다. 심지어 꼭 학자로 자처하여, 장래의 국사國史가 그를 문원전[16] 속에 집어넣을까 봐 걱정이 이만저만이 아니었다.

문학혁명 이후 문학에 이미 전기가 마련되었다고들 말하지만, 나는 지금까지도 이 말이 진실인지 아닌지 알지 못한다. 다만 희곡은 아직 싹도 틔우지 못했고, 시가는 벌써 숨이 간들간들하다. 설사 몇 사람이 이따금 신음을 토해 보아도 겨울꽃이 차가운 바람 속에서 부들부들 떨고 있는 듯한 처지이다. 듣자 하니 선배인 나이 든 선생들, 그리고 후배인데도 애늙은이와 다름없는 젊은 선생들이 최근 유난히 연애시를 못마땅하게 여기고 있다고 한다. 그런데 말하기도 참 이상한 일이지만, 연애를 영탄하는 시가가 과연 보기 드물어졌다. 나 같은 문외한이 보기에, 시가는 본래 자신의 뜨거운 감정을 드러내는 것이고, 드러내면 그것으로 족하다. 다만 공감해 줄 심현心絃을 지니기를 바라니, 많고 적음을 불문하고 지니고 있기만 하다면 그것으로 족하다. 나이 든 선생의 빈축을 샀다고 해서 부끄러워하거나 두려워할 필요가 전혀 없다. 설사 약간의 잡념이 섞여 들어가 이른바 연인의 마음을 사려고 집적거리거나 '잘 보이려고 주제넘게 나서려는' 의도가 있을지라도 인정에 크게 어그러지지는 않으며, 따라서 조금도 이상하게 여길 것이 없고, 또한 나이 든 선생의 빈축에 대해 더더욱 부끄러워하거나 두려워할 필요가 없다. 의도가 연인의 마음을 끌고자 하는 데에 있으니 선배인 나이 든 선생과는 전혀 상관이 없으며, 만약 그들이 머리를 절레절레 흔들고서 황망히 붓을 놓아 나이 든 선생들을 기쁘게 한다면, 그건 마치 나이 든 선생들의 마음을 사려고 집적거리는 꼴이어서 오히려 실례가 된다.

만약 우리가 아름다운 사물을 감상할 때, 윤리학의 눈빛으로 동기를 논하고 기어이 '의도 없음'을 따지려 든다면, 제일 먼저 생물과 관계를 끊지 않으면 안 된다. 버드나무 그늘 아래에서 꾀꼬리의 지저귐을 들으면 천지간에 봄기운이 넘쳐흐르고 있음을 느끼고, 반딧불이가 풀숲에서 깜박 깜박 명멸하는 것을 보면 문득 가을이 다가왔음을 느낀다. 그러나 꾀꼬리가 울고 반딧불이가 반짝이는 것은 무엇 때문인가? 뻔뻔스럽기 그지없게도 그건 모두 이른바 '부도덕'한 짓이고, 죄다 '잘 보이려고 주제넘게 나서'서 짝을 찾으려는 것이다. 모든 꽃은 그야말로 식물의 생식기관이다. 비록 허다히 아름다운 겉옷을 걸치고 있을지라도 목적은 오로지 수정하기 위함이며, 신성한 연애를 중시하는 사람들보다 더욱 노골적이다. 설사 매화나 국화처럼 맑고 고상한 꽃일지라도 예외일 수는 없다.──그런데 가엾은 도잠과 임포[17]는 모두 이러한 동기를 알지 못했다.

자칫하다 보니 이야기가 썩 점잖지 않게 흘렀다. 서둘러 조심하지 않으면 정말 권법으로 이야기가 벗어나 버릴까 두렵다. 하지만 일단 주제에서 벗어나자 되돌리기도 여간 쉽지가 않으니, 다시 비슷한 일을 들어 마무리 짓기로 하자.

문사를 양성하는 것은 마치 문예를 돕는 것처럼 보이지만, 사실은 적이다. 송옥이나 사마상여[18] 부류는 이러한 대우를 받았지만, 훗날의 권문세가의 '청객'淸客과 거의 다름없이 모두가 그들의 부패하고 음탕한 생활 속의 노리개에 지나지 않았다. 샤를 9세의 언행[19]은 이 일을 대단히 분명하게 증명해 주고 있다. 시가의 애호자였던 그는 늘 시인에게 보수를 줌으로써 그들에게 좋은 시를 짓고 싶은 마음이 들도록 하였는데, 자주 이렇게 말했다. "시인은 경주마와 같은 것이니 맛있는 것을 먹여야 한다. 단 너무 살찌게 해서는 안 된다. 살이 너무 찌면 쓸모가 없어진다." 이것은 뚱뚱보로서 시인이 되고자 하는 사람에게는 희소식이 아니겠지만, 어느 정도 진실을 담고 있음은 틀림없다. 헝가리의 위대한 서정시인 페퇴피(A.

Petőfi)[20]에게는 B. Sz. 부인의 사진에 부친 시가 있는데, 그 요지는 "듣자 하니 그대가 그대의 남편을 행복하게 해준다 하지만, 나는 그렇게 되기를 원하지 않소. 그는 고뇌에 잠긴 나이팅게일인데도 지금 행복 속에서 침묵 하고 있기 때문이라오. 그를 가혹하게 다루시오. 그리하여 늘 감미로운 노 래를 부르게 하시오"라는 것이다. 이는 바로 위에서 이야기한 것과 똑같 은 의미이다. 다만 젊은이가 좋은 시를 지으려면 반드시 행복한 가정에서 아내와 날마다 다투지 않으면 안 된다는 걸 제창한다고 나를 오해해서는 안 된다. 사정이 죄다 이렇지는 않다. 상반된 예는 결코 적지 않으며, 가장 두드러진 예는 브라우닝과 그의 아내[21]이다.

주)_____

1) 원제는 「詩歌之敵」, 1925년 1월 17일 『징바오』의 부록판인 『문학주간』(文學週刊) 제5기에 처음으로 발표되었다.

2) 원문은 '詩孩'. 저장 사오싱(紹興) 출신의 작가인 쑨시전(孫席珍, 1906~1984)을 가리킨다. 당시 녹파사(綠波社)의 성원으로 활동하고 있었으며, 『문학주간』의 편집을 맡고 있었다. 그는 베이징의 『천바오 부간』, 상하이의 『민국일보』(民國日報)의 부간인 「각오」(覺悟) 등의 매체에 자주 시가를 발표하였는데, 아주 젊었기에 첸쉬안퉁(錢玄同), 류반눙(劉半農) 등이 장난삼아 '꼬마 시인'이라 일컬었다.

3) 『문학주간』(文學週刊)은 『징바오』의 부록판으로, 1924년 12월 13일 베이징에서 창간된 이래 1925년 11월에 정간되기까지 모두 44기를 출간했다. 처음에는 녹파사와 성성문학사(星星文學社)가 함께 펴내다가, 1925년 9월에는 베이징의 『문학주간』사가 편집을 맡았다.

4) 원문은 '魯般門前掉大斧'. 노반(魯般, B.C.507?~444?)은 춘추시대 노나라의 유명한 장인이다. 옛 전적에 기록된 이름은 공수반(公輸班 혹은 公輸盤, 公輸般) 또는 공수자(公輸子)라고도 한다. 목공과 기계제작에 뛰어났으며, 공성용(攻城用) 사다리인 운제(雲梯)를 발명했다고 한다. 이 글귀는 노반처럼 뛰어난 대장인의 문 앞에서 도끼를 휘두른다는 의미로, '공자 앞에서 문자 쓴다'라는 속담과 유사하다. 명대의 매지환(梅之渙)의 시 「이백

의 무덤에 부쳐」(題李白墓)에 "채석강가의 흙무더기 하나, 이백의 이름 천고에 드높아
라. 오고가는 이들 시 한 수씩 읊으나, 공자 앞에서 문자 쓰는 격이로세"(采石江邊一堆土,
李白之名高千古. 來來往往一首詩, 魯般門前弄大斧)라는 구절이 있다.

5) 『학등』(學燈)은 일본의 월간잡지인 『학등』(学鐙)을 가리킨다. 이 잡지는 1897년에 도쿄
에서 창간되었으며 마루젠(丸善)주식회사에서 출판되었다. 가스가 이치로의 「시가의
적」(상)은 이 잡지의 제24권 제9호(1920년 9월)에 실려 있다.

6) 로크(John Locke, 1632~1704)는 영국의 철학자로서 영국 경험론 철학의 시조이다. 저
서로는 『통치론』(*Two Treatises of Government*), 『인간오성론』(*An Essay Concerning
Human Understanding*) 등이 있다. 그는 『교육론』(*Some Thoughts Concerning
Education*)에서 "시가는 놀이와 마찬가지로 어느 누구에게나 이로움을 가져다줄 수
없다"고 여겼다. 또한 영국의 법학가인 존 셀던(John Selden)은 시가에 대한 로크의 견
해를 다음과 같이 기술하고 있다. "귀족 출신의 시가는 참으로 우스꽝스럽다. 그가 시
를 짓고 스스로 즐기는 거야 크게 나무랄 게 없다. 그가 자신의 집에서 목걸이를 가지고
놀거나 공을 차면서 시간을 보내는 건 본래 안 될 게 없다. 그러나 만약 그가 프리트 대
로에 나가 상점에서 목걸이를 가지고 놀거나 공을 찬다면, 그건 틀림없이 수많은 아이
들의 웃음을 살 것이다."

7) 파스칼(Blaise Pascal, 1623~1662)은 프랑스의 수학자, 물리학자, 철학자이다. 그는 『명
상록』(*Pensées*) 제38조에서 "시인은 불성실한 인간이다"라고 하였다.

8) 롬브로소(Cesare Lombroso, 1836~1909)는 형법학에 실증주의적 방법론을 도입한
이탈리아의 정신의학자이자 법의학자이다. 대표적인 저서로 『천재와 광기』(*Genio e
follia*, 1864), 『범죄인론』(*L'uomo delinquente*, 1876) 등이 있다. 그에 따르면, 세계적으
로 수많은 작가와 예술가들은 우울증과 광기, 정신이상이라는 병태에서 뛰어난 예술작
품을 창작해 낸다. 그는 『천재와 광기』 가운데에서 이렇게 서술하고 있다. "천재와 광인
은 한데 섞어 논해서는 안 되지만, 양자의 유사점은 동일한 개인에게 있어서 천재와 광
기가 서로 배척하지 않음을 잘 보여 주고 있다."

9) 프로이트(Sigmund Freud, 1856~1939)는 오스트리아의 생리학자이자 정신병리학자
로서 정신분석의 창시자이다. 그의 학설에 따르면, 문학과 예술, 철학, 종교 등의 일체
의 정신현상은 사람이 억압을 받음으로 말미암아 무의식 속에 잠재되어 있는 모종의
'생명력'(libido), 특히 성욕의 잠재적인 힘에 의해 생겨나는 것이라고 본다. 저서로는
『꿈의 해석』(*Traumdeutung*), 『정신분석학 입문』(*Vorlesungen zur Einfuhrung in die
Psychoanalyse*) 등이 있다.

10) 플라톤(Platon, B.C.427~347)은 고대 그리스의 철학자로서 소크라테스의 제자이며,
객관적 관념론의 창시자이다. 대표적인 저서로 30여 편으로 이루어진 『대화편』이 있
으며, 이 글에서 언급하고 있는 『국가론』(*Politeia*)은 이 책의 한 편이다.

11) 호메로스(Homeros, B.C. 8세기경)는 고대 그리스의 작가로서 서사시 『일리아스』(Ilias)와 『오디세이아』(Odysseia)의 작가이다. 일설에 따르면 시각장애인 음유시인이라고도 한다.

12) 아리스토텔레스(Aristoteles, B.C. 384~322)는 고대 그리스의 철학자이자 과학자로서, 플라톤을 사사했다. 대표적인 저서로 『형이상학』, 『시학』 등이 있다. 그는 『시학』에서 플라톤의 초현실적 이데아의 세계를 부정하고, 현실세계의 존재, 그리고 세계를 모방하는 문예의 진실성과 독립성을 긍정했다.

13) 16세기에 유럽에서 종교개혁이 일어난 후 로마 교황은 '이단'을 진압하기 위해 1543년 금서사교회의(禁書司敎會議)를 설립했다. 이후 교황청의 지배 아래에 있던 서유럽의 각 대학은 잇달아 '금서목록'을 발표하고, 1559년에 로마 교황은 친히 '금서목록'을 공포했다. 여기에 금서로 열거되었던 서적은 천 권에 달했다. 그 후 금지되었던 서적으로는 기번(Edward Gibbon)의 『로마제국 쇠망사』, 위고(Victor Hugo)의 『레 미제라블』과 『파리의 노트르담』, 이폴리트 텐(Hippolyte Taine)의 『영국문학사』 및 루소(Jean-Jacques Rousseau), 볼테르(Voltaire), 마테를링크(Maurice Maeterlinck), 졸라(Émile Zola), 대 뒤마(Alexandre Dumas)와 소 뒤마(Alexandre Dumas, fils) 등의 저작이 있다.

14) 10월혁명 이전 제정 러시아의 차르 정권에게 이용당하고 있던 러시아정교회는 당시 민주혁명사상을 지닌 인물들을 대단히 적대시하였다. 당시 정교회의 명단에 올랐던 기피인물로는 벨린스키(Виссарион Григорьевич Белинский), 게르첸(Александр Иванович Герцен), 체르니셰프스키(Николай Гаврилович Чернышевский), 도브롤류보프(Николай Александрович Добролюбов), 톨스토이(Лев Толстой) 등이 있다.

15) 원문은 '宮人斜'. 고대에 비빈(妃嬪)과 궁녀를 묻은 무덤을 가리킨다. 당나라 맹지(孟遲)는 「궁인사」(宮人斜)라는 시에서 "자욱한 안개 처량하고 동산 길은 구불구불한데, 길가 무덤은 모두 궁녀가 묻힌 곳이라네"(雲慘煙愁苑路斜, 路旁丘塚盡宮娃)라고 읊었다.

16) 문원전(文苑傳)은 역사서 기술 형식의 하나인 기전체(紀傳體)에 나타나는 일종의 체재로서, 『후한서』(後漢書)에서 처음으로 등장하였다. 『후한서』에서는 「유림전」(儒林傳) 외에 「문원전」을 두어 28명의 전(傳)을 서술하였다. 「유림전」이 경학을 대표한다면, 「문원전」은 문학을 대표한다고 할 수 있다.

17) 도잠(陶潛, 372?~427)은 동진(東晉) 시기의 시인으로서, 자는 연명(淵明) 혹은 원량(元亮)이고 호는 오류선생(五柳先生)이다. 국화를 노래한 그의 시는 널리 읊어져 왔다.
임포(林逋, 967~1028)는 첸탕(錢塘; 지금의 저장 항저우) 출신의 송대 시인으로, 자는 군복(君復)이고 시호는 화정선생(和靖先生)이다. 서호(西湖) 고산(孤山)에서 매화를 심고 학을 기르면서 은거하였다. 매화를 노래한 시가 널리 알려져 있다.

18) 송옥(宋玉, B.C. 290?~222?)은 전국시대 말기 초나라의 궁정시인이다. 초나라의 경양

왕(頃襄王)을 섬겨 대부(大夫)를 지냈으나 곧 실각하였다. 굴원(屈原)에 버금가는 부(賦) 작가로서 「구변」(九辯)과 「초혼」(招魂) 등의 작품을 남겼다.

사마상여(司馬相如, B.C. 179~117)는 서한(西漢)의 사부가(辭賦家)로서 자는 장경(長卿)이다. 「자허부」(子虛賦), 「상림부」(上林賦) 등의 작품이 한 무제(武帝)의 칭찬을 받은 까닭에 중랑장(中郞將)에 오르는 등 궁정문인으로 활약하였다.

19) 샤를 9세(Charles IX, 1550~1574)는 프랑스의 국왕. 칠성시파(七星詩派; 플레야드 시파 la Pléiade)를 지원하고 롱사르(Pierre de Ronsard, 1524~1585) 등 일군의 시인을 양성하였다. 칠성시파는 이탈리아 르네상스의 영향을 받아 고대 그리스·로마의 문예를 규범으로 삼은 창작을 주장한 16세기 프랑스의 일군의 시인들을 가리킨다. 롱사르는 칠성시파의 중심인물로 흔히 '시인들의 군주'(le prince des poètes)로 일컬어졌다. "시인은 경주마와 같은 것"이라는 샤를 9세의 말은 프랑스의 역사학자이자 전기 작가인 피에르 드 부르데유(Pierre de Bourdeille, seigneur de Brantôme, 1540~1614)의 전집 5권에 기록되어 있다.

20) 페퇴피 샨도르(Petőfi Sándor, 1823~1849). 헝가리의 혁명가이며 시인이다. 1848년 오스트리아의 침략에 반대하는 헝가리 민족혁명에 참가하였고, 1849년에는 오스트리아를 돕는 러시아 군대와 전쟁을 하던 중에 희생되었다. 일설에 따르면, 당시 헝가리 혁명전쟁의 최후의 전투였던 세게슈바르(Segesvár) 전투에서 헝가리 병사들과 함께 포로로 붙잡혔다가 서시베리아로 압송되어 1856년경에 병사하였다고도 한다. 『용사 야노시』(János Vitéz), 「민족의 노래」(Nemzeti Dal) 등의 작품이 널리 알려져 있다. 'B. Sz. 부인의 사진에 부친 시'는 「버쇼트 샨도르 부인의 기념책에 부쳐」를 가리킨다. "나는 안다오, 그대가 그대의 남편이 행복하게 지내게 해주었음을. 하지만 나는 그대가 그렇게 하지 않기를 바란다오. 최저한도로, 그대는 도를 넘지 않도록 하오. 그는 한 마리 고민하는 나이팅게일. 그는 행복을 얻고 나서는 노래 부르기를 그만두었소……그를 괴롭히시오, 우리에게 그의 감미롭고도 고통스러운 노래를 들려주오. 1844년 12월 25일, 부다페스트." B. Sz. 부인은 V. S. 부인이리라 생각되며, 원명은 차포 마리어(Csapó Mária, 1830~1896)로 헝가리의 작가이다. 그녀의 대표작으로는 장편소설 『맑은 날과 흐린 날』이 있다. V. S.는 그녀의 남편으로서 시인인 버쇼트 샨도르(Vachott Sándor, 1818~1861)라는 이름의 이니셜이다.

21) 브라우닝(Robert Browning, 1812~1889)은 영국의 시인이자 극작가이며, 시극 『파라켈수스』(Paracelsus)와 장시 『반지와 책』(The Ring and the Book)이 유명하다. 그의 아내 엘리자베스 브라우닝(Elizabeth Barrett Browning, 1806~1861) 역시 영국의 시인이며, 『카사 기디의 창문』(Casa Guidi Windows)과 「포르투갈 소네트」(Sonnets from the Portuguese)가 유명하다. 두 사람은 여자 쪽 집안의 반대를 무릅쓰고 결혼하여 오랫동안 이탈리아에 거주했다.

『고민의 상징』에 관하여[1]

왕주[2] 선생께

멀리서 보내 주신 편지에 감사드립니다.

　제가 문학에 관한 구리야가와[3] 씨의 저작을 보았던 것은 지진[4] 이후의 일로,『고민의 상징』이 처음이었으며, 그 이전에는 그를 눈여겨보지 않았습니다. 그 책의 말미에 그의 제자인 야마모토 슈지[5] 씨의 짧은 발문이 있었는데, 나는 번역할 때 이 발문에 있는 이야기를 취하여 몇 마디 서문[6]을 썼습니다. 발문의 요지는 다음과 같았습니다. 이 책의 전반부는 원래 잡지『가이조』[7]에 발표되었던 것인데, 지진 후에 유고를 발굴하고 보니 후반부가 남아 있었다. 그러나 총제목이 붙어 있지 않은지라 자신이 잡지『가이조』에 실린 실마리에 의거하여『고민의 상징』이라 제목을 붙여 출판하였다는 것입니다.

　이에 비추어 보면 이 책의 내력은 대충 분명해졌다고 할 수 있습니다. 즉 ①작자는 원래 문학에 관한 책을 저술하고자 하여 ── 아직 총제목을 붙이지는 않았습니다만——먼저 「창작론」과 「감상론」 두 편을 완성하고서 이를 잡지 『가이조』에 실었습니다. 「학등」[8]에 실린 밍저明哲 선생의 번역문은 바로 잡지 『가이조』에서 번역해 낸 것이지요. ②이후 그는 저술을 계속하여 세번째 편과 네번째 편을 완성했지만, 이 두 편은 발표되지 않았다가 재난을 당한 후에야 함께 발표되었습니다. 따라서 전반부는 두번째로 공개된 것이고, 후반부는 처음이라고 할 수 있습니다. ③네 편의 원고는 본래 한 권의 책이지만 작자 자신이 아직 제목을 정하여 두지 않았기 때문에, 그의 제자인 야마모토 씨는 어쩔 수 없이 맨 처음 발표되었을 때의 실마리에 근거하여 『고민의 상징』이라 제목을 붙였습니다. 실마리가 어떤 것인지에 대해 그는 어떤 설명도 덧붙이지 않았습니다. 혹 편목 아래에 이러한 글자가 있었을지도 모르지만, 내게 잡지 『가이조』가 없는지라 확인할 길이 없습니다.

전체의 구성에서 본다면, 네 편으로 이미 모두 갖추어져 있다고 할 수 있을 것입니다. 빠져 있는 부분은 손질과 보완일 따름입니다. 내가 번역하고 있을 때 펑쯔카이[9] 선생도 번역하고 있다고 들었는데, 현재 '문학연구회총서'의 하나로 인쇄에 들어갔다고 합니다. 지난달에 『동방잡지』[10] 제20호를 보니 중원仲雲 선생이 번역한 구리야가와 씨의 글 한 편이 실려 있었는데, 이 글이 바로 『고민의 상징』의 세번째 편입니다. 이제 선생이 보내 주신 편지를 받고서야 「학등」에도 이미 실렸던 적이 있음을 알게 되었습니다. 이 책이 우리나라 사람들에게 소중하게 여겨지고 있음을 새삼스레 깨달았습니다. 현재 제가 번역한 것 역시 이미 인쇄에 부쳐졌으니, 중국에는 두 종류의 완역본이 있게 되었습니다.

1월 9일, 루쉰

루쉰 선생께 드리는 편지

루쉰 선생님

제가 오늘 선생님께 편지를 쓰는 것이 아마 선생께서 「양수다 군의 습격」이라는 글에서 말했던 "우리는 알고 지낸 적이 없는데"라는 건지도 모르겠습니다. 그러나 저의 이런 의견은 아주 오랫동안 꾹 눌러 참아 왔던 것으로, 끝내 도저히 참을 수가 없어 말씀드리는 것이니 선생님께서도 용서해 주시리라 믿습니다.

선생님께서 『천바오 부간』에 게재한 『고민의 상징』은 본문 앞에 선생님의 서문이 있습니다. 정확히 기억나지는 않습니다만, 아마 이렇게 말씀하셨던 듯합니다! "이것은 원래 구리야가와 군이 재난을 당한 후의 작품으로, 불타 없어진 종이더미 속에서 끄집어낸, 미완성의 원고이다. 본래 아무 제명도 없었는데, 그의 벗이 직접 제명을 정하여 ──『고민의 상징』이라 하였다." 선생님의 이러한 의견은 아마 달리 보았던 것이 있어서 이렇게 말씀하셨겠지요. 하지만 제가 재재작년에 보았던 이 책의 번역 원고는 여기에서 말한 상황과 약간 다른 점이 있는 듯합니다. 선생님, 아래에 말씀드려 보겠습니다.

「학등」에 밍취안明權이라는 분이 구리야가와 군의 『고민의 상징』이라는 글 한 편을 번역한 적이 있습니다. 저는 그의 번역을 선생님의 번역과 대조해 본 적이 있습니다만, 선생님이 번역하신 것과 조금도 다르지 않더군요. 그러나 그는 단지 「창작론」과 「감상론」만을 실었을 뿐, 그 다음에는 아무

것도 없었습니다. 아마 원문이 그러했던 것이겠지요. 이 번역은 1921년에 실렸으며, 그때에는 일본에 지진이 일어나지 않았고 구리야가와 군 역시 건재하였습니다. 이 글은 이것을 외국인이 번역한 바에야 원문 역시 이미 존재하였을 겁니다. 이 글의 제명도 물론 구리야가와 군이 정한 것이지, 외국인이 제멋대로 만들어 붙인 것이 아닙니다. 그렇다면 선생님께서 자서에서 말씀하신 대로, 그의 벗이 제명 ――『고민의 상징』――을 정하였다는 것은 적어도 부분적인 착오라 할 수 있겠지요.

그 이유는 대단히 명백합니다. 당시 일본에는 아직 지진이 일어나지 않았고 구리야가와 군 역시 아직 죽지 않았기에, 이 책의 제명은 이미 나와 있고 발표되어 있었던 것입니다. 저의 소견으로는, 이 글이 구리야가와 군의 미완성 원고라는 점은 믿을 만합니다. 구리야가와 군에게는 이전에 「창작론」과 「감상론」이 있고 또한 이미 발표된 적이 있어서, 『고민의 상징』이라는 제명이 정해져 있었습니다. 나중에 「문예상의 몇 가지 근본 문제에 대한 고찰」과 「문예의 기원」이 잇달아 완성되었습니다. 아마 이 역시 발표되었을지도 모릅니다. 일본의 문단 사정에 밝은 사람이라면 물론 알고 있을 터이지만, 다시 이것을 한데 묶었던 것입니다. 아마 구리야가와 군이 죽지 않았더라면, 다섯번째, 여섯번째의 몇 편의 글이 더 나왔을지도 모릅니다! 하지만 불행히도 구리야가와 군은 죽었으며, 더구나 지진으로 죽고 말았습니다. 그의 벗은 재난 이후의 유고를 이미 지어 놓은 이름――『고민의 상징』――으로 발표했는데, 이 이름은 그의 벗 ――엮은이――이 마음대로 지은 것이 아니라 구리야가와 군 자신이 정해 놓은 것이었습니다. 이 가정이 아마도 틀리지는 않을 것입니다.

이상의 몇 가지는 아직 확정되지 않은 저의 견해입니다. 선생님께서 이것을 읽으시고 명백하고 철저하게 지도해 주시지 않으시겠습니까?

선생님, 이만 줄이겠습니다.

왕주

주)_____

1) 원제는 「關於『苦悶的象徵』」, 1925년 1월 13일 『징바오 부간』에 처음으로 발표되었다. 『고민의 상징』은 일본의 구리야가와 하쿠손(廚川白村)이 저술한 문예논문집이다. 루쉰의 번역본은 1924년 12월에 신조사(新潮社)에서 '웨이밍총간'(未名叢刊)의 하나로 발행되었다. 같은 해 10월 『천바오 부간』에는 이 가운데 앞쪽 두 편이 띄엄띄엄 게재되었다.

2) 왕주(王鑄, 1902~1986)는 왕수밍(王淑明)으로, 안후이(安徽) 우웨이(無爲) 사람이다. 당시 고향의 현립중학에서 교원으로 지내고 있었다. 1934년 상하이로 와서 좌익작가연맹에 가입하여 『시사신보』(時事新報) 「매주문학」(每週文學) 및 「희망」(希望)의 편집을 맡았다.

3) 구리야가와 하쿠손(1880~1923)은 일본의 영문학자이자 문예평론가이며, 교토(京都)대학의 교수를 지냈다. 저작으로는 『고민의 상징』(苦悶の象徵) 외에, 『상아탑을 나와서』(象牙の塔を出て)와 『문예사조론』(文藝思潮論) 등이 있다.

4) 1923년 9월 1일 오전 11시에 일어난 간토(關東)대지진을 가리킨다. 구리야가와 하쿠손은 이 지진으로 재난을 당했다.

5) 야마모토 슈지(山本修二, 1894~1976)는 일본의 영문학자이자 희극연구자이며, 교토 다이산(第三)고등학교 및 교토대학의 교수를 지냈다. 당시 구리야가와 하쿠손 기념위원회의 책임자였다.

6) 「『고민의 상징』을 번역한 사흘 후의 서」(譯『苦悶的象徵』後三日序)를 가리키며, 이 글은 1924년 10월 1일 『천바오 부간』에 발표되었다.

7) 『가이조』(改造)는 가이조샤(改造社)에서 간행된 일본의 종합 잡지로서, 1919년 4월 도쿄에서 창간되어 1955년 제36권 제2기를 마지막으로 정간되었다.

8) 「학등」(學燈)은 『시사신보』(時事新報)의 부간으로, 1918년 3월 4일에 상하이에서 창간되었다가 1947년 2월 24일에 정간되었다.

9) 펑쯔카이(豊子愷, 1898~1975)는 저장 퉁샹(桐鄕) 사람으로 화가이자 산문가이다. 작품으로는 『쯔카이 만화』(子愷漫畵), 『연연당수필』(緣緣堂隨筆) 등이 있다. 그가 번역한 『고민의 상징』은 1925년 3월 상하이 상우인서관(商務印書館)에서 출판되었다.

10) 『동방잡지』(東方雜誌)는 상우인서관에서 출판된 종합 잡지로서, 1904년 3월에 상하이에서 창간되어 1948년 12월에 정간되었다. 처음에는 월간이었다가 1920년 제17권부터 반(半)월간으로 바뀌었으며, 1948년 제44권부터 다시 월간으로 바뀌었다. 중윈(仲雲)이 번역한 「문예상의 몇 가지 근본 문제에 대한 고찰」(文藝上幾個根本問題的考察)은 이 잡지의 제21권 제20호(1924년 10월)에 게재되었다. 중윈은 판중윈(樊仲雲, 1901~1990), 저장 성현(嵊縣) 사람으로서, 당시 상하이 상우인서관에서 편집을 맡고 있었다. 항일전쟁기에 왕징웨이(汪精衛) 괴뢰정권에서 교육부 정무차장을 지냈다.

잠시 '⋯⋯'에 답하다[1]

커柯 선생

나는 당신들과 같은 인물들에게 충분히 양보하였다. 그 당시의 나의 답변은 우선 '필독서'란에 아무것도 적지 않았으며, 또한 첫째 '몇몇'이라 하고, 둘째 '참고'라 하였으며, 셋째 '혹은'이라고 하였는바,[2] 이로써 나에게 모든 젊은이를 지도할 뜻이 결코 없음을 알 수 있다. 자문하여 보건대, 젊은이가 각양각색이라는 사실을 모를 정도로 난 어리석지 않다. 당시 잠시 몇 마디 이야기를 한 것은 만난 적이 있거나 아직 만나지 않은 어느 몇몇 개혁자에게 부쳐, 그들 자신이 결코 외롭지 않다는 것을 알리려 했을 따름이다. 선생과 같은 사람이 만약 '이보시오'라고 나를 지명하여 부르지 않았더라면, 나는 당신과 노닥거릴 필요가 눈곱만큼도 없었을 것이다.

당신의 대작의 윗글에서 보자면, 당신의 이른바 "⋯⋯"는 틀림없이 '매국'일 것이다. 내가 죽을 때까지 중국이 팔릴지 어떨지는 알 수 없으며, 설사 팔리더라도 파는 자가 나일지 아닐지 또한 알 수 없다. 이것은 미래의 일이고, 내가 당신에게 쓸데없는 말을 해야 할 필요도 없다. 다만 한 가지만은 당신에게 명확히 밝혀 두어야만 하겠다. 송나라 말, 명나라 말에 나라를 넘겨주었을 때, 그리고 청나라가 타이완臺灣과 뤼순旅順 등지를 할양했을 때,[3] 나는 어느 때나 그 자리에 있지 않았다. 그 자리에 있었던 자도 당신이 "들은 적이 있다"고 한 것처럼 "죄다 외국에 유학을 다녀온 박사나 석사"인 것은 아니다. 다윈의 책은 아직 소개되지 않았고, 러셀 역시 아직 중국에 오지 않았지만, "노자, 공자, 맹자, 순자 등"의 저작은 진즉 세상에 나와 있었다. 첸닝쉰[4]은 신 내림으로 점을 친 일이 있어도[5] 중국문자를 폐지하려 한 일은 없다. 당신은 "하하하! 나는 깨달았다"라고 생각할지 모르지만, 사실 가까운 때와 가까운 곳의 일조차도 전혀 알지 못하고 있다.

당신은 끄트머리에서 다시 나의 경험에 대해 "참으로 아무리 생각해 보아도 이해할 수 없다"고 말했다. 그렇다면 자신의 판결을 취소한 게 아닌가? 판결이 취소된다면, 당신의 대작은 몇 개인가의 '아아', '하하하', '오호라', '이보시오'만 남을 뿐이다. 이들 소리는 인력거부를 겁줄 수 있을지언정, 국수를 보존할 힘이 없어 아마 오히려 국수의 낯짝을 잃게 만들 것이다.

루쉰

[참고]

편견의 경험[6]

커바이썬柯柏森

나는 스스로 책을 읽게 된 이래 "책을 펼치면 도움되는 바가 있다"[7]라는 말이 참으로 옳은 말임을 믿고 있다. 어떤 책이든 그 나름의 도리가 있고 사실이 있어서 그것을 읽으면 지식을 넓힐 수 있기 때문이다. 그래서 『징바오 부간』에 '청년필독서'의 설문이 발표되었을 때, 나는 "왜 젊은이가 반드시 읽어야 할 책을 구분하려는 거지"라는 의문이 들었다. 나중에 여러 차례 곰곰이 생각해 보고서야 '가정'적 회답을 얻었다. 즉 젊은 시절에는 '혈기가 가라앉지 않고 경험이 풍부하지 않아' 시비를 분별하는 능력이 아직 충분치 않으므로 내키는 대로 책을 사서 읽게 되면 미로에 빠져들까 염려스럽다는 것이다. 수많은 젊은이들이 애정물 읽기를 가장 좋아하여, 그 결과 애정의 그물에 떨어진 이가 얼마나 많은지 알 수 없을 지경이다. 이제 젊은이들이 마땅히 읽어야 할 책을 가려내는 것이 어찌 좋은 일이 아닐까 보냐?

이로 인해 후스즈胡適之 선생이 가려 뽑은 '청년필독서'를 본 후 매일처럼 먼저 '청년필독서'를 읽고서야 '시사 뉴스'를 보게 되었다. 그런데 뜻밖에도 2월 21일 루쉰 선생이 가려 뽑은 것을 보고 나는 까무러칠 듯이 놀랐다. 루쉰 선생은 자신이 "여태껏 관심을 가진 적이 없어서 지금 말할 수 없다"고 하였는데, 이걸 나무랄 수야 없다. 그러나 그는 부주附注에서 "이 기회에 내 자신의 경험을 간략히 말하여 몇몇 독자들에게 참고로 제공하고자 한다"고 운운하였는데, 그의 경험이 어떻다는 것인가? 그는 이렇게 말했다.

나는 중국 책을 볼 때면, 늘 마음이 차분히 가라앉아 실제의 삶과 유리된 듯한 느낌을 받는다. 외국——인도를 제외하고——책을 읽을 때면, 흔히 인생과 마주하여 무언가 하고 싶은 생각이 든다.

중국 책에도 세상에 뛰어들라고 사람들에게 권하는 말이 들어 있기는 해도,

대부분 비쩍 마른 주검의 낙관이다. 반면 외국 책은 설사 퇴폐적이고 염세적일지라도, 살아 있는 사람의 퇴폐와 염세이다.

나는 중국 책은 적게 보거나——혹은 아예 보지 말아야 하며, 외국 책은 많이 보아야 한다고 생각한다.

중국 책을 적게 보면, 그 결과는 글을 짓지 못할 따름이다. 그러나 지금의 젊은이들에게 가장 중요한 것은 '실천'行이지 '말'言이 아니다. 오직 살아 있는 사람이기만 하다면, 글을 짓지 못한다는 게 뭐 그리 대수로운 일이겠는가!

아아, 확실히 그의 경험은 참으로 묘하다. "중국 책을 볼 때면, 늘 마음이 차분히 가라앉아 실제의 삶과 유리된 듯한 느낌을 받는다. 반면 외국 책을 읽을 때면, 흔히 인생과 마주하여 무언가 하고 싶은 생각이 든다. 중국 책에도 세상에 뛰어들라고 사람에게 권하는 말이 들어 있기는 해도, 대부분 비쩍 마른 주검의 낙관이다. 반면 외국 책은 설사 퇴폐적이고 염세적일지라도, 살아 있는 사람의 퇴폐와 염세이다." 이러한 경험은 첸녕쉰이 중국 문자를 폐지하고자 하였던 일이 있던지라 선구로서의 명성을 독차지할 수는 없지만, '온통 푸른 떨기 속의 한 점 붉은 꽃'의 경험일 것이다.

오호라! 그렇다! "중국 책을 볼 때면, 늘 마음이 차분히 가라앉아 실제의 삶과 유리된 듯한 느낌을 받는다. 반면 외국 책을 읽을 때면, 흔히 인생과 마주하여 무언가 하고 싶은 생각이 든다"고 하였는데, 여기에서 말하는 '인생'이란 게 도대체 어떤 인생인가? '서구화'된 인생인가, 아니면 '미국화'된 인생인가? 매국노들은 죄다 외국에 유학을 다녀온 박사와 석사라는 이야기를 들은 적이 있다. 아마 루쉰 선생은 살아 있는 사람의 퇴폐와 염세의 외국 책을 읽고서 인생과 마주하여 무언가…… 일을 하고 싶은 생각이

들었던 걸까?

하하하! 나는 깨달았다. 루쉰 선생은 다윈이나 러셀 등의 외국 책을 읽자마자 곧장 량치차오梁啓超나 후스즈 등의 중국 책을 까맣게 잊어버렸다는 것을. 그렇지 않고서야 무엇 때문에 중국 책이 비쩍 말라 죽었다고 하겠는가? 만약 중국 책이 비쩍 말라 죽은 것이라면, 어찌하여 노자, 공자, 맹자, 순자 등은 여전히 그들의 저작이 오늘날까지 전해지고 있는 것일까?

이보시오! 루쉰 선생! 당신의 경험…… 당신 자신의 경험을 나는 참으로 아무리 생각해 보아도 이해할 수가 없다. 그래서 이름을 붙일 길이 없어 '편견의 경험'이라 명명한다.

14년 2월 23일 (경관警官고등학교에서 기고)

주)＿＿＿＿＿

1) 원제는 「聊答'……'」, 1925년 3월 5일 『징바오 부간』에 처음으로 발표되었다.

2) 1925년 1월 4일 『징바오 부간』에서는 '청년필독서 10권'에 대한 설문조사를 위해 서식을 마련하였는데, 서식을 두 부분으로 나누어 오른쪽에는 '청년필독서', 왼쪽에는 '부주'(附注)를 두었다. 루쉰은 「청년필독서」(青年必讀書; 『화개집』華蓋集에 실려 있음)라는 글에서 "하지만 이 기회에 내 자신의 경험을 간략히 말하여 몇몇 독자들에게 참고로 제공하고자 한다", "나는 중국 책은 적게 보거나 ── 혹은 아예 보지 말아야 하며, 외국 책은 많이 보아야 한다고 생각한다"고 밝힌 적이 있다.

3) 1894년 청일전쟁에서 패전한 청나라 정부는 이듬해에 일본과 '마관조약'(馬關條約)을 체결하여 타이완을 일본에게 할양하였으며, 타이완은 1945년 일제의 패망 이후 중국에 반환되었다. 1897년 중국의 뤼순 항을 침략한 러시아는 이듬해에 다시 뤼순과 다롄(大連)을 강제로 조차하였다. 1905년 러일전쟁 이후 뤼순과 다롄은 일본에게 점령되었으며, 1945년 일제의 패망 이후 중국에 반환되었다.

4) 첸닝쉰(錢能訓, 1870~1924)은 저장 자산(嘉善) 사람으로서, 자는 간천(幹臣)이다. 당시 베이양(北洋) 군벌정부에서 내무총장과 국무총리 대리를 역임하였다.

5) 원문은 '扶乩'. 길흉을 점치는 일종의 점술이다. 정(丁)자 모양의 나무틀을 모래판 위에

세우고 그 꼭대기에 송곳이나 붓을 매달아 늘어뜨린 다음, 두 사람이 집게손가락으로 횡목 양 끝을 떠받치고서 술법에 따라 신이 강림하기를 청하면 송곳이나 붓이 나무 아래 모래판에 문자를 그리게 되는데, 이 문자를 신의 계시라 여겨 길흉을 점친다.

6) 원제는 「偏見的經驗」.

7) 원문은 '開卷有益'. 송나라 왕벽지(王闢之)의 『승수연담록』(澠水燕談錄) 「문유」(文儒)에 "태종은 날마다 『태평어람』을 세 권씩 읽었는데, 일로 인해 빠지는 일이 있으면 휴일에 이를 보충하였다. '책을 펼치면 도움되는 바가 있으니, 짐은 수고롭다 여기지 않는다'고 말했다"(太宗日閱『禦覽』三卷, 因事有缺, 暇日追補之. 嘗曰: '開卷有益, 朕不以爲勞也.')라고 기록되어 있다. 이와 비슷한 성어로는 '개권유득'(開卷有得)이 있다.

「기이하도다! 소위 ……」에 답하여[1]

슝 선생이라는 이가 의론 같기도 하고 편지 같기도 한 어투로 나의 '천박 무지'함에 놀라 괴이쩍어하고 나의 배짱에 경탄하고 있다. 나는 그러나 그의 문장의 뛰어남에 경탄해마지 않는다. 이제 몇 마디 답할 수밖에 없다.

1. 중국 책은 모두 좋은 것이며, 좋지 않다고 말하는 것은 이해하지 못하기 때문이다. 이런 식으로 말하는 것은 오래되어 잔뜩 녹이 슨 낡은 병기이다. 『역경』[2]을 강론하는 이들이 이 방법을 자주 사용한다. 즉 '역'易은 현묘한 것이며, 이것을 옳지 않다고 여기는 것은 이해하지 못하기 때문이라는 논법이다. 물론 내가 어떤 중국 책이나 이해하며 슝 선생과 내기를 걸어도 좋다는 것을 증명할 근거는 없으며, 또한 무슨 특별한 기서奇書를 읽은 적도 없다. 다만 당신이 든 몇 종류는 이전에 대충 뒤적여 본 적이 다. 다만 판본이 약간 다른 듯한데, 이를테면 내가 보았던 『포박자』[3] 외편은 오로지 신선만을 이야기하고 있는 것이 아니다. 양주[4]의 저작은 나는 아직 본 적이 없다. 『열자』[5]는 가탁한 혐의가 있음에도, 그는 일례로 인용하고 있다. 나는 자신의 천박함이 부끄럽기에, 이에 근거하여 양주 선생의

정신을 감히 평가하지는 못한다.

2. "실천은 배움의 도움을 받지 않으면 안 된다"는 것은 나도 잘 알고 있다. 다만 내 말의 뜻은 배우고자 한다면 외국 책을 많이 읽어야 한다는 것이다. "실천만이 필요할 뿐 책을 읽는 것은 필요하지 않다"는 건 당신이 일부러 고친 것이다. 당신은 이를 두고 구시렁구시렁 불평을 늘어놓고 있지만, 쓸데없는 말을 다시 할 필요는 없을 것이다. 그렇지만 젊은이는 어째서 대표가 되거나 의장이 되어서는 안 되는지, 그렇지 않으면 "내세우는" 게 되어 버리는지 나는 도무지 이해할 수 없다. 설마 자오얼쉰[6]과 같은 영감이어야만 대표가 되고 의장이 될 수 있다는 말은 아니겠지?

3. 나는 "외국 책을 많이 보라"고 하였는데, 당신은 이 말을 장래에는 모두 외국 말을 하고 외국인으로 되어 버릴 것이라고 확장하였다. 당신은 고서古書에 정통한 사람이고 지금 말을 할 때 죄다 고문古文을 사용하는 데다가 고인古人으로 되어 버렸으니, 중화민국의 국민이 아니게 되었는가? 당신 역시 스스로 생각해 보라. 잠시만 생각해 보아도 금방 알 수 있으리라 생각한다. 이건 상식만 있으면 되는 일이다.

4. "오호五胡가 중국화되고 …… 만주족이 한문을 읽어 이제 모두 중국인으로 되어 버렸다"는 당신의 말은 아마 고서를 이해하였기에 나온 것이리라. 나도 어쩌다가 중국 책 몇 권을 뒤적일 때에 그 안에 이와 유사한 정신 ─ 혹은 당신이 말하는 '적극'성이 포함되어 있다고 느낀 적이 자주 있다. 내가 아마 "근본을 잊어버렸다"고도 말하기는 어려울 것이다. 나는 다만 외국과 주객의 관계로 소통하는 것을 바랄 뿐, 오호란화五胡亂華로부터 만주입관滿洲入關[7]에 이르기까지처럼 처음의 주종관계에서 나중에 이른바 '동화'되는 것은 더 이상 차마 보고 싶지 않다! 만약 우리가 '근본'이

라는 낡은 예에 근거한다면, 대일본이 들어와 중국인에게 동화되어 쓸모없어지고, 대미국이 들어와 중국인에게 동화되어 또 쓸모없어지고……마침내 흑색이나 홍색 인종까지 들어와 모두 중국인에게 동화되어 죄다 쓸모없어지게 될 것이다. 이후로는 더 이상 들어오는 사람이 없고 구미, 아프리카, 오스트레일리아와 아시아의 일부는 모두 빈 땅이 되어 버려, 오직 중국어를 읽는 잡인종만이 중국에 북적거리게 될 것이다. 이 얼마나 아름다운 이야기인가!

　5. 당신의 대작에서 말했듯이, 외국 책을 읽으면 외국어를 사용하게 될 것이다. 그러나 외국어를 사용한다고 해도 금방 외국인으로 변하지는 않는다. 중국인은 언제까지나 중국인이다. 독립되어 있을 때에는 국민이고, 멸망한 이후에는 '망국노'이다. 어떤 말을 사용하더라도 말이다. 나라의 존망은 정권에 있지 언어문자에 있지 않기 때문이다. 미국은 영어를 사용하지만, 결코 영국의 예속 아래에 있지 않다. 스위스는 독일어와 불어를 사용하지만, 역시 두 나라에 의해 쪼개져 있지 않다. 벨기에는 프랑스어를 사용하지만, 프랑스인에게 황제가 되어 달라고 요청하지는 않는다. 만주인은 "중국어를 읽"지만 혁명 이전에는 우리의 정복자였으며, 그 후에는 오족공화五族共和[8]를 치켜들어 우리와 공존공영하게 되었지만, 결코 중국인으로 변하지는 않았다. 다만 "중국어를 읽"어 "비쩍 마른 주검의 낙관"에 전염되었기 때문에, 그래서 한바탕 짓밟은 후에 다시 제자리로 돌아갔던 몽고인과는 달리, 그저 중국인과 함께 이민족의 침입을 삼가 기다렸다가 그들을 동화시키는 수밖에 없게 되었던 것이다. 그렇지만 만약 침입해 온 것이 또다시 몽고인과 같다면, 어찌 엄청난 자본을 밑지는 것이 아니겠는가?

나아가 당신의 대작은 내가 "목청껏 부르짖"은 후 몇 년이 채 지나지 않아 젊은이들이 외국어만 말할 수 있게 되리라고 말하고 있다. 이건 세상 물정 모르는 이야기라고 생각한다. 국어의 통일이 최근 몇 년간 고취되어 왔지만, 모든 젊은이는커녕 학교에 재학 중인 학생조차도 고향말을 잊어 버리던가? 설사 외국어만 말할 수 있게 되더라도, 어찌하여 "오직 외국의 나라만을 사랑할 수 있"게 된다는 말인가? 차이쑹포蔡松坡가 위안스카이를 반대[9]한 것이 그들의 국어가 달랐기 때문인가? 만주인이 산하이관을 넘어 들어온 게 중국인 모두가 만주어를 말할 수 있게 되어 그들을 사랑했기 때문인가? 청말의 혁명은 만주인이 죄다 느닷없이 중국어를 읽지 못하게 되었기에 우리가 그들을 싫어하게 되었기 때문인가? 알기 쉬운 세상사조차 깨닫지 못한 터에, 무슨 영광을 이야기하고 무슨 가치를 따지는가.

6. 당신 역시 다른 한두 명의 반대론자와 마찬가지로 나를 대신하여 이해를 따져 헤아려 주니 관례에 따라 감사드리지 않을 수 없다. 내가 비록 '배운 것도 없고 재주도 없'不學無術으며, 전해오는바 '재才와 부재不才 사이에 처한다'[10]는 불사불생不死不生 혹은 세상에 뛰어드는 묘법에 대해서도 아는 바가 없진 않지만, 그대로 따라 하고 싶지는 않다. 이른바 "본래 학자의 명성을 누리면서" "중국의 젊은이들의 앞에 서 있다"는 등의 영예는 모두 당신이 제멋대로 내게 붙여 준 것이니, 이제 '천박하고 무지하다'고 느낀 바에야 물론 당신 마음대로 없애 버려도 좋다. 나는 남의 환심을 사는 말, 특히 당신과 같은 부류의 사람의 비위를 맞추는 말을 잘하지 못하는 걸 부끄럽게 생각한다. 그러나 당신이 추측하는 바의 나의 개인적인 생각은 틀렸다. 나는 아직 살아 있으며, 양주나 묵적墨翟 등의 죽음에 아무 증거가 없다고 해서 오직 당신 혼자만이 알고 있다고 단정해도 되는 경우

와는 다르다. 게다가 나는 「아서전」阿鼠傳 따위를 지은 적이 없으며, 단지 「아Q정전」阿Q正傳을 지었을 따름이다.

이제 당신의 글 끄트머리의 힐문에 대해 답하련다. "여태껏 관심을 가진 적이 없다'고 말하고 있는 바에야"라고 하였는데, 이는 청년필독서를 가리켜 한 말이며 본란 안에 씌어 있다. "어찌하여 이렇게 딱 잘라 이런 말을 하는가?"라고 하였는데, 이는 몇몇 독자들에게 참고로 제공하고자 함이라고 부기 안에 씌어 있다. 문장이 고문만큼 이해하기 쉽지 않다는 점은 유감이지만, 그렇더라도 당신의 마지막 요구에 아랑곳하지 않아도 좋을 것이다. 아울러 당신의 논정論定을 기다리지도 않는다. 설사 논정하더라도 헛소리에 지나지 않을 테고, 곧바로 천하에 통행되지도 않을 것이다. 하물며 관례대로라면 영원히 논정할 수 없고, 기껏해야 "중국에는 나쁜 것이 있지만 좋은 것도 있고, 서양에는 좋은 것도 있지만 나쁜 것도 있다"는 식의 뜨뜻미지근한 말에 지나지 않음에랴. 내 비록 어리석기 그지없으나 어찌 선생 같은 자 앞에 책의 목록을 보여 주겠는가?

마지막으로 '딱 잘라' 몇 마디를 덧붙이려 한다. 나는 외국인이 중국을 멸하고자 한다면 당신에게 대충 외국어 몇 마디를 할 수 있도록 할 뿐 당신에게 외국 책을 많이 읽으라고 권하지는 않을 생각이다. 그 책은 멸하려는 사람들이 읽는 것이기 때문이다. 하지만 역시 당신에게는 중국 책을 많이 읽고 공자 역시 더욱 숭배하도록 장려할 것이다. 원조元朝나 청조淸朝와 마찬가지로.[11]

기이하도다! 소위 루쉰 선생의 이야기는[12]

슝이첸熊以謙

기괴하도다! 참으로 기괴하도다! 본래 학자의 명성을 누리면서 젊은이들로부터 숭앙을 받아 온 루쉰 선생이 이렇게 천박하고 무지한 이야기를 꺼내다니! 루 선생은 청년필독서에 관해 조사한 『징바오 부간』의 설문에서 이렇게 말했다.

> 나는 중국 책을 볼 때면, 늘 마음이 차분히 가라앉아 실제의 삶과 유리된 듯한 느낌을 받는다. 외국——인도를 제외하고——책을 읽을 때면, 흔히 인생과 마주하여 무언가 하고 싶은 생각이 든다.

루 선생! 이건 중국 책이 당신을 그르친 것이 아니라 당신이 중국 책을 짓밟아 버린 것이다. 나는 선생이 평소 읽었던 중국 책이 어떤 책들인지 알지 못한다. 아마 선생이 읽었던 중국 책——선생의 마음을 차분히 가라앉혀 실제의 삶과 유리시켜 버리는——은 우리 같은 사람들이 읽은 적이 없는 책일 것이다. 내가 지금까지 읽었던 중국 책에는 루 선생이 말하는 그런 책은 참으로 한 권도 없었다. 루 선생! 동서고금을 막론하고 무릇 책을 써서 자신의 주장을 내세운 자에게는 모두 적극적인 정신이 있고, 그가 말하는 이야기는 죄다 현실 인생의 이야기이다. 만약 적극적인 정신이 없었다면, 그는 결코 수천 수만 마디의 책을 쓰지도, 만고불멸萬古不滅의 주장을 내세우지도 않았을 것이다. 후세 사람이 그의 글을 읽고 그의 문장을 이해하지 못하거나 그의 이론을 이해하지 못하는 일은 있을 수 있다. 그렇다고 해서 그가 당신의 마음을 차분히 가라앉히고 당신을 실제의 삶과 유리시켰음에 틀림없다고 말한다면, 이건 아마 지나치게 중국 책에 억울한 누명을 씌우고, 중국 책은 알아먹을 수도, 이해할 수도 없다고 공언하는 것이리라. 알아먹지 못하면 알아먹지 못하고 이해하지 못하면 이해하지 못하는 것이지, 무엇 때문에 이런 억울한 말, 천박한 말을 해대는 것일까? 고인의 책으로서 지금까지 전해져 온 것은 경經이든, 사史든, 자子든, 집集이든 모두 실제의 삶에 대해 이야기하고 있다. 실제의 삶을 내버린다면 이야기할 만한 건 더 이상 아무것도 없다. 하지만 인간의 삶에 대한 각자의 관점은 차이가 있다. 다르기 때문에 그가 옳다 그르다(?)고 말하는 거야 괜찮지만, 그가 실제의 삶에서 유리되었다고 말하는 것은 안 된다. 루 선생! 당신에게 묻고 싶다. 당신은 소설을 즐겨 쓰는 사람인데, 당신이 쓴 게 사실적이든 낭만적이든, 「광인일기」狂人日記든 「아서전」阿鼠傳이든, 근거로 삼는 실제의 삶으로부터 당신이 유리되어 있다면, 당신은 한 마디 말이라도 할 수 있을까? 그래서 나는 중국 책 ── 외국 책도 마찬가지이다 ── 을 읽는다. 루 선생과는 정반대이다. 나는 루 선생이 스스로 중국 책을 읽지 않는 거야 상관없지만 젊은이에게도 읽지 말라고 해서는 안 되며, 다만 스스로 중국 책을 이해하지 못한다고 말할 수는 있어도 중국 책은 죄다 좋지 않다고 말해서는 안 된다고 생각한다.

루쉰 선생은 또 이렇게 말하였다.

중국 책에도 세상에 뛰어들라고 사람들에게 권하는 말이 들어 있기는 해도, 대부분 비쩍 마른 주검의 낙관이다. 반면 외국 책은 설사 퇴폐적이고 염세적일지라도, 살아 있는 사람의 퇴폐와 염세이다.

외국 책이 설사 퇴폐적이고 염세적이더라도 살아 있는 사람의 퇴폐와 염세라는 점은 나도 인정한다. 그렇지만 루 선생, 중국 책 역시 설사 퇴폐적이고 염세적이더라도 살아 있는 사람의 퇴폐와 염세라는 걸 당신만 모르는 것일까? 살아 있는 사람이 없다면, 책이 어찌 존재할 수 있을까? 책이 존재하는 한, 책 속의 퇴폐와 염세는 당연히 살아 있는 사람의 퇴폐와 염세이다. 외국 책은 살아 있는 사람의 책이고, 중국 책은 죽은 사람의 책이라고 할 수 있을까? 죽은 사람이 책을 쓸 수 있을까? 루 선생! 말이 되는 소리인가요? 하물며 중국에는 신선에 대해 이야기하는 몇 종의 책 외에는 가치 있는 책으로서 세상에 뛰어들지 않은 것이 없다. 다만 각자가 세상에 뛰어들어가는 길이 다르기 때문에, 각자가 하는 이야기가 다를 따름이다. 루 선생은 평소에 어떤 책을 읽었기에, 세상에 뛰어들라고 사람에게 권하는 말이 들어 있기는 해도 대부분 비쩍 마른 주검의 낙관이라고 느끼는지 모르겠다. 내 생각에, 갈홍葛洪의 『포박자』抱樸子와 같은 책을 제외하면, 유가에 관한 책처럼, 세상에 뛰어드는 것을 한 마디도 이야기하지 않은 책은 한 권도 없다. 묵가墨家는 말할 나위 없이 세상에 적극 뛰어드는 정신이 더욱 똑똑히 드러난다. 도가의 학설은 노자老子의 『도덕경』道德經과 『장자』莊子를 으뜸으로 삼고 있지만, 이 두 책에는 적극적 정신, 세상에 뛰어드는 정신이 훨씬 잘 나타나 있다. 안타깝게도 후세 사람들이 그들을 잘못 배운 바람에 루 선생의 말처럼 퇴폐와 염세가 되어 버렸다. 하지만 설사 잘못 배운 사람의 경우일지라도 아마 죽은 사람의 퇴폐와 염세는 아닐 것이다! 양주楊朱의 학설은 루 선생의 말처럼 "세상에 뛰어들라고 사람에게 권하는 말이 들어 있기는 해도, 대부분 비쩍 마른 주검의 낙관"인 듯하다. 그러나 진정으로 양주의 정신을 깨닫게 된다면, 양주의 정신이 적극적이고 세상에 뛰어드는 것임을 알게 될 것이다. 다만 그의 적극적인 방향이 다르고 세상에 뛰어드는 길이 다를 뿐이다. 내가 많은 예를 들어 증명하기에는 마땅치 않으며, 더욱이 이 짧은 글에서 책의 실례를 드는 것도 마땅치 않다. 나는 다만 루 선생에게 가르침을 청하고자 할 따름이다! 선생이 읽은 것이 어느 부류의 중국 책인지, 이 책들 모두가 비쩍 마른 주검의 낙관이고 죽은 사람의 퇴폐와 염세인지를.

나는 루 선생의 배짱이 경탄스럽기만 하다! 나는 루 선생의 독단이 경탄스럽기만 하다! 루 선생은 공공연히 배짱 좋고 독단적으로 이렇게 말했다.

나는 중국 책은 적게 보거나——혹은 아예 보지 말아야 하며, 외국 책은 많이 보아야 한다고 생각한다.

루 선생은 이렇듯 배짱 좋고 독단적인 까닭은 이렇다.

중국 책을 적게 보면, 그 결과는 글을 짓지 못할 따름이다. 그러나 지금의 젊은이들에게 가장 중요한 것은 '실천'^{行}이지 '말'^{言}이 아니다.

루 선생, 당신은 청년에게 가장 중요한 것이 실천임을 알고 있지만, 실천 또한 배움^{學}의 도움을 받지 않으면 안 된다는 것을 알고 있는가? 고인에게는 이미 '배운 것도 없고 재주도 없다'^{不學無術}는 욕이 있다. 그러나 고인이 일을 행할 때에는——설사 국가의 대사를 행하더라도——지침이 될 만한 가정과 사회의 전통사상이 있어서, 책에서 배우지 않더라도 일을 그르치는 일이 적었다. 오늘날에 이르러 세계는 크게 변하고 세상사도 크게 바뀌어, 가정과 사회의 전통사상이 대부분 지난날의 것이 되어 버린 것은 말할 나위 없고, 성현의 좋은 말씀과 훌륭한 행실조차도 우리는 그 가치를 새로이 평가한 후에야 우리의 지침으로 받아들일 수 있게 되었다. 무릇 지침이 될 만한 고인의 좋은 말씀과 훌륭한 행실이라도 실천하기에 타당치 않은 점이 있을지 모르기에 새로이 평가해야만 하는 것이다. 이제 루 선생은 일언지하에 중국 책을 말살하고 실천만이 필요할 뿐 책을 읽는 것은 필요하지 않다고 하였다. 이러한 실천은 조금 더 분명하게 말한다면 아마 요란한 헛소동이 아니라면 마구잡이 천방지축일 터이다! 루 선생 역시 지금 책 읽기는 좋아하지 않으면서 오로지 내세우기만 좋아하는 젊은이들을 보고 있으리라. 이런 젊은이들이 대표가 되거나 의장이 되는 일은 넘쳐 나지만, 그에게 의견을 제시하라거나 이유를 밝히라고 요구하면 꿀 먹은 벙어리가 되어 버린다. 파괴를 부르짖고 소란을 피우는 일은 넘쳐 나지만, 그에게 어떤 건설이 있고 어떤 성공이 있는지 생각해 보면 실망스럽기 그지없다. 젊은이들에게 이러한 폐해가 있음에도 젊은이들 앞에 서 있는 루 선생은 구제하려고 하기는커녕, 중요한 건 실천이지 말이 아니니 중국 책을 적게 읽거나 아예 읽지 말라고 부채질하고 있다. 젊은이들을 그르치는 이런 말은, 제발 루 선생, 다시는 하지 마시오! 루 선생의 말 가운데에서 특히 말이 되지 않는 것은 "중국 책을 적게 보면, 그 결과는 글을 짓지 못할 따름"이라는 것이다. 설마 중국의 고금의 모든 책이 글 짓는 법을 가르치는 것일 뿐 일하는 것을 가르치지는 않는단 말인가? 루 선생! 더 긴 말 하지 않겠소. 스스로 잘 생각해 보시오. 당신 이야기가 말이 되는 소리인지 아닌지?

훌륭하신 루 선생은 젊은이에게 중국 책은 보지 말라고 하였어도 외국 책은 읽으라고 했다. 루 선생이 가장 떠받드는 외국 책도 물론 인간 행위의 모범일 것이다. 외국 책을 읽고 나서 일을 행하는 것은 물론 속에 든 것이 없는 것도 아니고 '배운 것도 없고 재주도 없는' 것도 아니다. 그러나 루 선생은 깨달아야 한다. 한 나라에는 한 나라의 나라사정이 있고 한 나라에는 한 나라의 역사가 있다는 것을. 당신이 중국인인 바에야, 그리고 당신이 중국을 위해 무언가 하려고 하는 바에야, 역시 중국에 관한 책을 읽지 않으면 안 된다! 당신이 문학가가 되려는 사람이라면, 그래도 중국의 문학가가 되시오! 설사 선생의 뜻이 중국에 있지 않고 세계적인 문학가가 되고자 할지라도, 중국의 세계문학가가 되시오! 큰일을 바란다고 해서 근본을 잊어서는 안 되오! 예전에 오호五胡의 사람들은 자신들 오호의 책을 읽지 않고 중국 책을 읽어야 했으며, 모두 중국화하였다. 위구르 사람들은 자신들의 위구르 책을 읽지 않고 중국 책을 읽어야 했으며, 역시 모두 중국화하였다. 만주 사람들은 자신들의 만주어 책을 읽지 않고 중국 관내에 들어와 한문을 읽어야 했는데, 이제 만주인 모두를 중국인으로 만들고 말았다. 일본은 조선을 멸하고자 하여 제일 먼저 조선인에게 일본어 책을 읽게 하였다. 영국은 인도를 멸하고자 하여 제일 먼저 인도인에게 영어 책을 읽게 하였다. 그렇다, 현재 외국인들마다 중국을 멸하고자 하여 자신의 문자를 가지고 들어와 중국을 멸할 무기로 삼고 있지만, 아마 금방 효과를 내지는 못할 것이다. 그런데 현재 중국의 젊은이 앞에 서 있는 루 선생이 중국의 젊은이는 중국 책을 읽어서는 안 되고 오직 외국 책을 많이 읽어야 된다고 목청껏 부르짖고 있다. 이래서야 몇 년이 채 지나지 않아 모든 젊은이들이 글자는 오직 외국의 글자만을 알고 책은 오직 외국의 책만을 읽으며 글은 오직 외국의 글만을 짓고 말은 오직 외국의 말만을 하여, 극단적으로 추론한다면 일도 오직 외국의 일만을 하고 나라도 오직 외국의 나라만을 사랑하며 옛 성현도 오직 외국의 성현만을 떠받들고 학리와 주의도 오직 외국의 것만을 신봉하게 될 것이다. 바꾸어 말하면, 외국 사람이 조금도 힘들이지 않아도 당신 스스로 외국인으로 되어 버릴 것이고, 당신이 우리 대일본이라 일컫지 않으면 우리 대미국이라 일컬을 것이며, 그렇지 않으면 대영국, 대독일, 대이탈리아마냥 커지게 될 것이다. 그나마 영광스럽지 않을까? 약국의 백성이 아니라 강국의 백성이 되는 게!?

마지막으로 루 선생에게 한 마디 가르침을 청하려 한다. 루 선생은 "여태껏 관심을 가진 적이 없"다고 말하고 있는 바에야, 어찌하여 이렇게 딱 잘라 이런 말을 하는가? 이런 말을 한 이상 선생이 평소에 읽었던 중국 책을 분명하게 제시하여 도대체 중국 책이 선생에게 해를 입혔는지, 아니면 선생이 중국 책에 억울한 누명을 씌웠는지 모두가 평가할 수 있도록 공개할 수 있는가, 없는가?

14. 2. 21. 베이징

주)_____

1) 원제는 「報『奇哉所謂……』」, 1925년 3월 8일 『징바오 부간』에 처음으로 발표되었다.

2) 『역경』(易經)은 『주역』(周易)이라고도 하며, 유가의 경전으로서 점복(占蔔)을 기록한 고대의 책이다. 이 책 가운데 괘사(卦辭), 효사(爻辭) 부분은 은주(殷周) 즈음에 싹텄을 가능성이 있다.

3) 『포박자』(抱樸子)는 도교의 경전으로 일컬어지며, 내편과 외편으로 이루어져 있다. 내편은 주로 도가사상과 단도(丹道)의 수련방법에 대해 설명하고 있으며, 외편은 시정(時政)과 인사(人事)를 논하고 있다. 갈홍(葛洪, 284~363)은 단양(丹陽) 쥐룽(句容; 지금의 장쑤江蘇) 사람으로, 동진(東晉) 시기의 박물학자이자 의학자, 연단술가이다. 자는 치천(稚川), 호는 포박자이며, 흔히 갈선옹(葛仙翁)이라 불린다. 대표적인 저서로는 『포박자』 외에 『신선전』(神仙傳)을 들 수 있다.

4) 양주(楊朱), 혹은 양자(楊子)는 전국(戰國) 초기 위(魏)나라 사람이다. 그는 저서를 남기지 않았으며, 그에 관한 기록은 선진 제자의 책 중에 흩어져 있다.

5) 『열자』(列子)는 전국 시기에 열어구(列禦寇)가 지었다고 전해진다. 『한서』(漢書) 「예문지」(藝文志)에는 도가류(道家類)의 저록 8편이라고 되어 있지만, 이미 일실되었다. 현재 전해지는 『열자』 8편은 진(晉)나라 사람의 저작일 것이다.

6) 자오얼쉰(趙爾巽, 1844~1927)은 펑톈(奉天) 톄링(鐵嶺; 지금의 랴오닝遼寧성에 속한다) 사람으로, 자는 궁샹(公鑲)이다. 청나라 말기에 후난(湖南) 순무(巡撫), 쓰촨(四川) 총독 등을 역임하였다. 신해혁명 후에는 베이양(北洋) 정부 임시 참정원 의장, 펑톈 도독, 청사관(淸史館) 관장 등을 지냈다.

7) 오호(五胡)는 동진(東晉)시대에 중원에 침입한 흉노(匈奴), 갈(羯), 선비(鮮卑), 저(氐), 강(羌)의 다섯 종족을 가리킨다. 이들 다섯 종족의 통치자들은 중국 북방과 파촉(巴蜀) 지역에서 잇달아 16개의 할거 정권을 세웠는데, 이를 옛 역사에서는 오호란화(五胡亂華)라 일컫는다. 1644년 3월 이자성(李自成)이 베이징을 쳐서 입성한 후 산하이관(山海關)의 총병(總兵)인 오삼계(吳三桂)에게 투항할 것을 권유하지만, 오삼계는 산하이관 바깥에 주둔하고 있던 청나라 군대와 연합하여 이자성의 군대를 패퇴시켰다. 이리하여 청나라 군대는 산하이관 안으로 진입하여 중국의 영토를 통치하기 시작하였는데, 이것을 만주입관(滿洲入關)이라 일컫는다.

8) 오족공화(五族共和)란 신해혁명을 통해 청조의 통치를 타도한 후 한족, 만족, 몽고족, 회족(回族)과 장족(藏族) 등이 공화정체를 이룩하여 중화민국을 수립한 것을 가리킨다.

9) 차이쑹포(蔡松坡, 1882~1916)는 차이어(蔡鍔), 후난(湖南) 사오양(邵陽) 사람으로 쑹포는 그의 자이다. 신해혁명 당시 윈난도독(雲南都督)에 임명되었다. 위안스카이(袁世凱, 1859~1916)는 허난(河南) 샹청(項城) 사람으로 자는 웨이팅(慰亭)이다. 청조의 즈리총독(直隷總督) 겸 베이양대신(北洋大臣), 내각총리대신을 역임하였으며, 민국 후에는 베이양정부의 총통을 지냈다. 위안스카이가 칭제(稱帝)를 꾀하자, 차이쑹포는 윈난에서 호국군(護國軍)을 조직하여 1915년 12월 25일 토원(討袁)전쟁을 일으켰다.

10) 원문은 '處於才與不才之間'. 『장자』 「산목」(山木)에서 장자가 "나는 재목이 되고 재목이 되지 않는 것의 중간에 처신하겠다"(周將處乎材與不材之間)고 말하였다.

11) 공자(孔子)에게 원나라 대덕(大德) 10년(1307)에 '대성지성문선왕'(大成至聖文宣王)이라는 시호가 하사되었으며, 청나라 순치(順治) 2년(1645)에는 '대성지성문선선사'(大成至聖文宣先師)라는 시호가 하사되었다.

12) 원제는 「奇哉! 所謂魯迅先生的話」.

『타오위안칭 서양회화전람회 목록』서[1]

타오쉬안칭陶璿卿 군은 이십여 년 동안 연구에 몰두해 온 화가로서, 예술의 수양을 위해 작년에야 이 암갈색의 베이징에 왔다. 오늘에 이르기까지 베이징에 가져온 작품과 새로 제작한 작품 이십여 점이 그의 침실에 소장되어 있지만, 이를 아는 사람은 아무도 없다──다만 물론 그를 잘 알고 있는 몇몇 사람들 외에는.

컴컴한 어둠 속에 소장되어 있는 그 작품들 가운데에는 작자 개인의 주관과 정서가 담뿍 드러나 있어서, 특히 그가 붓의 터치, 색채와 취향에 대해 얼마나 온 힘을 쏟고 마음을 기울이는지를 엿볼 수 있다. 아울러 그가 일찍이 중국화에 뛰어난 작가인지라, 고유한 동양적 정서가 자연스럽게 작품 속에서 스며 나와 독특한 풍격을 자아내고 있다. 그러나 이 또한 의도적인 것은 결코 아니다.

장차 물론 더 나아가 신격의 영역에 들어서겠지만, 현재 그는 진즉 돌아가고자 마음먹고 있다. 몇몇 사람들은 그가 홀로 왔다가 홀로 가는 것을 섭섭히 여겨, 그리하여 많지 않은 그 작품들로써 자그마한 규모의 단기간의 전람회를 열어 이에 관심 있는 사람들에게 잠시 보여 주기로 하였다. 그러나 베이징 체류 중의 장식이자 베이징을 떠나는 기념이라 물론 말할 수 있으리라.

1925년 3월 16일, 루쉰

주)_____

1) 원제는 「『陶元慶氏西洋繪畫展覽會目錄』序」, 1925년 3월 『징바오 부간』에 처음으로 발표되었다.

타오위안칭(陶元慶, 1893~1929)은 저장(浙江) 사오싱(紹興) 출신의 미술가로서, 자는 쉬안칭(璿卿)이다. 저장 타이저우(台州) 제6중학(第六中學), 상하이 리다(立達)학원 교사, 항저우(杭州) 미술전과학교 교수 등을 역임하였다. 일찍이 루쉰이 저작하거나 번역한 『방황』(彷徨), 『무덤』(墳), 『아침 꽃 저녁에 줍다』(朝花夕拾), 『고민의 상징』(苦悶的象徵) 등의 출판을 위해 표지 장정을 디자인하였다. 당시 그는 베이징에서 서양화 개인전을 개최하였으며, 루쉰은 그를 위해 이 서문을 썼다.

이건 이런 뜻[1]

자오쉐양趙雪陽 선생의 편지(3월 31일자 본지)에서 나의 그 '청년필독서'의 답변에 대해 어느 학자가 학생에게 이러쿵저러쿵했다는 것을 알게 되었는데, 내가 "읽은 중국 책은 대단히 많다. …… 지금 남들에게 읽지 말라고 하는데, …… 이건 무슨 뜻일까!"라고 여겼다고 한다.

내가 약간의 중국 책을 읽은 것은 틀림없지만, 그렇다고 "대단히 많"지는 않으며, 게다가 "남들에게 읽지 말라"고 한 일도 없다. 누군가 읽고 싶은 사람이 있다면 물론 마음대로 하면 된다. 다만 나의 의견을 묻는다면, 중국 책은 적게 보거나——혹은 아예 보지 말아야 하며, 외국 책은 많이 보아야 한다는 것이다.

이건 이런 뜻이다.——

나는 이제껏 술을 마시지 않았다. 몇 년 전 약간은 자포자기의 심정으로 술을 마시기 시작했다. 당시에는 조금은 편안한 느낌이 들었다. 처음에는 홀짝이다가 이어 거나하게 마셨지만, 주량이 늘어 갈수록 식사량은 줄어들었다. 나는 알코올로 위장이 상했음을 깨달았다. 지금은 때로 금주하기도 하고 때로 마시기도 한다. 마치 중국 책을 뒤적이는 것과 마찬가지이다. 하지만 젊은이들과 음식에 대해 이야기를 나눌 때 나는 술을 마시지 말라고 늘 말한다. 듣는 사람은 내가 술을 마구 마신 적이 있다는 걸 알고 있지만, 모두들 내가 말하는 뜻을 이해한다.

나는 설사 자신이 걸린 것이 천연두일지라도 결코 이로 인해 우두에 반대하지 않으며, 설사 관 만드는 가게를 운영하더라도 전염병을 구가하지도 않는다.

바로 이런 뜻이다.

차제에 관계없는 일을 밝히고자 한다. 어느 친구가 내게 알려 준 것이지만, 『천바오 부간』에 위군玉君을 비판한 글[2]이 있는데, 그 가운데에서 『민중문예』[3]에 실린 나의 「전사와 파리」戰士和蒼蠅를 거론하고 있다고 한다. 사실 내가 그 짧은 글을 지은 본의는 결코 현재의 문단을 이야기하려는 것이 아니었다. 이른바 전사란 중산中山 선생과 민국 원년 전후에 순국했으나 노예들에게 비웃음당하고 짓밟힌 선열을 가리킨다. 파리는 물론 노예들을 가리킨다. 문단에 대해 나는 현재 전사가 아직 존재하지 않는다고 생각한다. 저들 비평가들 가운데에는 유명무실한 패거리들이 있을 수밖에 없지만, 파리처럼 밉살스러울 정도에는 이르지 않았다. 이제 여기에 아울러 기록하니, 오해하지 않기를 바란다.

청년필독서

푸위안 선생

젊은이가 반드시 읽어야 할 열 권의 책에 대한 설문조사는 선생께서 고심 끝에 젊은이들을 지도하기 위해 요청한 것이겠지요. 각자의 답변이 각자의 주관에 의거하는 것은 원래 당연한 결과입니다만, 전통사상이 풍부한 사람은 젊은이에게 악영향을 끼쳐 경박하게 만듭니다. 루쉰 선생은 백지 답안을 냈는데, 제가 보기에 이는 열 권의 책을 고른 것보다도 얻은 교훈이 많습니다만, 비난을 받으리라고는 생각지도 못했습니다. 발표된 글로는 부간의 슝이첸 선생의 글 외에, 어느 학자가 이 일을 두고 학생들에게 이러쿵저러쿵한 적이 있는데, 슝 선생의 그 글이 루쉰을 천박하다고 질책하였지만 사실 지나친 질책은 아니라는 것입니다. 지금의 젊은이들이 얼마나 그러한 생각을 마음속에 감춘 채 겉으로 드러내지 않는지 모르겠습니다! 여기에 그 학자의 이야기를 기록합니다만, 얼마나 놀라움을 안겨 주는지요!

그들 형제(물론 저우쭤런周作人 선생도 포함된다)가 읽은 중국 책은 대단히 많다. 그들 집에 소장된 책은 아주 많으며, 집안 또한 여유가 있어서 보고 싶으나 없는 책은 죄다 살 수가 있다. 중국 책은 좋은 게 매우 많은데도, 지금 그들은 남들에게 읽지 말라고 한다. 자신들은 그토록 많이 읽음에도. 이건 무슨 뜻일까!

이게 정말 무슨 뜻일까! 시험 삼아 걸었던 길이 다닐 수 없어서 그것을 선고했다면 그게 죄가 되는 걸까? 루쉰 선생의 혁명정신은 그의 이따위 몇 마디로 사라지지 않겠지만, 이 얼마나 서글픈 일인가!

요 몇 년간 갖가지 반동적인 사상이 젊은이들에게 영향을 미치고 있는데, 참으로 상상조차 하기 싫습니다. 그 부패는 잡지 『신청년』에서의 사상혁명 이전보다 훨씬 심합니다. 부패 위에 마비의 외투까지 걸쳐 놓았으니, 이는 개혁하기가 더욱 어렵습니다. 궁벽한 땅인지라 '새로움'이 무엇인지 아직 알지 못합니다. 예컨대 용수철이 늘어나 버린 양, 그들은 영원히 그 정지된 구태를 바라보고 있는 거지요. 화를 내지도, 거짓으로 꾸미지도, 문을 닫아걸고 공상하지도 말고, 실제로 관찰하여 얻어진 결과가 놀랄 만한지 어떤지를 보십시오.(이하 생략)

3월 27일, 자오쉐양

1925년 3월 31일 『징바오 부간』

주)_____

1) 원제는 「這是這麼一個意思」, 1925년 4월 3일 『징바오 부간』에 처음으로 발표되었다.
2) 진만청(金滿成)이 지은 「나도 위군에 대해 말하련다」(我也來談談關於玉君的話)를 가리킨다. 이 글은 1925년 3월 31일자 『천바오 부간』에 실렸다. 이 글에는 다음과 같은 글귀가 실려 있다. "'그러나 결점이 있는 전사는 어쨌든 전사이고, 완미(完美)한 파리 역시 어쨌든 파리에 지나지 않는다.'―루쉰(『징바오 부간』인 『민중문예주간』 제14호에 보인다) 글쓴이 위군이여! 그대가 상처를 잘 치료하고 일어나 다시 싸워 문예 동산의 튼튼한 장수가 되기를 기원한다. 만약 그대에게 상처가 없다면, 파리 역시 그대를 '핥으러' 오지 않을 것이다."
3) 『민중문예』(民衆文藝)는 『징바오』(京報)에서 곁들여 출판하는 문예주간이다. 1924년 12월 9일 베이징에서 창간되었으며, 원명은 『민중문예주간』이나 제16호부터 『민중문예』로 명칭을 바꾸었다가 제15호부터 『민중주간』으로 바꾸었다. 1925년 11월 24일 제47호로 정간되었다.

『소련의 문예논전』 서문[1]

러시아는 1917년 10월의 혁명을 거친 후 전시공산주의[2] 시대로 들어섰다. 이 시기의 급선무는 쇠鐵와 피血였으며, 문예는 그야말로 마비상태에 빠져 있었다. 그러나 또한 Imaginist(상상파)[3]와 Futurist(미래파)[4]가 활동을 시도하여 일시에 문단의 이목을 사로잡았다. 1921년에 이르러 형세는 급변하여 문예에 돌연 생기가 돌았다. 가장 흥성했던 것은 좌익미래파이고, 후에 『레프』[5]——Levy Front Iskustva의 머리글자를 연결시킨 약어로서, 의미는 예술의 좌익전선——라는 기관지가 나왔지만, 이것은 오로지 Constructism(구성주의)[6]의 예술과 혁명적 내용의 문학을 맹렬하게 선전하는 것이었다.

그러나 『레프』의 탄생 역시 수많은 우여곡절을 겪었다. 1905년 제1차 혁명의 반동은 정부와 상공계급의 엄혹한 압박이었으며, 이리하여 특수한 예술 역시 출현하였다. 상징주의, 신비주의, 변태성욕주의[7]가 그것이다. 다시 4, 5년이 지나자 이러한 취향을 개혁하기 위해 인상파[8]가 드디어 출현하여 전선을 넓혔다. 전투상태에 놓인 지 꼬박 삼 년, 마침내는 미래파가 되어 낡은 생활조직에 더욱 격렬한 공격을 가하였다. 최초의 잡지는 1914년에 출판되었으며, 명칭은 『사회의 취향에 따귀를 때려라』[9]였다!

구사회는 이러한 개혁자에 대해 온갖 수단을 이용하여 매도와 비방을 퍼부었다. 정부 역시 나서서 간섭하고 잡지의 간행을 금지시켰다. 그러나 자본가 측은 기실 따귀를 맞는 아픔을 눈곱만큼도 느끼지 못했다. 하지만 미래파는 여전히 분투를 계속하여, 2월혁명 후에는 좌우 두 파로 나누어졌다. 우파는 민주주의자와 공조하였다. 좌파는 10월혁명 당시에 볼셰비키 예술의 세례를 받았으며, 이리하여 좌익대를 편성하여 새로운 예술의 좌익전선을 지키고, 10월 25일 활동을 개시하였다. 이것이 바로 '레프'의 기원이다.

그러나 '레프'의 정식 제막——기관지의 발행은 1923년 2월 1일의 일이었으며, 이후 더욱 활발한 활동을 펼쳤다. 그들 주장의 요지는 낡은 전통을 타도하고, 국민을 기만하는 탐미파[10]와 고전파의 이미 죽어 버린 부르주아예술을 파기하여, 현금의 살아 있는 새로운 예술을 건설하자는 것이었다. 그래서 그들은 예술은 곧 생활의 창조자라고 자칭하였다. 탄생일은 10월이었으며, 이날 자유의 예술을 선언하고 이것을 프롤레타리아계급의 혁명예술이라 명명하였다.

문예뿐만 아니라, 중국은 지금까지 소비에트 러시아의 신문화에 대해 전혀 알지 못했으며, 이따금 저 자본제도의 부활을 기뻐하는 자도 있었다. 런궈전[11] 군이 홀로 러시아의 잡지에서 논문 세 편을 골라 번역함으로써, 우리에게 러시아 문단에서의 논쟁의 개황을 조금이나마 알게 해주었는바, 이는 참으로 대단히 유익한 일이다.——적어도 세계문예에 관심이 있는 사람들에게는. 이밖에 「플레하노프와 예술 문제」라는 글 한 편이 있

는데, Marxism을 문예 연구에 이용한 것으로, 독자에게 유관된 참고자료
가 되리라 여겨 함께 덧붙였다.

1925년 4월 12일 밤, 루쉰 씀

주)_____

1) 원제는 「『蘇俄的文藝論戰』前記」, 1925년 8월 베이징의 베이신서국(北新書局)에서 출판
   된 『소련의 문예논전』(蘇俄的文藝論戰)에 처음으로 수록되었다. 『소련의 문예논전』은
   웨이밍총간의 하나로 런궈전(任國楨)에 의해 번역되었다. 1923년부터 1924년 사이에
   소련문예계에서는 문예정책 등의 문제를 둘러싸고 논전이 전개되었으며, 이 논전에는
   『레프』, 『초소에서』(나 포스투)와 『붉은 처녀지』 등의 잡지 등을 비롯한 문학단체가 참
   여하였다. 1925년 7월 1일 볼셰비키 중앙은 이를 위해 「문예영역에 있어서의 당의 정
   책에 관하여」를 결의하였다. 이 역서에는 이와 관련된 글 네 편이 수록되어 있다.
2) 전시공산주의(Военный коммунизм)란 10월혁명 이후 소비에트 러시아 정부가 1918년
   부터 1920년에 걸쳐 외국의 간섭과 내전이라는 비상 시기에 실행했던 경제정책을 가
   리킨다. 이 경제정책의 주요 내용은 농업의 잉여양곡 징발제, 공업의 실물공급제, 주요
   소비물자의 배급판매 및 노동의무제 등이다.
3) Imaginist는 상상파, 의상파(意象派)로 번역되었으며, 이미지즘(Imagism)을 표방하는
   작가들을 가리킨다. 제1차 세계대전 전야에 영국과 미국 등지에서 생겨났으며, 시가 창
   작에 있어서 이미지를 본질적이고 근원적인 요소로 간주하고, 특히 그것을 표현기법의
   주요 항목으로 인식하는 문예사조이다. 소비에트 러시아에서는 1919년부터 1924년까
   지 유행하였으며, 주요 인물로는 마리엔고프(Анатолий Борисович Мариенгоф), 셰르
   셰네비치(Вадим Габриэлевич Шершеневич), 예세닌(Сергей Есенин) 등이 있다.
4) Futurist는 흔히 미래파로 번역되었으며, 20세기 초 이탈리아를 중심으로 일어난 예
   술운동이다. 미래주의(Futurism)라 일컬어지는 이 문예사조는 "신시대는 그에 적합
   한 생활양식과 표현을 필요로 한다"고 선언하면서 문화유산과 일체의 전통을 부정하
   였다. 그들은 현대의 기계문명, 힘과 속도를 표현하고, 기이한 형식으로 동태적 직관
   과 무질서한 상상을 표현하였다. 1914년부터 1918년에 걸쳐 러시아에서 유행하였으
   며, 주요 인물로는 카멘스키(Василий Васильевич Каменский), 클레브니코프(Велимир
   Хлебников), 마야코프스키(Владимир Владимирович Маяковский) 등이 있다.
5) 『레프』는 소련의 초기 문학단체인 '레프'의 기관지이다. '레프'(ЛЕФ)는 '좌익예술전

선'을 의미하는 러시아어 Левый фронт искусств의 약어이며, 1922년에 성립되었다
가 1930년에 해산되었다. 『레프』는 1923년에 창간되었다가 1925년에 7호를 끝으로
정간되었으며, 1927년부터 1929년까지 『신(新)레프』로 이름을 바꾸어 17호를 발간
하였다. 주요 성원으로는 아셰에프(Николай Николаевич Асеев), 트레차코프(Сергей
Михайлович Третьяков), 마야코프스키, 카멘스키, 로드첸코(Александр Михайлович
Родченко) 등이 있다. '레프'는 미래파의 좌파에 의해 조직되었으며, 실질적인 지도자
는 마야코프스키였다. 이들은 고도의 선동예술을 제창하면서 프롤레타리아 혁명예술
의 건설에 종사할 것을 내걸었으나, 훗날 형식주의로 타락했다는 비난도 받았다. 마야
코프스키가 1929년 예술혁명전선(REF)을 결성함으로써 '레프'는 와해되었다.

6) 구성주의(Constructism 혹은 Constructivism)는 20세기 초에 소련에서 형성된 예술유
   파로서, 입체파에서 비롯되었다. 이들은 전통의 회화예술을 거부하고, 추상적인 표현
   형식을 추구하여 직사각형, 원형 및 직선 등을 이용한 기하학적 추상을 강조하였다.

7) 상징주의(Symbolism)는 19세기 말에 프랑스에서 흥성한 문예사조와 유파의 일종이
   다. 사물마다 그에 상응하는 관념과 함의를 지니고 있다고 여기며, 작가는 사물 배후에
   감추어져 있는 함의를 발굴하고 황홀한 언어와 물상으로써 암시적 '이미지'를 형성해
   내야 한다고 강조한다. 대표적인 작가로는 민스키(Николай Максимович Минский), 메
   레시콥스키(Дмитрий Сергеевич Мережковский) 등이 있다. 신비주의(Mysticism)는 현
   대의 서구에서 유행했던 문예경향이다. 예술이 현실생활의 반영임을 부정하고, 포착
   할 수 없는 개인의 감수성 혹은 초자연적 환각을 표현할 것을 강조한다. 1905년 러시
   아혁명 실패 이후 신비주의는 당시 러시아의 일부 작가들의 두드러진 특징이 되었다.
   대표적인 작가로는 안드레예프(Леонид Николаевич Андреев), 벨리(Андрей Белый) 등
   이 있다. 변태성욕주의는 러시아에서 1905년 이후의 반동시기에 나타난 변태 성심리
   를 묘사한 문학 경향을 가리킨다. 대표적인 작가로는 아르치바셰프(Михаил Петрович
   Арцыбашев), 카멘스키, 로자노프(Василий Васильевич Розанов) 등이 있다.

8) 인상파는 원래 1880년대에 유럽에서 형성된 문예사조와 예술유파이다. 여기에서는
   1910년 러시아에서의 시문집 『재판관의 사육장』(Садок судей)을 대표로 하는 문학유
   파를 가리키며, 이는 러시아 미래파의 전신이다.

9) 『사회의 취향에 따귀를 때려라』(Пощёчина общественному вкусу)는 러시아 입체미래주
   의파(kubofuturizm)의 시집으로, 제1집은 1912년 12월에 출판되었다. 이 안에는 이 파
   가 모스크바에서 발표한 선언이 실려 있다.

10) 탐미파(眈美派) 혹은 유미파(唯美派)는 '예술을 위한 예술'을 주장하였다.

11) 런궈전(任國楨, 1898~1931)은 랴오닝 안둥(安東; 지금의 단둥丹東) 사람이다. 베이징대
    학 러시아문학 전수과(專修科)를 졸업하였으며, 공산당원으로서 오랫동안 지하공작
    에 종사하였고, 훗날 산시(山西) 타이위안(太原)에서 체포되어 살해당했다.

통신(가오거에게 보내는 답신)¹⁾

가오거²⁾ 형

보내 준 편지는 잘 받았습니다.

　당신 소식은 창홍^{長虹3)}이 내게 몇 마디 알려 주었습니다. 대략 네댓 마디였지만, 대략적인 형편은 알게 되었다고 할 수 있습니다.

　"자신이 남의 것을 빼앗는 것은 좋다고 생각하지만, 남이 내 것을 빼앗으면 약간 언짢아"하는데, 이게 성질이 나빠졌기 때문이라고 당신은 생각합니까? 이건 좋지도, 나쁘지도 않은 극히 평범한 일이라고 저는 생각합니다. 그래서 당신은 끝내 자신이 나쁜 사람임을 여전히 증명하지 못하는 겁니다. 수많은 중국인을 보세요. 남의 것을 빼앗는 데에 반대하고 자신은 시혜를 베풀고 싶다고 말합니다. 이렇게 말하는 사람이 빼앗고 있는 것을 우리 눈으로는 전혀 보지 못했지만, 그 사람의 집에는 남의 물건이 아주 많이 있을 것입니다.

4월 23일, 쉰

주)_____

1) 원제는 「通訊(復高歌)」, 1925년 5월 8일자 카이펑(開封)의 『위바오(豫報) 부간』에 처음 으로 발표되었다.

2) 가오거(高歌, 1900~1970)는 산시(山西) 위현(盂縣) 사람이며, 광풍사(狂飆社) 성원으로 활동했다. 루쉰이 베이징의 에스페란토전문학교(世界語專門學校)에서 가르칠 때의 학 생이며, 당시 루윈루(呂薀儒), 샹페이량(向培良) 등과 함께 허난(河南) 카이펑에서 『위바 오 부간』을 편집하고 있었다.

3) 가오창훙(高長虹, 1898~1956?)은 산시 위현 사람이며, 광풍사의 성원으로 활동했다. 가 오거의 형이다.

통신(루원루에게 보내는 답신)¹⁾

원루²⁾ 형

보내 준 편지 잘 받았습니다. 카이펑에서 장차 남을 욕하는 수많은 입들이 쩍 벌어지리라 생각하니 흐뭇하기 그지없습니다. 아울러 여러분이 "눈 딱 감고 과감히 나아가는" 승리를 기원합니다.

제 생각입니다만, 남을 욕하는 건 중국에서 대단히 평범한 일입니다. 안타깝게도 사람들은 욕하는 것만 알고 있을 뿐, 왜 욕하지 않으면 안 되는지, 누가 욕을 먹어야 하는지는 모르고 있습니다. 그래서 안 된다는 겁니다. 이제 우리는 욕할 만한 도리를 지적하고, 이어 욕해야만 합니다. 그렇게 한다면 재미있어지고, 그리하여 욕설로부터 욕설 이상의 일이 생겨날 수 있을 것입니다.

(이하 생략)

쉰(4월 23일)

주)_____

1) 원제는 「通訊(復呂蘊儒)」, 1925년 5월 6일자 카이펑의 『위바오 부간』에 처음으로 발표
되었다.

2) 루윈루(呂蘊儒)는 허난(河南) 사람으로, 이름은 치(琦)이다. 루쉰이 베이징의 에스페란
토전문학교에서 가르칠 때의 학생이다.

통신(샹페이랑에게 보내는 편지)[1]

페이량[2] 형

허난에는 정말이지 조금은 새로운 일간신문이 있어야 한다고 나는 생각합니다. 만약 순조롭게 진행된다면 좋은 일입니다. 우리의 『망위안』莽原은 내일 출판됩니다만, 전체적으로 원고를 살펴보니 영 만족스러운 느낌이 들지 않습니다. 하지만 저 역시 원고가 정말 좋지 않은 것인지, 아니면 나의 기대가 너무 높은 것인지 알지 못합니다.

　'친신'의 의혹[3]은 이 사람이 어우양란歐陽蘭임이 밝혀졌습니다. 이러한 수단으로 자기 변호를 한다는 건 참으로 비열한 짓입니다. 게다가 "듣자 하니 쉐원雪紋의 글 역시 그가 지은 것이라고 합니다". 쑨푸위안[4]이 당일 붉은 편지봉투와 푸른 편지지에 미혹되어 "새로이 등단한 여류작가"임에 틀림없다고 확신한 일을 떠올리면 저도 모르게 웃음이 터져 나옵니다.

　『망위안』 제1기에는 『빈랑집』[5]의 두 편을 실었습니다. 세번째 글은 주샹[6]을 꾸짖고 있는데, 삭제하고 네번째 글을 세번째로 옮기는 게 좋으리라 생각합니다. 주샹은 이미 보잘것없어진 듯 입에 올리는 사람이 없어졌기 때문입니다——비록 중국의 키츠[7]라고 합니다만. 바쁘기 짝이 없으리라 생각합니다만, 자주 작품을 기고해 주시길 고대합니다.

쉰(4월 23일)

주)_____

1) 원제는 「通訊(致向培良)」, 1925년 5월 6일자 카이펑의 『위바오 부간』에 처음으로 발표되었다.

2) 샹페이량(向培良, 1905~1959)은 후난(湖南) 첸양(黔陽) 사람이다. 1924년 가오창훙 등과 함께 베이징에서 『광풍(狂飆) 주간』을 창간하였으며, 이듬해에 망위안사(莽原社)에 참여하였다. 훗날 상하이에서 『청춘』 월간을 주편하면서 '민족주의'문학과 이른바 '인류의 예술'을 제창하였다.

3) 1925년 1월 베이징여사대의 새해맞이 연회에서 베이징대 학생인 어우양란(歐陽蘭)이 지은 단막극 「아버지의 귀환」(父親的歸來)을 공연했다. 그 내용은 일본의 기쿠치 간(菊池寬)의 작품 「아버지 돌아오다」(父歸る)를 그대로 베낀 것이었다. 누군가 『징바오 부간』에 이러한 사실을 지적하자, 어우양란 본인이 답문을 보내온 외에, '친신'(琴心)이라는 여자사범대학 학생이 글을 써서 그를 변호했다. 얼마 후 누군가가 어우양란이 지은 「S누이에게 부침」(寄S妹) 역시 궈모뤄(郭沫若)가 번역한 셸리(P. B. Shelley)의 시를 베꼈다고 폭로하자, '친신'과 또 다른 '쉐원(雪紋) 여사'가 잇달아 몇 편의 글을 써서 그를 변호했다. 그러나 사실 '친신' 여사는 어우양란의 여자 친구인 샤쉐원(夏雪紋; 당시 여사대에 재학중이었던 S누이)의 별명이었으며, '친신'과 '쉐원 여사'로 서명된 글은 모두 어우양란이 쓴 것이었다. 어우양란의 작품으로 1924년 5월 장미사(薔薇社)에서 출판된 시집 『나이팅게일』(夜鶯)이 있는데, 이 안에 「S누이에게 부침」이라는 시가 있다.

4) 쑨푸위안(孫伏園, 1894~1966)은 저장 사오싱 사람으로, 원명은 푸위안(福源)이다. 베이징대학을 졸업하였으며, 신조사(新潮社), 문학연구회와 위쓰사(語絲社) 등의 성원으로 활동했다. 그가 『징바오 부간』의 편집을 맡고 있을 때 어우양란이 친신이라는 필명으

로 투고한 서정시를 받고서 그는 새로이 등단한 여류작가의 작품이라 오인하여 늘 게
재하였다.

5) 『빈랑집』(檳榔集)은 상페이량이 『망위안』 주간에 발표한 잡감을 한데 합쳐 정리하였을
때의 명칭이다. 『망위안』 제1기, 5기, 29기, 30기에 나뉘어 실렸다.

6) 주샹(朱湘, 1904~1933)은 안후이 타이후(太湖) 출신의 시인으로, 자는 쯔위안(子沅)이고
문학연구회 성원이다. 저서로는 『초망집』(草莽集), 『석문집』(石門集) 등이 있다. 본문의
"이미 보잘것없어진 듯"이라는 말은 그가 당시 날로 쉬즈모(徐志摩) 등이 조직한 신월
사(新月社)에 기울어진 것을 가리키는 듯하다.

7) 키츠(John Keats, 1795~1821)는 영국의 낭만주의 시인이다. 대표적인 시로는 서정시
「나이팅게일에 부치는 노래」(Ode to a Nightingale), 「가을에 부쳐」(To Autumn) 및 장
시 『엔디미온』(Endymion) 등이 있다. 1925년 4월 2일 『징바오 부간』에 원이둬(聞一多)
의 「눈물의 비」(淚雨)라는 시가 발표되었는데, 이 시의 끄트머리에 주샹의 '부기'(附識)
가 덧붙여져 있다. 이 가운데에서 "「눈물의 비」라는 이 시에는 키츠의 …… 저 미묘한
시화(詩畵)가 없다. 그러나 「눈물의 비」는 키츠라야만 지을 수 있는 시이다"라고 말했
다. 여기에서 주샹을 "중국의 키츠"라고 일컫고 있는 것은 루쉰의 착오로 보인다.

통신(쑨푸위안에게 보내는 편지)[1]

푸위안 형

오늘 샹페이량 형의 편지 한 통을 받았습니다. 그 가운데 몇 대목을 공표하고 싶어 이제 아래에 덧붙입니다.

나는 카이펑에 온 후 카이펑 학생들의 지식이 시대와 별로 걸맞지 않고 풍기 또한 침체되어 있다는 느낌이 들어 미력이나마 다해 볼 생각이었습니다. 그런데 생각지도 않게 『천바오』가 유언비어로 말썽을 일으켜 여학생을 유린했다는 뉴스를 만들어 내고 말았습니다!

『천바오』가 20일에 게재한, 카이펑의 군사가 철탑에서 여학생을 강간했다는 사건에 대해, 나는 아래의 두 가지 점에서 그것이 허무맹랑한 일임을 증명할 수 있습니다.

첫째, 철탑은 시내 북쪽에 있고, 중저우中州대학과 성성省城으로부터 1리도 채 안 되는 곳입니다. 여학생이 놀러 산에 올랐다면, 결코 황량하고 외진 곳은 아닐 것입니다. 군사가 아녀자를 강간하는 일쯤이야 우리처럼 훌륭한 나라에서는 본래 늘 있는 일이라 말하기를 꺼릴 필요도 없습니다만, 평시에 시내에서, 그것도 별로 황량하고 외진 곳도 아닌 곳에서 이런 일을 저지르지는 못할 것입니다. 하물며 제가 본 바로는 카이펑에는 탈주병이 그리 많지도 않고, 군기 또한 아주 엉망이지도 않습니다.

둘째, 『천바오』에서는 군사가 총검으로 여학생의 옷을 찢었다고 하였습니다. 그러나 현재 탈주병도 없고, 외출한 병사는 공무가 아니라면 총검을 지닐 수도 없습니다. 이번에 일을 저지른 자가 공무차 외출한 병사라고 하지만, 아무도 믿지 않으리라고 생각합니다.

사실 우리처럼 훌륭한 나라에서는 온 시내의 백성을 죽이고 수십 마을의 가옥을 불태우며, 군대 나으리가 흥겨울 때 기분 내키는 대로 행동하는 것이야 별로 대수롭지 않은 일입니다. 그러나 이름깨나 있는 신문이 이렇게 평지풍파를 일으켜서는 안 되지요. 본래 여자는 중국에서 사람 축에도 끼지 못하니, 신문기자가 제멋대로 붓을 휘둘러 간통사건이나 바람나 도망친 사건, 혹은 여학생이 금품을 갈취한 일 등을 한두 가지 써서 독자의 이목을 즐겁게 해주려는 것쯤이야 이미 당연한 일로 간주하고 있습니다. 저 역시 눈과 귀로 보고 들은 바로써 말씀드릴 뿐입니다. 신문사가 판매부수를 늘리려 하고 특약 리포터가 원고료를 염두에 두는 것은, 모두 이른바 먹고살기 위함의 문제로서 신성불가침한 일입니다. 내 이를 어찌 할꼬?

사실 카이펑의 여학생 역시 너무나 분수에 맞지 않았습니다. 그들은 마땅히 깊은 규방에서 지내야만 했습니다. 학교에 가는 것도 이미 방자하기 짝이 없는 일이거늘, "학교를 벗어나 산보하고 흥에 겨워 높은 곳에 오르려 하였"으니 말입니다. 『천바오』의 리포터가 그들에게 이렇게 경고하려 했던 걸 탓할 수는 없습니다. "이봐, 네가 문밖으로 나서기만 하면 병사들이 너희들을 강간하려 들 거야! 어서 돌아가, 학교 안에 숨어 있어. 그게 싫으면 깊은 규방 속에 몸을 숨기든가."

사실 중국은 본래 거짓말 나라와 유언비어 나라의 연방입니다. 이런 뉴스들은 조금도 이상할 게 없습니다. 베이징에서조차도 끝없이 차례차례 나타나고 있습니다. 즉 무슨 "난샤와쯔골목[2]의 늙은 요괴"니 "사람의 주검을 빌려 혼이 되살아났다"느니 "아이를 꾀어 유괴했다"느니 하는 등등이 그것입니다. 그들의 영혼을 "총검으로 찢"고 정한 물로 깨끗이 씻어 내지 않는 한, 이 병증은 치료할 수 없을 것입니다.

그러나 샹페이량은 필경 호의였을 터이기에, 나는 그것을 여기에 봉정하게 되었습니다. 조판되더라도 작년의 저의 시 「나의 실연」처럼 편집장 선생에게 따돌림을 당하여 내쳐지고, 나아가 당신의 밥그릇을 깨뜨리게 되지는 않으리라 생각합니다.[3] 다만 당신이 찬사를 아끼지 않았던 친신 여사의 '아이구체'阿呀體 시문을 실을 지면을 차지해 버려, 참으로 죄송하기 그지없습니다. 용서하시기 바랍니다. 그럼 이만 줄입니다.

4월 27일, 후이펑[4]에서, 루쉰

결코『천바오』가 유언비어를 지어낸 것이 아니다

쑤웨이素味

어제 이 잡지의 「보내 주신 편지」란에 카이펑의 여학생이 병사에게 어떻게 당했다는 소식이 언급되어 있다.『천바오』에 게재되었던 탓에『천바오』가 유언비어를 퍼뜨린 게 아닌가, 혹은『천바오』리포터의 보도가 부실한 게 아닌가 의심을 받고 있는 듯한데, 사실은 전혀 그렇지 않다. 내가 사실을 들어 증명할 수 있다.

위에서 서술한, 카이펑의 여학생이 병사에게 ○○당했다는 소식은 무책임한 가명의 투고이다. 투고한 이 분은 아마 동시에 두 통의 편지를 작성하여, 한 통은『징바오』에, 그리고 다른 한 통은『천바오』에 보낸 듯하다. (혹다른 신문에도 보냈는지 모른다.) 이 편지를 보았을 당시 나는 뉴스를 감식하는 안목으로 무언가 맞지 않은 점이 있다고 생각하여, 편지를 휴지통에보내 버렸다.『천바오』가 싣고 있는 것은 한 글자도 다름이 없는데, 바로 이편지이다. 나는 그래서『천바오』가 유언비어를 지어낸 것도 아니고,『천바오』의 보도가 부실한 것도 아니라고 말하는 것이다. 기껏해야 이 남자가보낸 원고를 신중하게 따져 보지 않았다고 말할 수 있을 뿐이다.

1925년 5월 5일『징바오 부간』

주)_____

1) 원제는 「通訊(致孫伏園)」, 1925년 5월 4일 『징바오 부간』에 처음으로 발표되었다.

2) 난샤와쯔골목(南下窪子胡同)은 베이징시 둥청구(東城區)의 거리 명칭이다. 남으로는 징양골목(景陽胡同)에서 북으로 뻗어 있는 막다른 골목이다. 청대에는 팔기(八旗) 가운데 양황기(鑲黃旗)에 속하였던 지역이다.

3) 「나의 실연」(我的失戀)은 루쉰이 1924년 10월 3일에 지은 시이다. 『천바오 부간』의 편집을 맡았던 쑨푸위안이 조판에 넘긴 후, 『천바오』의 편집장 대리인 류몐지(劉勉己)에 의해 삭제되었다. 이 일로 쑨푸위안은 분노하여 사직하였다.

4) 후이펑(灰棚)은 베이징 궁문커우(宮門口) 시싼탸오(西三條) 21호인 루쉰의 거처 내의 회정(灰頂; 석회만 발랐을 뿐 기와를 잇지 않은 시붕), 즉 '호랑이 꼬리'라는 의미의 '라오후웨이바'(老虎尾巴)를 가리킨다.

어느 '죄인'의 자술서[1]

『민중문예』라는 잡지는 말은 민중문예라고 하지만, 현재까지 인쇄하여 발행된 것을 보면 참된 민중의 작품은 없고, 집필한 자는 죄다 이른바 '독서인'이었다. 민중은 대다수가 글을 알지 못하니, 어떻게 작품이 있을 수 있겠는가? 평생의 희로애락은 몽땅 황천으로 딸려 가고 만다.

하지만 나는 끝내 이 얻기 힘든 문예를 소개하는 영광을 갖게 되었다. 이건 어느 체포된 '강도범'이 지은 것이다. 그의 성명을 밝힐 필요도 없고, 이를 빌려 무언가를 왈가왈부할 생각도 없다. 어쨌든 이 글의 첫머리에서는 글을 알지 못하는 괴로움을 이야기하지만, 반드시 참된 이야기이리라고는 할 수 없다. 왜냐하면 이 글이 그에게 글을 가르쳐 준 선생에게 들려준 것이기 때문이다. 다음으로, 사회가 얼마나 그를 속이고 업신여겼는지, 그리고 그것이 그의 삶을 어떻게 실패에 빠지게 만들었는지를 이야기한다. 다음으로, 그의 아들 역시 그보다 훨씬 많은 희망을 품을 수 있지는 않다고 이야기하는 듯하다. 다만 강탈에 관한 일은 한 글사도 언급하지 않는다.

원문에는 원래 방점이 찍혀 있었지만, 지금은 옛 그대로 하였다. 틀린 글자도 많은데, 추측해 넣을 수 있는 정자를 괄호 안에 써놓았다.

4월 7일, 아호雅號가 없는 방에서 덧붙여 쓰다

우리들은 글을 알지 못한다. 고생을 엄청 많이 했다. 광서光緖 29년. 8월 12일. 나는 서울로 들어왔다. 돼지를 팔았다. 핑쯔먼平字們(저먼則門) 밖으로 걸었다. 내게 말하라고 한다면, 커다란 묘당의 입구였다. 한참 동안 앉아 있었다. 모두들 나를 보고 웃었다. 사람들은 나를 바보라고 말했다. 나는 알지 못했다. 머리 위에 쓰여 있었지만. 회교사원 예배사[2]라고. 나는 알지 못했다. 사람들이 두들겨 패고 욕을 했다. 나중에 나는 돼지를 두들겨 팼다. 돼지를 죄다 두들겨 팼다. 아무것도 먹지 않게 되었다. 시청西城 궈주郭九라는 돼지고기 가게가 있다. 집안 사람이 은화 180위안을 주겠노라 하였지만 팔지 않았다. 나는 서울로 가서 팔겠노라 말했다. 나중에 팔았다. 140위안이었다. 집안 식구들은 모두들 나를 나쁘다고 말했다. 나중에 나의 장모는 자기에게 딸 하나만 있을 뿐 학생(내 생각에는 아들인 듯하다)이 없다. 장모가 나에게 돈을 주었다. 나에게 은화 150위안을 주었다. 그녀의 딸이 땅을 사겠노라 말했다. 11이랑을 샀다(원주: 여섯 이랑짜리와 다섯 이랑짜리는 홍헌洪憲 원년 10일과 3월 24일). 6이랑의 땅을 다시 잃었다. 나중에 그녀가 또 돈을 주었다. 은화 200위안을 주었다. 나는 그녀에게 말했다. 소매상을 하겠다고(원주: 그녀도 좋다고 말하고, 나도 좋다고 말했다). 그녀는 은화 100위안을 □했다(내 생각에는 한 글자가 빠진 듯하다). 나는 시장에 가서 밀을 샀다. 열 섬을 샀다. 나는 밀가루를 샀다. 장신점長新店에서 소매를 시작했다. 그녀는 밀가루를 먹었다. 이리저리 배불리 먹고 먹었다. 1,437근. (원주: 중화민국 6년에 팔았던 밀가루) 청산해 보니 52

위안 7마오毛였다. 연말에 이르자 한 푼도 남지 않았다. 장신점에 사람들이 나중에 왔다. 죄다 거저 주었다. 루차오露嬌, 장스스터우張十石頭. 그녀는 먹었다. 밀가루 값을 그녀는 내게 주지 않았다. 36위안 5마오이다. 그녀의 딸이 말했다. 당신은 돈을 몽땅 털렸다. 당신은 한 글자도 알지 못한다. 그녀는 내가 쓸모(?)가 없다고 말했다. 후에 우리 집사람은 그녀의 아들이 자라기를 기다리고 있다고 말했다. 봐라. 내 아들이 많이 컸다. 아홉 살이다. 학교에 다닌다. 녀석은 나와 똑 닮았다.[3]

주)_____

1) 원제는 「一個'罪犯'的自述」, 1925년 5월 5일 『민중문예』 주간 제20기에 처음으로 발표되었다.

2) 예배사(禮拜寺)는 베이징 시청구(西城區) 뉴제(牛街)에 있으며, 흔히 뉴제예배사라고 불리고 있다. 960년에 이슬람교의 포교를 위해 베이징에 들어온 아랍 선교사가 966년에 이 사원을 완공하였으며, 이후 명나라 정통(正統) 7년(1442)에 사원을 확장하고 성화(成化) 10년(1474)에 칙명을 받들어 '예배사'라는 명칭을 갖게 되었다.

3) 이 자술서의 원문은 다음과 같다. "我們不認識字的. 吃了好多苦. 光緒二十九年. 八月十二日. 我進京來. 賣豬. 走平字們(則門)外. 我說大廟堂們口(門口). 多坐一下. 大家都見我笑. 人家說我事(是)個王八但(蛋). 我就不之到(知道). 人上頭寫折(著). 清真裏白四(禮拜寺). 我就不之到(知道). 人打罵. 後來我就打豬. 白(把)豬都打. 不吃東西了. 西城郭九豬店. 家裏. 人家給. 一百八十大洋元. 不賣. 我說進京來賣. 後來賣了. 一百四十元錢. 家裏都說我不好. 後來我的. 曰(岳)母. 他只有一個女. 他沒有學生(案謂兒子). 他就給我錢. 給我一百五十大洋元. 他的女. 就說買地. 買了十一母(畝)地. (原注: 一個六母一個五母洪縣元年十. 三月二十四日)白(把)六個母地文曰(又白?)丟了. 後來他又給錢. 給了二百大洋. 我万(同?)他說. 做個小買賣. (原注: 他說好我也說好. 你就給錢) 他就(案脫一字)了一百大洋元. 我上集買賣(麥)子. 買了十石(担). 我就賣白面(麴). 長新店. 有個小買賣. 他吃白面. 吃來吃去吃了了. 一千四百三十七斤. (原注: 中華民國六年賣白面) 算一算. 五十二元七毛. 到了年下. 一個錢也沒有. 長新店. 人家後來. 白都給了. 露嬌. 張十石頭. 他吃的. 白面錢. 他沒有給錢. 三十六元五毛. 他的女說. 你白(把)錢都丟了. 你一個字也不認的. 他說我沒有處(?)後來. 我們家裏的. 他說等到. 他的兒子大了. 你看一看. 我的學生大了. 九歲. 上學. 他就万(同?)我一個樣的."

공고[1]

나는 4월 27일에 샹(向) 군[2]의 편지를 받고서, 유언비어를 퍼뜨리는 것은 중국 사회의 일상사라고 생각했다. 학교를 혐오하는 사람들이 이러한 방법으로 각 방면을 중상하는 것을 내 눈으로 목격한 적도 있다. 그래서 편지를 한 통 써서 『징바오』에 보냈다. 이튿날 두 명의 C군[3]이 찾아와 말해 주었다. 이건 어쩌면 유언비어가 아니라 현지 교육계 인사가 학교를 유지하기 위해 해를 입었음에도 감추었을지도 모른다. 만약 널리 알려지게 되면 뭇사람들이 가해자를 꾸짖기는커녕 피해자를 손가락질할 것이고, 이렇게 되면 학교에 다니려는 사람이 없어질 것이기 때문이다. 샹 군은 이제 막 카이펑에 도착하여 혹 속사정을 잘 알지 못할 수도 있다. 이제 확실한 조사가 이루어지고 있다고. 나는 다시 편지를 보내 전에 보낸 편지를 잠시 발표하지 말아 달라고 『징바오 부간』에 부탁했다. 그런데 5월 2일 Y군[4]이 와서 카이펑에서 온 편지가 이미 전해져 왔는데 그게 사실임에 틀림없다고 알려 주었다. 이 네 사람은 모두 내가 신뢰하는 벗들이고, 나 또한 직접 조사한 적은 없다. 현재 들은 내용이 같지 않은 이상, 당연히 잠시 결정을 유보하여 아무것도 말하지 않는 수밖에 없다. 그러나 내가 다시 편지를 써서 전에 보낸 편지를 회수하려 하였을 때에는 이미 인쇄에 들어가 있어서 손을 쓸 수 없었다. 이제 여기에 내가 계속하여 얻은 모순된 소식을 밝힘으로써 독자가 참고하도록 하는 수밖에 없다.

5월 4일, 루쉰

[참고]

그 여학생들은 참으로 죽어 마땅하다

인탕⁵⁾

카이펑의 여자사범의 몇몇 학생들이 강간당하여 죽었다는 사건이 각 신문에 이미 보도되었다. 그런데 이 사건에 대해 카이펑의 교육계는 어떠한 표명도 하지 않았다. 아마 그녀들이 참으로 죽어 마땅하기 때문일 것이다!

그녀들의 교장이 황공하옵게도 정한 규칙에 따르면, 평소에는 교문을 한 걸음도 벗어나지 못하도록 하였으며, 일요일과 기념일에도 두 시간만 외출하도록 허가하였다. 그녀들이 규칙을 엄수하였다면, 답답할 때에는 교내의 다셴러우大仙樓에서 잠시 멀리 바라보고 뒤쪽 운동장에 가서 산보했어야 할 텐데, 누가 그녀들이 외출하도록 해주었는가? 설령 외출하더라도 쇼핑센터에 가서 물건을 사는 것도 괜찮고, 친구를 만나러 집으로 찾아가는 것도 괜찮을 것이다. 그런데 누가 그녀들을 황량하여 인적도 없는 철탑으로 놀러 가게 만들었는가? 철탑이 유명한 고석이기는 하지만, 오직 저 독군督軍이나 성장省長과 같은 사람들이나 올라가 바라보고, 명인名人이나

학사學士 정도 되는 사람이나 이름을 적을 수 있는 곳이다. 조금 낮추어 이야기하더라도 남학생들이나 꼭대기에 올라가 떠들썩할 수 있지, 그들 여자들에게 어디 놀러 다닐 자격이 있겠는가? 놀러 다닐 자격이 없는 사람이 기어이 놀러 가는 것은 실로 분수에 벗어난 주제넘는 짓이니, 어찌 죽어 마땅하지 않겠는가?

"굶어죽는 것은 사소한 일이나, 정조를 잃는 것은 엄청난 일"이라고 한다. 그녀들은 비록 먹고살기 위해 정조를 잃은 것은 아니지만 정조를 잃기는 매한가지이니, 역시 죽어 마땅하다! 그녀들이 불행히도 병사들에게 능욕을 당하였던 것은 그녀들의 이마에 '죽어 마땅하다'라는 도장이 찍힌 것만이 아닐 것이다. 학교로 돌아오면 선생님들은 아마 겉으로는 동정하는 모습을 보일지 모르지만, 그들의 마음의 눈에는 끊임없이 '죽어 마땅하다'라는 그림자가 어른거릴 것이다. 그녀들의 학우들도 어쩌면 그녀들에게 화내지 말라고 충고할지 모르지만, 뒤돌아서면 그녀들이 '죽어 마땅하다'고 수군거리지 말라는 법이 없다. 만약 그녀들이 죽지 않았다면 부모는 딸로 여기지 않을 것이고, 남편은 아내로 여기지 않을 것이며, 하인과 하녀는 주인으로 여기지 않을 것이다. 모든 사람들이 그녀들을 사람으로 여기지 않을 것이다. 이러한 환경 속에서 그녀들이 머리를 쳐들어 보이는 건 '죽어 마땅하다'이고, 머리를 숙여 생각나는 것 또한 '죽어 마땅하다'이다. '죽어 마땅하다'는 분위기로 인해 숨도 내쉴 수 없게 되어, 그녀들은 굳게 마음먹는다. 죽어 버리기만 하면 깨끗해지고, 오직 죽음으로만 치욕을 씻어 낼 수 있다고. 그래서 그렇기에 거칠고 딱딱한 새끼줄로 그녀들의 부드러운 목덜미를 동여매어 목숨을 끊고 만다. 그녀들의 혀가 쏙 밀려나오고 눈이 뻣뻣해지고 숨이 끊어졌을 때, 사회의 뭇사람들은 손뼉을 치면서 크게 외칠 것이다. "잘한다, 잘해! 여중호걸이로다!"

불쌍한 그녀들은 끝내 죽고 말았다! 그녀들은 '죽어 마땅'한 자였다! 하지만 병사가 있지 않았더라면, 그녀들이 어찌 죽을 수 있었겠는가? 그녀들은 죽자마자 여중호걸이 되었다. 그렇다, 그녀들의 명예와 절개는 알고 보면 병사들이 이루어 준 것이다. 그렇다면 교장 선생은 특별히 병사들에게 삼배三拜의 극진한 예를 갖추어도 좋을 터이니, 죽은 자를 위해 치욕을 씻어내 줄 용기가 있을까? 교장 선생! 우리는 기가 막혀 말이 나오지 않을 지경이다. 당신도 두 가닥 수염을 꼰 채 생각에 잠겨 있는가? 당신이 이전에 학교에서 읽었던 교육서에는 "사람을 잡아먹다, 사람을 잡아먹다", "죽어 마땅하다, 죽어 마땅하다"가 가득 인쇄되어 있었는가? 혹 당시 배웠던 것은 오직 '철밥통을 유지'하는 방법이었던가? 그렇지 않다면 당신은 왜 이 사건을 전국에 널리 알리고, 여론을 격분시켜 군벌을 공격하여 죽은 자를 위해 억울함을 호소하지 않는가? 생각건대 틀림없이 그녀들이 죽어 마땅했기 때문이리라!

마지막으로, 나는 허난의 병권을 장악하고 있는 사람에게 묻고 싶다. 위현禹縣의 인민은 당신들의 군사에게 집이 불타고 약탈당하고 살육당했다. 당신들은 토비의 군대인 한위쿤[6]의 짓이라고 책임을 전가했다. 이 철탑 위에서의 강간살인 사건 역시 설마 한의 토비 군대가 그곳까지 달려가 행한 짓이란 말인가? 허난 중서부[7]의 백성이 당한 재난에 대해 당신들은 보지도, 듣지도 못한 일이라고 시치미를 떼겠지만, 당신들의 눈 아래, 귓가에서 일어난 이 사건에 대해서도 귀머거리인 척, 벙어리인 척할 수 있겠는가? 이 사건이 일어난 지 십여 일이 되었지만, 병사 한 명, 군졸 한 명 목을 베거나 죽였다는 소식을 듣지 못했다. 생각건대 당신들 역시 그녀들이 죽어 마땅하다고 여기고 있으리라! 아아!

1925년 5월 6일 『징바오』 「부녀주간」 제21기

유언비어의 마력

편집자께

전에 허난여자사범의 일에 관하여 글을 쓴 적이 있습니다. 이 글을 귀지貴誌에서 흔쾌히 실어 주었으니, 귀사가 지니고 있는 공정한 태도에 깊이 감사드립니다. 다만 최근 며칠간의 조사에 따르면 이 사건은 모두 허위라고 합니다. 우리 허난 출신의 재在베이징 학계는 이 일을 위해 시간과 돈을 들였습니다만, 모두 이 유언비어의 하사품이 되고 말았습니다. 지금 저는 벗과 가족의 편지 네댓 통을 받았는데, 모두 이 일을 부인하고 있습니다. 대단히 성실한 어느 선생님의 편지에는 자못 핵심적인 몇 마디가 들어 있습니다.

"…… 마음을 가라앉히고 곰곰이 생각해 보면, 해당 학교의 교장이 세 사람의 목숨과 관련된 일을 어찌 감춘 채 밝히지 않을 수 있겠는가! 해를 입은 학생의 가족이 어찌 입을 다물고 꾹 참을 수 있겠는가? 그대가 해당 학교에서 강의를 겸하고 있다면 어찌 조금도 눈치 채지 못할 수 있겠는가? 이 일은 본래 '이조차 참을 수 있다면 무슨 일인들 참을 수 없으랴'에 속하는 일이다. 허난의 여자교육, 전체의 교육에 관련된 사람 및 거주하고 있는 가족은 대단히 많다. 해당 학교 교장이 아무리 담이 크더라도 어찌 한 손으로 하늘을 가릴 수야 있겠는가? ……"

위의 글에서 보건대, 허난여자사범에서 이런 일이 일어나지 않았음은 이미 틀림이 없습니다. 제 아내는 이 학교에 다니고 있는데, 보내온 편지에서 두 가지 반증을 들고 있습니다.

"우리의 심리교사인 저우탸오양周調陽 선생은 이 일을 듣고서 학교에 와 남몰래 살펴보았다. 그런데 학생들 가운데 장난치는 학생은 장난을 치고 공부하는 학생은 공부를 하면서 조금도 달라진 점이 없는 걸 보고서 말없이 되돌아왔다. 역사교사 왕친자이王欽齋 선생은 많은 사람들에게 질문을 받고서 학교에 왔지만, 교실은 여전하고 학생 숫자도 모자라지 않아 남들에게 이런 일은 절대로 없다고 말했다. 이것은 모두 우리가 그들에게 물어서야 우리에게 말해 준 것이다."

아내의 이 편지에 따르면, 허난여자사범에 아무 일도 일어나지 않았음을 더욱 확실히 믿을 수 있습니다.

현재 유언비어는 이미 지나가고, 모두들 유언비어의 진원지를 캐고 있습니다. 두 가지 견해가 있습니다. 하나는 군에 대한 증오에서 비롯되었다는 것입니다. 나에게 편지를 보내온 그 선생님도 편지에서 이렇게 말하고 있습니다.

"최근 몇 달간 카이펑에서는 근거 없는 유언비어가 나돌았는데, 거기에 공통되는 점은 군사당국에 불리하다는 것이다."

이로부터 우리는 허난의 군인이 선량한지 어떤지 잘 알 수 있습니다. 만약 '크리스천 장군'[8]이 거기에 있었다면 이런 유언비어는 결코 있을 리 없으며, 설사 이런 유언비어가 있을지라도 아무도 이를 믿지 않을 것입니다.

다른 하나는 이 유언비어가 어떤 자가 밥그릇을 빼앗기 위해 벌인 짓이며, 이 자는 해당 학교 교장과 척을 지고 있다는 것입니다. 이 견해를 믿는 사람은 대단히 많습니다. 어제 허난성 의원인 모 군이 카이펑에서 왔는데, 카이펑 교육계의 수많은 이들이 이렇게 추측하고 있더라고 말하더군요.

그러나 베이징에 있는 고향사람, 그리고 허난의 여성계에 관심이 있는 사람들은 여전히 반신반의의 태도를 보이고 있습니다. 정말로 그런 일이 있었다고 우기는 사람도 있고, 다른 학교의 여학생이 욕보았을 것이라 말하는 사람도 있습니다. 아아, 이런 유언비어는 곳곳에서 일어나는 비일비재한 현상입니다. 마지막으로, 아무리 그런 일이 없음을 입증하더라도 그것을 믿는 사람은 늘 있기 마련입니다. 유언비어의 마력은 참으로 큽니다!

저는 사람들이 진상을 깨닫게 하기 위해 어설프나마 이 편지를 씁니다. 선생께서 귀지의 구석에라도 이 편지를 실어 주실 수 있는지요? 평안하시기를 빕니다.

8월, 아우 자오인탕趙蔭棠 올림

1925년 5월 13일 『징바오』「부녀주간」 제22기

철탑강간사건에 관한 편지

S. M.

딩런丁人께

…… 군대의 여학생 강간살해 사건에 대해 우리 국민당이 시위행진하고 그 연대장과 대대장 등의 처벌을 요구해야 한다고 당신은 말했지요. 우리도 이런 생각을 하지 않았던 것은 아닙니다. 이 사건이 발생한 직후 우리가 여자사범의 교장에게 이런 일이 있었는지 문의했던바, 교장은 이런 일이

결코 없었노라고 힘주어 말했습니다. 우리 학교 지리교사인 왕친자이 선생 역시 여자사범에서 강의하고 있는데, 그 역시 그런 일은 없다고 말했습니다. 아울러 그는 해당 학교에 자살한 여학생이 두 명 있다면, 각 반의 학생 수가 줄지 않은 것은 무슨 까닭이며, 영구는 어디에 안치되어 있느냐고 말하더군요. 그래서 당신의 제의는 받아들여지지 않았지요. 나중에 상하이대학에 재학 중인 허난 학생들 역시 대표를 카이펑에 파견하여 이 사건에 대해 조사하였습니다만, 여자사범 교장은 사실무근임을 다시 한번 힘주어 밝혔습니다. 그래서 카이펑 학생회 역시 베이징에 있는 학생들에게 전보를 치기에 마땅치 않았고, 이리하여 상하이의 대표 두 사람도 돌아가고 말았습니다. 이 일에 관해 저는 각 방면에서 조사하였지만, 사실임에 확실하여 터럭만큼도 의심할 여지가 없는지라, 이제 조사의 결과를 아래에 기록합니다.

A. 철탑 봉쇄라는 확고한 증거

저는 이 일을 듣자마자 곧바로 조사를 위해 철탑으로 갔습니다. 철탑은 인적이 없는 으슥한 곳에 있으며, 헌병대의 시찰은 원래 그곳까지 돌아보지 않습니다. 이번에 제가 그곳에 가서 살펴보니, 헌병대의 시찰이 대단히 많고 모두 권총을 차고 있었습니다. 우리 학생들을 보더니 몹시 불만스러워하면서 이렇게까지 말했습니다. "너희들 아직 여기에서 빈둥빈둥 놀고 있는 거야! 그제 일어난 일을 모르는 거야? 철탑 문이 안 보여? 이미 잠겨 있잖아? 뭘 구경하겠다고?" 딩런! 이 일이 없었다면 철탑은 무엇 때문에 봉쇄되었으며, 헌병대는 무엇 때문에 이런 말을 하였을까요? 이건 확실한 증거가 아닐까요?

B. 여자사범 학생의 자술

이 일이 발생한 후 우리반 학우 장張 군은 곧바로 여자사범에 가서 그의 고모와 형수에게 이런 일이 있었는지 물어보았는데, 두 사람 모두 얼버무린 채 말을 아꼈습니다. 아울러 저는 솨룽가刷絨街의 왕중위안王仲元의 거처에서 훠霍 군의 아내 Miss W.T.Y.(여자사범의 학생)를 우연히 만났는데, 그녀의 학교에 '사람이 죽은' 일이 있는지 물어보았습니다. 그녀는 두 사람이 죽었는데 병으로 죽었다고 대답했지만, 무슨 병인지는 말하지 않았습니다. 그녀는 이야기하는 도중에 정신이 몹시 불안해 보였는데, 이로써 이 일이 있었음에 틀림없음을 알 수 있었습니다. 생각해 보십시오. 그 교장은 해당 학교의 학생 중에 결석자가 없다고 말한 적이 있는데, 왕 여사는 학교에 병으로 죽은 이가 두 사람 있다고 하였으니, 모순되지 않습니까? 이건 이 일이 있었음에 틀림없다는 또 다른 확실한 증거가 아닐까요?

요컨대, 군대가 여학생을 강간살인하였다는 것은 확실히 있었던 일이며, 상세한 사정은 학우인 주朱 군이 교육청에서 아주 상세히 들었습니다. 이제 당신에게 아래에 개략적으로 말씀드리겠습니다.

4월 12일(일요일) 여자사범 학생 4명이 철탑에 놀러 갔다가 병사 6명의 눈에 띄었습니다. 여학생이 탑에 오른 이후 그들 가운데 두 명이 입구를 지키고 네 명이 강간하러 탑을 올랐습니다. 그들은 휴대한 총검으로 을러 소리를 지르지 못하게 하고서 윤간하고, 기념 삼아 여학생의 치마를 각각 한 조각씩 찢어냈습니다. 강간을 마친 후 다시 여학생의 바지를 탑 꼭대기에 내팽개쳤습니다. 그녀들이 그것을 찾는 틈을 타 병사들은 도망쳤습니다. …… 그러나 아직 증거가 남아 있습니다. 이전에 카이펑의 지루濟魯화원에는 일요일마다 여학생이 구름처럼 모여 놀았었는데, 이 일이 일어난 후에

각 화원은 물론 용정龍亭 등의 장소에조차 더 이상 여학생을 볼 수가 없게 되었습니다. 이 일의 진실에 대해서는 이미 문제가 되지 않습니다. 토론할 만한 것은 여자사범 교장이 이 일에 대해 왜 감추려 드는가입니다. 내가 알고 있는 바에 따르면 다음의 몇 가지 이유를 들 수 있습니다.

1. 여자사범 교장의 사고의 완고함

여자사범 교장은 우창武昌고등사범 졸업생인데, 사고가 대단히 완고합니다. 학생에게 온통 압박수단을 사용하고 있는바, 학생의 서신왕래는 반드시 검사를 거치도록 하고, 받은 편지는 죄다 교무처에 제출하게 하여 문제가 없으면 본인에게 돌려주지만 그렇지 않으면 즉시 태워 버리거나 학생을 힐문합니다. 그래서 이번 일이 발생하자 그는 추문이 외부에 알려질까 두려워 직원과 학생에게 이 일에 대해 한 글자라도 누설하지 말라고 명했습니다. 만약 정말로 이 일이 없었다면, 그는 틀림없이 각 신문지상에 그런 일이 없었노라 역설하였을 것입니다. 그렇다면 카이펑의 남학생 역시 여성동포가 유린당하는 것을 가만두지는 않았을 것입니다.

2. 국민군과의 밀약

이 사건이 일어난 이상 교장은 사단사령부에 성명을 내지 않을 수 없었지만, 국민군은 이 일이 외부인에게 알려지면 그 군의 근거지 군대가 커다란 영향을 받으리라는 점을 마음속으로 크게 두려워하였습니다. 그래서 여자사범 교장을 극력 위무하여 일을 시끄럽게 만들지 않도록 하고, 그 스스로 힘껏 처리하여 양측의 체면이 보기 좋게 하도록 했던 것입니다. 듣자 하니 현재 철탑 아래에서 네 명이 처형되었지만, 나머지 두 명은 아직 조사하지 않았다고 합니다. 이 또한 그가 비밀을 고수하는 원인입니다.

이 일에 대한 나의 의견은 어쨌든 비밀로 감추어서는 안 된다는 것입니다. 하물며 여학생이 강간당한 일이 결코 부끄러워할 만한 것이 아니며, 그녀들의 인격이나 도덕에 있어서 하등의 손상도 아닙에랴. 그러니 이를 극력 널리 알려 승냥이나 이리와 같은 병사들의 죄악을 명명백백 밝힌다면, 여성동포가 어쩌면 이로 인해 각성할 것이고, 나아가 전국의 군대와 관료, …… 등에게 여성의 존엄성을 깨닫게 할 수도 있으니, 이렇게 된다면 여성계의 앞날에 한 줄기 밝은 빛이 있게 될 것입니다. 나는 이 문제에 대해 일찍부터 생선가시가 목에 걸린 듯 답답하여 토해 내지 않을 수 없었는데, 이제 솔직하게 다 써내고 나니 마음이 한결 개운해진 느낌이 듭니다.

14. 5. 9. 밤 12시, 카이펑 일중一中, S.M.

1925년 5월 21일 『쉬광旭光 주간』 제24기

철탑강간사건 가운데 가장 가증스러운 것

나는 여자사범의 학생이 철탑에서 강간당한 이튿날 카이펑을 떠났기에 당시 이 일을 듣지 못했다. 그래서 베이징에 도착하자 많은 사람들이 이 일의 사실 여부를 물어 왔지만, 나는 그저 '모른다'는 세 글자로 대답할 수밖에 없었다. 며칠 후 베이징에 거류 중인 학우들이 회의를 열어 당국에 조사를 요구하는 제안에 대해 토론하고자 하였을 때 나는 이렇게 말했다. 그들에게 경고하는 것도 괜찮지요. 이 일은 이미 바로잡을 수 없지만, 장래에 대비해야지요. 나중에 이 제안은 소리 소문도 없이 슬그머니 사라지고 말았다. 나는 몹시 의문스러웠다. 오래지 않아 신문지상에 이 일과 상반된 글이 실려 있는 걸 보았다. 나는 말했다. 이상할 것도 없지. 본래 없었던 일이니 어찌 또 회의를 열 수 있겠어. 마음속으로는 유언비어를 지어낸 자들이 쓸데없이 참견하는 게 원망스러웠다. 이제 S.M. 군의 편지가 발표되었다(5월 21일자 『쉬광』旭光과 5월 27일자 『징바오』 부설의 「부녀주간」). 이것을 읽어 본다면 일반인은 물론 절대로 그런 일은 없다고 주장하는 사람들조차도 아마 믿게 될 것이다.

아아, 얼마나 가여운가! 남에게 욕을 한 마디 먹는다면, 반드시 되갚아 주어야 한다. 남에게 매를 한 대 맞는다면, 주먹으로 한 대 되갚아 주어야 한다. 심지어 고양이나 개와 같은 작은 짐승이라도 까닭 없이 발길질을 당한다면 몇 번 소리를 질러 자신의 죄가 억울하다고 나타내는 법이다. 그렇다면 이 몇 명의 여학생들은? 강간당한 후에 분을 참고 소리를 죽이다가 죽음에 이르고 말았다. 그녀들의 억울함은 한 점도 드러낼 수가 없었다! 이 모두 누구의 죄인가?

아아, 여자사범 교장의 사고가 완고하다는 건 오래도록 들어왔다. 그가 학생의 편지를 검열하거나 교문을 지키는 정도에 지나지 않을 뿐이리라고 예전에는 생각했다. 어찌 알았으랴, 남이 차마 하지 못하는 일을 그는 끝내 해내고 말았다! 그가 이 일을 은폐한 것이 만약 오로지 사고의 완고함의 제약 때문이라면 그건 어쩔 수 없다. 그러나 사실 그가 비밀로 지키려 한 원인을 추측해 보면, ①추문이 밖에 알려져 ——이것이 완고함의 실태이지만—— 사회로부터 맹목적인 비판을 받아 학교와 자신에게 영향이 미칠까 봐 두려웠다는 것, ②군인에게 밉보여 자신의 지위에 문제가 생길까 봐 두려웠다는 것이다.

　요컨대 밥그릇을 지키기 위함이었던 것이다. 밥그릇을 지키기 위해 양심을 저버리는 것, 그건 당연한 일이다. 양심이 어찌 삶만큼 중요하겠는가. 현재의 사회에 이와 같은 일이 적겠는가? 그러나 무지한 동물이 무지한 짓을 저지르는 거야 아주 흔한 일이다. 하지만 이 교장선생은 우창고등사범을 졸업하고 국민의 사표가 되는 고등교육을 받았으면서, 도저히 참을 수 없는 압박수단을 행할 수 있단 말인가! 그의 죄악은 강간한 그 여섯 명의 병사보다 훨씬 무겁다고 나는 생각한다! 아아! 여자사범의 학생들은 이토록 전제적인 학교에서 지내고 있는 것이다!

14. 5. 27. 베이징, 웨이팅唯亭

1925년 5월 31일 『징바오 부간』

주)_____

1) 원제는 「啓事」, 1925년 5월 6일 『징바오 부간』에 처음으로 발표되었다.

2) 샹(向) 군은 샹페이량(向培良)을 가리킨다.

3) 두 명의 C군은 상웨(尙鉞, 1902~1982)와 창훙(長虹)을 가리킨다. 상웨는 허난(河南) 뤄산(羅山) 출신으로, 당시 베이징대학 영어과 학생이었다. 망위안사(莽原社) 성원으로 활동했다.

4) Y군은 징유린(荊有麟, 1903~1951)을 가리킨다. 산시(山西) 이즈(猗氏) 사람으로 이름은 즈팡(織芳)이다. 베이징의 에스페란토전문학교에서 루쉰의 강의를 청강하였으며, 『망위안』의 출판에 참여하고 『민중문예』 주간의 편집을 담당하였다.

5) 자오인탕(趙蔭棠, 1893~1970)은 허난 궁현(鞏縣) 출신의 음운학자로서, 자는 치즈(憩之)이다. 1924년에 베이징대학연구소 국학문(國學門)연구생으로 입학하였으며, 베이징대학, 푸런(輔仁)대학 등에서 가르쳤다. 주요 저서로는 『중주음운원류고』(中州音韻源流考), 『중원음운연구』(中原音韻硏究) 등이 있다.

6) 한위쿤(憨玉琨, 1888~1925)은 허난 쑹현(嵩縣) 사람이다. 녹림 출신으로서 신해혁명

후에 군벌 류전화(劉鎭華)가 이끄는 토착무장세력인 진숭군(鎭嵩軍)에 가담하였다가,
1921년에 즈계(直系) 군벌에 의탁하여 진숭군 전방 총사령, 중앙육군 제35사 사단장
등을 역임하였다. 1925년에 돤치루이(段祺瑞) 정부의 예섬감(豫陝甘) 초비(剿匪) 부사
령관을 맡아 허난 독군 후징이(胡景翼)와 다투다가 패퇴하여 4월 2일 음독 자살하였다.

7) 원문은 '伊洛間'. 이수(伊水; 혹은 이하伊河)와 낙수(洛水; 혹은 낙하洛河)의 유역을 가리킨
다. 이수는 낙수의 지류이고, 낙수는 황허(黃河)의 우측 지류로서 허난 옌스(偃師) 경내
에서 이수와 합류한다.

8) 중화민국의 군인이자 정치가인 펑위샹(馮玉祥, 1882~1948)을 가리킨다. 보수적이고 반
동적이던 당시의 군벌들과는 달리, 독실한 기독교 신자인 그는 쑨원(孫文)의 삼민주의
를 지지하고 민주화를 꾀하였으며, 장제스(蔣介石)의 독재에 맞서 싸우기도 하였다.

나는 비로소 알았다[1]

부음計音을 자주 보곤 하지만, 죽은 것은 '청봉淸封 무슨 대부大夫'가 아니면 '청봉 무엇'이다.[2] 중화민국의 국민이 죽음을 맞게 되면 다시 청나라로 돌아간다는 것을 나는 비로소 알았다.

　　아무개 봉옹封翁, 아무개 태부인[3]의 몇십 세를 기념하는 시를 모은다는 광고를 자주 보곤 하지만, 아들은 늘 부자이거나 유학생이다. 이런 아들을 두고 있다면 자신이 "중추에 달 없고"라든가 "꽃 아래 홀로 술 마시고서 크게 취하다" 등과 같은 시의 제목[4]이 된다는 것을 나는 비로소 알았다.

주)_____

1) 원제는 「我才知道」, 1925년 6월 9일 『민중문예』 주간 제23기에 처음으로 발표되었다.
2) '청봉 무슨 대부'는 정일품(正一品)부터 종오품(從五品)에 이르는 문관에게 청나라가 봉한 칭호이다. '청봉 무엇'은 고관대작의 아내에게 청나라가 봉한, 부인(夫人)이나 의인(宜人) 등의 칭호이다. 민국 이후 고인의 부고에도 이러한 봉호, 이를테면 '청봉영록대

부'(淸封榮祿大夫), '청봉의인'(淸封宜人) 등이라고 써서 영예를 과시하였다.

3) 봉옹(封翁)은 봉건사회에서 자손이 영달한 덕분에 봉호의 칙령을 받은 남자의 칭호이다. 태부인(太夫人)은 봉건사회에서 열후(列侯)의 모친에 대한 칭호이며, 훗날 고관대작의 모친을 일컫는 말로 널리 사용되었다.

4) "중추에 달 없고"(中秋無月)는 송대(宋代) 원설우(袁說友, 1140~1204)가 지은 칠언율시의 제목이다. "꽃 아래 홀로 술 마시고서 크게 취하다"(月下獨酌大醉)는 「월하독작」(月下獨酌)으로 당대(唐代) 이백(李白)이 지은, 네 수로 이루어진 오언율시의 제목이다.

여교장의 남녀에 관한 꿈[1]

나는 사실이 어떠한지 잘 모르지만, 소설에 따르면 상하이 조계의 악랄하고도 못된 할멈은 양가의 부녀를 못살게 구는 데에 일정한 순서가 있다고 한다. 추위에 떨게 하고 배를 곯리기, 매달아 놓고 때리기가 그것이다. 그 결과 학대받아 죽거나 자살하는 외에는, 누구나 용서를 빌고 명령에 복종하게 된다. 이리하여 악랄하고 못된 할멈은 제 하고 싶은 대로 행하여 암흑 세계를 만들어 버린다.

이번에 양인위[2]는 자신을 반대하는 여자사범대학의 학생들에 대해, 듣자 하니 처음에는 경찰을 끌어들여 구타케 하고 이어 음식을 끊었다고 한다.[3] 하지만 나는 기이하다는 생각은 들지 않으며, 그녀가 컬럼비아대학에서 배워 온 새로운 교육방법이라고 생각한다. 오늘 신문을 보니, 양 씨가 학생의 부모에게 편지를 보내[4] 다시 한번 입학원서를 쓰게 하면서 "제출하지 않는 자는 재입학의 의사가 없는 것으로 간주한다"고 보도하였다. 이에 문득 커다란 깨달음이 오고, 무한한 비애감이 솟구쳤다. 새로운 부녀가 결국은 여전히 낡은 부녀이고 새로운 방법이 결국은 여전히 낡은 방법이며, 광명은 너무나도 요원하다는 걸 알았던 것이다.

여자사범대학의 학생은 각 성에서 온 학생이 아닌가? 그렇다면 고향은 대부분 저 먼 곳에 있을 터이니, 가장들이 자신의 딸의 처지를 어찌 알겠는가? 이것이 을러댄 후에 용서를 빌고 명령에 복종하도록 강제한 일막—幕임을 어찌 알겠는가? 물론 학생들은 부모에게 실정을 알릴 수 있지만, 양인위는 이미 교장의 권위로써 애매한 말로 가장들에게 그물을 펼쳐 두었다.

'품성'이란 두 글자의 문제를 위해 여섯 명의 교원이 선언을 발표하여[5] 양 씨의 무함을 증명한 적이 있다. 이것이 그녀에게 치명상을 안겨 준 듯하다. "양 씨에게 가까운 사람의 말에 따르면," 그녀는 "소요의 내막은 이제 이미 드러났다. 이전의 베이징대학 교원 □□ 등의 선언처럼,…… 그리고 최근의 이른바 '시민'의 연설처럼……"[6](6일자 『천바오』)이라고 말했다. 지금까지도 학생을 모략하는 낡은 수법으로 교원들을 모략한 것이다. 그러나 꼼꼼히 살펴보면 이상할 게 없다. 왜냐하면 모략은 그녀의 교육법의 근원이며, 그것을 뒤흔드는 사람은 누구나 으레 모략당하는 악보惡報를 받게 되기 때문이다.

가장 기괴한 일은 양인위가 경찰청에 경관의 파견을 요청했던 편지[7]이다. "이번 소요의 해결을 위해 각 학급을 재편성함에 즈음하여 모 학교의 남학생이 도와주러 오지 않을까 염려스러우니, 8월 1일에 보안경찰 3, 40명을 우리 학교에 파견하여 방호의 도움을 허가해 주시기를 간청합니다" 운운의 편지의 발신일은 7월 31일이었다. 경찰이 학교에 진입한 것은 8월 초였지만, 그녀는 이미 7월 말에 '남학생이 여학생을 도우러 온다'는 꿈을 꾸고 있었으며, 이러한 잠꼬대 같은 소리를 공문서에 써넣었던 것이다. 만약 머리에 무언가 병이 없다면, 아마도 틀림없이 이 지경에 이르지는 않았을 것이다. 나는 심리학자처럼 사상을 해부하고 싶지도 않고, 도학자처럼 마음을 비난하고 싶지도 않다. 다만 스스로 먼저 꿈나라를 설정해 놓고서 그 꿈나라를 근거로 남을 무함하는 건, 무의식적이라면 코웃음 칠 일이고 의식적이라면 가증스럽고 비열한 짓이라고 생각한다. "학문을 닦으러 멀리 해외로 나가고 십 년간 교단에 섰다"[8]는 게 죄다 공염불이 되었다.

틀림없이 남학생이 여학생을 도우러 오리라고 여긴 까닭이 무엇인지 나는 정말이지 알 수가 없다. 동류同類라서? 그렇다면 남자 순경에게 도와달라고 요청하는 이는 틀림없이 여자 순경일 것이다. 여자 교장을 위해 대필한 이는 틀림없이 남자 교장일 테고.

"학생의 품성과 학업에 대해서는 실제를 중시하도록 힘쓴다."[9] 이는 참으로 탄복할 만한 말이다. 그러나 자신이 밤에 꾼 꿈속의 일을 남의 몸에 덮어씌우는 것이라면, 실제와는 너무나 동떨어졌다고 하지 않을 수 없다. 가엾은 학부모들이야 자기 자식이 이런 여인과 맞닥뜨렸다는 것을 어찌 알겠는가!

그녀가 잠꼬대를 하고 있다고 내가 말하는 것은 그래도 점잖은 표현이다. 그렇지 않다면, 양인위는 한 푼의 가치도 없다. 어둔 장막 속에 숨어 있는 무명의 구더기 따위들이야 말할 필요가 있겠는가!

8월 6일

1) 원제는 「女校長的男女的夢」, 1925년 8월 10일 『징바오 부간』에 처음으로 발표되었다.

2) 양인위(楊蔭楡, 1884~1938)는 장쑤(江蘇) 우시(無錫) 사람으로, 일본과 미국에서 유학했다. 1924년 2월 국립베이징여자사범대학교 교장으로 임명된 이후, 베이양(北洋)군벌정권 아래에서 봉건적 교육을 추진하여 학생을 탄압했다. 이로 인해 진보적인 교사와 학생의 반발에 부딪힌 그녀는 끝내 1925년 8월 베이양 정부에 의해 파면되고 말았다.

3) 1925년 8월 1일 양인위는 군경을 교내에 진입시켜 학생을 구타하고 전화선을 절단하고 취사장을 폐쇄하였으며 네 학급을 강제로 해산시켰다.

4) 1925년 8월 5일 양인위가 여자사범대학의 명의로 학부모에게 공지문을 발송한 일을 가리킨다. 공지문에는 이렇게 씌어 있다. "이에 근본을 바로잡고 근원을 깨끗이 하기 위해 대학 예과의 갑, 을 두 학급과 고등사범 국문과의 3학년 및 대학교육예과 1학년 등 네 반을 우선 해산하고, 그런 다음에 개별적으로 조사하여 별도로 개조하기로 합니다. …… 조사표 두 장을 동봉하오니 학부형께서는 학생 □□□에게 전달해 주시고, 신중히 고려하여 한 쪽을 택해 기입하도록 해주십시오. …… 만약 기일을 넘겨 제출하지 않는 자는 재입학의 의사가 없는 것으로 간주하겠습니다."(1925년 8월 6일자 『천바오』의 보도에 따름)

5) 여섯 명의 교원은 일곱 명의 교원으로 바로잡아야 한다. 선언에 참가했던 교원은 루쉰 외에 마위짜오(馬裕藻), 선인모(沈尹默), 리타이펀(李泰棻), 첸쉬안퉁(錢玄同), 선젠스(沈兼士), 저우쭤런(周作人) 등으로, 이들은 연명으로 「베이징여자사범대학 소요에 대한 선언」(對於北京女子師範大學風潮宣言)을 발표하였다.

6) 인용된 양인위의 말은 1925년 8월 5일자 『천바오』에 실린 「어젯밤에 있었던 양인위의 사직설」(楊蔭楡昨晚有辭職說)의 보도에 보인다. 이 보도에는 이렇게 씌어 있다. "소요의 내막은 이제 이미 드러났다. 이전의 베이징대학 교원 □□ 등의 선언처럼, 그리고 최근 중앙(中央)공원에서 개최된 이른바 '시민'의 본교 학생에 대한 연설처럼, 본인에게 영국 및 일본의 제국주의라는 죄명을 씌웠는데, 참으로 받아들이고 싶지 않다." '시민'의 연설이란 8월 2일 리스쩡(李石曾), 이페이지(易培基) 등이 베이징의 각 대학 및 여자사범대학이 각계 대표를 초청한 모임에서 수도시민대표라는 신분으로 행한 발언을 가리킨다.

7) 이 편지는 1925년 8월 4일자 『징바오』에 보도되었다.

8) 양인위가 1925년 5월 14일에 간행한 「국립베이징여자사범대학교장 양인위의 본교 폭력학생에 대한 소감」(國立北京女子師範大學校長楊蔭楡對于本校暴烈學生之感言)에 나오는 글귀이다. 『집외집』의 「통신(웨이밍未名에게 보내는 답신)」의 주석 4)를 참고하시오. 이 원문에는 '載'가 '稔'으로 씌어 있다.

9) 이 말은 1925년 8월 4일자 『징바오』에 실린 「양인위의 성명」(楊蔭楡啓事)에 보인다.

중산 선생 서거 일주년[1]

중산 선생이 서거한 지 몇 주년일지라도 기념하는 글 따위는 본래 필요가 없을 터이다. 이전에 일찍이 없었던 중화민국이 존재하기만 한다면, 그것이 바로 그의 위대한 비석이요 기념이다.

　　무릇 민국의 국민이라고 자처하면서 민국을 창조한 전사를, 더구나 그 최초의 전사를 기억하지 못하는 자는 누구인가? 그러나 우리 대다수의 국민은 참으로 각별히 차분하여 희로애락을 겉으로 드러내지 않는다. 그러니 하물며 그들의 에너지와 열정을 드러내겠는가. 그렇기에 더욱 기념하지 않으면 안 되며, 그렇기에 당시의 혁명에 어떤 어려움이 있었는지 살피지 않으면 안 되니, 이 기념의 의미를 더욱 드높일 수 있다.

　　작년에 선생이 서거한 지 얼마 지나지 않아 몇 명의 논객들이 찬물을 끼얹는 말을 서슴지 않았던 일[2]이 기억난다. 중화민국을 증오했던 때문인지, 이른바 '현자에게 더욱 엄격할 것을 요구'[3]했던 때문인지, 자신의 총명을 으스댔던 때문인지 나는 알 수가 없다. 그러나 어쨌든 중산 선생의 일생은 역사 속에 엄존하여, 세상에 우뚝 서서도 혁명이었고 실패하여도 혁명이었다. 중화민국이 성립된 후에도 만족하지도, 편하게 지내지도 않은 채, 전과 다름없이 완전에 가까운 혁명을 향하여 쉬지 않고 나아갔다. 임종 직전까지도 그는 "혁명이 아직 이루어지지 않았으니, 동지여 더욱 힘쓰지 않으면 안 되오!"[4]라고 말했다.

당시 신문에 하나의 촌평이 실렸는데, 그의 평생에 걸친 혁명사업에 못지않게 나를 감동시켰다. 이 칼럼에 따르면, 서양 의사가 이미 속수무책이었을 때 중국 약을 복용케 하자고 주장한 사람이 있었다. 그러나 중산 선생은 찬성하지 않았다. 중국의 약품에도 물론 효험이야 있지만, 진단의 지식은 결여되어 있다고 보았던 것이다. 진단할 수 없는데 어떻게 약을 처방할 수 있겠는가? 복용해서는 안 된다는 것이었다.[5] 빈사상태에 빠진 사람들은 대체로 무엇이든지 시도해 보려는 법이지만, 그는 자신의 생명에 대해서도 이토록 명석한 이지와 굳건한 의지를 지니고 있었다.

그는 하나의 전체이며 영원한 혁명가였다. 그가 행한 어떤 일이든 모두 혁명이었다. 후세 사람이 아무리 트집을 잡고 푸대접하더라도, 그는 끝내 모든 것이 혁명이었다.

왜인가? 트로츠키[6]는 일찍이 무엇이 혁명예술인지 밝힌 적이 있다. 즉 설사 주제가 혁명을 이야기하지 않더라도, 혁명에 의해 생겨난 새로운 사물이 내면 의식으로서 일관되어 있는 것이 바로 혁명예술이다. 그렇지 않으면 설사 혁명을 주제로 하더라도 혁명예술이 아니라는 것이다. 중산 선생이 서거한 지 벌써 일 년이 되었건만 "혁명은 아직 이루어지지 않았"으니, 이러한 환경 속에서만 하나의 기념이 될 뿐이다. 그러나 이 기념이 뚜렷이 보여 주는 것은 역시 그가 끝내 영원히 새로운 혁명가를 이끌어 앞장서서 완전에 가까운 혁명을 향하여 나아가는 사업에 함께 힘을 쏟는다는 것이다.

3월 10일 아침

주)_____

1) 원제는 「中山先生逝世後一周年」, 1926년 3월 12일 베이징의 『국민신보』(國民新報)의 '쑨중산 선생 서거 일주년 기념 특집'(孫中山先生逝世周年紀念特刊)에 처음으로 발표되었다. 중산 선생은 쑨중산(孫中山, 1866~1925)이며, 광둥(廣東) 샹산(香山) 출신의 민주 혁명가이다. 이름은 원(文), 자는 더밍(德明), 호는 이셴(逸仙)이다. 1925년 3월 12일 베이징에서 병사하였다.

2) 1925년 4월 2일 『천바오』에 '츠신'(赤心)이란 서명으로 「중산……」(中山……)이 실렸는데, 이 글에는 다음과 같은 내용이 담겨 있다. "쑨원 사후 '중산성'이니 '중산현'이니 '중산공원'이니 따위의 명칭이 머리가 어질어질하도록 요란하다. …… 아예 '중화민국'을 '중산민국'으로 바꾸고 …… '아시아주'를 '중산주'로 개칭하고 …… '국민당'을 '중산당'으로 개명하는 게 명쾌하고 적절할 것이다." 1925년 3월 13일 『천바오』에 량치차오(梁啓超)가 기자의 질문에 답한 「쑨원의 가치」(孫文之價値)에서도 쑨중산 선생의 일생을 "목적을 위해 수단을 가리지 않았다"느니 "그의 참된 가치를 판단한 길이 없다"느니 헐뜯었다.

3) 원문은 '責備賢者'. 『신당서』(新唐書) 「태종본기」(太宗本紀)에 "춘추의 법은 늘 현자에게 더욱 엄격할 것을 요구한다"(春秋之法, 責備賢者)라는 글귀가 있다.

4) 원문은 '革命尚未成功, 同志仍須努力'. 쑨중산이 『국민당 주간』(國民黨週刊) 제1기(1923년 11월 25일)의 기념사를 위해 지은 제목이다. 그는 구술한 「유촉」(遺囑)에서도 이와 유사한 말을 하였다. 1925년 3월 그가 서거하였을 때 베이징의 빈소에 있는 유상(遺像) 양측에 쑨중산의 유훈으로서 이 내용의 대련이 걸렸다.

5) 쑨중산이 중국 약을 복용하지 않았다는 신문의 촌평은 1925년 2월 5일자 『징바오』에 실린 「쑨중산 선생의 어제 병세」(孫中山昨日病況)에 보인다.

6) 트로츠키(Лев Давидович Троцкий, 1879~1940)는 러시아 10월혁명을 주도하고, 혁명군 사위원회 주석 등을 역임한 맑스주의 혁명가이다. 루쉰이 언급한 이 대목은 트로츠키의 『문학과 혁명』(Литература и революция) 제8장 「혁명적 예술과 사회주의 예술」에 보이며, 원문은 다음과 같다. "사람들이 혁명적 예술을 이야기할 때 두 가지 예술현상을 의미한다. 하나는 주제가 혁명을 반영한 작품이고, 다른 하나는 주제가 혁명과 연결되어 있지 않지만 철저히 혁명에 고취되어 있으며 혁명에서 생겨난 새로운 의식에 착색되어 있는 작품이다. 이들은 대단히 분명하거나 혹은 전혀 다른 종류에 속한다고 할 수 있는 현상이다."

『하전』 서문[1]

『하전』何典이 세상에 나온 지 적어도 47년이 되었음에 틀림없다. 광서 5년의 『선바오관 서목書目 속집』[2]이 이를 증명하고 있다. 내가 이 책의 이름을 알게 된 것은 겨우 2, 3년 전의 일이었으며, 지금까지 구하고자 이리저리 알아보았지만 끝내 얻지 못했다. 이제 반눙[3]이 교감하고 구두점을 붙여 인쇄에 넘긴 견본을 내게 먼저 보여 주었다. 이는 참으로 기쁜 일이다. 다만 서문을 쓰지 않으면 안 되니, 마치 아Q가 동그라미를 그리듯 나의 손이 약간 떨리지 않을 수 없다. 나는 이런 일에 아주 젬병이라, 비록 오랜 벗의 일일지라도 아무래도 치켜세우고 의기양양한 멋진 글을 써서 책에도, 서점에도, 사람들에게도 자그마한 도움이나마 주지는 못할 것 같다.

　나는 견본을 보고서 교감이 때로 약간 에두르고 빈칸이 답답함을 안겨 주어,[4] 반눙의 사대부 기질이 여전히 너무 강하다고 생각했다. 책 내용은 어떤가? 귀신을 마치 인간처럼 이야기하고 새로운 전고를 마치 옛 전고처럼 사용하고 있다. 궁벽한 시골의 명사가 웃통을 벗은 채 긴 홑옷 차림으로 대성지성선사[5]에게 나아가 두 손을 맞잡아 인사를 올리고 땅재주까지 넘어 '서당'의 주인을 혼절시켜 버리지만, 똑바로 선 다음에는 어쨌든 여전히 장삼 차림의 벗의 모습이다. 하지만 이 땅재주는 당시에 용감하게 재주를 넘는 사람의 박력이 어쨌거나 대단한 것이었다고 할 수 있다.

성어成語는 죽어 버린 낡은 전고와는 또 달라, 대부분 현재의 세상 모습의 신수神髓이고 닥치는 대로 주워모아 놓은지라 물론 글을 유난히 생생하게 만들어 주며, 또한 성어 가운데에서 따로 사고思緒를 끄집어 내오기도 한다. 세상 모습의 씨앗이 나온 바에야 피어나는 것 또한 틀림없이 세상 모습의 꽃일 터이다. 이리하여 작자는 죽어 버린, 귀신 씻나락 까먹는 거짓말과 귀신에 홀린 이야기 속에 살아 있는 인간 세상의 모습을 늘어 놓았으며, 혹은 살아 있는 인간 세상의 모습을 죄다 죽어 버린, 귀신 씻나락 까먹는 거짓말과 귀신에 홀린 이야기로 간주했다고도 할 수 있다. 설사 입에서 나오는 대로 거침없이 지껄인 곳일지라도 언제나 마음에 깨달음을 주는 듯하여 저도 모르게 그리 난감하지는 않지만 쓴웃음을 지을 수밖에 없게 만든다.

이걸로 충분하다. 박사급의 배역[6]이 아니니 어찌 감히 허두를 떼겠는가? 옛 벗의 요청을 사양하기 어려워 또 손을 대고 말았다. 교제를 피하기 어려운 바에야 매끄럽게 하는 것이 방도이다. 그래서 짤막한 글을 지었으니 큰 허물이 없기만을 바랄 따름이다.

중화민국 15년 5월 25일, 루쉰 삼가 적다

주)_____

1) 원제는 「『何典』題記」, 1926년 6월에 베이신서국(北新書局)에서 출판된 『하전』(何典)에 처음으로 발표되었다.

『하전』은 장쑤 남부의 방언과 속담을 운용하여 씌어진, 풍자를 띠고 능청스러운 데가 있는 장회체 소설이다. 모두 10회로 이루어져 있으며, 청대 광서 4년(1878년)에 상하이 선바오관(申報館)에서 출판되었다. 편저자인 '과로인'(過路人)은 원명이 장남장(張南莊)이고 청대의 상하이 사람이다. 평자인 '전협이'(纏夾二) 선생은 원명이 진득인(陳得仁)이고 청말 창저우(長洲; 지금의 장쑤 우현吳縣) 사람이다. 상세한 사항이 이 전집의 『화개집속편』「반농을 위해 『하전』의 서문을 쓰고 난 뒤에 쓰다」(爲半農題記『何典』後, 作)의 주석 2)를 참조하시오.

2) 『선바오관 서목 속집』(申報館書目續集)은 1879년에 상하이에서 간행되었으며, 이 안에는 『하전』에 관한 제요가 들어 있다.

3) 반농(半農)은 류푸(劉復, 1891~1934)로, 장쑤 장인(江陰) 출신의 시인이자 언어학자이다. 반농은 그의 자이다. 『신청년』(新靑年)의 편집에 참여하였으며, 신문학운동 초기의 중요 작가 가운데 한 사람이다. 프랑스에 유학하여 베이징대학 교수, 베이핑대학 여자 문리학원 원장 등을 역임하였다.

4) 『하전』의 구두점본이 출판되었을 때, 류반농은 책 가운데 일부 거칠고 저속한 문자를 잘라내고 빈칸으로 대신하였다. 훗날 이 책을 재판할 때에는 원래 모습을 회복하였다. 이로 인해 류반농은 「『하전』의 재판에 관하여」(關於『何典』的再版)란 글에서 "'빈칸이 답답함을 안겨 주었다'는 말은 이제 지난 일이 되었다"고 말했다.

5) 대성지성선사(大成至聖先師)는 후세 사람들이 공자(孔子)를 받들어 모신 칭호이다. 여기에서는 공자나 유교를 야유하는 의미로 쓰였다.

6) 박사급 배역이란 후스(胡適)를 가리킨다. 그는 1927년에 미국 컬럼비아대학에서 철학박사학위를 취득하였다. 루쉰은 『화개집속편』「반농을 위해 『하전』의 서문을 쓰고 난 뒤에 쓰다」에서 "서문을 쓰는 일은 후스즈에게 양보할 수밖에 없다"고 밝혔다.

『열둘』후기[1]

1917년 3월에 일어난 러시아의 혁명[2]은 대폭풍이라고 할 수는 없다. 10월에 이르러서야 대폭풍이 되어 포효하고 진동하여, 낡고 썩은 것들은 죄다 뭉뚱그려 붕괴되었다. 음악가와 화가조차 망연자실하고 시인들도 침묵했다.

시인들을 살펴본다면, 그들은 뿌리에서부터 일어나는 대변동을 견디지 못했다. 어떤 사람은 국외로 탈출하여 그곳에서 세상을 떠났다. 안드레예프[3]가 그러했다. 어떤 사람은 독일이나 프랑스에서 교민이 되었다. 메레시콥스키와 발몬트가 그러했다.[4] 어떤 사람은 비록 탈주하지 않았지만 상대적으로 생기를 잃어버렸다. 아르치바셰프[5]가 그러했다. 그러나 지금도 여전히 생기 넘치게 활동하는 이도 있다. 브류소프, 고리키, 블로크[6]가 그러하다.

그러나 러시아 시단에서 이전에 그토록 융성했던 상징파의 쇠퇴는 단지 혁명의 하사품만이 아니었다. 1911년 이래 밖으로는 미래파의 습격을 받았고, 안으로는 실감파實感派, 신비적 허무파, 집합적 주아파主我派 등의 분열이 일어나, 이미 붕괴의 시기로 치닫고 있었던 것이다. 10월의 대혁명이 엄청나게 커다란 타격을 안겨 주었던 것은 물론이지만.

메레시콥스키 등은 국외의 교민이 된 이상 늘 소비에트 러시아를 매도하는 걸 일삼았다. 다른 작가들은 비록 여전히 창작을 하였지만, '무언가'를 쓴 데 지나지 않을 뿐 색깔은 암담해지고 쇠약해져 버렸다. 상징파 시인 가운데 성과가 가장 뛰어났던 이는 블로크뿐이었다.

블로크는 이름이 알렉산드르인데, 일찍부터 아주 간략한 자서전이 있었다.[7]——

1880년 페테르부르크에서 태어났다. 처음에는 고전중학을 다녔으며, 졸업 후에는 페테르부르크대학의 언어학과에 진학했다. 1904년에 비로소 『아름다운 여인에 관한 노래』라는 서정시를 짓고, 1907년에 다시 『뜻밖의 기쁨』과 『눈의 가면』이란 두 권의 서정시를 펴냈다. 서정비극 『조그만 유람가게의 주인』, 『광장의 왕』, 『미지의 여인』은 탈고만 했을 뿐이다. 현재 『졸로토에 루노』Золотое руно[8]의 비평란을 담당하고 있으며, 이밖에 몇몇 신문잡지에도 관여하고 있다.

이후에도 그의 저작은 아주 많은데, 『보복』, 『문집』, 『황금시대』, 『마음속에서 솟구치다』, 『저녁놀은 다 타오르고』, 『물은 이미 잠들다』, 『운명의 노래』 등이 있다. 혁명 당시 강렬한 자극을 러시아 시단에 주었던 것은 『열둘』이었다.

그가 세상을 떠난 것은 마흔두 살, 1921년이었다.

1904년에 최초의 상징시집 『아름다운 여인에 관한 노래』를 발표한 이래 블로크는 현대 도회시인의 제일인자로 일컬어졌다. 도회시인으로서의 그의 특징은 공상, 즉 시적 환상의 눈으로 도회 속의 일상생활을 비추고 그 몽롱한 인상을 상징화하였다는 점이다. 묘사한 사상事象 속에 원기를 불어넣어 그것을 소생시키는바, 평범한 생활이나 떠들썩한 길거리에서 시적 요소를 발견하는 것이다. 따라서 블로크가 뛰어난 점은 비속하고 흥청거리고 소란스러운 소재를 취하여 신비적이고 사실적인 시를 지어내는 것이다.

중국에는 이러한 도회시인이 없다. 우리에게는 관각館閣9)시인, 산림시인, 음풍농월시인······ 은 있어도, 도회시인은 없다.

시끌벅적한 도회 속에서 시를 볼 수 있는 자라면 동요하는 혁명 속에서도 시를 볼 수 있다. 그래서 블로크는 『열둘』을 지었고, 그리하여 "10월혁명의 무대 위에 등장했"던 것이다. 그러나 그가 혁명의 무대에 등장할 수 있었던 것 또한 단지 그가 도회시인이었기 때문만은 아니었다. 즉 트로츠키가 말했듯이 그는 "우리 편으로 돌진해 왔다. 돌진하다가 상처를 입었"10)기 때문이었던 것이다.

『열둘』은 이리하여 10월혁명의 중요한 작품이 되었으며, 영원히 사람들의 입으로 전해지게 되었다.

옛 시인들은 침묵하고, 어찌할 바를 몰라 갈팡질팡하고, 도망쳤다. 반면 새로운 시인들은 아직 자신의 빼어난 거문고를 켤 줄 몰랐다. 블로크만 홀로 혁명의 러시아에서 "사납게 울부짖고 길게 한숨을 내쉬는 파괴의 음악"에 귀를 기울였다. 그는 들었다. 캄캄한 밤의 하얀 눈에 휘몰아치는 바람 소리를, 늙은 여인의 구슬픈 원망을, 성직자와 부자와 마님의 방황을, 모여 해웃값을 수군거리는 소리를, 복수의 노래와 총성을, 카치카[11]의 피를. 그러나 그는 또 들었다. 비루먹은 개와 같은 낡은 세계를. 그는 혁명의 편을 향해 돌진하였다.

그러나 그는 결국 신흥의 혁명시인은 아니었다. 그리하여 돌진하기는 하였지만 끝내 상처를 입고 말았다. 그는 열두 사람 앞에서 흰 장미 화환을 머리에 쓴 예수 그리스도[12]를 보았던 것이다.

그렇지만 이것이야말로 러시아 10월혁명 "시대의 가장 중요한 작품"이다.

피와 불을 외쳐 부르고 술과 여인을 읊조리고 그윽한 숲과 가을의 달을 감상하기 위해서는 모두 진정으로 끌리는 마음이 필요하다. 그렇지 않으면 죄다 공허하기 그지없다. 사람들 대다수는 "생명의 시내" 가운데의 한 방울이다. 과거를 이어받고 미래를 향하며, 만약 정말로 특출하여 심상치 않다면 전진과 회고를 겸비하지 않을 수 없다. 시 『열둘』에서는 이러한 마음을 엿볼 수 있다. 그는 전진한다. 그래서 혁명을 향해 돌진하였다. 그러나 또한 회고한다. 그래서 상처를 입는다.

시의 끄트머리에 나타난 예수 그리스도는 두 가지 해석이 있을 듯하다. 하나는 그리스도 역시 찬성한다는 것이고, 다른 하나는 그리스도의 구원에 의지하지 않으면 안 된다는 것이다. 그러나 어쨌든 그래도 후자의 해석이 더 타당하다고 생각한다. 그러므로 10월혁명 중의 이 대작 『열둘』 역시 아무래도 혁명의 시가 아니다.

그러나 공허한 것 또한 아니다.

이 시의 체제는 중국에서는 대단히 색다르다. 그러나 러시아의 그 무렵(!)의 표정을 아주 잘 드러내 주고 있다고 생각한다. 찬찬히 살펴보면 아마도 그 엄청난 진동과 포효의 숨결이 느껴질 것이다. 안타깝게도 이 시를 번역하기란 무척 어렵다. 우리에게는 영어에서 번역한 중역본重譯本이 있지만,[13] 달리 번역한 게 있어도 무방하기에 후청차이[14] 군이 원문을 번역했다. 그러나 시는 오직 그 자체의 한 편만 있을 수 있을 뿐, 설사 러시아어를 러시아어로 바꿔쓰는 것조차도 불가능한 일이니, 하물며 다른 나라의 문자를 사용함에랴. 그렇더라도 우리는 이렇게 하는 수밖에 없다. 의미에 대해서는 먼저 이바노프[15] 선생에게 교감을 받았으며, 나중에 나와 웨이쑤위안[16] 군이 다시 몇 글자를 적당히 고쳤다.

앞쪽의 「블로크론」은 내가 덧붙인 것으로, 『문학과 혁명』(*Literatura i Revolutzia*)의 제3장이며, 시게모리 다다시 씨의 일본어 번역본[17]에서 중역하였다. 웨이쑤위안 군이 다시 원문과 대조하여 여러 군데를 보태고 고쳤다.

중국인의 마음속에서 트로츠키는 대체로 남몰래 탄식하고 질타하는 혁명가로 여겨지고 있지만, 그의 이 글을 읽어 보면 그 역시 문예를 깊이 이해하고 있는 비평가임을 알 수 있다. 그는 러시아에서 손에 넣는 월급보다도 원고료가 더 많다. 그러나 러시아 쪽 문단의 상황을 제대로 알지 못하면 이해하기 쉽지 않을 듯하다. 나의 번역이 서툴고 껄끄럽다는 점 역시 물론 중대한 원인이기도 하지만.

표지와 책 속의 그림 네 장은 마슈틴(V. Masiutin)[18]의 작품이다. 그는 판화의 명가이다. 이 몇 폭의 그림은 일찍이 예술적 판화의 전형이라 일컬어졌다. 원본은 목판화이다. 이 책의 첫머리에 실린 블로크의 초상화도 범상치 않다. 다만 『신러시아문학의 서광기』[19]에서 옮겨 실었는데, 누구의 작품인지는 알지 못한다.

러시아 판화의 흥성은 이전에 사진판이 쇠퇴하고 혁명의 와중에 섬세한 종이가 없었던 덕분인데, 만약 삽화를 넣으려고 한다면 당연히 필치가 또렷한 선화線畵를 응용할 수밖에 없었기 때문이다. 그러나 인민이 활기 넘치기만 하다면 판화 또한 발달할 터이니, 1922년 플로렌스[20]의 만국서적전람회에서 대단한 호평을 받게 되었던 것이다.

1926년 7월 21일, 베이징에서 루쉰 쓰다

주)_____

1) 원제는 「『十二個』後記」, 1926년 8월 베이신서국에서 출판된 중국어 번역본 『열둘』(十二個)에 처음으로 실렸다.
   『열둘』은 소련의 알렉산드르 블로크가 지은 장시이며, 후샤오(胡斅)에 의해 '웨이밍총간'(未名叢刊)의 하나로 번역되었다.

2) 1917년 3월 12일(러시아력 2월 27일) 차르의 전제제도를 타도한 러시아 부르주아민주혁명을 가리킨다. 일반적으로는 '2월혁명'이라 일컫는다. 이 혁명에 의해 성립된 '임시정부'는 훗날 10월혁명에 의해 무너졌다.

3) 안드레예프(Леонид Николаевич Андреев, 1871~1919)는 러시아 작가이며, 10월혁명 이후 핀란드로 망명하였다가 사망했다. 대표적인 작품으로는 소설 『붉은 웃음』

(Красный смех)과 『일곱 사형수 이야기』(Рассказ о семи повешенных), 극본 『별을 향해』(К звёздам) 등이 있다.

4) 메레시콥스키(Дмитрий Сергеевич Мережковский, 1866~1941)는 상징주의 계열에 속하는 러시아 작가, 시인이자 문예비평가이다. 러시아혁명이 일어나자 1920년에 프랑스로 망명하였다.

발몬트(Константин Дмитриевич Бальмонт, 1867~1942)는 러시아의 시인이며, 10월혁명 이후 프랑스로 망명하였다. 대표적인 시집으로 『북쪽 하늘에서』(Под северным небом)가 있다.

5) 아르치바셰프(Михаил Петрович Арцыбашев, 1878~1927)는 러시아 작가이며, 1905년에 혁명이 실패한 후 퇴폐주의자가 되었으며, 10월혁명 이후 폴란드로 망명하여 바르샤바에서 사망했다. 대표작으로는 장편소설 『사닌』(Санин), 중편소설 『노동자 셰빌로프』 등이 있다.

6) 브류소프(Валерий Яковлевич Брюсов, 1873~1924)는 소련의 시인이다. 초기에는 상징주의의 영향을 받았으며, 10월혁명 후에는 사회문화활동에 적극적으로 참여하였다. 대표작으로는 「낫과 망치」(Серп и молот), 「크렘린에게」(У Кремля) 등이 있다.

블로크(Александр Александрович Блок, 1880~1921)는 소련의 시인이다. 초기의 창작은 상징주의의 영향을 받았으며, 10월혁명 이후 혁명으로 기울었다. 대표작으로는 「아름다운 여인에 관한 시」(Стихи о Прекрасной Даме), 「조국」(Родина), 『열둘』(Двенадцать) 등이 있다.

7) 자서전의 인용 부분은 노보리 쇼무의 『러시아 현대의 사조와 문학』(露國現代の思潮及文學)의 「알렉산드르 블로크 자서전」(アレクサンドル·ブローク自敍傳)을 그대로 인용하고 있다. 이 책에는 블로크의 상반신 초상의 둥근 사진이 한가운데에 실려 있다. 노보리 쇼무(昇曙夢, 1878~1958)는 일본의 러시아문학자로서, 본명은 노보리 나오타카(昇直隆)이다.

8) 원문은 '棱羅式亞盧拿'. 러시아 상징파의 잡지로서 '황금 양털'을 의미한다.

9) 북송대(北宋代)에는 소문관(昭文館), 사관(史館), 집현원(集賢院)의 삼관(三館)과 비각(秘閣), 용도각(龍圖閣) 등의 각(閣)이 도서와 국사의 편수 등의 업무를 분장하였는데, 이를 관각(館閣)이라 통칭하였다. 명대에는 이 업무를 한림원(翰林院)으로 이관하였으며, 청대에도 이를 따랐다. 이들의 글은 칙명에 응하여 지어졌기에 장중하고 전아한 맛을 지니고 있다.

10) 앞의 "10월혁명의 무대 위에 등장했다"와 "우리 편으로 돌진해 왔다. 돌진하다가 상처를 입었다"는 언급, 그리고 아래의 "사납게 울부짖고 길게 한숨을 내쉬는 파괴의 음악", "시대의 가장 중요한 작품" 등의 언급은 모두 트로츠키의 『문학과 혁명』에 쓰여 있다.

11) 카치카(Катькой)는『열둘』속에 등장하는 술집 기녀이다.

12)『열둘』의 결말 부분에는 깃발을 손에 들고 화환을 머리에 쓴 채 열두 명의 적위군 앞을 걸어가는 예수 그리스도의 형상이 묘사되어 있다.

13) 라오랴오이(饒了一)가 번역한『열둘』을 가리킨다. 이 역문은『소설월보』(小說月報) 제13권 제4기(1922년 4월)에 실렸으며, 미국의 잡지『Living Age』의 1920년 5월호에서 옮겨 번역하였다.

14) 후청차이(胡成才, 1901~1943)는 저장 룽유(龍遊) 사람으로, 이름은 샤오(斆)이고 자는 청차이이다. 1924년에 베이징대학 러시아과를 졸업하였다.

15) 이바노프(Ivanov)는 이빈(А. А. Ивин, 1885~1942)으로 바로잡아야 한다. 이빈은 소련 문학자로서, 당시 베이징대학에서 프랑스어, 러시아어를 가르치고 있었다.『집외집』의「『분류』편집 후기」(『奔流』編校後記) 주석 107)을 참조하시오.

16) 웨이쑤위안(韋素園, 1902~1932)은 안후이 휘추 사람이며, 웨이밍사 성원이다. 역서로는 고골(Николай Гоголь, 1809~1852)의 중편소설『외투』(Шинель; 外套)와 러시아 단편소설집『최후의 빛』(最後的光芒) 등이 있다.

17) 시게모리 다다시(茂森唯士, 1895~1973)는 일본의 소련문제 연구자이다. 그의 번역본은 1925년 7월에 가이조샤(改造社)에서 출판되었다. 그가 번역한『문학과 혁명』의 제3장의 제목은「알렉산드르 블로크」(アレクサンドル·ブローク)이다.

18) 마슈틴(Василий Николаевич Масютин, 1884~1955)은 소련의 판화가이다. 1920년 독일로 망명하였다.

19)『신러시아문학의 서광기』(新俄羅斯文學的曙光期; 新ロシヤ文学の曙光期, 1924)는 노보리 쇼무가 소련 초기의 문학에 대해 저술한 책이다. 펑쉐펑(馮雪峰)이 화스(畵室)라는 필명으로 번역하였다.

20) 플로렌스(Florence)는 이탈리아 중부의 도시 피렌체(Firenze)의 영어식 명칭이다.

『자유를 쟁취한 파도』서문[1]

러시아의 대개혁 이후 나는 여행자의 갖가지 평론을 보았다. 귀족이 얼마나 비참한지 전혀 사람 사는 세상 같지가 않다고 말하는 이도 있고, 마침내 평민이 대두하여 훗날에 희망을 걸 수 있노라고 단언하는 이도 있다. 혹은 치켜세우고 혹은 깎아내리는데, 흔히 정반대의 결론으로 매듭지어진다. 이건 아마 다 옳은 말이리라, 나는 생각한다. 귀족은 물론 꽤 고뇌에 차 있을 것이고, 평민 역시 물론 전에 비해 대두하였을 것이다. 여행자는 각기 자신의 경향에 따라 어느 일면만을 이야기하고 있는 것이다. 최근에 러시아가 얼마나 선전에 뛰어난지 전해 들은 바가 있지만, 베이징의 신문에서 보았던 것은 오히려 이와 반대로 대체로 내부의 암흑과 잔혹을 있는 힘껏 그려 내고 있다. 이건 틀림없이 예교의 나라의 인민들을 공포에 떨게 하기에 충분할 것이다. 그러나 전제시대의 러시아에서 쓰여진 글을 읽어본다면, 설사 이러한 이야기들이 모두 정말이라 할지라도 전혀 이상하지 않음을 알게 될 것이다. 러시아 황제의 가죽 채찍질과 교수대, 고문과 시베리아가 원수에게마저도 인자하기 그지없는 인민을 만들어 낼 수는 없다.

이전의 러시아의 영웅들은 실로 갖가지 방식으로 자신들의 피를 흘려 동지를 분발시키고 선량한 사람이 눈물을 흘리게 하고 망나니에게 공을 세우게 하고 룸펜에게 소일거리를 갖게 하였다. 요컨대 사람들에게 유익하였지만 특히 폭군과 혹리, 일 없는 사람들에게 유익한 때가 많았으니, 그들의 흉악한 마음을 만족시키고 그들에게 이야깃거리를 제공해 주었던 것이다. 이러한 일들을 종이 위에 쓰면 핏빛은 이미 아득히 희미해지고 만다. 단첸코의 비분강개,[2] 톨스토이의 자비[3]가 그러한 예인데, 이는 얼마나 온화한 마음인가. 그럼에도 당시에는 출판이 허용되지 않았다. 글을 써 놓고도 출판하지 못하게 하는 것도 흉악한 마음을 충족시키고 이야깃거리를 늘려 주는 것이다. 영웅의 피란 언제나 맛없는 국토에서는 인생의 소금이며, 대체로 일없는 사람들에게는 삶의 소금인 법이다. 이건 참으로 의아스러운 일이다.

이 책에 나오는 소피아[4]의 인격은 감동적이며, 고리키가 묘사한 인생[5] 역시 살아 움직이는 듯하지만, 대부분은 금전출납부가 되고 말았을 뿐이다. 그렇지만 지난날의 피의 금전출납부를 뒤적여 보아도 미래를 추측할 수 없다고는 할 수 없다. 출납부의 숫자를 가지고 소일하지 않기만 한다면.

어떤 사람들은 지금까지도 러시아의 상류층을 위해 불평을 늘어놓으면서, 혁명의 광명한 슬로건은 실제로 암흑이 되어 버렸다고 여긴다. 이 역시 아마 옳은 말일 것이다. 개혁의 슬로건은 상당히 광명한 것이었음에 틀림없다. 이 책에 수록된 몇 편의 글이 쓰인 시대에 개혁자들은 아마 모든 사람들에게 똑같은 광명을 안겨 주고 싶었을 것이다. 그러나 그들은 고문당하고 유폐되고 추방당하고 살육되었다. 안겨 주고자 하여도 안겨 줄 수 없었다. 이것은 이미 죄다 장부에 쓰여 있으니 들추어 보기만 하면 금방 알 수 있다. 만약 혁신을 저지하고 개혁자를 살육한 인물이 개혁 후에도 똑같이 개혁의 광명을 받는다면, 그 처우는 도리어 가장 온당한 것이리라. 그러나 이미 죄다 장부에 쓰여 있으므로, 피를 사용하는 방식은 나중이 되면 달라져 버린다. 예전과 같은 시대는 그들에게 있어서 이미 지나가 버린 것이다.

중국에 평민의 시대가 도래할 수 있을지의 여부는 물론 단정할 수 없다. 그러나 어쨌든 평민이 죽음을 무릅쓰고 개혁을 이룬 후 상류층을 위해 상어지느러미를 차린 연회석을 반드시 마련해 준다고는 할 수 없다. 이건 불 보듯 뻔한 일이다. 왜냐하면 상류층이 이제껏 그들에게 잡곡가루라도 마련해 준 적이 없으니까. 이 책을 뒤적여 보기만 하면 다른 사람의 자유가 어떻게 쟁취되었는지 그 유래를 대충 알 수 있을 것이다. 아울러 그 결과를 보면 설사 장래의 지위를 잃게 되더라도 마구잡이로 불평을 떠들어 대지는 않을 것이며, 실의에 빠져 불문(佛門)에 들어가는 것보다 훨씬 실제적일 것이다. 그러므로 이 몇 편의 글이 중국에서 여전히 대단히 유익하리라고 나는 생각한다.

1926년 11월 14일 비바람 몰아치는 밤,

샤먼에서 루쉰 쓰다

주)_____

1) 원제는 「『爭自由的波浪』小引」, 1927년 1월 1일 베이징의 『위쓰』(語絲) 주간 제112기에 처음으로 발표되었으며, 단행본으로 출간된 『자유를 쟁취한 파도』(爭自由的波浪)에 동시에 수록되었다. 『자유를 쟁취한 파도』는 러시아 소설과 산문집이다. 원제는 『전제국

가의 자유어』(專制國家之自由語)이고, 영역본은 『큰 마음』(大心)이다. 둥추팡(董秋芳)이 영역본을 저본으로 삼아 번역했으며, 1927년 1월에 베이징의 베이신서국에서 '웨이밍총간'의 하나로 출판되었다. 이 책 안에는 고리키의 「자유를 쟁취한 파도」와 「사람의 생명」, 단첸코의 「큰 마음」, 레프 톨스토이의 「니콜라이의 몽둥이」 등 네 편의 소설과 「스웨덴평화회담에 부치는 편지」(致瑞典和平會的一封信), 그리고 서명이 붙어 있지 않은 산문 「교회에서」와 「소피아 베로프스카야의 생명의 단편」이 수록되어 있다.

2) 네미로비치-단첸코(Владимир Иванович Немирович-Данченко, 1858~1943)는 러시아의 소설가이자 극작가이다. 1898년에 스타니슬랍스키(Константин Сергеевич Станиславский, 1863~1938)와 함께 모스크바 예술극장을 창립하고 이를 이끌었다. 그는 소설 「큰 마음」에서 여성이 당하는 갖가지 기만과 굴욕을 묘사하면서도, 굴욕을 견뎌 내고 관용과 인애를 베푸는 정신을 찬양하였다.

3) 레프 톨스토이는 「니콜라이의 몽둥이」와 「스웨덴평화회담에 부치는 편지」에서 차르의 포악한 통치와 제국주의의 호전성을 드러냈지만, 동시에 '살인하지 말라', '네 이웃을 사랑하라'는 등의 주장을 고취하기도 하였다.

4) 소피아(Софья Львовна Перовская, 1858~1881)는 러시아의 '인민의지당'(Народная воля) 지도자 가운데 한 사람이다. 차르 알렉산드르 2세의 암살에 가담하였다가 체포되어 처형당했다.

5) 고리키의 「자유를 쟁취한 파도」와 「사람의 생명」은 노예노동에 반대하고 자유해방을 요구하는 러시아 인민의 투쟁생활을 반영하고 있다.

케케묵은 가락은 이제 그만[1]
—2월 19일 홍콩청년회에서의 강연

오늘 제가 이야기할 제목은 '케케묵은 가락은 이제 그만'입니다. 처음에는 약간 기이하게 보이겠지만, 사실 이상할 건 전혀 없습니다.

무릇 케케묵고 낡은 것은 죄다 이미 끝났습니다! 마땅히 이렇게 되어야 합니다. 이렇게 말하면 나이 드신 선배님들께는 면목이 없습니다만, 저로서는 달리 방법이 없습니다.

중국인에게는 모순된 사고가 존재합니다. 즉 자손도 살리고 싶으면서 자신도 오래도록 죽지 않고 영원히 살고 싶어 합니다. 별 도리가 없어 죽지 않으면 안 된다는 것을 알게 되면, 자신의 주검이 영원히 썩지 않기를 바랍니다. 하지만 생각해 보십시오. 만약 인류가 출현한 이래로 사람들이 죽지 않았다고 한다면, 대지 위는 진즉 빽빽이 가득 차 있어 현재의 우리를 받아들일 만한 땅은 이미 남아 있지 않았을 것이며, 만약 인류가 출현한 이래로 사람들의 주검이 썩지 않았다고 한다면, 대지 위의 주검은 진즉 어물전의 생선보다 훨씬 많이 쌓여 있을 터이니 우물을 파고 집을 지을 빈터조차 없지 않을까요? 그래서 저는 무릇 케케묵은 것, 낡은 것은 참으로 기쁜 마음으로 죽어 가는 것이 좋다고 생각합니다.

문학에 있어서도 마찬가지입니다. 무릇 케케묵고 낡은 것은 이미 다 불렀거나 머잖아 다 부를 것입니다. 최근의 예를 들어 말씀드린다면, 러시아가 그렇습니다. 차르의 전제시대에는 민중에게 동정을 품고 비통한 소리를 외쳤던 작가가 많이 있었습니다. 그런데 나중에 민중에게도 결점이 있음을 깨닫게 되자 곧바로 실망하여 어떻게 노래해야 할지 제대로 알지 못하게 되더니, 혁명 이후로는 문학에 어떤 대작도 없어지고 말았습니다. 다만 낡은 문학가 몇 사람이 외국으로 달아나 몇 편의 작품을 지었지만, 뛰어나 보이지는 않습니다. 그들이 이미 이전의 환경을 잃어버린지라 다시는 이전과 같은 가락으로 말을 할 수 없기 때문입니다.

이러한 때에는 그들의 본국에 틀림없이 새로운 소리가 나타나지 않으면 안 될 터이지만, 우리는 아직 듣지 못했습니다. 그들이 장차 틀림없이 소리를 내리라고 저는 생각합니다. 러시아는 살아 있으며, 비록 잠시 소리를 내고 있지 않지만 결국에는 환경을 개조할 능력을 지니고 있는지라 장래에 반드시 새로운 소리가 나타날 것임에 틀림없습니다.

구미의 몇몇 나라들도 이야기해 보지요. 그들의 문예는 진즉 케케묵고 낡았으며, 세계대전의 시기에 이르러서야 전쟁문학이란 게 일어났습니다. 전쟁이 끝나자 환경 역시 변하여 케케묵은 가락은 더 이상 부를 길이 없어졌습니다. 그래서 현재 문학계도 약간 적막합니다. 장래의 상황이 어떠할지는 참으로 예측할 수가 없습니다. 그러나 그들이 반드시 새로운 소리를 갖게 되리라 저는 믿습니다.

이제 우리 중국은 어떤지 생각해 보십시오. 중국의 글은 가장 변화가 없습니다. 가락은 가장 케케묵었으며 글 속의 사상은 가장 낡았습니다. 그렇지만 아주 기괴한 일이지만, 다른 나라와는 다릅니다. 그 케케묵은 가락을 여전히 계속 부르고 있다는 것입니다.

이건 무슨 까닭일까요? 어떤 사람은 말합니다. 우리 중국에는 '특별한 나라 사정'[2]이 있다고 말입니다.——중국인이 정말로 그렇게 '특별'한지 어떤지는 저는 모릅니다만, 어떤 사람의 말에 따르면 중국인은 특별하다고 합니다.——만약 이 말이 사실이라면, 그렇다면 제가 보기에 특별한 까닭은 아마 두 가지일 겁니다.

첫째, 중국인은 기억력이 나쁘기 때문입니다. 기억력이 나쁘기 때문에, 어제 들은 이야기를 오늘은 까맣게 잊어버리고, 내일 다시 들으면 아주 참신하다고 느끼는 겁니다. 일을 하는 것도 그래서, 어제 못된 짓을 저질러 놓고서 오늘은 까맣게 잊어버린 채 내일 하노라면 여전히 "옛것을 그대로 쓰"[3]는 케케묵은 가락 그대로입니다.

둘째, 개인의 케케묵은 가락은 아직 다 부르지 않았어도 나라는 이미 여러 차례 멸망당했다는 점입니다. 어째서일까요? 생각건대 무릇 케케묵고 낡은 가락은 일단 때가 되면 그만 불러야 마땅한 법이며, 무릇 양심이 있고 각성된 사람은 때가 되면 케케묵은 가락은 더 이상 불러서는 안 된다는 것을 절로 아는 법입니다. 그러나 자기 중심의 일반적인 사람들은 절대로 민중을 주체로 삼으려 하지 않으며, 자신의 편의만을 따져 케케묵은 가락을 거듭하여 계속 부르기 마련이지요. 이리하여 자신의 케케묵은 가락은 끝나지 않은 채 여전히 불리어지지만, 나라는 이미 끝장나 있습니다.

송대宋代의 독서인은 도학이나 이학을 논하고[4] 공자를 떠받듦에 천편일률적이었습니다. 비록 왕안석[5] 등과 같은 몇몇 혁신적인 사람들이 신법을 시행한 적이 있지만, 모든 사람의 찬동을 얻지 못해 실패하고 말았습니다. 이후 모두들 케케묵은 가락, 사회와는 관계가 없는 케케묵은 가락을 송대가 멸망하기까지 다시 불렀습니다.

송대가 끝장나고 들어와 황제가 되었던 것은 몽고인 —— 원대元代였습니다. 그렇다면 송대의 케케묵은 가락 역시 송대와 함께 틀림없이 끝났겠지요. 아닙니다. 원나라 사람들은 처음에는 중국인을 깔보았지만,[6] 나중에는 우리의 케케묵은 가락이 신기하다고 느끼고 차츰 선망하게 되었습니다. 따라서 원나라 사람들 역시 원대가 멸망하기까지 우리의 케케묵은 가락을 따라 불렀습니다.

이때 일어난 것이 명의 태조太祖입니다. 원대의 케케묵은 가락은 여기에 이르러 마땅히 끝나야 했지만, 아직 끝나지 않았습니다. 명 태조 또한 뜻이 깊고 흥미롭다고 여겨 모두에게 계속 노래하게 하였던 것입니다. 팔고八股나 도학道學 따위의, 사회나 백성과는 전혀 상관이 없는 것임에도 오로지 지난날의 낡은 길로만 명이 멸망하기까지 쭉 나아갔습니다.

청조清朝 또한 외국인이었습니다. 중국의 케케묵은 가락은 새로 온 외국 주인의 눈에는 또다시 신선해 보였으며, 그래서 다시 계속 불리어졌습니다. 여전히 팔고에 과거요, 고문을 짓고 고서를 보았습니다. 하지만 청조가 끝장난 지 벌써 16년이나 되었습니다. 이건 누구나 알고 있습니다. 청조는 나중에 차츰 깨달은 바가 있어 외국에서 신법을 배워 결점을 보완하려 하였지만, 이미 너무 뒤늦어 그럴 겨를이 없었습니다.

케케묵은 가락이 중국을 끝장낸 게 여러 차례입니다만, 그것은 여전히 계속 불리어질 수 있었습니다. 그래서 이러쿵저러쿵 의론이 생겨났습니다. 어떤 사람은 이렇게 말합니다. "중국의 케케묵은 가락이 참으로 뛰어남을 알 수 있으니, 계속 불러도 괜찮아. 원대의 몽고인, 청대의 만주인을 봐. 다들 우리에게 동화되었잖아? 이에 비추어 본다면 앞으로 어느 나라든지 중국은 이처럼 그들을 동화시켜 버릴 거야." 원래 우리 중국은 마치 전염병에 걸린 환자처럼 자신이 병에 걸리면 다른 사람에게도 이 병을 전해 주니, 이야말로 특별한 재능입니다.

그런데 이러한 의견이 현재 대단히 그릇된 것임을 그는 전혀 모르고 있습니다. 우리가 왜 몽고인과 만주인을 동화시킬 수 있었을까요? 그들의 문화가 우리보다 훨씬 낮았기 때문입니다. 만약 다른 사람의 문화가 우리와 맞먹거나 훨씬 진보하였다면, 그 결과는 크게 달라졌을 겁니다. 그들이 만약 우리보다 훨씬 총명하였더라면, 지금쯤 우리가 그들을 동화시키기는커녕 오히려 그들이 우리의 부패한 문화를 이용하여 이 부패한 우리 민족을 지배하고 있을 것입니다. 그들은 중국인에게 눈곱만큼도 애착이 없으니 우리가 부패하도록 내버려 두는 게 당연하지요. 지금 듣자 하니 다른 나라 사람들 가운데 중국의 낡은 문화를 존중하는 사람이 많다고 합니다만, 어찌 진정으로 존중하고 있는 것이겠습니까. 이용하겠다는 것에 지나지 않지요!

이전에 서양에 어느 나라가 있었는데, 그 나라의 이름은 잊어버렸습니다만 아프리카에 철도를 부설하고자 하였습니다. 완고한 아프리카 원주민이 극렬히 반대하자, 그들은 원주민의 신화를 이용하여 이렇게 그들을 속였습니다. "그대들에게는 고대에 신선이 한 명 있었는데, 땅 위에서 하늘에 이르는 다리를 놓으려 했다. 이제 우리가 건설하는 철로는 그야말로 그대들의 옛 성인의 의도와 똑같은 것이다."[7] 아프리카 사람들은 감격과 기쁨을 이기지 못했으며, 이렇게 해서 철로는 건설되었습니다.——중국인은 이제껏 외국인을 배척했습니다만, 이제 그들에게 달려가 케케묵은 가락을 부르는 사람이 차츰 나타나고 있습니다. 그 사람들은 이렇게 말합니다. "공자께서도 '도가 행해지지 않아 바다에 뗏목을 띄운다'[8]고 말씀하신 적이 있다. 그러므로 외국인이 오히려 낫다"라고. 외국인 역시 이렇게 말합니다. "그대의 성인의 말씀은 참으로 옳습니다"라고.

만약 이렇게 해나간다면 중국의 앞날은 어찌 될까요? 다른 곳은 제가 잘 알지 못하니, 상하이를 들어 유추할 수밖에 없습니다. 상하이라는 곳에서 권세가 가장 큰 사람은 일군의 외국인입니다. 그들 가까이에서 둘러싸고 있는 사람은 중국의 상인과 이른바 독서인이고, 그 테두리 너머에는 중국의 수많은 고역살이꾼, 즉 하등노예가 있습니다. 장래에는 어떨까요? 만약 케케묵은 가락을 계속 부르고자 한다면, 상하이의 상황은 전국으로 확대되고 고역살이꾼은 많아질 것입니다. 지금은 원대나 청조 시절처럼 케케묵은 가락으로 그들을 끝장낼 수는 없으며, 반대로 우리 자신이 끝장날 수밖에 없게 되었습니다. 이건 바로 현재의 외국인이 몽고인이나 만주인과 달리 그들의 문화가 결코 우리보다 뒤떨어지지 않기 때문입니다.

그렇다면 어떻게 해야 좋을까요? 유일한 방법은 우선 케케묵은 가락을 내버리는 것이라 저는 생각합니다. 낡은 문장, 낡은 사상은 모두 이미 현재의 사회와 전혀 관계가 없어졌습니다. 예전에 공자가 열국을 주유했던 시절에 탔던 것은 소달구지였습니다만, 우리가 지금도 소달구지를 탑니까? 예전에 요순堯舜 시절에는 밥을 먹을 때에 질그릇을 사용하였습니다만, 지금 우리가 사용하고 있는 것은 무엇입니까? 그러므로 현재의 시대에서 살고 있으면서 낡은 책을 받드는 것은 전혀 쓸모가 없는 짓인 것입니다.

그러나 독서인들 가운데에는 우리가 이 낡은 것들을 보아도 중국에 그다지 해를 끼치지 않으며, 또 꼭 이렇게 단호하게 내버릴 필요가 있느냐고 말하는 이들도 있습니다. 그렇습니다. 하지만 낡고 케케묵은 물건의 무서움은 바로 여기에 있습니다. 만약 우리가 해롭다고 느긴다면 곧바로 경계할 수 있지만, 얼마나 해로운지 느끼지 못하기 때문에 우리는 죽음에 이르는 이 병폐를 깨닫지 못하는 것입니다. 왜냐하면 이게 '부드러운 칼'이기 때문입니다. 이 '부드러운 칼'이란 명칭은 제가 발명해 낸 것이 아닙니다. 이름이 가부서[9]라는 명내의 독서인이 고사鼓詞 안에서 은殷의 주왕紂王을 언급하면서 "몇 년간이나 부드러운 칼로 머리를 잘려도 죽음을 깨닫지 못하더니, 태백기에 걸리고 나서야 비로소 남은 목숨이 얼마 남지 않았음을 알게 되었네"라고 말했습니다. 우리의 케케묵은 가락 역시 한 자루의 부드러운 칼입니다.

중국인은 남에게 강철의 칼로 베이면 아픔을 느끼고 무언가를 생각하게 됩니다. 만약 부드러운 칼이라면 "머리를 잘려도 죽음을 깨닫지 못하"며 분명코 그걸로 끝나 버립니다.

우리 중국이 남에게 무기로 당했던 일은 일찍이 수없이 많습니다. 이를테면 몽고인과 만주인은 활과 화살을 사용하였으며, 다른 나라 사람들은 총과 대포를 사용하였습니다. 총과 대포에 당했던 후기의 몇 차례에 나는 세상에 태어나 있었으나 나이가 어렸습니다. 제 기억에 따르면, 그 당시에는 모두들 아직 약간의 고통을 느끼면서도 조금은 저항하고 조금은 개혁하고자 생각하고 있었던 듯합니다. 총과 대포로 우리를 쳤을 적에는 우리가 야만스럽기 때문이라고 들었습니다. 이제는 총과 대포로 우리를 치는 일은 그다지 볼 수 없으니, 아마 우리가 문명화되었기 때문이겠지요. 지금도 흔히 이렇게 말하는 사람이 분명히 있습니다. 중국의 문화는 아주 뛰어나며, 마땅히 보존해야 한다. 그 증거로 외국인도 늘 찬미하고 있다고. 이게 바로 부드러운 칼입니다. 강철의 칼을 사용하면 우리가 깨닫게 될지도 모르므로, 그래서 부드러운 칼로 바꾼 것이지요. 자신의 케케묵은 가락으로 우리 자신을 끝장낼 때가 이미 다가왔다고 저는 생각합니다.

중국의 문화가 어디에 존재하는지 저는 사실 잘 알지 못합니다. 이른바 문화라는 부류가 현재의 민중과 어떤 관계를 맺고 있는지, 무슨 도움이 되지요? 최근 외국인도 자주 말합니다. 중국인은 예의가 바르고 요리가 뛰어나다고. 중국인도 덩달아 거들고 있습니다. 그러나 이러한 일들이 민중과 무슨 관계가 있습니까? 인력거부에게는 예복을 지을 돈이 없고, 남북 대다수 농민들의 제일 좋은 먹을거리는 잡곡입니다. 도대체 무슨 관계가 있다는 겁니까?

중국의 문화는 죄다 주인에게 봉사하는 문화이며, 많은 사람들의 고통으로 바꾸어 낸 것입니다. 중국인이든 외국인이든 무릇 중국문화를 칭찬하는 자는 모두 주인을 자처하는 일부일 따름입니다.

이전에 외국인이 지은 서적들은 대부분 중국의 부패를 비웃고 욕했습니다. 그런데 지금은 별로 그렇지 않거나, 혹은 도리어 중국의 문화를 칭찬하게 되었습니다. "난 중국에서 아주 편하게 지내!"라는 말을 자주 듣습니다. 이것은 중국인이 이미 자신의 행복을 외국인에게 차츰 넘겨주어 향유케 하고 있다는 증거입니다. 그렇기에 그들이 찬미하면 찬미할수록 우리 중국의 장래의 고통은 더욱 깊어질 것입니다!

결국 낡은 문화를 보존하는 것은 중국인을 영원히 주인에게 봉사하는 재료로 삼아 계속해서 고생시키겠다는 것입니다. 비록 지금 돈이 많은 부자라 할지라도 그들의 자손 역시 피해 달아날 수 없습니다. 저는 이전에 잡감 한 편을 쓴 적이 있는데, 대체적인 의미는 이렇습니다. "무릇 중국의 낡은 문화를 칭찬하는 자는 대부분 조계나 안전한 곳에 거주하고 있는 부자들이다. 그들은 돈을 많이 가지고 있고 국내전쟁의 고통을 받지 않기에 이러한 칭찬을 늘어놓는다. 어찌 알랴만 장래에 그들의 자손은 생업은 현재의 고역살이꾼보다 훨씬 비천해질 것이고 파게 될 갱도 역시 현재의 고역살이꾼보다 훨씬 깊어질 것이다."[10] 다시 말해 장래에 역시 궁핍해지겠지만, 조금 늦어질 따름이다. 하지만 먼저 궁핍했던 고역살이꾼은 비교적 얕은 갱도를 파겠지만, 그들의 후손은 훨씬 더 깊은 갱도를 파지 않으면 안 되리라는 것입니다. 제 이야기는 사람들의 주목을 전혀 끌지 못했습니다. 그들은 여전히 케케묵은 가락을 부르고 있으며, 조계지역에 가서도 부르고 외국에 나가서도 부르고 있습니다. 하지만 앞으로는 원조나 청조처럼 남을 끝장냈던 것과는 달리 그들은 자기 자신을 끝장내고 말 것입니다.

이걸 어떻게 해야 할까요? 제 생각으로는, 첫째로 우선 그들에게 양옥과 침실, 서재에서 걸어나와 주변이 어떠한지, 또 사회가 어떠한지, 세계가 어떠한지를 살펴보라고 하는 것입니다. 그런 다음 스스로 생각해 보고 방법이 생각나면 조금이라도 해보라는 겁니다. "방문을 넘어서면 위험하다." 물론 케케묵은 가락을 불러 대는 선생들은 또 이렇게 말할 것입니다. 그러나 사람살이란 늘 약간은 위험한 일입니다. 만약 방안에 숨어 지낸다면야 틀림없이 장수하게 될 터이고 흰 수염의 늙은 선생도 대단히 많아지겠지요. 그러나 우리가 만난 사람 가운데 그런 선생이 몇이나 됩니까? 그들 역시 자주 요절하기도 하고, 위험하지는 않아도 노망하여 죽기도 합니다.

위험하지 않은 것이라면, 나는 안성맞춤의 장소를 발견한 적이 있습니다. 그곳은 바로 감옥입니다. 감옥에 들어앉아 있다면 더 이상 소란을 피우고 죄를 범하지는 않겠지요. 소방기관도 안전하므로 화재의 염려도 없습니다. 또한 강도를 당할 염려도 없습니다. 물건을 훔치러 감옥에 가는 강도는 이제껏 없었으니까요. 감옥에 들어앉는 것이 참으로 가장 안전합니다.

그러나 감옥에 들어앉는다 해도 딱 한 가지만은 부족합니다. 그건 자유입니다. 그러므로 편안함을 탐내면 자유를 잃고, 자유를 원하면 약간의 위험을 겪지 않으면 안 됩니다. 이 두 가지 길밖에 없습니다. 어느 길이 좋은지는 명백한지라 제가 말씀드릴 필요가 없겠지요.

오늘 이곳에 오신 여러분의 후의에 깊이 감사드립니다.

주)_____

1) 원제는 「老調子已經唱完」, 1927년 3월(?) 광저우(廣州)의 『국민신보』의 부간 「신시대」(新時代)에 처음으로 발표되었으며, 같은 해 5월 11일 한커우(漢口)의 『중앙일보』(中央日報) 부간 제48호에 옮겨 실렸다.

2) 1915년 위안스카이(袁世凱)가 제제(帝制)로의 복귀를 꾀하였을 당시, 그의 헌법고문인 미국인 프랭크 굿나우(Frank Johnson Goodnow)는 8월 10일 베이징의 『아시아일보』(亞細亞日報)에 「공화와 군주를 논함」(共和與君主論)이라는 글을 발표하였는데, 이 글에서 중국에는 나름의 '특별한 나라 사정'이 있으므로 공화정치를 실행하기에 적합하지 않으며 군주정체를 회복해야 한다고 주장하였다.

3) 원문은 '仍舊貫'. 『논어』「선진」(先進)에 "노나라 사람이 재물창고를 짓자 민자건이 '옛 것을 그대로 쓰면 어떠한가? 어찌 반드시 다시 지어야만 하는가!'"(魯人爲長府, 閔子騫曰: '仍舊貫, 如之何? 何必改作!')라는 구절이 있다.

4) 이학(理學)은 도학(道學)이라고도 일컬으며, 송대에 주돈이(周敦頤), 정호(程顥), 정이(程頤), 주희(朱熹) 등이 유가학설을 해석하면서 형성한 이론체계이다. 대체로 '리'(理)를 우주의 본체로 여기고 삼강오상(三綱五常) 등의 봉건윤리도덕을 '천리'(天理)로 간주하여 "천리를 간직하고 인욕을 없앤다"(存天理, 滅人欲)는 주장을 제기하였다.

5) 왕안석(王安石, 1021~1086)은 푸저우(撫州) 린찬(臨川; 지금의 장시江西) 출신의 북송대 정치가이자 문학가이다. 자는 개보(介甫). 그는 신종(神宗) 희녕(熙寧) 2년(1069)에 참지 정사(參知政事)가 되었고, 이듬해에 재상에 올라 개혁을 실행하여 균수(均輸)·청묘(青 苗)·면역(免役)·시역(市易)·방전균세(方田均稅)·보갑보마(保甲保馬) 등의 신법을 추진 하였다. 후에 사마광(司馬光)과 문언박(文彥博) 등의 격렬한 반대에 부딪혀 실패로 끝나 고 말았다.

6) 원대에는 백성을 네 등급으로 구분하였는데, 몽고인이 가장 귀하고, 그 다음이 색목인 (色目人), 그 다음이 한인(漢人), 마지막이 남인(南人)이었다. 여기에서 말하는 한인은 거 란, 여진, 고려, 그리고 이전의 금(金)나라 치하의 북중국 한인을 두루 가리키며, 남인은 남송(南宋)의 유민을 가리킨다.

7) 서양인이 신화를 이용하여 아프리카 원주민을 속인 일은『열풍』(熱風)의「수감록 42」 를 참조하시오.

8) 원문은 '道不行, 乘桴浮於海'.『논어』「공야장」(公冶長)에 보인다.

9) 가부서(賈鳧西, 약 1590~1676)는 산둥(山東) 취푸(曲阜) 출신의 고사(鼓詞) 작가로서, 원 명은 응총(應寵), 자는 사퇴(思退), 호는 부서(鳧西) 혹은 목피산인(木皮散人)이다. 명말 에 형부(刑部)의 낭중(郎中)에 오른 적이 있었으나, 명이 망한 후 벼슬에 나아가지 않았 다. 여기에 인용된 이야기는 명이 망한 후에 그가 지은『목피산인고사』(木皮散人鼓詞) 가운데 주(周)의 무왕(武王)이 상(商)의 주왕(紂王)을 멸한 대목에 보인다. "교묘하게 산 의생(散宜生)은 미인계를 정하여 주를 일으키고 상을 멸할 미인을 바쳤다네. …… 그들 (주의 문왕과 무왕 부자 등)은 밤낮으로 상의하여 어진 정치를 베풀었으나, 저 주왕은 어 리석게도 밤의 장막에 푹 빠져 있었네. 몇 년간이나 부드러운 칼로 머리를 잘려도 죽음 을 깨닫지 못하더니, 태백기에 걸리고 나서야 비로소 남은 목숨이 얼마 남지 않았음을 알게 되었네."

10) 이 인용문과 흡사한 내용은『화개집속편』(華蓋集續編)의「꽃이 없는 장미(無花的薔薇) 2」의 7절에 보인다.

『유선굴』서언[1]

『유선굴』遊仙窟은 현재 일본에만 존재하는데, 구초본舊抄本이며 쇼헤이가 쿠[2]에 소장되어 있다. 닝저우寧州 샹러현襄樂縣의 위尉[3] 장문성張文成 지음이라고 서명되어 있다. 문성은 장작[4]의 자이다. 서명을 쓸 때 자로 쓰는 일은 고인에게 흔히 있는 일이다. 이를테면 진晉나라 상거[5]가 편찬한 『화양국지』華陽國志는 그 1권에 '상도장 모음'常道將集이라고 되어 있다.

장작은 선저우 루훈陸渾 사람이다. 신구의 두『당서』[6] 모두「장천전」張薦傳에 부기되어 있다. 이에 따르면 조로[7] 원년에 처음으로 진사에 급제하여 기왕부岐王府의 참군參軍이 되었으며, 여러 차례 시험마다 갑과甲科에 응시하여 문명文名을 드날렸다. 창안長安의 위尉를 거쳐 홍려鴻臚의 승丞[8]에 올랐다. 증성[9] 연간에 천관天官인 유기[10]에 의해 어사禦使로 추천되었다. 장작의 성격은 조급하고 방종하여 절도가 없었다. 요숭[11]이 특히 그를 싫어하였다. 개원[12] 연간 초에 그는 어사인 이전교李全交에게 시정時政을 비방했다고 탄핵당하여 영남[13]으로 좌천되었다. 얼마 후에 조정으로 돌아올 수 있었으며, 사문원외랑[14]으로 벼슬을 마쳤다.

『순종실록』[15])에서도 장작이 박학하고 시문에 능하며 문학과[16]의 시험에 일곱 번 합격했다고 기록하고 있다. 『대당신어』[17]에는 이렇게 서술되어 있다. 장작은 후에 뤄양洛陽의 위尉로 전출되었으며, 이로 인해 「제비를 노래하다」[18]라는 작품을 지었는데, 그 마지막 장에서 다음과 같이 읊었다. "돌로 변하여 몸은 여전히 무겁고, 진흙을 머금어 힘은 오히려 쇠했네. 이제껏 커다란 저택으로 나아가 둘이 함께 한 쌍으로 날아올랐나니."[19] 당시 사람들 가운데 이 노래를 외워 부르지 않는 이가 없었다고 한다. 『당서』에서는 장작의 글은 붓을 대면 이내 이루어지고 세상에 널리 알려져 후배들 가운데 베껴 쓰지 않는 이가 없었으며, 일본이나 신라의 사절이 오면 반드시 금품을 내고서 장작의 글을 구입했다고 칭찬하고 있지만, 아울러 겉만 화려하고 조리가 부족하며 논저 역시 대체로 남의 결점을 들추어 꾸짖고 지저분하다고 헐뜯었다. 장작의 책으로서 지금까지 전해지는 것으로는 『조야첨재』와 『용근봉수판』[20]이 있는데, 참으로 남을 꾸짖고 겉만 화려한 표현이 많다.

『유선굴』은 전기소설인 데다 해학적인 분위기가 짙었기에 역사서에 실리지 못했다. 청대의 양서우징楊守敬이 지은 『일본방서지』[21]에 처음으로 목록에 실렸지만, 『당서』의 표현과 똑같이 이 책을 폄하하였다. 일본에서는 처음에는 보기 드문 책으로 여겨 자못 비장秘藏되었다. 주석이 있지만, 당나라 사람이 붙인 듯하다. 이치카와 세이네이가 『유선굴』 속의 시 십여 수를 취하여 『전당시일』[22]에 집어넣고, 포鮑 씨가 이것을 『지부족재총서』[23]의 하나로서 간행했다.

이제 마오천[24]이 이것을 인쇄하여 전문이 비로소 우리 땅에 복원되게 되었다. 수대酬對나 무영舞詠[25]과 같은 당시의 습속, 그리고 염괄豔話이나 앵명鶯媟[26]과 같은 당시의 어휘가 박식함을 도와줄 뿐만이 아니다. 이 것은 변려문騈麗文에 의한 최초의 전기소설로서 진구陳球의 『연산외사』[27] 보다 천 년이나 앞선 것이니, 이 책 또한 문학사를 연구하는 자에게는 소홀히 할 수 없는 것이다.

중화민국 16년 7월 7일, 루쉰 적다

주)⎯⎯⎯

1) 원제는 「『遊仙窟』序言」, 수고(手稿) 형태를 제판·인쇄하여 1929년 2월 베이신서국에서 출판한 『유선굴』(遊仙窟)에 처음으로 수록하였다.
   『유선굴』은 당대(唐代)에 장작(張鷟)이 지은 전기(傳奇)소설이다. 당 헌종(憲宗) 원화(元和) 연간에 일본으로 유입되었으며, 중국 내에서는 이미 오래전에 일실되었다. 장팅첸(章廷謙)은 일본에 보존되어 있는 통행본과 다이고지(醍醐寺) 판본 및 한국에 전해 내려온 또 다른 일본 각본(刻本)에 근거하여 새로이 교정하고 구두점을 붙여 출판했다.
2) 쇼헤이가쿠(昌平学)는 쇼헤이코(昌平黌) 혹은 쇼헤이사카가쿠몬조(昌平坂学問所)라고도 한다. 일본의 에도(江戶) 바쿠후(幕府)가 1630년에 개설하여 유학 전수를 주로 하였던 학교이다. 1868년에 메이지(明治) 정부가 이를 인수하여 '쇼헤이갓코'(昌平学校)로 개편하였으며, 1870년에 폐교하였다. 지금의 도쿄(東京) 유시마(湯島)에 있었다.
3) 위(尉)는 군사, 경찰, 형벌을 관장하는 관직이다.
4) 장작(張鷟, 약 658~730)은 선저우(深州) 루쩌(陸澤; 지금의 허베이 선저우深州) 사람이다. '루쩌'(陸澤)가 본문에서는 '루훈'(陸渾)으로 잘못 표기되어 있다.
5) 상거(常璩)는 진(晉)나라 사학가로서 촉군(蜀郡) 장위안(江原; 지금의 쓰촨 충저우崇州) 사람이며, 자는 도장(道將)이다. 산기상시(散騎常侍), 참군(參軍) 등의 관직을 역임하였다. 『화양국지』(華陽國志)는 12권이고 부록이 1권 있으며, 중국 남서 지역의 역사사적 등을 기록한 책이다.
6) 두 『당서』(唐書)는 『구당서』(舊唐書)와 『신당서』(新唐書)를 가리킨다. 『구당서』는 후진(後晉)의 유구(劉昫)의 감수를 받아 장소원(張昭遠), 가위(賈緯) 등이 찬하였으며, 모두 200권이다. 『신당서』는 송대에 구양수(歐陽脩), 송기(宋祁) 등이 찬하였으며, 모두 225권이다. 『장천전』(張薦傳)은 『구당서』 149권에, 『신당서』 161권에 보인다. 장천(張薦)은 장건의 손자이다.

7) 조로(調露)는 당대 고종(高宗)의 연호로서 679년부터 680년까지이다.

8) 홍려(鴻臚)는 궁중에서의 하례(賀禮)나 경조(慶弔)의 의식 및 예방한 이민족의 접대를 담당하는 관직이다. 승(丞)은 보좌관이다. 우리나라에서는 '홍노'라 일컫기도 한다.

9) 증성(証聖)은 측천무후(則天武后)의 연호로서 695년 정월부터 9월까지이다.

10) 유기(劉奇). 화저우쭤(滑州胙; 지금의 허난 옌진延津) 사람이다.『신당서』「류정회전」(劉政會傳)에는 "둘째 아들 기(奇)는 측천무후의 장수(長壽) 연간에 천관시랑(天官侍郎)이 되고, 장작과 사마굉(司馬鍠)을 추천하여 감찰어사(監察禦使)로 삼았다"고 기록되어 있다. 측천무후 당시에 문관의 인사를 담당하는 이부(吏部)를 천관(天官)으로 개편하였다.

11) 요숭(姚崇, 650~721)은 본명이 원숭(元崇)이며, 산저우(陝州) 샤스(硤石; 지금의 허난 샤현硤縣) 사람이다. 당대의 예종(睿宗)과 현종(玄宗) 때에 재상을 지냈다.

12) 개원(開元)은 현종(玄宗)의 연호로서 713년부터 741년까지이다.

13) 영남(嶺南)은 당나라 행정구역의 하나로서, 후베이성의 헝산(衡山)에서 동쪽으로 바다에 이르기까지의 산계(山系)를 오령(五嶺)이라 하는데, 그 오령의 남쪽을 영남이라 일컫는다. 지금의 행정구역으로 본다면 광둥성(廣東省)과 광시자치구(廣西自治區)에 해당된다.

14) 사문(司門)은 형부(刑部)에 속한 관직 명칭으로서, 문적(門籍)이나 관진(關津), 교량 등의 경계 및 도로의 보수 등을 담당한다. 원외랑(員外郎)은 장관인 낭중(郎中)의 보좌관을 가리킨다.

15)『순종실록』(順宗實錄)은 당대(唐代)의 한유(韓愈) 등이 지은 것이며, 모두 5권이다.

16) 문학과(文學科)는 당대에 임시로 설치한 과거의 일종이며, 황제가 직접 시험을 주관하였다. 명목은 아주 많으며, 응시자는 중복하여 시험에 참가할 수 있었다. 장작은 일찍이 '하필성장'(下筆成章; 붓을 대면 뛰어난 문장을 이룬다), '재고위하'(才高位下; 재주는 뛰어나나 지위가 낮다), '사표문원'(詞標文苑; 말은 문단의 모범이 된다) 등의 시험에 참가한 적이 있다.

17)『대당신어』(大唐新語)는 당대의 유숙(劉肅)이 지은 필기(筆記)이며, 모두 13권이다. 장작에 관한 내용은 이 책의 제8권에 보인다.

18)「제비를 노래하다」(詠燕詩)는 장작의 작품이나 현재는 모두 일실된 상태이다. 지금은『대당신어』에 인용된 네 구만 남아 있다.

19) 원문은 "變石身猶重, 銜泥力尚微, 從來赴甲第, 兩起一雙飛". '變石'은 제비 모양의 화석인 석연(石燕)과 관련이 있으리라 보인다. 진대(晉代)의 화가 고개지(顧愷之, 345?~406)는 자신의『계몽기』(啓蒙記)에서 "영릉군에 석연이 있는데 비바람을 만나면 진짜 제비처럼 날아다닌다"고 기술하였다. 이후 북위(北魏)의 지리학자이자 문학가인 역도원(酈道元, 466~527)은 자신의『수경주』(水經注)에서 석연에 대해 이렇게 기술하였다.

"석연산(石燕山)에는 검푸른 빛깔에 제비 모양의 돌이 있기에, 석연산이라는 이름이 지어졌다. 그 돌은 혹은 크고 혹은 작은데, 마치 모자(母子)를 닮았다. 뇌우가 가까워지면 석연이 떼 지어 날아올라 마치 진짜 제비처럼 날아다닌다!" '甲第'는 '잘 지은 저택'의 의미 외에도 '과거에 급제함'을 의미하기도 한다. 이 시는 제비의 형상을 빌려 과거에 우수한 성적으로 급제하였음에도 뤄양의 위(尉)라는 벼슬밖에 하지 못하는 자신의 신세를 한탄한 것이다.

20) 『조야첨재』(朝野僉載)는 필기(筆記)로서 모두 6권이다. 수대(隋代)와 당대 조야의 일사나 전설 등이 기록되어 있다. 『용근봉수판』(龍筋鳳髓判)은 판례를 모은 책으로서 모두 4권이다. 사법사건을 판결한 변려체 문장이 수록되어 있다.

21) 양서우징(楊守敬, 1839~1915)은 후베이 이두(宜都) 출신의 지리학자이자 판본학자로서, 자는 성오(惺吾)이다. 『일본방서지』(日本訪書志)는 양서우징이 청조의 주일공사관의 관원으로 재직할 때 중국에는 전해지지 않으나 일본에는 아직 남아 있는 고서를 조사한 저작이다. 이 책에 『유선굴』이 수록되어 있으며, 아울러 다음과 같은 안어(按語)가 붙어 있다. "남녀의 성씨는 『회진기』(會眞記)와 똑같지만, 애정묘사가 약간 뒤떨어진다. 변려의 문체로 외설적인 모습을 서술하고 있어서, 참으로 방종하여 절도가 없으며 글은 겉만 화려하다." 『회진기』는 당대의 원진(元稹, 779~831)이 지은 애정소설로서, 흔히 『앵앵전』(鶯鶯傳)이라 일컫는다.

22) 원문은 '河世寧', 즉 이치카와 세이네이(市河世寧, 1749~1820)이다. 일본 에도 중·후기의 한학자이자 시인이며, 자는 '자정'(子静)이고 호는 간사이(寛斎)이다. 쇼헤이가쿠의 학원장을 지냈다. 『전당시일』(全唐詩逸)은 『전당시』(全唐詩)에 누락되어 있으나 일본에 전해지고 있던 시 100여 수를 『문경비부론』(文鏡秘府論)과 『천년가구』(千年佳句) 등의 헤이안(平安)시대 일본인 저술, 그리고 일본에는 남아 있으나 중국에서는 일실된 문헌에서 채집한 책이다. 이 책에는 『유선굴』 중 시 19수가 수록되어 있으며, 각각의 시 아래에 장문성(張文成)과 『유선굴』의 등장인물인 최십낭(崔十娘), 최오수(崔五嫂), 향아(香兒) 등의 이름이 나뉘어 적혀 있다.

23) 포(鮑) 씨, 즉 포정박(鮑廷博, 1728~1814)은 안후이 시현(歙縣) 사람이며, 자는 이문(以文)이다. 『지부족재총서』(知不足齋叢書)는 포정박이 건륭(乾隆) 41년(1776)에 모아 인쇄한 총서이며, 모두 30집, 197종이다. 이 안에 『전당시일』에 근거하여 『유선굴』 속의 시 19수가 수록되어 있다.

24) 마오천(矛塵)은 장팅첸(章廷謙, 1901~1981). 저장 상위(上虞) 사람으로, 필명은 촨다오(川島)이다. 『위쓰』의 편집자 가운데 한 사람이다.

25) '수대'(酬對)는 제왕이 관속을 접견하여 정사를 물으면 순서에 따라 답변하는 것을 가리킨다. 수대(酧對 혹은 醻對)라고도 한다. '무영'(舞詠)은 음력 3월 3일에 춤추고 노래하는 것을 가리킨다.

26) 염괄(瞼聒)은 눈꺼풀이 축 처짐을 의미하고, 앵명(媵媜)은 부끄러워함을 의미한다. 모두 당대의 속어이다.

27) 진구(陳球)는 청대의 저장 슈수이(秀水; 지금의 자싱嘉興) 사람이며, 자는 온재(蘊齋)이다. 『연산외사』(燕山外史)는 진구가 변려체 문장으로 지은 애정소설로서, 모두 8권이다. 대체로 가경(嘉慶) 15년(1810)경에 책으로 엮였다.

1929년

『근대목각선집』(1) 소인[1]

옛날 중국인이 발명한 것으로, 지금 폭죽을 만드는 데 쓰는 화약과 풍수를 읽는 데 쓰는 나침반이 있다. 이것이 유럽에 전해지자 유럽인들은 이것을 총포에 응용하고 항해에 응용하여 원조 스승에게 많은 손해를 끼쳤다. 또 하나 해害가 없어서 거의 잊어버린 작은 사건이 있다. 그것은 목각이다.

아직 충분한 확증은 없으나 몇몇 사람들은 유럽의 목각이 중국에서 배워 간 것이라고 말하고 있다. 그 시기는 14세기 초, 즉 1320년경이라는 것이다. 그 처음의 것은 아마 아주 거칠고 조악하게 찍은 목판화로 된 종이카드였으리라. 이런 유의 종이카드는 지금도 우리가 시골 가면 볼 수 있다. 그런데 이 도박꾼들의 도구가 유럽 대륙에 들어가자마자 그들 문명의 이기인 인쇄술의 선조가 되어 버린 것이다.

목판화는 아마도 이렇게 전파되었을 것이다. 즉 15세기 초, 독일에는 이미 목판으로 된 성모상이 있었다. 그것의 원화는 지금도 벨기에의 브뤼셀박물관에 소장되어 있다. 그런데 아직까지 그것보다 더 이른 인쇄본은 발견된 적이 없다. 16세기 초 목각의 대가인 뒤러(A. Dürer)[2]와 홀바인(H.

Holbein)[3]이 나타났다. 그런데 뒤러가 더 유명해지자 후세에 대부분 그를 목판화의 시조로 여기게 되었고 17, 8세기에는 모두 그들의 뒤를 쫓아갔다.

목판화의 쓰임은 그림 말고도 책의 삽화로 쓰이는 데 있다. 그렇기 때문에 정교한 동판화의 기술이 한번 홍했다가 돌연 중도에 쇠락한 것은 역시 필연적인 귀결이기도 하다. 단지 영국에서만 동판화의 기술 수입이 다소 늦어 여전히 옛 방법을 보존하고 있고 또 그것을 당연한 의무와 영예스런 일로 여기고 있다. 1771년 처음으로 세로목판조각법,[4] 소위 '백선조판법'白線雕版法이 나타나게 된 것은 뷰익(Th. Bewick)[5]에 의해서였다. 이 새로운 방법이 유럽 대륙에 전해지자 다시 목각을 부흥시키는 동기가 되었다.

그런데 정교한 조각은 나중에 다시 신종 판화의 모방으로 점차 치우치게 되었다. 예를 들면 애쿼틴트, 에칭, 망동판[6] 등이다. 어떤 이는 사진을 목판 위로 옮겨 놓고 그 위에 다시 수를 놓듯이 조각을 했다. 그 기술이 정말 정교하기 그지없었다. 그러나 그것은 이미 복제 목판이 되어 갔다. 마침내 19세기 중엽이 되어 대전변이 일어나 창작 목각이 홍했다.[7]

이른바 창작 목각이란 것은 모방을 하지 않고 복각復刻을 하지 않으며 작가가 칼을 들고 나무를 향해 바로 조각해 들어가는 것이다. 기억하기로 송대 사람이었을 것이다. 아마 소동파였으리라. 매화 화시畵詩를 그려 달라고 다른 사람에게 청하며 읊조린 구절이 있다. "나에게 좋은 동견東絹 한 필이 있소. 그대에게 청하노니 붓을 들어 여기 그대로 그리십시오!"[8] 칼을 들어 곧바로 조각하는 것은 창작 판화의 우선적인 필수 요건이다. 비단 그림과는 달리 붓 대신 칼을 쓰고, 종이와 헝겊 대신 나무를 쓰는 것이다. 중국의 조각 그림, 소위 '슈쯔'[9]라는 정교한 조각화도 일찌감치 그 뒤를 따라잡지 못하고 있다. 오직 철 칼로 돌 도장을 조각하는 것만 그 정신에 가까이 다가가 있는 듯하다.

창작을 하는 것이어서, 사람에 따라 운치와 기교가 다르기 때문에, 복제 목각과는 이미 길을 멀리 해 순수한 예술이 되었다. 작금의 화가들은 거의 대부분이 이를 시도하려 하게 되었다.

여기 소개하는 것들은 모두 현재 작가의 작품들이다. 단지 이 몇 작품만으로는 아직 여러 가지 작풍을 보여 주기에 부족하다. 만일 사정이 허락된다면 우리가 점진적으로 수입해 들여오도록 하자. 목각의 귀국이, 결코 원조 스승에게 생판 다른 고생을 시킨 것 같지만은 않으리라 생각된다.

1929년 1월 20일

상하이에서 루쉰

주)＿＿＿＿

1) 원문은 「『近代木刻選集』(1) 小引」, 1929년 1월 24일 상하이에서 발행한 주간지 『조화』(朝花) 제8기에 처음 발표했고, 『근대목각선집』 1권 서문으로 출판되었다. 『근대목각선집』 1권은 조화사(朝花社)가 편집·출판한 미술총간 '예원조화'(藝苑朝花)의 제1권 제1집이다. 영국, 프랑스 등 국가의 판화 12폭이 수록돼 있고 1929년 1월 출판되었다.

2) 알브레히트 뒤러(Albrecht Dürer, 1471~1528). 독일의 화가·판화가·조각가·건축가·미술이론가로 독일 르네상스 회화의 완성자이다. 헝가리에서 이주해 온 금세공사의 아들로 아버지의 조수로 일하다 1486~1489년 볼게무트(Michael Wolgemut)에게 사사(師事)했고 목판기술을 익혔다. 1490~1494년 콜마르·바젤 등지를 편력, 목판 제작에 정진했다. 1495년 귀국하여 공방을 차리고 동판화를 시도했다. 이탈리아 여행 중에 그린 수채풍경화는 독일 예술이 처음으로 도달한 순수풍경화로 평가된다. 목판 연작으로

는 『묵시록』, 『대수난』 등이 있고 대표적인 유화로는 「4성도」, 「만성절」, 「자화상」 등이 있다.

3) 한스 홀바인(Hans Holbein, 1497~1543). 독일의 화가이며 판화가다. 화가였던 아버지로부터 큰 감화를 받으며 자라 나중에 헨리 8세의 궁정 화가로 활동했다. 그는 특히 유럽에서 고금을 통틀어 최고의 초상화가로 꼽힌다. 뒤러와 크라나흐(Lucas Cranach)로 대표되는 독일 르네상스의 빛나는 초상화 예술의 전통을 그 정점에까지 끌어올린 것으로 평가된다. 모델에 대한 냉정하고 예리한 관찰과 정확하고 극명한 세부 묘사, 명쾌한 화면 구성, 나아가 단순한 초상화에 머물지 않은, 인물의 성격에 대한 투철한 이해력 등이 그 특색이다. 대표 작품으로 초상화 「헨리 8세」, 「로테르담의 에라스무스」, 「게오르크 초상」 등이 있고, 판화에 「죽음의 무도」 등이 있다.

4) 원문은 '木口雕刻'이다. 목각판화의 일종으로 딱딱한 목재의 횡단면을 사용해 조각한다. 정교하고 섬세한 것이 특징이다. 목판은 사용법에 따라 판면(板面) 목판과 세로(斷面) 목판으로 나뉜다.

5) 토머스 뷰익(Thomas Bewick, 1753~1828). 영국의 판화가로 18세기 말 세로 목판술을 개발하여 볼록판(凸版) 활자와 짜맞추어 1공정 인쇄를 가능하게 했다. 작품으로 『브리튼(Britain) 조류사(鳥類史)』와 삽화가 있고 『이솝우화』 삽화 등이 있다.

6) 애쿼틴트의 원문은 '擬水彩畵', 에칭의 원문은 '蝕銅版', 망동판의 원문 '網銅版'이다. 애쿼틴트(aquatint)라는 말은 완성된 작품이 'aqua'(물) 즉 수채화 같은 부드러운 효과를 낼 수 있다는 뜻에서 유래되었다. 판면에 송진가루를 떨어뜨리고 뒷면에 열을 주어 정착시킨 다음 산(酸)을 접촉시켜 부식시키면, 송진가루가 녹아 있는 부분은 부식하지 않고 송진의 틈새에 작고 고른 점각(點刻)이 생긴다. 알갱이를 떼어 내고 판을 인쇄하면 넓은 범위의 색조를 얻을 수 있다. 동판에 닿는 산의 농도와 시간을 조절하면 다양한 느낌을 창조할 수 있다. 1768년 프랑스의 판화가인 장-밥티스트 르 프랭스(Jean-Baptiste Le Prince)가 송진가루를 사용하여 처음 애쿼틴트에 성공했다. 18세기 후반 화가들은 부드러운 색조를 내는 애쿼틴트를 즐겨 썼는데 그중에서 고야(Francisco Goya)는 그 섬세한 질감을 유감없이 표현해 냈다. 고야의 판화 대부분은 애쿼틴트로 만들어졌고 드가(Edgar De Gas)와 피사로(Camille Pissarro)도 애쿼틴트를 시도했다. 현대에는 송진가루 대신 아스팔트 분말이나 래커스프레이(lacquer spray)를 사용하기도 한다.

에칭(etching)은 다양한 부식동판을 사용하는 방법이다. 에칭에는 납질(蠟質)의 방식피복(防蝕被覆; ground)을 철필로 뚫어 가며 선묘(線描)하여 부식시키는 방법과 수지분말(樹脂粉末) 등 방식물질을 필요부분에만 살포하고 면부식(面腐蝕)을 만드는 애쿼틴트 등이 있다. 그밖에 방식피복면에 철필이나 회전식 줄칼을 써서 점(點)의 밀집·조산(粗散)으로 연조(軟調)의 화면을 만드는 점각판(點刻版)도 여기에 포함된다. 그러

나 이들 기법은 대개 단독으로 쓰이기보다는 혼용하여 쓰이는 경우가 많다. 렘브란트
(Rembrandt van Rijn)는 에칭의 명수였다.

망동판은 망판(網版)을 만드는 방법의 하나이다. 판재 위에 아교나 PVA계(系) 다이크
로뮴산암모늄(ammonium dichromate)을 혼합한 감광액(感光液)을 칠하고, 여기에 망
점네거티브를 밀착하여 빛을 쐬면 화선부(畵線部)가 감광하여 경화막(硬化膜)이 되는
데, 이것을 현상한 후 가열하여 화선부를 내산막(耐酸膜)으로 한 다음, 판재가 아연이면
질산수용액을, 구리면 염화제2철용액을 써서 비(非)화선부가 0.03~0.1mm 정도 파이
게 부식하면 망점볼록판이 얻어진다. 망선수(網線數)는 사용하는 용지의 평활도(平滑
度)에 따라 결정한다고 한다. 평활도가 높은 용지일수록 미세한 망선수를 쓸 수 있다.

7) 작가가 자기 그림을 판에 표현하는 것을 창작판화라 하고 양산을 목적으로 판에 조각
하여 복사해 찍은 것을 복제판화라고 한다. 단독으로 감상되는 판화는 독판 또는 단판,
두 장 이상이 1조가 되는 것은 연작(連作), 그중에 이야기 구성이 있어 연속되는 판화는
연속판 또는 연작판이라고 한다.

8) 원문은 '我有一匹好東絹, 請君放筆爲直幹'이다. 이 시는 당대 두보(杜甫)의 시 「위언의
소나무 두 그루 그림을 위해 재미로 지은 노래」(戲爲韋偃雙松圖歌)이며, 원문 중에 '請
君'은 루쉰이 '請公'을 잘못 기억한 것이다.

9) 원문은 '繡梓'다. 재(梓)는 가래나무라는 뜻이다. 일설에는 개오동나무라고도 한다. '슈
쯔'는 정미하게 조각하여 찍는 것을 지칭하는 말로, 중국 고대에 책을 목판으로 인쇄할
때 가래나무를 사용하는 것을 가장 좋은 것으로 여겨 이런 명칭이 생겼다.

『근대목각선집』(1) 부기[1]

이 선집에 들어 있는 12폭의 목각은 영국의 『*The Bookman*』, 『*The Studio*』, 『*The Wood-cut of To-day*』(Edited by G. Holme)[2]에서 뽑은 것으로 몇 구절의 해설도 같이 발췌했다.

웨브(C. C. Webb)는 영국의 저명한 현대 예술가로서 1922년부터 계속 버밍엄(Birmingham) 중앙학교에서 미술을 가르치고 있다. 첫번째 그림 「고가교」高架橋는 더할 나위 없는 대작이다. 독특한 방법으로 조각을 하여 각刻한 선의 수를 거의 셀 수 있을 정도다. 전체적으로 보면 깨끗하고 검은 바탕 위에 정교하고도 아름답게 빛을 발하고 있는 흰빛의 기록이다. 「농가 뒤뜰」農家的後園의 각법刻法도 많이 비슷하다. 「금붕어」金魚에서는 케테 콜비츠의 작품을 볼 수 있는데, 최근 Studio에서 George Sheringham[3]의 큰 칭찬을 받은 바 있다.

스티븐 본(Stephen Bone)의 그림은 George Bourne의 『*A Farmer's Life*』 삽화 중 하나다.[4] 평론가는 영국 남부 여러 주의 목각가들이 그의 그림을 뛰어넘지 못한다고 했고, 그의 그림이 있어 글의 묘미가 더 분명해졌다고 했다.

더글리시(E. FItch Daglish)는 런던 동물원학회 회원이다. 목각으로도 유명하다. 특히 동식물 삽화 제작에 유명하다. 가장 엄정한 자연주의와 섬세하고 예민한 장식의 감정 묘사에 능하다. 「밭오리」田鳧는 E. M. Nicholson의 『Birds in England』[5] 삽화 가운데 하나고, 「담수의 농어」淡水鱸魚는 Izaak Walton and Charles Cotton의 『The Compleate Angler』[6] 중 하나다. 이 두 그림을 보면 목각술이 어떻게 과학에 도움을 주는지 알 수 있게 된다.

아르망 폴(Harman Paul)은 프랑스인이다. 원래는 석판화를 제작했지만 나중에 목각으로 바꾸었다. 또 나중에는 통속(Popular)화로 돌았다. "예술은 끝없는 해방"이라고 말한 바 있다. 그래서 작풍이 더욱 간소화되었다. 이 선집에 수록한 두 그림에서 우리는 그의 후기 작풍을 잘 볼 수 있다. 앞 그림은 Rabelais[7] 저서에 들어 있는 삽화로 막 큰 비를 만났을 때의 그림이다. 뒤 그림은 André Marty[8]의 시집 『La Doctrine des Preux』(용사의 교의勇士的敎義)에 있는 것으로 그 시의 대강은 이러하다.

망가진 몸과 얼굴의 움직임을 보라
독에 감염된 종기로 벌겋게 변한 얼굴
용기 없고 누추한 사람들, 들리는 소문에
천신만고 끝에 좋은 명성 얻었다 하네[9]

디세르토리(Benvenuto Disertori)는 이탈리아인이다. 재주가 많은 예술가로 석각과 부식에칭에 능하다. 그러나 목각 역시 그의 특색이다.

『*La Musa del Loreto*』[10)]는 율동이 있는 화면구도다. 그 인상이 자연스러워 본래부터 나무 위에서 탄생한 것 같다.

마그누스 라게르크란츠(S. Magnus-Lagercranz) 부인은 스웨덴의 조각가다. 화훼 묘사에 능하다. 그녀의 가장 중요한 작업들은 스웨덴 시인 Atterbom[11)]의 시집 『꽃』^{群芳}의 삽화로 실렸다.

폴스(C. B. Falls)는 미국에서 가장 재주 있는 예술가란 칭호를 받는다. 그는 여러 예술 분야에서 시도해 보지 않은 것이 없고 성공하지 않은 것도 없다. 이 책에 수록한 「섬 위의 절」^{島上的廟}은 그 자신이 선정한 자신 있는 작품이다.

워릭(Edward Worwick) 역시 미국의 목각화가다. 「회견」^{會見}은 장식 판화이자 상상 판화로 강렬한 중고풍의 풍격을 갖고 있다.

책표지와 첫 페이지의 두 소품은 프랑스 화가 라투르(Alfred Latour)의 작품이다. 『*The Wood-cut of To-day*』에서 발췌했는데 목록에 넣지 않았기에 이에 부기해 둔다.

<hr />

주)_____

1) 원제는 「『近代木刻選集』附記」, 1929년 1월 출판한 『근대목각선집』(1)에 처음으로 발표되었다.

2) 『*The Bookman*』은 '문인'(文人)이란 뜻의 영국 문예신문 잡지로 1891년 런던에서 창간되어 1934년에 정간되었다. 『*The Studio*』는 '화실'(畵室)의 의미로 영국의 미술잡지다. 찰스 홈(Charles Holme)이 주편을 했고 1893년 런던에서 창간하였다가 1897년 정간되었다. 『*The Wood-cut of To-day*』는 '당대 목각'으로 번역되고 홈(Geoffrey Holme)이 편집을 했다. 이 책의 원래 전체 이름은 『*The Woodcut of To-day at Home and Abroad*』로 '당대 국내외 목각'으로 번역할 수 있다. 1927년 영국 런던촬영유한공사(The Studio Limited, London)에서 출판했다.

3) 조지 셰링엄(George Sheringham)은 영국의 삽화 화가이자 무대 미술가다.

4) 조지 본(George Bourne, 1780~1845)은 미국 작가다.

5) 니컬슨(Edward Max Nicholson, 1904~2003)은 영국의 생물학자이자 작가다. 그의 『잉 글랜드의 새』(*Birds in England*)는 1926년에 출간됐다.

6) 아이작 월턴(Izaak Walton, 1593~1683)과 찰스 코튼(Charles Cotton, 1630~1687)의 『낚 시대전』(釣魚大典)이다. 이 둘은 모두 르네상스 시기의 영국 작가다.

7) 프랑수아 라블레(François Rabelais, 1494?~1553). 프랑스의 대표적인 작가이자 인문주 의자로 프랑스 르네상스의 선구자다. 저서에 『팡타그뤼엘』(*Pantagruel*), 『가르강튀아』 (*Gargantua*) 등이 있다.

8) 앙드레 마르티(André Marty, 1886~1956)는 프랑스 시인이다.

9) 이 시는 이렇게 번역되어야 마땅하다. "겁 많은 비열한 사람들이여! 너희들이 그 종기 가득한 몸과 반쪽짜리 가면을 보고, 그리고 또 상처의 감염으로 벌겋게 변한 뺨을 보게 되었을 때, 너희들은 천신만고 끝에서야 겨우 잘난 명예를 얻었음을 알게 될 것이니."

10) 『*La Musa del Loreto*』는 『로레토의 문예여신』이란 뜻.

11) 아테르봄(Per Daniel Amadeus Atterbom, 1790~1855)은 스웨덴 작가이자 철학자로 저서에 『스웨덴 문학사』, 시집으로 『꽃』 등이 있다.

『후키야 고지 화보선』 소인[1]

중국에 새로운 문예가 한꺼번에 변해 유행하는 것은, 어떤 때는 그 주권이 아예 외국서적 판매상의 손에 조종되다시피 한다. 한 무더기 서적이 들어오면 곧바로 영향을 주곤 한다. 『*Modern Library*』에 들어 있는 A. V. Beardsley의 화집[2]은 중국에 들어오자마자 그 예리한 자극력으로 오랫동안 깊이 잠들어 있던 중국인의 신경을 격발시켰다. 그래서 형식적인 모방이 수없이 생겨났다. 그런데 그 깊이 잠들어 있던, 그리고 또 피로하고 쇠약해 있던 신경에게 Beardsley의 선들은 너무도 강렬했다. 때마침 후키야 고지의 판화가 중국에 들어와 그 유려하고 부드러운 필치로 Beardsley의 날카로운 칼끝과 조화를 이루었다. 이것이 중국의 현대 청년들 마음에 더 잘 맞게 되자 지금까지 그에 대한 모방이 끊이지 않고 있다.

그런데 애석한 것은 원래의 형태와 선이 제멋대로 파괴되어 원본과 비교해 보지 않으면 그 본래의 세세한 것을 알아볼 수 없게 된 것이다. 지금 그의 화보 『수련의 꿈』에서 여섯 작품을 발췌하고, 『슬픈 미소』에서 다섯 작품, 『나의 화집』에서 한 작품을 발췌했다. 모두 그의 특색을 잘 드러내고 있는 작품들이다. 비록 중국의 복제가 훌륭하다 할 순 없으나 그래도 그의 진면목을 제법 볼 수는 있게 되었다.

작가의 특색에 대해서는 그 자신의 말을 들어 보자.──

나의 예술은 섬세함을 생명으로 합니다. 동시에 해부도와 같은 예리한 칼끝을 힘으로 삼습니다.

내가 끌어다 쓰는 선들은 반드시 작은 뱀처럼 민첩하고 흰물고기처럼 예민하지요.

내가 그린 것들은 그저 '생생히 살아 있는 듯하다'류의 사실적인 자태만 으로는 부족합니다.

비애와 쓸쓸함에 대해선, 호반에서 방황하는 외로운 별의 물 요정 (Nymph)[3]을 묘사하고, 환락에 대해선, 봄의 숲속 깊은 곳에서 목동의 신 판(Pan)과 함께 서로 기뻐하는 달빛의 물 요정을 그립니다.

여성 묘사는 꿈 많은 처녀를 선택하여 여왕의 품격을 갖추어 주고, 별님 의 사랑을 쏟아 주지요.[4]

남성 묘사는 신화를 조사하여 아폴로(Apollo)를 끌어와, 그에게 깨끗이 표백한 여행 신발을 신기지요.

아이 묘사는 천사의 날개를 달고 거기에 오색찬란한 무늬를 입히지요.

그리고 이런 사랑의 환상 모델들을 잉태하기 위해서는 나의 생각을 깊 은 밤의 어두움과 맑은 물의 명징함 같게 하지 않으면 안 됩니다.

이런 말들은 거의 다 들어 왔다. 그러나 이런 미적 관점의 다른 측면 에서 보자면 그가 소년소녀 독자들에게 편향된 작가가 된 이유가 된다고 하는 평가를 하게 한다.

작가는 지금 유럽에 유학을 갔고 앞길이 창창하다. 그러니 여기 실린 작품들은 그의 한 시기 흔적일 따름이며, 또 지금 중국의 몇몇 작가들5)의 비밀창고 같은 것의 일부이기도 하다. 독자들 앞에 전시하는 것은 한 개의 작은 거울인 셈이리라. 좀 거창하게 말한다면 그것은, 이것으로 인해 비로소 어쩌면 우리를 점차적으로 진지하게 만들기 시작할 수도 있을지 모르며 우선은 작고 작으나 진짜 창작을 만들어 낼 수 있게 할지도 모른다.

첫번째 작품에서 열한번째 작품까지 모두 짧은 시문이 있어 그림을 따라가며 번역을 해 각 그림의 앞에 부기하였다. 그러나 몇 편은 고문이고 역자가 연구된 바 없다. 그래서 다소 착오가 있을지도 모르겠다. 첫 페이지의 작은 그림은 『나의 화집』에서 발췌했고 원제는 「눈동자」다. 작가가 묘사하기 좋아하는 대로 그려 실제 눈동자보다 훨씬 크다.

1929년 1월 24일, 상하이에서 루쉰 씀

주)_____

1) 원제는 「『蕗谷虹兒畵選』小引」, 1929년 1월 출판된 『후키야 고지 화보선』에 처음 발표함. 『후키야 고지 화보선』은 조화사에서 펴낸 '예원조화' 제1기 제2집이다. 안에 후키야 고지의 작품 12점이 수록돼 있고 부록으로 화가의 시와 산문시 12수(루쉰 옮김)가 실려 있다.
후키야 고지(蕗谷虹児, 1898~1979)는 일본 화가로 작품에 시화집 『수련의 꿈』(睡蓮之夢), 『슬픈 미소』(悲凉的微笑), 『목우신랑』(木偶新娘) 등이 있다.
2) 『Modern Library』는 '현대총서'(現代叢書)로 미국에서 나온 역사, 과학, 문학, 예술 등에 관한 논저 및 작품을 모아 놓은 총서다.
'A. V. Beardsley 화집'은 『비어즐리 화집』을 말한다. 원 제목은 『비어즐리 예술』이다.

비어즐리에 대해서는 이 문집에 들어 있는 「『비어즐리 화보선』 소인」을 참고.

3) 물 요정(Nymph)은 그리스 신화에 나오는, 산림이나 연못 등에 살고 있다고 하는 반신 반인의 소녀를 말한다. 판(Pan) 역시 그리스 신화 속 목축의 신으로 음악을 좋아하고, 춤추고 장난치는 산림의 요정들을 항상 데리고 다닌다고 한다.

4) 원문은 '星姬之愛'다.

5) 예링펑(葉靈鳳) 등의 작가를 지칭한다.

함순의 몇 마디 말[1]

『조화』[2] 6기에 단편을 발표한 적 있는 노르웨이 작가 함순이 작년 일본에서 출판된 『국제문화』[3]에서 좌익작가로 분류되었다. 그러나 그의 몇몇 작품, 예를 들어 『빅토리아』, 『기아』에 들어 있는 것들을 보면 귀족적인 면이 적지 않다.

그런데 그는 먼저 러시아에서 유행했었다. 20년 전일 것이다. 유명한 잡지 『Nieva』[4]에서 그때까지의 그의 작품 전체를 인쇄했었다. 아마도 그의 니체적이고 도스토예프스키적인 분위기가 독자들의 공감을 얻어 낼 수 있었던 것 같았다. 10월혁명 이후에도 종종 논문들에서 그를 거론하기도 했으니, 그의 작품이 러시아에 깊은 영향을 주었고 지금까지도 잊혀지지 않고 있음을 알 수 있다.

그의 많은 작품들 중 나는 위에 거론한 두 작품집과 『동화의 나라에서』──러시아 여행기──를 제외하곤 읽어 본 적이 없다. 작년에 일본 가타야마 마사오[5]가 쓴 『함순전』 속에 톨스토이와 입센에 대한 그의 견해를 보고, 또 두 문호의 탄생 백주년 기념을 맞이한 터여서, 원래는 좀 소개를 하고 싶었으나 너무 소략해서 그만두었다. 올해 이사를 하고 책을 정리하다 다시 그 전기를 발견하였고, 또 때마침 삼한三閑[6]에 처한 상황이어서 아래에 번역을 해두었다.

그것은 그가 서른 살 때 쓴 『신비』神秘에 실린 것으로 나게르라는 작중인물의 인생관과 문예관이다. 당연히 그 속에서 우린 작가 함순의 견해와 비평을 볼 수 있다. 그는 오리발을 숨기고 톨스토이를 비난하고 있다.

아무튼, 톨스토이라고 불리는 이 사내는 현대에 가장 활동적인 놈이다.……그의 교의란 것이 구세군의 Halleluiah(하느님 예찬가, 할렐루야—역자)와 비교하면 조금도 다르지 않다. 나는 톨스토이의 정신이 부쓰 대장(당시 구세군의 주장主將—역자)보다 깊다고 생각지 않는다. 두 사람은 선교사이지 사상가가 아니다. 이미 만들어진 물품을 사고팔고 원래 있던 사상을 퍼뜨리며 인민들에게 염가로 사상을 전파하는, 그래서 이 세상이라는 배의 키를 장악하고 있는 중이다. 그런데, 제군 여러분, 만일 장사라는 것이 그래도 이익을 좀 계산해야 한다면 톨스토이의 장사는 매번 그 밑천을 크게 깎아먹고 있는 것이지요.……침묵할 줄 모르는 말 많은 그 품행, 유쾌한 세상을 철판처럼 평탄하게 만들려는 그 노력, 희희낙락하는 늙은 손님처럼 도덕적인 그 수다스러움, 초조한 영웅처럼 높낮이도 없이 함부로 말해 대는 저 견결한 도덕. 그를 생각하면 다른 사람의 일인데도 내 얼굴이 뜨거워지려 한다.……

말이 좀 이상하긴 하나 이는 정말로 중국의 모든 혁명적인 비평가와 준명遵命적인 비평가[7]들의 고질적인 상처에 칼을 대는 듯한 말이다. 동향의 문단 선배인 입센——특히 그의 후반부 작품——에 대해서는 이렇게 말하고 있다.

입센은 사상가인가? 통속적인 말과 진실한 사색 간에는 아주 작지만 그래도 구별이 있음이 어찌 이상하달 수 있단 말인가? 정말로 입센은 유명 인물이다. 그의 용기에 대해 사람들 귀에 인이 박히도록 말한다 해도 무방하다. 그러나, 이론적인 용기와 실천적인 용기 사이, 사욕을 버리고 구속됨이 없는 독립적이고 혁명적인 용맹심과 가정적이고 선동적인 용기 사이에, 아주 작지만 그래도 구별을 할 필요가 없단 말인가? 그 하나는 인생에서 빛을 발하고 있지만, 또 하나는 극장에서 관객에게 객소리를 하고 있는 것에 불과하기 때문이다.……모반을 하려는 사내가 부드러운 가죽 장갑을 끼고 만년필을 꼬나 쥐는 그런 짓거리는 하지 않아야 하는 게 당연하고, 문장이나 쓸 수 있는 작은 인간이 되지 말아야 하며 독일인을 위해 쓴 글에서 겨우 개념 하나를 만드는 일 따윈 하지 않아야 한다. 이름하여 이 인생이라고 하는 시끌벅적한 시장에서 활동하는 인물이어야 마땅하다. 입센의 혁명적인 용기는 그저 정확하게 위험에 빠지지 않을 정도다. 노아의 방주 아래서 수력전기 따위를 부설하는 일 같은 것으로 살아 있다. 연소해 버리는 것 같은 실천과 비교하자면, 빈약한 탁상공론에 불과할 뿐이다. 여러분들은 난마[8]가 찢어지는 소리를 들은 적이 있는가? 하하하, 얼마나 우렁찬 소리인가.

이것은 혁명문학과 혁명, 혁명문학가와 혁명가의 차이에 대해 아주 노골적으로 말한 것이다. 준명문학[9]에 대해서는 말할 가치도 없다. 아마도 이런 점으로 인해 그가 좌익적인 것으로 인식되었을 터이다. 결코 그가 여러 가지 힘든 노동을 했던 적이 있다든가 하는 것은 전혀 아니다.

그가 가장 칭송하고 있는 것은 입센의 과거 문단상의 적이었다가 나중에 사돈이 된 비에른손(B. Björnson)[10]이다. 그는 그가 활동하고 있고 비약하고 있으며 생명이 있다고 말한다. 성패의 때와 관계없이 항상 개성과 정신을 중시하고 있으며, 신적인 섬광과 영혼을 가지고 있는 노르웨이의 유일한 시인이라고 한다. 그러나 내가 본 적 있는 단편소설의 기억으로는 함순의 작품에서 본 것처럼 그렇게 깊은 감응과 인상이 있었던 건 아니다. 중국에 아무 번역본이 없는 것으로 기억한다. 단지 『아버지』라고 하는 작품만 적어도 다섯 번 번역되었을 것이다.

함순의 작품도 우리에겐 번역본이 전혀 없다. 5·4운동 때, 베이징 청년들이 『신조』新潮라고 하는 기간지를 출판했는데 나중에 「신간 소개호」에서 뤄자룬[11] 선생이 『새로운 땅』(Neue Erde)을 소개하려 한다고 예고했던 것 같다. 이것이 바로 함순이 쓴 것이다. 비록 경향소설[12]로 문인의 생활을 묘사한 것이긴 하나 그것을 빌려 와 중국인을 좀 되비춰 볼 수도 있었다. 애석한 것은 이 작품 역시 지금까지 출판되지 않았을 뿐이다.

3월 3일, 상하이에서

주)_____

1) 원제는 『哈謨生的幾句話』, 1929년 3월 14일 『조화』 주간 제11기에 발표했다.
   함순(Knut Hamsun, 1859~1952)은 노르웨이 소설가다. 두 차례 미국으로 건너가 사회 하층에서 수부와 목수로 생활했다. 저서에 장편소설 『굶주림』(Sult), 『목신 판』(Pan),

『대지의 성장』(*Markens Grøde*) 등이 있고 1920년 노벨문학상을 수상했다.

2) 『조화』(朝花)는 문예간행물로 루쉰, 러우스(柔石)가 함께 펴냈다. 1928년 12월 6일 상하이에서 창간했으며 처음에는 주간으로 시작해 모두 20기를 냈다. 1929년 6월 1일 순간으로 바꾸었고 같은 해 9월 21일 제12기를 끝으로 정간했다. 주간 제6기에 메이촨(梅川)이 번역한 함순의 단편소설 「생명이 부르는 소리」가 실렸다.

3) 『국제문화』는 일본잡지로 일본인 평론가이자 미술사가인 오코치 노부타케(大河内信威, 1902~1990)가 편집했다. 1928년 창간했으며 도쿄 국제문화연구소에서 출판했다. 이 간행물은 1929년 1월호 「세계 좌익문화전선의 사람들」이란 글에서 함순을 좌익작가에 넣었다.

4) 『*Nieva*』는 러시아어로 Нива(밭)의 음역이며 주간지다. 1870년 페테르부르크에서 창간하고 1918년 정간했다. 10월혁명 이전의 러시아에서 발행부수가 가장 많은 잡지였고 부간으로 『문총』(文叢)을 발행하여 러시아와 기타 여러 국가 작가들의 문집을 발행했다. 그 가운데 『함순 전집』이 들어 있다.

5) 가타야마 마사오(片山正雄, 1879~1933)는 가타야마 고손(片山孤村)이라고도 부른다. 독일문학 연구자이자 독어학자이다. 자연주의 말기 이후의 독일문학을 연구하였다. 저서에 『최근 독일문학의 연구』(最近獨逸文学の研究), 『현대 독일문화와 문예』(現代の独逸文化及文芸) 등이 있다. 또 독일어 연구에도 관심을 쏟아 『쌍해 독어·일어 대사전』(雙解獨和大辞典) 등을 지었다.

6) 삼한(三閑)은 청팡우(成仿吾)가 『홍수』 제3권 제25기(1927년 1월)에 발표한 글 「우리들의 문학혁명을 완성하자」에서 루쉰이 "긍지를 삼는 바는 한가함이며, 둘째도 한가함이고 세번째도 한가함이다"고 한 데서 온 '삼한'(세 개의 한가함)이다. 청팡우(1897~1984)는 후난(湖南) 신화(新華) 사람으로 문학평론가다. 창조사의 주요 멤버이며 초기에는 순수문학을 주장하다가 후에 혁명문학으로 전향했다.

7) 1928년 11월 루쉰은 「『농부』 번역 후 부기」(『農夫』飜譯後附記)에서 톨스토이에 대한 문단의 비평에 대해 이렇게 쓰고 있다. "올해 상반기 '혁명문학'의 창조사와 '준명(遵命)문학'의 신월사가 모두 '천박한 인도주의'를 향해 공격을 가했다."

8) 원문 '苧麻'. 모시풀을 말한다.

9) 준명문학(遵命文學)은 어용문학이라는 의미다. 혁명은 '명을 바꾸는 것'이고, 준명은 명을 따른다는 의미다. 루쉰은 자기 자신의 작품에 대해 일찍이 준명문학이라고 말한 적이 있다. "이(『외침』의 작품들) 역시 준명문학이라고 할 수 있다. 그래도 내가 받든 것은 당시 혁명 선구자의 명령이고 나 자신이 기꺼이 받든 명령이지 황제의 성지(聖旨)는 결코 아니며 금화나 진짜 지휘도도 아니었다."(『남강북조집』, 「『자선집』 서문」) 물론 루쉰의 이 준명문학과 이 글에 나오는 준명문학과는 의미가 다르다.

10) 비에른손(Bjørnstjerne Bjørnson, 1832~1910)은 노르웨이의 시인, 극작가, 소설가이

다. 그는 1903년 세번째 노벨문학상을 수상하였다. 당대 입센과 더불어 노르웨이에서 가장 유명한 인물 가운데 한 사람으로 꼽힌다. 농민소설 『양지바른 언덕』(*Synnøve Solbakken*), 단막 역사극 『전투와 전투 사이』(*Mellem Slagene*), 소설 『아르네』(*Arne*), 『행복한 소년』(*En glad Gut*), 희곡 『절름발이 훌다』(*Halte-Hulda*) 등이 있다. 후기 작품으로는 소설 『쿠르드 가(Kurts)의 유산』(*Det flager i byen og på havnen*), 『신의 뜻대로』(*På guds veje*), 『인간의 힘이 미치지 않는 곳』(*Over ævne, første stykke*) 등이 있으며 만년에는 사회주의자를 자처하며 세계 평화를 위해 활발한 활동을 했다. 비에른손은 세계적인 명성을 누렸고, 그의 희곡은 유럽 사회주의적 사실주의를 확립하는 데 이바지했다. 헨리크 입센(Henrik Johan Ibsen), 요나스 리(Jonas Lie), 알렉산더 키엘란(Alexander Kielland)과 함께 19세기 노르웨이 문학의 4대 거장으로 평가되고 그의 시 「예, 우리는 이 땅을 영원히 사랑합니다」(Ja, Vi elsker dette landet)는 노르웨이의 국가가 되었다.

11) 뤄자룬(羅家倫, 1832~1910)은 저장성 사오싱 사람이며 『신조』(新潮) 편집인 가운데 한 명이다. 베이징대를 졸업한 후 유럽과 미국에서 유학했고 귀국 후 칭화(淸華)대학교 학장, 중앙대학교 학장, 국민당 중앙당사 편찬위원회 부주임위원 등을 역임했다. 『신조』에 의하면 「신간 소개호」(新著紹介號)를 낸 적이 없으며 제3권 제2호의 「1920년 세계명저 특호」에도 뤄자룬이 『새로운 땅』(新地)을 소개할 예정이란 공고가 없다.

12) 경향소설(傾向小說). 특정한 주의(主義)나 사상을 선전하고자 하는 목적과 경향이 강한 소설.

『근대목각선집』(2) 소인[1]

우리는 초등학교 들어가 교과서에 있는 몇몇 조그만 삽화들을 보고는 아주 볼만하다고 느낀다. 나중에 외국 교재 삽화를 처음 보고는 그 정교함에 놀란다. 이전에 본 것들과는 거의 비교할 수 없기 때문이다. 영어사전에 들어 있는 작은 그림들 역시 그 섬세하고 아름다운 솜씨가 상상 밖이었다. 대개 이런 것들은 앞서 말한 바 있는 '목구조각'木口雕刻들이다.

서양 목판의 재료는 정말 여러 가지가 있다. 정교한 그림을 각하는 사람들이 사용하는 것은 자목柘木이다. 동일한 자목일지라도 두 종류의 톱 사용법에 따라 얻게 되는 판목板木 역시 다르다. 상자나 탁자의 나무판처럼 나무결을 따라 똑바로 자른 것이 그 한 종류고, 침판砧板처럼 나무결을 횡으로 잘라 낸 것이 그 한 종류다. 전자는 부드러워서 조각할 때 마음대로 파들어 갈 수가 있으나 세밀화에는 적당치 않다. 만일 세밀하게 조각하려 하면 부스러지기가 쉽다. 후자는 나무 테의 단면이 밀집해 있는 판목이어서 견고하고 세밀화 조각에 적합하다. 이것이 바로 '목구조각'이란 것이다. 이 조각은 흔히 Wood-cut이라 부르지 않고 별칭으로 Woodengraving이라고 부른다.[2] 이전에 중국에서 나무에 세밀한 조각을 한 것을 '수재'繡梓라고 했는데 이것의 번역어로 쓸 수가 있는 것이다. 이것과 반대되는 것으로 상판箱板식 판목에 조각한 것은 '목면조각'木面雕刻이라고 부른다.

그런데 우리가 여기서 소개하고자 하는 것은 교과서상의 그런 목각이 아니다. 왜냐하면 그것은 핍진함과 정교함에 신경을 쓰기 때문에 조각할 때, 그림을 한 장 밑그림으로 삼는다. 밑그림이 있기 때문에 칼을 붓으로 삼아 모양을 따라 그대로 베끼므로 독창적이질 않다. 그저 '복제판화'일 뿐이다. '창작판화'는 별도의 '저본 그림'[3]이 없기 때문에 화가는 철필을 들고 목판 위에 직접 그림을 그려야 한다. 이 선집에 수록된 더글리시[4]의 그림 두 폭과 나가세 요시로[5]의 그림 한 폭이 그 예다. 이 그림들은 핍진하기도 하고 정교하기도 하지만 그것 말고도 아름다움과 힘이 있다. 자세히 보면, 비록 복사한 그림이나 그래도 어느 정도 그 '힘의 미'를 느낄 수 있다.

그런데 이 '힘의 미'란 것이 단번에 그리고 반드시 우리 눈에 편하게 와 닿을 수 없을지도 모른다. 유행하는 장식화에서 이제는 이미, 둥그스름한 어깨의 미인과 바싹 마른 불자佛子, 해산된 구성파의 그림이 많아지게 되었다.[6]

에너지 넘치는 작가와 감상자가 있어야 비로소 '힘'의 예술이 탄생할 수 있다. '붓의 운용이 곧고 힘이 있는' 그림은, 이 퇴폐적이고 잔재주가 넘치는 사회에서 생존이 어려울지도 모르겠다.

몇 마디 부언하고자 한다. 지난번 인용한 시에서 작가를 잘못 기억했다. 지푸[7]가 편지를 보냈다. "나에게 좋은 동견東絹 한 필이 있다······"는 두

보의 「위언의 소나무 두 그루 그림을 위해 재미로 지은 노래」[8]에 나오는 말이고, 마지막 몇 구절은 "그것을 소중히 여김이 금비단보다 못지 않았다. 잘 닦으면 빛이 찬란하게 요동친다. 그대에게 청하노니 붓을 들어 여기 그대로 그리십시오"라고 했다. 소동파의 시가 아니었다.

1929년 3월 10일 루쉰 씀

주)_____

1) 원제는 「『近代木刻選集』(2) 小引」, 1929년 3월 21일 『조화』 주간 제12기에 처음 발표했고 『근대목각선집』(2)에 동시에 수록되었다. 『근대목각선집』(2)는 조화사가 펴낸 '예원조화' 제1기 제3집이다. 1929년 3월에 출판되었고 유럽과 미국, 일본의 판화 12점이 수록돼 있다.

2) Wood-cut은 목각, Wood-engraving은 목구조각(木口雕刻)을 말한다.

3) '저본 그림' 원문은 '粉本'. 원래는 형(形)을 그리고 그 위에 가루를 뿌려 만드는 중국화 원본을 말하는데, 나중에는 그림의 저본이라고 불리게 되었다.

4) 더글리시(Eric Fitch Daglish, 1892~1966)는 다음 글 「『근대목각선집』(2) 부기」에 간단한 설명이 나온다.

5) 나가세 요시로(永瀨義郞, 1891~1978)는 일본 다이쇼시대부터 쇼와시대까지 왕성한 활동을 한 판화가다. 판화와 유화로 자신의 세계를 표현하기 위해 여러 가지 방법을 시도했고 사회문제에도 관심이 많았다. 그의 저서인 『판화를 배우는 사람에게』(版画を作る人へ)는 판화가들에게 많은 영향을 주었다. 대표작으로 「어머니와 아들」(母と子), 「생각하는 천사」(もの想う天使) 등이 있다. 이 다음 글 「『근대목각선집』(2) 부기」에 간단한 설명이 나온다.

6) 해산된 구성파는 예링펑(葉靈鳳) 등이 소련 구성파의 그림을 맹목적으로 답습, 모방한 것을 말한 것이다. 구성파(constructivism)는 20세기 초 소련에서 만들어진 예술유파로 입체주의에 그 연원을 두고 있고 전통회화예술을 배척, 추상적인 표현양식을 추구했다. 직사각형, 원형, 직선 등에 의지해 그림 그릴 것을 주장했다.

7) 지푸(季黻)는 쉬서우창(許壽裳, 1883~1948)을 가리킨다. 저장성 사오싱 사람으로 교육자다. 루쉰의 절친한 동향친구로 교육부, 베이징여자사범대학, 광둥 중산대학, 베이핑

대학 여자문리학원 등에서 일했다. 항일전쟁 이후 타이완대학 중문과의 학과장, 타이완 편역관의 관장을 역임했다. 1948년 2월 타이베이에서 피격당했다. 저서에 『망우 루쉰 인상기』(亡友魯迅印象記), 『내가 아는 루쉰』(我所認識的魯迅) 등이 있다.

8) 원문은 '戲韋偃爲雙松圖歌'. 루쉰이 잘못 쓴 것으로 '戲爲韋偃雙松圖歌'로 써야 한다. 두보(杜甫, 712~770)는 자가 자미(子美)이고 본적은 샹양(襄陽; 지금은 후베이성에 속함)이다. 선대에 궁셴(鞏縣; 지금은 허난성에 속함)으로 이주했으며 당(唐)나라 시인이자 중국 역사상 최고의 현실주의 시인이다. 율시(律詩)를 잘 지어 율성(律聖)으로도 불리고, 현실역사를 시 속에 잘 반영해 시사(詩史)라고도 불린다. 문집에 『두공부집』(杜工部集)이 있다.

『근대목각선집』(2) 부기[1]

이 선집에 들어 있는 12점 목각은 대부분 영국의 『*The Woodcut of To-day*』, 『*The Studio*』, 『*The Smaller Beasts*』[2]에서 뽑은 것으로 몇 마디의 해설도 따왔다.

개스킨(Arthur J. Gaskin)은 영국인이다. 그는 처음 간단한 화풍이었다가 나중에 정교한 화풍으로 간 예술가다. 그는 일찍이 흑색이 주는 입체적인 농담 관계를 이해하고 있었다. 나지막한 집이 있는 경치를 그린 처량한 「대설」大雪은 아주 감동적이다. 설경을 이렇게 여타 다른 작가들이 사용한 방법보다 힘 있게 표현할 수 있다는 것은 목각 예술의 새로운 발견이다. 「동화」童話 역시 「대설」과 같은 풍격을 지니고 있다.

기빙스(Robert Gibbings)는 일찍이 영국 목각화가 중에 가장 풍부하면서도 다방면에 재주를 보인 작가다. 흑백 관념에 대해 그는 늘 의미심장하고 또 독창적이었다. E. Powys Mathers[3]의 『붉은 지혜』에 있는 삽화는 빛나는 흑백의 대비 속에 부드러운 동방적 아름다움과 정교한 백색선의 율동이 있다. 사람을 즐겁게 만드는 그의 「한가로이 앉아」는 의미 있는 형식 안에 흑백대조를 능숙하게 표현하는 그의 기질을 보여 주고 있다.

더글리시(Eric Fitch Daglish)는 우리의 『근대목각선집』(1)에서 이미 언급한 바 있다. 「때까치」는 J. H. Fabre의 『*Animal Life in Field and Garden*』[4]에 들어 있고, 「바다 표범」은 더글리시가 편집한 Animal in Black and White[5] 총서의 제2권인 『*The Smaller Beasts*』에 들어 있다.

카를레글(Émile Charles Carlègle)은 본적은 스위스이나 지금은 프랑스 국적이다. 그에게 있어 목각은 다른 사람에게 있어 회화나 부식동판처럼 직접적인 표현의 매개체다. 그는 빛과 그림자를 배열하고 색깔의 농담을 잘 처리한다. 그런 그의 작품은 생명을 진동시킨다. 그는 대단한 미학이론을 갖고 있지 않다. 무릇 재미있는 것이 생명을 아름답게 만들 수 있다고 생각한다.

오를릭(Emil Orlik)은 일본 목각법을 처음 독일에 전한 사람이다. 그러나 그는 자기 나라의 여러 방법을 목각에 융합시켜 운용했다.

도부진스키(M. Dobuzinski)의 창문은 우리에게, 어떤 사람이 거기에 서 있는지 막론하고, 마치 그 사람이 거기 서서 비 내리는 밖을 내다보며 무언가를 만날 상념에 젖어 있는 것 같은 그런 상상을 불러일으킨다. 러시아 사람들은 이 창문 아래 서 있는 사람을 종종 떠올릴 것이다.

조라크(William Zorach)는 러시아계 미국인이다. 그는 검은 바탕 위의 운치 있는 흰 부분에 주의를 기울였지 의미표현의 심오함 여부에 얽매이지 않았다. 「수영하는 여인」은 수영하는 사람의 눈으로 보는 것인데 우리 눈이 어질이질하다. 이는 마치 리놀륨 조각[6]처럼 보여 목각 같지가 않다. 수영은 미국 목각가들이 좋아하는 소재지만 사람마다 각기 자신의 고유한 기법으로 다른 풍격을 창조하고 있다.

나가세 요시로는 일본 도쿄미술학교에서 조각을 배운 적이 있고, 나중에 판화에 온 힘을 쏟았다. 『판화를 배우는 사람에게』라는 책을 썼다. 「가라앉은 종」은 그 안에 있는 삽화 중 하나로, '목구판화'의 예라 할 수 있다.[7] 유명한 조각가인 기쿠치 다케시의 복각復刻을 거친 것이다. 지금 다시 이를 복제하지만, 그런대로 흑백 배열의 훌륭한 점을 미루어 짐작해 볼 수가 있다.

주)_____

1) 원제는 「『近代木刻選集』(2) 附記」, 1929년 3월 출판된 『근대목각선집』(2)에 처음 발표되었다.

2) 『The Smaller Beasts』는 『작은 동물』(小動物)을 말한다.

3) 포이스 마더스(Edward Powys Mathers, 1892~1939)는 영국의 작가이자 번역가이다.

4) 파브르(Jean-Henri Fabre, 1823~1915)는 프랑스의 곤충학자다. 저서로 『곤충기』, 『자연과학 편년사』 등이 있고 『Animal Life in Field and Garden』, 즉 『들판과 공원의 동물생활』은 1921년 미국 뉴욕에서 출판되었다.

5) '흑백 그림 속 동물'(Animals in black and white)이라는 총서명.

6) '리놀륨 조각'의 원문은 '油漆布彫刻'. 마교(麻膠) 판화, 즉 리놀륨(linoleum) 판화를 말한다. 리놀륨은 건성유(乾性油)에 수지, 고무, 코르크 가루, 안료 등을 섞어 천에 발라서 얇은 판자모양으로 만든 것을 말한다.

7) 나가세 요시로의 『판화를 배우는 사람에게』(給學版畵的人). 일본어본은 『판화를 만드는 사람에게』(版画を作る人へ; 1922년 초판 발행, 1923년 개정판 발행, 일본 중앙미술사 간행)라고도 했다. 이 책에 들어 있는 판화 「가라앉은 종」(沈鐘)은 하웁트만(Gerhart Johann Robert Hauptmann)의 희곡 『가라앉은 종』(1896)으로부터 제목을 가져왔다. 또 같은 책의 「목구회화 해설」(口繪解說)에서는 "원화는 계수나무 스케치판에 조각한 흑과 백으로 만든 것입니다만, 목구판화의 작품 예로는 기쿠치 다케시(菊地武嗣)에서 복각하여 받은 것이 있습니다"라고 했다. '목구판화'(木口版畵)는 딱딱한 나무의 횡단면에 조각하는 목각판화의 일종으로 정교함을 특징으로 한다. 앞의 글 「『근대목각선집』(1) 소인」에 나온다.

『비어즐리 화보선』 소인[1]

비어즐리(Aubrey Beardsley, 1872~1898)는 겨우 26년만 살았고 폐병으로 죽었다. 생명이 비록 이리 짧았으나 흑백화의 예술가로서 그보다 더 많은 영예를 얻은 예술가는 없다. 또 그만큼 현대 예술가들에게 폭넓은 영향을 준 예술가도 없다. 비어즐리의 어린 시절에 가장 처음 영향을 준 것은 음악이었고 그가 정말 좋아했던 것은 문학이었다. 미술학교에 2개월 다닌 것 말고 그는 여타 예술 훈련을 받지 못했다. 그의 성공은 완전히 스스로 공부하여 얻은 것이다.

『아서왕의 죽음』[2] 삽화로 그는 문단에 발을 들여놓았다. 그 후 그는 『The Studio』 삽화를 그렸고, 『황서』(The Yellow Book)[3]의 예술 편집을 맡았다. 그는 『황서』로 세상에 와서, 『The Savoy』[4]로 세상을 떠났다. 피할 길 없이 시대가 그를 이 세상에 살아 있게 하였다. 당시 90년대는 세칭 세기말(fin de siècle)이었다. 그는 그러한 시대의 독특한 정조를 표현해 나간 유일한 사람이다. 90년대의 불안하면서도 연구하기에 좋은, 오만했던 시대정조가 그를 호출하였다.

비어즐리는 풍자가다. 그는 단지 Baudelaire[5]처럼 지옥을 묘사할 수만 있었지 조금이라도 모던한 시대의 천국은 표현하지 않았다. 그것은 그가 미를 사랑했기 때문에 미의 타락이 그를 옭죄인 까닭이다. 그것은 그가 그토록 미덕美德과 패덕敗德을 극단적으로 자각하였기 때문에 비로소 획득한 것이었다. 때때로 그의 작품은 순수한 미에 도달했으나 그것은 악마의 미였고, 항상 죄악에 대한 자각이 있었다. 죄악이 먼저 미를 받아들였다 변형이 일어나면 다시 또 미에 의해 폭로되었다.

순수한 장식 예술가로서 비어즐리는 독보적이다. 그는 세상의 모든 불일치의 사물을 한곳에 쌓아 놓고 자신의 틀을 가져다가 그것들을 하나로 일치시켰다. 그러나 비어즐리는 삽화가가 아니다. 최고의 경지에 이른 삽화책이 없다. 그것은 비교적 위대했기 때문이 아니라 삽화에 걸맞지 않아서이고 더더욱 내용과 무관했기 때문이다. 그는 삽화가로서 실패했다. 그의 예술이 추상적 장식이기 때문에. 그리고 관계성의 리듬이 결핍되어 있기에. 마치 교묘하게도 그의 전후 10년간의 관계성에서 그 자신이 결락되어 있는 것처럼. 그는, 그의 그림이 그 시대 스스로가 견지했던 어떤 선 안에 흡수된 것처럼, 그 자신의 시대 속에 매장되었다.

비어즐리는 그가 '본' 사물을 그리는 Manet나 Renoir[6] 같은 인상주의자[7]가 아니다. 그는 그가 '몽상'한 사물을 그리는 William Blake[8] 같은 환상가가 아니다. 그는 그가 '생각'한 사물을 그리는 George Frederick Watts[9] 같은 그런 이지理智를 갖고 있는 사람이 아니다. 약탕기를 벗하지 않은 날이 없을 정도였으나 그는 자신의 신경과 정감을 스스로 통어할 수 있었다. 그의 이지는 이렇게 강건하였다.

비어즐리가 다른 사람에게서 받은 영향도 적지 않다. 그러나 그에게 있어 영향이란 흡수를 하는 것이지 흡수되는 것이 아니었다. 그가 수시로 영향을 받을 수 있었던 점 역시 그의 독특한 점의 하나다. Burne-Jones[10]는 비어즐리가 『아서왕의 죽음』 삽화를 그렸을 때 그에게 도움을 주었다. 일본 예술 특히 에이센[11]의 작품은 비어즐리가 『*The Rape of the Lock*』의 Eisen과 Saint-Aubin[12]이 그에게 준 영향으로부터 벗어나는 데 도움이 되었다. 그러나 Burne-Jones의 광환狂歡적이고 피로에 지친 영성靈性은 흘겨보는 기괴한 눈빛의 육욕으로 변했다. 만일 피로에 지친다면, 죄악으로 가득 찬 피로가 있다면 말이다. 열정적으로 타오르는 서방 이미지로 변해 버린, 차갑게 응고된 일본의 실재성實在性은 예리하면서도 명료한 흑백 그림자와 곡선 속에 표현되어 무지갯빛 동방에서조차 일찍 몽상해 본적이 없었던 색조를 암시하였다.

그의 작품이 『*Salomè*』[13]의 삽화로 번역 출판되었고 게다가 우리나라 예술가들이 수시 그 그림들을 가져다 사용하기 때문에 비어즐리의 예술풍격도 일반적으로 아주 친숙해진 듯하다. 그러나 그의 장식화는 제대로 소개된 적이 없다. 이제 여기 12폭을 선별 인쇄하여 비어즐리 애호가들에게 제공하니 아직 빛이 바래지 않은, 그가 남긴 모습을 좀 감상하기 바란다. 아울러 Arthur Symons과 Holbrook Jackson[14]의 말을 절취截取하여 비어즐리의 특색을 설명하는 서문으로 삼고자 한다.

1929년 4월 20일, 조화사[15] 씀

1) 원제는「『比亞玆萊畵選』小引」, 1929년 4월 출판된 『비어즐리 화보선』에 처음 발표되었다. 『비어즐리 화보선』은 조화사가 편찬한 '예원조화' 제1기 제4집으로 비어즐리의 작품 12점이 수록돼 있다.

2) 『아서왕의 죽음』(Le Morte d'Arthur)은 영국의 토머스 멜러리(Thomas Malory, 1395~1471)의 작품으로 중세 영국 브리튼의 아서왕과 그의 부하 12명 원탁기사의 전설에 근거하여 쓴 소설이다.

3) 『황서』(The Yellow Book)는 『황피서』(黃皮書)라고도 번역되었다. 영국 문학 계간지로 1894년 런던에서 창간되어 1897년 정간되었다. 비어즐리가 이 잡지의 미술편집을 담당했었다.

4) 『The Savoy』 즉 『사보이』는 영국 문학 계간지다. 비어즐리가 1875년부터 죽을 때(1898년)까지 이 간행물의 삽화를 전적으로 담당했다.

5) 보들레르(Charles Baudelaire, 1821~1867)는 프랑스 시인이다. 1848년의 2월혁명 이후 혁명의 실패로 사회진보에 대한 믿음을 상실한 채 죽음을 노래하고 병태적인 심리를 묘사하며 현실사회에 대한 비판과 증오의 감정을 토로했다. 저서에는 시집 『악의 꽃』(Les Fleurs du mal), 산문시집 『파리의 우울』(Le Spleen de Paris) 등이 있다.

6) 마네(Édouard Manet, 1832~1883)와 르누아르(Pierre-Auguste Renoir, 1841~1919)는 모두 프랑스 인상파를 대표하는 화가들이다. 마네의 대표작으로 「풀밭 위의 식사」, 「에밀 졸라상」이 있고, 르누아르는 「포옹」, 「무도회」 등이 있다.

7) 인상주의자(Impressionnist). 19세기 하반기 프랑스에서 일어난 한 유파, 즉 인상파를 추종하는 사람을 말한다. 인상파는 회화의 기법상 빛과 색의 표현효과를 연구하고 순간의 인상 포착을 강조하며 작품의 주제사상은 모호하게 하는 것을 특징으로 한다. 인상파는 유럽 회화의 기법 발달에 매우 큰 영향을 미쳤다.

8) 윌리엄 블레이크(William Blake, 1757~1827)는 영국 시인이자 판화가이다. 그는 초상화나 풍경화처럼 자연을 단순 묘사하는 회화를 경멸했다. 묵상 중에 상상하는 신비의 세계를 그리고자 했다. 런던의 양말공장 직공의 아들로 거의 독학하였다. 회화에서는 유화를 꺼리고 수채화야말로 최고의 표현이라 생각하여 시화집을 만들어 간행했고, 각 페이지마다 그림을 넣어 판각만의 독창적인 색채 인쇄까지 했다. 시화집에는 『천국과 지옥의 결혼』(The Marriage of Heaven and Hell, 1790~93), 『경험의 노래』(Songs of Experience, 1794) 등이 있고 신비한 사색을 곁들인 동판화 『욥기』(The Book of Job, 1823~26)가 유명하다. 만년에 단테의 『신곡』(La Divina Commedia)에 동판화 삽화를 그려 넣기도 했으나 미완성으로 그쳤다. 시집으로 『천진(天眞)의 노래』(Songs of Innocence, 1789), 예언시 『프랑스 혁명』(The French Revolution, 1791) 등이 있다.

9) 조지 프레더릭 와츠(George Frederic Watts, 1817~1904)는 영국의 화가이자 조각가다.

작품으로 유화 「희망」(Hope), 조각으로 「체력」(Physical Energy) 등이 있다.

10) 번 존스(Edward Burne-Jones, 1833~1898)는 영국의 유화 화가다. 작품으로는 「창조의 날」(Days of Creation), 「비너스의 거울」(The Mirror of Venus) 등이 있다.

11) 기쿠카와 에이센(菊川英泉, 1790~1848)은 에도 말기, 일본의 민간 풍속화인 우키요에(浮世繪) 화가다.

12) 『The Rape of the Lock』. 알렉산더 포프(Alexander Pope, 1688~1744)가 쓴 대표적인 풍자시 『머리채 겁탈』이다. 런던에서 출생, 12살에 척추결핵에 걸려 불구가 되었다. 독학으로 고금의 시인을 공부했다. 특히 드라이든(John Dryden)의 시풍을 경모하였고 영국 고전주의의 대표적 시인이 되었다. 당시 대륙에서 유행하던 모의(模擬) 영웅시인 『머리채 겁탈』 및 『우졸우인전』(The Dunciad)이 그의 대표작이다. 전자는 기기묘묘한 기지와 세련된 공상으로 사람을 매혹케 한다는 평을 들었다.

Eisen. 에이센(Charles-Dominique-Joseph Eisen, 1720~1778)은 프랑스 삽화 화가다.

Saint-Aubin. 생-토뱅(1736~1809)은 프랑스 판화가다.

13) 『살로메』(Salomè)는 영국 작가 와일드(Oscar Wilde, 1854~1900)가 쓴 단막극이다.

14) 아서 시먼스(Arthur Symons, 1865~1945)는 영국 시인이자 문예평론가로서 비어즐리의 친구이자 동료다. 『황서』 잡지를 위해 많은 글을 발표했으며, 1896년 『사보이』 잡지의 주편을 맡았다. 저서에 『문학에서의 상징주의 운동』(The Symbolist Movement in Literature)과 시집 『런던의 밤』(London Nights) 등이 있다.

홀브룩 잭슨(Holbrook Jackson, 1874~1948)은 영국의 작가이며 잡지편집인이다. 저서에 『책 인쇄』(The Printing of Books) 등이 있다.

15) 조화사(朝花社)는 루쉰, 러우스, 왕팡런(王方仁) 등이 조직한 문예단체다. 1928년 11월 상하이에서 창립했고 1930년 봄에 해체되었다. 『조화』 주간, 『조화』 순간, 『근대세계단편소설선』과 '예원조화' 화집 등을 펴냈다.

『신러시아 화보선』 소인[1]

약 30년 전, 덴마크의 비평가 게오르그 브란데스(Georg Brandes)[2]가 제정 러시아를 여행하고 『인상기』를 써 '흑토'黑土가 놀라웠다고 했다. 과연 그의 관찰은 사실로 증명되었다. 이 '흑토' 속에서 그들은 문화의 신기한 꽃들과 교목들을 계속 길러 냈고 서유럽 인사들을 놀라게 만들었다. 처음에는 문학과 음악에서, 좀 뒤에는 무용에서, 그리고 그림에서 그러했다.

그러나 19세기 말의 러시아 그림은 아직 서유럽 미술의 영향 하에 있었다. 똑같이 그들을 추수해 독창성이 적었다. 그런데 미술계 패권을 장악한 것은 학원파(Academismus)[3]에 의해서였다. 90년대가 되면서 '이동전람회파'[4]가 나타났다. 그들은 학원파의 고전주의에 대해 가일층 공격을 가했고 모방을 배척했으며 독립을 중시했다. 그리고 마침내 미술계를 손에 넣어 자신들의 생각과 이상을 고취하기에 이르렀다. 그런데 배척을 하다 보니 쉬이 모고慕古[5]로 기울었고 모고는 퇴영을 면치 못하게 되었다. 그래서 나중에 예술은 점차 쇠락의 길을 걷게 되었고 프랑스 색채 화가인 세잔을 추종하는 화파(Cezannist)[6]가 흥하게 되었다. 같은 시기에 유럽 서

남부의 입체파와 미래파[7]도 러시아에 들어와 성행하였다.

10월혁명 때는 좌파(입체파와 미래파)의 전성시대였다. 옛 제도를 파괴하는 혁명이란 점에서 사회혁명하는 자들과 상통했기 때문이다. 그러나 그 지향하는 바의 목적을 묻는다면 이 두 파에겐 답이 없었다. 특히 치명적인 것은 비록 신기한 것에 속하긴 했으나 민중들이 이해하지 못한다는 점이었다. 그래서 혁명의 파괴 후 건설에 들어가게 되어, 노동자 농민 대중에게 이익이 되는, 평민이 이해하기 쉬운 미술을 요구하게 되었을 때 부득불 이 두 파는 배척을 당하게 되었다. 그 당시 요구했던 것은 사실파 같은 파였다. 그래서 우파가 점차 득세하여 잠깐 승리를 거두었다. 그러나 보수파 무리는 새로운 동력이란 것이 없었다. 그래서 오래지 않아 그들 자신의 작품으로 또다시 자신들의 파멸을 증명했다.

당시는 미술 건설과 사회 건설이 서로 결합할 것이 요구되던 때여서, 좌우 양파는 함께 실패로 귀결되었다. 그런데 좌익 가운데는 실제로 이미 붕괴가 일어나 이합집산을 거듭한 후에 '산업파'[8]라는 새로운 파가 생겼다. 그들은 산업주의와 기계문명이란 이름으로 순수미술을 부정했다. 작품 제작의 목적은 오로지 공예의 공리성에 있었다. 결과적으로 다른 파들과의 투쟁을 거치면서 반대자들은 떠나갔고 타틀린(Tatlin)과 로드첸코(Rodschenko)를 중심으로 한 '구성파'(Konstructivismus)[9]가 만들어졌다. 그들의 주장은 Komposition에 있지 않고 Konstruktion[10]에 있었다. 묘사에 있지 않고 조직에 있었으며 창조에 있지 않고 건설에 있었다. 로드첸코는 이렇게 말했다. "미술가의 임무는 색과 형태로 추상적인 인식을 하는 것이 아니라 구체적인 사물의 어떤 구조상의 과제를 해결하는 데 있다." 이는, 구조주의상에서는 영원히 변하지 않는 것은 없다는 것을 법칙으로 하며, 그때그때 환경에 따라 생겨나게 마련인 여러 새로운 과제는 새로운 방법으로 해결해 가야 하는 것이 구조주의의 본령이라는 것이다. 현대인이라면 당연히 현대의 산업적인 일을 영광으로 삼아야 한다. 그래서 산업상에서의 창조가 근대 천재들이 표현해야 하는 것이 되었다. 기선, 철교, 공장, 비행기는 각기 그 고유의 미美를 가지고 있다. 엄숙하고도 또한 당당한 것이다. 그래서 구조파 화가들은 점차 물체의 형태묘사를 하지 않게 되었다. 몇 가지의 기하학적인 도안을 가지고 입체파들보다 한층 더 나아갔다. 예를 들면 이 화집에 실린 Krinsky[11]의 세 작품 가운데 앞의 두 개가 그것을 분명하게 보여 주고 있다.

Gastev[12]는 시간의 선용善用을 주장하여 다른 기치를 세운 사람이다. 본 화집에 한 작품을 수록했다.

혁명의 선전, 교화, 장식과 보급의 수요로 인해 이 시기에는 판화 —— 목각, 석판, 삽화, 장식화, 부식동판화 —— 가 많이 발달했다. 좌익작가 가운데 순수미술에서 멀어지길 싫어한 사람들은 종종 판화 속으로 들어가곤 했다. 예를 들면 마슈틴[13](『열둘』 속에 삽화 네 점이 있다. '웨이밍총간'에 들어 있다), 안넨코프[14](이 화집에 그가 각한 「소설가 자먀틴 초상」이 있다)가 그러하다. 구조파 작가들은 산업과 보다 더 결합할 목적으로 인해 활동이 많아졌다. 이를테면 로드첸코와 리시츠키[15]가 장식을 한 현대 시인의 시집 같은 것인데 전형적인 예술 판화로 불린다. 그러나 나는 한 작품도 본 적이 없다.

본 화보집에 수록된 작가로는 파보르스키[16](「모스크바」 수록)가 최고다. 쿠프레야노프[17](「다림질하는 여인」 수록), 파브리노프[18](「비평가 벨린스키 초상」 수록), 마슈틴은 모두 그의 영향을 받은 작가들이다. 크루글리코바[19] 여사는 본래 부식동판(Etching)의 고수다. 여기 수록한 두 작품은 모두 전영이다.[20] 『철의 흐름』에 소개된 적 있는 그림(「숄로호프[21] 초상」)은 드라이 포인트[22]로 그녀의 장기를 보여 주는 작품은 아니다.

현재 신러시아 미술이 전 세계에 지대한 영향을 미치고 있지만 중국에는 아직 그 소개조차 미미하다. 게다가 이 빈약한 12페이지짜리 책은 정말 명실상부하지 못하여서 조금치도 소개의 중임을 다할 수 없다. 수록한 것은 대부분 판화이고 대작과 걸작들은 훗날의 진품으로 소개될 기회를 남겨 두었다. 이 점은 우리들의 깊은 유감이다.

하지만, 판화를 많이 수록한 것에는 나름의 다른 이유가 있다. 중국제 판화의 기술이 아직 훌륭한 경지에 이르지 못해서, 차라리 형상을 바꾸기보다는 서두르지 않는 편이 좋다는 것이 그 하나요, 혁명을 할 때, 판화의 용도가 가장 넓게 쓰이는데 제아무리 바쁜 상황일지라도 경각에 조각을 할 수 있음이 그 두번째다. '예원조화'[23]를 처음 창간했을 때 우리는 이미 이 점에 주의했다. 그래서 1집에서 4집까지 모두 흑백의 선을 사용했다. 그런데 끝내 예원에서 버림을 당했고 심지어 계속하는 것도 어려웠다. 이제 다시 제5집을 출판해 내보내지만 어쩌면 이미 늦은 시간이 된 것인지도 모르겠다. 그래도 여전히 몇 명의 독자들이라도 이를 통해서 얼마간의 도움을 얻을 수 있게 되기를 바란다.

본문 가운데 설명과 다섯 작품은 노보리 쇼무의 『신러시아 미술대관』[24]에서 가져왔고 그 나머지 여덟 작품은 R. Fueloep-Miller[25]의 『The Mind and Face of Bolshevism』에 실린 것에서 복제한 것임을 더불어 밝힌다.

1930년 2월 25일 밤, 루쉰

1) 원제는 「『新俄畵選』小引」, 1930년 5월 상하이 광화서국(光華書局)에서 출판한 『신러시 아 화보선』에 처음 인쇄되었다. 『신러시아 화보선』은 조화사가 편찬한 '예원조화' 제1 기 제5집으로 소련 회화와 목각 12작품이 수록되어 있다.

2) 게오르그 브란데스(Georg Brandes, 1842~1927)는 덴마크의 문학평론가다.

3) 학원파는 17세기 유럽 각국의 관영 미술학교에서 형성되어 발전한 예술유파다. 창 작 소재는 대부분 기독교적 스토리와 권력자들의 생활이었다. 틀에 박힌 생기 없는 격식에 번다하고 부화(浮華)한 세부묘사를 추구했다. 러시아 학원파는 18세기 형성 되어 페테르부르크 미술학교를 중심으로 발전했다. 대표적인 인물은 브루니(Фёдор Антонович Бруни, 1799~1875)가 있다.

4) '이동전람회파'는 흔히 '이동파'(Передвижники, Peredvizhniki)라고 부른다. 1870년 러시아의 현실주의 화가 일군이 '순회예술전람동지회'(Товарищество передвижных художественных выставок)를 만들어 여러 대도시에서 작품 전시를 하곤 했다. 그들과 학원파는 대립했다. 서양을 맹목으로 모방하는 것에 반대했고 러시아 본국의 살아 있 는 제재를 묘사하자고 주장했다. 그들의 작품은 사회의 어두움과 인민의 고통을 반영 해 조국에 대한 사랑을 표현했다. 이 화파는 러시아 현실주의 회화예술의 발전에 지대 한 영향을 미쳤다. 대표적인 인물로는 이반 크람스코이(Иван Николаевич Крамской, 1837~1887), 바실리 페로프(Василий Григорьевич Перов, 1834~1882), 일리야 레핀 (Илья Ефимович Репин, 1844~1930), 바실리 수리코프(Василий Иванович Суриков, 1848~1916) 등이다.

5) 옛것을 좋아하여 따라하는 것.

6) 세잔(Paul Cézanne, 1839~1906)은 프랑스 후기 인상파의 대표적인 화가다. 그는 회화 의 목적이 형, 색, 리듬, 공간의 탐색에 있다고 생각했다. 명암 효과가 아닌 색 배합에 의 해 체적을 표현할 것을 주장했다. 작품에 「자화상」, 「카드놀이 하는 사람들」, 「목욕하는 사람들」 등이 있다. 세잔 화파(Cezannist)는 1910년 러시아에 출현한 일군의 청년화가 들로 '다이아몬드의 잭파'(Jack of Diamonds, Бубновый валет, 紅方塊王子派)로 불렸다. 그들은 세잔·풍의 그림을 추종하여 '색채 인상'의 묘사를 추구했다. 당시 러시아 미술 계의 양식화와 귀족 취미적 경향에 반대하고 현재의 물성(物性)을 그대로 표현코자 했 다. 대표적인 인물로 콘찰롭스키(Пётр Петрович Кончаловский, 1876~1956), 마시코프 (Илья Иванович Машков, 1881~1944) 등이 있다.

7) 입체파(Cubism)는 20세기 초 프랑스에서 형성된 화파로 전통적인 예술표현 수법을 폐 기하고 면으로 물체의 입체성을 표현하고자 했다. 몇 개의 도형(입방체, 구체球體, 원추체 등)을 사용하여 조형예술의 기초로 삼을 것을 주장했다. 10월혁명 이후 입체파와 미래 파는 전통 파괴, 과감한 창신(創新)의 자세로 출현해 당시 평론가들은, 그들 및 그들과

직접 관련이 있는 구성파 등을 '좌파'라고 부르고 기타 유파를 '우파'라고 불렀다.

8) '산업파'는 입체파에서 전변되어 나온 소련의 예술유파로 구성파의 전신이다. 미술은 마땅히 공업건설과 직접적으로 결합해야 한다고 주장했고 공예적이고 일상의 실용을 목적으로 하는 '산업미술'을 제창했다.

9) '구성파'(Konstructivismus)는 21세기 초 소련에서 형성된 예술 유파다. 입체주의에서 출발하여 전통회화 예술을 배척하고 추상의 표현형식을 추구했다. 직사각형, 원형, 직선 등에 의지해 작품을 구성할 것을 주장했다. 타틀린(Владимир Евграфович Татлин, 1885~1953)이 구성파를 창시한 사람이고 로드첸코(Александр Михайлович Родченко, 1891~1956)가 구성파의 대표 화가다.

10) Komposition은 구도(構圖), Konstruktion은 구성(構成)이다.

11) Krinsky. 소련의 구성파 화가 크린스키(Владимир Фёдорович Кринский, 1890~1971).

12) Gastev. 소련 화가 가스테프(Алексей Гастев)다.

13) 원문은 '瑪修丁'. 마슈틴(Василий Николаевич Масютин, 1884~1955)은 소련의 판화가이다. 후에 독일로 옮겨 살았다.

14) 안넨코프. 원문은 '央南珂夫'. 중국어로 '伊·安寧科夫'로도 표기한다. 안넨코프(Юрий Павлович Анненков, 1889~1974)는 러시아 화가다. 1924년 이후 독일 등 다른 나라로 옮겨 살았고, 『분류』 제1권 제2기에 그가 그린 고리키와 예브레이노프의 초상이 실려 있다.

15) 로드첸코(Александр Михайлович Родченко, 1891~1956)는 구성파의 대표 화가이고 리시츠키(Лазарь Маркович Лисицкий, El Lissitzky, 1890~1941)는 소련 판화가이자 건축가다.

16) 원문은 '法孚爾斯基'. 블라디미르 파보르스키(Владимир Андреевич Фаворский, 1886~1964)는 소련 판화가다. 책 장정과 삽화 예술 면에 뛰어난 업적을 남겼다. 작품으로는 「도스토예프스키 초상」, 「이고르 왕자 원정기」 삽화 등이 있다. 뒤에 나오는 「『인옥집』(引玉集) 후기」에 자세한 설명이 있다.

17) 원문은 '古潑略諾夫'. 쿠프레야노프(Николай Николаевич Купреянов, 1894~1933)는 소련 판화가다. 작품으로 『오로라 순양함』, 『어머니』, 『궤멸』 등 책의 삽화가 있다.

18) 원문은 '保裏諾夫'. 파브리노프(Павел Яковлевич Павлинов, 1881~1966)는 소련 판화가이며 삽화가다. 작품으로 「스베르들로프 초상」, 「푸시킨 초상」 등이 있다.

19) 원문은 '克魯格裏珂跋'. 크루글리코바(Елизавета Сергеевна Кругликова, 1869~1941)는 소련 판화가다. 작품으로 「전쟁 전야의 파리」, 「시인 실루엣 집」 등이 있다.

20) 원문은 '剪影'. 가위로 오려 그림자만을 표현한 것. 즉 인체의 얼굴이나 윤곽, 사물의 윤곽을 따라 종이를 오려 표현한 것으로 실루엣을 따라 검은 부분을 묘사한 것이다. 크루글리코바 여사의 작품으로 이 화집에 수록된 것은 「아이들」(兒童)과 「트로츠키

부인 초상」(托洛茨基夫人像)이 있다.

21) 「숄로호프(Михаил Шолохов) 초상」. 원문은 '梭羅古勃像'. 월간 『분류』 제1권 제8기 (1929년 1월)에 실렸다.

22) 원문은 '雕鏤畵'. 조각동판화의 일종으로 흔히 드라이 포인트(dry point)라 부른다. 동판 위에 직접 그림을 조각하여 만든다.

23) '예원조화'는 조화사가 출판한 미술총서로 루쉰과 러우스(柔石)가 편집했다. 『근대목각선집』 1집, 2집, 『후키야 고지 화보선』, 『비어즐리 화보선』, 『신러시아 화보선』 등 외국미술작품집 5권을 함께 출판했다. 『신러시아 화보선』은 편집완료 시에 조화사가 이미 문을 닫아 상하이 광화서국(光華書局)에서 출판했다.

24) 노보리 쇼무(昇曙夢, 1878~1958)는 일본의 러시아문학 연구가이자 번역가이다. 저서로는 『러시아 근대문예사상사』(露国近代文芸思想史)와 『러시아문학 연구』(露西亜文学研究)가 있고, 역서로는 톨스토이의 『부활』 등이 있다. 『신러시아 미술대관』은 19세기 말에서 20세기 초의 소련예술에 대한 책이다. 1925년 2월 일본 도쿄의 신초사(新潮社)에서 출판되었다.

25) 르네 퓔뢰프 밀레르(René Fülöp-Miller, 1891~1963)를 말한다. 오스트리아의 작가이자 기자다. 저서에 『레닌과 간디』(Lenin und Gandhi), 『볼셰비즘의 정신과 면모』(Geist und Gesicht des Bolschewismus) 등이 있다. 『집외집』의 「『분류』 편집 후기」에도 소개되어 있다.

문예의 대중화[1]

문예는 결코 훌륭한 소수의 사람만이 감상할 수 있는 것도, 선천적으로 저능한 소수자가 감상할 수 없는 것도 아니다.

만일 작품이 훌륭하면 훌륭할수록 그것을 이해하는 사람이 적다고 하자. 그러면, 추론한다면, 누구도 이해할 수 없는 작품이라야 세계의 걸작이 될 것이다.

그런데 독자들도 상당 정도를 갖추고 있긴 해야 한다. 우선 글자를 알아야 하고, 일반적인 보통 지식, 그리고 사상과 정감도 일정한 수준에 도달해 있어야 한다. 그렇지 않으면, 문예와 어떤 관계를 만들 수가 없다. 만일 문예가 아래로 내려가는 방법을 강구한다면 대중과 영합하고 대중에게 아부하는 것으로 흐르기 쉽다. 영합과 아부는 대중에게 이로움이 없을 것이다. 무엇을 가리켜 '이로움'인가. 여기서 이 질문 범주 안에서 좀 논해 보고자 한다.

목하의 교육 불평등 사회에서는 난이도가 다른 각종의 문예가 존재하여 각기 다른 수준의 독자들 요구에 부응하고 있다. 그러나 대중을 위해 많은 고심을 해야 마땅한 작가는 모두 다 이해할 수 있고 읽고 싶게 만드는, 이해하기 쉽고 평이한 작품을 써, 썩은 나부랭이[2]들을 제거해 버리는 데 온 힘을 기울여야 한다. 그런데 아마 그러한 문자의 수준은 창본唱本 같은 정도일 것이다.

왜냐하면 지금 대중들이 문예를 감상할 수 있는 시대적 준비가 내 생각에, 단지 그 정도일 것이라 생각하기 때문이다.

만일 지금 이 시점에 전체 대중 모두를 대중화하려 한다면 그것은 공리공담이다. 대다수 사람들은 글자를 모르고 있고 목하 통용되고 있는 백화문 역시 여러 사람들이 이해할 수 있는 글이 아니다. 또 언어가 통일되어 있지 않아 방언을 사용한다 해도 많은 글자는 쓸 수가 없으니 다른 글자로 대체해야 한다. 이는 어느 한 지역 사람들의 이해만을 위한 것이 되어 독서 범주가 줄어들게 마련이다.

요약하면, 많든 혹은 일정 정도이든 대중화한 문예는 정말 당장의 급선무다. 만일 대규모로 실시하고자 한다면 반드시 정치력의 도움이 필요하다. 한 다리로는 걸어서 길을 낼 수가 없고, 듣기 좋은 많은 말들은, 그저 문인들의 자기만족에 지나지 않을 뿐이다.

주)_____

1) 원제는 「文藝的大衆化」, 1930년 3월 상하이 『대중문예』 제2권 제3기에 처음 발표했다.
2) 원문은 '勞什子'. 베이징 방언으로 물건의 범칭이다. 경멸과 멸시의 뜻이 담겨 있다.

『파우스트와 도시』후기[1]

이 극본은 영국 L. A. Magnus와 K. Walter가 번역한 『*Three Plays of A. V. Lunacharski*』[2]에서 번역한 것이다. 원서 앞에 두 사람이 함께 쓴 서문이 있는데, 이 책에 실은 오세 게이시[3]의 소전小傳과 비교해 상세하기도 간략하기도 한 곳이 있고, 착안점에 있어서도 자못 다르다. 지금 여기에 일부분을 발췌해서 독자들의 참고자료로 제공한다.

'Anatoli Vasilievich Lunacharski'[4]는 1876년 Poltava주[5]에서 태어났다. 그의 부친은 지주였다. Lunacharski 가계는 본래 반半 귀족의 대지주 귀족으로 지혜로운 식자들을 많이 배출한 바 있다. 그는 Kiew[6]에서 중학교 교육을 받은 후 Zurich대학[7]에 들어갔다. 거기서 수많은 러시아 교민들과 Avenarius와 Axelrod[8]를 만나 그의 미래가 결정되었다. 이때부터 그는 대부분 스위스, 프랑스, 이탈리아에서 세월을 보냈고 가끔 러시아에 있었다.

그는 원래 볼셰비키다. 그것은 그가 러시아 사회민주당의 맑스파에 속한다는 것을 말한다. 이 파가 제2차, 제3차 회의에서 다수를 점하자 볼셰비키란 말이 점차 정치상의 명사가 되어 원래의 간단했던 글자 의미와 다르게 되었다. 그는 최초의 맑스파 신문인 Krylia(날개翼)[9]의 필자이며 특별한 단체에 속한 볼셰비키다. 그 단체는 금세기 초에 맑스파의 잡지인 Vperéd(전진前進)를 창간했고 그것을 위해 동분서주하였다. 그의 동료 가운데 Pokrovski와 Bogdánov 그리고 Gorki[10] 등은 강연을 개설하고 학교수업을 했다. 일반적으로 말해 혁명의 선전공작에 종사한 것이다. 그는 모스크바 사회민주당 결사의 회원이었고 Vologda[11]로 유배를 당했으며 또 여기에서 이탈리아로 도주했다. 스위스에서 그는 1906년 멘셰비키에 의해 구금당할 때까지 줄곧 Iskra(불꽃)[12]의 편집을 담당했다. 1917년 혁명 이후 그는 마침내 러시아로 돌아갔다.

이러한 사실들은 Lunacharski의 영혼이 지닌 창조적 삶을 말해 준다. 그는 프랑스와 이탈리아에 아주 밝았고 박학한 중세기의 본거지를 사랑했다. 그의 몽상 대부분은 모두 중세기에 놓여 있었다. 동시에 그의 세계관은 절대적으로 혁명 러시아에 귀속돼 있었다. 그의 사상에서 극단적인 현대주의 역시 마찬가지로 현저하게 다르게, 반半중세적인 도시와 연결돼 있으면서 '현대' 모스크바의 그림자를 형성했다. 중세주의와 유토피아가 19세기 후기 미디어상에서 만나[13]——극단적으로 『유토피아 소식』 같은 것에서——중세기의 군郡 자치전쟁이란 말들이 소비에트 러시아의 명사 속에 나타나게 된 것이다.

사회 개혁과 진보에 대한 강한 믿음이 Lunacharski의 작품에 배어들었고, 이것은 또 일정 정도 그와 그의 위대한 혁명적 동시대인들을 다르게 만들었다. Blok[14]는 비교할 수 없는 최고의 사랑스런 서정시인이고, 아름답지만 섬세하고 연약한 가인佳人, 즉 러시아나 새로운 신조에 대해,

Sidney[15] 스타일의 뜨거운 열정을 품고 있었으니, 그것은 마치 Shelley[16] 와 그의 위대함과 같은 것이었다. Esènin[17]은 그리 분명하지 않은 이상에 대해 거칠면서도 열정적으로 외쳐 댔다. 이 이상은 러시아 사람들에게 있어서는 충분히 볼 수 있는 것이었으며 또한 그것의 존재와 살아 있는 힘을 느꼈다. Demian Bedny[18]는 통속 풍자가다. 또 다른 일파가 있으니, 모두 다 알고 있는 LEF(좌익예술전선)다. 이 프랑스의 Esprit Noveau(신정신新精神)는 참신하고 대담한 시, 이들 시학의 미래파와 입체파를 만들고 있는 중이다. 무릇 이들은 어떤 의미에서 말하자면 순수한 시인들로서 실제 문제에 그다지 절박하지 않았다. Lunacharski는 항상 건설을, 미래의 보다 나은 인류건설을 꿈꾸었다. 비록 자주 '복고'(relapsing)로 돌아가긴 했으나. 그래서 어떤 의미로 말하면, 그의 예술은 평범한 것으로, 동시대인들이 도달했던 높이와 경지에 이르지 못했다. 그것은 그가 건설을 하고자 하여 결코 경험주의자[19]들 속으로 섣불리 들어가지 않았기 때문이다. Blok과 Bely[20]는 경험주의자 일파로서 고상한 경지에 올랐으나 신봉하는 것은 없었다.

Lunacharski의 문학발전은 대략 1900년부터 계산할 수 있다. 처음 인쇄된 그의 책은 철학 관련 강론이다. 그는 저서가 아주 많은 작가다. 36종 되는 저서는 15권의 큰 전집으로 묶을 수 있을 정도다. 가장 먼저 낸 책은 『연구』로 맑스주의자 관점에서 출발한 철학 관련 수필집이다. Maeterlink와 Korolenko[21] 예찬 비평을 포함한 예술과 시에 대한 담론은 이들 저서에서 이미 아주 성숙한 경지에 오른 그의 시학을 예고하고 있다. 『실증미학의 기초』, 『혁명의 실루엣』 그리고 『문학의 실루엣』은 모두 이 부류에 속하는 것들이다. 일련의 단문들 속엔 지식계급에 대한 공격이

들어 있다. 논쟁적인 글에는『자본주의하의 문화』,『가면 속 이상』,『과학과 예술 그리고 종교』,『종교』,[22]『종교사 입문』 등과 같은 다른 문장도 있다. 그의 몸은 러시아 당시의 반종교운동 속에 처해 있었지만, 종교에 종종 흥미를 느끼곤 했다.

또 Lunacharski는 음악과 희곡의 대★권위자이다. 그의 희곡, 특히 시극詩劇에서 사람들은 겉으로 표현한 적 없지만 내면에서 울고 있는 어떤 상흔을 느끼곤 한다.

12살 때[23] 그는 미성숙한 작품,『유혹』을 썼다. 큰 이상을 갖고 있지만 교회에 만족할 수 없었던 한 청년수도사를 그리고 있다. 마귀가 정욕(Lust)으로 그를 유혹하였다. 그런데 그 수도사가 정욕과 결혼하게 되자 그는 바로 사회주의를 이야기한다. 두번째 극본은『왕의 이발사』다. 음험한 전제주의가 좌절·실패한 이야기이며 감옥에서 썼다. 그 다음은『파우스트와 도시』이다. 이는 러시아 혁명과정의 순서를 예상한 이야기로 1916년에 최종 개고改稿를 했고 초고는 1908년에 썼다. 나중에 희극喜劇을 썼는데 전체 이름은『세 명의 여행자와 그것』이다.『동방의 세 박사』Magi는 1918년작(그 핵심은 1905년에 쓴 논문『실증주의와 예술』 속에 있다)이고, 1919년에는『현자 바실리사』와『이반은 천당에 있다』가 출판됐다. 이어서 그는 역사극『Oliver Cromwell』과『Thomas Campanella』[24] 창작을 시도했으나 나중에 다시 희극으로 돌아가 1921년에『재상과 구리장인』, 『해방된 돈키호테』를 완성했다. 후자는 1916년 시작한 것이다.『곰의 결혼』은 1922년에 나왔다. (카이스開時, 발췌 번역)

이 책 영역본에 작가의 서문小序이 있어 그가『파우스트와 도시』를 쓰게 된 연유, 시기를 상세하게 설명하고 있다.

어떤 독자를 막론하고 그가 만일 Goethe의 위대한 'Faust'[25]를 알고 있다면 나의 『파우스트와 도시』가 'Faust'의 제2부 장면에서 계발啓發되어 나온 것이란 걸 모르지 않을 것이다. 그 장면에서 Goethe의 영웅은 '자유의 도시'를 찾았다. 이 천재가 만들어 낸 것과 창조자 사이의 상호관계는 그 문제 해결이, 한편으론 천재와 그의 그러한 개명전제開明專制로의 경향성으로, 다른 한편으론 데모크라시[26]적인 것 —— 이 이념은 나에게 영향을 주었고 나의 작업을 유발시켰다 —— 으로 희곡의 형식에 직조되었다. 1906년 나는 이 소재를 구상했고, 1908년 Abruzzi와 Introdacque[27] 지방의 한 호젓한 시골에서 한 달 동안 이 극본을 완성했다. 나는 그것을 오랫동안 방치해 두었다. 1916년 아주 고요하고 아름다운 환경 속에서, Geneva 호수의 St. Leger라는 마을[28]에서 최종 원고 수정을 했다. 그 중요한 수정작업은 가능한 한 잘라 내는 것(Cut)이었다. (러우스, 발췌 번역)

영어 번역자가 이 극본을 "러시아 혁명과정의 예측"이라고 한 것은 정확한 것이다. 그런데 이는 세계 혁명과정에 대한 작가의 예상이기도 하다. 파우스트가 죽은 후 극본도 끝난다. 그런데 『실증미학의 기초』에서 우리는 그 이후 예상되는 이야기의 일단을 볼 수 있다.

……새로운 계급과 종족은 대개의 경우 이전 지배자에 대한 반항 속에서 발전한다. 또 그들의 문화를 증오하는 것이 몸에 배기 마련이다. 그래서 문화발달의 보폭은 사실 끊임없이 끊어졌다 이어졌다를 반복하게 된다. 여러 가지 다른 장소에서, 여러 가지 다른 시대에서, 인류는 다시 건

설을 하기 시작하지만, 할 수 있는 한의 일정 정도에 이르면 다시 쇠퇴의 길로 기운다. 이는 결코 객관적인 불가능을 만났기 때문이 아니라 주관적인 가능성이 침해를 받아서이다.

그런데, 가장 최후의 세대들은 정신의 발달 즉 풍부한 연상과 평가 원리의 설정, 역사적인 의미와 감정의 성장과 함께, 객관적으로 모든 예술을 향유하는 것을 더욱더 배가하여 배우게 될 것이다. 그래서 아편 흡연자의 잠꼬대 같은 화려함과 기괴한 인도의 절, 사람을 짓누르듯 무겁디무겁게 온갖 니글거리는 색채를 입힌 이집트의 사찰, 희랍인의 우아함, 고딕의 법열法悅, 문예부흥기의 폭풍우와도 같은 향락성이 그들에게 있어서는 모두 이해할 수 있는 것이 되고 가치 있는 것이 될 것이다. 왜 그런가. 새로운 인류라는 이 완인完人들은 인간적인 것에 모두 관심이 있기 때문이다. 때로는 연상이 압도하기도 하고 때로는 다른 연상이 강해져서 완인들은 자신의 마음 깊은 곳에서 인도인과 아랍인의 정서를 불러온다. 아무 신앙심이 없으면서도 아이들의 기도에 감동하고, 피에 목마르지 않으면서도 흔쾌히 아킬레스의 파괴가 가지고 오는 분노에 감정이 입되고, 파우스트의 끝 모르는 깊은 사상으로도 침잠해 들어갈 수 있다. 그리하여 즐겁고 재미난 소극笑劇과 익살스러운 희극喜劇을 미소 지으며 응시할 수가 있게 된다. (루쉰 옮김, 『예술론』, 165~166쪽)

새로운 계급과 그들 문화는 갑자기 하늘에서 내려온 것이 아니며, 구지배자와 그들의 문화에 대한 반항, 즉 옛것과의 대립 가운데 발달해 가기 마련이다. 그러므로 신문화가 여전히 전승되는 것처럼 구문화 역시 여전히 취사선택될 뿐이다. 이것이 바로 혁명 초기 루나차르스키가 여전히 농민 고유의 미를 보존하고자 한 것이며, 군인들의 흙 장화가 황궁의 양탄자를 짓밟을까 걱정한 것이며, 그곳에 새로운 도시를 개척했으나 전제專制정치로 기울게 된 ─ 그러나 나중에 후회하게 된 ─ 천재 파우스트가 새로운 인간들의 찬송[29] 속에서 죽어 가게 되는 것들의 이유인 것이다. 그것은 이 영역자의 눈에 '복고'라고 부르는 것으로 보인다고 나는 생각한다.

그래서 그의 주장이 문화적 유산으로 보존되는 것은 "우리가 인간의 과거를 계승하면서 인류의 미래도 사랑하기" 때문이다. 그가 창업을 하는 뛰어난 인물을 퇴행적인 사람보다 훌륭하다고 여긴 까닭은, 고인이 창조한 일 가운데는 후대의 신흥계급이 취할 유산이 들어 있기도 하거니와, 자신이 인간 세상에 존재하면서도 인간 세상 밖으로 자신을 방기한 퇴행적인 사람은 당대와 후대에 아무 이로움을 주지 못하기 때문이다. 물론 파괴도 있기 마련이다. 그것은 미래의 새로운 건설을 위해서다. 새로운 건설의 이상은 모든 언행의 나침반이다. 이상이 없으면서 파괴를 말하는 것은 마치 미래파처럼 파괴만을 위한 길을 걷는 자에 불과하고 더 나아가 보존만 말하는 것은 완전히 구사회를 유지하려는 자다.

Lunacharski의 글은 중국에서, 번역이 많은 편에 속한다고 할 수 있다. 『예술론』(대강大江서점판의 『실증미학의 기초』 포함) 외에도 『예술의 사회적 기초』(쉐펑雪峰 옮김, 수이모水沫서점판), 『문예와 비평』(루쉰 옮김, 같은 서점), 『하우젠슈타인론』(역자 동일, 광화光華서국판)[30] 등이 있다. 이들 책의 내용 가운데는 『파우스트와 도시』에 들어 있는 사상과 상통하는 부분이 있어 수시로 발견할 수 있을 것이다.

1930년 6월 상하이, 엮은이

1) 원제는 「『浮士德與城』後記」, 1930년 9월 상하이 신주국광사(神州國光社)에서 출판한 중국어 번역본『파우스트와 도시』에 처음 인쇄되었다. 『파우스트와 도시』는 루나차르스키가 지은 희곡으로 러우스가 번역했다. '현대문예총서'의 하나로 출판됐다.

2) 'L. A. Magnus와 K. Walter가 번역한『Three Plays of A. V. Lunacharski』'. 매그너스(Leonard Arthur Magnus)와 월터(Karl Walter)가 번역한『루나차르스키의 희곡 세 가지』다. 이 책 안에『파우스트와 도시』(Faust and the City),『동방의 세 박사』(The Magi),『현자 바실리사』(Vasilisa the Wise)가 수록돼 있으며 1923년 영국 런던에서 출판됐다.

3) 오세 게이시(尾瀨敬止, 1889~1952)는 일본의 러시아문학 연구자다. 도쿄외국어전문학교를 졸업하고 일러예술협회 결성(1924년)에 힘썼다. 저서에『러시아와 러시아인』(ロシヤ及ロシヤ人),『러시아문학사』(ロシア文学史) 등과 교양서, 역서가 다수 있다.

4) 아나톨리 바실리에비치 루나차르스키(Анатолий Васильевич Луначарский, 1875~1933)는 소련의 문예평론가. 소련 교육인민위원을 역임했고 저서에『예술과 혁명』(Искусство и революция, 1924),『실증미학의 기초』(Основы позитивной эстетики, 1923),『해방된 돈키호테』(Освобожденный Дон-Кихот, 1922) 등이 있다.

5) '폴타바'(Poltava)주는 우크라이나 중부의 보르스클라(Vorskla) 강변에 위치해 있다.

6) 'Kiew'. 키이우(Київ) 혹은 키예프로 우크라이나의 최대 도시이자 수도이다.

7) 'Zurich 대학'. 스위스의 취리히에 있는 취리히대학.

8) 'Avenarius와 Axelrod'. 아베나리우스(Richard Avenarius, 1843~1896)는 독일 철학자로 경험비판주의 창시자 가운데 한사람이다. 악셀로트(Павел Борисович Аксельрод, 1850~1928)는 러시아 멘셰비키 지도자 가운데 한 사람으로 일찍이 '노동해방사'에 참여했고, 레닌이 조직한『화성보』(火星報)의 편집을 역임했다.

9) 'Krylia'. 전체 이름은『북방의 날개』(北方之翼, Северные Крылья)다.

10) 'Pokrovski', 즉 포크롭스키(Михаил Николаевич Покровский, 1868~1932)는 러시아 역사학자다. 'Bogdánov', 즉 보그다노프(Александр Александрович Богданов, 1873~1928)는 러시아 철학자이자 경제학자다. 'Gorki', 즉 고리키(Максим Горький, 1868~1936)는 러시아 작가다.

11) 'Vologda'. 볼로그다(Вологда)는 소련의 주(州) 이름이다.

12) 『이스크라』(Iskra, Искра, 불꽃)는 위 주석에 나온『화성보』를 말한다. 레닌이 1900년 12월에 창간한 러시아 최초의 비합법적 맑스주의 신문이다. 1903년 러시아 사회민주당의 제2회 대회에서 당의 중앙기관지로 승인을 받았다. 본문과 달리 루나차르스키는『이스크라』편집에 참여한 적이 없다.

13) "중세주의와 유토피아가 19세기 후기 미디어상에서 만나"의 원래 의미를 바로잡

아 번역하면 이와 같다. "중세주의와 유토피아가 만났으나 19세기의 미디어는 없었다." 영어 원문은 다음과 같다. "Medievalism and Utopia meet without the intermediary of the nineteenth century……."

14) 'Blok'. 블로크(Александр Александрович Блок, 1880~1921)는 소련 시인이다. 초기의 창작은 상징주의의 영향을 받았으며, 10월혁명 이후 혁명으로 기울었다. 대표작으로는 「아름다운 여인에 관한 시」(Стихи о Прекрасной Даме), 「조국」(Родина), 『열둘』(Двенадцать) 등이 있다. 상징주의는 19세기 말 프랑스에서 일어난 문예사조로 모든 사물의 배후에는 그에 상응하는 의미와 함의가 있다고 생각, 작가들은 숨겨진 그것을 발굴해야 한다고 주장했다. 황홀한 언어와 물상의 모습으로 암시적인 '이미지'(상징)를 만들어 독자로 하여금 그것에 숨긴 오묘한 뜻을 깨닫도록 했다.

15) 'Sidney'. 시드니(Philip Sidney, 1554~1586)는 영국 시인이다.

16) 'Shelley'. 셸리(1792~1822)는 영국 시인이다.

17) 'Esènin'. 예세닌(Сергей Александрович Есенин, 1895~1925)은 소련 시인이다. 종법제도하의 전원생활을 묘사한 서정시로 유명하다. 10월혁명 때 혁명에 경도되어 「천상의 고수(鼓手)」 같은 혁명을 찬양하는 시를 썼다. 혁명 후에는 혁명이 가져온 부조리에 힘들어하다 자살했다. 저서에 시집 『사순제』, 『소비에트 러시아』 등이 있다.

18) 'Demian Bedny'. 데미얀 베드니(Демьян Бедный, 1883~1945)는 소련 시인이다.

19) '경험주의자'의 영어 원문은 'Empirean'이다. 번역하면 '천상계'인데 루쉰이 잘못 쓴 것으로 보인다. 유럽 고대전설과 기독교 교의에 나오는 하느님이 사는 곳을 말한다.

20) 'Bely'. 안드레이 벨리(Андрей Белый, 1880~1934)는 러시아 작가다. 대표작으로 『페테르부르크』(Петербург) 등이 있다.

21) 'Maeterlink'. 마테를링크(Maurice Maeterlinck, 1862~1934)는 벨기에 작가다. 'Korolenko'. 코롤렌코(Владимир Галактионович Короленко, 1853~1921)는 러시아의 작가로서, 대표작으로는 『마칼의 꿈』(Сон Макара), 『나의 동시대인 이야기』(История моего современника) 등이 있다.

22) 『종교』. 영어 원문에는 이 책명이 없다.

23) "12살 때". 원문에는 20살 때로 나와 있다.

24) 『Oliver Cromwell』은 『올리버 크롬웰』이고 『Thomas Campanella』는 『토마스 캄파넬라』다.

25) 괴테(Johann Wolfgang von Goethe, 1749~1832)는 독일의 시인, 학자다. 『파우스트』(Faust)는 그의 대표적인 시극(詩劇)이다.

26) '데모크라시'는 영어 'democracy'의 음역이다.

27) Abruzzi, Introdacque. 아브루초(Abruzzo)와 인트로다콰(Introdacqua)는 이탈리아 동부에 있는 작은 읍의 이름.

28) 제네바(Geneva) 호수의 생레제(St. Leger)라는 마을. 제네바 호수는 스위스에 있다.

29) 파우스트는 『파우스트와 도시』에 나오는 주요 인물이다. 그는 '자유로운 도시'를 세울 환상을 갖는다. 그러나 민중에 대해서는 독재를 실시하여 반대에 부딪히게 되고 왕위에서 쫓겨난다. 극 마지막엔 그가 마침내 후회하고 민중들에게 돌아가는 것으로 묘사된다. 그리하여 그는 '자유로운 도시'의 설계자로서 민중들의 찬양 속에 죽어 간다는 내용이다.

30) 루쉰은 『하우젠슈타인론』 번역계획을 세우고 출판예고도 하였으나 이는 실행되지 않았다. 광화서국 출판이라고 예고된 것은 근간 예정이었기 때문이다. 이 번역본의 저본은 노보리 쇼무(이 문집의 「『신러시아 화보선』 소인」, 주석 24 참조)의 『맑스주의 예술론』 부록으로 수록된 『하우젠슈타인론』이다.

『고요한 돈강』후기[1]

이 책의 저자[2]는 최근 유명해진 작가다. 1927년 코간(P. S. Kogan)[3] 교수가 쓴 『위대한 10년의 문학』[4] 속에서는 아직 그의 이름이 보이지 않았으며 우린 그의 자전도 찾을 수가 없었다. 권두의 사략事略은 독일에서 수집 번역한 『신러시아 신소설가 30인집』(*Dreising neue Erxaehler des newen Russland*)의 부록에서 번역한 것이다.

　『고요한 돈강』전前 3부[5]는 작년에 독일 Olga Halpern[6]이 번역 출판해 냈다. 당시 신문지상에 소전보다는 좀더 상세한 소개 글이 발표되었다.

　숄로호프는 자신의 근본을 보존하고 있는 민간 출신 러시아 시인 가운데 한 명이다. 약 2년 전 이 젊은 코사크인의 이름이 러시아 문예계에 처음 출현하였는데 지금은 신러시아의 최고 천재 작가 중 하나로 인식되고 있다. 그는 마흔이 되기 전, 러시아 혁명투쟁에 실제로 참가했고 여러 차례 부상을 당하기도 했다. 끝내는 반혁명군에 쫓겨 그의 고향으로 축출되었다.

그는 『고요한 돈강』을 1913년 쓰기 시작했다. 담백한 남방의 색채를 운용하여 우리들에게 코사크인(영웅적이고, 반역적인 노예들인 Pugatchov, Stenka Rasin, Bulavin[7] 등의 후예로 이들의 용맹스런 행동은 역사상 그 위대함이 나날이 드러나고 있다)의 삶을 묘사해 주었다. 그런데 그가 묘사하고 있는 것은, 일부 서양인들을 지배하고 있는, 돈강의 코사크인에 대한 비사실적인 상상의 낭만주의와 결코 같은 점이 없다.

소설 속에는 전쟁 전 코사크인들의 가부장적인 생활이 아주 출중하게 묘사되어 있다. 서사의 핵심은 젊은 코사크인 그레고리와 이웃집 부인인 아크시냐다. 이 두 사람은 강력한 힘을 지닌 열정으로 서로를 받아들였고 함께 행복과 멸망을 겪는다. 그리하여 그들 두 사람을 둘러싸고 러시아의 그 마을은 숨 쉬고 일하며, 노래하고 얘기하고, 그리고 휴식을 취한다.

어느 날, 이 평화로운 마을에 놀라운 소식이 전해진다. 전쟁이다! 건장한 사내들은 모두 전쟁에 나갔다. 코사크인의 마을에도 피가 흘렀다. 그런데 전쟁이 지속되는 동안 마을에는 무거운 증오가 자라나기 시작했다. 이것은 바로 눈앞에 닥친 혁명의 징조였다.……

책이 나오고 오래지 않아 바시코프(F. K. Weiskopf)[8]도 정확한 비평을 했다.

숄로호프의 『고요한 돈강』은 내가 보기에 일종의 약속과도 같은 것이었다. 저 청년 러시아 문학은, 파데예프의 『궤멸』,[9] 판표로프의 『빈농조합』,[10] 그리고 바벨과 이바노프[11]의 소설, 전기傳奇 등에 의해서 서방이

귀 기울여 주목하고 미리 내렸던 어떤 예측의 완성이었다. 이것은 원시의 힘이 가득한 신문학이 자라나기 시작했음을 말해 주는 것으로, 그러한 문학은 마치 러시아의 거대한 광야처럼 광대무변한 것이며, 소련의 신청년과도 같이 청신하고 구속됨이 없는 것이다. 무릇 청년 러시아 작가들의 작품 속에서 단지 예시에 불과했고 배태되어 있었던 것들(새로운 관점, 지금까지와 완전 반대인 새로운 면에서의 문제 관찰, 새로운 묘사)이 숄로호프의 이 소설 속에서 완전히 그 발전된 모습을 보여 주었다. 이 소설은 위대한 구상과 삶의 다양성, 감동적인 묘사로 인해 우리들로 하여금 톨스토이의 『전쟁과 평화』를 생각나게 만든다. 우리들은 긴장된 마음으로 속편이 나오기를 학수고대하고 있다.

독일어 번역의 속편은 금년 가을에야 나왔다. 그러나 원작이 아직 완성되지 않았기 때문에 아마도 계속 출판이 되어야만 하리라. 이 번역본은 Olga Halpern의 독일어 번역본 제1권의 상반부다. 그래서 "전쟁이 지속되는 마을에는 무거운 증오가 자라나기 시작했다"가 여기에선 아직 엿볼 수 없다. 그러나 풍물이 달라지고 사람들 모습이 이전과 다르며 묘사법 또한 명랑 간결해져서 결코 옛날 문인들의 완곡한 표현의 악습은 없었다. 바시코프가 말한 "원시의 힘이 가득한 신문학"의 골격이 이미 확연해진 것을 볼 수 있다. 장차 전부가 번역되면 이곳의 새로운 작가들을 계발시키게 될 것임이 분명 적지 않을 것이다. 그러나 그것의 실현 가능 여부는, 이 오래된 나라 독서계의 정신의 힘을 보고 나서 결정해야 할 것이다.

1930년 9월 16일

주)_____

1) 원문은 「『靜靜的順河』後記」, 1931년 10월 신주국광사에서 출판한 중역본『고요한 돈
강』(1)에 처음으로 인쇄되었다.『고요한 돈강』(Тихий Дон)은 네 권짜리 장편소설이다.
숄로호프 작으로 1926년에서 1939년 사이에 창작했다(출간은 1928~40년). 허페이(賀
非; 원명은 자오광샹趙廣湘)가 번역한 제1권 상반부는 '현대문예총서'의 하나로 나왔다.
허페이(1908~1934)는 허베이성 우칭(武淸) 사람으로 번역가다.

2) 숄로호프(Михаил Александрович Шолохов, 1905~1984)는 러시아 남부 돈강 유역의 카
자흐스탄(코사크Cossack) 마을에서 태어나, 노동·교원·사무원 등에 종사하며 문학을
공부했다. 1923년 작품 활동을 시작하였고 1925년부터 고향에 정착하여 러시아 문학
의 최고 걸작 중 하나인『고요한 돈강』 집필에 착수, 15년만에 완성했다. 제2차 세계대
전 때 보도원으로 참전한 뒤 1946년 러시아군의 위력을 예술적으로 묘사한『그들은 조
국을 위해 싸웠다』(Они сражались за Родину), 전쟁의 비극과 전쟁고아에 대한 인간애
를 그린『인간의 운명』(Судьба человека) 등을 썼다. 1965년 노벨 문학상을 받았다.

3) 코간(Пётр Семёнович Коган, 1872~1932)은 소련의 문학사 연구자이고 모스크바대학
교수를 역임했다. 저서에『서구문학사개론』,『고대문학사개론』 등이 있다. 고리키에 대
한 단편 글「막심 고리키론」 등이 있다.

4)『위대한 10년의 문학』은 샤옌(夏衍)의 번역으로 1930년 9월 상하이의 난창서국(南強書
局)에서 나온 것이 있다.

5)『고요한 돈강』 제1권의 1, 2, 3부를 말한다.

6) 독일 작가인 올가 할페른(Olga Halpern)을 말한다.

7) Pugatchov. 푸가초프(Емельян Иванович Пугачёв, 약1742~1775)는 18세기 러시아 농
민봉기의 지도자였다.
Stenka Rasin. 스텐카 라진 또는 스테판 라진(Степан Тимофеевич Разин, 약1630~
1671)은 17세기 러시아 농민봉기의 지도자였다.
Bulavin. 불라빈(Кондратий Афанасьевич Булавин, 약1660~1708)은 1707년에서 1708
년 사이에 일어난 코사크 농민봉기의 지도자였다.

8) 바시코프(Franz Carl Weiskopf, 1900~1955)는 프라하에서 태어난 독일작가로 1928년
독일로 이주하여 독일어로 작품을 썼다.『베를린 신보』(Berlin am Morgen, 柏林晨報)
문예 편집을 맡았다.

9) 알렉산드르 파데예프(Александр Александрович Фадеев, 1901~1956)는 소련의 소설가.
프롤레타리아 문학을 주창한 주도적 인물이자 이론가이며 문예정책에 영향을 끼친 공
산당 고위 공직자였다. 1918년에 공산당에 입당했고 시베리아에서 백군과 일본군에
대항해 싸웠다. 이 체험을 바탕으로 첫번째 소설인『궤멸』(Разгром, 1926; 혹은 훼멸毀滅)
을 썼다. 소련 작가동맹 간부가 된 후론 소설을 거의 쓰지 않았다. 1946년 작가동맹 집

행부 총서기 겸 의장이 되어 1954년까지 역임했다. 1930, 40년대에 있었던 작가와 예술가들의 숙청에 그가 어느 정도 책임이 있는지는 확인되지 않았다. 그러나 그는 개인적으로 파스테르나크(Борис Пастернак)와 조시첸코(Михаил Зощенко)를 비난하며 즈다노프(Андрей Жданов)의 문화숙청(1946~48)을 열렬히 지지했다. 스탈린이 죽자 "이 세계가 알고 있는 가장 위대한 인본주의자"라며 스탈린을 극찬하기도 했다. 그러나 1956년 공식적으로 스탈린의 비난을 받자 술로 오랜 세월을 보내다 자살했다.

10) 판표로프(Фёдор Иванович Панфёров, 1896~1960)의 『빈농조합』(貧農組合, Бруски, 1928~37, 전 4권)은 농촌집단화의 과정을 자연주의 수법으로 묘사한 소설이다.

11) 바벨(Исаак Эммануилович Бабель, 1894~1940)은 단편집 『기병대』(Конармия) 등의 저작이 있다.

이바노프(Всеволод Вячеславович Иванов, 1895~1963)는 소련의 작가로 독창적인 자연주의적 사실주의로 유명하며, 지방색이 뚜렷한 작품을 남겼다. 작품에 『철갑열차 14-69』(Бронепоезд 14-69), 『파르티잔 이야기』(Сопки. Партизанские повести) 등이 있다.

『메페르트의 목각 시멘트 그림』서언[1]

.

소설 『시멘트』는 글랏코프가 쓴 명작으로[2] 신러시아 문학의 영원한 기념 비작이다. 그 내용에 관해 코간 교수가 『위대한 10년의 문학』에서 간단하게 설명한 바 있다. 그는 이 책에서 이렇게 말하고 있다. 두 종류의 사회적 요소가, 즉 건설적인 요소와 퇴영적이고 조직적이지 못한 과거의 퇴폐적인 힘이 서로 대치하고 있는 중이라는 것이다. 그런데 그 싸움은 군사 전선에 있는 것이 아니라 경제 전선에 있다는 것이다. 이 당시 대주제는 이미, 경제부흥과 상호 충돌하는 힘에 대한 인간의식의 투쟁이라는 심리적 주제로 탈바꿈되었다. 즉 작가는 어떻게 하면 거대한 정신적 노력을 운용할 것인가를 말하고 있다.[3] 그렇게 해야만 비로소 파괴된 공장을 힘 있게 재가동하고 침묵하고 있는 기계의 운전을 다시 살아나게 할 수 있다는 것이다. 그러나 이러한 역사와 더불어 다른 역사, 즉 인류의 모든 심리 질서가 환골탈태하는 역사도 전개되고 있는 중이라는 것이다. 고요함과 멈춤의 상태에서 벗어나 기계들이 공장의 어두운 유리창을 불꽃으로 휘황찬란하게 만들고 있다. 그러자 인류의 지혜와 감정 역시 이것과 더불어 휘황

찬란해지기 시작한 것이다.

여기 열 폭의 목각은 고요함으로부터 부흥하고 있는 공업을 표현하고 있다. 비조직적인 것에서 조직이 있는 것으로, 조직이 있음으로 인해 회복할 수 있고, 회복을 함으로 인해 성대함에 이르는 공업 말이다. 그에 따라 변형되고 있는 인류의 심리도 대략 엿볼 수 있다. 그런데 작가는 두 가지 사회적 요소가 서로 상극하고 있는 것, 즉 의식 갈등의 이미지에 대해서는 그다지 고려하고 있지 않는 듯하다. 내 생각에, 이것은 아마 사실적으로 심리상태를 드러내는 데 있어 그림이 원래 문장보다 어렵고 또 목각한 사람이 독일에서 자라 그가 겪은 환경이 소설가와 달랐기 때문이기도 하리라.

메페르트의 사적에 대해서 나는 거의 알지 못한다. 단지 그가 독일에서 가장 혁명적인 화가라는 것, 올해 겨우 27살이라는 것, 그런데도 감옥에서 보낸 세월이 8년이나 된다는 것만 들어 알고 있다.[4] 그가 조각하여 찍어 내기 가장 좋아한 것 중 혁명적 내용이 담긴 판화 연작이 있다. 내가 본 것에는 『함부르크』, 『보듬어 키운 제자들』 그리고 『너의 자매』[5]가 있다. 그런데 이 작품들 모두에서 슬픈 연민의 심정이 은연중에 담겨 있음을 느낄 수 있었다. 오직 이 『시멘트』 그림들에서만 그 배경이 달라서인지, 거칠면서 씩씩한 힘과 조직의 힘을 사람들에게 보여 주고 있다.[6]

소설 『시멘트』는 이미 둥사오밍과 차이융샹[7] 두 군君의 공역본이 나와 있다. '시멘트'土敏土는 광둥음廣東音에서 온 음역이다. 상하이에서는 보통 수이먼팅水門汀이라 부르는데 전에는 싼허투三合土라고도 했다.[8]

1930년 9월 27일

주)_____

1) 원제는 「『梅斐尓德木刻士敏土之圖』序言」, 1930년 9월에 출판된 『메페르트의 목각 시멘트 그림』에 처음 발표되었지만, 나중에 루쉰이 수정을 하여 신생명서국(新生命書局)에서 재판되어 나온 둥사오밍(董紹明)과 차이융상(蔡詠裳)이 공역한 소설 『시멘트』 속에 다시 인쇄되었다. 다만 새 글에서는 이 글의 마지막 한 단락과 창작 연월일을 빼고 아래와 같은 한 단락 문장이 추가되었다. "이상은 작년 9월 삼한시옥(三閑書屋)에서 이 그림들을 영인해 냈을 때, 내가 서두에 쓴 작은 서문이다. 지금 이 책에 그것을 복제해 넣고자 하니, 가장 좋기로는 좀 첨가된 설명을 가해야겠으나 내가 달리 새로 알게 된 지식이 없는 터라 하는 수 없이 옛글을 그대로 여기 베껴 놓았다. 원 그림의 제목이 이 책과 다른 것은 이번에는 소설을 위주로 해서 이 책에 따라 번역명을 바꾸었기 때문이다. 원제는 아래에 주석을 달아 놓았다. 1931년 10월 21일, 루쉰 씀." 『메페르트의 목각 시멘트 그림』은 메페르트가 소설 『시멘트』를 위해 그린 삽화로 총 열 폭이다. 루쉰이 자비로 영인하여 삼한서옥의 이름으로 출판했다. 메페르트(Joseph Carl Meffert, 1903~1988)는 독일의 현대 목각 판화가다.

2) 글랏코프(Фёдор Васильевич Гладков, 1883~1958)는 소련의 소설가이다. 『시멘트』(Цемент, 1925)는 소련 국민경제 회복시기의 투쟁적인 삶을 반영한 장편소설이다. 루쉰은 이 책의 일본어 번역본(1928년 난소쇼인南宋書院 출판)을 1928년 11월 22일 우치야마(內山)서점에서 구입했다.

3) '거대한 정신적 노력'의 원문은 '巨靈的努力'. 루쉰은 1931년 다시 쓴 글에서 이 부분을 '비상한 노력'(非常的努力)으로 수정했다.

4) 옥중생활은 실제로는 3년 정도 했다. 1921년 메페르트는 혁명참가 죄목으로 군사법정에서 3년 4개월의 형을 선고받고 복역했다.

5) 루쉰은 목각 화집(7점의 연화화) 『너의 자매』를 편집하고 간행을 준비했지만 실행에 옮기지 못했다. 이러한 자료들은 지금 루쉰박물관에 보존되어 있다.

6) 루쉰은 당시 독일에 유학하고 있던 쉬스촨(徐詩荃)에게 부탁해서 판화와 서적의 삽화를 수집하고 있었다. 이 메페르트의 목각 『시멘트 그림』은 그 가운데 하나다. 루쉰의 일기에 의하면 1930년 9월 12일 받았으니 2주 만에 편집을 하고 서언을 쓴 것이 된다. 게다가 자비로 사진 영인판 250부를 찍었으니 이에 대한 루쉰의 열의와 정성은 대단했다. 그러나 중국인 구매자는 20여 명에 불과하고 독일인, 일본인의 구매가 대부분이었다. 『집외집습유보편』(集外集拾遺補編) 「삼한서옥에서 교정 인쇄한 서적」(三閑書屋校印書籍)에 이에 대한 설명이 나온다.

7) 둥사오밍(董紹明, 1899~1969)은 자가 추스(秋士) 혹은 추쓰(秋斯)이고 톈진 징하이(靜海) 사람이며 번역가다. 차이융상(蔡詠裳, 1901~1940)은 광둥성 난하이(南海) 사람이다. 그들이 공역한 『시멘트』는 초판이 1930년 상하이 치즈서국(啓智書局)에서 나왔다.

8) 싼허투(三合土)는 싼허투(三和土)라고도 했다. 본래는 석회가루, 모래, 흙(대개는 황토로
   만든 벽돌을 분쇄한 것)을 물에 반죽을 해서 딱딱하게 굳게 하여 만든 것을 말하는데 송
   (宋)대부터 있었다.

『철의 흐름』 편집교정 후기[1]

한 번역본이 독자와 만날 수 있기 위해서는 여러 가지 소소하고 어려운 역사 과정을 밟아야 한다

　지난해 상반기는 좌익문학이 아직은 압박을 받지 않던 시절이어서 많은 서점들이 자신들의 진보적 의견을 표면적으로 드러냈고, 대부분 그런 류의 책들을 출판하길 원했다. 실제로 원고를 받아 놓은 것도 아니면서 장차 출판하고자 하는 책이름 광고는 열심히 발표하곤 했다. 이런 분위기에서 지금껏 전문적으로 비첩과 목판, 화보만 내던 신주국광사에서도 발동이 걸려 신러시아 문예작품들을 수록한 총서를 내겠다 했다. 당시 우리들은 세계적으로 평가받은 극본과 소설 열 개를 선정해 역자 계약도 하고 '현대문예총서'라고 이름도 지었다.

　그 열 가지 책은 이러하다.

1. 『파우스트와 도시』, A. 루나차르스키 저, 러우스柔石 옮김

2. 『해방된 돈키호테』, 위 동일인 저, 루쉰 옮김

3. 『10월』, A. 야코블레프 저, 루쉰 옮김

4. 『벌거숭이의 한 해』*The Naked Year*, B. 필냐크 저, 펑쯔蓬子 옮김

5. 『철갑열차』, V. 이바노프 저, 스헝侍桁 옮김

6. 『반란』, P. 푸르마노프 저, 청원잉成文英 옮김

7. 『화마』火馬, F. 글랏코프 저, 스헝 옮김

8. 『철의 흐름』, A. 세라피모비치 저, 차오징화曹靖華 옮김

9. 『훼멸』, A. 파데예프 저, 루쉰 옮김

10. 『고요한 돈강』, M. 숄로호프 저, 허우푸侯樸 옮김

리베딘스키의 『일주일』[2]과 글랏코프의 『시멘트』[3]도 기념비적인 작품이나 이미 번역본이 출판되어 있어 여기엔 넣지 않았다.

이땐 정말 떠들썩했었다. 총서의 목록이 발표되고 얼마 지나지 않아 양사오 선생이 번역한 『10월』과 『철의 흐름』 같은 다른 역서들이 시장에 나왔다. 가오밍 선생이 번역한 『극복』[4]은 『반란』을 번역한 것이다. 이밖에도 수이모水沫서점 역시 다이왕수[5] 선생의 지도하에 비슷한 총서 출판을 준비 중이란 소식이 들렸다. 그런데 우리들의 번역 속도는 너무 느렸고, 일찌감치 원고를 마친 사람은 겨우 러우스[6] 한 사람이었다. 그것은 바로 인쇄되어 나왔지만 나머지 것들은 작년 초겨울이 되어서야 겨우 『10월』, 『철갑열차』, 『고요한 돈강』의 원고 일부가 들어왔다.

그런데 좌익작가에 대한 압박이 하루하루 조여 오기 시작하자, 서점들은 결국 두려워하게 되었다. 신주국광사도 성명을 내, 이전 계약을 파기하고 이미 들어온 원고는 당연히 접수하겠으나 아직 시작하지 않거나 번역이 많이 진행되지 않은 다른 여섯 종에 대해서는 결코 더 이상 진행하지

않길 원한다고 했다. 그러면 어떻게 하는가? 역자들에게 물어보면 모두들 알았다고 했다. 이는 결코 중국 서점들의 용기가 유난히 작아서가 아니라 중국 정부의 압박이 너무 세기 때문에, 그래서 알았다고 하는 것이다. 그래서 약속들이 폐기되었다.

이미 원고가 들어온 것이 세 개 있었다. 오늘까지 일찍감치 들어온 것은 일 년 남짓, 늦은 것도 이제 일 년이 다 되어 가는데 아직도 출판하질 못했다. 사실로 말하면, 이 세 가지는 뭐 그리 대단하게 두려워할 것도 없는 것들이다.

그런데 번역이 중지된 일을 우리는 유독 징화[7]에게만 알리질 않았다. 우리가 알기로『철의 흐름』은 이미 양사오 선생 번역본이 나와 있으나 다른 번역본이 다시 나올 필요가 있다고 생각했기 때문이다. 다른 필요란 것은 말하자면, 귀족 무사집안 자제 출신의 어린 사관생을 '초등학생'으로 번역하는 등 독자들로 하여금 큰 착각에 빠질 수 있게 옮겼기 때문이다. 초등학생들이 무리지어 빈농貧農을 살해하는 그런 세상은 정말 완전히 미친 것 같지 않겠는가?

역자가 우편으로 원고를 부치느라 무척 힘이 들었다. 중국과 러시아 사이의 우편은 제대로 전달되지 않는 일이 종종 있다. 그래서 그는 번역할 때 복사지를 사용하여 혹 한 부를 잃어버리더라도 저본 원고는 남아 있게 대비를 했다. 나중에 작가의 자전, 논문, 주석을 달았을 때는 같은 것을 두 부 부쳐 그중 한 부가 유실될 경우에 대비했다. 그런데 그 두 부를 모두 받았다. 비록 검사 과정에서 찢어지긴 하였으나 조금도 유실이 없었다.

이 한 권의 번역서를 인쇄하기 위해 우리가 주고받은 편지는 적어도 스무 차례나 된다. 이전에 온 편지는 모두 잃어버렸고 최근의 편지 몇 통

일부분은 아래에 옮겨 놓았다. 어쩌면 독자들에게 필요 있을지도 모를 것 같아서다.

5월 30일자 발신 편지 중 이런 말이 있다.

『철의 흐름』은 이미 5·1절[8] 전날 번역을 마쳐 등기로 부쳤습니다. 보낸 후 자세히 다시 읽어 보니 문장이 어색합니다. 오탈자가 있을지도 모르니 붓 가는 대로 수정을 좀 해주시기 바랍니다.

삽화에 대해선 2년간 찾아보았으나 찾지 못했습니다. 지금은 피스카레프[9]에게 편지를 써 작가에게 직접 요청할 생각입니다. 그래서 모스크바에서 어떤 사람에게 부탁해 그의 주소를 알아봐 달라 했으나 알아내지 못했습니다. 오늘 제가 여기의 미술전문학교에 가 조사해 보니 소련의 미술가 주소에 대해 미술전문대학이 거의 다 갖추고 있었습니다. 그런데 죽 찾아보았지만 피씨의 주소는 없었습니다.……그밖에 또 『철의 흐름』의 원본 주석이 있습니다. 이 책의 원본에 대한 역사적 사실들은 독자들의 이해에 도움을 줄 것입니다. 수일 내 번역하여 부치도록 하겠습니다. 또 작가가 쓴 「나는 어떻게 『철의 흐름』을 썼는가」가 있어 번역하여 부록으로 싣고 싶습니다. 그리고 또 새로 나온 원본 책에는 지도 한 장과 사진 네 장이 곁들여 있으니 필요할 경우 번역본 안에 넣을 수 있겠습니다.……

피스카레프(N. Piskarev)는 유명한 목각가다. 작품으로 『철의 흐름』 목각 몇 점이 있는데 유명해진 지 오래다. 그의 작품을 찾아 책 속에 삽화로 넣고자 했으나 애석하게도 찾질 못했다. 이번에는 하는 수 없이 원본 그대로 사진 네 장과 지도 한 장만 넣었다.

7월 28일자 편지에는 이렇게 말하고 있다.

16일 편지 한 통을 부쳤습니다. 안에 『철의 흐름』 정오표' 부록을 몇 페이지 넣었습니다. 만일 받지 못할까 걱정되어 당시 한 부를 베껴 두었는데 지금 다시 부쳤습니다. 번역원고에서 좀 수정해 주시면 감사하겠습니다. 『철의 흐름』은 작년 출판된 제5판과 염가 총서의 소책자본에 근거해 번역한 것입니다. 두 판본에 아무 차이점이 없고, 최근 나온 제6판 판본은 작가 서문에서 작가 자신이 교정을 보아 모든 판본의 오류를 수정했다고 말하고 있습니다. 그래서 저는 다시 새 판본에 근거해 자세히 교열을 보았습니다. 모든 오류를 교정하여 삼가 부칩니다.……

8월 16일자 편지에서는 이렇게 말하고 있다.

지난번 부친 정오표, 원주, 작가 자전은 모두 두 부 부쳤는데 다 받으셨는지요? 지금 작가의 논문 「나는 어떻게 『철의 흐름』을 썼는가」 한 편과 제5판과 6판의 자서自序 두 가지를 등기로 부칩니다. 그런데 후자는 중요하지 않습니다. 다만 제6판의 자서에서 이번에는 작가가 자세히 교정을 했다는 것을 알 수 있습니다. 논문은 1928년 『문학의 전초에서』在文學的前哨(이전의 『나 포스투』*Na postu*)에 발표한 것이고 지금은 작년(1930년)에 나온 2판 『세라피모비치 논집』에 수록돼 있습니다. 이 문집은 니키티나[10]의 토요일이란 출판부가 찍어 낸 『현대작가비평총서』의 여덟번째 것으로 논문은 그 가운데 두번째 편입니다. 첫 편은 이전에 부친 「작가

자전」입니다. 이 논문은 제6판 『철의 흐름』 원본의 243쪽에서 248쪽의 「작가의 말」(편집자가 네라도프로 되어 있는)과 그 내용이 대동소이하고 각기 그 장단점이 있어 번역하지 않았습니다. 그외에 또 세씨의 전집 편집자가 『철의 흐름』에 대해 쓴 서문 「시월의 예술가」가 원본 권두에 있습니다. 원래는 그것을 번역할 생각이었으나 편폭이 긴 데다가 마침 9월 1일 개학이 다가와 문법수업 교재도 편집해야 하고 회의 등 많은 일들이 겹쳐 더 이상 번역할 시간이 없었습니다. 『철의 흐름』의 출판도 임박해 있으므로 하는 수 없이 그만두었습니다. 이후에 번역해 제2판이 나올 때 넣도록 준비하고자 합니다.

나는 이달 말에 도시로 돌아왔습니다. 소비에트에 도착한 이후, 정신없이 두 달이 다 가 버렸습니다. 여름에는 느끼지 못했는데, 가을이 되니, 중국의 겨울 같은 가을이 바로 왔습니다. 중국에서는 여름에 시골이나 바다로 가 피서를 하는데 여기서는 햇빛을 쬐러 갑니다.

피씨의 주소를 다른 많은 사람들에게 부탁하였으나 소식이 없습니다. 모스크바 시에 '인명주소 문의처'가 있긴 하나, 반드시 그 사람의 나이와 이력을 말해야만 찾아볼 수가 있다 하니 그것을 어찌 알 수 있겠습니까? 제 생각에 나중에 모스크바 시에 갈 수 있는 기회가 생기면 직접 가서 좀 찾아볼 생각입니다. 만일 찾게 되면 재판에 넣는 것도 좋겠습니다. 그밖에도 원래는 D. Furmanov[11] 같은 『철의 흐름』을 논한 두 편의 글을 뽑을 생각이었으나 이들 역시 나중에 시간이 되면 다시 논하는 걸로 남겨 두었습니다.……

목각 삽화가 없는 것은 그리 중요한 일은 아니다. 그러나 아주 좋은 서문이 없다는 것은 사실 좀 유감이다. 다행히 스톄얼[12]이 이 번역서를 위해 네라도프의 그것을 특별 번역해 주었다. 근 2만 자에 달하는데 가장 중요한 글임에 분명하다. 독자들이 만일 이것과 권말에 붙어 있는 「나는 어떻게 『철의 흐름』을 썼는가」를 자세히 연구하며 몇 번 읽는다면 이 책에 대한 이해는 물론 창작과 비평 이론에 대한 이해에서도 많은 도움을 얻을 것이다.

9월 1일에 쓴 편지도 있다.

며칠 전 연이어 부친 작가의 전기, 원주, 논문, 『철의 흐름』 원본과 일전에 부친 세라피모비치 씨의 전집 1권(안에 삽화 몇 장이 있어 사용할 수 있음. 1번은 1930년의 작가. 2번 오른쪽은 작가의 어머니와 품에 안겨 있는 작가, 왼쪽은 작가의 아버지. 3번은 1897년 마리우폴에서의 작가. 4번은 레닌이 작가에게 보낸 편지)은 보내드린 대로 모두 받으셨는지 모르겠습니다.

아무리 해도 피씨의 삽화를 찾을 수 없어 결국 세라피모비치에게 편지를 보냈습니다. 세씨가 그의 주소를 보내와 지금 피씨에게 편지를 썼습니다. 그의 회신이 어떻게 오는지를 본 연후 다시 말씀드리지요.

세씨에게 편지를 보낼 때, 내친 김에 '푸가치'普迦奇 등과 같이 주석이 없는 몇 가지를 문의했습니다. 작가의 호의에 따라 책 가운데 난해했던 쿠반식[13]의 우크라이나 말을 러시아 말로, 순서에 따라 주석을 달고 타이핑을 해 부쳤습니다. 세어 보니 11장입니다. 이렇게 하다 보니 번역문 가운데 몇 군데 오류를 발견했습니다. 주석 외에는 번역을 할 때, 이런 문제가 생기면 매 글자를 우크라이나 말에 정통한 몇 명에게 물어본 후에 결정했습니다. 그러나 그래도 여전히 해석을 잘못한 곳이 있을 것입니다. 이런 것은 특히 10월[14] 이후의 작품에 들어 있어 어쩔 수 없는 골칫거리였습니다. 이제 작가가 만든 주해註解에 의거해 틀린 것은 고치고 주석을 달 곳은 주석을 달아 급히 몇 자 다시 써 부치오니 시간에 댄다면 좀 신경 써 수정해 주시기 바랍니다. 그렇지 않으면 하는 수 없이 제2판을 기다려야겠지요.……

1차 교정지가 도착했을 때는 조판작업 중이어서 전부를 고칠 수 있었으나 이번은 반 이상이 교정이 끝난 상태여서 고칠 방법이 없게 되었다. 게다가 첨삭하고 교정할 부분이 거의 모두 상반부에 있었다. 지금 아래에 그대로 기록해 둔다. 『철의 흐름』의 정오표 및 첨가 주석표가 되는 셈이다.

13쪽 2행 : "이해가 안 되나!" 위에 "쳇, 돌았나!" 첨가.

13쪽 20행 : "박을 심는 것"은 "박을 보는 것"으로 수정.

14쪽 17행 : "너 돌았니?!"는 "아마 돌았나 봐?!"로 수정.

34쪽 6행 : "후이쯔"[15] 페이지 끝에 다음 주석을 첨가. "후이쯔"은 차르 시대에 대러시아 민족주의 시각을 지닌 사람들이, 정교正敎도가 아닌 일반인에 대해, 특히 회교도 및 터키인에 대해 했던 가장 멸시에 찬, 가장 모욕적인 호칭을 말한다. 저자가 중국어 번역본을 위해 특별히 주석을 달았다.

36쪽 3행 : "너는 남자답게 잘 자라야만 해."는 "우린 장차 들로 나가 일을 해 살아야 해."로 수정.

38쪽 3행 : "머리카락이 다 빠진" 아래 "부스스한"을 첨가.

43쪽 2행 : "잡종 놈"은 "미친 사생아"로 수정.

44쪽 16행 : "마시는가"는 "얕보는가"로 수정.

46쪽 8행 : "정찰군" 페이지 끝에 다음 주석을 첨가. "정찰군(옮긴이 : 러시아어로는 플라스툰[16])은 흑해 연안 지역의 코사크족이 초원에 드러눕거나 갈대숲 혹은 밀림에 매복하여 적을 기다리거나 경계하는 것을 말한다. 저자의 특별 주석."

49쪽 14행 : "낮은 해수면" 페이지 끝에 다음 주석을 첨가. "여기서는 아조프(Azoph)해를 가리키며 이 바다에는 수심이 굉장히 얕은 곳이 있다. 그곳 어부들은 그런 지역을 빨래대야라고 부른다. 저자 특별 주석."

49쪽 17행 : "이어져 있는 것은 또 다른 바다" 페이지 끝에 다음 주석을 첨가. "여기서는 흑해를 가리킨다. 저자 특별 주석."

50쪽 4행 : "들소" 페이지 끝에 다음 주석을 첨가. "현재는 아주 희귀한 것이 되었다. 이미 멸종되다시피 한 들소로, 목에 복슬복슬하고 긴 털이 난 소를 말한다. 저자 특별 주석."

52쪽 7행 : "자포로제스카야 세티" 페이지 끝에 다음 주석을 첨가. "자유의 자포로제스카야 세티는 16세기에 생긴 우크라이나 코사크족의 조직으로, 드네프르 강의 '자포리자'[자포로제] 섬에 있다. 자포리자인은 항상 크리미아나 흑해 일대로 남정南征을 나갔다가 많은 재물을 가지고 돌아오곤 했다. 자포리자인은 아라사의 군주독재에 반대한 우크라이나 코사크족의 폭동에 참여했다. 자포리자 농민의 생활은 고골(Gogol)의 『대장 불바』(Taras Bulba) 속에 묘사된 바 있다. 저자 특별 주석."

53쪽 6행 : "배 나온 치가" 페이지 끝에 다음 주석 첨가. "코사크 마을의 기수騎手들이 욕하며 장난으로 부른 별명. 비적 치가의 이름에서 유래.

저자 특별 주석."

53쪽 11행 : "카크루크" 페이지 끝에 주석. "토호土豪를 가리킨다. 저자 특별 주석."

53쪽 11행 : "푸가치" 페이지 끝에 주석 첨가. "채찍 휘두르는 사람이다. 올빼미, 들판의 허수아비(참새를 놀라게 하려 만든). 저자 특별 주석."

56쪽 3행 : "끝없이 탐욕을 한 놈"은 "참을 수 없는 놈"으로 수정.

57쪽 15행 : "휴게소"는 "코"로 수정.

71쪽 5~6행 : "그것은 평평하게 횡으로 뻗어나가 바닷가에 이르렀는 가?"는 "그것은 평평하게 멀리멀리 횡으로 뻗어나가 바닷가에 이르렀는 가?"로 수정.

71쪽 8행 : "모세가 유대인을 이집트의 노예살이에서 구출했을 때" 페이지 끝에 주석 첨가. "구약에 따르면, 먼 옛날 유대인은 이집트에서 이집트 왕의 노예살이를 했다. 그곳에서 거대한 피라미드를 축성하는 데 동원되었는데 모세가 그들을 데리고 탈출했다. 저자 특별 주석."

71쪽 13행 : "그는 단번에 무엇이든 잘 만들 수 있었다."를 "무슨 방법으로든 그는 단번에 생각해 낼 수 있었다."로 수정.

71쪽 18행 : "바다 만灣" 페이지 끝에 주석 첨가. "노보시비르스크 바다 만. 저자 특별 주석."

94쪽 12행 : "가스사"gas絲 페이지 끝에 주석 첨가. "가슴 앞 윗옷에 비단으로 만든 작은 주머니는 탄알을 넣는 곳으로 쓰였다. 저자 특별 주석."

145쪽 14행 : "작은 집"은 "작은 주점酒店"으로 수정.

179쪽 21행 : "요정의 결혼" 페이지 끝에 주석 첨가. "'요정의 결혼'은 우크라이나 속어에서 번개가 치고 비가 내리는 것을 비유한다. 갑자기 어둠이 몰려오고 번개가 치면 '요정이 결혼식을 올린다'고 했다. 일반적으로는 어둡고 흐리거나 이슬비가 오는 것을 가리키기도 했다. 옮긴이."

이상 모두 스물다섯 가지다. 그 가운데 세 가지. '카크루크', '푸가치', '가스사'는 교정 시에 교정자가 일본어 번역본에 근거해 주를 달고 해석을 해 좀 달라졌으나 지금은 추가로 고칠 수가 없게 되었다. 그러나 당연히 독자들은 작가의 주석을 믿어야 한다.

『세라피모비치 전집』 1권 안에 있는 삽화는 여기선 쓰지 않았다. 왜냐하면 우린 이미 제10권(제6판의 『철의 흐름』을 말한다) 안에 있는 네 개의 삽화를 사용했기 때문이다. 거기에 작가의 초상이 한 폭 들어 있었다. 권두에 또 라디모프(I. Radinov)[17]가 그린 초상도 첨부했고 중간에 다시 프렌츠(R. Frenz)[18]가 그린, 원래는 대형 유화인 「철의 흐름」도 넣었다. 피스카레프의 목각화는 지금까지 아직 소식이 없어, 잡지 『판화』(Graviora)의 제4집(1929)에서 축소 복사한 한 폭을 가져다 책표지로 인쇄했다. 조각된 것은 '타향인'이 살해당하는 광경이다.

교열자가 아는 범주 내에서 다른 번역본으론, 독일어본과 일본어본 두 종이 있다. 독일어본은 네베로프(A. Neverow)[19]의 『부유한 마을, 타슈켄트』(Taschkent, die brotreiche Stadt) 뒤에 붙어 있는데, 1929년 베를린 신도이치출판사(Neur Deutscher Verlag)에서 출판된 것으로 역자 이름이 없다. 번역을 빼놓은 곳이 곳곳에 보여 좋은 책이라고 말할 수 없다. 일본어 번역본은 완전한 것으로 책이름이 『철의 흐름』鐵之流이다. 1930년 도쿄 소분카쿠叢文閣 출판으로, '소비에트 작가 총서'의 첫번째 권이다. 역자는 구라하라 고레히토藏原惟人로 모두가 신임하는 번역가다. 어려운 부분은 소비에트 대사관의 콘스탄티노프(Konstantinov)의 도움을 받았기 때문에 아주 믿을 만하다 하겠다. 그러나, 원문이 너무 어려워 소소한 오류가 없을 수는 없다. 예를 들자면 위에서 방금 주를 단, "요정의 결혼"을 그 책에선 "요정 소녀의 자유"라고 옮겼는데 이는 분명 오역이다.

우리의 이 책은, 우리들 능력이 너무 모자란 관계로 '정본'이라고 부를 수는 없다. 그러나 독일어 번역본보다는 분명 낫다. 그리고 서문과 발문, 주석, 지도, 삽화를 두루 갖춘 점은 역시 일본어 번역본이 따라올 수 없다고 하겠다. 단지, 다 주워모아 일을 성사시켰을 때는, 이미 상하이 출판계 정황이 예전과 크게 달라져, 어느 한 출판사도 감히 찍으려 하질 않았다. 이런 돌덩이가 누르는 듯한 중압감 아래서 우린 하는 수 없이 우여곡절을 겪어야만 했다. 그러나 그럼에도 이것을 독자들의 면전에, 선연하고도 단단한 철과 같은 새 꽃으로 내놓을 수 있게 되었다.

이는 물론 뭐 그리 대단한 '고난'이라고 할 수는 없다. 그러나 다소 귀찮은 일이긴 하다. 그런데 지금 굳이 귀찮은 일이라고 말하는 것은 사실 독자들이 좀 알아주었으면 해서다. 지금 같은 상황에서 좀 괜찮은 책 한 권을 출판하는 것은 쉽지 않은 일이다. 이 책은 그저 번역소설 한 권에 불과하다. 그러나 세 사람이 미력한 힘을 다 쏟아부어 만들어 낸 것이기도 하다. 역자는 번역하고, 수정하는 사람은 수정보충하고, 교열자는 교정을 보았다. 한 사람도 이를 빌미 삼아 자신의 한가로운 소일거리로 생각하거나 이 기회를 빌려 독자들을 큰소리로 속이려 하거나 하는 생각을 한 이가 없다. 만일 독자들이 이 책에, 『피터 팬』이나 『안데르센 동화집』과 같이 그런 '술술 익히는 재미'가 없다 하여[20] 탄식하고 책을 덮어 버리고 커피를 마시러 가지만 않는다면, 마침내 이 책을 끝까지 다 읽게 될 것이며, 나아

가 다시 읽게 될지도 모른다. 또 서문과 부록도 읽어 준다면, 그러면 우리

들이 얻게 될 대가는 그것으로 충분하다.

1931년 10월 10일, 루쉰

주)_____

1) 원문은 「『鐵流』編校後記」, 1931년 11월 삼한서옥에서 출판한 중역본 『철의 흐름』에 처음 수록됨. 『철의 흐름』은 소련 세라피모비치(Александр Серафимович Серафимович, 1863~1949)가 지은 장편소설이다. 차오징화(曹靖華)가 번역했다. 작품은 소련 국내전쟁 시기에 한 유격대원이 백군과 함께 외국침략군과 싸우는 과정에서 성장해 가는 이야기를 서사하고 있다.

2) 리베딘스키(Юрий Николаевич Либединский, 1898~1959). 소련 작가. 중편소설 『일주일』(Неделя)을 1923년에 썼다. 당시 중국에는 장광츠(蔣光慈)의 번역본이 1930년 1월 상하이 베이신(北新)서국에서 출판되었고, 장쓰(江思; 다이왕수戴望舒)와 쑤원(蘇汶)의 번역본이 1930년 2월 수이모(水沫)서점에서 출판되었다.

3) 글랏코프는 혁명 이후의 소련 공업발전을 극화한 소설 『시멘트』(Цемент, 1925)로 잘 알려져 있다. 문체는 거칠지만, 적군(赤軍) 병사가 폐허가 된 고향으로 돌아와 경제부흥에 몸을 바친다는 줄거리로, 이 작품은 그 뒤에 나타나게 될 소련 문학의 두 가지 중요한 흐름을 미리 보여 주었다고 평가된다. 첫째, 이 소설이 다룬 재건이라는 주제가 1928년 공식적으로 '5개년 계획 소설'이 요구된 뒤 소련 소설의 공통 주제가 되었다는 점, 둘째, 무관심과 절망을 자신감으로 이겨 내는 적극적인 주인공은 사회주의 리얼리즘이 추구하는 주인공의 전형이 된다는 것이다.

4) 양사오(楊騷, 1901~1957)는 푸젠성 장저우(漳州) 사람으로 작가. 그가 번역한 『10월』, 『철의 흐름』은 각각 1930년 3월과 6월에 난창(南強)서국에서 출판되었다. 가오밍(高明, 1908~?)은 장쑤성 우진(武進) 사람으로 번역활동가. 그가 번역한 『극복』(克服)은 1930년 신쉬안서사(心弦書社)에서 필명 취란(瞿然)으로 나왔다.

5) 다이왕수(戴望舒, 1905~1950). 저장성 항현(杭縣; 지금의 위항餘杭) 사람으로 시인이다. 저서에 『왕수초』(望舒草), 『재난의 세월』(災難的歲月) 등이 있다.

6) 러우스(柔石, 1902~1931). 원래 이름은 자오핑푸(趙平復), 저장성 닝하이(寧海) 사람으로 작가다. 중국좌익작가연맹의 회원이었다. 저서에 소설 『이월』(二月), 『노예가 된 모친』(爲奴隸的母親) 등이 있다.

7) 차오징화(曹靖華, 1897~1987). 허난성 루스(盧氏) 사람으로 웨이밍(未名)사 회원이었고 번역가다. 일찍이 소련에 유학하였고 1933년 귀국 후에는 베이핑(北平)여자문과대학, 둥베이(東北)대학 등에서 교편을 잡았다.

8) 5·1절. 메이데이 즉 노동자의 날을 말한다.

9) 피스카레프(Николай Пискарев, 1892~1959). 소련 판화가이다. 작품집으로 『철의 흐름』, 『안나 카레니나』 등이 있다.

10) 니키티나(Евдоксия Фёдоровна Никитина, 1895~1973)는 소련의 여류 문학가다. 1914년 모스크바여자대학을 졸업하고 같은 해 문학연구회를 열었는데 그것은 1921년부터 '니키티나의 토요회'라고도 불렸다. 1921년에서 1930년까지 토요회출판부를 운영했다.

11) 푸르마노프(Дмитрий Андреевич Фурманов, 1891~1926)는 소련 작가다. 저서에 『차바예프』(Чапаев) 등이 있다. 차바예프(Василий Иванович Чапаев, 1887~1919)는 소비에트 국내전쟁 시기의 영웅으로 홍군 지휘관이었다.

12) 스톄얼(史鐵兒)은 취추바이(瞿秋白)를 가리킨다.

13) '쿠반식'의 원문은 '古班式'. 흑해(黑海) 동부의 지명이다. 여기서는 이 지방에 사는 코사크족을 말한다. '쿠바니'라고도 한다.

14) 1917년 10월에 일어난 러시아혁명을 말한다.

15) 원문은 '回子'. '회족놈'이라는 의미.

16) 원문은 '普拉斯東營'. 러시아어로는 'Пластун'. 코사크(카자흐)의 전초(前哨) 보병이다.

17) Radinov, 즉 라디모프(Павел Александрович Радимов, 1887~1967)는 소련의 미술가이자 시인이다.

18) 프렌츠(Рудольф Рудольфович Френц, 1888~1956)는 소련 화가다. 군사를 제재로 한 그림에 탁월하였다.

19) 네베로프(Александр Сергеевич Неверов, 1886~1923)는 소련 작가다.

20) 『피터 팬』은 영국 작가 배리(J. M. Barrie, 1860~1937)의 동화로 량스추(梁實秋)가 번역했다. 덴마크 작가 안데르센의 『안데르센 동화집』은 당시 간탕(甘棠)의 번역본이 있었다. 여기의 "술술 읽히는 맛"(順)은 당시 량스추와 자오징선(趙景深) 등이 주장했던 번역관에 대한 풍자다. 『이심집』(二心集) 「몇 가지 '순통'한 번역」(幾條'順'的飜譯)에 자세한 내용이 나온다.

잘난 놈 타령[1]

남쪽에선 온종일 대회를 개최하니,[2] 북쪽에선 갑자기 봉화연기 올라가고,[3] 북쪽 사람 피난 가고 남쪽 사람 고함치니, 청원하랴 전보 치랴 연일 또 야단법석.[4] 네가 날 욕하면 내가 널 욕하며 자신들이 잘났다 떠든다. 글쟁이는 악비岳飛를 가짜라 비웃고, 무사들은 진회秦檜가 간사하다 말한다. 서로 욕하는 소리 속에 영토 잃어버리고, 서로 욕하는 소리 속에 동전 헌금하고, 영토 잃고도 돈 헌금 거두더니,[5] 고함 소리 욕 소리 이젠 고요하다. 글쟁이는 치통 앓고 무사들은 온천 가고, 누구도 악비 아니고 진회 아님을 나중에 다 알 거라며, 오해라고 성명 내고 이전 혐의 서로 푸니, 모두가 잘난 놈들, 마침내 한방에 모여들어 시가 담배 피운다.

주)＿＿＿＿＿

1) 원문은 「好東西歌」, 1931년 12월 11일 상하이의 반월간지 『십자로』(十字街頭) 제1기에 아얼(阿二)이란 이름으로 처음 발표했다.

2) 1931년 9·18사변(만주사변) 이후 국민당 내부는 장제스(蔣介石)를 필두로 한 닝파(寧

派)와 후한민(胡漢民), 왕징웨이(王精衛)를 필두로 한 웨파(粤派)가 계파 간 갈등을 겪었다. 이를 조정하기 위해 개최한 일련의 회의들을 말한다. 이를테면 10월 하순 상하이에서 개최한 닝웨(寧粤) '평화' 예비회담과 11월 쌍방이 각각 난징과 광저우에서 개최한 국민당 제4차 전국대표대회 등을 말한다.

3) 1931년 11월 27일 일본군이 진저우(錦州)를 공격한 것을 말한다.

4) 국민당 정부를 향해 중국 각지에서 일어난 항일 청원운동을 말한다.

5) 1931년 9·18 만주사변 이후 국민당은 항일에 대한 국민적 염원을 저버리고 일본에 대해 소극적인 항일로 일관했다. 일본에게 동북의 일부 영토를 잃어버렸음은 물론 국민들에게는 각종 명목으로 항일 의연금을 거둬들여 유용했다.

공민교과 타령[1]

허젠[2] 장군께서 칼 부여잡고 교육을 관장하며 말씀하시길, 학교 안에 무언가를 증설해야만 한다는 거였다. 우선 '공민교과'라 부르기로 했다는데, 이 과목이 무얼 가르치는지 모르겠다. 그런데 제공에게 바라건대 서두르지 말고 나에게 교과서를 쓰게 해주길, 공민이 되는 것은 사실 쉽지 않다는 거였다. 여러분은 절대 '설렁설렁'[3]하지 말라고 당부한다. 첫째로는, 참고 받아들일 수 있어야 한다. 돼지처럼 야만스럽고 소처럼 힘이 세어, 죽이면 먹을 수 있어야 하고, 살아선 일을 해야만 한다. 돌림병으로 죽어도 기름에 잘 볶으면 된단다. 둘째로는, 먼저 머릴 숙여 인사를 해야 하니, 우선 허대인께 절을 올리고 그 후엔 공 무슨 구[4]님께 절을 해야 한다. 인사를 잘 못하면 참수를 하고, 참수할 땐 목숨을 구걸하지 말아야 하니, 살려달라 애원하는 건 반혁명이란다. 대인에겐 칼이 있고 당신에겐 머리가 있으니, 이에 마땅히 각기 천직을 다해야만 한다. 셋째로는, 사랑타령을 하지 마라. 자유결혼은 양놈들이 뀐 방귀이니, 가장 좋기로는 열번째 스무번째 첩이 되는 길이다. 만일 엄마 아빠에게 쓸 돈이 필요하면 몇백 몇천에 나를 팔 수 있으니, 풍속도 바로잡고 돈도 벌 수 있는 것이란다. 이보다 더 좋은 일이 또 있으랴? 넷째로는, 말을 잘 들어야 한다. 대인께서 말씀하시면 당신은 그대로 해야 한다. 대인 혼자 맘속으로 이해하는 공민의 의무는 아주 많으니, 제공들은 절대 그의 교과서를 사수하지 마시길. 그리하여 대인께서 기분이 나빠지면 곧바로 나[5]보고 반동이군 하고 말하시지 않도록.

주)_____

1) 원문은 「公民科歌」, 1931년 12월 11일 『십자로』 제1기에 아일이란 이름으로 처음 발표되었다.

2) 허젠(何鍵, 1887~1956)은 후난성 리링(醴陵) 사람이고 자는 윈차오(芸樵)다. 국민당 혁명군 제35군 군단장을 역임했고 이 당시에는 국민당 후난성정부 주석 '추초'(追剿; 추적 살인)군 총사령관이었다. 그는 국민당 제4차 전국대표대회에서 이런 주장을 했다. "중학교 교과과정에 공민교과를 증설해 민족 고유의 도덕을 보존·유지토록 하며 미혹에 빠진 인심을 구제해야만 한다." 당시 시대배경은 앞의 시 「잘난 놈 타령」과 같다.

3) 원문은 '耶耶乎'. '대충대충', '건성건성'을 의미하는 상하이 방언이다.

4) "공 무슨 구"는 공구(孔丘), 즉 공자를 지칭한다.

5) 원문은 '阿拉'. '나'를 의미하는 상하이 방언이다.

난징 민요[1]

모두들 영혼 참배하러 가니,[2]

강도들 짐짓 점잖음을 위장한다.

고요한 침묵 십 분 동안,

각기 속으론 주먹다짐질.

주)_____

1) 원문은 「南京民謠」, 1931년 12월 25일 『십자로』 제2기에 이름 없이 처음 발표했다.

2) "영혼을 참배하러 가다"의 원문은 '謁靈'으로 능에 참배하러 감을 의미한다. 1931년 12월 23일자 『선바오』(申報)에 보도되길, 국민당 제4차 전국대회에 참가한 중앙위원들이 당일 오전 8시에 쑨원의 능을 참배했다고 한다. 중국어에서 '능을 참배하다'라는 의미를 지닌 '謁陵'(능 참배)의 발음이 '예링'인데 이와 같은 발음을 가진 '謁靈'(영혼 참배)을 썼다.

'언쟁'의 노래[1]

일중전회는 아주아주 바빴으니,[2] 갑자기 누가 매국인지 토론을 하다, 웨파粵派의 한 위원은 알아듣지 못하는 말로 중얼중얼, 당국이 책임을 져야한다 한다. 노익장 우영감께서는, 헛 헛소리라 크게 소리치며, 매국한 사람 따로 있다, 멀지도 가깝지도 않게 이 회의장에 있다고 떠들었다.[3] 어떤이는 옳소 옳소 지껄이고, 어떤 이는 큭큭 웃음 터뜨려, 다같이 큭큭 한 것까진 좋았는데, 옳소 옳소가 그만 황태자를 화나게 만들었겠다.[4] 아무 소리 없이 그가 '신경'新京[5]을 나가니, 회의장 분위기는 쥐죽은 듯 잠잠. 많은요인들 발바닥이 달토록 쫓아가, 공경스레 어가 되돌리려 간청하니, 다함께 '국난 극복' 해야 하는데, 일터 버려 두고 뭐하러 고생스레 왔냐 한다. 샴페인 김 빠지고 요리 식으니, 동지 오래 기다리게 마시고, 영감들 자동으로 출석하지 않게 되면, 더 이상 방해할 여우도 없어질 것이란다.[6] 하물며 명예와 이익이 모두 온전하지 못하게 되었으니 누가 고통 밀쳐 내고 단맛만 맛볼 수 있으리, 라네. 매국했다면 모두 매국이거나 모두 아닐 것일터, 그러지 않으면 한쪽 체면만 너무 난감해진단다. 지금 우리 다시 통쾌하게 몇 번 거나하게 마시고, 거나하게 취해서 귀가 뜨끈뜨끈 기분 좋아지게 되면, 무슨 일이든 이야기 잘 될 것이고, 그러면 비로소 하늘의 신령 위로할 수 있게 될 것이란다. 이론과 실제, 모두 완전 설파하자,[7] 머리 끄덕이며 작은 용머리들, 다시 기차 길 오르신다. 다만 나라 기둥님께선 좀 달라, 여전히 갈라져 싸우는 걸 구상하고 계신 듯,[8] 잔탕 동지는 혈압이 올라가고,[9] 징웨이 선생은 당뇨병이 있으셔서,[10] 국난이 있어도 단박에 달려가질 못해, 비록 우영감일지나 이미 경고 받으신바, 이렇게 계속되면 어찌하면 좋을까, 언제나 중화민국 두뇌가 없을 터, 당의 통치 받으려도 받을 수가 없을 터, 힘없는 민중들만 고생하게 될 것이라. 그런데도 치병治病과 통일이 하나같이 쉽길 바라며, 이런 '언쟁' 측간에 던져 버리려만 하니, 헛소리 헛소리 헛소리로다, 정말 정말 어찌 이럴 수가.

주)_____

1) 원문은 「'言詞爭執'歌」, 1932년 1월 5일 『십자로』 제3기(처음엔 격주간이었다가 3기부터 순간으로 바뀜)에 아얼(阿二)이란 필명으로 처음 발표했다. 이 산문시의 원문은 처음부터 끝까지 모두 7언(言)이 1구(句)로 이뤄졌다. 루쉰이 일부러 음절을 맞추었고, 각운도 했다.

2) 일중전회(一中全會)는 1931년 12월 22일부터 29일까지 난징에서 열린 국민당 제4차 일중전회를 가리킨다. 회의석상에서 닝(寧; 寧夏回族)파와 웨(粵; 廣東)파가 정권쟁탈과 매국에 대한 책임 전가 문제로 서로 욕하고 비방했다. 당시 신문상에서 이를 보도하면서 '언쟁'(言詞爭執)이라는 표현을 썼다. 1931년 12월 27일 『천바오』는 「2차대회의 언쟁 경과」(二次大會中言詞爭執經過)라는 제하에서 난징의 26일자 전보를 게재했다. "어제 회의에서 웨파 위원회의 모씨가 장쉐량(張學良) 처리 안건을 주장하였는데 그 도도한 발언이 끝날 줄을 몰랐다. 말인즉, 장쉐량은 병사를 잃고 땅을 빼앗긴 책임을 응당 져야 할 뿐만 아니라 난징정부 역시 무거운 책임을 져야 한다는 것이다. 보고가 끝나자 우징헝(吳敬恒; 우즈후이吳稚暉)이 즉각 일어나 보태어 말하길, 응당 장쉐량이 책임져야 함

은 물론, 난징정부 역시 저항하지 않은 책임을 짐이 마땅하며, 일본에 가서 일본을 끌고 들어와 중국을 팔아 버린 화를 초래한 자 역시 그 책임을 피할 수 없다고 주장했다. 웨파 위원회 모씨가 일어나더니 매국자를 어떻게 알 수 있는가 하며 우씨를 비난하자 우씨가 당사자는 모를 수 없을 것이라고 답했다. 당시 어떤 이들은 옳소 옳소 옳소 연이어 소릴 질렀고, 또 어떤 이들은 큭큭큭거리며 큰소리로 웃었다."

3) 우영감은 우즈후이(吳稚暉, 1865~1953)를 가리킨다. 이름은 징헝(敬恒)이고 장쑤성 우진(武進) 사람이다. 당시 국민당 중앙감찰 위원이자 중앙정치회의 위원이었다. 그는 말을 할 때, 늘 『하전』(何典)의 서두에서 배운 "헛소리 헛소리, 어찌 이럴 수가" 하는 말투를 사용하곤 했다.

4) 황태자는 쑨커(孫科, 1891~1973)를 말한다. 당시 국민당 중앙집행위원회 상임위원이고 행정원장이었다. 1931년 12월 26일 『천바오』의 '난징전보'에 의하면 이렇다. "오늘 2차 대회에서 진저우(錦州)문제를 토론할 때, 우징헝이 발언 중, 이번 동성(東省) 사건은 수도 쪽이 절대 매국한 것이 아니며, 매국노는 다른 데 있다, 진저우의 위기는 그 허물이 장쉐량에게 있는 것이 아니라 모모에게 있다고 말하였다. 그러자 쑨커가 웨(광둥성) 쪽을 풍자하는 것이 아닌가 하여 불쾌감을 느껴, 회의가 끝나자마자 즉시 오후에 상하이로 돌아갔다." 여기서 '동성사건'은 만주사변을 말한다. 또 27일자 『천바오』 본지 소식에선 이렇게 말하고 있다. "쑨커와 리원판(李文範) 등이 돌연 난징을 떠나 상하이로 온 이래, 시국 분위기가 다시 긴장되었고,…… 대회는 간절하게 권고할 사신 장쭤빈(蔣作賓), 천밍수(陳銘樞), 쩌우루(鄒魯) 등을 상하이로 앞서거니 뒤서거니 파견하여 속히 어가를 돌릴 걸 요청했다."

5) 신경(新京)은 새서울이란 뜻으로 당시 국민당 본부가 있던 난징을 말한다.

6) 난징그룹에 속한, 웨파에 대항하는 우즈후이 무리를 지칭한다.

7) "설파하자"의 원문은 '括括叫'. 상하이 사투리로 아주 훌륭하게 말하다의 의미다.

8) '나라 기둥님'은 후한민(胡漢民)을 가리킨다. 1931년 12월 27일자 『천바오』에, 후한민이 속히 입경하여 회의에 참석하길 독촉하는 린썬(林森)의 전보문이 실렸는데 그 안에 이런 표현이 있다. "우리 공께선 당과 국가의 기둥이시니 두루 통솔하시옵길 모두 앙망하옵나이다."

9) 잔탕(展堂) 동지에서 잔탕은 후한민(1879~1936)의 호다. 광둥성 판위(番禺) 사람이고 당시 국민당 중앙정치회의 상임위원과 입법원 원장을 맡고 있었다. 후한민은 당시 고혈압을 앓고 있다는 구실로 난징회의 참석을 거절했다. 1931년 12월 28일 『천바오』에 린썬이 보낸 전보에 대한 그의 회신 글이 실렸다. "제 혈압이 아직 높아서 …… 의사 말이, 만일 조용히 섭생하지 않으면, 중풍에 걸려 졸도할 위험이 항시 있다 하니, 이에 근심 걱정이 되어, 북행을 할 수 없겠나이다."

10) 왕징웨이(汪精衛, 1883~1944)를 말한다. 이름은 자오밍(兆銘)이고 원적은 저장성 사오

싱이며, 광둥성 판위에서 출생했다. 당시 국민당 부총재, 국민당 중앙정치위원회 상무위원이었다. 항일전쟁 시기에는 난징에 가짜 국민당 정부를 세워 주석 노릇을 했다. 1931년 12월 22일자 『천바오』에 「왕징웨이가 병으로 인해 잠시 동안 난징에 가기 어려워졌다. 의사의 말로 아직 3개월간의 휴양이 필요하다 한다」는 뉴스가 실렸다. "우차오수가 말하길, 왕징웨이의 병환은 당뇨 외에 간에 커다란 벌레가 생겼다, 고 했다."

식객문학과 어용문학
—11월 22일 베이징대학 제2원에서의 강연¹⁾

제가 4, 5년간 여길 오지 못해서 이곳 정세에 대해선 잘 알지 못합니다. 마찬가지로 상하이에서의 제 상황에 대해 여러분도 잘 모르실 겁니다. 그래서 오늘은 다시 식객문학과 어용문학에 대해 말씀드리고자 합니다.

어떻게 이야길 시작해야 할까요? 5·4운동 후 신문학 작가들은 소설을 제창했습니다. 그 이유는 당시 신문학을 제창한 사람들이 서양문학에서의 소설의 위치가 [중국 전통문학에서 높은 위치를 차지한—옮긴이] 시와 마찬가지로 높아, 소설을 읽지 않으면 사람답지 않게 된다는 것을 알게 되었기 때문이었습니다. 그런데 우리 중국의 오래된 시선으로 본다면 소설은 사람들에게 소일거리를 제공하는 것일 뿐입니다. 술이나 차를 마신 후에 읽는 것이었지요. 밥을 너무 배부르게 먹거나, 차를 너무 배부르게 마시고 나서 한가해지면 사실 너무 괴로운 일이고 그럴 땐 춤도 추지 못하게 됩니다. 명말 청초에는 어용문학이란 것이 꼭 있어야 할, 필요 있는 사람들이 있었지요. 책을 읽을 수 있고 바둑을 둘 줄 알고 그림을 그릴 줄 아는 사람들입니다. 이 사람들이 주인을 따라 책 좀 보거나 바둑 좀 두거나 그림 좀 그리거나 하는 것을 일러 식객문학이라고 불렀습니다. 말하자면 비위를 맞추고 주흥 돋우는 걸 업으로 삼아 살아가는 아첨꾼들이었지요! 그래서 식객문학은 아첨문학이라고도 했습니다. 소설이 아첨의 의무를 하고 있었습니다. 한나라 무제 때, 오직 사마상여만이 기분이 안 좋으면, 병을 핑계로 임금 앞에 나가질 않곤 했지요.[2] 도대체 왜 병을 빙자했는지에 대해선 잘 모르겠습니다. 만일 그가 황제에 반대한 것이 루블화 때문이었다고 말한다면 그렇지 않았을 것이라 생각합니다. 왜냐하면 당시엔 루블화가 없었기 때문이지요.[3] 무릇 나라가 망하려 할 때엔 육조六朝시대 남조南朝처럼 황제에겐 일이 없어지고 신하들은 여자를 논하거나 술을 논하곤 했지요. 나라를 세울 때엔 이런 사람들이 조령을 만드네, 칙령을 작성하네, 선언을 하네, 전보를 치네, 합니다. 이른바 당당한 대大문장가 노릇을 한다 이겁니다. 주인은 1대에서 2대까지는 바쁘지 않습니다. 그래서 신하들도 어용문인이 되지요. 왜냐하면 어용문학이 사실은 식객문학이기 때문입니다.

제가 보기에 중국문학은 크게 두 가지로 나눌 수 있습니다. ①궁정문학입니다. 이것은 이미 주인의 집안으로 걸어 들어갔기 때문에 주인의 바쁜 일을 돕지 않으면 주인의 한가로움을 도와야만 합니다. 이와 반대되는 것이 ②산림문학입니다. 당시唐詩에는 이 두 종류가 다 들어 있지요. 현대어로 말한다면 '조정'과 '재야'입니다. 후자는 얼핏 도와야 할 바쁜 일이 없거나 도와야 할 한가로움 같은 것이 없는 것 같으나 사실 몸은 산속에 있어도 "마음은 대궐에 있는"[4] 것이라 하겠습니다. 만일 식객일 수도 없고 어용일 수도 없다면, 그렇다면 마음속으로 아주 슬퍼지게 될 것입니다.

중국은 은사隱士와 관료가 가장 가까운 거리에 있습니다. 은둔할 때는 임금에게 불림받을 희망을 갖고 있으며 일단 불림을 받으면 임금에게 소환된 사람이라고 불립니다. 가게 점포를 열고 빙탕후루[5]를 파는 것으론 임금에게 불림받을 사람이 되지 못합니다. 제가 알기로, 어떤 사람이 세계문학사를 지으면서 중국문학을 관료문학이라 했다 합니다. 사실 틀린 말이 아니라 생각합니다. 한편으로는, 중국 문자가 어려워 교육받은 보통사람이 적어 글을 지을 수 있는 사람이 없기 때문이기도 하지만, 다른 한편으로는 중국문학이 관료들과 정말 너무 가까이 있어서이기도 합니다.

지금도 대강 그러하지 않나 합니다. 단지 방법이 더 교묘해져 알아차릴 수 없게 된 것뿐이지요. 오늘날의 문학 가운데 가장 교묘한 것으로는 이른바 예술을 위한 예술파입니다. 이 일파는 5·4운동 시기에는 분명 혁명적이었습니다. 당시에는 '문이재도'[6]를 향해 공격한다고 말했기 때문입니다. 그런데 지금은 그 반항기조차 사라져 버렸습니다. 반항기가 없을 뿐만 아니라 신문학의 발생을 억압하고 있습니다. 사회에 대해 감히 비판하지 않을 뿐 아니라 반항하지도 않습니다. 만일 반항을 하게 되면 예술에게 미안한 일이라고 말을 하지요. 그러한 연고로 그들은 식객 플러스(Plus)[7] 어용으로 변한 것이기도 합니다. 예술을 위한 예술파는 세상사에 대해 묻질 않습니다. 그러나 만일 인생을 위한 예술을 주장하는 사람들이라면 세상사에 대해 그 반대이지요. 예를 들어 현대평론파가 되겠지요.[8] 그들은 욕하는 걸 반대합니다. 그러나 어떤 사람이 그들을 욕하면 그들도 욕을 하려 합니다. 그들이 욕하는 사람을 욕하는 것은 살인한 사람을 죽이는 것과 마찬가지이니, 그들은 망나니입니다.

이런 식객문화와 어용문화의 역사는 장구한 것입니다. 저는 결코 중국 문물을 당장 벗어던져야 한다고 사람들에게 권하는 게 아닙니다. 이런 것들을 안 보면 볼만한 것이 없기 때문입니다. 바쁜 것을 돕지 않거나 한가한 것을 돕지 않는 문학이 정말 너무너무 적기 때문이지요. 지금 글을 쓰는 사람들은 거의 모두 어용이나 식객의 인물들입니다. 어떤 이들은 문학 작가들이 아주 고상한 사람이라고 말하지만 저는 반대로 그것이 밥 먹는 문제와 무관하다 믿지 않습니다. 그러나 저는 또 문학이 밥 먹는 문제와 관련이 있다 해도 그리 중요한 건 아니라고 생각하고 있습니다. 다만 좀 식객이 아니고 어용이 아닐 수만 있다면 좋겠습니다.

주)_____

1) 원문은 「幇忙文學與幇閑文學—十一月二十二日在北京大學第二院講」, 1932년 12월 16일 톈진의 『영화와 문예』(電影與文藝) 창간호에 처음 발표했다. 본 문집에 수록하면서 수정을 가했다. '幇忙文學'(식객문학)은 상하이의 해파(海派)문학에 대한 풍자적인 표현이고, '幇閑文學'(어용문학)은 베이징의 경파(京派)문학에 대한 풍자적 표현이다.

2) 사마상여(司馬相如)가 병을 핑계로 외출하지 않은 이야기는 사마천의 『사기』(史記) 「사마상여열전」(司馬相如列傳)에 나온다. "상여는 말을 더듬었으나 문장을 잘 썼으며 항상 소갈증이 있었다. 재력가의 이혼녀인 탁문군과 혼인하여 재물이 풍족했다. 환관직에 출사했으나 공경대부들과 나랏일을 논의하길 싫어해 종종 병을 핑계 삼아 한가로이 지내길 좋아했다. 관직에 연연해하지 않았다."

3) 친소적인 발언을 한 사람이나 좌익작가에 대해 소련으로부터 루블화를 받고 일을 한다는 소문을 퍼뜨린 일이 있었다. 그러한 비열한 중상에 대해 루쉰이 넌지시 비판하여 한 말이다. 루쉰이 '루블화'를 받았다는 모함에 대해서는 『이심집』(二心集) 「'집 잃은' '자본가의 힘없는 주구'」('喪家的'資本家的乏走狗') 참조.

4) "마음은 대궐에 있다"는 『장자』 「양왕」(讓王)에 나오는 말이다. "몸은 강과 바닷가에 살고 있으나 마음은 위궐에 있다." 위궐(魏闕)은, 고대 궁궐의 대문 양쪽에 높이 우뚝 솟게 만들어 놓은 망루를 말한다. 그 아래에서 법령과 명을 발표하였기 때문에 이를 조정의 대명사처럼 썼다.

5) '빙탕후루'의 원문은 '糖胡蘆'. 탕후루 혹은 빙탕후루(冰糖胡蘆)를 말한다. 산자열매 혹은 해당화 열매를 꼬치에 꿰어 설탕물을 묻혀서 굳힌, 전통적인 중국 과자를 말한다.

6) '문이재도'(文以載道)는 '문장 안에 도(道: 진리)를 담는다'는 뜻으로 송대 주돈이(周敦頤)의 『통서』(通書) 「문사」(文辭)에 나오는 말이다. "문이 도를 싣고 있는 까닭이다." "문이란 사예(辭藝)이고, 도란 덕실(德實)이다." 여기서 사예란 문장의 예술적인 형식 요소를, 덕실이란 글이 담고 있어야 할 좋은 사상내용을 가리킨다.

7) '더하다'(+)라는 의미의 영어를 루쉰이 문장 속에 그대로 썼다.

8) 1924년 베이징에서 창간한 잡지 『현대평론』의 주요 멤버인 후스, 천시잉, 쉬즈모 등을 가리킨다. 천시잉은 『현대평론』 제3권 제53기(1925년 12월 12일)에 발표한 「한담」(閑談)에서 "절대 함부로 욕을 입에 담아선 안 된다"고 주장한 바 있다. 그러면서 실제로는 루쉰과 그들이 반대하는 사람들에 대해서는 갖가지 공격을 가하거나 비난을 했다.

올 봄의 두 가지 감상
―11월 22일 베이핑 푸런대학에서의 강연[1]

저는 지난주 베이핑에 왔습니다. 이치상으론 청년 여러분에게 선물을 좀 가져왔어야 합니다만 너무 급하게 오느라 미처 생각을 못 했고 또 가져올 만한 것도 없었습니다.

저는 최근 상하이에 살고 있습니다. 상하이와 베이핑은 다릅니다. 상하이에서 느낀 것을 베이핑에서 반드시 느끼게 되는 것은 아닙니다. 오늘은 아무것도 준비해 오지 않았기 때문에 편하게 좀 이야기해 보려 합니다.

작년에 있었던 둥베이東北사변의 자세한 상황에 대해 전 전혀 알지 못합니다.[2] 생각건대 상하이사변에 대해 제군 역시 분명 그러하리라 생각합니다.[3] 상하이에 함께 살아도 피차 잘 모릅니다. 이쪽에선 필사적으로 살기 위해 도망을 가고 있어도, 저쪽에선 마작을 하는 사람은 여전히 마작을 하고, 춤을 추는 사람은 여전히 춤을 추곤 하지요.

전쟁이 일어났을 때, 제가 마침 최전선이란 곳에 살았던 관계로[4] 많은 중국 청년들이 잡혀가는 것을 목도했습니다. 잡혀가서는 돌아오지 않았습니다. 살았는지 죽었는지도 아는 사람도 없었고 수소문해 볼 사람도 없었습니다. 이런 상황은 이미 오래된 일입니다. 중국에서는 일단 잡혀가면 그 청년의 행방을 알 수 없곤 하지요. 둥베이사변이 일어나고 나서, 상하이에는 많은 항일단체들이 생겨났는데 이런 단체들은 모두 자신들의 휘장을 갖고 있습니다. 이런 휘장이 일본군에게 발각되면 죽음을 면치 못하게 됩니다. 그런데 중국 청년들의 기억은 정말 안 좋습니다. 예를 들어 항일십인단[5]은 한 단체가 열 명으로 이뤄져 있고 단원은 각기 휘장을 가지고 있지요. 반드시 항일을 하는 것은 아니지만 그것을 주머니에 넣고 다닙니다. 그런데 납치가 되면 이것이 죽음을 부르는 분명한 물증이 되는 거지요. 또 학생군[6]이 있는데 이전엔 매일매일 훈련을 했었습니다. 그런데 얼마 지나더니 흐지부지 훈련을 하지 않게 되었습니다. 단지 군대 복식을 한 사진만 있지요. 또 그들은 교련복을 집에 두고 있다는 사실을 자신조차 망각하곤 합니다. 그런데 일본군에게 조사를 받게 되면 곧바로 이런 것들이 또 목숨을 앗아 가게 만듭니다. 이처럼 청년들이 피살되자 모두 크게 불평을 하게 되었고 일본군이 너무 잔혹하다고 생각하게 되었습니다. 사실 이것은 두 민족의 성깔이 완전히 다른 까닭입니다. 일본인은 너무 곧이 곧대로 하고 중국인들은 반대로 너무 곧이곧대로 하질 못하는 것입니다. 중국에서의 일이란 것은 항시 무슨 간판을 내걸기만 하면 그냥 성공한 것으로 칩니다. 일본은 그렇지 않습니다. 그들은 중국처럼 그렇게 일을 연기하듯 하질 않습니다. 일본인들은 휘장이 있는 것을 보면 곧바로, 교련복이 있는 것을 보면 곧바로, 그들이 진짜로 항일을 하고 있는 사람이라 생각하는 것이지요. 그럼 당연히 아주 힘이 센 적으로 간주하는 것이지요. 이렇게 곧이곧대로이지 않은 사람이 곧이곧대로인 사람과 부딪히면 재수 없는 일이 일어나는 것은 필연적인 일입니다.

중국은 사실 너무 곧이곧대로 하질 못합니다. 무엇에서든 다 마찬가지입니다. 문학판에서 볼 수 있는 것들로는 항상 새로운 무슨무슨 주의主義가 있습니다. 일전에 소위 민족주의문학[7] 같은 것도 그렇지요. 아주 시끌벅적 요란했었지만 일본 병사들이 들어오자마자 곧바로 보이지 않게 되었습니다. 제 생각에 예술을 위한 예술파로 변해 버리지 않았을까 합니다. 중국의 정객들 역시 오늘은 재정財政을 논했다가 내일은 사진을 논하고, 모레는 또 교통을 논했다가 나중엔 갑자기 염불을 외우기 시작합니다. 외국은 그렇지 않습니다. 이전 유럽에 소위 미래파 예술이란 게 있었습니다. 미래파 예술은 대개 이해할 수 없는 것들입니다. 그러나 보고 이해하지 못한다 하여 꼭 보는 사람의 지식이 일천해서 그런 것만은 아닙니다. 사실 그것은 기본적으로 잘 이해할 수 없는 것들이기도 하지요. 문장에는 본래 두 종류가 있습니다. 하나는 이해할 수 있는 것이고 다른 하나는 읽어도 이해할 수 없는 것입니다. 만일 당신이 읽은 후 이해하지 못하였다 하여 자신의 앎이 천박하다고 한탄한다면 그것은 속은 것입니다. 그러나 남들이 이해를 하든 못 하든——미래파 문학처럼 이해할 수 없는 것이든——유럽의 그들은 상관하지 않습니다. 비록 이해받을 수 없더라도 작가는 여전히 있는 힘을 다해, 아주 진지하게, 그 안에서 무언가를 말하고 이야기하고 있습니다. 그런데 중국에서는 이런 예를 찾을 수가 없습니다.

또 느끼게 되는 한 가지는 우리들의 안목이 너무 방대하다는 것입니다. 그런데 너무 크게 넓혀서는 안 됩니다.

일본 병사들이 싸우지 않고 다른 곳으로 이동, 철수하는 것을 본 적이 있는데 이때 저는, 갑자기 긴장이 되었습니다. 나중에 수소문을 해보니 중국인들이 폭죽을 터뜨려서 일어난 일이란 걸 알게 되었지요. 그날이 개

기월식이었기 때문에 사람들은 폭죽을 놓아 달을 좀 구해 보려 한 것이었지요. 일본인들 마음으로 보자면, 이런 시국에는 반드시, 중국을 구하거나 상하이를 구하기 위해 중국인들이 정신없이 바빠야 마땅하다고 생각하는 겁니다. 중국인들이 구하고자 하는 것이 그렇게 멀리 있는 달, 달을 구하려 했다는 것에 대해, 그들은 전혀 상상을 할 수가 없었던 것이지요.

우리들은 항상 우리들의 시선을 아주 가까운 곳, 자기 자신으로 거두어들이거나 아니면 북극, 혹은 하늘 밖으로 아주 멀리 놓아야만 합니다. 그런데 이 양자 사이의 어떤 한 범위에는 절대 주의를 기울이지 않곤 하지요. 예를 들어 음식인 경우, 근래 식당들은 좀 깨끗해지긴 했습니다. 이것은 외국의 영향을 받아서인데 이전에는 이렇지 않았습니다. 예를 들어 어떤 가게 사오마이가 맛있다, 바오쯔가 맛있다고 할 경우,[8] 좋은 것은 분명 좋은 것이니 아주 맛있을 것입니다. 그런데 접시가 아주아주 더러워도, 먹는 이가 그 접시는 안 보고 그저 먹는 바오쯔와 사오마이만 신경을 쓰는 것이 그렇지요. 만일 당신이 음식 밖의 둥근 테두리 범위에 주의를 기울인다면 곧바로 아주 불쾌해질 것입니다.

중국에서는 사람 노릇 하기가 정말 이렇게 하지 않으면 안 됩니다. 그렇지 않으면 살아갈 수가 없습니다. 만일 당신이 개인주의를 얘기하거나 멀리 우주철학과 영혼의 유무에 대해 논한다면 그건 괜찮습니다. 그러나 일단 사회문제를 얘기한다면 바로 병폐가 생기게 마련입니다. 베이핑은 아직 괜찮을지 모르겠지만, 만일 상하이에서 사회문제를 거론하면 그것은 곧바로 병폐가 발생하지 않고서는 안 됩니다. 사회문제 거론은 위험이 도사리고 있는 영험한 약이어서 항상 수없이 많은 청년들을 납치당하게 만들고 행방불명되게 만듭니다.

문학에서도 이와 같습니다. 만일 신변 소설이란 것을 써서 고통스럽구나, 가난하구나, 나는 그 여인을 사랑하는데 그 여인은 나를 사랑하지 않네, 하고 말한다면 그것은 이해가 되는 것이어서 아무런 소란도 불러일으키지 않습니다. 그런데 만일 중국사회에 대해 언급을 하고 압박과 피압박을 거론한다면 그건 안 됩니다. 그러나 당신이 좀더 멀리 나가 무슨 파리와 런던을 논하고, 더 멀리 나가 달나라나 하늘을 논한다면 위험은 사라지게 됩니다. 그러나 가일층 주의해야 할 것이 있습니다. 러시아는 논할 수 없습니다.

상하이사변이 일어나고 이제 막 일 년 되어 갑니다만,[9] 모두 일찌감치 잊어버린 것처럼 지내고 있습니다. 마작을 하는 사람은 여전히 마작을 하고 춤을 추는 사람은 여전히 춤을 춥니다. 잊혀지는 것은 하는 수 없이 잊어야겠지요. 온전히 모든 것을 기억한다면 아마 머리도 감당하질 못할 것입니다. 이런 것들은 기억하고 있으면 다른 것들은 기억할 틈이 없어지게 될 것입니다. 그럼에도 그 대체적인 것은 기억할 수가 있겠지요. "좀 곧이곧대로" 하기만 한다면, "안목을 방대하게 가질 수는 있으나 너무 넓히지만 않는다면", 그렇습니다. 이 두 말은 사실 보통의, 아무 말도 아닙니다. 그러나 저는 분명, 이 두 마디 말을, 수많은 목숨들이 희생된 뒤에야 깨닫게 되었습니다. 수많은 역사 교훈은 모두 큰 희생을 치른 연후에 얻게 됩니다. 먹는 것을 예로 들면, 독이 있는 어떤 것은 먹을 수가 없습니다. 우리들은 이미 이런 것들을 잘 알고 있고 또 아주 상식적인 일이라 생각합니다. 그러나 이는 분명 이전의 수많은 사람들이 먹고 죽었기 때문에 비로소 알게 된 것이지요. 그래서 저는 처음으로 게를 먹은 사람은 위대하다 생각합니다. 용감한 사람이 아니라면 누가 감히 이상하게 생긴 그것을 먹겠습니까? 게를 먹은 사람이 있듯, 거미를 먹은 사람도 분명 있었겠지요. 그러나 먹기 좋지 않다는 것을 알게 된 후 후세인들은 거미를 먹지 않게 되었습니다. 이런 사람들에게 우리들은 아주 감사해야 마땅합니다.

저는 사람들이 신변문제나 지구 밖의 문제에만 주의를 기울이지 않기를 희망합니다. 사회의 실제적인 문제에도 주의를 기울여야 합니다.

주)_____

1) 원문은 「今春的兩種感想—十一月二十二日在北平輔仁大學演講」, 1932년 11월 30일 베이징 『세계일보』 '교육'란에 처음 발표했다. 발표 전 루쉰은 이 글을 수정했다.

2) 둥베이사변(東北事變)은 1931년 발발한 9·18사변을 말한다.

3) 상하이사변은 1932년 일어난 1·28사변을 말한다.

4) 상하이사변이 일어났을 때, 루쉰의 집이 상하이 베이쓰촨로(北四川路)에 있어서 전쟁터와 아주 인접해 있었다.

5) 항일십인단(抗日十人團)은 9·18사변이 일어난 후, 상하이 각계각층에서 자발적으로 만든 애국 의용군중조직을 말한다.

6) 학생군은 9·18사변 후, 각지에서 일어난 대학생들과 중고등학생들로 구성된 학생의용군 조직을 말한다.

7) 민족주의 문학. 1930년 6월 국민당 당국에 의해 추동된 문학운동으로, 판궁잔(潘公展), 판정보(範爭波), 주잉펑(朱應鵬), 푸옌창(傅彦長), 왕핑링(王平陵) 등이 그 발기인이었다. '민족주의'의 이름을 빌려, 막 일어나고 있던 좌익문학운동을 반대했다. 『전봉주보』(前鋒周報), 『전봉월간』(前鋒月刊) 등의 간행물을 발행했다.

8) '사오마이'(燒賣)와 '바오쯔'(包子) 모두 만두의 일종이다. 사오마이는 돼지고기, 양파, 후추, 소금 등을 넣고 버무린 소를 얇은 피에 넣어 찐 만두이고, 바오쯔는 고기 다진 것을 두꺼운 피에 넣어 찐 만두다.

9) 상하이사변은 1932년 1월 28일에 일어났고 이 강연은 1932년 11월 22일에 있었다.

영역본『단편소설선집』자서[1]

중국의 시와 노래에서 종종 하층사회의 고통을 말한 것이 있긴 했다. 그러나 그림과 소설은 그 반대였으니, 대개 그것들을 아주 행복하게 묘사하면서, 평화롭기가 마치 꽃과 새인 것처럼, "알게 모르게 황제의 법에 순종한다"[2]고 서술하고 있다. 맞다. 중국의 근로대중은 지식계급의 입장에서 보면 꽃과 새 같다.

나는 도시의 대가정 안에서 자랐다. 어릴 적부터 고서와 훈장의 교시를 받은 까닭에 역시 근로대중을 꽃과 새처럼 보아 왔다. 가끔 소위 상류사회의 허위와 부패를 느낄 때마저도 나는 그들의 안락함을 부러워하기도 했다. 그러나 어머니의 외가가 농촌이어서 많은 농민들과 접촉할 기회가 있었다. 점차, 그들은 평생 동안 억압을 받아 왔으며 너무나 고통스럽게 지내고 있어 결코 그들이 꽃도 새도 아니란 것을 알게 되었다. 그러나 나는 이런 사정을 여러 사람이 알 수 있게 할 방도가 없었다.

나중에 몇몇 외국소설들, 특히 러시아와 폴란드, 발칸반도의 여러 작은 나라들 소설을 보고는 비로소 세상에는 우리나라 근로대중과 같은 운명을 지닌 사람들이 아주 많다는 것을, 어떤 작가들은 그들을 위해 소리 지르고 있으며 싸우고 있다는 것을 알게 되었다. 그러자 지금까지 보았던 농촌의 여러 정경이 더더욱 분명하게 내 눈앞에 재현되었다. 우연히 글을 쓸 수 있는 기회가 생겼을 때, 나는 소위 상류사회의 타락과 하층사회의 불행에 대해 단편소설의 형식으로 계속 발표했다. 사실 나의 본의는 그러한 것들을 독자들에게 보여 줌으로써 사회문제를 좀 거론해 보려는 것이 었을 따름이었다. 당시의 작가들이 말한 이른바 예술을 위해 한 것은 결코 아니었다.

그런데 이런 것들이 몇몇 독자들의 흥미를 끌게 되었다. 많은 비평가들에 의해 배척을 받았음에도 불구하고 지금까지 소멸되지 않아 영어로 번역이 되어 신대륙의 독자들과 만날 수 있게 되었다. 이는 내가 꿈에서도 상상하지 못했던 일이다.

하지만 내가 단편소설을 쓰지 않은 지가 오래되었다. 현재의 인민들은 더욱더 고통을 당하고 있고 나의 생각도 이전과는 약간 달라졌다. 또 새로운 문학의 조류를 보았는데 이러한 상황에서 새로운 것을 쓴다는 것은 나로선 불가능하고 낡은 것을 쓴다는 것 역시 내가 원하는 바도 아니다. 중국의 고서에 이런 비유가 있다. 한단邯鄲의 걸음걸이는 천하에 유명하지만, 어떤 사람이 그것을 배우고자 했으나 결국 배우질 못했다. 그런데 그는 자신의 원래 걸음걸이조차 잊어버려 하는 수 없이 네 발로 기게 되었다는 것이다.[3]

나는 기고 있는 중이다. 하지만 계속 배워서 좀 일어서 볼 생각이다.

1933년 3월 22일, 상하이에서 루쉰 씀

1) 원문은 「英譯本『短篇小說選集』自序」, 전집에 수록되기 전, 다른 간행물에 발표된 적이 없었다. 이 『단편소설선집』은 루쉰이 미국작가 에드거 스노(Edgar Snow)와의 약속을 지키기 위해 편집한 것이다.

2) 원문은 '不認不知, 順帝之則'이다. 『시경』의 「대아(大雅)·황의(皇矣)」편에 나온다.

3) 한단의 걸음걸이를 배웠다는 고사는 『장자』 「추수」(秋水)편에 나온다. "그대는 서우링 (壽陵) 사람 여자(餘子)가 조나라의 한단으로 가 그곳 걸음걸이를 배웠다는 이야기를 들어 보지 못했는가? 그녀는 조(趙)나라 한단의 걸음걸이를 제대로 배울 수 없었음은 물론 본인이 갖고 있던 본래의 연나라 걸음걸이도 잊어버려 포복을 하며 돌아갔다는 것을."

『바른 길을 걷지 못한 안드룬』서문[1]

지금 나는 이 소설 앞에 넣을 서문조의 글을 써야 하는 역할을 부탁받았다. 이 책의 주제는 그리 어려운 것은 아니다. 나는 네 부분으로 나누어 그 줄거리 대강을 이야기하는 것으로 서문을 대신할까 한다.

1. 작가의 경력에 관해 나는 일찌기 『하루의 일』[2] 후기에 썼던 적이 있다. 그 후 더 알게 된 것이 없으니 그 글을 아래에 옮겨 놓는다.

알렉산드르 네베로프(Aleksandr Neverov)의 진짜 성은 스코벨레프(Skobelev)이고 1886년 사마라(Samara)주州의 한 농부의 아들로 태어났다.[3] 1905년 사범학교 제2급을 졸업한 후 시골학교 교사가 되었다. 내전 시기 사마라 혁명의 군사위원회 기관지인 『적위군』赤衛軍의 편집자가 되었다. 1920년에서 1921년 대기근이 들었을 때, 그는 굶주린 민중들과 함께 볼가에서 타슈켄트로 피난했으며, 1922년에 모스크바로 가 문학 단체 '쿠즈니차'[4]에 가입했다. 1922년 겨울, 37세의 나이에 심장병으로 죽었다. 그의 최초 소설은 1905년에 발표되었고 그 후 수많은 작품을 썼다. 가장 유명한 것은 『부유한 마을, 타슈켄트』이며 중국에선 무무톈樆木天의 번역본이 있다.

2. 작가에 대한 비평으로 내가 본 범주 내에 가장 간명한 것은 역시 코간 교수가 『위대한 10년의 문학』[5]에서 한 것을 추천하고 싶다. 이번에는 일본의 구로다 다쓰오[6]의 번역본에 의거해 아래 한 절을 중역했다.

'쿠즈니차' 일파 출신 중 가장 천재적인 소설가는 말할 필요 없이, 붕괴되어 가는 시대의 농촌생활을 잘 묘사한 이 가운데 하나인 알렉산드르 네베로프다. 그는 혁명의 호흡을 토해 내면서, 동시에 인생을 사랑하기도 했다. 그는 사랑의 마음으로, 살아 있는 사람을 관찰했고, 끝없이 펼쳐진 대평원 위에 흩어져 있는 모든 현란한 색채를 기쁘게 감상했다. 그는 시사문제에 있어 멀리 있기도 했지만 가까이 있기도 했다. 멀다고 말하는 것은 그가 인생을 진지하게 사랑한다는 보편 사상에서 출발하고 있기 때문이며, 가까이 있다고 말하는 것은, 그가 인생과 행복과 완전함을 향해 나아가는 길 위에 있는 어떤 힘을 보았고, 인생을 해방하는 그러한 힘을 느꼈기 때문이다. 네베로프는 일상생활에서 출발하여 위로 인류적인 높이에 도달한 작가 중 하나로, 주변적인 것을 주도면밀하게 묘사한 현실주의자이자 동시에 생활 묘사자이기도 하다. 그는, 우리들의 눈앞에 일상생활적인 것을 그리다가 동시에 현대적인 모습을 그려 놓고, 그대로 높이 올라가 소위 '영원한' 인성人性의 어떤 성질 묘사에까지 도달하곤 한다. 달리 말하면, 우리들 앞에 펼쳐진 현상과 정신 상태를 보다 깊이 있게 포착, 면밀하게 묘사하고 조명을 가함으로써, 그것들로

하여금 구체적인 어떤 시간과 공간의 한계를 초월하게 만드는 흥미를 준다.

3. 이 소설은 그의 단편소설집 『인생의 모습』人生的面目에 들어 있는 것으로 이야기 줄거리는 낡은 것이지만 여전히 가치가 있다. 작년 러시아 본국에서 삽화 발췌본을 또 새로 찍었는데 '초학총서'初學叢書에 들어 있다. 그 앞에 짧은 서문이 있어 소련에서의 현재 의미에 대해 설명하고 있다.

네베로프는 1923년에 죽었다. 그는 가장 위대한 혁명작가 중 하나다. 네베로프는 『바른 길을 걷지 못한 안드룬』이란 소설에서, 아무리 많은 고통과 희생을 치르더라도, 일체의 구식 농민생활은 박멸해야 한다고 호소하고 있다.

이 소설이 묘사하고 있는 시대는 바로 소비에트공화국이 반동파를 정리하고 평화건설을 시작한 때다. 그 몇 년간은 길고 어두웠던 옛날식 농촌 삶에 대해 제1차 개혁을 하기 시작한 시기다. 안드룬은 비타협적이고 격정적인 전사로서 새로운 삶을 위해 용감하게 싸웠다. 그가 일한 시대 환경은 아주 열악했다. 부농과 싸우고, 농민들의 무지몽매한 어리석음과 싸우는 일은 매우 주도면밀한 계획과 진지함, 신중함, 투철함이 요구되었다. 조금의 부정확한 절차나 실천은 어마어마하게 힘든 결과를 초래할 수도 있었다. 혁명에 대해 매우 성실하였던 안드룬은 이런 복잡한 환경을 잘 헤아리지 못했다. 그리하여 그가 천신만고의 고난을 겪으며 건설한 것들은 붕괴되었다. 그럼에도, 야수 같은 부농이 그의 친구를 죽이고 그의 집을 불살라도 그는 끝내 그의 견결한 의지와 혁명적인 열정을 버릴 수 없었다. 부상당한 안드룬은 다시 전진할 것을 결심하고, 다시 힘든 길을 걸어갔으며, 사회주의 농촌 개조를 실천으로 옮겼다.

지금, 우리나라는 승리하여 사회주의 건설을 하고 있으며 모든 지역에서 집체농장화를 건설했고 그 기반 위에서 부농계급을 소멸시키고자 하고 있다. 그러므로 『바른 길을 걷지 못한 안드룬』 속에서 그렇게 핍진하게, 그렇게 또렷하게 묘사하고 있는 농촌 혁명의 첫걸음을 지금 다시 반추한다는 것은 매우 유익하다.

역자에 관해서는 내가 더 말하지 않아도 될 것이다. 그가 러시아어에 정통하고 번역에 무척 성실한 사람이란 것을 지금 독자들은 아마 다 알고 있을 것이다. 삽화 5점은 간단한 것은 '초학총서' 판본에서 가져온 것이다. 그런데 화가 예츠(Ez)[7]에 대해선 전혀 아는 바가 없다.

1933년 5월 13일 밤, 루쉰

주)_____

1) 원문은 「『不走正路的安得倫』小引」, 1933년 5월 상하이 들풀서옥(野草書屋)에서 찍어 낸 중국어 번역서 『바른 길을 걷지 못한 안드룬』에 처음 발표된 글이다. 이 소설은 단편소설로 소련의 네베로프가 지었고 차오징화가 번역했으며 '문예연총'(文藝連叢)의 하나로 나왔다.

2) 『하루의 일』(一天的工作)은 소련 단편소설집으로 루쉰이 편역했다. 1933년 3월 상하이 량유도서(良友圖書)인쇄공사에서 출판했고 '량유문학총서'의 하나다.

3) 사마라 주(Самарская область)는 러시아 볼가강 중부 유역에 있는 지역으로 주도는 사마라이다. 사마라는 1935년부터 1990년까지는 10월혁명 지도자의 이름을 따서 쿠이비셰프(Куйбышев)로 불렸다.

4) 원문은 '鍛冶廠', 즉 '쿠즈니차'(Кузница)는 대장간이라는 의미다. 1920년에 프롤렛 쿨트의 시인들이 분리되며 결성한 문학단체이며, 문예간행물 명칭에 따라 붙여졌다. 1928년 전소프롤레타리아작가연맹(VAPP)에 흡수되었다.

5) 코간 교수와 『위대한 10년의 문학』에 대해서는 이 문집의 「『고요한 돈강』 후기」 주석에 설명이 있다.

6) 구로다 다쓰오(黑田辰男, 1902~1992). 오사카 출신의 러시아문학 연구자이며 번역가다. 1946년 와세다대학 교수가 되었고, 1962년 잡지 『소비에트 문학』(ソヴェート文学)을 창간했다.

7) 예츠(Ец Иосиф Михайлович, 1907~1941). 소련의 삽화 전문 목각판화가.

고리키의 『1월 9일』 번역본 서문[1)]

투르게네프와 체호프 같은 작가들이 중국 독서계에서 크게 칭송받았을 때, 고리키[2)]는 사람들에게 그리 주목받지 못했다. 어쩌다가 한두 편 번역은 나왔어도 그가 묘사한 인물들이 너무 특별해서 어떤 큰 의미가 있다고 생각하질 않아서였다.

지금 그 까닭이 분명해졌다. 그는 '저층'의 대변자였고 무산계급 작가였기 때문이다. 중국의 낡은 지식계급이 그의 작품에 공명할 수 없었던 것은 당연한 일이었다.

그러나 혁명의 지도자[3)]는 20년 전에 이미 알아봤다. 고리키가 신러시아의 위대한 예술가임을, 다른 종류의 무기를 가지고, 같은 적을 향해, 같은 목적을 위해 싸우는 친구라는 것을, 그의 무기인 예술언어는 아주 큰 의미를 지니고 있음을.

그리고 앞서 갔던 이 안목은 지금 이미 사실로 입증되었다.

중국의 노동자·농민은 죽을 정도로 압박과 착취를 당해 왔고 지금껏 아무런 쉴 틈이 없었으니, 어찌 교육받을 일을 거론할 수 있겠는가. 또 중국의 문자 역시 이렇듯 난해하니 노동자·농민 가운데서 고리키 같은 위대한 작가가 나올 거라는 상상은 한동안 아주 난망한 일이 될 것이다. 그러나 사람이라면 모름지기 빛을 향해 나아가려 하기 마련이니, 조국이 없는 문학[4] 역시 피아의 구분이 없는 것이다. 우리는 응당 수입해 들여온 진보적이고 모범적인 책들을 먼저 좀 빌려 읽을 수 있는 것이다.

이 작은 책은 단편이긴 하나 작가의 위대함과 역자의 성실함으로 인해 이런 모범적인 책으로 만들어졌다. 또한 이것으로 말미암아 번역본은 앞으로 문인들의 서재에서 탈출하여 대중들과 만나기 시작할 것이다. 앞으로 계발啓發을 받게 되는 독자들은 이전과 다른 독자가 될 것이니, 이 책은 장차 다른 결실을 거두어들이게 될 것이다.

그 결실은 또 장차 사실로 증명될 것이다.

1933년 5월 27일, 루쉰 씀

주)_____

1) 원문은 「譯本高尔基『一月九日』小引」, 이 문집 출판에 처음 발표되었다. 『1월 9일』은 1905년 1월 22일(러시아력 1월 9일) 상트페테르부르크의 겨울궁전 광장에서 일어난, 청원 군중을 향해 차르 정권이 자행한 잔혹한 진압과 유혈사태('피의 일요일 사건')를 묘사한 소설이다. 1931년 차오징화가 번역한 것을 소련 중앙출판국에서 출판하였다. 루쉰의 이 「서문」은 원래 이 번역본의 중국 내 재출판을 위해 쓴 것이었지만, 출판되지 못했다.

2) 고리키(Максим Горький, 1868~1936). 소련의 대표적인 프롤레타리아 작가. 장편소설 『어머니』(Мать)와 자전적 삼부작인 『어린 시절』(Детство), 『세상에서』(В людях), 『나의 대학』(Мои университеты) 등이 있다.

3) 혁명의 지도자는 레닌을 말한다. 레닌(Владимир Ильич Ленин, 1870~1924)은 1907년

고리키의 『어머니』를 이렇게 예찬한 바 있다. "가장 시기적절한 책이다." "이것은 아주 요긴한 책이다. 많은 노동자들이 비자각적이고 비자발적으로 혁명운동에 참여하고 있는데 지금 그들이 이 책을 좀 읽어 본다면 자신에게 큰 도움이 될 것이다."(고리키의 『레닌』에서 인용) 그는 『정치가 단평』에서도 이렇게 말했다. "고리키는 의심의 여지 없이 프롤레타리아계급 예술의 가장 훌륭한 대표작가다. 그는 프롤레타리아계급 예술에 지대한 공헌을 했으며 또 더 많은 공헌을 하게 될 것이다."

4) "조국이 없는 문학"은 맑스·엥겔스가 지은 『공산당선언』 2장 「프롤레타리아와 공산주의자」에 나오는 말이다. "노동자들에게는 조국이 없다. 그들에게 없는 것을 그들로부터 빼앗을 수는 없다. 프롤레타리아트는 무엇보다 먼저 정치적 지배권을 전취하며 민족 지도계급의 지위에까지 올라가야 하며 민족으로서 형성되어야 하는 까닭에 비록 부르주아지가 이해하는 그런 의미에서는 전혀 아닐지라도 그 자체가 아직은 민족적인 것이다."(맑스·레닌주의연구소, 『맑스·엥겔스 선집』 1, 백의, 1989, 30쪽)

『해방된 돈키호테』후기[1]

지금 어떤 사람이 협객 황천패라 자임하고, 머리는 영웅들이 하는 상투머리에, 몸에는 야행복을 걸쳐 입고[2] 함석으로 된 단도를 꼽고 마을과 촌락으로 돌진해 들어가며 악을 소탕할 것이며 부정과 불평등을 공격할 거라고 한다면 틀림없이 사람들에게 비웃음을 사게 될 것이며 미친 사람이나 어리석은 사람으로 치부될 것이다. 그러나 그래도 약간 무섭기는 할 것이다. 만일 그가 너무나 쇠약해 기대한 것과 정반대로 남에게 얻어맞게 된다면, 그는 그저 가소로운 광인이나 정신 나간 사람쯤 될 것이니, 사람들은 그에 대한 경계심을 풀게 될 것은 물론, 반대로 그를 즐기면서 구경하기 시작할 것이다. 스페인의 문호 세르반테스(Miguel de Cervantes Saavedra, 1547~1616)가 지은 『돈키호테전』(*Vida y hechos del ingenioso hidalgo Don Quixote de la Mancha*)[3]의 주인공은 당시 사람이었으면서도 굳이 옛날 협객의 길을 가고자 했고, 그런 미혹에 집착하여 깨어나지 못하다가, 마침내는 곤경과 고생을 겪다 죽음에 이르는 그런 인물이다. 그래서 많은 독자들의 즐거움을 사게 되었고, 독자들이 애독하였기 때문에 널리 전파되었다.

그런데 우리는 묻고자 한다. 16, 17세기의 스페인 사회에 과연 불평등이 존재했었는가? 내 생각으론 아마도 "있었다"고 대답하지 않을 수 없을 것이다. 그렇다면, 돈키호테가 불평등을 타도하려 뜻을 세운 것이 결코 그의 잘못이라고 말할 수는 없다. 자기 분수를 모른다는 것 역시 그의 잘못이라 할 수가 없다. 잘못은 그의 싸우는 방법에 있다. 멍청한 생각으로 인해 잘못된 싸움법이 나온 것이다. 협객이 자신의 '공적'功績을 쌓기 위해 불공평을 타도해서는 안 되는 것은, 마치 자선가가 자신의 음덕을 쌓기 위해 사회의 여러 어려움을 구제해서는 안 되는 것과 마찬가지다. 나아가 "이익이 없을 뿐만 아니라 반대로 그것을 해치게 될 것이다".[4] 돈키호테가 제자를 독하게 때린 스승을 징벌하고는 스스로 '공적'을 세웠다 여기고 기세등등 떠나갔지만, 그가 떠난 후 제자는 더욱 고생을 하게 된 것이 그 좋은 예이다.

하지만 돈키호테를 비웃는 방관자들이 어떤 때는 반드시 옳은 것만은 아니기도 하다. 그들은 그가 영웅이 아니면서 스스로 영웅임을 자처하고 시무時務를 알지 못하고, 끝내는 좌절하게 되고 곤경에 처하게 되는 것을 비웃는다. 이러한 비웃음을 통해 그들은 스스로를 '영웅이 아님'에 자신들을 세워놓고 우월감을 느낀다. 그러나 그 비웃는 자들은 결코 사회의 불평등에 대한 더 나은 싸움법을 갖고 있는 것이 아니며 심지어 불평등조차 미처 깨닫지 못하고 있기 마련이다. 자선가, 인도주의자에 대해서도 어떤 사람은, 그들이 동정심과 재력으로 마음의 평안을 산다고 일찍이 간파한 바 있다. 이는 물론 맞다. 그런데 만일 전사가 아니라고 해서, 그리고 그저 전사가 아니라는 이유로, 자신의 비정함을 은폐하려 한다면 그것은 손가락 하나 안 움직이고 마음의 평안을 사려 하는 것과 같으니, 밑천 없이 장사하려는 그런 사람일 것이다.

이 극본은 돈키호테를 무대 위로 끌어올려 돈키호테주의가 지닌 결점을, 심지어 그것이 지닌 해악을 아주 극명하게 지적하고 있다. 제1장에서 그는 자신의 모략과 매 맞는 걸 이용해 혁명하는 사람을 구출해 정신상으로 승리를 했다. 그리고 실제상으로도 승리를 해 혁명은 마침내 일어났고 독재자는 감옥에 들어갔다. 그러나 이 인도주의자가 갑자기 이때 공작들을 피압박자로 오인하고는, 뱀을 풀어 그 산 구멍으로 들어가게 하고, 공작에게 독을 흘릴 수 있게 하여, 불을 지르고 살인을 하고 마구 약탈할 수 있게 해주었으니, 이것은 너무 지나치게 혁명의 희생을 치른 것이다. 그는 비록 사람들의 신뢰를 얻지 못했으나——같이 따르던 산초조차 믿지 않았다——항상 간사한 사람에게 이용당해 세상을 암흑 속에 남겨 두는 일에 일조했다.

공작은 괴뢰일 뿐이었다. 전제군주 마왕의 화신은 백작 무르지오(Graf Murzio)와 시의侍醫인 파포 델 바보(Pappo del Babbo)다. 무르지오는 돈키호테가 가진 환상을 "소와 양 같은 평등과 행복"이라 불렀고, 그들이 실현하고자 하는 "야수들의 행복"에 대해 이렇게 말한 바 있다.

O! 돈키호테, 너는 우리들이 야수인 걸 모르지. 포악한 야수는 어린 사슴의 머리통을 이빨로 물고 그의 목구멍을 물어뜯어 절단하고는 천천히 그의 뜨거운 피를 마시지. 자기 발톱과 이빨 아래 버둥거리던 어린 사슴의 다리가 점점 죽어 가는 것을 느끼지. 그것은 정말 대단한 쾌감이야.

그런데 인간들은 아주 섬세하고 빈틈없는 야수들이야. 남을 통치하면서 사치한 생활을 하고 사람들이 너를 향해 기도를 하게 하거나 너에게 공포를 느껴 몸을 굽혀 절을 하게 만들지. 그리고 비굴하게 복종을 하도록 만들지. 몇백만 사람의 역량이 모두 네 손안에 집중되어 아무런 조건 없이 네게 바쳐지고 있으니, 그들은 노예 같아지고 너는 하느님 같아지는, 그런 것을 느끼는 데 너의 행복이 있지. 세상에서 가장 행복하고 가장 편한 사람은 바로 로마의 황제였다. 우리들의 공작이 부활한 네로와 같았다면, 적어도 헬리오가발루스[5]와 같았다면. 하지만, 우리들의 궁정은 아주 작고 여기서 한참 멀지. 하느님과 인간의 모든 법률을 훼손하고 자신들 뜻대로 만든 법률에 따라 다른 사람들에게 새로운 족쇄를 만들어 냈도다! 권력! 이 글자 안에는 모든 것이 내포되어 있나니, 그것은 신묘하게 사람들을 심취하게 만드는 글자로다. 삶이란 권력의 정도에 따라 무게가 나가기 마련. 누구라도 권력이 없으면 그는 시체인 것을. (제2장)

이런 비밀은 흔히 분명하게 말하려 들지 않는 것인데, 무르지오는 정말 '귀여운 마귀'임에 손색이 없다. 그가 말을 한 것은 어쩌면 아마도, 돈키호테의 지나친 '성실함'을 보게 된 까닭에서인지도 모르겠다. 돈키호테는 그때 소와 양을 자신의 방어로 삼아야 한다고 말했으면서도 혁명 때는 또 그것을 망각하고 반대로 "새로운 정의는 낡은 정의의 동포 자매에 불과하다"고 말하고는 혁명하는 사람을 마왕이라고 부르며 이전의 독재자와 같다고 했다. 그래서 드리고(Drigo Pazz)[6]는 말한다.

맞다, 우리들은 독재 마왕이고 우리들은 독재정치를 한다. 너희들은 이

검을 보았나, 분명 보았지? 그것은 귀족들의 검과 같아 사람을 죽이기 시작하면 아주 정확하게 조준을 하지. 그런데 그들의 검은 노예제도를 위해 사람을 죽이지만 우리들의 검은 자유를 위해 사람을 죽인다. 너의 머리통이 좀 변해 보려 하지만 아주 어려운 일일 것이다. 너는 착한 사람이고, 착한 사람은 언제나 피압박자를 도와주길 좋아하지. 지금, 우리들은 이 짧은 기간 동안 압박자이다. 너희들 우리들과 싸워 줘. 우리들도 반드시 너와 싸울 것이니. 왜냐하면 우리의 압박은 이 세계로 하여금 압박할 수 있는 자들을 아주 빨리 없애기 위함이기에. (제6장)

이는 아주 분명하게 해부한 것이다. 그러나 돈키호테는 아직도 못 깨닫고 마침내 무덤을 파러 간다.[7] 그는 무덤을 파서 자신이 져야 할 모든 책임을 '준비'하고 있다. 그러나, 바로 발타자르(Don Balthazar)가 말한 것처럼 이런 결심이 무슨 소용 있겠는가?

그런데 발타자르는 시종일관 여전히 돈키호테를 사랑하고 있고 그를 보증하길 원하며, 억지로 그의 친구가 되려 한다. 이것은 발타자르 출신이 지식계급이기 때문이다. 하지만 끝내 돈키호테를 변화시키지 못했다. 여기에 이르면 우리는 드리고의 비웃음과 증오를 인정하지 않을 수 없고, 쓸데없는 말은 듣지 않는 것이 제일 옳았다는 것을 인정하지 않을 수 없다. 그는 정확한 전법戰法과 강인한 의지를 가지고 있는 전사戰士였던 것이다.

그의 조소는 보통의 방관자가 하는 조소와 다른 것이다.

그런데 여기의 돈키호테는 그 전부가 현실 속에 존재하는 인물은 결코 아니다.

원서가 1922년에 간행되었으니, 10월혁명 이후 6년이 되던 때였고,

세계는 반대자들이 뿌린 각종 유언비어가 성행하고 있었으며, 죽어라 중상을 도모하던 때였다. 정신을 숭상하고 자유를 사랑하고, 인도를 말한다는 것은, 대개의 경우 공산당의 전횡에 불평을 하는 것으로, 혁명은 그저 인간을 잠시 부흥시킬 수 있을 뿐, 거꾸로 지옥을 만드는 것쯤으로 여기고 있었다. 이 극본은 이러한 논자들에게 바치는 총결론적인 답안지였다. 돈키호테는 10월혁명을 비난하는 수많은 사상가와 작가들에 의해 합성으로 만들어진 것이다. 그 가운데는 물론 메레시콥스키(Merezhkovsky)도 있고, 톨스토이파도 있고, 로맹 롤랑,[8] 아인슈타인(Einstein)[9]도 있다. 나는 또 그 속에 고리키도 있지 않았을까 의심한다. 그는 그때 당시 온갖 종류의 사람들로 인해 동분서주하면서 그들을 출국시키기도 하고 그들의 안전을 도와주었다고 한다. 들리는 소문에 의하며 이로 인해 고리키는 당국과 충돌을 빚기도 했다 한다.

그런데 이런 해석과 예측을 사람들이 반드시 믿는 건 아니다. 왜냐하면 그들은 일당 독재 시절에 늘 폭정을 변호하는 문장을 지어 왔으므로, 설사 어떻게 해서라도 사람들을 감동시키고자 하여 썼을지라도 그것은 피의 흔적을 덮는 장식에 불과했다. 그런데 고리키에게 구명을 받은 몇몇 문인들은 이런 예측이 맞았음을 증명했으니, 그들은 출국하자마자 마치 부활한 후의 무르지오 백작처럼 통렬하게 고리키를 비난했던 것이다.

게다가 10년 전의 이 극본이 예측한 진실을 더더욱 증명해 주고 있는 것은 금년의 독일이다. 중국에 히틀러[10]의 생평과 공적을 기술한 서적이 이미 몇 권 나와 있긴 하나 국내 정세상 아주 소략하게 소개되었다. 지금 파리의 『시사주보』인 "Vu"의 기록[11](쑤친素琴 옮김, 『대륙잡지』 10월호에서)을 아래에 옮겨 본다.

"당신이 나를 만난 적 있다는 것을 내가 말하지 않으려 함을 윤허하여 주시고, 당신이 다른 사람에게 내가 한 말을 누설하지 말아 주시기 바랍니다.…… 우리들은 모두 감시를 당했습니다.…… 솔직히 당신에게 알립니다만, 이건 정말 지옥입니다." 우리들에 대해 말하고 있는 이 분은 정치경력이 없는 분입니다. 그는 과학자지요.…… 인류의 문명에 대해 그가 몇몇 모호하고 막연한 개념에 도달했는데, 그것이 바로 그가 죄를 얻은 이유입니다.……

"견인불굴의 사람은 시작하자마자 곧 제거당해 버렸습니다." 뮌헨에서 우리들의 지도자는 이미 우리들에게 말한 적 있습니다.…… 그런데 국가사회당의 다른 사람은 바로 상황을 한 걸음 더 밀고 나갔습니다. "그런 방법은 고전적인 것이죠. 우리는 그들에게 군영이 있는 곳으로 가 물건을 가지고 돌아오게 하였고, 그래서 그들을 한 대 팼습니다. 공식 언어로 말하자면, 이것을 일러 도망을 치려다 죽음에 이르렀다[12]가 되겠지요."

설마 독일 시민의 생명이나 재산이 그들의 위험한 통치에 무슨 적의가 있었던 것일까요?…… 아인슈타인의 재산은 몰수되지 않았습니까? 독일 신문들조차 인정하고 있는 것으로 거의 매일 공터나 교외 숲에서 발견되고 있는 여러 발의 총탄이 가슴을 관통한 시신들, 이것은 도대체 어찌 된 일일까요? 이런 것들도 설마 공산당의 도발이 만든 것입니까? 이러한 해석은 너무 좀 안이한 듯하지 않습니까?……

하지만 12년 전, 작가는 일찌감치 무르지오의 입을 빌려 해석을 부여한 적이 있다. 그밖에 또 프랑스의 『세계』 주간 기사[13] (보신博心 옮김, 『중외

서보신문』^{中外書報新聞}에서) 한 단락을 다시 여기 옮겨 본다.

수많은 노동자 정당의 지도자들이 모두 유사한 엄혹한 형벌을 받고 있다. 쾰른에서 사회민주당 당원인 살로만이 받은 벌은 정말 사람의 상상을 초월한다! 처음, 살로만은 사람들에 의해 돌아가면서 구타를 당했다. 그리고 난 후, 사람들은 횃불로 그의 발을 태웠다. 동시에 다시 냉수를 그의 몸에 뿌리고 혼절하여 쓰러지면 형을 멈추었다가 깨어나면 다시 형을 가했다. 피가 흐르는 얼굴에 그는 여러 차례 대소변을 받았다. 맨 나중에 사람들은 그가 이미 죽었을 거라고 생각하여 그를 구덩이에 던져 버렸다. 그의 친구들이 그를 구해 내 몰래 프랑스로 옮겼고 지금 그는 아직 병원에 있다. 이 사회민주당 우파인 살로만은 독일어판 『민성보』^{民聲報} 편집주편과의 인터뷰에서 이렇게 성명을 낸 바 있다. "3월 9일, 저는 어떤 책을 읽는 것보다 더 투철하게 파시즘을 이해했습니다. 누가 지식이나 언론을 가지고 파시즘을 제어할 수 있다고 한다면 그것은 필경 명청한 사람의 잠꼬대일 것입니다. 우리들은 지금 이미 지혜롭고 용기 있는 전투가 있는 사회주의 시대에 도달했습니다."

이것은 이 책에 대한 가장 투철한 이해이며, 또 가장 정확한 실증이기도 하며, 로맹 롤랑과 아인슈타인의 전향보다 훨씬 더 이해하기 쉬운 것이기도 하다. 또한 작가가 묘사한 반혁명의 흉악함은 사실 결코 과장된 것이 아니었고, 오히려 아직 덜 적나라한 것임을 보여 주고 있다. 그렇다, 반혁명의 야수성은 혁명한 사람이 추론하고 상상하기엔 아주 어려운 것이다.

1925년의 독일은 지금과 좀 달라서, 이 극본이 국민극장에서 공연된

바 있고 또 고츠(I. Gotz)의 번역본이 출판되었다. 오래지 않아, 일역본도 나와 '사회문예총서' 속에 수록되었다. 도쿄에서도 공연되었다고 들었다. 3년 전 나는 두 개의 번역본에 의지해 1막을 번역하여 『북두』지에 실었었다.[14] 징화 형이 내가 이 책을 번역하고 있는 걸 알고 나에게 아주 아름다운 원본을 한 권 부쳐 주었다. 비록 원본을 읽을 수는 없었으나 비교 대조를 해보니 독일어 번역본에 생략된 부분이 많다는 걸 알게 되었다. 몇 행 몇 문장인지는 말할 필요가 없겠다. 하지만 제4장에서 돈키호테가 아주 많은 공을 들여 지은 시를 읊었었는데 이 종적이 묘연하게 사라졌다. 이것은 아마 공연을 할 때 길고 지루해지는 걸 걱정해서일지도 모른다. 일본어본 역시 마찬가지로 독일어본에서 번역했다. 이렇게 조사하다 보니 나는 번역본에 대해 의심이 들기 시작했고 결국엔 번역을 놓아 버리게 되었다.

그런데 편집자가 마침내 원본에서 직접 번역한 온전한 원고를 얻게 되었다. 제2장에서 계속 연재되어 갔다. 그때 나의 기쁨은 정말로 이루 "말로 형용할 수 없다"였다. 애석한 것은 제4장까지 게재되고 『북두』의 정간과 함께 중지된 것이다.[15]

나중에 전전하다 찾은, 간행되지 않은 원고는 제1장조차 이미 개정 번역을 하여 나의 옛 번역과 많이 달랐으며 또한 주석이 상세하여 아주 믿을 만한 원고였다. 상자 속에 넣어 두고 1년이 다 되어 갔지만 인쇄할 기회를 얻지 못했었다. 지금 롄화서국聯華書局에서 그것의 출판 기회를 주어 중국에 좋은 책 한 권을 더하게 되었으니, 이는 정말 경사스럽고 다행한 일이다.

원본에 피스카레프(N. Piskarev)의 목각 장식화가 있어 여기에 함께 복제를 해두었다. 극중 인물과 장소, 시대 연표는 독일어본 증보판에 근거

했다. 그런데 『돈키호테전』 제1부가 1604년에 출판되었으니, 그땐[16] 당연
히 16세기 말인데 표에선 17세기로 되어 있었다. 아마도 착오인 듯하나
무슨 큰 대수는 아니다.

1933년 10월 28일 상하이, 루쉰

주)_____

1) 원문은 「『解放了的堂·吉訶德』後記」, 1934년 4월 상하이 롄화서국(聯華書局)에서 출판
한 중국어 번역본 『해방된 돈키호테』에 처음 수록되었다. 『해방된 돈키호테』는 루나차
르스키가 지은 극본이다. 이자(易嘉; 취추바이)의 번역으로 '문예총간' 가운데 하나로 출
판되었다.

2) 황천패(黃天覇)는 청대소설 『시공안』(施公案)에 나오는 협객이다. '영웅들이 하는 상투
머리'도 '야행복'도 중국 연극에 등장하는 인물의 분장이다. 야행복을 입는 사람은 밤
중에 출현하는 협객이거나 도적이다.

3) 전체 이름은 '미겔 데 세르반테스 사아베드라'(Miguel de Cervantes Saavedra)이며 스
페인 작가다. 『돈키호테』는 그의 장편소설로, 전체 명칭은 『라만차의 날랜 기사 이달고
돈키호테』(El Ingenioso Hidalgo Don Quijote de la Manch)이다.

4) 원문 '非徒無益, 而又害之'. 출전은 『맹자』 「공손추상」(公孫丑上)으로 벼를 빨리 자라게
하고 싶은 마음에 벼의 묘목을 손으로 뽑아 올린다는 '조장'(助長) 고사에서 나온 이야
기이다. 이익이 없을 뿐만 아니라 벼의 생장 자체를 해친다는 뜻이다.

5) 헬리오가발루스(Heliogabalus, 204~222)는 로마 황제의 이름이다. 재위기간은 218년
에서 222년이다.

6) 드리고. 돈키호테에 의해 해방이 되고 공작의 압제를 무너뜨리기 위해 활약한 대장간
의 드리고 파츠를 말한다.

7) 돈키호테와 시의(侍醫) 파포 델 바보(Pappo del Babbo)가 옥중에 있는 백작 무르지오
를 거짓으로 죽게 하여 무덤에 묻은 다음 그를 파내어 도망치게 하려던 계획을 말한다.

8) 로맹 롤랑(Romain Rolland, 1866~1944)은 프랑스의 작가이자 사회운동가다. 당대의
사회와 정치 및 정신세계에 일어난 주요 사건들, 즉 프랑스 군부의 반유대주의를 폭로
한 드레퓌스 사건, 평화주의, 공산주의, 파시즘에 대한 투쟁, 세계평화 추구 등등에 대
해 전 생애에 걸친 운동을 하였다. 장편소설 『장 크리스토프』(Jean Christophe), 『매혹
된 영혼』 등을 지었다. 10월혁명 당시 사회주의에 동조했지만, 폭력 수단을 사용한 것

에는 반대했다.

9) 아인슈타인(Albert Einstein, 1879~1955)은 독일 태생의 이론물리학자다. 그의 일반 상대성이론은 현대 물리학에 혁명적인 영향을 끼쳤다. 1921년에는 광전효과에 관한 기여로 노벨물리학상을 수상하였다. 독일에서 태어났으나 1933년 미국으로 이주하였다.

10) 히틀러(Adolf Hitler, 1889~1945)는 '국가사회주의독일노동자당'(Nationalsozialistische Deutsche Arbeiterpartei; 보통 '나치'Nazi로 약칭) 영수다. 뛰어난 웅변술과 정치감각의 소유자로서, 제1차 세계대전 패전으로 성립된 베르사유 체제 이후 피폐해진 독일 경제를 발전시키면서 정권을 쥐었다. 이후에 독일 민족생존권 수립정책을 주장하며 자를란트의 영유권 회복과 오스트리아 병합, 체코슬로바키아 점령, 폴란드 침공 등으로 제2차 세계대전을 일으켰다. 전쟁 중에 유대인 말살정책을 실시하여 수많은 유대인들이 아우슈비츠 수용소와 같은 나치 강제수용소의 가스실에서 학살당했다. 히틀러는 1945년 소련군에 포위된 베를린의 총통관저의 지하 벙커에서 자살했다. 중국에서 히틀러의 생애와 업적을 서술한 책으로는, 1932년 10월 상하이 난징서점에서 발행한 장커린(張克林) 편 『히틀러의 인생 사상과 사업』이 있고, 1933년 3월 상하이 광명서국에 발행한 양한광(楊寒光) 편역의 『히틀러』, 1933년 4월 상하이 여명(黎明)서국에서 발행한 장쉐제(張學楷) 편의 『히틀러와 신독일』 등 여러 종이 있었다.

11) 쑤친이 번역한 글이고 기사 제목은 「파시스트 도이치 방문」이다. 1933년 10월 상하이 『대륙잡지』 제2권 제4기에 실렸다.

12) '도망을 치려다 죽음에 이르렀다'의 원문은 '圖逃格死'. '圖逃致死'와 같은 의미다.

13) 보신이 번역한 글로 제목은 「갈색공포」(褐色恐怖)다. 1933년 상하이 『중외서보신문』 제3기에 실렸다.

14) 두 개의 번역본은 센다 고레야(千田是也, 1904~1994)가 번역한 『해방된 돈키호테』(解放されたドン·キホーテ; 금성당金星堂, 사회문예총서 제3편, 1926)와 구마자와 마타로쿠(熊沢復六, 1899~1971)가 번역한 『해방된 돈키호테』(解放されたドン·キホオテ; 세계희곡전집 제27권, 1929)를 말한다.

15) 『북두』(北斗)는 '좌익작가연맹'의 기관지 가운데 하나로 딩링(丁玲)이 주편했다. 1931년 9월 상하이에서 창간되었고 1932년 7월 제2권 제3, 4기 합본 간행 이후에 정간되었다. 합하여 8기가 나왔다. 루쉰이 번역한 『해방된 돈키호테』(被解放的堂·吉訶德) 제1장은 이 잡지의 제1권 제3기에, 쑤이뤄원(隋洛文)이란 필명으로 게재되었다.

16) 여기서의 그때란 극중의 시대를 말한다.

『베이핑 전지 족보』 서문[1]

나무에 새기고 하얀 종이에 찍어 널리 일반대중이 사용하게 한 일은 사실 중국에서 시작했다. 연구자들에 의하면, 프랑스인 펠리오 씨[2]가 둔황 천불동[3]에서 발견한 불상 인쇄본이 오대五代 말 간행되어 송宋 초에 색깔이 입혀졌으므로, 처음 목각했다고 하는 게르만족보다 대략 400년 정도 빨랐다고 한다. 송대 사람의 각본으로 지금 볼 수 있는 것은 의서醫書나 불전佛典인데 여기에 종종 그림이 나온다. 어떤 것은 그림으로 사물을 구별했고, 어떤 것은 신앙을 불러일으키게 했으니, 그림의 역사적인 체계가 갖추어져 갔다. 명대에 이르러 그 쓰임이 확대돼, 소설이나 전기傳奇에 출상出相으로 매번 등장했다.[4] 어떤 것은 투박하기가 마치 돌을 그린 듯하고, 어떤 것은 섬세하기가 마치 갈라진 머리카락 같았는데, 이 역시 그림의 족보가 있어, 여러 차례 거듭하여 세트로 찍어 냈다. 무늬와 빛깔이 찬란하여 사람 눈을 부시게 했으니 이것이 목각 전성기였다. 청대에는 박학[5]을 숭상하고 동시에 화려하고 번다한 것을 배척해서 이런 방법이 점차 쇠미해졌다. 광서[6] 초기, 오우여[7]가 점석재點石齋에 의지해 소설을 위해 수상繡

像[8]을 그렸고, 서양 방법으로 찍어 유통시켰다. 그러자 전상全像을 그린 서책이 다시 융성하게 되었다.[9] 하지만 판각하는 장인이 갈수록 줄어들어, 새해에 사용하는 화지花紙나 일용하는 편지지 속에 겨우 그 흔적이 보존되어 내려왔을 뿐이다. 근자에 이르러 색지에 인쇄하게 되고 아울러 서양의 방식과 변변찮은 직인에게 밀려, '시집가는 쥐'老鼠嫁女라든가 '꽃을 든 여인'靜女拈花과 같은 그림은 다시 볼 수 없게 되었다. 편지지 역시 옛날 형식을 점점 잃어버려, 새로운 맛이 더 이상 없게 되었고, 나날이 비속해지고 정도에서 어긋나게 되었다.[10] 베이징은 일찍부터 문인들이 모이는 곳으로 종이와 묵을 귀하게 여겨, 남아 있는 그림본도 다 사라지지 않았으며, 유명한 편지지도 아직은 남아 있다. 시국이 절박하게 변해 이 귀한 것들[11]이 사라지기 시작하니 우리가 즐겨 일하고자 하여도 걱정이 이만저만이 아니었다. 그래서 시장 점포를 뒤져, 특별히 귀중한 것들을 가려 뽑았고, 각기 그 원판을 가져다 찍어 책으로 만들고는, 이름하여 『베이핑 전지 족보』라고 했다. 이 가운데에는 청나라 광서 연간의 지물포의 것도 있으나, 명말의 화보畵譜나 이전 사람의 소품小品에서 적당한 것만을 취하여 판에 새겨서 전지를 만들었으니, 이는 우리의 눈을 즐겁게 하고자 함이다. 간혹 화공이 그린 것도 있으나, 운치가 없어 감상하기에 족하지 않다. 선통 말에 린친난 선생이 그린 산수山水 전지가 나왔다.[12] 당대 문인들을 위해 특별히 제작한 것으로 전지의 시작인가 하였으나 확실치 않다. 중화민국이 들어선 뒤, 이닝의 천스쩡 군이 베이징에 입경하여[13] 처음으로 금속 조각가를 위해 묵합[14]을 만들어 종이를 눌러 그림 원본을 만들었고 그것을 조각하게 하였다. 먹을 찍어 만든 탁본이 완성되면 그 우아한 정취가 빛이 났다. 오래가지 않아 그 기술을 다시 전지로 넓히자 재주가 만발하고 필치가 간결하며 내용과 느낌이 풍요로워졌다. 또한 조각공을 생각하여 칼을 사용하는 곤고함을 덜게 하였으니, 시전詩箋은 새로운 경지를 열게 되었다. 여기에 이르면 화가와 조각가는 상상력과 생각이 저도 모르게 저절로 교류 융합하며 힘을 합해 합작을 하게 되니, 마침내 이전의 아름다움을 뛰어넘게 되었다. 얼마 후 치바이스, 우다이추, 천반딩, 왕멍바이[15] 제군이 나왔다. 이들은 모두 화전畵箋의 고수들이고 조각하는 솜씨 역시 그림 못지않았다. 신미辛未년[16] 이후, 한 소재를 여럿이 나누어 그렸다가, 그것을 한데 모아 책으로 만드는 작풍이 나타나기 시작했으니, 그 격조가 참신하고 풍격을 일신하여 흔하디 흔한 가상嘉祥[17]과는 달랐다. 생각해 보니, 문방구의 기술이 새로워지자, 전지의 바탕그림에 대한 방법도 이를 따라 사라져 갔다. 나중에 태어난 작가는, 기필코 다른 길을 개척해 새로운 생명을 힘껏 탐구하기 마련이다. 옛 고향에 직접 가 살피는[18] 일은, 아주 먼 한가한 훗날을 기다려야 할 것이다. 이것이 비록 보잘것없는 책[19]이고 그 내용이 하잘것없는 것이긴 하나, 한 시대 한 지역의, 그림과 조각의 흥망성쇠의 일이 그 속에 담겨 있다. 중국 목각사에서 풍요로운 기념비라고는 할 수 없으나, 소품예술의 오래된 정원을 엿볼 수 있기 바란다. 장차 후세에 옛것을 살피려는 사람이 있어, 어쩌다 그에 의해 언급될 것이 있을지도 모를 일이다.[20]

1933년 10월 30일, 루쉰 기록

주)_____

1) 원제는 「『北平箋譜』序」, 1933년 12월 발행된 『베이핑 전지 족보』(北平箋譜)에 처음 발표되었다. 『베이핑 전지 족보』는 루쉰과 정전둬(鄭振鐸)가 함께 편집한 시화지(詩畵紙) 화보(畵譜) 선집으로 목각판에 수채물감으로 인쇄했다. 인물, 산수, 화조(花鳥) 등을 소재로 한 전지(箋紙) 332점을 수록하여 6책으로 분책, 발행했다. 전지란 바탕에 그림이나 글씨가 그려진 편지지나 메모지와 같은 종이를 말한다. 1933년 12월 룽바오자이(榮寶齋)에서 초판으로 100부를 찍어 친구들에게 나눠 주었고, 나중에 재판으로 100부를 다시 찍었다. 모두 자비로 출판했다.

2) 펠리오(Paul Pelliot, 1878~1945)는 프랑스의 중국학 연구자. 1906년에서 1908년까지 중국 신장(新疆), 간쑤(甘肅) 일대에서 자료수집을 했고, 둔황 막고굴에서 수많은 중국 고대 문물을 도굴해 프랑스로 가져갔다. 저서에 『둔황 천불동』(敦煌千佛洞) 등이 있다.

3) 둔황(敦煌) 천불동(千佛洞)은 중국의 유명한 불교 석굴 가운데 하나로, 간쑤성 둔황현 동남쪽에 수백 년, 여러 왕조에 걸쳐 조성되었다. 전진(前秦) 건원(建元) 2년(366)에 만들어지기 시작하여 수, 당, 송대까지 계속 만들어지고 개축되었다. 수많은 동굴 속에는 벽화, 불상, 조각, 경권(經卷), 변문(變文) 등 진귀한 문물이 발견되었다. 이것들에 대한 연구가 국제적으로 발흥해서 후에 '둔황학'을 형성했다.

4) 송대 소설에서 책의 매 페이지 위에 그림이 등장했는데, 이러한 삽화를 처음 '출상'(出相)이라고 했다. 명청 소설에 오면 책 앞에 등장인물을 모두 그려 넣었고 이것을 '수상'(繡像)이라고 불렀으며 이런 통속소설을 '수상소설'이라고 했다. 또 어떤 소설책은 매 회(回)의 줄거리를 거의 모두 그림으로 그렸는데 이런 삽화는 '전도'(全圖) 혹은 '전상'(全像)이라고 불렀다. 나중에는 이러한 소설 삽화를 구별하지 않고 그냥 모두 '출상'이라 부르기도 했다. 이 그림들의 목적은 대중적으로 독자들의 흥미와 재미를 유발시키고 책의 구매를 유인하기 위한 것이었다. 『차개정잡문』(且介亭雜文) 「연환도화 잡담」(連環圖畵瑣談)에도 이와 관련한 내용이 나온다.

5) '박학' 원문은 '樸學'. 『한서』 「유림전」(儒林傳)에 나오는 말이다. "(내가 살펴보니) 관(寬)은 준재다. 처음 무제(武帝)를 알현하고는 경학을 논했다. 임금이 말하길 '나는 처음 『상서』(尙書)를 보잘것없는 학문이라 생각해 좋아하지 않았다. 오늘 자네의 설명을 들으니 읽을 만한 것이로다' 하고는 관에게 1편에 대해 물었다." 후대에 한(漢)나라 유학자들의 훈고학, 고증학을 박학이라고 불렀고 한학(漢學)이라고도 불렀다. 청나라 건륭·가경 연간에 이르러 박학은 대대적으로 발전해 경학 훈고학에서 고적 사료 정리와 언어 문자 연구로까지 확대되었다. 이로써 학술적으로 고증을 숭상하고 공리공담을 배척하며, 질박함을 중히 여기고 화려한 문풍을 경시하는 학풍이 일어났다.

6) 광서(光緒)는 청나라 덕종(德宗)의 연호로, 1875~1908년 사이의 연호다.

7) 오우여(吳友如, ?~약 1893)는 이름이 유(猷; 혹은 가유嘉猷)이고 자는 우여(友如)다. 장쑤

성 완허(元和; 지금의 우현吳縣) 사람이고 화가다. 광서 10년(1884), 상하이 점석재석인서국(點石齋石印書局)을 열고 주로 『점석재화보』(點石齋畫報)의 그림을 그렸다(한국어 자료집 : 『『點石齋畫報』DB자료집』, 점석재화보연구팀, 도서출판 한모임, 2008). 나중에는 『비영각화보』(飛影閣畫報) 창간을 시작으로 목판 연화(年畫)를 위한 화고(畫稿)를 그려서 대중적으로 지대한 영향을 끼쳤다.

8) 위의 출상(出相) 주석 참조.

9) 위의 출상 주석 참조.

10) "비속해지고 정도에서 어긋나게 되었다"의 원문은 '鄙倍'. '鄙'는 비속하다, 어리석다의 의미이고, '倍'는 '背'와 통하는 것으로, 정도에서 어긋나다, 잘못하다의 의미다. 『논어』「태백」(泰伯)에 나오는 단어다. "군사가 소중하게 여기는 법도에 세 가지가 있으니, 용모를 단정하게 하여 난폭함과 오만함에서 멀어지게 하고, 얼굴빛을 바르게 하여 다른 이의 신임을 받을 수 있게 하며, 의견을 표현함에 신중하여, 비속해지고 정도에서 어긋나는 것을 멀리하는 것이다."

11) '귀한 것들'의 원문은 '복령'(茯苓). 신령스러운 약초를 말한다.

12) 선통(宣統)은 청대 마지막 황제인 푸이(傅儀)의 연호로, 1909~1911년간을 말한다. 린친난(林琴南)은 번역자 린수(林紓, 1852~1924)를 말한다. 자가 친난이고 푸젠성 민허우(閩侯; 지금의 푸저우福州) 사람이다. 외국어를 모르지만 다른 사람의 구술 번역을 유려한 문언문으로 옮겨 적는 방식으로 구미소설 170여 종을 번역했다. 그 가운데 세계 명작이 많아 당시 지대한 영향을 끼쳤다. 후일 『임역소설』 문집을 출판했다. 5·4신문화운동 전후, 신문화운동을 반대한 복고파의 대표인물 가운데 하나였다. 시와 그림에도 능해서, 청말 선통연간에 송대 오문영(吳文英)의 『몽창사』(夢窓詞)에서 뜻을 취한 산수 전지를 위한 그림을 판각해서 인쇄했다.

13) 천스쩡(陳師曾, 1876~1923)은 이름이 헝커(衡恪)이고 자가 스쩡이다. 장시성 이닝(義寧; 지금의 슈수이修水) 사람이다. 서화가이자 전각가이다.

14) 묵합(墨盒)이란 안에 솜을 넣고 먹물을 부어 수시로 먹물을 사용할 수 있게 만든 먹통을 말한다.

15) 치바이스(齊白石, 1863~1957)는 이름이 황(璜)이고 자는 빈성(瀕生)이며 호가 바이스이다. 후난성 샹탄(湘潭) 사람으로 서화가이자 전각가이다. 우다이추(吳待秋, 1878~1949)는 이름이 청(澂)이고 자가 다이추다. 저장성 충더(崇德) 사람으로 화가다. 천반딩(陳半丁, 1876~1970)은 이름이 녠(年)이고 자가 반딩이다. 저장성 사오싱(紹興) 사람으로 화가다. 왕멍바이(王夢白, 1887~1970)는 이름이 윈(雲)이고 자가 멍바이이다. 장시성 펑청(豊城) 사람으로 화가다.

16) 1931년이다.

17) 가상(嘉祥)은 새해에 사용하는, 행운을 비는 물건들을 가리킨다.

18) 원문은 '臨睨夫舊鄕'. 굴원(屈原)의 초사(楚辭)「이소」(離騷)에 나오는 말이다. "햇빛 휘황한 하늘에 올라, 문득 옛 고향에 직접 가 살펴볼 때……"(陟陞皇之赫戲兮, 忽臨睨夫舊鄕) 여기서는 "전지의 근원과 옛날 족보를 조사하고 정리하기 위해서는"이라는 의미로 쓰였다.

19) 원문은 '短書'. 편지를 지칭한다. 송대 조언위(趙彦衛)의 『운록만초』(雲麓漫鈔)에 이런 기록이 있다. "단서(短書)는 진(晉)과 송(宋)이 전쟁을 했을 때 생긴 것으로, 당시 나라에선 글의 유통을 엄금해서, 장례나 문병의 일이 아니면 편지를 돌릴 수 없었다. 공고를 하거나 군대를 논하는 일은 모두 짤막하게 써 그것을 보관했다." 여기에서는 편지지나 시전지 따위의 보잘것없는 것을 기록한 책의 의미로 루쉰이 사용했다.

20) 루쉰의 이 글은 문단 나누기를 하지 않았을 뿐만 아니라, 5·4기의 백화문이 아닌 문언문(文言文)을 사용하여 고문의 풍격이 나게 쓴 글이다. 한국어로 옮기는 과정에서 원문 고유의 고어투 분위기를 살리지 못한 것은 역자의 한계다.

상하이 소감¹⁾

어떤 소감이 들었을 때 바로 써 두지 않으면 습관이 되어 금방 잊어버리게 된다. 어릴 때 양피지洋紙²⁾를 손에 쥐면 누린내가 코를 찌르는 듯했지만, 지금은 특별한 느낌이 없게 되었다. 처음에 피를 보았을 땐 마음이 불편했으나 살인으로 유명한 곳에 오래 살다 보니 매달아 놓은 목 잘린 머리를 봐도 그저 무덤덤, 이상하지 않게 되었다. 이런 것들은 모두 습관이 되어서다. 그런 것으로 보자면 사람들은, 적어도 나 같은 보통사람은 어느날 자유인에서 노예로 전락한다 해도 그리 고통스러워하지 않을지도 모른다. 무슨 일이나 습관이 되기 마련이므로.

중국은 변화가 무쌍한 곳이지만 어떻게 변화되고 있는지 느껴지질 않는다. 변화가 너무 많으면 오히려 빨리 잊어버리게 된다. 이렇게 많은 변화를 다 기억하자면 실로 초인적인 기억력이 아니고서는 불가능한 일이다.

그런데, 희미해지긴 하지만 한 해 동안 일어난 소감은 그래도 좀 기억할 수 있다. 여기선 어찌 된 영문인지 무슨 일이든 전부 잠행활동이나 비밀활동으로 변해 버리는 것 같다.

　지금까지 들은 바로는, 혁명하는 사람이야 압박을 피하기 위해 잠행을 하거나 비밀활동을 한다지만 1933년에 들어서자 통치하는 사람도 그렇게 한다는 걸 알게 된 것이다. 예를 들어, 유명한 부자 갑이 부자 을이 있는 곳으로 가면 보통사람은 뭔가 정치적인 걸 상의하러 갔는가 보다 하고 생각하기 마련이다. 그런데 신문지상에선 그런 게 아니라 그저 명승지를 여행하러 갔다거나 아니면 온천에 목욕하러 갔다고 보도한다. 외국에서 외교관이 왔을 때 신문들의 보도는 무슨 외교문제 때문이 아니라는 것이다. 모 명사가 아파 문병 차 왔다는 것이다.[3] 그러나 어쨌든 그런 것 같진 않다.

　붓 놀리는 사람이 더 잘 느낄 수 있는 것은 이른바 문단에서 일어난 일이다. 돈 있는 사람이 깡패에게 인질로 붙잡혀 가는 일이 상하이에선 흔히 있는 일이지만 최근에는 작가들도 종종 어디로 갔는지 그 행방이 묘연하다.[4] 어떤 이는 정부 측에서 잡아갔다 말하지만 정부 측 사람은 그렇지 않다고 말하는 것 같다. 그러나 사실은 정부에 속한 모 기관에 잡혀 있는 것 같다. 금지된 서적이나 잡지 목록은 없다고 한다. 하지만 우편으로 부치고 난 후 종종 어디로 사라졌는지 그 종적이 묘연한 일도 일어난다. 그 책이 레닌 책이라면 그야 물론 이상할 리 없다. 하지만 『구니키다 돗포 집』도 가끔 없어진다.[5] 그리고 아미치스의 『사랑의 교육』도 그렇다.[6] 그런데 금지된 것을 파는 서점도 있는 모양이다. 물론 그런 곳이 있긴 하나 가끔은 어디선가 날아온 쇠망치가 창문의 대형유리를 박살내 이백 위안 이상의 손실을 내기도 한다. 유리창 두 개가 부서진 서점도 있었다. 이 경우는 합하여 딱 오백 위안이었다. 가끔 전단도 살포되고 있다. 이것들은 하

나같이 무슨무슨 단體이라고 서명되어 있다.[7]

　한가로운 간행물에선 무솔리니나 히틀러의 전기를 떠받들며 실어 대고, 중국을 구하고자 한다면 이러한 영웅이 반드시 있어야 한다고 말한다. 그러면서도 중국의 무솔리니나 히틀러는 누구인가라는 중요한 질문에 이르면 한결같이 사양하며 서로 언급을 회피한다. 이것은 아마 극비사항이어서 독자들 스스로 깨달아야만 하는 것이고 동시에 사람들은 각기 그 스스로 책임을 져야 한다는 생각에서일 게다. 적을 논함에 있어서는, 러시아와 단교斷交를 했을 땐 그가 루블을 받았다 말하고 항일전쟁기엔 일본에게 중국 기밀을 팔아먹었다고 말한다.[8] 그러나, 필묵으로 이 매국 사건의 인물을 고발함에 있어 그가 사용하고 있는 건 실명이 아니다. 만에 하나 말에 효력이 발생해 그 매국노가 살해를 당하기라도 하면 그도 그 책임을 면할 수 없으니 그것이 아주 꺼림칙한 일이기 때문인 듯하다.

　혁명하는 사람은 압박을 받기 때문에 지하로 파고 들어간다. 그런데 지금은 압박을 가하는 쪽과 그의 마수들도 어두운 지하로 숨어 들어간다. 그것은 그들이 비록 군도軍刀의 비호 아래 있긴 하지만 상황이 하도 이랬다 저랬다 하는 바람에 사실 자신이 없는 까닭이다. 게다가 군도의 역량에 대해서도 의심이 들기 때문이기도 하다. 한편으로는 이랬다 저랬다 함부로 하면서 한편으로는 장래의 변화를 생각하며 더욱더 어두운 지하로 움츠러 들어간다. 그들이 그렇게 하는 것은 밖의 정세가 변하면 얼굴을 바꾸고 다른 깃발을 들고 나와 다시 무언가를 더 해보고자 기회를 엿보는 까닭이다. 군도를 든 위인이 외국은행에 저금해 둔 돈은 그들의 자신감을 더욱더 동요시킨다. 그것은 멀지 않은 미래를 위한 계획일 것이다. 그들은 멀고 먼 미래를 위해서는 역사에 아름다운 이름을 남기길 원한다. 중국은 인도와 달리 역사를 아주 중요시한다. 그러나 역사를 그리 신뢰하고 있는 것은 아니라서, 그저 사람들이 자신을 번듯하게 잘 좀 기록해 주기만을 바라는, 그런 어떤 좋은 수단으로만 이용하려 한다. 그러나 물론 자기 이외의 독자들에게는 그런 역사를 믿게 하려 한다.

우리는 어려서부터 뜻밖의 일이나 변화무쌍한 일을 당해도 절대 당황하지 말라는 교육을 받아 왔다. 그 교과서가 바로 『서유기』다.[9] 온통 요괴의 변신으로 가득 찬 책. 이를테면 우마왕이요 손오공이요…… 하는 것들이 그것이다. 작가가 제시한 바에 의하면 그것 역시 옳고 그름의 구분이 있다고는 하나 총체적으론 양쪽 모두 요괴일 뿐이어서, 우리 인류로서는 반드시 무슨 관심을 가져야 하는 건 아니다. 그러나 만일 이런 것이 책 속에서 일어난 일이 아니라 자기 자신이 직접 그런 지경에 처해지는 것이라면 그건 좀 난처하게 된다. 목욕하는 미인이라고 생각했는데 사실은 거미 요괴고, 절간 대문이라고 생각했는데 사실은 원숭이 입이라고 한다면 사람이 어떻게 견딜 수 있겠는가. 일찌감치 『서유기』의 교육을 받아 왔으니 놀라 기절하는 지경에까지야 안 가겠지만 아무래도 무엇에 대해서든 의심이 드는 일은 면할 수 없게 된다.

외교하는 분들이야 본래 의심이 많겠으나 나는 중국인 자체가 본래 의심이 많다고 생각한다. 만일 농촌에 내려가 농민에게 길을 묻고 그의 이름이나 작황을 물어본다고 하자. 아마 그들은 항상, 그다지 기꺼이 사실을 말하려고 하진 않을 것이다. 반드시 상대를 거미요괴로 보는 것은 아니라 할지라도 그것이 언제 그에게 무슨 재앙을 가져다줄지 모른다고 생각할 것이다. 이러한 상황이 정인군자正人君子들을 아주 분노하게 만들어 그들에게 '우민'愚民이라는 휘호를 달아 주게 만들었다. 그러나 사실 재앙을 가져다준 적이 전혀 없는 것도 결코 아니다. 꼬박 이 일 년 동안 겪은 경험으로 인해, 나 역시 농민보다 더 많은 의심을 갖게 되었다. 정인군자의 모습을 한 인물을 만나면 그가 거미요괴일지도 모른다는 생각이 들게 되었으니. 그런데 이것 역시 습관이 되겠지.

우민의 발생은 우민 정책의 결과이고, 진시황이 죽은 지 이미 이천 년이 넘었으며, 역사를 살펴봐도 더 이상 그런 정책을 편 사람은 없는데, 그런데 그 효과의 뒤끝이 이렇게 오래가다니 정말 놀랄 지경이다!

12월 5일

주)_____

1) 원제는 「上海所感」, 1934년 1월 1일 일본 오사카 『아사히신문』(朝日新聞)에 일본어로 발표한 글이다. 중국어 번역문은 1934년 9월 25일 『문학신지』(文學新地) 창간호에 「1933년 상하이 소감」(一九三三年上海所感)이라는 제목으로 발표되었다.

2) 양피지(羊皮紙)는 파피루스의 공급이 점차 감소하던 B.C. 1300년경 이집트에서 개발되었다고 한다. 유럽 중세시대에 글쓰기 수요가 증대하면서 널리 사용되었다. 송아지, 염소, 양 등의 가죽을 씻은 다음, 복잡한 화학 공정을 여러 차례 거쳐 만든 하얀 피지(皮紙)다. 표백 건조시켜 글쓰기에 적합한 것으로 만드는 것이 관건이다. 한편 20세기 초 대중화되었던 미농지(美濃紙)는 닥나무 껍질로 만든, 질기면서도 얇은 종이의 일종이다. 투명성이 강해 글자나 그림 위에 이것을 올려놓고 글씨나 그림을 베낄 수 있고, 장지문 등 문 위에 바르기도 했다. 일본 기후현(岐阜県)의 미노(美濃) 지방 특산물에서 비롯하여 생긴 이름이다. 조선시대 일본에서 한국으로 전해졌다.

3) 1933년 3월 31일 일본 주중대사와 외무대신을 지낸 바 있는 요시자와 겐키치(芳澤謙吉)가 중국에 와서 돌아다녔는데, 중국의 언론들이 그의 중국 행차를 "개인적인 활동", "순수한 여행", "옛 지인들 방문"으로 보도하면서, 외교적·정치적 행보와는 전혀 관계없는 일이라고 했다.

4) 딩링(丁玲, 1904~1986)을 가리킨다. 작가이자 혁명가. 본명은 장웨이(蔣偉)이고 후난성

린리(臨澧) 사람이다. 1927년 단편소설 「멍커」(夢珂)를 『소설월보』에 발표하고, 이듬해 단편소설 「소피의 일기」(莎菲女士的日記)를 발표하여 대담하고 예민한 젊은 여성들을 형상화했다. 청년들의 반응은 뜨거웠고, 딩링은 「소피의 일기」를 통해 작가로서의 명성을 얻었다. 1930년에 좌익작가연맹에 가입했고, 1931년 열여섯 개의 성을 휩쓴 홍수를 제재로 한 『홍수』를 써서 하층민과 현실 문제에 관심을 나타내며 창작 경향의 변화를 보였다. 항일 전쟁 시기에는 옌안(延安)으로 옮겨 위안부 문제를 다룬 중편소설 『내가 안개 마을에 있을 때』(我在霞村的時候), 간부들의 봉건 의식을 비판한 중편소설 『병원에서』를 썼으며, 토지개혁을 소재로 한 소설 『태양은 쌍간허 강 위에 빛나고』(太陽照在桑幹河上)로 1952년에 스탈린문학상을 수상했다. 1949년 중화인민공화국 수립 후에는 당 기관지 『인민일보』의 주편을 담당하여 문예계의 실질적 지도자가 되었다. 1955년에 반우파투쟁 때 비판을 받고 1958년에는 당적을 박탈당했으며, 랴오닝성 베이다황(北大荒)으로 하방되어 20년간 노동개조를 겪었다. 문화대혁명이 끝나고 1979년 공산당 제11기 3중전회 후에 복권되었으며 1986년 병으로 세상을 떴다.

5) 구니키다 돗포(国木田独歩, 1871~1908)는 일본 소설가다. 이 작품집은 1927년 6월 중국 카이밍(開明)서점에서 샤몐쭌(夏丏尊)의 번역으로 출판되었다. 소설 다섯 편이 수록되어 있다.

6) 에드몬도 데 아미치스(Edmondo De Amicis, 1846~1908)는 이탈리아 작가다. 전쟁에 참가한 경험을 바탕으로 소설과 기행문을 썼으며 어린이용 소설을 창작했다. 『사랑의 교육』(愛的教育)은 『엄마 찾아 삼만 리』로 알려진 그의 소설 『쿠오레』(Cuore; 한국어본은 주로 『사랑의 학교』로 번역)의 중국어 번역본이다. 1926년 3월 카이밍서점에서 샤몐쭌의 번역으로 출판되었다. 엔리코라는 초등학교 4학년의 학교생활을 일기체 형식으로 그리고 있으며, 이탈리아 통일전쟁 직후의 사회 풍경이 묘사되어 있다.

7) 량유(良友) 도서인쇄공사와 신주국광사가 국민당 스파이에게 습격을 당한 사건을 말한다. 『풍월이야기』(准風月談) 「후기」에 자세한 전말이 나온다.

8) 이는 몇몇 사람들이 좌익작가들을 모함하여 한 말이다. 소련지폐 '루블화'를 받았다는 이야기는 『이심집』 「'집 잃은' '자본가의 힘없는 주구'」에도 나온다. 일본 첩자의 모함을 당한 사건은 『거짓자유서』(偽自由書) 「후기」에 나온다.

9) 명대 오승은(吳承恩)의 장편소설로, 당나라의 승려 현장(玄奘)법사가 손오공 등의 휘호를 받으면서 인도로 불경을 구하러 가는 과정을 그리고 있다. 그 과정에서 온갖 요괴들의 변신술과 방해를 물리치는 이야기가 있다.

『인옥집』 후기[1]

뜻밖에 최근 삼 년 동안 수많은 소련예술가들의 목각을 계속 얻게 된 것은 나 자신도 예상 못 했던 일이다. 1931년경, 『철의 흐름』을 교열보려 하였는데 우연히 『판화』(*Graphika*)라는 잡지에서 피스카레프가 각劃한 이 책의 이야기와 관련된 그림을 발견하고는 곧바로 징화 형에게 찾아봐 달라고 부탁하는 편지를 보냈었다. 여러 우여곡절 끝에 피스카레프를 만나 마침내 그 목각을 보내왔었다. 도중에 분실의 우려가 있어 같은 것을 두 벌 보내왔다. 징화 형이 편지에서 말하길, 목각 가격들이 자못 비싸 부치지 못하는 것도 있다, 많은 소련 목각가들은 중국 종이에 판화를 찍어야 잘 나온다고들(훌륭해진다고들) 하니 그에게 중국 종이를 좀 부쳐 주는 게 좋다, 했다. 그래서 나는 중국의 각종 선지宣紙와 일본의 '니시노우치가미'西の内紙, '도리노코가미'鳥の子紙 등 여러 가지를 징화 형에게 부쳐 그에게 전달했고 나머지들은 나누어 다른 목각가들에게 보냈다. 이런 일로 의외의 수확을 얻게 되었다. 두 권의 목각이 부쳐 왔는데, 피스카레프 열세 폭, 크랍첸코[2] 한 폭, 파보르스키 여섯 폭, 파브리노프 한 폭, 곤차로프[3] 열여섯

폭이었다. 한 권은 우체국에서 유실되었는데 찾을 길이 없어 그 속에 어느 누구의 작품이 몇 폭 있었는지 알 길이 없다. 이 다섯 명은 당시 모두 모스크바에 살고 있었다.

애석하게도 내가 성질이 급해 한편으론 그림 수집을 하면서 한편으론 책을 인쇄해 버려, 『철의 흐름』 그림이 도착했을 땐 이미 책이 출판된 후였다. 하는 수 없이 한 장짜리 인쇄를 별도로 해 중국에 소개함으로써 작가의 후의에 보답할 생각이었다. 연말이 되어서야 비로소 인쇄소에 넘겨 판 제작을 하고 원본을 돌려받은 후 출판을 부탁했다. 그런데 예상치 못하게 전쟁이 발발했다.[4] 나는 이층에 올라가 인쇄소와 나의 아연판이 모두 잿더미로 변하는 것을 멀리서 목도했다. 나중에는 나도 전선에서 도망 나왔는데 책들과 목각들을 모두 화염이 교차하는 전선 아래 두고 왔다. 그러면서도 아주 가끔 한가로운 마음이 되면 그것들이 보고 싶어지곤 했다. 그런데 또 의외의 일은, 다시 집으로 돌아와 그림과 책들을 점검했을 때 하나도 사라진 게 없었던 것이다. 그럼에도 내 마음이 안정이 되지 않아 더 이상 그것들을 복제할 생각을 하지 않게 되었다.

작년 가을에야 비로소 나는 『철의 흐름』 그림을 기억해 내고는 문학사에 부탁해 판을 만들어 『문학』[5] 제1기에 부록으로 실었다. 이 그림들이 마침내 중국 독자들에게 선을 보인 셈이다. 동시에 나는 또 선지를 부쳤다. 삼개월 후에 내게 온 것들은 파보르스키 다섯 폭, 피코프[6] 열한 폭, 모차로프 두 폭, 키진스키와 포자르스키 각 다섯 폭, 알렉세예프 마흔한 폭, 미트로힌 세 폭으로 숫자상으로는 지난번보다 훨씬 많았다. 모차로프 이하 다섯 명은 모두 레닌그라드에 살고 있는 목각가들이다.

그러나 이들 작품이 내 수중에 있게 되자 마치 무거운 짐이 된 듯했다. 나는 늘 생각하길, 백여 폭이나 되는 이런 원판 목각화를 가지고 있는 것은 아마도 중국에서 나 혼자일 것이다, 그런데 이들을 비밀스런 상자에 넣어 두고 있다면 어찌 작가들의 호의를 배반하는 일이 아니겠는가, 였다. 하물며 일부는 이미 없어지고 일부는 몇 차례 전화戰禍를 겪었고, 그런 데다 지금의 삶이란 것이 정처가 없어 풀잎 끝에 맺힌 이슬만도 못하니 만에하나 이것들이 모두 불타 사라진다면 내게 있어선 목숨을 잃은 것보다 더애석한 일이 될 거라는 생각이 들었다. 세월은 쏜살같아 방황하다가 벌써또 새해를 보냈다. 나는 서둘러 육십 폭을 선별, 판을 찍어 책으로 만들어청년 예술학도들과 판화 애호가들에게 전하자고 계획을 세웠다. 그 가운데 파보르스키와 곤차로프의 작품은 대부분 대작인데 자금 부족으로 인해 하는 수 없이 축소를 했다.

나는 러시아 판화의 역사에 대해 조금도 알지 못한다. 다행히 천제[7] 선생이 발췌 번역한 문장을 입수하여 15년간의 대략을 겨우 조금 알게 되었다. 이제 이것을 권두에 실어 서언으로 삼고자 한다. 또한 작가들 순서역시 서론에서 서술한 것에 따라 배열하였다. 글 속에 거론한 몇몇 유명작가는 나에게 그들 작품이 없다. 이번 인쇄는 원판만으로 제한하였기 때문에 다른 책에서 가져다가 보충하질 않았다. 독자들이 상세한 것을 원한다면 체호닌[8]이 찍은 러시아어로 된 화집이 있고, 레베데바[9] 영어 해석 화집도 있다.

Ostraoomova-Ljebedeva by A. Benois and S. Ernst. State Press, Moscow-Leningrad.[10]

미트로힌도 영문 해석 화집이 있다.

D. I. Mitrohin by M. Kouzmin and V. Voinoff. State Editorship. Moscow-Petrograd.[11]

그러나 출판된 지 너무 오래되어 아마 지금은 절판되었을 것이다. 내가 예전에 일본 'Nauka사'[12]에서 사온 것은 정가가 단 4위안이었다. 그런데 목각은 많지 않았다.

나는 작가의 경력에 대해 너무 알고 싶어 했기 때문에 징화 형에게 내 뜻을 전했고 레닌그라드에 살고 있는 다섯 명이 모두 글을 써서 보내왔다. 우리는 항상 문학가들의 자전을 보아 왔지만, 예술가들 특히, 전적으로 우릴 위해 쓰인 자전은 아주 귀하다. 그래서 나는 이것을 전부 여기에 옮겨 기록함으로써 얼마간의 역사자료로 보존키로 했다. 아래는 미트로힌의 자전이다.

미트로힌(Dmitri Isidorovich Mitrokhin)은 1883년 예이스크(북캅카스에 있는)시에서 태어났고, 그곳에서 실업학교를 졸업했다. 후에 모스크바의 회화繪畵, 조각, 건축학교와 스트로칸 공예학교에서 공부했다. 졸업하지 못했다. 파리에서 일년간 작업했다. 1903년부터 전람회를 열기 시작했다. 책 장정과 삽화에 대한 작업은 1904년에 시작했다. 지금은 주로 '대학원'과 '국가문예출판소'를 위해 일하고 있다.

1933년 7월 30일, 미트로힌

모스크바에 있는 목각가들 자전은 아직 얻지 못했다. 본래는 천천히 조사할 수도 있었지만 나는 기다리고 싶지 않게 되었다. 파보르스키는 스스로 일파를 이뤄 이미 높은 이름을 얻었고 그래서 『소련소백과전서』蘇聯小百科全書 안에 그의 약전이 있다. 아래는 징화가 번역하여 나에게 보낸 것이다.

파보르스키(Vladimir Andreevich Favorsky)는 1886년 태어난 소련 현대 목각가 및 화가로 목각파를 창시했다. 형식과 구조 면에서 고상함을 드러낸 장인의 솜씨는 정밀한 기술을 갖고 있다. 파보르스키의 목각은 형식파의 색채를 아주 많이 띠고 있고, 신비주의적인 특징을 품고 있으며, 혁명 초기 몇몇 프티부르주아 지식인의 정서를 표현하고 있다. 가장 좋은 작품으로는, 메리메, 푸시킨, 발자크 등 여러 프랑스 작가의 작품에 들어간 삽화와 단형單形의 목각, 즉 「1919년 10월」과 「1919년에서 1921년까지」가 있다.

나는 이 작은 화집 속에 그의 목각기록에서 본 「1917년 10월」과 「메리메상像」을 수록할 수 있게 되어 무척 기분이 좋다. 전자는 서문 속에서 말한 『혁명의 연대』 가운데 하나가 아닌가 하는데, 원본이 한 자가 넘는 대작이어서 애석하게도 할 수 없이 축소하게 되었다. 나에게는 또 세 가지 색으로 찍은 『일곱 괴물』의 삽화가 있고 손으로 베껴 쓴 시가 있는데 현재 복제를 할 수 없어 역시 무척 아쉽게 되었다. 다른 네 분에 대해선 목하 조사할 방도가 없다. 잊을 수 없는 것은 특히 피스카레프이다. 그는 가장 먼저 작품을 중국에 보낸 사람이다. 지금은 하는 수 없이 「피스카레프가家의 새 주택」한 폭을 골라 여기에 실었다. 부부가 등불 아래 일하고 있으면서, 침대 난간의 한 아이를 부축하고 있다. 우린 비록 그의 신상을 잘 알지 못하지만 그들 가족을 눈으로 보고 있는 것 같다.

그 뒤의 몇 명 새 작가가 있다. 서문에선 이름만 거론했으나, 여기 우리를 위해 써 준 자전들이 있어 기록한다.

모차로프(Sergei Mikhailovich Mocharov)는 1902년 아스트라칸 시에서 태어났다. 그곳 미술사범학교를 졸업했다. 1922년 상트페테르부르크로 가 1926년 미술학원 선회과線繪科를 졸업했다. 1924년 그림을 출판하기 시작했다. 지금은 '대학원'과 '청년위군'青年衛軍 출판사에서 일하고 있다.

1933년 7월 30일, 모차로프

키진스키(L. S. Khizhinsky)는 1896년 키예프에서 태어났다. 1918년 키예프미술학교를 졸업했다. 1922년 레닌그라드미술학원에 들어가 1927년 졸업했다. 1927년부터 목각을 하기 시작했다.

주요 작품은 아래와 같다.

1. 파블로프 : 『세 편의 소설』
2. 아자로프스키 : 『다섯 개의 강』
3. Vergilius : 『Aeneid』[13)
4. 「알렉산드린스키 대극장 (레닌그라드) 백년 기념 간刊」
5. 「러시아 수수께끼」

1933년 7월 30일, 키진스키

마지막 두 사람은 성명이 '대서'代序에 없다. 내 생각에, 아마 모두 선화線畵 미술가이고 또 목각 전문가가 아니기 때문이리라. 아래는 그들의 자전이다.

알렉세예프(Nikolai Vasilievich Alekseev). 선화 미술가. 1894년 탐보프스키(Tambovsky)성省의 모르샨스크(Morshansk)시에서 태어났다. 1917년 레닌그라드 미술학원 복사과復寫科를 졸업했다. 1918년에 작품을 찍기 시작했다. 지금은 레닌그라드의 '대학원', 'Gihl'(국가문예출판부)과 '작가출판소' 등 여러 출판소에서 일하고 있다.
주요 작품은 도스토예프스키의 『노름꾼』, 페딘의 『도시와 세월』, 고리키의 『어머니』가 있다.

1933년 7월 30일, 알렉세예프

포자르스키(Sergei Mikhailovich Pozharsky)는 1900년 11월 16일 타우리다성(남러시아 흑해 부근)의 찰바시 촌에서 태어났다.
키예프중학교와 미술대학에서 공부했다. 1923년부터 레닌그라드에서 일했고 선화 미술가 자격으로 레닌그라드의 주요 전람회에 참가하였고, 파리, 쿠르프 등 외국전람회에 참가했다. 1930년부터 목각술을 배웠다.

1933년 7월 30일, 포자르스키

알렉세예프의 작품으로 내게 있는 것은 『어머니』와 『도시와 세월』 전부이다. 전자는 중국에 이미 선돤셴[14] 군의 번역본이 있어서 전부 수록했다. 후자 역시 대작이나 이후에 아마 번역본이 나올 것이니 잠시 보류하고 후일을 기약하고자 한다.

목각에 대한 나의 소개는 처음엔 메페르트(Carl Meffert)의 『시멘트』 그림이었다. 그 다음은 시디[15] 선생과 함께 편집한 『베이핑 전지 족보』이고, 이 책은 세번째다. 모두 흰 종이를 주고 바꿔 온 것이어서 '포전인옥'[16]의 의미를 가져다가 『인옥집』이라 했다. 그러나 목전의 중국은 가시밭 세계여서 보이는 거라곤 오로지 여우 호랑이의 발호요 어린 꿩과 토끼들의 구차한 연명뿐이다. 문예상에서 겨우 남아 있는 거라곤 냉담함과 망가진 것들뿐이다. 게다가, 황량한 가운데 꼭두각시들이 틈을 타 무대에 등장하여, 목각에 대한 소개가 이미 부잣집 데릴사위[17]나 그들의 아첨꾼들에게 조소를 받게 되었다. 그러나 역사의 거대한 수레바퀴는 절대 아첨꾼들의 불만으로 인해 멈추지 않는다. 나는 벌써, 장래의 광명은 반드시 우리들이 문예상의 유산 보존자였음은 물론 개척자와 건설자이기도 함을 인정해 줄 것이라고 확신한다.

1934년 1월 20일 밤, 씀

주)_____

1) 원제는 「『引玉集』後記」, 1934년 3월에 출판된 『인옥집』에 처음 수록되었다. 『인옥집』은 소련판화집으로 모두 59폭의 그림이 루쉰의 편집으로 수록되어 있다. 삼한서옥 이름으로 출판되었다.

2) 크랍첸코(Алексей Ильич Кравченко, 1889~1940). 소련 판화가. 작품에 「레닌의 묘」(Индийская сказка), 「드네프르 강 건설현장」과 고골 등의 작품 삽화가 있다.

3) 곤차로프(Андрей Дмитриевич Гончаров, 1903~1979). 소련 삽화판화가. 작품으로 『파우스트』, 『열둘』 등의 삽화가 있다.

4) 1932년 1월 28일에 일본군이 상하이를 침공한 상하이사변을 말한다. '1·28사변'이라고도 한다.

5)『문학』. 월간 문예지로 정전둬(鄭振鐸), 푸둥화(傅東華), 왕충자오(王統照)가 차례로 편집
했다. 1933년 7월 상하이 생활서국에서 창간호가 나왔다. 1937년 11월 제9권 제4기까
지 나오고 정간했다. 모두 52기가 출판되었다.

6) 피코프(М. Пиков). 소련의 삽화 화가다. 작품에 푸마로프의『반란』삽화와 루쉰 단편소
설 삽화 등이 있다.

7) 천제(陳節)는 취추바이(瞿秋白)의 필명이다. 그가 발췌 번역한 문장 제목에『십오 년 동
안의 서적판화와 단행본 판화』가 있는데 소련의 체고다예프 작이다.

8) 체호닌(Сергей Васильевич Чехонин, 1878~1937). 소련의 공예미술가 및 판화가다. 작품
에 루나차르스키의『파우스트와 도시』삽화와 푸시킨의『루슬란과 류드밀라』삽화 등
이 있다

9) 레베데바는 오스트로우모바-레베데바(Анна Петровна Остроумова-Лебедева, 1871~
1955). 소련 화가이자 목각가다. 작품에는 채색 목각화인『레닌그라드 풍경화첩』과『이
른 봄의 키로프 섬』등이 있다.

10)『오스트로우모바-레베데바 화집』, 알렉산드르 베누아(Александр Николаевич Бенуа)
와 세르게이 에른스트(Сергей Эрнст) 편집, 국가출판국, 모스크바-레닌그라드.

11)『미트로힌 화집』, 쿠즈민과 보이노프 편집, 국가편집사, 모스크바-페트르부르크.

12) 'Nauka사'는 과학사로, 일본 도쿄에 있는 출판사다. 오타케 히로키치(大竹博吉, 1890~
1958)가 주편했다. 오타케 히로키치는 모스크바 특파원을 역임한 바 있고 일소친선운
동도 펼친, 소련연구가이자 출판인이다.

13)『아이네이스』(Aineis)는 고대 로마의 시인 베르길리우스(Publius Vergilius Maro)의
서사시다.

14) 선돤셴(沈端先, 1900~1995). 원명은 선나이시(沈乃熙)이고 필명은 샤옌(夏衍)이며, 돤
셴은 그의 자이다. 저장성 항저우 사람으로 극작가이자 중국좌익작가연맹의 지도자
가운데 한 사람이다. 그가 번역한『어머니』는 1929년 10월, 1930년 8월에 상하이 대
강서포(大江書鋪)에서 상·하권으로 출판되었다.

15) 시디(西諦, 1898~1958). 정전둬(鄭振鐸)를 가리킨다. 시디는 필명이다. 푸젠성 창러(長
樂) 사람으로 작가, 문학사가를 겸했고 문학연구회 발기인 가운데 한 사람이다. 단편
소설집으로『계공당』(桂公塘)이 있고『삽도본 중국문학사』등이 있다.

16) '포전인옥'(抛磚引玉). 벽돌을 버리고 옥을 끌어당긴다는 뜻. 즉 옥을 얻기 위해 벽돌을
버린다는 뜻이다.

17) '부잣집 데릴사위'의 원문은 '富家贅婿'. 저장성 위야오(餘姚) 사람이며 시인인 사오쉰
메이(邵洵美, 1906~1968)를 가리킨다. 청나라의 대관료이자 매판이었던 청쉬안화이
(盛宣懷)의 손자사위이다. 그가 운영했던 간행물『십일담』(十日談) 1934년 1월 1일 신
년특집호에 양톈난(楊天南)의「22년의 출판계」(1933)란 글이 실렸다. 그 가운데 나오

는 말이다. "특별하게 거론할 것은 베이핑 전지 족보(北京箋譜)다. 이런 종류의 우아한 사업은 루쉰, 시디 두 사람에 의해 행해지고 있는데, 중국의 고법(古法) 목각을 제창하고 있으니 정말 시대흐름을 크게 역행하고 있는 것이다. 전집 6권의 예약구매가가 12위안이라니 정말정말 놀라 자빠질 일이다. 어찌 되었든, 중국에 아직도 이렇게 유유자적하는, 신기한 걸 좋아하는 정신이 있다는 것은 대단히 경하할 만한 일이다. 그런데 내가 나머지 사십여 부를 원하긴 하지만 선뜻 가서 가져올 만한 한가한 사람이 없다."

『도시와 세월』 삽화 소인[1]

1934년 1월 20일 밤, 『인옥집』의 「후기」를 썼을 때, 한 목각가가 중국인을
위해 쓴 자전을 인용한 적이 있다.

> 알렉세예프(Nikolai Vasilievich Alekseev). 선화 미술가. 1894년 탐보
> 프스키(Tambovsky)성省의 모르샨스크(Morshansk)시에서 태어났다.
> 1917년 레닌그라드 미술학원 복사과復寫科를 졸업했다. 1918년에 작품
> 을 찍기 시작했다. 지금은 레닌그라드의 '대학원', 'Gihl'(국가문예출판
> 부)과 '작가출판소' 등 여러 출판소에서 일하고 있다.
> 주요 작품은 도스토예프스키의 『노름꾼』, 페딘의 『도시와 세월』, 고리키
> 의 『어머니』가 있다.
>
> 1933년 7월 30일, 알렉세예프

그리고 그 뒤에 이런 말을 첨가했었다.

알렉세예프의 작품으로 내게 있는 것은 『어머니』와 『도시와 세월』 전부
이다. 전자는 중국에 이미 선놘센 군의 번역본이 있어서 전부 수록했다.
후자 역시 대작이나 이후에 아마 번역본이 나올 것이니 잠시 보류하고
후일을 기약하고자 한다.

그런데 그 이듬해 체코 서울의 독일어 신문에 『인옥집』이 소개되었
을 때, 그의 이름 위에 이미 '고인이 된'이란 글자가 첨가되었었다.

나에겐 정말 의외의 일이었고 또 무척 슬펐다. 물론, 우리들 문예와
일정한 인연이 있는 사람의 불행을 우리는 슬퍼해 마땅한 것이다.

올 2월, 상하이에서 '소련 판화 전람회'[2]가 열렸으나 그 속에 그의 작
품은 보이지 않았다. 『자전』을 보면 그가 겨우겨우 사십년간 살았음을, 일
한 것은 20년이 안 됨을, 당연히 명가가 아직 될 수 없었음을 알게 된다. 그
러나 그 짧은 세월 속에서 이미 세 가지 대작 삽화를 각했고 게다가 두 가
지는 이미 중국에 부쳐 왔으며, 하나는 일찌감치 발표했으나 하나는 아직
도 내 수중에 있어 예술을 좋아하는 청년에게 전하지 못했다. 이 역시 결
코 작지 않은 태만이라 할 수 있다.

페딘(Konstantin Fedin)[3]의 『도시와 세월』은 지금까지 아직 번역한
사람이 없다. 때마침, 차오징화 군이 쓴 개략이 이미 부쳐져 도착해 있다.
나는 수수방관하고 기다리고 싶지 않다. 원본 목각 전부를 삭제 없이 개략
과 함께 합본 인쇄하여 한 권으로 만들어 독자들의 감상용으로 제공하고
자 한다. 이로써 나의 책임을 다하고 우리들의 니콜라이 알렉세예프 군에
대한 기념으로 삼고자 한다.

물론, 우리들 문예와 일정한 인연이 있는 사람을 우리는 기념해 마땅

한 것이다!

1936년 3월 10일 병환 속에서 씀

주)_____

1) 원제는 「『城與年』揷圖小引」, 전집에 수록되기 전에 발표한 적이 없다. 『도시와 세월』 삽화는 소련 작가 페딘의 소설 『도시와 세월』을 위해 알렉세예프가 각한 목각 삽화로 모두 28폭으로 되어 있다. 루쉰은 1933년 이 삽화의 수제 탁본을 얻은 후 차오징화에게 『도시와 세월』에 대한 개략적인 글을 써 달라고 부탁한 적이 있었지만, 루쉰 스스로 매 삽화마다 설명 글을 써서 단행본으로 인쇄할 것에 대비하였다. 그러나 나중에 사정이 있어 성사되지 못했다. 루쉰 사후 1947년이 되어서야 차오징화가 번역한 『도시와 세월』이란 책에 수록되었다.

2) '소련 판화 전람회'. 소련대외문화협회와 중소문화협회 그리고 중국문예사가 합동 주최로 하여, 1936년 2월 20일 상하이에서 열렸다. 그 기간 중에 판화 200여 점이 전시되었다.

3) 페딘(Константин Александрович Федин, 1892~1977)은 소련 작가다. 저서에 장편소설 『도시와 세월』(Города и годы), 『최초의 기쁨』(Первые радости), 『평범하지 않은 여름』(Необыкновенное лето) 등이 있다. 『도시와 세월』은 페딘의 1924년작으로 혁명 이전의 러시아와 독일을 배경으로 하여 혁명기의 영웅상을 그린 장편소설이다. 루쉰은 이를 『城與年』이란 제목으로 번역했다.

시
詩

자화상¹⁾

내 마음 큐피드의 화살을 피하지 못했어라²⁾

바위 같은 비바람 고향 땅을 어둡게 어둡게³⁾

겨울 하늘 차가운 별 향한 이 내 마음

고운 님 몰라준다 하여도⁴⁾

뜨거운 나의 피를 내 조국에 바치리라⁵⁾

주)_____

1) 원제는 「自題小像」, 이 글은 작가가 1931년에 다시 쓴 수고에 근거에 수록한 것이다. 원래는 제목이 없었고 시 밑에 "21세 때 작이고, 51세 때 다시 썼는데, 신미(辛未)년 2월 16일 일이었다"고 주석이 달려 있었다. 쉬서우창(許壽裳)은 『새싹』(新苗) 제13기(1937년 1월)에 발표한 「옛날을 그리워하며」(懷舊)에서 "1903년 그가 23세 때, 도쿄에서 나에게 부쳐온 시 「자화상」(自題小像) 한 편이 있었다"고 말하고 있다. 루쉰은 1932년 12월 9일 이 시를 일본 의사인 오카모토 시게루(岡本繁)에게 부친 적이 있었는데, 시구 중 '화살'(矢)을 '화살'(鏃)로 고쳤다.

2) 원문은 '靈臺無計逃神矢'. '靈臺'(영대)는 마음을 가리킨다. 『장자』 「경상초」(庚桑楚)편에 "영대에 받아들일 수 없다"라는 말이 나오고 진(晉) 곽상(郭象)은 "영대는 마음이다"라는 주석을 달았다. '神矢'(신시)는 사랑 신의 화살을 의미한다.

3) 원문은 '風雨如磐暗故園'. 당(唐)나라 관휴(貫休)의 「협객」(俠客)이란 시에 "황혼에 비바람으로 어두워지기 마치 너럭바위 같아서"(黃昏風雨黑如磐)라는 시구가 나오는데, '風雨如磐'은 여기서 나온 것인 듯하다.

4) 원문은 '寄意寒星荃不察'. 굴원의 시 「이소」(離騷)에 "나의 사랑 임금은 몰라주어도"라는 글귀가 나온다. 전(荃)은 향초의 이름으로, 임금, 그리워하는 님 등의 은유로 쓰였다.

5) 원문은 '我以我血薦軒轅'. '헌원'(軒轅)은 중국의 전설 속 고대 제왕의 이름으로 한(漢)민족의 시조라고 불리는 황제(黃帝)를 지칭한다. 『사기』 「오제본기」(五帝本紀)에 "황제는 소전(小典)의 아들로 성은 공손(公孫), 이름은 헌원(軒轅)이다"라는 기록이 있다.

판군을 애도하는 시 세 수[1]

비바람 흩날리는 날

나 판아이눙이 그리워[2]

흰머리엔 숱이 듬성듬성

권세 좇는 속된 무리 백안시했네[3]

세상 맛 가을 씀바귀처럼 쓰고

사람은 곧은데 도가 다하였네

어이타 삼월에 헤어지고는

끝내 너를 잃게 되었구나!

두번째 시

해초는 성문 밖에 푸르른데[4]

여러 해 타국에서 늙어 갔네

여우 살쾡이는 방금 굴속으로 숨어들고

요사스런 꼭두각시 모두 무대 올랐다[5)]

고향땅 찬 구름에 뒤덮여 있어

염천炎天에도 추운 밤은 길고도 길다

그대 홀로 찬 물에 빠졌으니

근심 어린 오장육부, 그래 씻을 수 있었는가?

세번째 시[6)]

술잔 잡고 세상사 논할 때도

그댄 술 많이 마시는 이 우습게 여겼었지[7)]

온 천하가 만취해도

그댄 조금 취했으리 스스로 물에 빠졌으리[8)]

이번 이별 영원한 이별되어

다하지 못한 말도 이제 다 사라졌네[9)]

고인이 구름처럼 흩어져 버리니

나 역시 가벼운 먼지가 되었구나

주)_____

1) 원제는 「哀范君三章」, 이 시는 1912년 8월 21일 사오싱 『민싱일보』(民興日報)에 황지(黃
棘)라는 이름으로 처음 발표되었다. 원고 말미 부기에 이런 글이 있다. "나는 아이눙의
죽음으로 오랫동안 우울했다. 지금까지도 벗어나지 못했다. 어제 문득 시 세 편을 지어
붓 가는 대로 썼다. 그러다가 갑자기 계충(鷄蟲; 권세와 이익을 좇는 속된 무리)이란 단어

를 시에 넣게 되었는데 정말 기묘하고 절묘했다. 벽력같은 큰소리로 하찮은 소인배 벌레들을 죽이니 큰 낭패를 당했을 것이다. 이제 이를 기록하여 대감정가들의 감정을 받고자 하니, 만일 나쁘지 않다면 『민흥』(民興)에 실어 주길 바란다. 비록 천하를 바라본 지 오래되었다 할 수 없으나, 나 또한 어찌 하고픈 말을 그만두리오? 23일 수(樹; 수런樹人 즉 루쉰)가 또 한마디 하다." 또 루쉰의 1912년 7월 19일자 일기에 이런 기록이 있다. "아침에 12일 사오싱에서 보낸 둘째 아우의 편지를 받았다. 판아이눙이 10일 물에 빠져 죽었다고 했다." 22일 일기에는 "밤에 세 편의 글을 써 아이눙을 애도했다. 여기에 기록 보존한다. '비바람 흩날리는 날, 나 판아이눙이 그리워……'" 23일 수정 후에 저우 쭤런(周作人)에게 보내어 『민싱일보』에 전하게 했다. 일기에 기록된 같은 시는 원래 시에서 몇 가지 단어를 수정한 것이다.

2) 판아이눙(范愛農, 1883~1912). 이름은 자오지(肇基), 자는 쓰녠(斯年), 호가 아이눙(愛農)이며 저장성 사오싱 사람이다. 광복회 회원이었고 일본 유학 시절 루쉰과 알게 되었다. 1911년 루쉰이 산콰이(山會)초급사범학당(나중에 사오싱사범학교로 개칭)에 교장이 되었을 때, 그를 학감에 임명했다. 루쉰이 학교와 갈등을 빚어 사직하자 그도 수구세력에 의해 축출되었다. 1912년 7월 10일 그는 『민싱일보』 직원들과 배를 타고 중국 전통극을 보러 갔다가 돌아오는 도중 술에 취해 실족하여 물에 빠져 죽었다. 루쉰은 판아이눙이 물에 익숙하고 수영을 잘하는 사람이기 때문에 세상을 비관해 자살한 것으로 추정하고 있다. 그래서 세번째 시에서 "온 하늘이 만취했건만, 그댄 조금 취했으리 스스로 물에 빠졌으리……" 하고 노래했다.

3) 원문은 '白眼看鷄蟲'. '백안시하다'는 『진서』(晉書) 「완적전」(阮籍傳)에 "완적은 검은자위의 눈과 흰자위의 눈을 만들 줄 알아, 속류 인사들의 예방을 받으면 백안을 하여 보았다"에서 유래하고, '계충'(鷄蟲)은 여기서 권세와 이익을 좇는 무리를 가리킨다. 두보의 시 「흰비단 닭의 노래」(縛鷄行)에 "계충이 득실거리는 무료할 때, 겨울 강을 사랑하고 산 누각에 의지한다"는 데서 유래했다. 허지중(何幾仲)이란 사람은 신해혁명 후 중화자유당 사오싱지부 간부였다. 루쉰의 고향 사오싱 방언으로 '지충'(鷄蟲) 발음과 허지중의 '지중'(幾仲)의 발음이 같다. 그러므로 여기서 계충(鷄蟲)은 쌍관어이다. 판아이눙이 선천적으로 눈에 흰자위가 많아 이렇게 노래한 것이다.

4) 원문은 '海草國門碧'. 이백의 시 「이른 봄 강하에서 채십이 운몽으로 귀가하는 것을 배웅하며」(早春於江夏送蔡十還家雲夢序)에 "해초가 세 번 푸르도록 나라로 돌아가지 못하였다"에서 유래. 해외생활로 오랫동안 귀국하지 못함을 말한다. 여기서는 판아이눙이 오랫동안 일본 유학으로 귀국하지 못함을 비유했다.

5) '여우 살쾡이'는 청나라 황제와 관리들을 비유했다. 꼭두각시는 원문이 도우(桃偶), 즉 복숭아나무로 깎아 만든 인형으로 벽사(辟邪)의 용도로 사용했다. 여기서는 위안스카이(袁世凱)에 아부하는 관료들을 지칭한다.

6) 이 시는 여기에 수록된 것과 약간 내용을 달리하여 『집외집』에 「판아이눙을 곡하다」(哭范愛農)라는 제목으로 따로 실려 있다.

7) 원문은 '先生小酒人'. 판아이눙을 높여 선생이라고 불렀고, '酒人'은 술 많이 마시는 사람, '小'는 가볍게 보다, 업신여기다는 의미이므로, 판아이눙이 평소 술을 많이 마시지 않음을 말한다.

8) '온 하늘'의 원문은 '大圜'. 『여씨춘추』(呂氏春秋) 「서의」(序意)에 "사랑은 위에 하늘(大圜)이 있고 아래 땅이 있음이다"는 구절에서 왔다. 온 세상이 혼란에 빠짐을 비유한다. "그댄 조금 취했으리 스스로 물에 빠졌으리"는 판아이눙이 절대 실족할 만큼 만취할 사람이 아니라는 루쉰의 생각, 아마 스스로 투신자살한 것일 거라는 루쉰의 추측을 말하고 있다.

9) '다하지 못한 말' 원문은 '緖言'. 『장자』 「어부」편에 나오는 단어다. "조금 전에 선생께서 미진한 말씀을 남기시고 떠나셨습니다." 당대(唐代)의 성현영(成玄英)이 "서언(緖言)은 다 못한 말(餘論)이다"고 주석을 달았다. 다하지 못한 말, 미진한 말이다.

우치야마에게[1]

상하이에 산 지 이십 년

날마다 중화를 보시겠구려[2]

병이 있어도 약 쓰지 않는다

심심하여 책 읽는다 한다

일단 세를 얻으면 급변하여

사람 목 자르는 일 점점 더 많아지고

갑자기 하야라도 할라치면

나무아미타불 염불을 한다[3]

주)_____

1) 원제는 「贈鄔其山」. 이 시의 수고(手稿)에는 "신미년 이른 봄, 우치산(鄔其山) 형에게 책
   교정을 부탁하면서"라는 글이 부기되어 있다. 우치산은 우치야마 간조(內山完造, 1885~
   1959)를 가리킨다. 제목에서의 '우치'(鄔其)는 '內'자의 일본어 독음을 중국어로 음역

한 것이다. 우치야마 간조는 1913년 중국에 왔고 1914년 상하이에 우치야마서점(內山書店)을 열어 일본어 서적을 판매했다. 광저우에서 상하이로 이주 정착한 루쉰이 1927년 10월 우치야마와 사귀기 시작한 이후 평생의 지기가 되었다. 그의 저서에는 잡문집 『살아 있는 중국의 자태』(活中國的姿態), 『화갑록』(花甲錄) 등이 있다.

2) 우치야마가 상하이에 1914년 정착했고 루쉰이 이 시를 쓴 것이 1931년이므로 대강 20년이 된다. 매일 중화민국의 여러 가지 추악한 모습을 목도한다는 의미로 당시 군벌들의 갖가지 행태를 풍자한 시다.

3) 당시의 군벌들이 무소불위의 권력을 휘두르다가 일단 실각하게 되면 병이 있어도 약을 안 쓰고 명산대첩에서 요양 중이라 선전했고 두문불출 독서를 한다고도 선전했다. 그러다 일단 권세를 잡으면 갑자기 표변하여 살인을 다반사로 자행했으며 하야(下野)라도 하게 되면 곧바로 나무아미타불을 외며 선사(禪師)나 불자(佛者) 흉내를 내 명철보신을 했다. 이러한 세태를 풍자한 것이다.

무제 두 수[1]

창장은 밤낮으로 동으로 흘러가고
대의 좇는 군웅들은 또 멀리 떠나갔다
육대의 화려함은 옛 꿈이 되었고
석두성 위에는 눈썹 같은 달이 떴다[2]

2

위화타이 주변엔 부러진 창 묻혀 있고
모처우호 호수엔 잔잔한 물결만이
그리운 님 만날 수 없지만
창장 하늘 기억하며 호탕한 노래 부른다[3]

6월

1) 원제는 「無題二首」, 루쉰의 1932년 6월 14일 일기에 이런 기록이 있다. "미야자키 류스케(宮崎龍介) 군을 위해 한 수 지었다. '창장은 밤낮으로 동으로 흘러가고……' 또 뱌쿠렌(白蓮) 여사를 위해서도 한 수 지었다. '위화타이 주변엔 부러진 창 묻혀 있고…….'" 미야자키 류스케(1892~1971)는 일본인 변호사로 1931년 상하이로 루쉰을 방문한 적이 있다. 그의 부친 미야자키 야조(宮崎弥藏)는 중국민주혁명을 지지한 혁명지사이며 숙부인 미야자키 도라조(宮崎寅藏; 미야자키 도텐宮崎滔天)는 쑨원의 혁명 활동을 도운 바 있다. 뱌쿠렌 여사는 야나기와라 아키코(柳原燁子, 1885~1967)의 필명으로 미야자키 류스케의 부인이며 일본 여류작가다.

2) 육대(六大)는 중국 삼국시대의 오(吳), 동진(東晉)과 남조(南朝)의 송(宋), 제(齊), 양(梁), 진(陳) 등 여섯 조대를 말한다. 모두 난징(南京)에 도읍을 정해서 이를 합해 육조라고 부른다. 석두성(石頭城)은 고대 도시의 이름으로 본명은 금릉성(金陵城)이었다. 동한(東漢) 말년에 손권(孫權)이 증축하고 이름을 고쳤다. 현재 난징 칭량산(淸涼山)에 그 유적이 있으며 후에는 석두성이 난징을 가리키는 대명사가 되었다. '눈썹 같은 달'의 원문인 '月如鉤'는 직역하면 '갈고리 같은 달', '낫 같은 달'이다.

3) 위화타이(雨花臺)는 일명 스쯔강(石子崗)이라고도 불리며 난징시 남쪽 쥐바오산(聚寶山) 위에 있다. 『고승전』(高僧傳)에 의하면, 남조 양나라 무제 때 운광(雲光)법사가 여기서 불경을 설했는데 하늘을 감동시켜 꽃잎이 비처럼 내렸다고 한다. 그래서 지어진 이름이다. 신해혁명 때, 혁명군이 난징에 진입하여 여기서 여러 날 동안 치열한 전투가 있었다.

'부러진 창'은 혁명 열사들을 상징한다.

모처우호(莫愁湖)는 난징시 수이시문(水西門) 밖에 위치한 호수다. 전해지는 바에 의하면 육조시대 뤄양(洛陽)의 여인 막수(莫愁)가 여기에 살아서 지어진 이름이라고 한다. 신해혁명 승리 후에 난징의 임시정부가 이 호숫가에 열사들의 기념비를 세웠고 쑨중산은 여기에 '건국성인'(建國成仁) 제사(題詞)를 써서 헌정 조각하였다.

'그리운 님'은 나라 위해 희생된 열사들의 은유다.

'창장 하늘 기억하며'는 신해혁명 성공의 발원지인 우창(武昌)이 창장(長江) 중류에 있으므로 혁명정신을 기억한다는 의미다.

호탕한 노래(浩歌)는 『초사(楚辭)·구가(九歌)』「소사명」(小司命)에 나오는 시구다. "님 그려도 오지 않네, 바람 맞으며 호탕하게 노래하리."

마스다 와타루 군의 귀국을 전송하며[1]

부상 땅 지금 한창 가을빛이 곱겠구나[2]

단풍잎 주단처럼 초겨울을 붉게 비추리

수양버들 꺾어들고 돌아가는 나그네 전송하노라니[3]

마음은 노를 따라가며 찬란했던 그 시절 추억하네[4]

12월 2일

주)_____

1) 원제는 「送增田涉君歸國」, 루쉰의 1931년 12월 2일 일기에 기록이 있다. "마스다 와타루 군의 귀국을 전송하면서 시를 지었다. 시에 이르길 '부상 땅 지금 한창 가을빛이 곱겠구나……'" 마스다 와타루(增田涉, 1903~1977)는 일본의 중국문학 연구자다. 시마네대학(島根大學), 간사이대학(關西大學) 등에서 교수를 역임했다. 1931년 그가 상하이에 있을 때 항상 루쉰을 방문하여 루쉰의 『중국소설사략』 번역 문제 등 여러 가지에 대해 가르침을 청했다. 저서에 『중국문학사 연구』(中國文學史硏究), 『루쉰의 인상』(魯迅の印

象) 등이 있다.

2) 원문은 '扶桑正是秋光好'. 부상(扶桑)은 중국 고대 신화서 『산해경』(山海經) 「해내동경」 (海內東經)에 "탕곡에는 부상나무가 있고 열 개의 태양이 목욕을 한다"는 구절이 있다. 『남사』(南史) 「동이전」(東夷傳)에는 "부상은 대(大) 한(漢)나라 동쪽 이만여 리에 있다" 는 기록이 있고, 『양서』(梁書) 「부상국전」(扶桑國傳)에는 "그 땅에 부상나무가 많아서 이름이 되었다"는 기록이 있다. 부상나무는 뽕나무 종류의 나무로, 중국은 옛날부터 동쪽 지역, 동쪽나라를 '부상'이라 불렀다. 이 시에서는 '일본'을 가리킨다.

3) 고대 중국인들은 이별할 때 흔히 버드나무(柳)를 꺾어서 이별의 아쉬움을 표현하였다. 버드나무를 뜻하는 류(柳, Liu)와 머무르다를 뜻하는 류(留, Liu)의 중국어 발음이 같아 나그네를 머물게 하고 싶다는 마음을 표하였다는 속설이 있다.

4) 원문은 '心隨東棹憶華年'. '東棹'(동도)는 동쪽으로 저어가는 노, 즉 일본으로 돌아가는 길. '華年'(화년)은 화려했던 시절, 즉 청년 루쉰의 일본유학 시절을 가리킨다. 루쉰의 마음이 일본으로 귀국하는 나그네의 길을 따라가며 옛 시절을 추억한다는 의미다.

무제[1]

피는 중원을 비옥하게 만들고 질긴 잡초를 살찌운다

한파가 대지를 얼려도 봄꽃은 터지게 마련

영웅들은 핑계도 많고 모사꾼은 병들었단다

중산릉서 통곡하니 저녁 까마귀들 시끄럽다[2]

1월

주)_____

1) 원제는 「無題」. 루쉰의 1932년 1월 23일 일기에 있는 기록이다. "고라토미를 위해 시 한 수를 지었다. '피는 중원을 비옥하게 만들고 질긴 잡초를 살찌운다…….'" 고라토미(高良とみ, 1896~1993)는 도쿄여자대학 교수이며 일본 제국주의에 반대, 평화운동을 했다. 상하이에 들러 루쉰을 방문한 바 있다.

2) '중산릉'의 원문은 '崇陵'. 난징에 있는 쑨중산의 능을 가리킨다. 1931년 12월 22일, 국민당 제4기 1중전회가 난징에서 개막되었고, 다음 날 전체 위원들은 중산릉을 참배했다. 그런데 이 회의에서 닝파(寧派)와 웨파(粵派), 두 파가 소리 지르며 욕하고 싸웠다. 상임위원인 왕징웨이(汪靜衛), 후한민(胡漢民) 등 요원들은 병을 핑계로 불참하여 회의에 저항했고, 행정원장인 쑨커(孫科)는 중도에 자리를 떠나 중산릉에 가 통곡하며 사표를 냈다. 장제스(蔣介石) 역시 하야하여 펑화(奉化)로 돌아갔으니, 국민당은 일시에 붕괴 이탈의 국면을 맞이하게 되었다. 루쉰은 이러한 정치세태를 비꼰 것이다.

우연히 지었다[1]

문장은 먼지 같은 것 장차 어디로 가야 하나
목을 빼 동편 구름 바라보니 마치 꿈결인 듯[2]
쓸쓸하게 쇠락한 향기로운 숲, 한스럽구나
봄의 난초와 가을 국화 본디 함께할 수 없는 것을[3]

3월

주)_____

1) 원제는 「偶成」, 루쉰의 1932년 3월 31일 일기에 "다시 또 선쑹촨(沈松泉)을 위해 한 수
   지었다. '문장은 먼지 같은 것 장차 어디로 가야 하나……'" 선쑹촨은 1930년 8월 일본
   으로 가기 전에 펑쉐펑(馮雪峰)에게 부탁하여 루쉰에게 글을 써 달라고 했다. 그는 귀국
   한 후 루쉰에게 이 시를 받았고 이후 서로 글을 주고받았다.
2) 좌련오열사의 체포와 사형, 국민당의 지식인 탄압, 글 쓸 지면을 찾기 어려운 상황에서
   글이란 과연 무엇인가 하는 루쉰의 고뇌를 표현했다. 동쪽을 바라본다는 말은 일본으
   로 가거나 피신한 지인들을 그리며 자신의 일본 유학 시기를 꿈결처럼 표현한 것으로
   보인다.
3) 사분오열되어 흩어진 문단의 황폐함을 루쉰은 '쓸쓸하게 쇠락한 향기로운 숲'이라고
   표현했다. 중국은 예로부터 문단을 '향기로운 숲'(방림芳林)으로 은유해 왔다. 봄의 난초
   와 가을 국화는 형편과 상황이 다른 공간에 처해 있는 지인 혹은 친구를 말하는 듯하다.

펑쯔에게[1]

홀연히 신선 하나 벽공에 하강했네

구름 수레 두 대가 동자를 대동하고

가련케도 펑쯔는 천자가 아니어서[2]

이리저리 도피하며 북풍만 마시누나

3월 31일

주)_____

1) 원제는 「贈蓬子」, 루쉰의 1932년 3월 31일 일기에 "펑쯔를 위해 시 한 수를 지었다. '홀
연히 신선 하나 벽공에 하강했네…….'" 이 시는 루쉰이 펑쯔가 글씨를 써 달라고 하자
즉흥적으로 지은 서사시다. 시는 1·28 상하이사변 당시, 무무톈(穆木天)의 아내가 아들
을 데리고 인력거를 이용하여 야오펑쯔(姚蓬子) 집으로 찾아와 무무톈의 행적을 물은
것을 배경으로 하고 있다.

야오펑쯔(1905~1969)는 저장성 주지(諸暨) 사람으로 작가다. 1927년 중국공산당에 가

입했고 1930년 중국좌익작가연맹에 가입했다.

1·28 상하이사변은 1932년 일본군이 전차와 장갑차를 몰고 상하이를 침공하여 일어난 중일 간 전쟁을 말한다. 1차 상하이사변이라고도 하는데 2차 상하이사변은 1937년 다시 발발한다. 2차 상하이사변 이후 중국은 전국적으로 항일(抗日)전쟁기에 돌입한다.

2) 천자(天子)는 임금이란 뜻인데, 여기서는 이름에 '천'(天)자가 들어간 무무톈(穆木天)을 은유하고 있다. 중국 고대에 『목천자전』(穆天子傳)이란 책에 주(周)나라 목왕(穆王)이 여덟 마리 준마를 몰아 서쪽을 순유(巡遊)했다는 기록이 있다. 무무톈(1900~1971)은 지린성 이퉁(伊通) 사람으로 시인이며 당시엔 중국좌익작가연맹의 회원이었다.

1·28 전쟁 후 지음[1]

잠시 전운이 걷힌 자리 봄빛이 남았구나

포성소리 맑은 노랫소리 모두가 조용쿠나

나 역시 귀국하는 친구에게 시 한 수 못 지어도

마음 저 밑바닥선 평안을 빌어 본다

7월 11일

주)_____

1) 원제는 「一·二八戰後作」, 루쉰의 1932년 7월 11일 일기에 있는 기록이다. "오후에 야
   마모토 하쓰에(山本初枝) 여사에게 쪽지를 썼다. 이르길 '잠시 전운이 걷힌 자리 봄빛이
   남았구나……'" 루쉰은 이 시를 우치야마서점에 부탁하여 부쳤다. '1·28전쟁'에 대해
   서는 앞의 시 「펑쯔에게」의 주석 참고.

교수의 잡가[1]

해오던 작풍을 스스로 안 죽이고

어언 연간에 사십을 넘겼구나

그러니 어찌하여 살찐 머리 내걸고

변증법에 저항함이 무방하지 않으리[2]

2

가련토다 직녀성

수레잡이 아내가 되었구나

까막까치도 내려오지 않으리 아마

멀고 먼 저 소젖 길로는[3]

3

세계에는 문학이 있고
소녀에게는 풍만한 엉덩이가
닭고깃국 돼지고길 대신하니
베이신은 드디어 문을 닫았구나[4]

4

명인께서 소설을 뽑으셨단다
수준에 드는 것 한계가 있다 말하시네
비록 망원경은 가지셨을지나
어쩔 수 없이 근시안이로고[5]

12월

주)_____

1) 원제는 「教授雜詠」, 1932년 12월 29일자 루쉰 일기다. "오후에 멍찬(夢禪)과 바이핀(白
頻)에게 「교수의 잡가」 시 한 편씩을 지어 주었다. 첫번째 시는 '해오던 작풍을 스스로
안 죽이고⋯⋯'이고 두번째 시는 '가련토다 직녀성⋯⋯' 이다." 쉬서우창의 회고에 의
하면 세번째, 네번째 시 역시 1932년 말에 지었다고 한다. 멍찬(쩌우멍찬鄒夢禪)과 바이
핀은 당시 모두 상하이 중화서국(中華書局)의 직원이다.
2) 이 시는 첸쉬안퉁(錢玄同)을 넌지시 빗대어 노래한 것이다. 첸쉬안퉁은 일찍이 농 삼아

말하곤 했다. "마흔 살 이상은 모두 총살해야 마땅하다." 또 전해지는 바에 의하면 베이징대학에서 이런 말을 한 적도 있다고 한다. "머리는 잘라 버릴 수 있으나 변증법은 개설할 수 없다." 1919년 5·4운동 때까지는 루쉰과 같이 진보적인 사상을 가졌던 첸쉬안퉁이 1930년대에는 보수적이고 권위적인 교수가 되어 유유자적하며 살았고 진보적인 학생들의 변증법 강의 개설을 막았다고 한다. 이를 풍자한 것이다.

3) 이 시는 자오징선(趙景深)을 넌지시 빗대어 노래한 것이다. 자오징선은 1922년 체호프의 소설 「반카」(Ванька)를 번역하면서 '은하수'를 뜻하는 영어 'Milky Way'를 '우유 길'이라 오역했고, 독일 작가 티스(Frank Thiess, 1890~1977)의 소설 『반인반마 괴물』(半人半馬怪)을 『반인반우 괴물』(半人半牛怪)로 오역한 적이 있다.

4) 이 시는 장이핑(章衣萍)을 풍자하여 지은 것이다. 장이핑은 1929년 6월 베이신서국(北新書局)에서 출판한 『베갯머리 수필』(枕上隨筆)에서 이런 말을 했다. "게으른 자의 봄날이여! 나는 여인의 엉덩이조차 만지기 귀찮구나!" 또 베이신서국에게서 많은 인세를 선불로 받고서는, "돈이 많아지니 돼지고길 먹지 않고 닭고기 탕을 맘껏 먹을 수 있구나"라는 말을 한 적이 있다고 한다. 장이핑은 상하이 지난대학 교수로 있으면서 영리목적으로 베이신서국의 편집을 겸임, 세계문학총서 등을 출판했다. "세계에는 문학이 있고"는 이를 풍자한 것이다.

5) 이 시는 셰류이(謝六逸)를 빗대어 노래한 것이다. 셰류이는 『모범소설선』이란 책에 루쉰, 마오둔, 예사오쥔(葉紹鈞), 빙신(冰心), 위다푸 등의 작품을 편집하여 1933년 3월 상하이 여명(黎明)서국에서 출판했다. 1932년 12월 21일 『선바오』(申報) 「자유담」(自由談)에 미리 발표한 이 책의 서문에서 그는 이렇게 말했다. "어떤 민간 출판사에서 낸 중국 작가사전을 펼쳐 보니 우리나라 작가가 거의 오백 나한에 육박하고 있다. 그러나 나는 이 책에 다섯 명의 작가 작품만 뽑았다. 일찍부터 나는 얼굴 가죽이 두껍기 때문에 다른 작가들이 나를 매도하거나 욕할 것에 준비가 되어 있다. 그런데 나를 욕하는 첫번째 말을 나는 맞출 수 있다. 그것은 다른 말이 아니라 '당신은 근시안'일 것이다. 사실 내 눈이 어찌 근시안이랴? 나는 사막에서 천리경을 사용하여 사방을 조망한 경험도 있다. 당연히 어찌 되었든 국내작가가 이 다섯 명밖에 없는 것은 아니라는 것은 명약관화한 사실이다. 그러나 내가 한 것은 '장인'의 작업이다. 장인이 재료를 고를 때는, 반드시 자신의 '먹선'(墨線)에 맞는지 아닌지를 고려하게 마련이다. 내가 선택한 결과, 이 다섯 작가의 작품만이 나의 '먹선' 범위에 오를 수 있었던 것이다. 그래서 나는 다른 작가의 작품에 좀 '무례'를 하게 되었다."

소문[1]

잔치자리 밝히는 꽃 등잔 대문은 열려 있고

고운 여인 단장하고 옥 술잔을 대령한다

불타고 있는 저편의 가족 갑자기 생각나

비단 버선 살피는 척 눈물자국 감춘다

12월

주)_____

1) 원제는 「所聞」, 1932년 12월 31일 루쉰의 일기다. "지인을 위해 글씨 다섯 폭을 썼다. 모
두 자작시다. 우치야마 부인을 위해 지은 시다. '잔치자리 밝히는 꽃 등잔 대문은 열려
있고……'" 부유층과 군벌들의 사치와 이들을 시중드는 가난한 민중의 비애를 대비시
켜 당시 참혹한 현실을 드러내고 있다.

무제 두 수[1]

고향은 어둑어둑 먹구름에 갇혀 있고

긴긴밤 아득하게 봄을 막아섰다

또다시 이 슬픔을 세모에 어이 견디나

그저 술잔 들고 복어를 먹노라니

2

하얀 이의 오나라 미녀 양류곡 노래하나

술청엔 사람 드문 늦은 봄이로구나

하릴없이 옛 꿈 생각에 남은 취기마저 사라지니

홀로 등불 등지고 앉아 두견새를 추억한다[2]

1) 원제는「無題二首」, 1932년 12월 31일 루쉰 일기다. "지인을 위해 글자 다섯 폭을 썼다. 모두 자작시다.…… 하마노우에(濱之上) 학사를 위해 지은 것은 '고향은 어둑어둑 먹구름에 갇혀 있고……'이고, 쓰보이(坪井) 학사를 위해 지은 것은 '하얀 이의 오나라 미녀 양류곡 노래하나……'이다." 시 원문에서 '食'자는 원고에는 '吃'로 되어 있다. 하마노우에는 하마노우에 노부타카(浜之上信隆)이고, 쓰보이는 쓰보이 요시하루(坪井芳治)이다. 그들은 모두 상하이에 문을 연 시노자키(筱崎)의원의 일본인 의사들이다. 1932년 12월 28일 저녁, 쓰보이 요시하루가 루쉰을 초청하여 일본식당에서 복어(河豚)를 먹었는데 이때 하마노우에 노부타카가 동석하였다.

2) '오나라 미녀'(吳娃)는 양쯔강 이남의 오나라 미녀를 지칭한다. 오땅은 지금의 상하이 일대를 가리킨다. '양류곡'은 중국 고대의 민간 가요로 '절양류'(折楊柳) 혹은 '절양지'(折楊枝)라고도 불렀다. 당(唐)대에 교방(敎坊; 음악, 무용, 연극 등을 관장하던 기관)으로 흡수되면서 '양류지'(楊柳枝)로 이름이 바뀌었다. 백거이의 시「버들가지 노래」(양류지사楊柳枝詞) 8수가 전해지는데 그 가운데 "옛 노래 옛 가락 그대 묻지 말게나, 새로 번역된 '양류지'를 듣노라니"라는 시구가 있다. 백거이는 또「양류지 이십운」(楊柳枝二十韻)이란 제목 아래에 "'양류지'는 뤄양 이남의 새로운 노랫소리다"라는 주석을 달았다.

'늦은 봄'이란 표현은 이 시를 썼다고 기록한 루쉰 일기의 날짜 12월 31일로 보면 어폐가 있다. 장쯔창의 고증에 의하면 시를 쓴 것은 1932년 2~3월 사이였고 그래서 '늦은 봄'이라 했으며, 12월 31일 일기 기록은 연말에 쓰보이 요시하루에게 붓글씨로 써준 것을 말한 것이라고 한다(張自強,『루쉰 선생 시 고증과 풀이』魯迅先生詩疏證, 成都: 四川文藝出版社, 1992, 229~230쪽).

나그네 책망에 답하여[1]

무정해야 반드시 호걸인 건 아니다

새끼 아끼는 맘 어찌 장부 다르리오

바람 일으키며 미친 듯 휘파람 부는 이 아시는가 모르는가

고개 돌려 호랑이를 하찮게 돌아보는 사람[2]

12월

주)_____

1) 원제는 「答客誚」, 1932년 12월 31일자 루쉰 일기다. "지인을 위해 글자 다섯 폭을 썼다. 모두 자작시다. …… 다푸를 위해…… 또 한 폭을 썼다. '무정해야 반드시 호걸인 건 아니다…….'" 다푸는 위다푸(郁達夫, 1896~1945)를 가리킨다. 루쉰이 아꼈던 천재작가이자 창조사 동인이다. 루쉰은 1933년 1월 22일 쓰보이 요시하루에게 이를 써서 기증했을 때 표제에 날짜를 써 기록하길 "미년(未年) 겨울에 재미로 지었다"라고 했다. 그런데 '미년'은 '신년'(申年)으로 써야 맞다. 1932년 12월 31일, 이 시를 쉬서우창에게 써서 보

여 줬을 때는, 시 속의 '興'자를 '乘'자로, '狂'자를 '吟'자로, '看'자를 '顧'자로 바꾸었다.

2) 호랑이의 원문은 '於菟'. 『좌전』 '선공(宣公) 4년'의 기록이다. "초나라 사람은…… 호랑이를 어토(於菟)라고 불렀다." 또 『역』(易) 「건(乾)·문언(文言)」에는 "구름은 용을 따르고, 바람은 호랑이를 따른다"고 했다. 용이 일어나면 구름이 생기고 호랑이가 울면 바람이 인다는 의미다.

1933년

화가에게[1]

백하에 바람 불자 온 숲이 어둬지고

창천蒼天을 막아선 안개 온갖 풀들 시든다

화가에게 새로운 구상 부탁해 보건만

그저 붉은 먹 갈아 봄 산만을 그리네[2]

1월 26일

주)_____

1) 원제는 「贈畫師」, 1933년 1월 26일자 루쉰 일기다. "화가 모치즈키 교쿠세이(望月玉成)에게 써준 시다. '백하에 바람 불자 온 숲이 어둬지고…….'"

2) '백하'는 원문이 '白下'로 백하성(城)을 말한다. 난징 진취안문(金泉門) 밖에 그 유적지가 남아 있다. 옛날에는 난징의 별칭으로도 사용했다.

『외침』제시[1]

글을 쓰다 법망에 걸려들고

세상에 항거하다 세상민심 거슬렀다

악담이 쌓이면 뼈도 녹이는 법[2]

종이 위엔 헛되이 소리만 남았어라

3월

주)_____

1) 원제는 「題『呐喊』」, 1933년 3월 2일 루쉰의 일기에서는 "야마가타 씨가 소설집과 시를 원해서, 밤에 두 권의 책에 써서 주었다. 『외침』에 쓴다. '글을 쓰다 법망에 걸려들고……'"라고 밝히고 있다. 여기서 야마가타 씨는 야마가타 하쓰오(山縣初南)를 말한다. 일본 군인으로 중국에 와서 위안스카이에 반대하는 군부의 참모를 지내기도 했고 문학을 좋아하여 우치야마 간조(內山完造)를 통해 루쉰과 알고 지냈다. 한예핑메이톄(漢冶萍煤鐵) 회사의 고문을 역임했고 중국 문학작품 번역도 했다. 루쉰에게 『외침』, 『방황』(彷徨) 등의 책과 제시를 부탁하자 루쉰이 이에 응해 지은 시다.

2) 원문은 '積毁可銷骨'. 『사기』 「장의열전」(張儀列傳)에 나오는 말이다. "뭇사람의 말은 금도 녹일 수 있고, 악담이 쌓이면 뼈도 녹인다."(衆口鑠金, 積毁銷骨)

양취안을 애도하며¹⁾

호방한 마음 어찌 옛날 같겠는가

꽃이 피고 지는 일 다 다른 연유가 있음에

뿌리는 눈물이 강남비 될 줄을 어찌 알았으랴

이 백성 위하여 또다시 투사에게 곡을 하노라

6월 20일

주)_____

1) 원제는 「悼楊銓」, 1933년 6월 21일 루쉰의 일기다. "오후에 쓰보이 선생의 친구 히구치 료헤이(樋口良平)를 위해 절구 한 수를 지었다. '호방한 마음 어찌 옛날 같겠는가……'" 쉬광핑에게 써준 시에는 "유년(酉年) 6월 20일 작"으로 되어 있다. 양취안(楊銓, 1893~1933)은 양싱포(楊杏佛)를 가리킨다. 장시성 칭장(清江) 사람으로 미국에 유학하였고 쑨원의 북벌전쟁을 따라 1924년 북상하였다. 쑨원의 비서를 지냈고, 나중에 둥난(東南)대학교 교수, 중앙연구원의 총간사 등을 지냈다. 1932년 12월 쑹칭링(宋慶齡), 차이위안페이(蔡元培), 루쉰 등과 함께 중국민권보장동맹을 조직하여, 장제스의 독재정치에 저항했다. 1933년 6월 18일 상하이에서 국민당의 특무에 의해 암살당했다.

무제[1]

우임금의 땅에는 날랜 장군 많아도

달팽이집에는 숨은 백성 남아 있네

밤이 되면 연못 아래 그림자 불러내어

맑은 물 술 삼아서 황제 덕을 찬양한다[2]

주)_____

1) 원제는 「無題」, 1933년 6월 28일자 루쉰 일기다. "오후에 핑쑨(萍蓀)에게 시 한 폭을 써
   주었다. '우임금의 땅에는 날랜 장군 많아도……'" 핑쑨은 황핑쑨(黃萍蓀)을 가리킨다.
   1936년 10월 황핑쑨은 자신이 편집을 맡고 있던 『월풍』(越風) 반월간 제21기(10월 31
   일 출판)에 루쉰이 써준 이 시의 수고(手稿)로 표지를 인쇄하였다.
2) '우임금의 땅'의 원문은 '우역'(禹域). 중국의 별칭이다. 전설에, 하나라 우임금이 명산
   (名山)과 대천(大川)을 경계로 하여, 가장 처음 중국을 아홉 주(州)로 나누었다고 한다.
   그래서 후대에 중국을 '우역'이라고 불렀다.
   '달팽이집'의 원문은 '와려'(蝸廬), 와우려(蝸牛廬)라고도 한다. 『삼국지·위서(魏書)』「관
   녕전」(管寧傳)에 배송지(裴松之)가 『위략』(魏略)을 인용하여 주석하길, 동한(東漢) 말에

은사(隱士) 초선(焦先)은 "혼자 작은 달팽이 오두막을 짓고, 그 안을 정갈하게 청소하고, 나무로 침상을 만들고, 그 위에 풀을 깔아 요를 만들었다. 겨울이 되면 불에 스스로를 지지면서 신음하며 혼자 중얼거렸다"고 했다.

'숨은 백성'은 원문이 '일민'(逸民)으로 학문과 덕행이 뛰어나나 세상에 드러나지 않고 숨어 지내는 은자를 말한다.

'맑은 물'의 원문은 '현주'(玄酒). 『예기』(禮記) 「예운」(禮運)에 "현주가 방에 있다"는 기록이 있고, 당(唐)의 공영달(孔穎達)은 아래와 같이 주석을 달았다. "현주는 물을 말한다. 그 색이 검어서 현이라고 불렀다. 태고에는 술이 없었기 때문에 물을 술 삼아 사용했다. 그래서 현주라고 했다."

무제[1]

맑은 가지 하나 따서 샹수이 신께 기도하니[2]

넓은 땅의 곧은 바람 홀로 깨 있는 자 위로한다[3]

어찌하랴 마침내 패하고 마니 독초들이 빼곡이 자란다[4]

그래도 유배객 되어 향기 멀리 퍼뜨린다[5]

주)_____

1) 원제는 「無題」, 1933년 11월 27일 루쉰의 일기다. "쓰치야 분메이(土屋文明) 씨를 위해 시를 한 수 지었다. '맑은 가지 하나 따서 샹수이 신께 기도하니······.'" 쓰치야 분메이 (1890~1990)는 잡지 기자로 상하이에 와 루쉰과 교분을 맺게 되었다.

2) '샹수이 신'의 원문은 '湘靈'. 전설 속에 나오는 샹수이의 신이다. 『초사』 「원유」(遠遊)에 "샹수이의 신령께서 북치고 가야금 뜯게 하자······"가 나오고, 『후한서』 「마융전」(馬融 傳)에 당(唐)대 이현(李賢)이 "샹수이의 신령은 순(舜)임금의 비(妃)인데 샹수이에 익사 하여 샹수이의 신이 되었다"는 주석을 달았다.

3) 원문은 '九畹貞風慰獨醒'. '원'(畹)은 12무(畝; 넓이를 재는 단위. 사방 6척을 보步라 하고 100보를 1무라 했다)의 넓이로 '구원'은 아주 넓은 땅을 말한다. 굴원의 「이소」에 "나 이 미 난초 심은 구원 땅이 있다네, 또 해초 심은 백무 땅이 있다네"라는 시구가 나오고, 동

한의 왕일(王逸)은 이에 "12무(畝)가 1원(畹)이다"라고 주석을 달았다. '정풍'(貞風)은 난에서 나오는 맑은 향기를 말한다. '홀로 깨어 있다'(獨醒)는 『초사』「어부」(漁父)에 나온다. "세상 모두 탁하지만 나 홀로 깨끗하고, 모든 사람 취했건만 나 홀로 깨어 있다."

4) 독초의 원문은 '蕭艾'. 쑥이란 의미이지만 여기서는 악초를 의미한다. 굴원의 「이소」에 "어찌하여 옛날의 향기로운 풀들이 오늘은 이렇게 악초가 되었는가"가 나온다.

5) 유배객의 원문은 '遷客'. 모함에 걸려 유배를 당한 초나라 굴원을 말한다. 여기서는 당시 국민당의 수배를 피해 여기저기 도망을 다니던 문객, 정객 등을 비유하고 있다.

유년 가을에 우연히 짓다[1]

안개 자욱한 물가에 사는 일 일상이 되었고[2]

황폐한 마을에서 낚시꾼 되었다

깊은 밤 깊이 취해 일어나 보지만

줄풀도 부들도 찾을 곳 없어라[3]

주)_____

1) 원제는「酉年秋偶成」, 1933년 12월 30일 루쉰의 일기다. "오후에……황전추(黃振球)를
   위해 시 한 수를 썼다. '안개 자욱한 물가에 사는 일 일상이 되었고…….'" 루쉰은 시 뒤
   표제에 "유년(酉年) 가을에 우연히 짓다"라고 기록했다.
2) 원문은 '煙水尋常事'. 연수(煙水)는 수증기가 자욱한 물가를 말한다. 여기서는 루쉰이
   살고 있던 상하이를 가리킨다.
3) 원문은 '無處覓菰蒲'. 고(菰)와 포(蒲)는 물에서 자라는 식물명이다. 고는 다년생 수초로
   '줄풀'이라고도 하며 '고미'(菰米)는 먹을 수 있다고 한다. 포는 다년생 수초인 부들로
   줄기나 잎을 엮어서 자리를 만들어 쓸 수 있어 옛날에는 은자들의 안식처를 은유하기
   도 했다. 당(唐)대의 유득인(劉得仁)의 시「선의지 여인숙에 머물며」(宿宣義池亭)에 나오
   는 시구다. "섬에는 인적 끊기고, 줄풀과 부들에는 두루미 깃털 떨어져 있네."

소문을 듣고 장난삼아 짓다[1]

치켜뜬 나의 눈매 고운 눈썹 어이 이기랴

그런데도 뜻밖에 뭇 여심을 거슬렀다[2]

저주도 이제 와선 수법을 바꾸었네

신하의 머리는 얼음처럼 멀쩡한 것을

3월 16일

주)_____

1) 원제는 「聞謠戲作」, 1934년 3월 16일 루쉰 일기다. "톈진(天津)의 『다궁바오』(大公報)에 내가 뇌염에 걸렸다는 뉴스를 접하고 장난삼아 한 수 지어 징능에게 부쳤다. '치켜뜬 나의 눈매 고운 눈썹 어이 이기랴······.'" 시 뒤의 표제에 "3월 15일 밤, 소문을 듣고 장난삼아 지어 징(靜)형의 웃음을 좀 얻고자 한다." 징능은 타이징눙(臺靜農, 1903~1990)을 말한다. 1934년 3월 10일자 『다궁바오』「문화정보」란에 '핑'(丘)이란 필명으로 실린 짧은 기사 내용이다. "최근, 이달 초에 일본의 『성경시보』(盛京時報) 상하이 통신에 따르면, 상하이에 칩거하고 있다는 루쉰 씨가 겉으로 보기에 자유롭게 저술 활동을 하고 있

지 않다고 하는데 근자에는 갑자기 뇌병을 앓고 있다는 것이다. 수시로 두통이 있고 불편함을 호소한다고 한다. 의사들의 확실한 정보에 의하면 이 뇌병은 아주 심각한 뇌막염이라는 것이다. 당시 의사는 루쎄에게 10년(?)간 뇌를 사용하여 저술하면 안 된다고 촉구했다는데, 10년간 절필하란 뜻이다. 그렇게 하지 않으면 머리를 절대 사용할 수 없게 되고 완전히 치료도 못 하게 될 것이라고 했다는 것이다."

2) '뭇 여심'의 원문은 '衆女心'. 굴원 「이소」에 "나를 질투하는 뭇 여인의 고운 눈매여, 내가 방탕하다 중상을 하는구나"라는 구절이 나온다. 루쉰이, 자신을 비방하는 자들은 궁녀로, 치켜뜬 성난 눈매의 신하는 자신으로 비유한 것이다.

무년 초여름에 우연히 짓다[1]

집집마다 검은 얼굴 잡초더미에 묻혀 사니[2]

어찌 감히 노래 불러 대지를 슬프게 하리[3]

마음은 호호탕탕 광활한 우주와 이어지고

소리 없는 곳에서도 우렛소릴 듣노라[4]

주)_____

1) 원제는 「戊年初夏偶作」, 1934년 5월 30일 루쉰의 일기다. "니이 이타루(新居格) 군을 위해 한 폭 썼다. '집집마다 검은 얼굴 잡초더미에 묻혀 사니…….'" 시 뒤의 표제에는 "무년 초여름 우연히 지어, 니이 이타루 선생의 가르침에 답했다"고 했다.

2) '검은 얼굴' 원문은 '黑面'. 고통과 굶주림 등으로 힘든 사람의 야윈 얼굴 모습이다. 『회남자』(淮南子) 「남명천」(覽冥川)에 나오는 기록이다. "아름다운 여인 머리 풀어헤치고 검은 얼굴은 편치가 않구나. 고운 목소리이지만 탄(炭)을 삼키고 궁 안에 유폐되니 노래 부르지 못한다." 탄을 삼킨다는 것은 어려움 속에서 복수를 도모하는 괴로운 모습을 은유한다. 예양(豫讓)이 지백(智伯)의 원수를 갚기 위해 탄을 삼켰다는 고사에서 나온 말이다.

3) 원문은 '敢有歌吟動地哀'. 당(唐)나라 이상은(李商隱)의 시 「요지」(瑤池)에는 이런 시구
가 나온다. "요지 못가의 유모는 비단 창 열어놓고, 황죽을 노래하여 대지를 슬프게 흔
든다." 황죽(黃竹)은 주나라 목왕(穆王)이 지었다고 전해진다. 『목천자전』(穆天子傳)의
기록에 의하면, 주나라 목왕이 평택(苹澤)에서 사냥을 하였는데, "대낮에 갑자기 큰 추
위가 몰려와 북풍에 비바람이 불었고 사람을 얼게 했다. 이에 천자가 노래 세 절을 지어
서 백성들을 걱정했다."
4) 원문은 '於無聲處聽驚雷'. 『장자』「천지」(天地)에 나오는 말이다. "어둡고 어두운 곳에서
도 보고, 소리 없는 곳에서도 듣는다." 시 1, 2구에서는 당시 현실의 암울함을, 3, 4구에
서는 루쉰 자신의 호탕하고 용맹한 정신과 희망을 노래하고 있다.

가을 밤 우연히 짓다[1]

고운 비단 장막 뒤서 화살 같은 세월 보내며

잣나무 밤나무 숲 옆 도랑을 만들었다[2]

두견새는 끝끝내 향초로 하여 시들게 하고[3]

가시나무 하릴없이 넓은 밭을 황량하게 꾸민다[4]

어디에서 낙과酪果 구해 천불께 공양하나[5]

육랑 같은 연꽃은 만나기도 어렵거늘[6]

한밤중 닭 울고 비바람 몰아치나[7]

일어나 담배 무늬 신선한 청량감이

9월 29일

주)_____

1) 원제는 「秋夜偶成」, 1934년 9월 29일 루쉰의 일기다. "쯔성(梓生)에게 시를 한 폭 써 주
   었다. '고운 비단 장막 뒤서 화살 같은 세월 보내며…….'" 시 다음에 표제를 달았다. "가

을 밤 우연히 지어서 쯔성 선생의 요구에 응했다.” 쯔성은 장쯔성(張梓生, 1892~1967)으로 루쉰과 동향인이며 오랜 동료로서 막역하게 지낸 사이다.

2) 원문은 '柏栗叢邊作道場'. 잣나무(柏)와 밤나무(栗)는 옛날 중국에선 모두 사신(社神; 토지신)으로 삼았다. 『논어』 「팔일」(八佾)에 나오는 말이다. “애공(哀公)이 재아(宰我)에게 사(社)에 대해 물었다. 재아가 대답했다. '하후씨(夏後氏)는 소나무를 심었고, 은(殷)나라 사람은 잣나무를 심었으며, 주나라 사람은 밤나무를 심어 백성으로 하여금 두려워 떨게 하였다.'” 『상서』(尙書) 「감서」(甘書)의 “명을 내리지 않고도 사(社)에서 사람을 죽였다”는 기록에 의한다면, 토지신을 모시는 곳이 통치자가 형을 집행하는 장소이기도 했다. 즉 '柏栗'은 통치자들이 있는 곳이자 살인을 하는 곳이기도 하다. 도량(道場)은 불교에서 승려들이 불경을 공부하고 도를 연마하는 장소다. 1934년 4월 28일 국민당 정객인 다이지타오(戴季陶)와 추민이(褚民誼) 등이 발기하여 판첸라마 9세를 항저우에 초청, '시국금강법회'를 열었는데 루쉰은 이를 두고 살인을 일삼는 곳 옆에 도량을 열었다고 풍자한 것이다.

3) 원문은 '望帝終教芳草變'. '망제'(望帝)는 두견새 혹은 자규(子規)를 지칭한다. 송대의 악사(樂史)인 『태평환우기』(太平寰宇記)에 나오는 말이다. “촉(蜀)왕 두우(杜宇)는 호가 망제다. 왕위를 선위하고 스스로 죽어 자규새가 되었다.” 『광운』(廣韻)에 의하면 두견새가 “춘분(春分)에 울면 모든 꽃들이 피어나고, 추분(秋分)에 울면 모든 향초들이 시든다”고 한다.

4) 원문은 '迷陽聊飾大田荒'. 미양(迷陽)은 가시밭이다. 『장자』 「인간세」(人間世)에는 “가시밭 가시밭이여 나의 길을 막지 마라”는 기록이 있고, 청대 왕선겸(王先謙)의 『장자집해』(莊子集解)에는 “마양은 가시나무를 가리킨다”고 설명하고 있다.

5) 원문은 '何來酪果供天佛'. 낙과(酪果)는 우유로 만든 제품과 과일을 말한다.

6) 원문은 '難得蓮花似六郎'. 육랑(六郎)은 당(唐)대 장창종(張昌宗)을 말한다. 『당서』(唐書) 「양재사전」(楊再思傳)에 나오는 기록이다. 무측천(武則天) 때, '창종이 아름다운 외모로 무측천의 총애를 받았다. 재사가 아첨하여 말하길 '사람들은 육랑 얼굴이 연꽃 같다고 말하지만, 제 생각엔 연꽃이 육랑과 같은 것이지 육랑이 연꽃과 같은 것은 아니라 생각합니다'고 했다. 이 시에서 육랑은 메이란팡(梅蘭芳)을 은유하고 있다. '시륜금강법회'(時輪金剛法會)가 열렸을 때, 중앙사(中央社)가 보도하길 이 법회는 “메이란팡, 쉬라이(徐來), 후디에(胡蝶)를 초청하기로 했고, 회의가 열리는 5일간 가극을 공연하기로 결정했다”고 했다. 그러나 메이란팡 등은 참여하지 않았다고 한다.

7) 원문은 '中夜雞鳴風雨集'. 『시경』 「정풍(鄭風)·풍우(風雨)」에 나오는 시구이다. “어둠처럼 비바람이 몰려와도 닭 울음은 그치지 않네. 이미 군자를 만났으니 어찌 기쁘지 않다 말하리오.” 어둠 같은 시대가 계속돼도 닭이 울어 새벽은 밝는다라는 루쉰의 염원을 표현한 것이다.

해년 늦가을에 우연히 짓다[1]

가을 쓸쓸하게 천하를 덮어 마음도 울적한데

감히 붓 끝에 봄의 온길 담고 있구나[2]

넓디넓은 풍진 세상 가라앉는 만감萬感에

추풍은 소슬 불어 백관百官을 몰아낸다[3]

늙어서 강호로 돌아오니 고포는 사라졌고[4]

허공에 추락하는 꿈 이빨이 시리다

한밤 계명鷄鳴 소리에 귀 쫑긋 듣노라니 사위는 더욱더 고요[5]

이제 막 기우는 북두성을 일어나 올려본다[6]

12월

주)_____

1) 원제는 「亥年殘秋偶作」, 1935년 12월 5일 루쉰의 일기다. "지푸(季市)를 위해 시 한 편

을 썼다. '가을 쓸쓸하게 천하를 덮어 마음도 울적한데…….'" 시 뒤에 표제에 말하길 "해년 늦가을에 지푸 형의 가르침에 응답코자 시 한 수를 지었다"고 했다. 지푸는 쉬서우창(許壽裳, 1883~1948)을 말한다. 자가 지푸이고 호는 상수이(上遂)다. 저장성 사오싱 사람으로 루쉰과 동향이며 일본 유학을 함께 했다. 귀국 후 저장 양급사범학당의 교사 생활도 같이 했으며 교육부 공무원 생활도 같이 했다. 쉬서우창이 베이징여사대 교장으로 있을 때, 루쉰을 교수로 초빙하였고 당국의 보수적인 교육정책에 저항하여 일어난 '베이징여사대 사건' 당시에는 함께 싸우다 함께 면직당했다. 그가 쓴 『내가 아는 루쉰』(我所認識的魯迅) 등 루쉰에 대한 글은 현재 루쉰 연구의 1차 자료로서의 성격을 지닌다. 이 시는 루쉰 최후 시인데 1903년에 지은 루쉰 최초의 시 「자화상」(自題小像) 역시 쉬서우창에게 보냈었다. 쉬서우창은 『새싹』(新苗) 제13기(1937년 1월)에 실은 「옛날을 그리워하며」(懷舊)라는 글에서 "1903년 루쉰이 23세 때, 도쿄에서 나에게 부쳐온 시 「자화상」 한 편이 있다"고 말했다.

2) 원문은 '敢遣春溫上筆端'. 당시 국민당의 독재정치와 백색테러, 언론탄압 등의 자행으로 사회 전체가 암울하였는데, 일부 문인들은 이런 상황에 아랑곳없이 '봄날이 왔다'고 노래를 했다. 이에 대한 루쉰의 비판이다.

3) 원문은 '金風蕭瑟走千官'. 금풍(金風)은 가을바람을 뜻하고, 천관(千官)은 수많은 관리들을, 주(走)는 도망가다, 몰아내다의 의미이다. 일본의 침략으로 풍전등화와 같은 민족 현실 앞에서도 당시 국민당은 공산당 색출작전에 힘쓴 반면 항일에는 소극적이었다. 국민당 관리들이 항일전쟁에서 도망가거나 숨어 버리는 것을 비판한 내용이다.

4) 고포(菰蒲)는 일반 백성들이 식품으로 이용하는 줄풀과 대자리 등을 만드는 부들을 말한다.

5) '계명소리' 원문은 '황계'(荒鷄). 청대 주량공(周亮工)의 『서영』(書影) 4권에 나오는 말이다. "옛날에 세 번 북 치기 전에 닭이 우는 것을 황계라고 했다." 『진서』(晉書) 「조적전」(祖逖傳)에 나오는 이야기다. "……적(逖)은 세상을 찬미하는 재주가 있었다. …… 사공(司空)인 유곤(劉琨)과 함께 사주(司州) 주부(主簿)가 되었는데 서로 정이 돈독하고 깊어 동침을 했다. 한밤중에 황계 우는 소릴 듣고는 유곤을 발로 차 깨워 말하길, '이건 나쁜 소리가 아니야' 했다. 그리곤 일어나 춤을 추었다."

6) 원문은 '起看星鬥正闌幹'. 고악부(古樂府) 『선재행』(善哉行)에 나오는 말이다. "달은 지고 삼(參)이 가로로 뜨는데, 북두칠성은 기울고 있네."(月沒參橫, 北鬥闌幹) 삼(參)은 28수(宿; 별자리) 가운데 하나로 서쪽 하늘에 있는 별이름이다.

부
록

'웨이밍총간'과 '오합총서' 광고[1]

소위 '웨이밍未名총간'이란 것은 이름 없는 총서란 뜻이다. 아직 이름을 정하지 못한 것이기도 하지만 이름 없음을 이름으로 삼으면 더 이상 고민을 하지 않아도 된다.

이 총서는 결코 학자들의 정선된 훌륭한 책도 아니고 국민 모두가 꼭 보지 않으면 안 되는 것도 아니다. 그저 원고가 있고 인쇄비가 있어서 찍은 것이다. 심심한 독자, 작가, 역자가 각자 조금씩이나마 흥미를 느끼길 바란다. 내용은 물론 방대하고 잡다하다. 이 방대 잡다한 것들 속에서 대략 일치를 희망하였기 때문에 그래서 일괄적이고 비슷한 형식이 되었다. 그리하여 이름 짓기를 '웨이밍총간'으로 한 것이다.

크게 지향하는 바는 추호도 없다. 원하는 것은 단지 ①개인적으로, 인쇄된 것이 빨리 팔리기를, 그리하여 자금이 회수되어 다음 책을 다시 찍을 수 있게 되기를, ②독자들에겐, 독서를 한 후 크게 속았다고 생각되지 않기를 바란다.

이상은 1924년 12월 즈음의 말이다.[2]

지금은 이것을 두 부분으로 나누려고 한다. '웨이밍총간'은 전적으로 번역서 위주로, 그 밖의 것은 따로, 돈 없는 작가들의 창작을 단행본으로 찍은 것인데, 이를 '오합총서'라 부르기로 했다.

주)_____

1) 원제는 「『未名叢刊』與『烏合叢書』廣告」, 이 글은 1926년 7월 웨이밍사가 출판하고 타이징눙(臺靜農)이 편집한 『루쉰과 그의 저작에 관해』(關於魯迅及其著作)의 판권면 뒤에 처음 인쇄되었다. '웨이밍총간'은 루쉰이 편집하고 베이신서국에서 출판했으며 1925년 웨이밍사가 성립한 후에는 이 출판사에서 다시 출판했다. 총간에는 루쉰이 번역한 구리야가와 하쿠손(廚川白村)의 『고민의 상징』, 웨이쑤위안(韋素園)이 번역한 고골의 『외투』와 북유럽 시가 소품집인 『국화집』(黃花集), 리지예(李霽野)가 번역한 안드레예프의 『별을 향해』(往星中)와 『검은 가면을 쓴 사람』(黑假面人), 웨이충우(韋叢蕪)가 번역한 도스토예프스키의 『가난한 사람들』(窮人), 차오징화(曹靖華)가 번역한 『백차』(白茶) 등이 수록돼 있다. '오합총서'는 루쉰이 편집했고 1926년 초 베이신서국에서 출판했다. 루쉰의 『외침』, 『방황』, 『들풀』과 쉬친원(許欽文)의 『고향』, 가오창훙(高長虹)의 『마음의 탐험』(心的探險), 샹페이량(向培良)의 『희미한 꿈 및 기타』(飄渺的夢及其他), 간(淦)여사(펑위안쥔馮沅君)의 『권시』(卷施) 등이 수록돼 있다.

2) 「'웨이밍총간'은 무엇인가, 어떻게 해야 하나?」를 가리킨다. 이 글은 지금 『집외집습유보편』에 들어 있다.

『분류』 범례 다섯 가지[1]

1. 이 간행물은 문예에 관한 저작, 번역 및 소개에 관한 것을 싣는다. 저자와 역자는 각기 자신의 의향과 능력에 따라 저작하고 번역하여 동호인의 독서거리로 제공한다.

2. 본 간행물의 번역과 소개는 현대의 아기들을 위해, 아기들을 출산한 어머니들을 위해, 혹은 그보다 더 앞선 할머니들을 위해서이기도 하여서 결코 반드시 참신한 것만은 아니다.

3. 본 간행물은 월별 한 권을 출판하며 대략 백오십 쪽 분량으로 사이사이에 그림을 넣는다. 때로 증간을 할 수도 있으나 뜻하지 않은 장애가 없다면 매월 중순에 출판을 결정한다.

4. 본 간행물은 보내온 원고를 선별하여 싣지만, 그것들은 무릇 자발적인 마음에서 집필한 것이지 어떤 명에 의해 집필한 것은 아니다. 예를 들어 명청明淸대의 팔고문八股文들은 대단히 원하지만 거절한다. 원고를 베이신서국北新書局에서 받길 바란다.

5. 본 간행물은 권당 2자오 8펀에 판매하고 증간호의 경우는 그때그

때 결정한다. 십일월 이전 예약자는 반 질 다섯 권에 1위안 2자오 반에, 한 질 열 권에 2위안 4자오에, 증간호는 추가 요금 없으며 우편료는 책값에 포함된다. 국외는 반 질마다 우편요금 4자오를 추가한다.[2]

주)_____

1) 원제는 「『奔流』凡例五則」, 이 글은 1928년 6월 20일 『분류』 제1권 제1기에 처음 발표되었다. 『분류』는 문예월간지로 루쉰, 위다푸가 편집을 맡았다. 1928년 상하이에서 창간되었고, 1929년 12월 20일 제2권 제5기를 마지막으로 정간되었다.
2) '위안', '자오', '편'은 중국 화폐 단위이다. 1위안(元)은 10자오(角)이고, 1자오는 10편(分)이다.

'예원조화' 광고[1]

비록 재능은 없지만 국외의 문예작품들을 중국에 소개하고자 하며, 또 중국의 이전 것으로 잊혀졌지만 다시 부활 가능한 디자인 종류를 선별 인쇄하고자 한다. 때론 옛날과 지금 이용 가능한 유산을 다시 거론한 것이기도 하고, 때론 현재 중국에서 유행하는 예술가의 외국 조상 무덤에서 발굴한 것도 있으며, 때로는 세계의 눈부신 신작을 도입한 것도 있다. 매 기期는 열두 집輯으로 하고, 매 집은 열두 도면圖面으로 계속 출판한다. 매 집당 4자오에 판매하고 1기 예약은 4위안 4자오에 한다. 목록은 아래와 같다.

　　1.『근대목각선집』近代木刻選集(1)

　　2.『후키야 고지 화보선』蕗谷虹儿畵選

　　3.『근대목각선집』(2)

　　4.『비어즐리 화보선』比亞玆萊畵選

　　이상 4집 이미 출판

　　5.『신러시아 예술도록』新俄藝術圖錄

6. 『프랑스 삽화선집』_{法國揷畵選集}

7. 『영국 삽화선집』^{英國揷畵選集}

8. 『러시아 삽화선집』^{俄國揷畵選集}

9. 『근대목각선집』(3)

10. 『그리스 병화선집』^{希臘甁畵選集}

11. 『근대목각선집』(4)

12. 『로댕 조각선집』^{羅丹彫刻選集}

조화사 출판

주)_____

1) 원제는 「『藝苑朝華』廣告」, 1929년 4월 조화사(朝花社)에서 출판한 『근대 세계단편소설
집』의 제1집 『기이한 검과 기타』의 책 뒤에 처음 실렸다.

'문예연총'—의 시작과 현재[1]

투기 바람은 출판계로 하여금 문예에 진정으로 최선을 다하고 있는 사람들을 사라지게 만들었다. 설사 우연히 있었을지라도 오래지 않아 모습이 변하고 어떤 이는 실패하게 된다. 우리는 단지 능력이 부족한 몇몇 청년들이지만 다시 좀 시도를 해보고자 한다. 우선 문학과 미술에 대한 작은 총서인 '문예연총'을 출판한다. 왜 '작은'이라고 말하는가. 그것은 능력과 관련되는 것으로 현재로선 다른 방법이 없다. 그러나 약정하고 있는 편집은 책임을 기꺼이 지는 편집이며 받은 원고들은 역시 믿을 만하다. 다시 말해 현재의 생각은 나쁘지 않으니 결코 기만하지 않는 작은 총서를 만들 생각이다. 무슨 "오만 부 돌파" 같은 웅대한 기획을 우리가 어찌 감히 할 것인가. 그저 몇천 명의 독자에게 지지를 받는다면 훌륭, 훌륭한 것이다. 현재이미 출판된 것은 이렇다.

1. 『바른 길을 걷지 못한 안드룬』. 소련의 네베로프 작이고 차오징화가 번역했으며 루쉰이 서문을 썼다. 작가는 위대한 농민작가로 환란 속의 농민생활을 아주 훌륭하게 묘사했지만 애석하게도 십 년 전 사망했다. 이

중편소설이 묘사하고 있는 것은 혁명의 초기 단순한 머리를 가진 혁명가가 시골에서 어떻게 농민의 반대를 받아 실패하였는지, 아주 생동하고도 해학적으로 그리고 있다. 역자는 러시아어에 능통하고 또 레닌그라드대학에서 여러 해 동안 중국문학을 강의하고 있어 난해한 러시아 토박어도 모두 현지에서 물어 해결하였다. 독서계가 이미 그 번역문이 믿을 만하다는 것을 다 알고 있다. 첨부한 것은 예츠의 삽화 다섯 폭으로 이 역시 새로운 경지를 연 작품이다. 이미 출판되었고 권당 가격은 은 2자오 반이다.

2. 『해방된 돈키호테』. 소련의 루나차르스키 작이고 이자易嘉가 번역했다. 10막으로 된 거작 희곡으로 멍청하고 고집 센 돈키호테를 그리고 있다. 기사였기에 어떻게 큰 고초를 당하게 되는지, 혁명으로 인해 해방은 얻었으나 가야 할 길이 없음을 그렸다. 또한 간웅奸雄과 미인을 돌출 부각함으로써 유머러스하면서도 깊이 있게 묘사했다. 재작년 루쉰이 독일어본으로 1막을 중역하여 『북두』 잡지에 실었으나 머지않아 독일어본에 누락된 부분이 많은 것을 알고는 번역을 중지했다. 곧이어 나온 것이 이자가 직접 번역한 완전본이다. 그런데 얼마 안 되어 잡지가 정간되는 바람에 완전히 다 발표하지 못했다. 동인들은 이제 드디어 원고 전부를 얻게 돼 정말 기쁘다. 그래서 일부러 급하게 서둘러 교정 출판을 하였으니 다함께 즐거움을 얻게 되었다. 1막幕마다 피스카레프[2]의 목각화 1점으로 장식을 하여 대작과 소작 모두 합쳐 13점이 실렸으니 눈과 마음을 즐겁게 해줄 것이다. 이는 독일어본이 못 따라오는 장점이다. 권당 판매가는 5자오다.

지금 교열하여 인쇄 중인 책으로 이것도 있다.

3. 『산촌 주민의 목가』[3] 스페인의 바로하[4] 작이고 루쉰이 번역했다. 스페인 작가로 중국인이 아는 사람은 대개 블라스코 이바녜스[5] 정도다.

그러나 문학 본령에서 보자면 바로하가 그의 한참 위다. 일본어 번역에 『선집』 1권이 있는데 기록된 것은 모두 산촌 주민의 일상, 바스크족의 풍속습관이다. 역자가 선록한 번역 여러 편을 『분류』에 실어 독자들의 상찬을 받은 바 있다. 이것은 『선집』의 전체 번역이다. 머지않아 출판된다.

4. 『Noa Noa』[6]는 프랑스 고갱의 작으로 뤄우[7]의 번역이다. 작가는 프랑스 화단의 잘나가는 작가다. 그는 이른바 문명세계를 싫어하여 원시의 섬 타히티[8]로 도망가 산 지 꽤 여러 해가 되었다. 이 책은 그 당시의 기록이다. '문명인'들의 몰락과 이 몰락한 '문명인'들에게 무서운 꼴을 당하는 순진한 원주민의 모습을 묘사하고 있고 섬사람들이 인정 풍속, 신화 등을 그리고 있다. 역자는 무명인이나 번역 필치가 유명 인물에 결코 뒤지지 않는다. 목각 삽화 12폭이 실렸다. 지금 인쇄 중이다.

주)_____

1) 원제는「『文藝連叢』─的開頭和現在」, 1935년 5월 들풀서옥(野草書屋)에서 출판된 『바른 길을 걷지 못한 안드룬』의 권말에 처음 발표되었다. '문예연총'은 문학예술총서로 루쉰이 편집했고 1933년 5월부터 계속 출판되었다.

2) 피스카레프(Николай Пискарев, 1892~1959)는 러시아의 목판화가다.

3) 『산촌 주민의 목가』(山民牧唱)는 스페인 바로하의 단편소설집으로 루쉰이 번역했으나 생전에 출간되지 못했다. 루쉰 사후 1938년에 발행된 『루쉰전집』 18권에 수록되었다. 자세한 것은 『역문서발집』(譯文序跋集) 「산촌 주민의 목가 서문」 역자부기」(『山民牧唱·序文』譯者附記) 참조.

4) 바로하(Pío Baroja y Nessi, 1872~1956)는 스페인 작가로 일생 동안 소설 백여 편과 논문집 십여 권을 냈다. 그의 작품은 바스크족 인민의 생활을 반영하고 있으나 무정부주의적이고 허무주의적인 경향이 있다. 주요 작품으로는 20세기 초 스페인 하층민의 생활을 묘사한 장편소설 『삶을 위한 투쟁』(La lucha por la vida), 어민의 불행과 빈곤을 반영한 장편소설 『샨티 안디아의 불안』(Las inquietudes de Shanti Andía) 등이 있다.

5) 블라스코 이바녜스(Vicente Blasco Ibáñez, 1867~1928)는 스페인 작가이자 공화당 정치지도자다. 왕권반대 정치운동에 참가했다가 두 차례 체포되었고 나중에는 국외로 망명했다. 주요 작품으로는 『오두막』(*La Barraca*), 『묵시록의 네 기사』(*Los cuatro jinetes del Apocalipsis*) 등이 있다. 『역문서발집』「「산촌 주민의 목가 서문」 역자부기」 참조.

6) 『*Noa Noa*』는 마오리어로 음역하면 '노아 노아'이며 '향기'란 뜻이다. 고갱(Paul Gauguin, 1848~1903)은 프랑스 후기 인상파 화가이자 목각판화가, 시인이다. 주요 작품으로는 「황색 그리스도」, 「수태고지」, 「성탄」, 「타히티 여인들」, 「목욕하는 여인들」 등이 있다. 『노아 노아』는 그의 일기다.

7) 뤄우(羅憮)는 루쉰의 필명이다.

8) 타히티(Tahiti)는 남태평양의 소시에테 제도에서 가장 큰 섬이다. 이 섬은 원래 독립된 하나의 왕국이었으나 1842년 프랑스의 식민 지배를 받았다.

『역문』 종간호 전기[1]

『역문』은 출판한 지 만 1년이 되었다. 그런데 아직도 독자가 거의 없다. 계속 출판하기 어려운 원인이 갑자기 발생하여 하는 수 없이 잠시 중단한다. 그러나 이미 모아 놓은 자료들은 번역한 사람, 교열한 사람, 조판한 사람들의 일정한 노력과 정성이 들어간 것들이고, 또 자료들 역시 모두 의미가 없지 않은 것들이어서 폐기하기엔 적잖이 애석했다. 그래서 한 권의 책으로 묶어 종간호로 만들어 독자들께 헌정함으로써 약간의 봉사하는 의미를 다하고자 했으며 작별의 기념으로도 삼고자 할 따름이다.

1935년 9월 16일, 역문사 동인 드림

주)_____

1) 원제는 「『譯文』終刊號前記」, 이 글은 1935년 9월 『역문』 종간호에 처음 발표되었다. 1935년 10월 29일 루쉰은 샤오쥔(蕭軍)에게 보낸 편지에 이렇게 쓰고 있다. "『역문』 종

간호의 전기는 나와 마오(마오둔茅盾을 지칭)가 함께 쓴 것이다."

『역문』은 루쉰과 마오둔이 외국문학을 번역 소개하고자 만든 월간지다. 1934년 9월 상하이에서 창간했다. 처음 3기는 루쉰이 편집했고 나중에는 황위안(黃源)이 이어 편집을 맡았으며 생활서점에서 발행했다. 1935년 9월 제13기로 정간했다. 1936년 3월 상하이잡지공사(上海雜誌公司)로 발행처를 바꿔 복간하였다가 1937년 6월 신(新) 3권 제4기로 정간했다. 모두 29기를 출판했다.

『해상술림』 상권 소개[1]

이 책에 수록된 것은 모두 문예논문이다. 작가들은 대부분 대가들이고 역
자 역시 고수여서 정확하고 유려한 문장이 더 이상 비할 데가 없다. 그 가
운데서도 「사실주의 문학론」과 「고리키 논문선집」 두 개는 빛나는 대작
이다. 그 밖의 논설들도 훌륭한 작품 아닌 것이 없어서 독자에게 유익하
고 세상에 전하기에 충분하다. 전체 670여 페이지에 콜로타이프 판[2]으로
제작했고 삽화가 9폭 들어 있다. 좋은 종이에 양장본으로 오백 부만 찍었
다. 내피는 가죽, 겉표지는 마麻로 만든 100부는 길트톱[3]으로 마감했는데
권당 3위안 5자오다. 전체 표지를 프란넬로 하고 도련을 쪽빛으로 친 나
머지 사백 부는 권당 2위안 5자오다. 우편판매인 경우에는 우송료 2자오
3펀을 추가한다. 좋은 책은 쉽게 절판되니 빨리 구매하시길 바란다. 하권
역시 인쇄 중이며 금년 안에 반드시 출간한다. 상하이 베이쓰촨로에 있는
우치야마서점에서 대행 판매함.

1) 원제는 「介紹『海上述林』上卷」, 1936년 11월 20일 『중류』(中流) 제1권 제6기에 처음 발표되었다. 원래의 제목은 「『海上述林』上卷出版」이었다. 『해상술림』은 취추바이(瞿秋白)의 번역문집이다. 취추바이가 국민당에 체포되어 사형에 처해진 뒤, 루쉰은 그의 글들을 수집하여 편집하였고, 1936년 5월과 10월에 상·하 두 권으로 나누어 출판했다. 상권 『변림』(辨林)에는 맑스, 엥겔스, 레닌, 플레하노프, 라파르그 등의 문학논문과 고리키의 논문 선집과 습유보편(拾遺補篇) 등이 실렸다. 국민당의 압박을 피하기 위해 이 책의 출판은 '제하회상사(諸夏懷霜社) 인쇄'라고만 표기했다.

   취추바이(1899~1935)는 장쑤성 창저우(常州) 사람이다. 중국공산당 초기 지도자 가운데 한 사람으로 1927년 겨울부터 1928년 봄까지 중국공산당 중앙정치국 임시서기를 맡았다. 1931년부터 1933년까지 상하이에서 혁명문화사업에 종사했고 루쉰과 돈독한 우의를 다졌다. 1935년 2월 푸젠(福建)성 유격지구에서 국민당에 의해 체포되었고 같은 해 6월 18일 창팅(長汀)에서 살해되었다. 루쉰의 분노와 애도는 극에 달했고 그를 기념하기 위해 루쉰은 취추바이의 문집을 편집하고 자비로 출판했다. 이 글에 나타난 책의 고급 장정에 대한 세세한 표현은 그에 대한 루쉰의 애정을 간접적으로 말하고 있다.

2) 원문은 '유리판'(琉璃版). 콜로타이프(collotype)를 말한다. 제작과정이 좀 복잡하다. 두꺼운 유리판 표면에 젤라틴(gelatine)을 먼저 칠하고, 그 위에 또 감광제(感光劑)를 섞은 젤라틴을 칠하여 말리면 판면(版面)은 미세한 물결 모양의 주름이 생긴다. 사진 네거티브막(膜)을 벗겨 이것을 겹쳐 놓고 빛을 쬐면 빛의 강약에 따라 젤라틴의 막면이 굳어진다. 이 유리판을 물에 담궈 글리세린 따위의 약물로 처리하여 지방성(脂肪性) 잉크로 인쇄한다. 젤라틴의 막면은 물을 머금어서 인쇄잉크를 받아들이지 않지만, 감광(感光)한 부분은 감광 정도에 따라 잉크가 부착하여 중간조(中間調)에서 어두운 부분이 표현되어 연속해서 명암이 다르게 인쇄되는 독특한 방식이다.

3) 길트톱(gilt top)은 양장본에서 도련을 친 윗부분에 씌운 금박을 말한다.

부록

『집외집』에 대하여
『집외집습유』에 대하여

『집외집』에 대하여

루쉰은 1918년부터 1922년까지 지은 15편의 소설을 묶어 1923년 8월에 베이징의 신조사新潮社에서 『외침』吶喊이라는 이름으로 출판했다. 이후로 그는 1924년부터 1925년까지 지은 11편의 소설을 묶어 1926년 8월에 베이징 베이신서국北新書局에서 『방황』彷徨이라는 이름으로 출판하고, 1924년부터 1926년까지 쓴 23편의 산문시를 묶어 1927년 7월 상하이 베이신서국에서 『들풀』野草이라는 이름으로 출판하였으며, 1926년에 쓴 10편의 산문을 묶어 1928년 9월 베이징의 웨이밍사未名社에서 『아침 꽃 저녁에 줍다』朝花夕拾라는 이름으로 출판하였다. 이들 소설과 산문, 산문시 등을 엮은 문집 외에, 루쉰의 잡문과 평론을 묶은 문집을 1934년까지 순서대로 살펴보면 아래와 같다.

『열풍』熱風 : 1918년부터 1924년까지 쓴 41편의 잡문을 묶어 1925년 11월 베이징의 베이신서국에서 출판.

『화개집』華蓋集 : 1925년에 쓴 31편의 잡문을 묶어 1926년 6월 베이징의 베이신서국에서 출판.

『무덤』^墳: 1907년부터 1925년까지 쓴 평론 및 에세이 23편을 묶어 1927년 3월에 베이징의 웨이밍사에서 출판.

『화개집속편』^{華蓋集續編}: 1926년에 쓴 32편의 잡문과 1927년에 쓴 1편을 묶어 1927년 5월에 베이징의 베이신서국에서 출판.

『이이집』^{而已集}: 1927년에 쓴 29편의 잡문과 1926년에 쓴 1편의 부록을 묶어 1928년 10월에 상하이의 베이신서국에서 출판.

『삼한집』^{三閑集}: 1927년부터 1929년에 걸쳐 쓴 34편의 잡문과 1932년의 글 1편을 말미에 묶어 1932년 9월에 상하이의 베이신서국에서 출판.

『이심집』^{二心集}: 1930년부터 1931년까지 쓴 37편의 잡문과 번역문 1편을 말미에 묶어 1932년 10월에 상하이의 허중서점^{合衆書店}에서 출판.

『남강북조집』^{南腔北調集}: 1932년부터 1933년까지 쓴 51편의 잡문을 묶어 1934년 3월 상하이의 동문서점^{同文書店}에서 출판.

『거짓자유서』^{僞自由書}: 1933년 1월부터 5월까지 쓴 43편의 잡문을 묶어 1933년 10월에 상하이의 베이신서국(출판 당시의 명칭은 칭광서국^{靑光書局})에서 출판

『풍월이야기』^{准風月談}: 1933년 6월부터 11월까지 쓴 64편의 잡문을 묶어 1934년 12월에 상하이 렌화서국^{聯華書局}(출판 당시의 명칭은 싱중서국^{興中書局})에서 출판

이후 1934년에 쓴 61편의 잡문을 묶은 『꽃테문학』^{花邊文學}이 1936년 6월에 렌화서국에서 출판되었고, 1934년에 쓴 36편의 잡문을 묶은 『차개정잡문』^{且介亭雜文}과 1935년에 쓴 48편의 잡문을 묶은 『차개정잡문 2집』^且

介亭雜文二集, 그리고 1936년에 쓴 35편의 잡문을 묶은 『차개정잡문 말편』且介亭雜文末編이 1937년 7월에 상하이의 삼한서옥三閑書屋에서 동시에 출판되었다. 이 가운데 루쉰 사후인 1937년에 출판된 『차개정잡문』 계열의 문집 가운데, 『차개정잡문』과 『차개정잡문 2집』은 루쉰이 직접 엮고 「서언」과 「부기」 혹은 「후기」를 써 두었지만, 『차개정잡문 말편』은 루쉰이 생전에 엮기 시작하였던 것을 루쉰 사후에 쉬광핑許廣平이 마무리 지었다.

이를 통해 위에서 언급한 문집들은 생전에 출판되었던 것들은 물론 사후에 출판되었던 것들 역시 루쉰이 직접 엮거나 일부 참여하였음을 알 수 있다. 이에 비추어 본다면, 루쉰 생전에 출판되었던 『집외집』은 매우 특이한 경우라 할 수 있다. 루쉰 생전에 출판되었던 여러 문집 가운데 유일하게 루쉰이 아닌 타인, 즉 양지원楊霽雲이 엮어 출판하였기 때문이다. 『신문학사료』新文學史料 1996년 제2기에 따르면, 양지원1910~1996은 쟝쑤성江蘇省 창저우常州 출신으로, 1932년 상하이 츠즈持志대학을 졸업하고 1933년에 상하이 푸단실험復旦實驗중학과 정펑문학원正風文學院에서 교편을 잡았다. 아마 이 무렵 양지원은 1903년부터 1933년까지 루쉰이 쓴 글 가운데 일부가 당시까지 출판되었던 루쉰의 문집에 빠져 있다는 걸 발견하였던 듯하다. 『집외집』을 엮어 내게 된 배경과 의의는 그가 쓴 아래의 「『집외집』 엮은이 서언」『集外集』編者引言에 잘 나타나 있으니, 약간 길기는 하지만 전문을 여기에 옮긴다.

이 책을 엮은 동기는 이렇다. 이태 전 어느 날, 우연히 『위쓰』語絲의 수정 총집을 뒤적이다가 선생의 「양수다 군의 습격을 기록하다」記楊樹達君的襲來를 보게 되었다. 이 글은 『화개집』에서 본 적이 없다는 생각이 불현듯

들었다. 『화개집』을 꺼내 뒤적여 보니 과연 없었다. 그리하여 루쉰 선생의 글이 그의 문집 가운데에 빠져 있음을 느끼게 되었다. 개인적으로 루쉰 선생의 글을 좋아하는 오랜 습관으로 인해, 문집 중에 실려 있지 않은 글을 볼 때마다 베끼기 시작했다. 이것은 나 자신의 '이기심'과 '온전함'을 좋아하는 바람에 의해 마음이 동했던 것이지, 이걸로 책을 찍어내겠다는 뜻은 털끝만큼도 없었다.

나중에 차츰 모은 글이 많아지자 루쉰 선생과 이야기를 나누면서, 그 자신의 젊은 시절 문학생활 과정에 대해 많은 가르침을 받았다. 루쉰 선생 글의 가치의 지위에서 본다면, 다른 나라 경우라면 그의 작품과 생평을 연구하는 전문저작이 적잖이 나왔을 것이다. 하지만 불행히도 그가 살고 있는 곳은 거칠고 쓸쓸한 중국인지라 그의 젊은 시절의 문학생활을 들어 보니 그야말로 비사秘史처럼 신기하기만 하였다. 개인적 관심으로 인해 나는 선생의 젊은 시절 작품을 더욱 찾아냈으며, 올 여름에는 또 다시 『저장의 조수』浙江潮에서 세 편을 베꼈다. 글을 쓴 시기를 살펴보니 1903년으로, 『무덤』 가운데 1907년의 「인간의 역사」人的歷史보다 4년이나 일렀다. 또한 책 뒤쪽의 「저장 일본유학생 명단」浙江留日學生的題名錄을 들춰 보았는데, 선생은 스물세 살이라 기입되어 있었다. 아마 이게 루쉰 선생의 최초의 문헌일 것이다.

이즈음까지만 해도 나는 이것을 출판할 생각은 없었다. 오래지 않아 선생의 "문인에게 재앙이란 살아 있을 때 공격을 받거나 냉대를 받는 것이 아니라 죽어서 말과 행동이 사라진 다음 하릴없는 치들이 지기입네 나타나서는 옳으니 그르니 공론을 일으키면서 자신을 돋보이게 하고 시체까지 그들의 명예를 추구하고 이익을 얻는 도구로 삼는 것인데, 이는 정말 슬픈 일이다"(「웨이쑤위안 군을 추억하며」憶韋素園君)라는 대목을 읽게 되었다. 불현듯 내가 모은 몇몇 글들이 단지 개인의 취향에 맞추는 거라면 별문제가 없겠지만, 후인들이 루쉰 선생의 작품을 연구하는 데 도움을 줄 생각이라면 하루빨리 출판할 필요가 있으리라는 걸 깨달았다. 그리하여 선생의 동의를 구하러 갔는데, "독자에게 낯간지러운 일이 아니라면 본인은 이의가 없다"고 대답해 주었다. 뒤죽박죽 혼란스럽고 환각제로 가득 찬 이 중국 문단에서 선생의 글은, 몇 편이야 어쩔 도리 없이 시대적 의의를 상실하였을 수도 있겠지만 독소는 절대로 없을 것이다. 그래서 이것을 출판하기로 결정하였다.

선생의 작품이 지닌 중국문학사에서의 빛나는 가치와 사상투쟁사에서의 중요한 지위는 장차 누군가 전문적으로 연구할 터이니, 여기에서는 언급하지 않겠다. 다만 선생께서는 최근 몇 년간 무거운 겹겹의 압박 아래에서 분투하고 미친 듯한 첩첩의 짖어 댐 속에서 싸우고 있다. 가장 고통스러운 것은 총을 들고 칼을 휘두르는 적이나 월급을 먹고 충성을 다하는 꼬나풀이 아니라, 겉과 속이 달라 면전에서는 웃음을 짓다가 등을 돌리고선 화살을 날리는 전우이다. 이 책을 선생에게 바치나니, 그로 하여금 옛일을 더듬어 오늘을 돌아보게 하여 인류를 위해 반도叛徒로서 더욱 용맹스럽게 싸우도록 만들고 싶다.

1934년 12월 21일 밤

이로써 양지원이 『집외집』의 편집 의도를 알 수 있거니와, 양지원은 기왕의 문집에 실려 있지 않은 글들을 수집·정리하는 한편, 여러 차례 루쉰과 서신을 주고받으면서 문집을 엮기 시작하였다. 루쉰의 일기에서 양지원의 이름이 처음으로 등장한 것은 1934년 4월 13일자의 "양지원의 서신을 받았다"는 기술이며, 루쉰이 양지원에게 처음 서신을 보낸 것은 1934년 4월 22일이다. 아마 양지원이 루쉰에게 그의 글을 수집·정리하고 있다는 것을 알린 것은 5월 6일인 듯하다. 이날 루쉰은 "오후에 양지원의 서신을 받았다. 밤에 답신을 썼다"라고 기록하고 있으며, 이날의 편지에서 "문집에 수록되지 않은 나의 글은 아마 많지 않을 겁니다. 그 가운데 어떤 것은 빠져 있는 것이지만, 어떤 것은 일부러 삭제한 것"이라고 밝히고 있다.

이후 양지원은 『집외집』이 출판되었던 1935년 5월까지 루쉰과 여러 차례에 걸쳐 서신을 주고받았으며, 루쉰을 만나거나(1934년 5월 28일) 루쉰의 집을 직접 찾아가기도(1934년 12월 7일) 하였다. 두 사람의 서신왕래는 특히 문집의 편집이 마무리되던 1934년 12월에 더욱 빈번해졌다. 이러한 과정에서 루쉰은 양지원의 편집방향에 여러모로 의견을 제시하거나 자료를 건네주고 교정을 보았으며, "문집의 이름은 아무래도 『집외집』이 좋겠다"(1934년 12월 9일자 서신)는 뜻을 밝혔다. 『집외집』을 엮어 출판하기까지의 우여곡절은 양지원이 쓴 「엮은 후의 잡기」編後雜記에 잘 드러나 있는바, 여기에 전문을 옮긴다.

원고가 다 모아지고 나서 다시 삼주간의 편집과 번거로움을 들이고서야 마침내 이 책을 완성하였다.

이 안의 글은 『저장의 조수』, 『신청년』新靑年, 『위쓰』, 『망위안』莽原, 『징바오 부간』京報副刊, 『문학계간』文學季刊 등의 잡지에서 베껴 모은 것이다. 『저장의 조수』에는 원래 세 편이 있었지만, 그 가운데 한 편은 「지구 속

여행」地底旅行의 번역 원고인데, 교정할 때 작자의 뜻에 따라 삭제했다. 강연 원고 역시 작자가 교정할 때 세 편을 삭제했는데, 그 이유는 이미 「서언」[루쉰이 1934년 12월 20일에 쓴 『집외집』「서언」을 가리킨다―필자]에 설명되어 있다. 이제 그 제명을 아래에 남겨 둔다. 즉 두 편은 광둥廣東에서의 강연인 「중산대학 학생회의 환영 석상에서」在中山大學學生會歡迎席上와 「독서와 혁명」讀書與革命이며, 다른 한 편은 베이핑北平에서의 강연인 「혁명문학과 준명문학」革命文學與遵命文學이라는 것이다. 그러나 오랫동안 풍문으로 전해지던 '베이핑 5강'北平五講 가운데 두 강연이 이 문집 안에 남아 있게 되었으며, 게다가 모두 강연자의 상세한 개정을 거쳐 매우 귀중하다 할 만하다.

구시舊詩의 일부는 본래 지은 해와 달에 따라 본문과 함께 편입하고자 하였으나, 나중에 첫째로는 시를 지은 해와 달을 상세히 확정하지 못하였기에, 둘째로는 독자가 참고할 때의 편의를 위해 따로 하나의 난을 마련하였다.

이 문집의 끄트머리에 부록으로 실린 열한 편의 「편집 후기」編校後記는 『분류』奔流 잡지에서 취한 것인데, 이러한 '후기'란 본래 잡지의 본문에 붙어 있어야 의미가 있는지라 애초의 생각으로는 집어넣지 않을 요량이었다. 그러나 나중에 생각해 보니 『분류』 이후의 어느 잡지에서도 엮은이가 이처럼 책임을 지고 뜻을 나타낸 후기는 찾을 수 없다는 느낌이 들었다. 엮은이가 『분류』를 엮을 때의 고심을 묻어 버리지 않고, 또한 앞으로의 잡지 엮은이에게 뛰어난 본보기를 제공함과 아울러 독자 역시 그 안에서 이런저런 귀중한 자료를 구할 수 있도록 하기 위해, 마침내 차마 잘라 내지 못한 채 이 문집 안에 부록으로 넣었다.

작자의 수많은 가르침과 이 책을 위해 공들인 교정 덕분에, 이 책은 더욱 충실해지고 완전해졌다. 엮은이와 독자 모두 작자에게 감사해 마지않는다.

1934년 윈난봉기 기념일 전야에 상하이에서 양지원이 쓰다

윈난봉기雲南起義란 위안스카이袁世凱가 1915년 12월에 베이징에서 제제帝制로의 복귀를 선포한 데 대해 윈난 도독인 차이어蔡鍔와 장군 탕지야오唐繼堯 등이 12월 25일에 쿤밍昆明에서 윈난의 독립을 선포하고 토원호국군討袁護國軍을 조직하였던 호국운동을 가리킨다. 이와 함께 위의 글에서 언급한 루쉰의 「서언」이 12월 20일 밤에 씌어졌다는 점을 감안한다면, 이 「잡기」는 앞에서 인용한 바의, 12월 21일에 쓴 「서언」보다는 며칠 뒤에 씌어졌다고 보아야 할 것이다. 어쨌든 양지원의 끈질긴 각고의 노력 덕분에 『집외집』은 마침내 1935년 5월 상하이 군중도서공사群衆圖書公社에서 초판('1935년본'이라 약칭)이 발행되었다.

이 1935년본은 양지원이 원래 편집했던 대로 출판되지 못하였다. 쉬광핑이 쓴 『집외집습유』集外集拾遺의 「편집 후기」編後說明에 따르면, 당시 국민당 중앙선전위원회 도서잡지심사위원회의 검열에 의해 총 10편의 글이 삭제되었던 것이다. 삭제되었던 글은 위에서 소개한 양지원의 「엮은이 서언」을 비롯하여 루쉰의 「보내온 편지」來信, 「공고」啓事, 「케케묵은 가락은 이제 그만」老調子已經唱完, 「상하이 소감」上海所感, 「올 봄의 두 가지 감상」今春的兩種感想, 「식객문학과 어용문학」幫忙文學與幫閑文學, 「『바른 길을 걷지 못한 안드룬』 서문」『不走正路的安得倫』小引, 「영역본 『단편소설선집』 자서」英譯本『短篇小說選集』自序, 「고리키의 『1월 9일』 번역본 서문」譯本高爾基『一月九日』小引 등이다.

이들 10편은 1938년에 『루쉰전집』을 출판할 때 쉬광핑이 엮어 『집외집습유』에 수록되었다.

위에 소개한 양지원의 「서언」은 1935년본 『집외집』에 실리지 못했지만, 그의 「잡기」는 1935년본에 실렸다가 1938년에 출판된 『루쉰전집』('1938년본'이라 약칭)에 그대로 전재되었다. 이후 1981년에 런민문학출판사에서 출판된 『루쉰전집』('1981년본'이라 약칭) 이후에는 두 편 모두 실리지 않은 채 삭제되었다. 이 「잡기」 외에도, 1935년본에는 역문 「Petöfi Sándor의 시」Petöfi Sándor的詩와 「『근대 세계단편소설집』의 짧은 머리말」『近代世界短篇小說集』小引이 실려 있었다. 그러나 훗날 「Petöfi Sándor의 시」는 『벽하역총』壁下譯叢의 『역총보』譯叢補로 옮겨 싣고, 「짧은 머리말」 역시 1981년본 이후로는 『삼한집』에 옮겨 실었다.

이러한 예와 달리, 1935년본에는 실려 있지 않았지만 1981년본 이후로 『집외집』에 수록된 글들도 있다. 이를테면 「곱씹은 나머지」, 「곱씹어 '맛이 없는' 것만은 아니다」와 「'전원사상'」 등 세 편에 부기된 '[참고]'는 1935년본이 출판된 후 루쉰 자신이 찾아내어 1938년본 『집외집습유』에 수록했다가 1981년본 이후로 『집외집』의 본문 뒤에 옮겨 실었다. 또한 「편집을 마치고」編完寫起에 부기된 '덧붙이는 말'案語은 원래 1938년본 『집외집습유』에 실렸으나, 1981년본 이후에는 『집외집』 본문 뒤에 옮겨 수록하였다.

『집외집』에 수록된 글들은 시기적으로 1903년부터 1933년까지의 30년에 걸쳐 있으며, 글의 풍격이나 문체 역시 초기의 약간 난삽한 문어체의 글로부터 논쟁적인 잡문, 신시와 구시, 그리고 주고받은 편지, 번역본의 서문 및 편집 후기 등 매우 다양하다. 이러한 다양한 형식의 글들을 통해 루쉰의 글쓰기가 역사의 흐름에 따라 변모해 온 양상뿐만 아니라, 루쉰의 현실사회에 대한 관심과 사회현상에 대한 통찰이 더욱 폭 넓어지고 예리해지는 것을 엿볼 수 있다.

옮긴이 이주노

『집외집습유』에 대하여

루쉰이 양지윈[1]의 도움을 받아 1933년 이전 출판한 자신의 문집 가운데 빠진 시문과 글들을 모아 출판한 책이 『집외집』集外集이라고 한다면, 『집외집습유』集外集拾遺는 『집외집』에 실리지 못하고 남겨진 시나 문장들을, 즉 빠진 것들을 다시 '주워 모아'拾遺 출판한 책이다. 제목은 루쉰이 지어 놓은 것이었으나, 편집을 완료하지 못한 상태에서 1936년 세상을 떠났고, 부인 쉬광핑이 이를 보충하고 편집하여 루쉰의 첫 문집인 『루쉰전집』(전20권)[2]에 실리게 되었다. 1935년 2월 10일 양지윈에게 보낸 편지에서 루쉰은 이 미완의 책을, '집외집외집'集外集外集이라고 부른 적도 있다.[3] 1981년에 수정·증보되어 출판된 『루쉰전집』에는 제7권으로 편집되었다.

---

1) 양지윈(楊霽雲)에 대해서는 앞의 글, 『집외집』의 '옮긴이 해제'(『집외집』에 대하여) 참조.
2) 루쉰선생기념위원회(魯迅先生紀念委員會) 편, 1938.
3) "추신 : 선생이 쓴 『집외집』 서문(引言) 원고가 있으면 보내주길 바라오. '집외집외집'(集外集外集)을 인쇄할 때 넣고자 함이오." 「350210 양지윈에게(致楊霽雲)」(『魯迅全集』 13卷, 北京 人民文學出版社, 2005, 384쪽).

편집과 판본

『집외집습유』의 문장 배열은 쉬광핑이 「편집 후기」編後說明에서 밝힌 대로, 『집외집』의 편집방침을 따르고 있다. 주요한 글들은 집필 순서대로 배치하고 그 뒤에 구시舊詩와 광고 등의 잡문을 연도순 배열하였다. 그러나 첫 루쉰문집(이하 '1938년본'으로 약칭)에 수록된 작품들과 20년 뒤에 나온 두번째 『루쉰전집』[4](전10권. 이하 '1958년본'으로 약칭), 지금의 여러 가지 루쉰전집의 바탕이 된 『루쉰전집』[5](전16권. 이하 '1981년본'으로 약칭)에 수록된 『집외집습유』는 수록 내용이 일치하지 않는다. 크게 보면 세 종류의 『집외집습유』가 있는 셈이다.

'1938년본'의 『집외집습유』는 『역외소설집』 「서언」으로 시작하고, 쉬광핑이 쓴 「편집 후기」로 끝나지만, '1958년본'은 「중국지질약론」, 「파악성론」, 「『경초 번역본』 서문」, 「신해유록」 등 '1938년본' 간행 이후에 발견된, 사라졌던 문장을 모두 추가해 실은 한편, 『역외소설집』의 「서언」은 분리해서 『루쉰역문집』(전10권, 런민문학출판사, 1958)에 수록된 『역외소설집』의 앞으로 옮겼다. '1938년본'에 있는 쉬광핑의 「편집 후기」도 삭제되었다. 상세한 주석이 첨가된 '1981년본' 『루쉰전집』에 수록된 『집외집습유』는 다시 '1938년본'으로의 원형 복귀를 시도했으나 '1938년본'과 완전히 같은 내용이라고는 할 수 없다. '1938년본'에는 있으나 '1981년본'에는 삭제된 것이 있고 또 다른 작품집으로 옮겨서 편집된 것들도 있다.

---

4) 런민문학출판사(人民文學出版社), 1958.
5) 런민문학출판사, 1981.

「『차라투스트라』의 서언」察拉圖斯忒拉』的序言, 「고상한 생활」高尚生活, 「무례와 비례」無禮與非禮 등은 삭제된 것들이다. 이것들은 모두 번역된 것들로 루쉰 저작 중심으로 만든 이 전집에 어울리지 않았기 때문이다. 양지원의 「『집외집』 엮은이 서언」集外集』編者引言이 삭제된 것 역시 같은 이유에서이다. 「「문득 생각나는 것」 부기」忽然想到』附記는 『화개집』의 「문득 생각나는 것」에 붙여진 주석부분으로 편입되고, 「곱씹은 나머지」, 「곱씹어 '맛이 없는' 것만은 아니다」, 「'전원사상'」 세 편의 '참고' 글들과 「편집을 마치고」編完寫起는 『집외집』에 들어 있는 관련 글 뒤로 옮겨 편집되었다. 「『역외소설집』 서언」도 『역문서발집』으로 옮겨졌다.

이상의 배치와는 반대로 '1981년본'에 추가된 것이 있다. 구시 「교수의 잡가」의 네번째 시다. 이것은 '1938년본'에는 없는 것이다. 나중에 탕 타오唐弢가 쉬서우창許壽裳의 「루쉰의 유희문장」魯迅的遊戲文章(잡지 『문예부흥』文藝復興, 4권 2기, 1952. 나중에 쉬서우창의 『내가 아는 루쉰』我所認識的魯迅에 수록)에서 발견해 내, 『루쉰전집보유속편』魯迅全集補遺續編 상권(상하이출판공사上海出版公司, 1952)에 수록한 작품이었다. 또 몇 가지 작품의 배열순서 역시 '1938년본'과는 다르다. 그럼에도 불구하고 '1938년본'과 '1981년본'은 약간의 차이가 있을 뿐 근본적으로 같다고 할 수 있다. 다시 말해 '1981년본'은 '1938년본'의 수정본이라고도 할 수 있다. 단지 쉬광핑이 엮은 원본에서 조금 변형되었기 때문에 '1958년본'과 마찬가지로 '1981년본'에서도 「편집 후기」는 삭제되어 있다. 이 「편집 후기」는 『집외집습유』의 처음 편집과정을 소상히 전달하고 있기 때문에 이 글 뒤편(부록 1)에 전문을 실어 독자들이 참고할 수 있도록 하였다.

또 '1958년본'과 '1981년본' 사이에, 1973년 상하이 런민문학출판사에서 『루쉰전집』을 간행하였는데, 이것은 '1938년본'을 기초로 한 재발 행본으로 거기에 수록된 『집외집습유』역시 '1938년본'의 형식을 답습하고 있다.[6] 또한 1941년에 간행된 『루쉰 30년집』에 수록된 『집외집습유』는 '1938년본'의 『집외집습유』그대로다.[7] 2005년에 출판된 『루쉰전집』및 그 이후에 나온 여러 판본의 전집들은 모두 '1981년본'을 그대로 답습한 것들로 주석을 수정·증보하거나 화보 등을 동시 편집한 것일 뿐이다.

쉬광핑에 의하면 루쉰은, 『집외집』에 실린 글 말고도 그의 글이 많이 산재해 있다는 것을 알고는, 베이징에 남아 루쉰의 집과 가족을 돌봐주고 있던 친구 쑹쯔페이에게 부탁해 여러 잡지들을 부쳐 오게 하였고, 거기에 있던 자신의 글들을 필사하거나 참고 글을 집필하는 등 상당한 정도의 애정을 기울였다고 한다. 1935년 1월 25일자 루쉰의 일기에 의하면, 쑹쯔페이가 베이징에서 상하이로 부친 간행물 등 참고자료가 열두 보따리十二包라고 하였다.[8] 일부는 원고상태에서 그대로 편집이 되었고 일부는 『소설

---

6) 1958년에 출간된 『루쉰전집』 10권본은 쉬마오융(徐懋庸) 관련의 주석 문제, 루쉰 글 일부 삭제 등으로 인한 심각한 정치문제를 안고 있어 출판이 금지되었다. 1958년본은 금서로 묶여 있었고, 소량 한정판이던 1938년본은 수십 년간의 전란과 문화대혁명의 와중에서 구하기 힘든 희귀본이 되어 버렸다. 이에 중국 정부의 지시 하에 1973년 12월 1938년본에 바탕한 20권본 『루쉰전집』이 다시 조판되어 나왔다. 기존 1938년본과 다른 점은 일률적으로 간체자를 사용한 점, 1938년본의 오류를 일부 바로잡았다는 점이다.

7) 이상 『집외집습유』판본문제에 대해서는 『魯迅全集』9권(日本東京: 學習研究社, 1985), 625~627쪽 참조.

8) "오전에 21일 발신 어머니 편지를 받았다. 하이잉(海嬰: 루쉰 아들)에게 보내는 편지도 동봉하셨다. 마스다(增田) 군의 편지를 받았다. 오후에 시디(西諦)가 왔다. 쯔페이가 부친 정기간행물과 일간지, 부간 등 열두 보따리를 받았다. 허칭(河淸)이 왔다." 『루쉰전집』제16권, 『일기』, 2005, 513쪽.

월보』, 『신조』新潮, 『천바오 부간』晨報副刊, 『징바오』京報, 『위바오 부간』豫報副刊, 『민중문예』, 『국민신보』國民新報, 『국민신문』, 『조화 주간』朝花周刊, 『대중문예』, 『영화와 문예』電影與文藝, 『세계일보』 및 일본의 『아사히신문』朝日新聞에 발표한 것들에서 가져온 것이다. 양지원 주도로 편집한 『집외집』 출판이 1935년 5월이니 루쉰은 이를 전후하여 이미 『집외집습유』의 편집작업에 들어간 것으로 보인다. 쉬광핑과 지인들의 협조로, 『집외집』 출판 당시 검열관에 의해 삭제되었던 「상하이 소감」 등 9편과 루쉰 사후에 수집된 여러 글들이 수집·보완되어 현재의 『집외집습유』 형태가 만들어졌다 하겠다.[9]

내용과 특성

앞서 말했듯, 『집외집습유』에 실린 글들은 1903년부터 1936년까지 루쉰의 전 생애에 걸쳐 발표되거나 집필된 것들로 이전에 나온 문집에 수록되지 않은 것이다. 어떤 특색이나 통일성이 있진 않지만 바로 그렇기 때문에 루쉰 문학 활동의 한 측면을 집약적으로 보여 주고 있다 할 수 있다. 문언 소설이 1편, 잡문 47편, 신체시 4수, 구체시 23제題 30수首가 들어 있고 부록에는 1926년에서 1936년 사이의 광고, 공고 등 단문 6편이 수록돼 있다. 『집외집습유』에 실린 글들은 다양한 장르와 내용을 갖고 있지만 다른 문집과 비교하여 두드러지게 나타난 특징이 있다. 첫째는 목각판화 및 미술에 관한 글이 많다는 점이다. 둘째는 러시아 문학작품의 번역서에 대한 설

---

9) 쉬광핑이 쓴 『집외집습유』 「편집 후기」(編後說明)에는 검열통제에 걸린 글이 10편으로 되어 있으나 10편 가운데 「편집자 서언」을 뺀 나머지 9편만 수록되고, 「편집자 서언」은 '1938년본'의 『루쉰전집』에서부터 이미 『집외집』 속 「서언」(序言)으로 들어갔다.

명 및 그것과 관련한 소개의 글들이다. 세번째는 문예론에 관한 글들이고, 네번째는 루쉰 구체시의 절반가량이 수록되어 있는 점이다.[10]

첫째, 『집외집습유』에는 목각 및 미술에 관한 글이 여러 편 있다. 루쉰은 중국 목각운동이 나아갈 길이 두 가지라고 제시하고 있다. 하나는 외국의 좋은 방법을 배워 와 창의력을 발휘하는 것이요, 다른 하나는 중국의 전통 유산을 계승하여 새것과 융합하는 것이다. 『인옥집』과 『베이핑 전지 족보』는 그의 이러한 생각을 실천에 옮긴 작품집이라고 할 수 있다. 이두 책의 서문과 발문이 수록돼 있다. 「『인옥집』후기」에서 루쉰은 이런 바람을 말하고 있다. "장래의 광명은 반드시 우리들이 문예상의 보존자임은 물론 개척자와 건설자이기도 함을 증명해 줄 것이라고 확신한다." 이밖에 「『후키야 고지 화보선』 소인」, 「『비어즐리 화보선』 소인」, 「『신러시아 화보선』 소인」, 「『메페르트의 목각 시멘트 그림』 서언」 등은 다른 나라 작가들의 그림을 소개하는 글들로 시대를 앞선 루쉰의 예술적 안목과 미술비평 능력을 보여 주는 글들이다.

둘째는 러시아 문학작품의 번역서에 대한 글들이다. 고리키와 단첸

10) 절반가량이라고 부정확하게 표현한 것은, 어떠한 관점에서 루쉰 시를 분류하는가에 따라 시 편수가 달라지기 때문이다. 어떤 시는 산문으로 볼 것인가 시로 볼 것인가에서 견해가 갈리고, 소설 속에 나오는 노래(예: 소설 「스파르타의 혼」에 나오는 운문, '싸움이여!……'. 『집외집』 수록) 역시 시 편수에 계산할 것인가 말 것인가, 시는 시인데 신체시로 볼 것인가 구체시 볼 것인가 (예: 「나의 실연」, 『들풀』 수록), 신뢰할 수 있는 루쉰의 수고(手稿)에만 의지할 것인가 타인이 전하는 것도 계산할 것인가 등등, 연구자와 편집자에 따라 주장이 모두 다르기 때문이다. 구체시에 대해서는 48제 53수, 54제 69수, 54제 68수, 60제 75수 등의 이견들이 있다. 루쉰 구시에 대해서는 이도 마사후미(伊藤正文)의 「구시에 대해」(舊詩について. 『魯迅全集』 9卷, 東京: 學習研究社, 1985, 660~675쪽)를 참조.

코, 톨스토이 등의 소설과 산문 모음집인 『자유를 쟁취한 파도』에 대한 서문, 알렉산드르 블로크의 장편 시집 『열둘』에 대한 후기, 숄로호프의 소설 『고요한 돈강』 후기, 세라피모비치의 혁명소설 『철의 흐름』 편집과정과 교정에 대한 세세한 후기, 네베로프의 『바른 길을 걷지 못한 안드룬』 서문, 『해방된 돈키호테』에 대한 후기 등이 대표적이다. 루쉰은 이러한 서문과 후기에서 그 작품의 내용소개는 물론 작품이 탄생한 사회사적 배경과 작가에 대한 평전적 소개까지 상세하게 설명하고 있다.

셋째는 많지 않지만 중요한 문예론에 관한 글 몇 편이다. 1925년에 발표한 「시가의 적敵」은 루쉰 시론을 보여 주는 매우 중요한 초기자료로, 시의 특성에 무지한 동서양의 여러 평론가를 비판하면서 루쉰이 생각하는 시의 특성을 잘 드러낸 글로 평가된다. 「문예의 대중화」는 문예를 몇몇 소수의 전리품처럼 생각하는 부르주아 문예관을 공격하고 있을 뿐만 아니라, 즉각적으로 모든 것을 대중화해야 한다고 요구하는 당시 문단의 좌경 맹동주의적이고 공리공담적인 대중화론에 대해서 비판하고 있다. 사회주의 혁명 이전의 시기는 단지 대중이 문예를 감상하는 시대이며 언어 통일이 아직 이뤄지지 않았고 문맹이 많은 1930년대 당시 중국 현실에선 문예 대중화가 '당장의 급선무'이긴 하나 어떻게 해야만 하는가 하는 방법을 고민하고 있는 글이다. 문예 대중화의 문제에 있어 루쉰은 여타 다른 문제에서와 마찬가지로 시종일관 적극적이고도 냉정한 태도를 견지하고 있다. 「『파우스트와 도시』 후기」는 번역서의 발문인데 문화계승에 대한 루쉰의 주요한 시각을 보여 주고 있다. 전통문화 속의 무산계급 문화에는 취할 것도 계승할 것도 있으나 파괴해야 할 것도 있다는 주장이며, 이 계승과 파괴는 모두 혁명이상을 실현하기 위한 것이어야 한다는 견해를 피력하고 있다. 「식객문학과 어용문학」은 비록 강연록이나, 또 당시 문단 작가들의 권력지향적인 행태를 겨냥한 시평 성격의 글이긴 하나, 중국문학사 전체를 아우르면서 어용문학과 식객문학의 역사, 궁정문학과 관료문학의 성격을 일별하고 있어 의미가 남다르다.

넷째는 구시다. 루쉰 문집 가운데 『집외집습유』에 수록된 구시가 가장 많다. 1903년의 「자화상」에서부터 1935년의 「해년 늦가을에 우연히 짓다」까지 일생 동안 지은 시의 반 가까운 시가 수록돼 있다. 이미 널리 알려진 「자화상」은 조국에 대한 청년 루쉰의 열렬한 사랑과 감정, 고국에 대한 희생을 결심하는 강인한 정서가 표현되어 있고, 「판군을 애도하는 시 세 수」는 신해혁명 실패 후, 실패한 정객들은 여우와 살쾡이들처럼 굴 속으로 숨어들고 요사스런 꼭두각시들만 무대에 올라 설치는 가운데, 허망하게 가버린 죽마고우를 애도하는 절절한 슬픔과 비애의 고통을 표현했다. 퇴행적인 교수들의 모습을 풍자한 「교수의 잡가」 4수, 암살당한 투사 양싱포楊杏佛에 대한 애정과 그의 죽음에 대한 분노가 폭발적으로 표현된 「양취안을 애도하며」, 부모와 자식 간의 정을 그리면서 혁명하는 사람의 따뜻한 인성과 인정미를 표현한 「나그네 책망에 답하여」 등이 있다. 「해년 늦가을에 우연히 짓다」는 루쉰이 친구 쉬서우창을 위해 쓴 시인데 루쉰이 남긴 마지막 시가 되었다. 가을바람 불어 사방이 적막하고 쓸쓸해도 하늘을 우러러보면 북두칠성이 기울면서 동쪽이 부옇게 밝아 오는 새벽이라는 것, 절망과 울적함 속에서도 한 줄기 해가 떠오를 것이라고 하는, 예의 루쉰 특유의 절망 속 낙관적 태도가 보이는 아름다운 시다. 병들어 쇠잔해 가는 만년의 한가운데서, 미미하지만 아름다운 희망을 놓지 않은 루쉰의, 생명의 마지막 연소 같은 것이 보이는 작품이라고 하겠다. 루쉰의 구시에 대해서는 쉬서우창의 「『루쉰 구체시집』 서문」『魯迅舊體詩集』序을 뒤(부록 2)에 첨부함으로써 1944년 시집 발간 초기의 정황에 대해 독자들의 이해를 돕고자 했다.

　　이상의 네 부류 글 외에도 루쉰 최초의 소설인 1912년에 쓴 「옛날을 그리워하며」(문어체 소설)는 사숙하는 아이의 눈을 통해 장래에 도래할 혁명군에 대한 각양각색 인물들의 반응을 보여 준 것으로 일찌감치 작가가 가진 풍자적 재능을 유감없이 발휘한 작품으로 평가되고 있다. 1926년의 「중산선생 서거 일주년」은 쑨중산의 혁명정신을 고무·찬양한 글이다. 루쉰은 그를 "영원한 혁명가"라고 칭송하면서 "그가 행한 어떤 일이든 모두 혁명이었다." 후세 사람이 아무리 트집을 잡고 깎아내려도, "그는 끝내 모든 것이 혁명이었다"라며 높이 평가하고 있다. 1932년 11월에 발표한 「올 봄의 두 가지 감상」은 '상하이 사변'(1932년의 '1·28'사변) 몇 달 후에 쓴 것으로 중국인이 바보스러울 정도로 진지한 것은 좋으나 어떻게 지혜롭게 진지해야 할 것인가에 대해 복잡한 속마음을 토로한 글이다. '1·28' 사변 후 '순진한' 중국인들이 너무 곧이곧대로 행동하다가 항일 한번 제대로 못 하면서 옷 속에 항일 뱃지를 넣고 다닌 것이 빌미가 되어 일본군에 체포되어 참살당한 것을 우회적으로 비판하고 있다.

옮긴이 유세종
(『집외집습유』의 전반부, 즉 이 책 430쪽까지는 이주노의 번역임)

부록 1. 쉬광핑의 『집외집습유』「편집 후기」

루쉰 선생님이 이 문집을 준비한 뜻은 대략 이러하다. 『집외집』에 실린 글 말고도 미비한 것들이 아직 많이 있다는 생각, 더 보완을 할 수 있지 않을까, 에서였다. 그래서 오랜 친구 쑹쯔페이[11] 선생에게 특별히 부탁해 루쉰의 베이징 집에 있었던 『천바오 부간』, 『징바오 부간』, 『망위안』 주간 등을 부쳐 오게 했다. 그는 많은 시간을 들여 그것들을 베꼈고 어떤 것은 보충하여 수시로, 이를테면 「편집을 마치고」編完寫起(『집외집』에 수록)와 같은 '보충기록'補記 등을 써넣었다. 본문 뒤에 그와 관련된 다른 사람의 글을 참고로 넣은 경우도 있다. 「곱씹은 나머지」, 「곱씹어 '맛이 없는' 것만은 아니다」, 「'전원사상'」 등은 관련된 참고의 글을 첨가했기 때문에 본문이 『집외집』에 이미 등재되었음에도 불구하고 여기에 다시 넣었다. 「꿈」, 「사랑의 신」, 「복사꽃」, 「그들의 꽃동산」, 「사람과 때」, 「강 건너기와 길 안내」, 「잡담」, 「뜬소문과 거짓말」 등은 선생님이 비록 시간과 공을 들여 베껴 쓰셨

---

11) 쑹쯔페이(宋紫佩, 1887~1952), 본명은 쑹린(宋琳)이고 원래의 자(字)는 쯔페이(子培)이고 나중에 쯔페이(子佩), 쯔페이(紫佩)로 개명하였다. 저장성 사오싱 사람. 루쉰이 일본에서 귀국한 후 저장성 양급사범학당(兩級師範學堂)에 재직했을 때의 학생으로, 후에 사오싱부중학당(紹興府中學堂)에서는 동료가 되었다. 루쉰이 신해혁명(1911) 직후 관계하였던 『웨둬일보』(越鐸日報)의 일에 참가하기도 하고 후에 『민싱일보』(民興日報), 『톈줴바오』(天覺報)를 운영하기도 하였다. 1913년 루쉰이 교육부의 직원이 되어 베이징으로 옮겨 갈 때, 쑹쯔페이도 루쉰의 소개로 베이징 경사도서관(京師圖書館)의 분관에 취직했다. 1919년경에는 베이징 제1감옥의 교도관직을 겸임하기도 하는 등 오랜 시간 동안 루쉰과 같이 베이징에 살았다. 1926년 루쉰이 쉬광핑과 함께 남하한 후에는 베이징의 루쉰 집을 관리하고 그곳에 남아 있던 루쉰 어머니와 주안(朱安)부인을 돌보고 루쉰으로부터 오는 일체의 가사 관련 일처리를 대신해 주었다. 1930년 봄 이후 루쉰과 베이징 집 사이의 내왕편지 대부분은 그가 내필하여 전했다. 『루쉰전집』 제17권(『日記‧人物書刊注釋』), 런민문학출판사, 2005, 115쪽.

으나, 이미『집외집』에 들어 있고 또 첨가하는 참고 글이나 부기 같은 것도 없어, 나 광핑이 대담하게 삭제하여 중복 출판을 피하고자 하였다.

아주 불행한 것은 선생님께서 편집을 마치지 못하고 병으로 돌아가신 것이다.『집외집습유』책 이름은 선생님께서 직접 정한 것이다. 책의 편집방법은 선생님께서 교열한 바 있는『집외집』양식과 배열에 준해 하나로 통일함으로써 선생님의 뜻을 따르고자 하였다.

『집외집』출판 준비 당시 원고가 검열관에게 보내졌을 때「엮은이 서언」,「편지」[12],「공고」^{啓事},「케케묵은 가락은 이제 그만」^{老調子已經唱完},「상하이 소감」^{上海所感},「올 봄의 두 가지 감상」^{今春的兩種感想},「식객문학과 어용문학」^{幇忙文學與幇閑文學},「『바른 길을 걷지 못한 안드룬』서문」^{不走正路的安得倫}_{小引},「영역본『단편소설선집』자서」^{英譯本短篇小說選集自序},「고리키의『1월 9일』번역본 서문」^{譯本高爾基一月九日}_{小引} 등 10편이 삭제당했다. 그때 선생님께서 종이에 별도로 그 목록을 기재해 두셨다. 지금 비록 그 원고들이 검열관 손에 묶여 있으나 다행히「올 봄의 두 가지 감상」등은 절친한 벗의 도움을 받아 다시 출판, 보전하게 되었으니, 선생님께서 이것들을 특별히『집외집습유』속에 넣고자 하신 원래의 뜻에 부응하게 되었다.

기타「옛날을 그리워하며」,「어느 '죄인'의 자술서」,「나는 비로소 알았다」,「중산선생 서거 일주년」,「『하전』서문」,「『열둘』후기」,「『자유를 쟁취한 파도』서문」,「『유선굴』서언」과 '예원조화'에 실렸던「『근대목각선집』소인」,「『후키야 고지 화보선』소인」,「『비어즐리 화보선』소인」,「『신

---

12) 원문은 '來信'으로 쑨푸위안(孫伏園)에게 보내는 편지. '1981년본'『루쉰전집』에는「통신(쑨푸위안에게 보내는 편지)」로 되어 있다.

러시아 화보선』 소인」, 「『파우스트와 도시』 후기」, 「『고요한 돈강』 후기」, 「『메페르트의 목각 시멘트 그림』 서언」, 「『철의 흐름』 편집교정 후기」, 「잘 난 놈 타령」, 「공민교과 타령」, 「난징민요」, 「'언쟁'의 노래」, 「『해방된 돈키 호테』 후기」, 「『베이핑 전지 족보』 서문」, 「『인옥집』 후기」, 「『도시와 세월』 삽화 소인」 등은 선생님께서 일부러 삭제하셨거나, 혹은 누락된 것으로, 아니면 세월이 오래돼 기록이 사라진 것들로 지금까지 어디에도 수록되 지 못한 것들이었음을 양해해 주시기 바란다. 선생님의 모든 것을 존경하 기 때문에 수집할 수 있는 것들은 있는 힘을 다해 모두 모아 여기 실었다.

선생님은 고시古詩를 잘 지으셨으나 늘 지은 것은 아니었다. 어쩌다가 시정詩情이 들면 지으셨다. 이 역시 남아 있는 것도 있고 유실된 것도 있다. 수집하여 모을 수 있는 것들은 이 문집 안에 실었다.

일생 동안 글에 대한 선생님 태도는 엄숙하고도 진지하셨다. 매번 집 필할 때는 아무리 짧아 몇 마디 안 되는 글일지라도 장인의 공력을 들이셨 다. 또한 독자들을 생각해 그들이 좋아하는 것을 미루어 헤아려 보곤 하셨 다. 이를테면 「『역문』 종간호 전기」, 「『분류』 범례 다섯 가지」와 「『해상술 림』 상권 소개」 등의 소개 광고는 매 글자와 행간에 독특한 분위기를 갖추 고 있어 특별히 이 문집 맨 뒤에 부록으로 실어 두었다. 혹여 아무 의미 없 는 것이 되지 않길 바란다.

깊이 마음에 걸리는 것이 있으니, 선생님의 문장은 규모가 막대하고, 다방면에 걸쳐 흩어져 산재하고, 그 시간대 역시 오래되어 나 개인의 미력 한 힘으로는 다 수집하여 편집하지 못한 점이다. 전쟁의 포화가 연일 계속 되고 문화가 내리막길을 치닫는 이런 시절에, 『허난』河南 잡지에 실린 「파 악성론」 같은 글은 양지원 선생이 그 소재를 알려 주셨음에도 불구하고 찾을 수가 없었다. 어떤 것이 더 빠져 있다 해도 현재로선 이를 면할 길이 없다. 바라옵건대, 선생님의 글을 좋아하는 독자 제현의 도움으로 제가 장차 이들을 다 찾아, 선생님 문집을 완비할 수 있게 된다면 큰 다행이라 생각한다.

이제, 문집이 인쇄에 부쳐져 책이 되어 나오게 되었다. 이 속에 들어 있는, 수집하기 결코 쉽지 않았던 수많은 자료에 대해서는 멀리 또 가까이 계신 절친한 친구들께 감사인사를 드리며 가르침을 주신 분들께는 이 자리를 빌려 특별한 감사의 인사를 올린다.

1938년 4월 22일 밤, 쉬광핑

(출처 : 루쉰선생기념사업회 편, 『루쉰전집』 20권의 제7권, 상하이런민문학출판사, 1973.12.)

부록 2 : 쉬서우창의 「『루쉰 구체시집』 서문」

루쉰 선생이 서거한 이듬해 봄, 웨이젠궁魏建功 선생이 루쉰 선생이 남긴 유작 시를 손으로 써서 목각으로 새기고자 하였다. 이에 나는 징쑹景宋[13] 부인에게 편지를 써서 시 수집을 부탁하였다. 곧바로 회신을 받았고 손으로 베낀 시 1권이 동봉되어 왔다. 모두 일기에 있었던 것이거나 나의 졸작拙作 「옛날을 그리워하며」[14] 속에 인용된 것들로 약 40수였다. 나는 즉시 젠궁 선생에게 전했다. 징쑹이 회신에서 말하길 "루쉰 선생님께서는 고시에 능

---

13) 루쉰의 부인 쉬광핑(許廣平)의 호.
14) 쉬서우창의 글 「옛날을 그리워하며」(懷舊. 1936.12.19.), 『내가 아는 루쉰』(我所認識的魯迅. 北京 人民文學出版社. 1952.6.); 『魯迅卷』 初編, 中國現代文學社編, 388~393쪽.

하셨으나 즐겨 짓지는 않으셨습니다. 어쩌다 지은 것들은 모두 친구들의 요청에 부응한 것이거나 잠시의 시정詩情을 읊은 것들로 붓글씨로 써 두시기도 하고 버리기도 하셨는데 아까워하지 않으셨습니다. 제가 소중하게 보관하길 청하면 대수롭지 않은 듯 웃으셨지요." 이 말은 맞다. 루쉰의 구시는 태반이 써주기 원하는 사람들을 위해 썼다. 예를 들어 「자조」[15]는 류야쯔[16] 선생에게 써준 것이고, 「소문」은 우치야마內山 부인에게 써준 것이고 「신해년 가을 우연히 짓다」는 나에게 써준 것이다. 또 시집의 첫번째 시인 「자화상」 역시 나에게 보내 준 시다. 시가 비록 많진 않으나 그 의경意境과 음악성이 모두 깊은 울림을 주고 있어 독특한 풍격을 이루고 있다.

　　루쉰 구시의 특색은 대략 몇 가지로 들 수 있다. ①구어口語체를 사용하되 아주 자연스럽다. 예를 들어 「최호의 「황학루」 시를 패러디하여」[17]에 나오는 '권세 있는 사람', '전용 기차', '첸먼前門역', '검은 기운 겹겹이'가

---

15) 「자조」(自嘲), 『집외집』, 이 책 210~211쪽.

16) 류야쯔(柳亞子, 1886~1958). 시인. 이름은 웨이가오(慰高), 나중에 치지(棄疾)로 개명. 자는 안루(安如), 나중에 야쯔(亞子)로 개명. 장쑤성 우장(吳江) 사람. 청말의 수재로 이름이 났고 동맹회에 참가했다. 남사(南社)를 창립해 회장을 지냈고, 신해혁명 때는 쑨원 대총통의 비서, 국민당 중앙감찰위원, 상하이 통지관 관장 등을 역임. 1927년 장제스의 4·12쿠데타 이후 일본으로 피신, 1927년 귀국 후 반장제스 운동에 참여했다. 항전기에는 쑹칭링 등과 적극적으로 항전에 참여했고 1949년 이후엔 중앙인민정부위원, 중국민주동맹집행위원 등을 역임했다. 유언 중에 자신의 무덤이 "루쉰 선생의 묘역 가까이 묻힐 수 있다면 가장 좋겠다. 내 평생 루쉰 선생을 존경하고 따랐다"고 하였다. 林志浩 外, 『魯迅作品辭典』, 河南教育出版社, 1990, 370쪽.

17) 원문은 「剝崔顥「黃鶴樓」詩」. 1933년 '1·28'사변을 전후하여 일본군의 베이징 침략이 임박하자, 국민당 권력자들이 베이징의 골동품과 문화유물을 기차에 실어 옮기느라 난리법석을 부리면서, 한편으로는 대학생들에게 베이징에 남아 도시를 지키라고 하는 이중정책을 썼다. 이에 루쉰은 당나라 시인 최호의 시 「황학루」를 패러디하여 이런 현상을 풍자함과 동시에 '불상'보다 못한 자신들의 처지를 자조하고 있던 대학생을 위로하였다. 루쉰, 『루쉰, 시를 짓다』(김영문 옮김), 역락, 2010, 142~143쪽.

그러하고, 「골동」古董 시에서의 '머리', '체면', 「민국 22년의 원단」[18]에서의 '도무지', '조계', '마작하다', 「자조」에서의 '머리를 찧다', '무슨 상관' 등이 모두 그렇다. ②시의 압운이 원칙에 구속받지 않아 무척 자유롭다. 예를 들어 「우치야마에게」에서는 각 행 마지막의 화華·서書·다多·타陀 자가 압운이고, 「뇌염에 걸렸다는 보도에 장난삼아 짓다」[19]에서는 심心, 빙氷 자가 압운인데 모두 옛날의 가歌, 마麻 자가 합운合韻하고 마麻, 어魚 자가 통운通韻하여 율시를 짓던 것에 따른 것이니, 가히 독특하다 할 수 있다. 증蒸, 침侵 자가 통용된 것에 이르면 정말 이른바 '옛날에 이미 있었다'古已有之고 할 수 있으니, 『시경』「대아」大雅편의 「대명」大明 7장에서 임林과 흥興이 합운한 것들이 그러하다. ③다른 나라의 전고를 사용한 점이다. 예를 들어 「자화상」에서의 '화살'은 로마신화에서의 사랑의 신 큐피드Cupid 화살 이야기에서 빌려온 것이고, 변려문騈麗文으로 쓴 "님 그리는 사내 하늘을 업신여기면 뜨거운 태양이 그의 날개를 망가뜨리네"(『집외집』, 「『수쯔의 편지』 서문」)[20]는 그리스 신화 가운데 이카루스Icarus의 모험 실패담에서 인용한 것이다. ④문단文壇의 작태를 풍자하였다. 「교수의 잡가」 두번째 시 "까막까치도 내려오지 않으리 아마, 멀고 먼 저 소젖 길로는"은, 영어 은하수(Milky Way)를 "소젖 길"로 잘못 번역한 일에 대한 지적이며,[21] 「초가을」 시에서 두 구절 "들국화 생식기 아래, 날갯죽지 매달고 운다"는 그

---

18) 『집외집』, 이 책 213쪽.
19) 1981년 판 『루쉰전집』에서는 제목을 「(내가) 뇌염에 걸렸다는 보도에 장난삼아 짓다」(報載患腦炎戲作)로, 2005년 판 『루쉰전집』에서는 제목을 「소문을 듣고 장난삼아 짓다」(聞謠戲作)로 되어 있다. 이 책 605쪽 시 참조.
20) 『집외집』, 이 책 189~190쪽.
21) 이 책 589쪽.

자신의 신체시인 "들국화의 생식기 아래, 귀뚜라미가 날갯죽지를 매달고 있다"를 고문으로 번역하여 옮긴 것으로,[22] 한편으로는 가을을 슬퍼하는 지식인들의 무병신음하는 작태를 조롱하면서, 다른 한편으로는 지식인들이 좋아하는 고상한 문언이란 것이 사실은 해석하기 어려운 것일 뿐이라고 비판하고 있는 것이다. 이밖에도 훌륭한 점이 많으나 자세히 언급하진 않겠다.

내가 징쑹에게서 온 초록鈔錄본을 젠궁에게 전달한 후 몇 개월 되지 않아, 전국에서 항일군抗日軍이 들고 일어나고 친구들은 사방으로 뿔뿔이 흩어졌다. 젠궁 역시 남북으로 바삐 다니느라 편안하게 거할 겨를이 없었고 수고手稿본으로 만들고자 하였던 목각 책 역시 출판되지 못했다. 이제 페이치非杞[23] 선생께서 있는 힘을 다해 루쉰 시를 널리 수집, 모두 52수를 모았으며 거기에 활자를 입혔다고 한다. 무릇 루쉰 시를 즐겨 읽으시는 분들께서는 참으로 먼저 읽어 보는 큰 즐거움이 될 것이라 생각한다.

1944년 5·4 기념일에

(출처: 쉬서우창, 『내가 아는 루쉰』, 베이징 런민문학출판사, 1952.6. 81~82쪽; 『魯迅卷』 初編, 中國現代文學社 編, 445~446쪽.)

---

22) 『풍월이야기』(准風月談), 「초가을 잡기(3)」(新秋雜識 三)에 나오는 시구다. 『루쉰전집』 제7권, 루쉰전집번역위원회 옮김, 그린비, 2010, 400~401쪽.
23) 페이치는 류페이치(柳非杞)로 장쑤성 우시(無錫) 사람이다. 이름은 시쭝(希宗)이고 자로도 썼다. 애국적인 민주인사다. 상하이 문사관(文史館) 관원이었고 서화 소장가이자 시인으로 상하이 도서관에서도 일한 바 있다. 류야쯔에 대한 존경으로 1936년 1월 남사(南社) 기념회에 가입, 후원회원이 되었고 1937년에는 상하이 정평(正風)문학원(후에 상하이 푸단대(復旦大로 편입)을 졸업했다.

지은이 **루쉰**(魯迅, 1881.9.25~1936.10.19)

본명은 저우수런(周樹人), 자는 위차이(豫才)이며, 루쉰은 탕쓰(唐俟), 링페이(令飛), 펑즈위(豊之餘), 허자간(何家幹) 등 수많은 필명 중 하나이다.

저장성(浙江省) 사오싱(紹興)의 명문가에서 태어나 어린 시절 조부의 하옥(下獄), 아버지의 병사(病死) 등 잇따른 불행을 경험했고 청나라의 몰락과 함께 몰락해 가는 집안의 풍경을 목도했다. 1898년부터 난징의 강남수사학당(江南水師學堂)과 광무철로학당(礦務鐵路學堂)에서 서양의 신학문을 공부했고, 1902년 국비유학생 자격으로 일본으로 건너갔다. 고분학원(弘文學院)에서 일본어를 공부하고 센다이 의학전문학교(仙臺醫學專門學校)에서 의학을 공부했으나, 의학으로는 망해 가는 중국을 구할 수 없음을 깨닫고 문학으로 중국의 국민성을 개조하겠다는 뜻을 세우고 의대를 중퇴, 도쿄로 가 잡지 창간, 외국소설 번역 등의 일을 하다가 1909년 귀국했다. 귀국 이후 고향 등지에서 교원생활을 하던 그는 신해혁명 직후 교육부 장관 차이위안페이(蔡元培)의 요청으로 난징 중화민국 임시정부의 교육부 관리를 지냈다. 그러나 불철저한 혁명과 여전히 낙후된 중국 정치·사회 상황에 절망하여 이후 10년 가까이 침묵의 시간을 보냈다.

1918년 「광인일기」를 발표하면서 본격적인 작품 활동을 시작한 그는 「아Q정전」, 「쿵이지」, 「고향」등의 소설과 산문시집 『들풀』, 『아침 꽃 저녁에 줍다』 등의 산문집, 그리고 시평을 비롯한 숱한 잡문(雜文)을 발표했다. 또한 러시아의 예로센코, 네덜란드의 반 에덴 등 수많은 외국 작가들의 작품을 번역하고, 웨이밍사(未名社), 위쓰사(語絲社) 등의 문학단체를 조직, 문학운동과 문학청년 지도에도 앞장섰다. 1926년 3·18 참사 이후 반정부 지식인에게 내린 국민당의 수배령을 피해 도피생활을 시작한 그는 샤먼(廈門), 광저우(廣州)를 거쳐 1927년 상하이에 정착했다. 이곳에서 잡문을 통한 논쟁과 강연 활동, 중국좌익작가연맹 참여와 판화운동 전개 등 왕성한 활동을 펼쳤으며, 55세를 일기로 세상을 등질 때까지 중국의 현실과 필사적인 싸움을 벌였다.

옮긴이 **이주노**(『집외집』, 『집외집습유』)

서울대학교 중어중문학과에서 『현대중국의 농민소설 연구』로 박사학위를 받았고, 현재는 전남대학교 중어중문학과에 재직 중이다. 지은 책으로는 『중국현대문학의 세계』(공저, 1997), 『중국현대문학과의 만남』(공저, 2006) 등이 있고, 옮긴 책으로는 『역사의 혼, 사마천』(공역, 2002), 『중국 고건축기행 1』(2002), 『중화유신의 빛, 양계초』(공역, 2008), 『서하객유기』(전7권, 공역, 2011), 『걸어서 하늘 끝까지』(공역, 2013) 등이 있다.

옮긴이 **유세종**(『집외집습유』)

한국외국어대학교 중국어과에서 루쉰 산문시집 『들풀』의 상징체계 연구로 박사학위를 받았고, 현재는 한신대학교 중국지역학과에 재직 중이다. 지은 책으로는 『루쉰식 혁명과 근대중국』(2008), 『화엄의 세계와 혁명―동아시아의 루쉰과 한용운』(2009) 등이 있고, 옮긴 책으로는 『들풀』(1996), 『루쉰전』(공역, 2007) 등이 있다.